This is the grass that grows wherever the land is and the water is,
This the common air that bathes the globe.

———*Song of Myself*

Walt Whitman

草叶集
Leaves of Grass
{上}

〔美〕惠特曼——著
楚图南　李野光——译

人民文学出版社
PEOPLE'S LITERATURE PUBLISHING HOUSE

1819—1892

图书在版编目（CIP）数据

草叶集：全2册/（美）惠特曼著；楚图南，李野光译.—2版.—北京：人民文学出版社，2020
ISBN 978-7-02-010889-3

Ⅰ．①草…　Ⅱ．①惠…②楚…③李…　Ⅲ．①诗集—美国—近代　Ⅳ．①I712.24

中国版本图书馆CIP数据核字（2015）第078016号

责任编辑　陈　黎
装帧设计　刘　静
责任印制　徐　冉

出版发行　人民文学出版社
社　　址　北京市朝内大街166号
邮政编码　100705
网　　址　http://www.rw-cn.com

印　　刷　中煤（北京）印务有限公司
经　　销　全国新华书店等

字　　数　686千字
开　　本　850毫米×1168毫米　1/32
印　　张　35　插页6
印　　数　1—5000
版　　次　1987年2月北京第1版
印　　次　2020年6月第1次印刷

书　　号　978-7-02-010889-3
定　　价　168.00元（上、下）

如有印装质量问题，请与本社图书销售中心调换。电话：010-65233595

目录

前言

(凡带 * 号者,均为楚图南旧译)

003 题诗

铭言集
007 我歌唱一个人的自身 1867
008 当我沉思默想地 1871
009 在海上带有房舱的船里 1871
011 给外邦 *1860
012 给一位历史学家 1860
013 给你,崇高的目的 1871
014 幻象 1876
018 我为他歌唱 1871
019 当我阅读那本书 1867
020 开始我的研究 *1867
021 创始者们 1860
022 对各个州 1860
023 在美国各州到处旅行 1860
024 给某位女歌唱家 1860
025 我沉着 1860

026 博学 1860

027 船启航了 *1865

028 我听见美洲在歌唱 *1860

029 什么地方被围困了？1860

030 我可还是歌唱这一个 1871

031 不要向我关门吧 1865

032 未来的诗人们 *1860

033 给你 *1860

034 你，读者 1881

035 从巴门诺克开始 *1860

054 自己之歌 *1855

亚当的子孙

145 向那花园 1860

146 从被抑制的疼痛的河流 1860

149 我歌唱带电的肉体 *1855

161 一个女人等着我 1856

164 本能的我 1856

167 一小时的狂热和喜悦 1860

169 从滚滚的人海中 *1865

170 在连绵不绝的岁月中不时回来 1860

171 我俩，被愚弄了这么久 *1860

173 处女膜哟！有处女膜的人哟！1860

174 我就是那个渴望性爱的人 1860
175 天真的时刻 1860
176 有一次我经过一个人口众多的城市 1860
177 我听见你,庄严美妙的管风琴 1861
178 从加利福尼亚海岸,面向西方 1860
179 像亚当,一清早走出林荫 1860

芦笛集

183 在人迹罕至的小径间 1860
184 我胸脯上的香草 1860
187 无论谁现在握着我的手 *1860
190 为你,啊,民主哟! *1860
191 我在春天歌唱着这些 *1860
193 不仅从我这肋骨棱棱的胸膛里发出 1860
194 关于对外表的极端怀疑 1860
196 一切玄学的基础 1871
197 今后多少年代的记录者们 1860
198 傍晚时我听见 *1860
199 你是被吸引到我身边来的新人吗? 1860
200 这些只不过是根和叶而已 1860
201 不只热火在燃烧和消耗 1860
202 点点滴滴地淌呀! 1860
203 狂欢的城市 1860

3

204 瞧这张黝黑的脸 1860
205 在路易斯安那我看见一株活着的橡树正在生长 *1860
206 给一个陌生人 *1860
207 此刻，向往而沉思地 1860
208 我听到有人指控我 1860
209 拂开大草原的草 1860
210 当我细读英雄们获得的名望 1860
211 我们两个小伙子厮缠在一起 1860
212 给加利福尼亚一个诺言 1860
213 这里是我的最脆弱的叶子 1860
214 我没有制造省力的机器 1860
215 一瞥 1860
216 一篇歌唱手拉手的诗 1860
217 大地，我的形相 *1860
218 我在一个梦中梦到 *1860
219 你想我拿着笔要记录什么？ 1860
220 对东部和对西部 1860
221 有时对一个我所爱的人 1860
222 给一个西部地区的少年 1860
223 牢牢地停泊着的永久的爱啊！ 1860
224 在许许多多的人中 1860
225 你啊，我时常悄悄地来到…… 1860
226 那个影子，我的肖像 1860

227 如今生机旺盛 1860
228 向世界致敬! 1856
244 大路之歌 *1856
260 横过布鲁克林渡口 *1856
270 回答者之歌 1855
277 我们的古老文化 1860
284 欢乐之歌 *1860
294 斧头之歌 *1856
309 展览会之歌 1871
324 红木树之歌 1874
331 各行各业的歌 1855
343 转动着的大地之歌 *1856
351 青年,白天,老年和夜 *1881

候鸟集
355 常性之歌 *1874
359 开拓者哟!啊,开拓者哟! *1865
365 给你 1856
369 法兰西 *1860
371 我自己和我所有的一切 1860
374 流星年 1865
376 随着祖先们 1860
379 百老汇大街上一支壮丽的行列 1860

海流集

387 从永久摇荡着的摇篮里 *1859
397 当我与生命之海一起退潮时 1860
401 泪滴 *1867
402 给军舰鸟 1876
403 在一只船上的舵轮旁 1867
404 黑夜中在海滩上 *1871
406 海里的世界 1860
407 夜里独自在海滩上 1856
408 为所有的海洋和所有的船只歌唱 1873
410 巡视巴涅格特 1880
411 在海船后面 1874

路边之歌

415 一首波士顿歌谣 1854
418 欧罗巴 *1850
421 一面手镜 1860
422 上帝们 1870
423 胚芽 1860
424 思索 1860
425 当我聆听那博学的天文家时 1865

426 尽善尽美者 1860

427 哎呀！生命啊！ 1865-6

428 给一位总统 1860

429 我坐而眺望 *1860

430 给富有的赠与者们 1860

431 鹰的调戏 1880

432 漫想神游 1881

433 农村一景 1865

434 一个小孩的惊愕 1865

435 赛跑者 1867

436 美丽的妇女们 *1860

437 母亲和婴儿 *1865

438 思索 1860

439 戴假面具者 1860

440 思索 1860

441 溜过一切之上 *1871

442 难道你从没遇到过这样的时刻 1881

443 思索 1860

444 给老年 *1860

445 地点与时间 1860

446 供献 1860

447 致合众国 1860

桴鼓集

451 啊，诗歌，先唱一支序曲 1865
455 一八六一年 *1861
456 敲呀！敲呀！鼓啊！*1861
458 我像一只鸟从巴门诺克开始飞翔 1865
459 黎明时的旗帜之歌 1861-2
469 时代啊，从你深不可测的海洋升起 1865
473 弗吉尼亚——西部 1872
474 船的城市 1865
475 百岁老人的故事 1861-27
482 骑兵过河 1865
483 山腰宿营 1865
484 一个行进中的军团 1865-6
485 在宿营地忽明忽暗的火焰旁边 1865
486 父亲，赶快从田地里上来 *1865
489 一天夜里我奇怪地守卫在战场上 1865
491 一次被敌人紧追的强行军 1865
493 黎明时军营中的一景 1865
494 我辛劳地漫步在弗吉尼亚林地 1865
495 比起那领航员 1860
496 在我下面战栗而摇动着的年代 *1865
497 裹伤者 1865

502 久了，太久了，美国 1865
503 给我辉煌宁静的太阳吧 1865
506 给两个老兵的挽歌 1865--6
508 一个预言家的声音在尸体上空升起 1860
510 我看见老将军陷于困境 1865
511 炮兵的梦幻 1865
513 埃塞俄比亚人向旗帜致敬 * 1871
514 青春不属于我 1865
515 老兵的竞赛 1865--6
516 全世界好好注意 1865
517 脸色晒黑了的草原少年啊！ 1865
518 低头看吧，美丽的月亮 1865
519 和解 1865--6
520 多么严肃啊，当你们一个一个地 1865 ?
521 伙伴哟，当我的头躺在你的膝上的时候 * 1865--6
522 优美的星团 1871
523 给某个平民 1865
524 瞧，山顶上的女战胜者 1865--6
525 已经完成了任务的精灵 1865--6
526 向一个士兵告别 1871
527 转过身来啊，自由 1865
528 向那发酵的、他们奔走过的土地 1865--6

林肯总统纪念集
531 当紫丁香最近在庭园中开放的时候 *1865--6
544 啊，船长，我的船长哟！*1865
546 今天让兵营不要作声 1865
547 这就是那个人的遗骸 *1871
548 在蓝色的安大略湖畔 1856
570 颠倒 1856

秋之溪水
573 好像大量夏雨造成的结果 1881
575 英雄们的归来 1867
583 有个天天向前走的孩子 1855
586 老爱尔兰 1861
587 城市停尸所 1867
589 这堆混合肥料 1856
592 给一个遭到挫败的欧洲革命者 * 1856
595 没有命名的国家 1860
597 谨慎之歌 1856
601 牢狱中的歌手 *1869
604 为丁香花季节而歌唱 1870
606 给一座坟写的碑记 1870
609 从这个面具后面 1876

611 发声的技巧 1860
613 献给被钉在十字架上的人 *1860
614 你们在法庭受审的重犯 1860
615 创作的法则 1860
616 给一个普通妓女 1860
617 我在长久地寻找 1860
618 思索 1860
619 奇迹 1856
620 火花从砂轮上四出飞溅 1871
621 给一个小学生 1860
622 从围栏中放出 1856
623 我究竟是什么 1860
624 宇宙 1860
625 别人可以赞美他们所喜爱的 1865
626 谁学习我这完整的功课？ 1865
628 试验 1860
629 火炬 *1865
630 啊，法兰西之星 1871
633 驯牛者 1874
635 一个老年人的关于学校的想法 1874
637 清早漫步着 1873
638 意大利音乐在达科他 1881
639 以你所有的天赋 1876

640 我的图片陈列室 1880
641 大草原各州 1880
642 暴风雨的壮丽乐曲 1868
652 向印度航行 1871
667 哥伦布的祈祷 1874
671 睡眠的人们 * 1855
684 换位 1856
686 想想时间 1855

神圣的死的低语
697 现在你敢么，啊，灵魂哟 * 1868
698 神圣的死的低语 * 1869
699 歌唱那神异的正方形 1865-6
702 我梦见我日夜爱着的他 1871
703 不过，不过，你们这些沮丧的时刻 1860
704 仿佛一个幽灵在抚爱我 1860
705 信念 1856
706 动荡的年月 1861-2
707 那音乐经常在我周围 1860
708 海上迷航的船 1860
709 一只无声的坚忍的蜘蛛 * 1862-3
710 永远活着，永远在死啊！1860
711 给一个即将死去的人 1860

712 草原之夜 * 1860

714 思索 1860

715 最后的召唤 * 1868

716 当我观看农夫在耕地 1871

717 沉思而犹豫地 1868

718 母亲，你同你那一群平等的儿女 1872

727 巴门诺克一景 1881

从正午到星光之夜

731 你高高地浑身闪耀的天体 1881

733 脸 * 1855

739 神秘的号手 1872

744 致冬天的一个火车头 1876

746 磁性的南方啊！ 1860

748 曼纳哈塔 1860

750 全是真理 1860

751 一支谜语歌 1880

753 高出一筹 1856

754 啊，贫穷，畏缩，和快快不乐的退却 1865-6

755 思索 1860

756 媒介 1860

757 编织进去吧，我的耐劳的生命 1865

758 西班牙，一八七三——八七四年 1873

759 在宽广的波托马克河边 1876
760 从遥远的达科他峡谷 1876
762 梦见往日的战争 1865—6
763 点缀得密密的旗帜 1865
764 我在你身上看得最清楚的 1879？
765 构成这个场景的精灵 1881
766 当我漫步于这些明朗壮丽的日子 1860
768 一个晴朗的午夜 1881

别离的歌
771 时候快到了 1860
772 近代的岁月 *1865
774 士兵的骸骨 1865
777 思索 1860
780 日落时的歌 1860
784 当死亡也来到你的门口 1881
785 我的遗产 1872
786 沉思地凝望着她的死者 1865
788 绿色的兵营 1865
790 呜咽的钟声 1881
791 当它们行将结束的时候 1871
792 高兴吧，船友，高兴吧！ 1871
793 说不出的需要 1871

794 入口 1871

795 这些颂歌 1871

796 现在向海岸最后告别 1871

797 再见! 1860

〔附录一〕七十生涯

803 曼纳哈塔 1888

804 巴门诺克 1888

805 从蒙托克岬尖 1888

806 给那些失败了的人 1888

807 一支结束六十九岁的歌 1888

808 最勇敢的士兵 1888

809 一副铅字 1888

810 当我坐在这里写作 1888

811 我的金丝雀 1888

812 对我的七十岁的质问 1888

813 瓦拉包特的烈士们 1888

814 第一朵蒲公英 1888

815 美国 1888

816 记忆 1888

817 今天和你 1888

818 在白昼的炫耀过去之后 1888

819 亚伯拉罕·林肯,生于一八〇九年二月十二日 1888

820 选自五月的风光 1889

821 安乐平静的日子 1888

822 纳维辛克遐想 1885

827 一八八四年十一月的选举日 1884

829 海啊！以沙嘎傲慢的言语 1883

831 格兰特将军之死 1885

832 红夹克（从高处）1884

833 华盛顿纪念碑 1885

834 你那欢乐的嗓音 1884

835 百老汇 1888

836 要达到诗歌最终的轻快节奏 1888

837 老水手科萨朋 1890

838 已故的男高音歌手 1884

839 持续性 1888

840 约侬迪俄 1887

841 生活 1888

842 "走向某处" 1887

843 我的歌唱的主题是渺小的 1887

844 真正的胜利者 1888

845 合众国对旧世界批评家的回答 1888

846 对于一切的宁静思考 1888

847 老年的感谢 1888

848 生与死 1888

849 雨的声音 1885
850 冬天很快将在这里败绩 1888
851 在没有忘记过去的同时 1888
852 濒死的老兵 1887
853 更强有力的教训 1888
854 草原日落 1888
855 二十年 1887
856 从佛罗里达邮寄来的柑橘花蕾 1888
857 黄昏 1887
858 你们，我的恋恋不舍的疏叶 1887
859 不仅仅是瘦羸的休眠的枝丫 1887
860 去世的皇帝 1888
861 好比希腊人的信号焰火 1887
862 拆掉了装备的船 1888
863 别了，先前的歌 1888
864 黄昏时片刻的宁静 1888
865 老年的柔光闪闪的高峰 1888
866 晚餐和闲谈以后 1887

〔附录二〕再见了，我的幻想
869 "附录二"的前言 1891
872 永远向前航行呀，幻象的快艇 1891
873 迟疑到最后的雨点 1891

874 再见了，我的幻想 1891
875 向前，同样向前，你们这欢乐的一对哟！1891
876 我的七十一岁 1889
877 幻影 1891
878 苍白的花圈 1891
879 结束了的一天 1891
880 老年之船与狡猾的死亡之船 1890
881 致迫近的一年 1889
882 莎士比亚——培根的暗号 1891
883 今后许久许久 1891
884 好啊，巴黎展览会！1889
885 插入的声响 1888
886 致傍晚的风 1890
887 古老的歌唱 1891
889 圣诞贺词 1889
890 冬天的声音 1891
891 一支薄暮的歌 1890
893 当那完全成熟了的诗人到来时 1891
894 奥西拉 1890
895 一个来自死神的声音 1889
898 波斯人的一课 1891
899 平凡的事物 1891
900 "神圣完整的圆形目录" 1891

901 海市蜃楼 1891

902 《草叶集》的主旨 1891

903 那些没有表达的 1890

904 那看得见的是壮丽的 1891

905 看不见的蓓蕾 1891

906 再见了，我的幻想！ 1891

老年的回声

909 一个遗嘱执行人一八九一年在日记中的记录

911 自由而轻松地飞翔 1888

912 然后一定会理解 1897

913 那少数已知的点滴 1897

914 一个永远领先的思想 1897

915 在一切的背后 1897

916 给新娘的一个吻 1874

917 不，不要把今天公布的耻辱告诉我 1873

919 补充的时刻 1897

920 使人想起许多的污行 1897

921 只要存在着 1855

922 死亡之谷 1892

924 在同一张画上 1892

925 哥伦布的一个思想 1891

未收集和未选入的诗

929 抱负 1842

932 血腥钱 1850

934 复活 1850

937 那些神话是伟大的 1855

942 让这个合众国的一位姑娘或一个小伙子记住的诗 1856

944 想想灵魂 1856

946 回答！ 1856

951 呼语 1856

955 真正和平的太阳 1860

956 〔直到今天，直到今天，并且继续到底〕 1860

957 在新的花园里，在所有的地方 1860

958 〔这些州哟！〕 1860

961 〔我长期以为……〕 1860

963 〔度日如年〕 1860

964 〔谁在读这本书呢？〕 1860

965 给你 1860

966 〔关于事物的外观〕 1860

967 杂言 1860

970 碎片 1860

973 思索 1860

974 坚实的嘲讽的滚动着的天体 1865

975 沉浸在战争香气中的 1865

976 不是我的敌人时常侵犯我 1865~6

977 今天，灵魂哟！ 1865-6
978 教训 1871
979 美国，让我临走之前唱一支歌 1872
980 在一次间歇之后 1875
981 船的美 1876
982 两条小溪 1876
983 或者从那时间的大海 1876
985 从我的最后的岁月里 1876
986 在以前的歌中 1876

附录

989 《草叶集》初版序言 1855
1012 致爱默生 1856
　　附：爱默生致惠特曼的信
1025 《像一只自由飞翔的大鸟》序 1872
1031 建国百周年版序言 1876
1040 美国今天的诗歌——莎士比亚——未来 1881
1059 过去历程的回顾 1888

1077 **沃尔特·惠特曼年表**

前言

《草叶集》初版问世至今已一百三十七年，它的作者惠特曼逝世也整整一百年了。从某些方面说，世界文学史上还找不到另一个范例，能像《草叶集》和惠特曼这样体现一部作品同它的作者呼吸与共、生死相连的关系。正如惠特曼在诗集（正编）结尾的《再见！》中向我们招呼的："同志，这不是书本，／谁接触它，就是接触一个人。"这个人便是诗人自己。

惠特曼生当美国独立后约半个世纪，也就是那个资产阶级共和国在新大陆蒸蒸日上的时代。他出生于长岛亨廷顿区西山村一个农民兼手工艺者的家庭，十一岁即离开学校开始独立谋生，先在律师事务所和医生诊所当勤杂工，后来到印刷厂当学徒和排字工，当乡村学校教师、报纸编辑和地方党报撰稿人。他在青少年时代接受了民主思想，成为一个杰斐逊和杰克逊式的激进民主主义者，同时开始学习写作，写些带伤感情调的小品、小说和诗歌。

但是，正如他在政治上、在地方民主党内部斗争中频频被人利用和受到打击一样，他的文学创作也长期停滞在因袭模仿的阶段，没有什么成就。这样，到一八四九年三十岁的时候，他才改弦易辙，毅然宣布退出政治活动，并下决心在文学事业中奋斗一番。经过好几年的默默探索，他于一八五五年推出了《草叶集》。

惠特曼在《过去历程的回顾》中谈到自己写《草叶集》的背景、动机和它的主旨时说："我没有赢得我所处的这个时代的承认，乃退而转向对于未来的心爱的梦想……这就是要发愤以文学或诗的形式将我的身体的、情感的、道德的、智力的和美学的个性坚定不移地、明白无误地说出并表现出来……"他又说："在我的事业和探索积极形成的时候，（我怎样才能最好地表现我自己的特殊的时代和环境、美国、民主呢？）我看到，那个提供答案的主干和中心，必然是一个个性……这个个性，我经过多次考虑和沉思以后，审慎地断定应当是我自己——的确，不能是任何别的一个。"写我自己，以表现我的"特殊的时代和环境、美国、民主"——这便是《草叶集》的主旨，是惠特曼当初的"梦想"，经过他三十七年的不懈努力，也基本上实现了。

《草叶集》问世前，美国文学已在浪漫主义运动与超验主义哲学相结合的基础上呈现出一片繁荣，但它主要仍是英国文学传统移植到新大陆的产物。尤其是诗歌界，在新英格兰学院派诗人的控制下，因循守旧的势力仍相当顽强，与当时雄心勃勃的政治面貌和日新月异的经济形势很不相称。以爱默生为代表的革新派思想家和作家一再提出要建立美国自己的民族民主的新文学。例如爱默生一八四二年在《论诗人》的演讲中表示，希望美国诗坛上将出现那种"有专断的眼光，认识我们的无与伦比的物质世界"，并歌唱"我们的黑人和印第安人……以及北部企业、南部种植业和西部开发"[1]的歌手。就是在这样的历史隘口，惠特曼闯了出来，开始以崭新的姿态和自己的高昂的声调歌唱。因此，《草叶集》的出版不仅是惠特曼个人文学生涯的真正开端，而且是美国文学史上一件"石破天惊"的大事。不过，由于它从内容到形式，从思想到语言，都与当时流行的美国诗歌和整个英语诗学传统大不相同，使得美国文学界用来迎接它的先是无情的冷落，接着便是恶毒的嘲讽和谩骂。唯独爱默生立即给惠特曼发出贺信，称赞它是"美国迄今做出的最不平凡的一个机智而明睿的贡献"。

《草叶集》初版有一长篇序言，其中，把爱默生提到过的想法加以具体化和发展，指出"别处的诗歌停留在过去——即它们的现成状态，而美国的诗歌则在未来"。但是，惠特曼在抵制和批判英国文学传统的控制方面大大超越了爱默生，几乎否定了从乔叟到丁尼生的整个英国诗歌，并对当时包括爱默生在内的美国

[1] 爱默生,《论说文集》, 美国 A.L. 布尔特公司, 第 287 页。

诗坛采取了完全对立的态度，这无疑是过于偏激的。实际上，惠特曼既不是一个超乎历史传统之外的所谓受到"天启"的歌手，也不是如他自己所说的一个"粗人"。他在四十年代和五十年代前期积累了丰富的文学知识，吸收了英美文学传统中各方面的营养；甚至到《草叶集》问世以后还在继续向同辈诗人的作品借鉴，并总结自己的经验教训逐渐向传统靠拢[1]，以致许多批评家又反过来指责他中期以后便失去了原有的创新精神。显然，惠特曼是一个适应时代、善于在批判中继承和在借鉴中创新的诗人，只不过批判和创新在他那里居于主要地位，早期特别突出，所取得的成就和在历史上留下的影响也最为显著。

《草叶集》从初版到"临终版"，始终以《自己之歌》作为"主干和中心"。这首长诗内涵深广，气象恢宏，颇有睥睨当代、驰骋古今之势，不愧为十九世纪以来世界文学中最伟大的长诗之一。但它问世后首先引起强烈反应的主要是以下两点：一是诗中那个"我自己"往往被读者看成完全是诗人的自我写照，他粗暴傲慢，令人反感；二是诗人将性欲作为宇宙发展的基本冲动来写，或者说借性的意象来表现肉体与灵魂相互依存的关系，这大大冒犯了

[1] K. M. 普赖斯：《惠特曼与传统》，耶鲁大学出版社，1990年，第3章。

传统道德的禁忌。前一点经诗人的朋友和他自己说明，强调诗中歌颂的主要是那个大"我"，即十九世纪美国普通人的代表以后，又引起了"自己"的两重性，二者纠缠不清，令人迷惑。后一点则到一八六〇年第三版的《亚当的子孙》反而有所发展，人们索性称之为"性诗"，结果在内战期间惠特曼竟因此被内政部长免职，一八八二年《草叶集》被波士顿检察官列为"秽亵"读物，禁止发行。不过惠特曼始终坚持自己的观点，直到一八八八年仍郑重申明："我三十年来确定的信念和审慎的修订已肯定那些诗行，并禁止对它们做任何的删削。"这里还应当指出，《芦笛集》中那些歌颂"伙伴之爱"的短诗，也有不少批评家认为流露着"同性爱的渴望"，但惠特曼对此做过严正的辩解，说"伙伴之爱"是作为"男人与男人"之间亲密团结的纽带，为美国的强大巩固和世界人民的友好关系提供一个可靠的基础。诗人晚年的朋友S.肯尼迪也说《芦笛集》是"惠特曼写友谊和民主精神的美丽诗篇"。这个观点是可以接受的，尽管组诗中有些篇什像《亚当的子孙》一样，写得略嫌浅露，很难避免人们的怀疑和争论。

　　《草叶集》中正面写诗人自己和他的"国家与时代"以及普通人的精神面貌的诗篇很多，除《自己之歌》外，分量较重的还有《大路之歌》《欢乐之歌》《斧头之歌》《各行各业的歌》，以及《开拓者哟！啊，开拓者哟！》，等等。《桴鼓集》在《草叶集》里占有特殊地位，被誉为美国南北战争时期的史诗，诗人自己也满意地说它"作为一个艺术品比较完整……表达了我经常想着的那个创作雄心，即在诗中表现我们所在的这个时代和国家，连同那……血淋淋的一切"。至于中后期的重要诗篇，如《向印度航行》《红木树之歌》《哥伦布的祈祷》，虽然大都是从当时诗人的境遇（如健康状况恶化）出发对环境、历史、生命的思索和咏叹，有时情调比较低沉，甚至带有若干宗教色彩，但视野宽广，立意高深，仍不失其天然活力和傲岸不屈的风貌。

惠特曼骄傲地宣称：他的诗中没有了"旧世界赞歌中高大突出的人物"，而有的是"作为整个事业及未来主要成就的最大因素的各地普通农民和机械工人"，这是符合实际的。他既是自然的诗人也是城市的诗人。当英美诗人们纷纷从城市向乡村逃遁时，他却在钢铁时代的纽约纵情高歌，既歌唱高山、大海、草原，也歌唱火车头、电缆、脱粒机，这些都是新大陆、新时代的产物，他把它们一起拥抱。

惠特曼一般不主张以诗歌代替宣传，直陈慷慨，但是当正义事业被无情扼杀时，当人道主义接触到革命火花时，他也会义愤填膺，疾呼震地，如《啊，法兰西之星》便是这方面的代表作。至于他后期的散文，特别是政论文章，其锋芒就更加犀利了。

不过，正如惠特曼的社会政治思想的核心是民主和人道主义，是自由、平等、博爱的观念，他的哲学观点主要是在黑格尔——卡莱尔——爱默生的熏陶下形成的，甚至还可能受到过古代印度吠檀多派哲学神秘主义的影响。这些反映在《草叶集》中，不仅有那个时隐时现的"上帝"或"超灵"，还有某些诗和某些节段中那种玄奥莫测、连他自己也说"不好解释"的东西。如《歌唱那神异的正方形》，至少在我们看来是太"神异"了！

从诗歌艺术的角度看，一般认为《草叶集》的一个最大特点是"自由"。惠特曼主张：为了描述宇宙万物的丰富多样的表现，为了适应重大的现代主题、群众经验、科学进步和工业社会中的新鲜事物，必须创造一种崭新的诗体，将传统的常规如脚韵、格律等予以摒弃。他甚至高呼："现在是打破散文与诗之间的形式壁垒的时候了。"这一主张虽然符合历史潮流的方向，但流于偏激，走到了另一极端，便很难为评论界和读者所赞赏。当然，惠特曼毕竟是写诗，他不能不保留诗歌形式中的某些成分，如《草叶集》中经常出现的头韵、半押韵、重复、叠句、平行句，等等。同时他以诗行中的短语构成一种隐约的内部节奏；在某些较长的诗中，有时随着奔放的激情形成一种波澜起伏、舒卷自如的旋律，也是很难得的。至于批评家说的《草叶集》艺术上的另一特点，即与"自由"相伴而来的"单调"，则主要是指那些既烦琐又冗长的"列举"，尽管在理论上可以用诗人的"精神民主"思想来加以解释，处理得恰当时也能发挥铺张声势的作用，但过犹不及，对于多数读者来说也是碍难接受的。好在到了后期，惠特曼在这方面已有所收敛。

概括惠特曼诗风的艺术特色，弗·奥·马西森在《美国文艺复兴》[1]中提出了著名的三个比拟，即演讲、歌剧、海洋。

惠特曼从小羡慕那些"天然雄辩"的演说家，后来还想以"旅行演说"为职业，但没有成功，却在诗歌创作中实践了他所追求的自然而明晰的、"经常控制人的听觉"的演讲风格。例如他的诗中到处使用第二人称代词，便是为了制造一种直接对话和正面呼吁的气氛。不过这一特点产生的效果并不怎么理想，有时反而助长松散的弊病。惠特曼在四十年代末和五十年代前期经常看歌剧，特别欣赏意大利的几位歌唱家，后来写诗时便有意无意地模仿这种乐调。例如，被誉为创作手法上一个新的开端的《从永久摇荡着的摇篮里》，诗人便宣称是"严格地遵循着意大利歌剧的结构方法"，主要是运用宣叙调和咏叹调，加强了艺术魅力。在这方面获致成功的范例还有《当紫丁香最近在庭园中开放的时候》，以及《暴风雨的壮丽乐曲》等。至于大海，这可能是惠特曼得益最大的一个灵感之源。诗人从小喜爱在海滩玩耍，脑子里很早就有了海涛"这个流动而神秘的主题"。他相信"一首伟大的诗必须是不急也不停地"向前奔流，并毕生追求这种风格。《草

---

[1] 弗·奥·马西森：《美国文艺复兴》，牛津大学出版社，1946年。

叶集》中那些随意涌流的长句，汩汩不停的词语，以及绵绵不绝的意象与联想，便是这种风格的体现。

惠特曼在南北战争时期作为义务护理员在华盛顿陆军医院照料伤兵，由于过分劳累并得过一次伤口感染，身体逐渐虚弱。一八七三年二月他终于发病得了偏瘫症，接着五月丧母，从此他的精神状态和文学生涯都进入了晚期。这个时期的重要作品除了前面提到过的几篇外，还有不少清新隽永的短章，以及散文集《典型日子》中的绝大部分。他在一八八一年写的《四诗人礼赞》中，对爱默生、布赖恩特、惠蒂埃和朗费罗做了比较客观公允的评价。到一八八八年写《过去历程的回顾》时，更实事求是地估计了自己的成就，但同时表明他的创作思想和方向并没有改变。一八九一年他最后编定了《草叶集》。

《草叶集》从一八五五年初版的十二首诗发展到一八九一—一八九二年《临终版》的四百零一首[1]，记录着诗人一生的思想和探索历程，也反映出他的时代和国家的面貌，所以说这不仅是他的个人史诗，也是十九世纪美国的史诗。惠特曼认为一件艺术作品应当是个有机体，有它自己诞生、成长和成熟的过程。他在

---

[1] 加上当时未收集和未选入的三十二首，此译本共计四百三十三首。

整个后半生以全部心血不倦地培植这个"有机体",每个新版在充实壮大的同时都做了精心的调整组合,直到最后完成这个符合诗人理想的有机结构:《铭言集》标示诗集的纲领,紧接着以《自己之歌》体现其总的精神实质;《亚当的子孙》和《芦笛集》以爱情和友谊象征生命的发展、联系和巩固;《候鸟集》《海流集》和《路边之歌》表现生命的旅程,《桴鼓集》和《林肯总统纪念集》便是旅程中的一个特殊阶段;然后是《秋之溪水》《神圣的死的低语》和《从正午到星光之夜》,它们抒写从中年到老年渐趋宁静清明的倾向;最后以《别离的歌》向人生告辞,另将一八八八年以后的新作《七十生涯》和《再见了,我的幻想》作为附录。最后一辑《老年的回声》,是诗人预先拟定标题,后来由他的遗著负责人辑录的。在上述各辑之间,那些既从属于《自己之歌》又各有独立主题、且能承前启后的较长诗篇,也可以连缀成另一个"有机"组合,它以《从巴门诺克开始》打头,由《巴门诺克一景》殿后,暗示诗人从故乡出发遍历人世,最后又回到了故乡。对于这个"有机"结构,美国著名惠特曼专家盖·威·艾伦教授在他的《惠特曼手册》[1]中做了精详的分析,但它同时说明诗人是在按自己的理论和意图精心编排他的诗集,其中不少篇章与它们所归属的各辑标题并无内在联系,写作时间更相距甚远,显得

[1] 纽约亨德利克出版社,1962年。

有些勉强。不过,这对于领会诗人心目中的《草叶集》的主旨和精神还是颇有启发性的。

《草叶集》,这部以自然界最平凡、最普遍而密密成群、生生不息之物命名、面向人类社会芸芸众生的诗集,尽管按照诗人自始至终的意图完成了,并且以达到了当初的主要目的而论,即开创一种新的诗风,但另一方面却没有如诗人所设想的那样赢得广大读者,因为即使到今天,惠特曼在国内的"忠实"读者也还限于那些"可能同情并接受一种激进的新的民主诗歌、有文化而不满现状的中产阶级人士"[1]。这种状况与诗人在反对传统中走得太远有关,同时也来自历史与现实加诸他的制约,那是无法凭主观去否定的。不过,惠特曼毕竟开创了新的诗风,它对美国和世界上许多国家近百年来的诗歌运动都有相当的影响。这种影响虽然随着客观形势的发展和变迁而波动起伏,但总的说来是在不断扩大深入。盖·威·艾伦说过:惠特曼的观点,尤其是他的人道主义、神秘主义,以及重视现今和不加修饰的实用风格,非常适用于二十世纪的西方国家[2],看来,这一论断至今仍有意义。在美国,惠特曼诗风已形成一个传统,成为自由派与学院派进行斗

[1] K.M. 普赖斯:《惠特曼与传统》,第 54 页。
[2] 盖·威·艾伦《惠特曼手册》,纽约,1962 年,第 495 页。

争的武器,青年诗人冲破保守樊篱、大胆创新的榜样。因此,正如罗·哈·鲍尔斯所指出的,"二十世纪的美国诗歌实质上是一系列与惠特曼的争论"。[1]《草叶集》出版百周年前后,对惠特曼传统曾进行过一次颇具规模的检阅。今年在美国又广泛地展开了纪念诗人逝世百周年的活动,其中在爱荷华大学举行的以学术讨论为中心的集会最为隆重丰富,它给人的印象是:惠特曼在美国文学史上的崇高地位已不是哪些流派的拥戴与否所能动摇的了,尽管他作为一个重大主题在文学思想和诗歌艺术领域中引起的争论还会长远地继续下去。

李野光　1992年11月15日,北京

---

[1]罗·哈·鲍尔斯:《美国诗歌的延续》,普林斯顿大学出版社,1961年,第57页。

草叶集
Leaves of Grass

Walt Whitman

题诗

来吧,我的灵魂说,

让我们为我的肉体写下这样的诗,

　　(因为我们是一体,)

以便我,要是死后无形地回来,

或者离此很远很远,在别的天地里,

在那里向某些同伙们

　　再继续歌唱时,

(合着大地的土壤,树木,天风,

　　和激荡的海水,)

我可以永远欣慰地唱下去,

永远永远地承认这些是我的诗——

　　因为我首先在此时此地,

代表肉体和灵魂,

　　给他们签下我的名字,

Walt Whitman

铭言集

我歌唱一个人的自身

我歌唱一个人的自身,一个单一的个别的人,
不过要用民主的这个词、全体这个词的声音。

我歌唱从头到脚的生理学,
我说不单只外貌和脑子,整个形体更值得歌吟,
而且,与男性平等,我也歌唱女性。

我歌唱现代的人,
那情感、意向和能力上的巨大生命,
他愉快,能采取合乎神圣法则的最自由的行动。

当我沉思默想地

当我沉思默想地,
重读我的诗篇,估量着,流连不已,
这时一个幽灵在我面前出现,带着不信任的神情,
它年老而有才能,惊人地美丽,
这古代各国诗人的天才,
它的目光如火焰直盯着我,
手指指向许多不朽的诗集,
你唱什么?它以恐吓的声音发问,
你不知道对于永世长存的诗人只有一个主题?
那就是战争的主题,战斗中的命运,
和完美士兵的造成。
就算是这样吧,傲慢的幻影,我回答道,
我也同样在歌唱战争,一场比任何一次都更长久
 更宏大的战争,
它在我的书中进行,经历不断变化的命运,追逐,
 前进和后退,被推迟和动摇不定的胜利,
(不过我对结局是有把握的,或者几乎是有把握
 的,)战场即世界,
为了生死存亡,为了身体和永恒的灵魂,
瞧,我也来了,唱着战斗的歌,
我首先鼓励勇敢的士兵。

在海上带有房舱的船里

在海上带有房舱的船里,
四周是无边无际的一片苍茫,
是呼啸的风和悦耳的波涛,巨大而傲慢的波涛;
或者一叶孤舟漂浮于层层翻卷的海面上,
小船欢乐而满怀信心,张着白帆,
在白天闪烁的浪花和泡沫中,或在夜晚的繁星下
　疾驶向前,
在那里,像一个陆地的怀念者,我也许将被年轻
　和年老的水手们阅读,
终于同他们亲切地相处。

这儿有我们的思潮,航海者的思索,
这儿出现的不只是陆地,那坚实的陆地,那时他
　们会这样说,
天空笼罩着这里,我们感到甲板在脚下起伏,
我们感到长久的波动,不息的潮涨潮落,
看不见的神秘的曲调,海洋世界的含糊而重大的
　暗示,流动的音响,
那芳香,那些绳索的微弱的声息,那忧郁的唱和,
那远处漫无边际的朦胧前景和地平线,都在这里
　了,
这是海洋的诗歌。

那么,我的书啊,请别犹疑,要履行你的宿愿,
你不仅仅是对陆地的缅怀,
你还是一只乘风破浪的船,尽管我不知驶向何方,
　却始终满怀信念,

请伴着每一艘航行的船,扬帆前进呀!
请把我的爱包藏着带给他们(给你们,亲爱的水
　　手们,我把它藏在每一页里面;)
我的书啊,加速前进,我的小船啊,把白帆高举,
　　横跨傲慢的波澜,
歌唱着,越过无边的苍茫向每一片海洋行驶,
将我的这支歌带给所有的水手和他们的船。

给外邦

我听说你们在寻找什么东西来打破新世界这个谜,
并为美国,为她的强有力的民主制度下着定义,
因此我把我的诗篇送给你们,使你们在其中看到
　你们所需要的东西。

给一位历史学家

你歌颂往事,
考察了各个民族的外形和表面,和已经显露了的
　　生命,
你把人当作政治、社会、统治者和牧师的创造物,
而我,阿勒格尼山区的居民,把他当作凭自己的
　　资格而本身存在的人,
紧按着很少显露自己的生命的脉搏,(人本身的伟
　　大矜持,)
作为个性的歌唱者给未来描绘蓝图,
我规划将来的历史。

给你，崇高的目的

给你，崇高的目的哟！
你无比的、热情的、美好的目的，
你严峻、坚定而美妙的理想，
永存于所有的时代、民族和疆域，
在一场奇怪而悲惨但对你极为重要的战争之后，
（我想正是为了你，古往今来的战争才真正打起来，
　　或将要真正地打起，）
这些歌曲献给你呀，作为你永恒的进行曲。

（士兵们啊，一场不仅仅为其自身，
而是有更多更多的东西悄悄地等在后面的战争，
　　如今就要在这本书中前进。）

你，许多天体的天体哟！
你沸腾的原则哟！你精心保存的潜伏的幼芽哟！
　　你这中心哟！
战争在环绕你的理想旋转，
以它全部愤怒而猛烈的关于种种目的的表演，
（连同未来数千年的巨大后果，）
献给你，这些吟诵的诗——我的书和战争本是一
　　体，
我和我的一切都融合在它的精神中，就像斗争以
　　你为轴承，
这本并不自知的书，环绕着你的理想，
像一个轮子在它的轴上转动。

幻象

  我遇见一位先知，
他在世界的万象万物前徜徉，
涉猎艺术、学问、乐趣和官能的领域，
  为了要捡拾幻象。

  他说不要再采纳
那些费解的时辰或日子，或者是部分、碎片，
首先要采纳幻象，如普照的光，如开场的乐曲，
  要把幻象纳入你的诗篇。

  永远是混沌初开，
永远是周期循环，是成长，
永远是顶点和最终的融合（当然要重新开始，）
  是幻象，是幻象！

  永远是可变的，
永远是物质，变化着，碎裂着，又重新黏合，
永远是画室，是神圣的工厂，
  生产着幻象。

  瞧，我或你，
或者女人、男人，或者国家，无论有无名望，
我们好像在建造真正的财富、力量和美，
  但实际是建造幻象。

外表是转瞬即逝的，
一个艺术家的心境或学者的研究其实质却能久长，

或者是战士的、先烈的、英雄的劳绩,
　　在塑造他的幻象。

每一个人类生命,
(所有的元件都已收集、安排,包括每一思想、感
　情和行为,)
无论大小,全部归总,加在一起,
　　都在它的幻象里。

那老而又老的欲望,
建立在古代的尖峰,以及较新和更高的尖峰上,
如今更为科学和现代所怂恿,
　　那老而又老的欲望,那些幻象。

如今,在此时此地,
是美国的热闹、多产而复杂的繁忙,
这包括集体和个别的,因为只能从那里
　　释放出今天的幻象。

这些与过去的那些,
属于已消失的国家和大洋对岸所有的王朝,
属于古代征服者、古代战役和古代的海航,
　　都是彼此连接的幻象。

密集,生长,外观,
层叠的山峦,岩石,乔木,土壤,
远古诞生的、早在死亡的、长命的、要走的,

是连绵不绝的幻象。

　　　高兴的,狂喜的,着迷的,
看得见的只是它们的环形倾向,
在孕育的子宫里不断地形成又形成,
　　　那宏伟的地球幻象。

　　　所有的空间,所有的时间,
(那些星球,无数个太阳的可怕的紊乱,
膨胀,崩溃,完结,为了它们或长或短的用场,)
　　　只不过充满了幻象。

　　　那无声无息的万象,
百川倾注的无边无际的海洋,
像视线般分散的无数自由的个体,
　　　是真的现实,是幻象。

　　　这个并不是世界,
这些也并非宇宙;它们才是宇宙
是生命的永恒生命,目的和意向,
　　　这些幻象,这些幻象。

　　　超出你博学教授的演讲,
超出你精明观察者的望远镜和分光镜,超越于一
　　切的数学之上,
超出医生的外科手术和解剖学,超出化学家和他
　　的化学,

实体的实体，是幻象。

　　没有固定而又固定了的，
总是将要发生、总是已经发生的和现存的，
将现今迅猛地刮进无限未来的，
　　是幻象，幻象，幻象。

　　预言家和诗人，
还要保持自己，在更高的历史舞台上，
要向现代、向民主介绍，还要为他们讲解
　　上帝和幻象。

　　而你，我的灵魂，
在不停的锻炼、喜悦和得意中，
你的向往已终于满足，已准备停当，
　　去会见你的伙伴，幻象。

　　你的躯体是永久的，
那躯体在你的身躯内潜藏，
它是你那形态的唯一要旨，真正的自我，
　　一个肖像，一个幻象。

　　你的真正的歌并不在你的歌里，
没有特别的曲调可唱，也不为自己而唱，
但是从那整体终于产生着，上升和飘浮着，
　　一个完满而滚圆的幻象。

我为他歌唱

我为他歌唱,
我在过去的基础上把现今举起,
(如多年生树木从它的根上长出,现今也扎根于过去,)
我以时间和空间将他扩展,并将永久的法则融合,
让他凭它们来使自己变成自己的法律。

当我阅读那本书

当我阅读那本书、一本著名传记的时刻,
那么(我说),这就是作家称之为某个人的一生了?
难道我死之后也有人来这样写我的一生?
(好像有人真正知道我生活中的什么,
可连我自己也常常觉得我很少或并不了解我真正
　的生活,
我只想从这里找出能为我自己所用的一些些暗示,
一些些零散而模糊的、可供追踪的谋略和线索。)

开始我的研究

开始我的研究,最初的一步就使我非常地欢喜,
只看看意识存在这一简单的事实,这些形态,运
　　动力,
最小的昆虫或动物,感觉,视力,爱,
我说最初的一步已使我这么惊愕,这么欢喜,
我没有往前走,也不愿意往前走,
只一直停留着徘徊着,用欢乐的歌曲来歌唱这些
　　东西。

创始者们

他们在地球上那样受到供养,(在间或出现时,)
他们对于大地是多么可贵而又可畏,
他们那样如适应环境般适应自己——他们的时代
　　显得多么离奇,
人们那样响应他们,可是还不认识他们,
他们的命运在一切时代总是那样有点严酷,残忍,
一切时代总是那样把它们所奉承和奖赏的对象选
　　错了,
并且还得为同样的巨大收获付出同样毫不通融的
　　价格。

对各个州

对各个州，或它们中的任何一个，或者各州的任
　一城市，多抵制，少服从，
一旦无条件地服从，就彻底被奴役喽，
一旦被彻底奴役，这个地球上就再没有哪个民族、
　国家、城市，还能恢复它的自由。

在美国各州到处旅行

我们开始在美国各州到处旅行,
(哎,在全世界,为这些歌所怂恿,
从这里出航,到每块陆地,每个海洋,)
我们这些愿意学习一切、讲授一切和热爱一切的
　人。

我们观察了季节怎样调配自己和不断运行,
并且说过,一个男人或女人为何不该像季节那样
　多多地生产和发挥作用?

我们在每个城市和市镇都待些时候,
我们穿过加拿大,东北部,广阔的密西西比河流域,
　以及南部各州,
我们平等地与合众国的每个州交换意见,
我们审判自己,邀请男男女女来听,
我们对自己说,记住,不要害怕,要坦白,敞开
　肉体和灵魂,
待一会儿又继续前进,要大方,温和,纯洁,使
　人亲近,
这样,你所输出的就会像季节那样回来,
并且与季节那样同等地丰盛。

给某位女歌唱家

来,把这个礼物拿走,
这是我留给某位英雄、演说家或将军的,
他应当服务于有益的事业,人类的进步和自由,
　伟大的理想,
是一个敢于对抗暴君的人,一个大胆的反叛者;
但是我发现我所保留的东西属于你,像属于任何
　人一样。

我沉着

我沉着，悠闲地站在自然界，
作为万物的主人或主妇，直立于非理性的生物当中，
像它们那样充盈，那样驯服，那样善于接受，那样沉静，
发现我的职业、贫困、坏名声、缺点和罪恶，并不如我想象的那么要紧；
我面对墨西哥海，或者在曼哈顿，或者田纳西，或者远在北部或内地，
做一个生活在河边的人，或是在林区，或在这个国家或沿海的任何农业地带，也许是加拿大，或者湖滨；
我无论生活在哪里，遇到任何意外都要保持自我平衡，
面对黑夜、风暴、饥饿、嘲弄、事故、挫败，都要像树木和动物那样坚韧。

博学

当我向那里望去,我看到每一桩成果和光荣都在
追溯自己,偎依着向那里靠拢,常常以感激之情,
向那里,一个个时辰,日子,岁月——向那里,
各种行业,契约,机构,乃至最微小的产品,
向那里,日常生活,言辞,器皿,政治,人物,
社会阶层;
向那里,也有我们,我与我的草叶和歌,羡慕而
信任,
像一个父亲携带着他的儿女去见他的父亲。

船启航了

*

看哪，这无边的大海，
它的胸脯上有一只船启航了，张着所有的帆，甚至挂上了她的月帆[1]，
当她疾驶时，船旗在高空飘扬，她是那么庄严地向前行进，——下面波涛竞涌，恐后争先，
它们以闪闪发光的弧形运动和浪花围绕着船。

---

[1] 月帆是船上所用的一种最高的轻帆。

我听见美洲在歌唱

我听见美洲在歌唱,我听见各种不同的颂歌,
机器匠在歌唱着,他们每人歌唱着他的愉快而强健的歌,
木匠在歌唱着,一边比量着他的木板或梁木,
泥瓦匠在歌唱着,当他准备工作或停止工作的时候,
船家歌唱着他船里所有的一切,水手在汽艇的甲板上歌唱着,
鞋匠坐在他的工作凳上歌唱,帽匠歌唱着,站在那里工作,
伐木者、犁田青年们歌唱着,当他们每天早晨走在路上,或者午间歇息,或到了日落的时候,
我更听到母亲的美妙的歌,正在劳作的年轻的妻子们的或缝衣或洗衣的女孩子们的歌,
每人歌唱属于他或她而不是属于任何别人的一切,
白昼歌唱白昼所有的,晚间,强壮而友爱的青年们的集会,
张嘴唱着他们的强健而和谐的歌。

什么地方被围困了,要想突围也没有用?
看哪,我给那地方派去一个司令,敏捷、勇敢、
　　威武绝伦,
他带着骑兵和步兵,以及成批的大炮,
还有炮手,有史以来最厉害的炮兵。

什么地方被围困了?

我可还是歌唱这一个

我可还是歌唱这一个,
(这一个,但是由矛盾所构成,)我把他献给民族的命脉,
我在他身上留下反叛的种子,(那潜伏的起义之权啊!那无法扑灭的必不可少的怒火!)

不要向我关门吧

不要向我关门吧,骄傲的图书馆,
因为我带来了你所有满满的书架上都找不到而又最需
　要的东西,
这是我写好的书,从战争中带出来的,
书中的文字不算什么,它的倾向才是一切,
一本单独的书,与别的书没有联系,也没有为人的智力
　所认识,
但是你们,从没透露过的潜伏者,将使每一页都令人心
　悸。

未来的诗人们

未来的诗人们哟!未来的演说家,歌唱家,音乐家哟!
今天不能给我以公正的评价,也不能解答我存在的意义是什么,
可是你们,土生的、强力的、大陆的、空前伟大的新的一群,
起来呀!因为你们必须给我以公正的评价。

我自己将只写下一二指示着将来的字,
我将只露面片刻,便转身急忙退到黑暗中去。

我好比是一个不停地漫步着的人,偶然向你们看一眼,立刻又转过脸去,
一切留下让你们去证明,让你们去解释,
对一切主要的东西,把希望寄托在你们身上。

给你
*

陌生人哟,假使你偶然走过我身边并愿意和我说话,你为什么不和我说话呢?

我又为什么不和我说话呢?

你,读者

你,读者,与我同样因生活、骄傲和爱而心悸,所以我将下面的诗歌献给你。

从巴门诺克[1]开始

1

从鱼形的巴门诺克开始,
那是我为一个完美的母亲所生养并受她抚育
　　的地方,
我曾经漫游过许多地方,极爱好热闹的街道,
居住在我的曼纳哈达城或南部的草原上,
或曾经是一个驻扎在营盘里,或是背负着行
　　囊和步枪的兵士,或者是一个加利福尼亚
　　的矿工,
我曾在达科他森林的家中,过着简朴的生活,
　　食肉饮泉,
或者退到深藏着的隐僻的地方,远离人群的
　　喧闹,
在那里深思冥想,度过快乐和幸福的时刻,
我看到了新鲜的不吝施与的密苏里的巨流,
　　看到了伟大的尼亚加拉大瀑布,
看到了在平原上吃草的野牛群,看到了多毛
　　的,
胸腹广阔的牡牛,
看到了大地和岩石,鉴赏了五月的花朵,见
　　星星、雨、雪而感到惊异,
研究过知更鸟的歌喉和山鹰的飞翔,

---

[1] 巴门诺克,印第安人对长岛之旧称,是惠特曼的故乡。

听见过天晓时在水杉中隐居的无比的鸫鸟的歌声,
它寂寞地在西方歌唱着,我也歌唱着一个新的世
 界。

2

胜利、联合、信仰、一致、时间,
不可分解的结合、富裕、神秘、
永恒的进步、宇宙和现代的传说。

这便是生活,
这便是经过了多少苦痛的痉挛之后出现于表面的
 东西。
多么新奇!多么真实啊!
足下是神圣的土地,头上是太阳。

看哪,旋转着的地球,
古老的大陆在远处聚在一起,
现在与未来的大陆在南北分立中间则有着地峡。

看哪,广大的无垠的空间,
如像在梦中一样地变化着,并迅速地充实起来,
在这上面,涌现了无数的人群,
现在满是已知的最先进的人民、艺术、制度。

看哪,通过时间,将出现
我的无穷无尽的听众。

他们用坚定而有规律的步子走着，永不停留，
连续不断的人，美洲人，一万万的人民，
每一世代都履行了它的职务，然后退下去了，
别的世代又接着履行它们的职务，又轮流着退下
　　去了，
但它们都转回头或侧着脸在向我凝望，
以回顾的眼神望着我，在细细地倾听。

3

美洲人哟！胜利者哟！人道主义的先进的人群
　　哟！
最前进的哟！世纪的前进的队伍！获得解放的群
　　众！
这便是为你们预备的一张歌谣的节目。

草原的歌谣，
长流的一直流到墨西哥湾的密西西比河的歌谣，
俄亥俄、印第安纳、伊利诺斯、衣阿华、威斯康
　·星和明尼苏达的歌谣，
歌声从中心，从堪萨斯发出，由此以同等的距离，
向外投射永不停息的火的脉搏，使一切生气勃勃。

4

接受我的这些草叶吧，美洲，把它们带到南方和

北方去。
使它们在各处受到欢迎，因为它们乃是你自己所
　　生育的东西，
使东方和西方环绕着它们，因为它们将环绕着你，
你们先行者啊，亲密地和它们联系着吧，因为它
　　们正亲密地和你们联系在一起。

我曾细心研究过去，
我曾坐在伟大的导师们足下学习，
现在要是适宜，那些伟大的导师，也可以回转头
　　来对我加以研究。

我难道会以现在的美国各州的存在而来蔑视古代
　　么？
不，这些州原是从古代诞生的子孙，并将为古代
　　辩明。

5

死了的诗人、哲学家、僧侣、
殉教者、艺术家、发明家、以往的一切政治家，
在其他地方形成各种语言的人民，
一度强盛，现在已衰微、退步和零落的民族，
直到我敬谨地认识了你们所遗留在这里的一切，
　　我才敢前进，
我仔细研究了那一切，承认它是可钦佩的，（我在
　　其间徘徊了片刻，）

我想再没有什么能比它更伟大，更值得称赏的了，
我全心注视它很长一段时间后，才把它放开，
现在，在这里，我和我的时代站在我自己应在的
　　地方。

这里是男性和女性的陆地，
这里是世界的男继承人和女继承人，这里是物质
　　的火焰，
这里灵性是公开承认的，
无时不在的传达者，是可见到的形体的究竟
是长久期待之后现在正向前进行的酬赏者，
是呀，这里我看到了我的主妇——灵魂。

6

灵魂，
无止无尽——比赭黄而坚固的土地还长远，比涨
　　落无定的流水还悠久。

我要写出物质的诗歌，因为我认为它们正是最有
　　精神意义的诗歌，
我要写出我的肉体的和不能永生的常人的诗歌，
因为我认为那时我才可以有我的灵魂的和永生的
　　诗歌。

我要为这美国各州写出一篇诗歌，使任何一州在
　　任何情况之下，都不会为别的一州所统治，

我要写出一篇诗歌,使各州之间及任何两州之间,
　　日夜都有着礼让;
我要写出一篇诗歌以便唱给总统听,诗歌中充满
　　了锋锐的武器,
武器之后,则是无数表示不满的面孔;
我也要歌唱由众多形成的一个整体,
这有着尖牙利齿的、灿烂的整体,他的头颅高出
　　一切之上,
这有着坚决的战斗精神的整体,包容而且超出了
　　一切,
(无论别的头有多高,他的头颅总是高出于一切之
　　上。)

我承认同时代的各个国土,
我愿意走遍地球,谦恭地向每一个大城市和小城
　　镇致敬。
还有雇工的职业哟!我愿意把你们在海上和陆上
　　的英雄事业放进我的诗篇,
我愿意以一个美国人的观点,来述说一切的英雄
　　事迹。

我要高唱伙伴之歌,
我要指出只有什么东西才能最后把这一切结实地
　　连接起来,
我相信他们要建立起自己的人类之爱的理想并在
　　我身上指示出来,
因此我要从自己发散出那威胁着要把我烧化的

烈火，
我要把长久窒闷着这火焰的掩盖物揭开，
我要让它尽情地烧个痛快，
我要写出同志的和爱的福音的诗歌，
因为除了我谁还明白爱的悲愁和快乐？
除了我谁还是同志诗人？

7

我是一个容易相信性质、时代和种族的人，
我从人民中出发以他们的精神前进，
这里便是对于无拘束的信仰的歌唱。

全体哟！全体哟！别人愿意忽略什么让他们忽略吧，
我却同时也歌唱恶，也赞赏恶的部分，
在我自己，我的恶和我的善是一样多，我的国家也是如此——我说事实上根本没有恶，
（或者即使真有的话，那么，它对于你，对于国土，对于我都如同别的东西一样的重要。）

我也追随着许多人，并为许多人追随着，我也开始创立了一种宗教，走入了竞赛场，
（也许我命中注定要在这里大声发出胜利者的高叫，
谁知道呢？它还可能从我发出，回荡于一切事物之上。）

每一事物的存在，都不是为着自己的缘故，
我说整个地球，所有天上的星星，都是为着信仰的缘故。

我说，任何人都还完全不够虔诚，
任何人都还敬慕或崇拜得不够，
人还没有开始想到他自己是如何神圣，未来是如何的确
　　定。

我说这些州的真实而永恒的宏伟，就是它们的信仰，
否则世界上就没有所谓真实而永恒的宏伟。
（没有信仰，则没有名符其实的品行和生命，
没有信仰，则没有名符其实的国土、男人或女人。）

8

青年人，你现在在做什么呢？
你这样严肃地倾心于文学、科学、艺术和爱情么？
倾心于这些表面的现实、政治和细小事情么？
不管是什么你都有野心去做并视为你的事业么？

这是好的——我丝毫不反对，我也是歌唱这些的诗人，
但是，看哪，这一切很快就消退了，因信仰而被烧毁，
因为并非一切物质都是热、都是无形的火焰、都是大地
　　的主要生命的燃料，
正如这些不都是信仰的燃料一样。

9

你这么苦思,这么沉默,所想的是什么呢?
伙伴哟!你需要什么呢?
亲爱的儿子,你想那是爱情么?

听着,亲爱的儿子——听着,美洲、儿子或女儿,
过分地爱一个男人或女人,是痛苦的事情,但那
　　给你一种满足,那是一种伟大的行径,
但还有一件别的东西也很伟大,它使得全体一致,
它的伟大超越了物质,它永远不断地扫过一切并
　　供给一切以存在的条件。

10

你知道,就只为了在大地上撒下一种更伟大的信
　　仰的种子,
我才分门别类地唱出下面的这些歌。

我的伙伴哟,
你可以和我分享两种伟大,更丰富、更有光辉的
　　第三个伟大便将产生,
爱与民主的伟大,信仰的伟大。

我自己是一切可见的和不可见的东西的混合体,
是河川流注的神秘的海洋,
物质的先知的精神,在我的周围闪动发光,

生命，一致，现在无疑已在我们所不知道的空中
　　近在我们身旁，
时时刻刻接触到我的，便不会离开我，
这些在经过选择，这些在用暗示的方法向我提出
　　要求。

从童年时代起便每天和我亲吻的人，
也不能比苍天及一切精神世界，
更能缠绕着我，使我永对他念念不忘，
因为它们赐予我的已太多了，暗示给我许多的主
　　题。

啊，这样的主题——平等！这神圣的平凡的名词！
在太阳下歌唱，如同现在一样，或者在中午或日
　　落时候，
音乐一样的歌调，通过了许多时代，现在到达这里，
我喜爱你们的漫不经心地集合成的乐调，我在里
　　面增加一些新的成分，然后欢乐地把它们向前
　　传留下去。

11

当我清晨在亚拉巴马漫步的时候，
我看见雌知更鸟在荆棘丛中的小巢里孵雏。

我也看见了雄鸟，
我停下来听他在附近鼓着喉头快乐地歌唱。

我停在那里的时候,想到他真不只是为着那地方
　　而歌唱,
也不单是为他的伴侣,为他自己,也不是为那传
　　回来的回音,
乃是为了那微妙的,秘密的,在远处的,
新生的生命所承受的责任和对他的隐秘的赠礼。

12

民主哟!在你的旁边一支歌喉正在快乐地唱着。

我的女人哟!为着属于我们,也远在我们后面的
　　孩子,
为着那些属于现在和属于未来的一切,
我欢欣地准备接待他们,现在要唱出比来自大地
　　上所曾听到过的更强健、更骄傲的赞歌。

我愿意唱出热情之歌,来给他们开路,
还有你们的歌,你们不受法律保护的叛逆者,我
　　以同类者的眼光注视着你们,也带着你如同别
　　人一样和我走去。

我要创造出真正的富裕之歌,
来为身心获得永固的、前进的和不为死亡所制的
　　一切。
我要尽情歌颂自我主义,并指出那是一切的基础,

我愿意做一个歌颂人格的诗人，
我愿意指出男女都互相平等，
性器官和性活动哟！你们集中向我吧，因为我决
　　定勇敢地明白地对你们说，证明你们是光明的，

我愿意指示出现在没有不完美的事物，将来也没
　　有不完美的事物，
我愿意指示出无论任何人遭遇了什么，都可以成
　　为美丽的结果，
我愿意指示出人所遭遇到的再没有比死更美丽的
　　了，
我愿意在我的诗歌里穿上一条线，说明时间和事
　　件是结合起来的整体，
说明宇宙的万物都是完美的奇迹，每一件都是和
　　另一件一样的深奥。

我不愿意歌唱关于部分的诗歌，
我愿意使我的诗歌，思想，关涉到全体，
我不愿唱仅关于一天的，而要唱关于每天的诗歌，
我作的任何一首诗，或一首诗的最小的一部分，
　　都关涉到灵魂，
因为看过了宇宙中的万物，我发现任何个体，任
　　何个体之一部分都关涉到灵魂。

13

有人想要看灵魂么？

看你自己的身体、面貌、人物、实体、野兽、树林、
　　奔流的河川、岩石和沙土吧。

所有的人都在握到了精神的欢乐后才又将它放开；
真实的肉体如何能死亡并给埋葬了呢？

你的真实的肉体和任何男人或女人的真实的肉体
　　中的每一部分，
都会从洗尸人的手里脱出转入到一个更适宜的境
　　界，
携带着从诞生的时刻到临死的时刻所增加的一切。

印刷工人所排的铅字，决不能收回它们所印出的
　　字迹、意义和其要点，
同样的一个男人的原质和生命或一个女人的原质
　　和生命决不会回返到肉体和灵魂中，
不管在生前和死后都一样。
看哪！肉体包含着，同时也就是意义、要点，肉
　　体包含着，同时也就是灵魂；
无论你是谁，你的肉体或这肉体的任何一部分，
　　都是多么的壮丽，多么的神圣！

14

无论你是谁，这里是向你发出的无尽的忠言！

大地的女儿哟！你正期待着你的诗人么？

你是否期待着一个滔滔不绝指手画脚的诗人?
面向着各州的男性,面向着各州的女性,
发出欢欣的言辞,对民主的大地祝福的言辞。

交错着的粮食丰足的大地哟!
煤与铁的大地哟!黄金的大地哟!棉花、糖、米谷的大地哟!
小麦、牛肉、猪肉的大地哟!羊毛和麻的大地哟!苹果和葡萄的大地哟!
世界牧场和草原之大地哟!空气清新、一望无垠的高原之大地哟!
牧群,花园,和健康的瓦屋之大地哟!
吹着西北哥伦比亚风的大地,吹着西南科罗拉多风的大地哟!
东方切萨比克的大地,特拉华的大地哟!
安大略,伊利,休仑,密执安的大地哟!
古老的十三州的大地哟!马萨诸塞的大地哟!佛尔蒙特和康涅狄格的大地哟!
大洋岸的大地哟!山脉和山峰的大地哟!
船夫和水手的大地哟!渔人的大地哟!
不可分解的大地哟!紧握在一处的大地哟!热情的大地哟!
互相并立着的!四肢骨骼粗大的!年老的和年轻的弟兄哟!
伟大妇人的大地哟!女性哟!有经验的姐妹和没有经验的姐妹!
遥远的大地哟!远接着北极圈哟!风吹送的墨西

哥哟！多种多样！密密实实！
宾夕法尼亚人哟！弗吉尼亚人哟！南北卡罗来纳州人哟！
啊，你们每一个我都爱着！我的无畏的民族哟！
啊，无论如何我总以完全的爱包围着你！
我不能离开你，对你们中任何一个都一样不愿离开！
啊，死哟！啊，尽管如此吧，此时我还是属于我所见不到的你的并对你怀着不可抑制的爱！
漫步于新英格兰，一个朋友，一个旅行者，
在巴门诺克的沙滩上，夏天的川水，浸湿了我的赤裸的两足，
横过草原，重复居留于芝加哥，居留于每一个城市，
观察了各种陈列，诞生，进步，建筑，艺术，
在大厅里听过男演说家和女演说家的讲演，
生之时，属于各州，并通过了各州，每一个男人和女人都是我的邻人，
路易斯安那人，佐治亚人，近在我的身边，如同我之在她或他的身边一样，
密西西比人，和阿肯色人，和我在一起，我也和他们任何人在一起，
而我仍然在主流的西部的平原，在我的瓦屋里面，
东回到了海滨州，或到了马里兰，
仍然在有加拿大人愉快地冒着冬天的冰雪来欢迎我的地方，
仍然是缅因，或是新罕布什尔或是罗得岛，或是纽约州的一个真实的儿子，

航行到别的海岸,欢迎了每一个新的兄弟,
在这里,当新的人和旧的人结合了的那时刻,这
　　诗歌对新的人同样适用;
我自己到这些新人中间,便成为他们的伙伴或同
　　等的人,现在我要亲自向你们走来,
要你们和我一起来表演情节,串演人物,扮演戏景。

15

坚定地和我相携着,但急遽地,急遽地向前。

为了你的生命请紧靠着我,
(在我同意真正地把我自己给你之前,我也许需要
　　很多次的说服,但那又有什么呢?
自然不是也需要很多次的说服么?)

我并不是甜美精致的人,
长着浓髯,太阳晒黑的肤色,灰色的脖子,并显
　　出不可亲近的样子,我来到了,
当我走过的时候,人们将和我为了这宇宙间的坚
　　实的奖品而角斗,
而我则将把这种奖品献给任何能够顽强地坚欲赢
　　得它们的人。

16

我在我的道路上做片刻停留,

这为着你,这为着美洲!
但我仍然高捧着现在,仍然预言着各州的幸福和庄严的未来,
对于过去,我只要说明红印第安土人在大气中所保留下的一切。

红印第安人,
留下了自然的呼吸、风和雨的声音,如鸟兽一样的森林中的呼声,呼声变成了我们现在所知道的这些名字:
阿柯尼、枯沙、阿达瓦、漫浓加希拉、苏克、南茨、查达虎契、间克达、阿洛诺柯、
瓦巴斯、迈阿密、沙鸡纳、契比瓦、阿斯柯士、瓦拉瓦拉、
留下了这些给各州,他们消逝了,他们走了,却给大地和河川以这样的名字。

17

此后,开展着,飞快地开展着,
元素、种族、调和、骚动、迅速和大胆,
又是一个初生的世界,有着不断扩展的光荣的前景,
一个后来居上的、更为宏伟得多的新的种族,有着新的竞争,
新的政治、新的文学和信仰、新的发明和艺术。

我高声宣布这一切——我不再睡眠了,我要起来
你们一向在我的心中平静着的海洋哟!我正如何
　　感觉到你们,幽深无底,闹嚷不宁,正在酝酿
　　着空前未有的狂涛和暴风雨。

18

看哪,在我的诗歌里面,无数的大汽船正冒着烟,
看哪,在我的诗歌里,侨民正不断地来到这里上岸,
看哪,在后面,土人的小屋、走道、猎人的茅舍、
　　平底船、玉蜀黍叶、开垦的土地、土墙、森林
　　后面的小村庄,
看哪,一边是西海洋,另一边是东海洋,它们如
　　何在我的诗歌中起伏着如同在自己的海洋上
　　起伏一样,
看哪,在我的诗歌里面的牧场和森林——看哪,
　　犷悍和驯顺的动物,看哪,在卡瓦那边,无数
　　的野牛在草地上吃草,
看哪,在我的诗歌里面,广大的内陆的城池和土地,
　　有着宽整的道路和钢铁和石头的建筑,不断的
　　车辆和贸易,
看哪,有着许多金属滚筒的蒸汽印刷机——看哪,
　　横穿大陆的电报机,
看哪,在大西洋的深处,美洲的脉搏通到了欧洲,
　　欧洲的脉搏也通过来,
看哪,强健而迅速的火车头,它在前进的时候,
　　喘息着,鸣叫着汽笛,

看哪,农人们在耕田——看哪,矿工在开矿——看哪,这无数的工厂,
看哪,机器师在车床上忙着制造器具,看哪!在他们之中出现了穿着工人服装的更卓越的法官、学者和总统。
看哪,徜徉于各州的商店和田野,我日夜都被喜爱着,亲近着,
在这里听着我的诗歌的大声回响——读着最后来到的指示吧。

19

啊,伙伴,近前来哟!啊,你和我终于见面了,只是我们两个人。
啊,一句话来肃清前面的无止尽的道路!
啊,某种令人陶醉的不可名状的东西!啊,狂野的音乐哟!
啊,现在我胜利了——你也将胜利;
啊,手牵手——啊,健康的快乐——啊,又一个欲求者和恋爱者!
啊,坚定地紧握着手,急遽地、急遽地和我更向前去哟!

自己之歌 *

1

我赞美我自己,歌唱我自己,
我所讲的一切,将对你们也一样适合,
因为属于我的每一个原子,也同样属于你。

我邀了我的灵魂同我一道闲游,
我俯首下视,悠闲地观察一片夏天的草叶。

我的舌,我的血液中的每个原子,都是由这泥土
　　这空气构成,
我在这里生长,我的父母在这里生长,他们的父
　　母也同样在这里生长,
我现在是三十七岁了,身体完全健康,
希望继续不停地唱下去直到死亡。

教条和学派且暂时搁开,
退后一步,满足于现在它们所已给我的一切,但
　　绝不能把它们全遗忘,
不论是善是恶,我将随意之所及,
毫无顾忌,以一种原始的活力述说自然。

2

屋宇和房间里充满了芳香,框架上也充满了芳香,
我自己呼吸到这种芳香,我知道它,我欢喜它,

这种芬芳的气息,要使我沉醉,但我不让自己沉醉。

大气并不是一种芳香,它没有熏香之气,它是无嗅的物质,
但它永远适宜于我的呼吸,我爱它,
我愿意走到林边的河岸上,去掉一切人为的虚饰,赤裸了全身,
我疯狂地渴望能这样接触到我自己。

我自己呼出的气息,
回声、水声、切切细语、爱根草、合欢树、枝杈和藤蔓,
我的呼气和吸气,我的心的跳动,血液和空气在我的肺里的流动,
嫩绿的树叶和干黄的树叶、海岸和海边的黝黑的岩石和放在仓房里面的谷草所吐的气息,
我吐出来散布在旋风里的文字的声音,
几次轻吻,几次拥抱,手臂的接触,
在柔软的树枝摇摆着的时候,枝头清光和暗影的嬉戏,
独自一人时的快乐,或在拥挤的大街上、在田边、在小山旁所感到的快乐,
健康之感,正午时候心情的激动,由床上起来为迎接太阳而发出的我的歌声。

你以为一千亩是很多了么?你以为地球是很大了么?

你已有了长久的实习,学到了读书的能力了么?
你在理解了诗歌的意义的时候曾感到非常骄傲么?

和我在一处待过一日一夜,你就会有了一切诗歌的泉源,
你将会得到大地和太阳的一切美善,(还有千万个太阳留在那里,)
你将不再会间接又间接地去认识事物,也不会通过死人的眼睛去观看一切,也不会以书本里的假象和鬼影作为你的粮食,
你也不会通过我的眼睛观察,从我去获得一切,
你将静静地向各方面倾听,经过你自己而滤取它们。

3

我曾经听过谈话者的谈话,谈到了终与始,
但我并不谈论终与始。

从前没有过像现在这样多的起始,
也没有像现在这样多的青春和年岁,
将来也不会有像现在这样多的完美,
也不会有比现在更多的地狱或天堂。

冲动,冲动,冲动,
永远是世界的生殖的冲动!

相反而相等的东西从朦胧中产生出来，永远是物
　　质，永远在增加，永远是性的活动，
永远是一致的结合，永远有区分，永远是生命的
　　滋生。
这用不着详为解释，博学的人和愚昧的人都感觉
　　到确是如此。

如同最确定的东西一样地确定，完完全全地正直，
　　结结实实地拴牢在一起，
如同马匹一样地强壮、热情、骄傲、有电力，
我和这种神秘，我们站在这里。

我的灵魂是明澈而香甜的，非我灵魂的一切也是
　　明澈而香甜的。

一者缺则二者俱缺，不可见的东西由可见的东西
　　证明，
等到它又变为不可见的东西的时候，那就轮到它
　　又被别的东西所证明。

指出最美好的，并把它同最坏的东西区别开来，
　　是一世代带给另一世代的烦恼，
但我知道万物都是非常和谐安定的，当他们争论
　　着的时候，我却保持沉默，我自去沐浴，赞美
　　我自己。

我的每一种感官和属性都是可爱的,任何热情而
　　洁净的人的感官和属性也是可爱的,
没有一寸,没有一寸中的任何一分是坏的,也没
　　有任何一部分比其余的对我较为陌生。

我已很满足——我看,我跳舞,我欢笑,我歌唱;
紧抱着我那和我相爱的同寝者,通夜睡在我的身
　　边,当天一亮,就轻脚轻手地走了,
留下盖着白毛巾的篮子,满屋子到处都是,
难道我应当踌躇于接受和认识,并责备我的两眼,
　　叫它们别向大路上凝望,
而应立刻为我清清楚楚地核算,
这一件值多少,那两件值多少,或究竟哪一件最
　　好么?

4

旅行者和探问者围绕着我,
我所遇到的人民,我早年的生活,或者我所生存
　　的市区或国家对于我的影响,
最近的消息、新的发现、发明、社会、新的和旧
　　的著作家,
我的饮食、衣服、亲朋、外表、问候、债务,
我所爱的一些男人或女人的实际的或想象的冷漠,
我的家人或我自己的病患或错误、金钱的遗失或
　　缺乏,或抑郁不欢,或者情绪高昂,
战役、内争的恐怖、可疑的新闻的狂热、时紧时

松的事件，
这一切日日夜夜接近我，又从我这里离去，
但这一切并不是我。

不管任何人的拉扯，我站立着，
快乐，自足，慈悲，悠闲，昂然地独立着，
往下看，仍然一直挺着胸膛，或者屈着一条胳臂
　靠在一个无形的但是可靠的支柱上，
歪着头看着，好奇地观望着，且看会有什么事发生，
自己身在局中而又在局外，观望着亦为之惊奇。

往回看，我看见了我过去的日子，我流着汗同语
　言学家和辩论家在云雾中争斗，
现在我没有嘲笑和申辩，我只是看着，期待着。

5

我相信你，我的灵魂，但我绝不使别人向你屈尊，
你也不应该对别人自低身份。

和我在草上优游吧，松开你的嗓子，
我不需要言语、或者歌唱、或者音乐，不要那些
　俗套或一番演说，即使是最好的我也不需要，
我只喜欢安静，喜欢你的有调节的声音的低吟。

我记得有一次我们如何躺在明澈的夏天的清晨，
你如何将你的头，压住我的大腿，柔和地在我身

上转动,
并撕开我胸前的汗衣,将你的舌头伸进我裸露着
　　的心,
直到你触到了我的胡子,直到你握住了我的双足。

立刻一种无与伦比的安宁与知识,迅速地在我的
　　周围兴起和展开,
因此我知道了上帝的手便是我自己的诺言,
上帝的精神便是我自己的弟兄,
而一切出生的人也都是我的弟兄,一切女人都是
　　我的姊妹和我所爱的人,
而造化的骨架便是爱,
无穷无尽的是僵枯地飘落在田地里的树叶子,
和叶下小孔里的棕色的蚁,
是虫蛀的藩篱上面的苔藓、乱石堆、接骨木、毛
　　蕊花、牛蒡草。

6

一个孩子说:草是什么呢?他两手满满地摘了一
　　把送给我,
我如何回答这个孩子呢,我知道的并不比他多。

我猜想它必是我的意向的旗帜,由代表希望的碧
　　绿色的物质所织成。

或者我猜想它是神的手巾,

一种故意抛下的芳香的赠礼和纪念品,
在某一角落上或者还记着所有者的名字,所以我
　　们可以看见并且认识,并说是谁的呢?

或者我猜想这草自身便是一个孩子,是植物所产
　　生的婴孩。

或者我猜想它是一种统一的象形文字,
它的意思乃是,在宽广的地方和狭窄的地方都一
　　样发芽,
在黑人和白人中都一样地生长,
开纳克人、塔卡河人[1]、国会议员、贫苦人民,
　　我给予他们的完全一样,我也完全一样地对待
　　他们。

现在,它对于我,好像是坟墓的未曾修剪的美丽
　　的头发。

卷曲的草哟!我愿意待你以柔情,
你或者是从青年人的胸脯上生长出来的,
假使我知道他们,我会很爱他们,
或者你是从老年人、从很快就离开了母亲怀抱的
　　婴儿身上生长出来的,
而在这方面你便是母亲的怀抱。

[1] 开纳克人,加拿大人之别称;塔卡河人,
　　弗吉尼亚人之别称。

这片草叶颜色暗黑，不会是从年老的母亲的白头
　　上长出来的，
比老年人的无色的胡子还要暗黑，
这黑色倒像是出自于淡红色的上颚所覆盖下的口
　　腔。

啊，我终于看出这么多说着话的舌头了，
我看出它们所以是出于口腔不是没有原因的。

我愿意我能翻译出这关于已死的青年人和女人的
　　暗示，
关于老年人和母亲们和很快就离开了她们的怀抱
　　的婴儿们的暗示。

你想那些青年人和老年人结果怎样了？
你想那些妇人和小孩子们结果怎样了？

他们都在某地仍然健在，
这最小的幼芽显示出实际上并无所谓死，
即使真只有过死，它只是引导生前进，而不是等
　　待着要最后将生遏止，
并且生一出现，死就不复存在了。

一切都向前和向外发展，没有什么东西会消灭，
死并不像一般人所想象的，而是更幸运。

7

有人认为生是幸运的事么?
我将毫不迟疑地告诉他或她,死也是一样的幸运,
　　这我完全知道。

我和垂死者一起经过了死,和新堕地的婴儿一起
　　经过了生,我并非完全被限制于我的帽子和我
　　的皮鞋之间,
我细看各种事物,没有任何两件东西是相同的,
　　但各个都很美好,
大地是美好的,星星是美好的,附属于它们的一
　　切都是美好的。

我并不是大地,也不是大地的附属物,
我是人们的朋友和伴侣,一切都如我一样不朽而
　　且无穷,
(他们并不知道如何不朽,但我知道。)

每一种东西的存在都为着它的自身和属它所有的
　　一切,属于我的男性和女性为我而存在,
那些从前是男孩子而现在恋爱着女人的人为我而
　　存在,
那骄傲的、并以被人轻蔑为痛苦的男人为我而存在,
情人和老处女为我而存在,母亲们和母亲们的母
　　亲们为我而存在,

微笑过的嘴唇,流过泪的眼睛为我而存在,
孩子们和孩子们的生育者也都是为我而存在。

去掉一切掩饰吧!你对于我是无过的,你不会被
　　认为陈腐,也没有被抛弃,
透过白布和花布我能看出一切究竟,
我在你身边,执着不舍,追而不休,永不厌倦,
　　也不能被驱走。

8

幼小者睡在他的摇篮里,
我掀起帐纱看了好一会儿,并轻轻地用我的手挥
　　开了苍蝇。

儿童和红面颊的女孩走向路旁,爬上林木丛生的
　　小山,
我从山顶上窥望着他们。

自杀者的肢体躺卧在寝室里血污的地上,
我亲见那披着湿发的死尸,我看到手枪掉在什么
　　地方。

马路上的坎坷、车辆的轮胎、鞋底上的淤泥、闲
　　游者的谈话、
沉重的马车、马车夫和他表示疑问的大拇指、马
　　蹄走在花岗石上嘚嘚的声响,

雪车叮当的铃声、大声的说笑、雪球的投击,
大众表示欢迎的呼喊、被激怒的暴徒的愤怒,
蒙着帘幕的担架的颠动、里面是被送往医院的一
　　个病人,
仇人的相遇、突然的咒骂、打击和跌倒,
激动的群众、带着星章飞快地跑到群众中心去的
　　警察,
无知的顽石接受和送出的无数的回声。
中暑或癫痫患者因过饱或在半饥饿时发出的可怕
　　的呻吟,
忽然感到阵痛赶忙回家去生孩子的妇人的可怕的
　　叫喊,
始终在这里颤动着生存着或已被埋葬了的人的言
　　辞、被礼节遏止住的号泣,
罪犯的逮捕、玩忽、淫邪的勾引、接受、噘着嘴
　　唇的拒绝,
我注意到这一切,或是这一切的反映与回声——
　　我来到了我又离去了。

9

乡村里仓房的大门打开了,准备好一切,
收获时候的干草载上了缓缓拖拽着的大车,
明澈的阳光,照耀在交相映射的棕灰色和绿色上,
满抱满抱的干草被堆在下陷的草堆上。

我在那里,我帮忙操作,我躺在重载之上,

我感觉到轻微的颠簸,我交叉着两脚,
我跃过车上的横档,摘下一把苜蓿和稗子草,
我一个筋斗滚下来,头发上满是些稻草。

10

我独自在遥远的荒山野外狩猎,
漫游而惊奇于我的轻快和昂扬,
在天晚时选择了一个安全的地方过夜,
烧起一把火,烤熟了刚猎获到的野味,
我酣睡在集拢来的叶子上,我的狗和枪躺在我的
　　身旁。

高张风帆的美国人的快船,冲过了闪电和急雨,
我的眼睛凝望着陆地,我在船首上弯着腰,或者
　　在舱面上欢快地叫笑。

水手们和拾蚌的人很早就起来等待着我,
我将裤脚塞在靴筒里,上岸去玩得很痛快,
那一天你真该和我们在一起,围绕着我们的野餐
　　的小锅。

在远处的西边,我曾经看见猎人在露天举行的婚
　　礼,新妇是一个红种女人,
她的父亲和她的朋友们在旁边盘腿坐下,无声地
　　吸着烟,他们都穿着鹿皮鞋,肩上披着大而厚
　　的毡条,

这个猎人慢悠悠地走在河岸上，差不多全身穿着
　　皮衣，他的蓬松的胡子和卷发，遮盖了他的脖颈，
　　他用手牵着他的新妇，
她睫毛很长，头上没有帽子，她的粗而直的头发，
　　披拂在她的丰满的四肢上，一直到了她的脚胫。

逃亡的黑奴来到我的屋子的前面站着，
我听见他在摘取木桩上的小枝，
从厨房的半截的弹簧门我看见他是那样无力而尪
　　弱，
我走到他所坐着的木头边领他进来，对他加以安
　　抚，
我满满地盛了一桶水让他洗涤他的汗垢的身体和
　　负伤的两脚，
我给他一间由我的住屋进去的屋子，给他一些干
　　净的粗布衣服，
我现在还清楚地记得他的转动着的眼珠和他的局
　　促不安的样子，
记得涂了些药膏在他的颈上和踝骨的疮痕上面，
他和我住了一个星期，在他复元，并到北方去以前，
我让他在桌子旁边紧靠我坐着，我的火枪则斜放
　　在屋子的一角。

11

二十八个青年人在海边洗澡，
二十八个青年人一个个都是这样地互相亲爱；

二十八年的女性生活而且都是那样的孤独。

她占有建立在高岸上的精美的房子，
她俊俏美丽穿着华贵的衣服躲在窗帘背后。

在这些青年人中她最爱谁呢？
啊，他们中面貌最平常的一个，她看来是最美丽。

姑娘哟！你要到哪里去呢？因为我看见你，
你一边在那里的水中嬉戏，一边却又静立在你自
　己的屋子里。

跳着，笑着，沿着海边，第二十九个沐浴者来到了，
别的人没有看见她，但她看见了他们并且喜爱他
　们。

小伙子们的胡子因浸水而闪光，水珠从他们的长
　发上流下来，
流遍了他们的全身。

一只不可见的手也抚摩遍了他们的全身，
它微颤着从额角从肋骨向下抚摩着。

青年们仰面浮着，他们的雪白的肚子隆起着朝向
　太阳，他们并没有想到谁紧抓住他们，
他们并没有知道有谁俯身向着他们在微微地喘息，
他们并没有想到他们用飞溅的水花浇湿了谁。

12

屠户的小伙计脱下了他的屠宰衣,或者在市场的
   肉案上霍霍地磨着屠刀,
我徘徊着,欣赏着他的敏捷的答话,和他的来回
   的移动和跳舞。

胸脯汗渍而多毛的铁匠们围绕着铁砧,
每个人用尽全力,挥动着他的大铁锤,烈火发着
   高温。

从满是炭屑的门边我注视着他们的动作,
他们柔韧的腰肢与他们硕大的手臂动作一致,
他们举手过肩挥动着铁锤,他们举手过肩那样沉
   着地打着,又打得那样的准确,
他们不慌不忙,每个人都打在正合适的地方。

13

黑人紧紧地捏着四匹马的缰绳,支车的木桩在下
   面束着它的链子上晃摇着,
赶着石厂里的马车的黑人,身体高大,坚定地一
   只脚站在踏板上,
他的蓝衬衣露出宽阔的脖子而胸脯在他的腰带上
   袒开,
他的眼神安静而威严,他从前额上将耷拉着的帽

缘向后掀去，
太阳照着他卷曲的黑发和胡子，照着他光泽而健
　　壮的肢体的黑色。

我看到这个图画般的巨人，我爱他，但并不在那
　　里停留，
我也和车辆一样地前进了。

无论向何处移动，无论前进或是后退，我永远是
　　生命的抚爱者，
对于隐僻地方和后辈少年，我都俯身观察，不漏
　　掉一人一物，
为了我自己、为着我的这篇诗歌我将一切吸收。

勤劳地负着轭或者停止在树荫下面的牛群哟，在
　　你的眼睛里所表现的是什么呢？
那对于我好像比我生平所读过的一切书籍还多。

我整天长游和漫步，我的步履惊起了野鸭群，
它们一同飞起来缓缓地在天空盘旋。

我相信这些带翅膀的生物有其目的性，
也承认那红的、黄的、白的颜色都能使我激动，
我认为这绿的、紫的和球状花冠都各有深意，
我更不因为鳌只是鳌而说它是无价值的东西，
树林中的樫鸟从来没有学习过音乐，但我仍觉得
　　它歌声很美丽，

栗色马的一瞥,也使我羞愧于自己的愚拙。

14

野鹅引导他的鹅群飞过寒冷的夜空,
它叫着"呀——嘀",这声音传来有如对我的一种
　　邀请,
无心人也许以为它毫无意义,但我却静静地谛听。
向着冬夜的天空,我看出了它的目的和它所在的
　　地方。

北方的纤足鼠、门槛上的猫、美洲雀、山犬,
母豚乳房旁用力吮吸着鸣叫着的小猪群,
火鸡的幼雏和半张着翅膀的母鸡,
我看出,在它们身上和我自己身上有着同一的悠
　　久的法则。

我的脚在大地上践踏流露出一百种感情,
我尽最大的努力也不能写出使它们满意的叙述。

我热爱户外的生活,
热爱生活于牛群中或尝着海洋或树林的气味的人
　　们,
热爱建筑者和船上的舵工,及挥动锤斧的人和马
　　夫,
我能够整星期整星期地和他们在一处饮食和睡眠。

最平凡、最廉贱、最靠近、最简单的是自我,
我来此寻觅我的机会,为了丰厚的报酬付出一切,
装饰我自己,把我自己给予第一个愿接受我的人,
我并不要求苍天俯就我的善愿,
而只是永远无偿地将它四处散播。

15

风琴台上柔和的女低音在歌唱,
木匠在修饰着厚木板,刨子的铁舌发出咻咻的声
　　音,
已结婚和未结婚的孩子们骑着马回家去享受感恩
　　节的夜宴,
舵手抓住了舵柄用一只强有力的手臂将它斜推过
　　去,
船长紧张地站在捕鲸船上,枪矛和铁叉都已预备
　　好了,
猎野鸭的人无声地走着,小心地瞄准,
教会的执事们,在神坛上交叉着两手接受圣职,
纺织的女郎随着巨轮的鸣声一进一退,
星期日来此闲游并查看他的雀麦和裸麦的农夫停
　　留在栅栏的旁边,
疯人被认为确患疯症终被送进了疯人院,
(他再不能如幼小时候在母亲寝室里的小床上
　　一样熟睡了;)
头发灰白下颚尖瘦的印刷工人在他的活字盘上工
　　作着,

他嚼着烟叶，眼光却蒙眬地看着原稿纸；
畸形的肢体紧缚在外科医生的手术台上，
被割去了的部分可怕地丢掷在桶里；
黑白混血的女孩子被放在拍卖场出卖，醉汉在酒馆里的炉边打盹，
机器匠卷起了袖子，警察在巡逻，看门人在注视着过路的人，
青年人赶着快车，（我爱他，虽然我不认识他；）
混血儿穿着跑鞋在运动会中赛跑，
西部的火鸡射猎吸引了老年人和青年人，有的斜倚着他们的来复枪，有的坐在木头上，
从群众中走出了神枪手，他站好姿势，拿起枪来瞄准，
新来的移民集团满布在码头上和河堤上，
发如卷毛的人在甜菜地里锄地，监工坐在马鞍上看守着他们，
跳舞厅里喇叭吹奏了，绅士们都跑去寻觅自己的舞伴，跳舞者相对鞠躬，
青年人清醒地躺在松木屋顶的望楼上静听着有节奏的雨声，
密歇根居民在休仑湖的小河湾地方张网捕猎，
红印第安人的妇女裹着黄色花边的围裙，拿着鹿皮鞋和有穗饰的手袋子出卖，
鉴赏者沿着展览会的长廊半闭着眼睛俯视着，
水手们将船靠稳，船上的跳板为上岸的旅客抛下来，
年轻的妹妹手腕上套着一绺线，年长的姐姐将它

绕上了线球，时时停下来解开结头，
新婚一年的妻子产后已渐复元，她因为一星期以
　　前已生下了头一胎的孩子而感到快乐，
有着美发的美国女子，在缝衣机上，或在工厂纱
　　厂工作着，
筑路者倚着他的双柄的大木槌，访员的铅笔如飞
　　一样地在日记本上书写，画招牌的人在用蓝色
　　和金色写着楷字，
运河上的纤夫在沿河的小道上慢慢地走着，记账
　　员在柜台上算账，鞋匠正在麻线上着蜡，
乐队指挥按节拍舞动指挥棍，全体演奏者都听从
　　他的指挥，
小孩子受洗了，这新皈依者正做着他的第一次的
　　功课，
竞赛的船舶满布在河湾里，竞赛开始了，（雪白的
　　帆是如何的闪耀着啊！）
看守羊群的牲畜贩子，向将要走失了的羊群呼啸着，
小贩流着汗背着自己的货品，（购买者为着一分钱
　　半分钱争论不休；）
新娘子熨平了她的雪白的礼服，时计的分针却这
　　么迟缓地移动着，
吸鸦片烟的人直着头倚靠着，大张着嘴，
卖淫妇斜拖着披肩，帽缘在她摇摇晃晃长满粉刺
　　的脖子上颠动，
听到她的极下流的咒骂，众人嘲笑着做出怪相彼
　　此眨眼，
（真可怜啊！我并不嘲笑你的咒骂，也不愿拿你

开心；)
总统召开国务院会议，部长们围绕在他的周围，
在广场上，三个护士庄重地亲热地手挽着手，
捕鱼的船夫们将鲽鱼一层一层地装在篓子里，
密苏里人横过平原在点数着他的器物和牛群，
卖票人在车厢里来回走动，他让手中的零钱叮当
　　发响以引人注意，
铺地板的人在铺地板，洋铁匠在钉着屋顶，泥水
　　匠在呼叫着要灰泥，
工人们扛着灰桶，排成单行鱼贯前进；
岁月奔忙，无数的群众聚会，这是七月四日美国
　　的国庆，（礼炮和枪声是多么的响哟！）
岁月奔忙，农人在耕耘，割草者在割着草，冬天
　　的种子已在泥土里种下，
在湖沼边捕刀鱼的人，在湖面上的冰孔边守候着，
　　期待着，
树桩密密地围绕在林中空地的周围，拓荒者用斧
　　头沉重地劈着，
黄昏时，平底船上的水手们，在木棉和洋胡桃树
　　的附近飞快地驶着，
猎山狸的人走过红河流域，或田纳西河和阿肯色
　　河所流灌的地方，
在加塔霍支或亚尔塔马哈[1]的暗夜中火炬的光辉
　　照耀着，

[1] 加塔霍支和亚尔塔马哈为美国佐治亚州
　　的两条河流。

老家长们坐下来晚餐,儿子们、孙子们、重孙们
　　围绕在他们的身旁,
在瓦窑里,在天幕下,猎人们在一天的疲劳之后
　　休息了,
城市入睡了,乡村也入睡了,
生者在他应睡时睡下,死者也在他应长眠的时候
　　长眠,
年老的丈夫睡在他的妻子的旁边,年轻的丈夫也
　　睡在他妻子的身旁;
这一切都向内注入我心,我则向外吸取这一切,
这些都是或多或少的我自己,
也就是关于这一切的一切我编织出我自己的歌。

16

我既年轻又年老,既聪明又同样愚蠢,
我不关心别人,而又永远在关心别人,
是慈母也是严父,是一个幼儿也是一个成人,
充满了粗糙的东西,也同样充满了精致的东西,
是许多民族组成的一个民族中的一员,这里面最
　　小的和最大的全没有区分,
我是一个南方人,也是一个北方人,一个对人冷
　　淡而又好客的阿柯尼河边的农民,
一个准备着用自己的方法去从事商业的美国人,
　　我的关节是世界上最柔软的关节,也是世界上
　　最坚强的关节,
一个穿着鹿皮护腿行走在伊尔克山谷中的肯塔基

人,一个路易斯安那人或佐治亚人,
一个湖上、海上或岸边的船夫,一个印第安纳人,
　一个威斯康星人,一个俄亥俄人;
喜欢穿着加拿大人的冰鞋或者在山林中活动,或
　者和纽芬兰的渔人们在一起,
喜欢坐着冰船飞驶,和其余的人们划船或捕鱼,
喜欢生活在凡尔蒙特的小山上或者缅因的树林中,
　或者得克萨斯的牧场上,
是加利福尼亚人的同志,是自由的西北方人的同
　志,(深爱着他们的魁梧的体格,)
筏夫和背煤人的同志,一切在酒宴上握手言欢的
　人的同志,
一个最朴拙的人的学生,一个最智慧的人的导师,
一个才开始的生手,然而又有无数年代的经验,
我是属于各种肤色和各种阶级的人,我是属于各
　种地位和各种宗教的人,
我是一个农夫、机械师、艺术家、绅士和水手、
　奎克派教徒、
一个囚徒、梦想家、无赖、律师、医生和牧师。

我拒绝超出自己的多面性以外的一切,
我呼吸空气,但仍留下无限量的空气,
我不傲睨一切,而只安于自己的本分。

(飞蛾和鱼卵有其自己的地位,
我看得见的光亮的太阳和我看不见的黑暗的太阳
　也有其自己的地位,

可触知的一切有其自己的地位,不可触知的一切
  也有其自己的地位。)

17

这真是各时代各地方所有的人的思想,并不是从
  我才开始,
如果这些思想不是一如属我所有那样也属你们所
  有,那它们便毫无意义或是很少意义,
如果它们不是谜语和谜底的揭示,那它们便毫无
  意义,
如果它们不是同样地既接近又遥远,那它们便毫
  无意义。

这便是凡有陆地和水的地方都生长着的草,
这便是浸浴着地球的普遍存在的空气。

18

我带着我的雄壮的音乐来了,带着我的鼓和号,
我不单为大家公认的胜利者演奏军乐,我也为被
  征服者和被杀戮的人演奏军乐。

你听说过得到胜利是很好的,是么?
我告诉你失败也很好,打败仗者跟打胜仗者具有
  同样的精神。

我为死者擂鼓,
我从我的号角为他们吹出最嘹亮而快乐的音乐。

万岁！一切遭受失败的人！
万岁！你们那些有战船沉没在大海里的人！
万岁！你们那些自己沉没在大海里的人！
万岁！一切失败的将领，一切被征服了的英雄！
万岁！你们那些与知名的最伟大的英雄们同样伟大的无数的无名英雄们！

19

这是为大家共用而安排下的一餐饭，这是为自然的饥饿准备的肉食，
不论恶人或正直的人都一样，我邀请了一切人，
我不让有一个人受到怠慢或是被遗忘，
妾妇，食客，盗贼，都在这里被邀请了，
厚嘴唇的黑奴被邀请，色情狂者也被邀请，
在这里他们与其余的人绝没有区别。

这是一只羞怯的手的抚摸，这是头发的轻拂和香息，
这里我的嘴唇跟你的嘴唇接触，这里是渴望的低语，
这是反映出我自己的面貌的遥远的深度和高度，
这是我自己的有深意的融入和重新的露出。

你想我一定有某种复杂的目的么？
是的，我有的，因为四月间的阵雨和一座大岩石

旁边的云母石也有它们的目的。

你以为我意在使人惊奇么?
白天的光辉也使人惊奇么?晨间的红尾鸟在树林
　　中的啁啾也使人惊奇么?
我比它们更使人惊奇么?

这时候我告诉你一些心里话,
我不会什么人都告诉,但我愿意告诉你。

20

谁在那里?这渴望的、粗野的、神秘的、裸体的
　　人是谁?
我怎么会从我所吃的牛肉中抽出了气力?
总之,人是什么?我是什么?你是什么?

一切我标明属于我的东西你必须改为属于你,
否则听我说话将是白费时间。

我并不像那些对世界上一切都抱悲观的人那样哭
　　哭啼啼,
认为岁月是空虚的,地上只是泥潭和污浊。

把呜咽啜泣,屈膝献媚跟药粉包在一起给病人去
　　吃吧,传统的客套给予不相干的远亲,
我在户内或户外戴不戴帽子全凭自己高兴。

我为什么要祈祷呢？我为什么要处处恭顺有礼
　　呢？

经过研究和仔细的分析，经过和医师的讨论及精
　　密的计算，
我发现贴在我自己骨头上的脂肪最为甘甜无比。

在一切人身上我看出了我自己，没有一个人比我
　　多一颗或少一颗麦粒，
我对我自己的一切褒贬对他们也同样适宜。

我知道我是结实而健康的，
宇宙间的一切永远从四面八方向我汇集，
一切都为我书写下了，我必须理解其中的意义。

我知道我是不死的，
我知道我自己的这个环形的轨迹，绝不会被一个
　　木匠的圆规画乱，
我知道我不会如同儿童夜间用火棒舞出的火环一
　　样随即消失。

我知道我自己何等尊严，
我不需让我的精神为它自己辩解或求得人的理解，
我知道根本的法则就永不为自己辩解，
（我认为我的行为，究竟也并不比我在建造房屋时
　　所用的水平仪更为骄傲。）

我是怎样我便怎样存在着，
即使世界上没有人了解这一点，我仍满足地坐着，
即使每一个人都了解，我也满足地坐着。

一个世界，而且对我说来是最广大的一个世界，
　是可知的，那世界便是我自己，
无论在今天，或者要在百万年千万年之后我才会
　见到属于我的一切，
我能在现在欣然接受，也能以同样的欣然的心情
　长期等待。

我的立足点和花岗岩接榫，
我嘲笑着你们所谓分解的谈论，
我深知时间是如何悠久。

21

我是肉体的诗人，也是灵魂的诗人，
我感受到天堂的快乐，也感觉到地狱的痛苦，
我使快乐在我身上生根并使之增大，我把痛苦译
　成一种新的语言。

我是男人的诗人，也是女人的诗人，
我说女人也同男人一样的伟大，
我说再没有什么能比人的母亲更为伟大。

我歌唱着扩张或骄傲的歌,
我们已经低头容忍得够久了,
我指出宏伟只不过是发展的结果。

你已超过了所有的人么?你已做了总统么?
这算不了什么,他们每一个人都不仅会赶上你,
　　并且还要前进。

我是一个和温柔的、生长着的黑夜共同散步的人,
我召唤那半被黑夜抱持的大地和海洋。

压得更紧些吧,裸露着胸膛的黑夜——更紧些啊,
　　有魅力的发人深思的黑夜呀!
南风的夜——硕大的疏星的夜呀!
静静的低着头的夜——疯狂的裸体的夏天的夜
　　呀!

啊,喷着清凉气息的妖娆的大地,微笑吧!
长着沉睡的宁静的树林的大地呀!
夕阳已没的大地——载着云雾萦绕的山头的大地
　　呀!
浮着刚染上淡蓝色的皎月的光辉的大地呀!
背负着闪着各种光彩的河川的大地呀!
带着因我而更显得光辉明净的灰色云彩的大地
　　呀!
无远弗届的大地——充满了苹果花的大地呀!
微笑吧,你的情人现在已来到了。

纵情者哟,你曾赠我以爱情——我因此也以爱情
　　报你!
啊,这不可言说的热烈的爱情。

22

你,大海哟!我也委身于你吧——我能猜透你的
　　心意,
我从海岸上看见你的伸出弯曲的手指召请我,
我相信你不触摸到我就不愿退回,
我们必须互相扭抱,我脱下衣服,远离开大地了
软软地托着我吧,大浪摇籔得我昏昏欲睡,
请以多情的海潮向我冲击,我定能够以同样的热
　　爱报答你。

浪涛延伸到陆地上来的大海哟,
呼吸粗犷而又阵阵喘息的大海哟,
供人以生命的盐水而又随时给人准备下无须挖掘
　　的坟墓的大海哟,
叱咤风云,任性而又风雅的大海哟,
我和你合为一体,我也是既简单又多样。

我分享你的盈虚,我赞颂仇恨与调和,
我赞颂爱侣和那些彼此拥抱着睡眠的人,

我处处为同情心作证,

（我将清点房子里的东西，而把安放这些东西的房
　子漏掉么？）

我不单是善的诗人，我也并不拒绝做一个恶的诗
　人。

那些关于道德和罪恶的空谈是什么呢？
邪恶推动我，改邪归正推动我，我完全无所谓，
我的步法并不是苛求者或反对者的步法，
我滋润一切生长物的根芽。

你曾经害怕那长期坚硬的妊娠会是某种瘰疬病
　么？
你曾经猜想到天国的法律还需要重新制定和修正
　么？

我看到了一切处于均衡状态，相对的一边也处于
　均衡状态，
软弱的教义也如同坚强的教义一样是一种可靠的
　帮助，
现在的思想和行为震醒我们使我们及早动身前进。

我现在的这一分钟是经过了过去无数亿万分钟才
　出现的，
世上再没有比这一分钟和现在更好。

过去的美好的行为，或者现在的美好的行为都不

是什么奇迹,
永远使人感到惊奇的是怎么会有一个卑鄙的人或
　　一个没有信仰的人出现。

23

无数年代有无尽的语言流露!
我的语言乃是现代人的一个字,全体。

这个字代表着一种永不消失的信仰,
现在或此后它对于我都一样,我绝对地接受时间。

只有它完整无缺,只有它使一切圆满、完成,
只有那种神秘的不可理解的奇迹使一切完成。

我承认现实,不敢对它产生疑问,
唯物主义自始至终贯穿在一切之中。
为实用科学欢呼呀!为精确的论证高呼万岁!
把跟松杉和丁香花的枝叶混合在一起的万年草拿
　　来吧!
这是辞典编纂家,这是化学家,这告诉你古文字
　　的语法,
这些水手们曾驶着船通过了危险的不知名的大海,
这是地质学家,这是在做着解剖工作,这是一个
　　数学家。

绅士们哟!最大的尊敬永远归于你们!

你们的事实是有用的，但它们并不是我的住所，
我只是通过它们走进我的住所所在的一块场地上。

我的语言涉及已经说过的物的属性比较少，
而是更多地涉及没有说出的生命、自由和解脱，
所贬的是中性的或被阉割的东西，所褒的是充分
　发育的男人和女人，
它为反叛活动鸣锣助威，与流亡者和图谋叛逆的
　人厮守在一起。

24

沃尔特·惠特曼，一个宇宙，曼哈顿的儿子，
粗暴、肥壮、多欲、吃着、喝着、生殖着，
不是一个感伤主义者，不高高站在男人和女人的
　上面，或远离他们，
不谦逊也不放肆。

打开大门上的锁！
从门柱上撬开大门！

任何人贬损别人也就是贬损我，
一切人的一言一行最后都归结到我。

灵性通过我汹涌起伏，潮流和指标通过我得到表
　露。

我说出最原始的一句口令，我发出民主的信号，
上帝哟！如非全体人在同样条件下所能得到的东
　西，我决不接受。

由于我，许多长久缄默的人发声了：
无穷的世代的罪人与奴隶的呼声，
疾病和失望者，盗贼和侏儒的呼声，
准备和生长的循环不已的呼声，
连接群星之线、子宫和种子的呼声，
被践踏的人要求权利的呼声，
残疾人、无价值的人、愚人、呆子、被蔑视的人
　的呼声，
空中的云雾、转着粪丸的甲虫的呼声。

通过我而发出的被禁制的呼声：
性的和肉欲的呼声，原来隐在幕后现被我所揭露
　的呼声，
被我明朗化和纯洁化了的淫亵的呼声。

我并不将我的手指横压在我的嘴上，
我对于腹部同对于头部和心胸一样地保持高尚，
认为欢媾并不比死更粗恶。

我赞赏食欲和色欲，
视觉、听觉、感觉都是神奇的，我的每一部分及
　附属于我的一切也都是奇迹。

我里外都是神圣的，我使触着我或被我所触的一
　　切也都成为神圣的东西，
这腋下的芬芳气息比祈祷还美，
这头脸比神堂、圣经，和一切教条的意义更多。

假使我对事物的崇拜也有高低之别，那我最崇拜的
　　就是我自己的横陈的身体，或它的任何一部分，
你是我的半透明的模型！
你是我的荫蔽着的棚架和休息处！
你是坚固的男性的犁头！
凡有助于我的耕种栽培的，一切也全赖你！
你是我的丰富的血液！你那乳色的流质，是我的
　　生命的白色的液浆！
你是那紧压在别人胸脯上的胸脯！
我的脑子，那应当是你的奥秘的回旋处！
你是那洗濯过的白菖蒲的根芽、胆怯的水鹬、守
　　卫着双生鸟卵的小巢！
你是那须发肌肉混合扭结在一处的干草！
你是那枫树的滴流着的液汁，成长着的麦秆！
你是那慷慨的太阳！
你是那使我的脸面时明时暗的蒸气！
你是那辛劳的溪流和露水！
你是那用柔软的下体抚摩着我的和风！
你是那宽阔的田野、活着的橡树的树枝、我的曲
　　折小道上的游荡者！
你是一切我所握过的手、我所吻过的脸、我所接
　　触到的生物！

我溺爱我自己，这一切都是我，一切都这样的甘甜，
每一瞬间，和任何时候发生的事情都使我因快乐
　　而微颤，
我不能说出我的脚踝如何地弯曲，也不能说出我
　　的最微弱的愿望来自何处，
我不能说出我放射出的友情的根由，也不能说出
　　我重新取得的友情的根由。

我走上我的台阶，我停下来想它是否是真实的，
一道照在我窗子上晨间的紫霞比书里面的哲理更
　　使我感到满意。

看看甫曙的黎明！
一线微光便使那无边的透明的暗影凋零，
空气的味道对我是那样的甘美。

移动着的世界的大部分在天真的欢跃中默默地升
　　上来了，放射出一片清新，
倾斜地一起一伏地急进。

我不能看见的某种东西高举起它的色具。
一片汪洋的透明的液汁喷泼遍天上。

大地端庄地待在天的旁边，它们的结合一天一天
　　更为密切，
那时在我头上的东方发出的挑战语，

嘲弄和威吓，"那么看吧，看你是否能主宰一切！"

25

耀眼而猛烈的朝阳会如何迅速地把我杀死，
假使我不能在现在并且永久地把朝阳从我心中送
　　出！

我们也是同太阳一样耀眼而猛烈地上升，
啊，我的灵魂哟，我们在黎明的安静和凉爽中找
　　到了我们自己。

我的呼声能达到我的眼光所不能达到的地方，
由于我的喉舌的转动，我绕遍了无数大千世界。

语言是我的视觉的孪生弟兄，语言不能用语言衡
　　量，
它永远刺激我，它讥讽地说着，
"沃尔特，你藏在心头的东西不少，那么为什么你
　　不把它拿出来呢？"

得了吧，我不会受你的诱惑，你太注重发出的声
　　音了，
啊，语言哟，你不知道在你下面的花苞是怎样地
　　含而未放么？
在黑暗中期待着，被霜雪掩盖着，
泥土在我的预言般的叫喊中剥落了，

我是一切现象的起因,最后使它们平衡,
我的知识,是我的身体活着的部分,它和万物的
　　意义符合一致,
幸福,(无论谁听到了我说幸福,让他或她就在今
　　天出发去寻求它吧。)

我不给你我的最终的价值,我不能把真我从我抛
　　出去,
回绕大千世界,但永不要想来回绕着我,
我只要向你观望着就能引出你最光泽的和最优美
　　的一切。

写和说并不能证明我,
一切证明及别的一些东西我都摆在脸上,
我的嘴唇缄默着的时候,我将使一切怀疑者完全
　　困惑。

26

现在我除了静听以外什么也不做了,
我将我所听到的一切放进这诗歌,要让各种声音
　　使它更为丰富。

我听到了鸟雀的歌曲、生长着的麦穗的喧闹火焰
　　的絮语、烹煮着饭食的柴棍的爆炸,
我听到了我所爱的声音、人的语言的音响,
我听到一切声音流汇在一起,配合、融混或彼此

追随，
城市的声音、郊外的声音、白天和黑夜的声音，
健谈的青年人对那些喜爱他们的人的谈话、劳动者吃饭时候的高声谈笑，
友情破裂的人的嗔怨的低诉、疾病者的微弱的呻吟，
双手紧按在桌子上的法官从苍白嘴唇中宣告的死刑判决，
码头旁边卸货的船夫们的吭唷歌、起锚工人的有节奏的合唱，
警铃的鸣叫、火警的叫喊、铃声震耳灯光灿烂的飞驰着的机车和水龙皮带车的急响，
汽笛的鸣叫、进站列车的沉重的隆隆声，
双人行列前面吹奏着的低缓的进行曲，
（他们是出来送葬的，旗杆顶上缠着一块黑纱。）

我听到了提琴的低奏，（那是青年人内心深处的哀怨，）
我听到了有着活塞的喇叭的吹奏，它的声音很快地滑进我的耳里，
它在我的胸腹间激起一种快活的震动。

我听到合唱队，那是一出宏伟的歌剧，
啊，这是真的音乐——这很合我的心意。

一个与世界同样广阔而清新的男高音充满了我，
他的圆形的口唇所吐出来的歌声丰盈地充满了我。

我听到一种极有训练的女高音,(她这是在做什么
　　呢?)
乐队的歌曲使我在比天王星的历程还要更广阔的
　　圈子里旋转,
它在我心中激起了一种我从不知道自己具有的热
　　情,
它浮载着我,我以被悠缓的音波舐抚着的赤裸的
　　足尖行进,
我被惨厉而猛烈的冰雹所阻,我几乎停止了呼吸,
我浸沉在蜜糖般的醉人的毒汁之中,我的气管受
　　到了死的窒息,
最后我又被放开来,重又感触到这谜中之谜,
而那便是我们所谓的生。

27

可以以任何形式存在的东西,那是什么呢?
(我们迂回循环地走着,但所有的我们,却永远会
　　归回到原处,)
假使万物没有发展,那么在硬壳中的蛤蜊当是最
　　满足的。

我身外却不是结实的硬壳,
无论我或行或止,我周身都有着感觉迅速的传导
　　体,
它们把握住每一件物体,并引导它无害地通过我。

我只要动一动，抚摩一下，用手指感触到一点什么，
　　我就觉得很幸福了，
使我的人身和别人的人身接触，这对我就是最快
　　乐的事。

28

那么这便是一种接触么？使我震颤着成为另一个
　　人，
火焰和以太向我的血管里奔流，
背叛我的我自己的肢体都拥挤着来给它们帮助，
我的血和肉发射电火要击毁那几与我自己无法区
　　别的一切，
四周淫欲的挑拨者僵硬了我的四肢，
从我的心里挤出它所要保留下的乳汁，
它们放肆地攻向我，不许我反抗，
好像故意要夺尽我的精华，
解开了我的衣扣，抱着我的赤裸的身体，
使我的困恼消失在阳光和牧野的恬静之中，
无礼地丢开其他的一切感觉，
它们以轻轻点触为贿以便于换取，并在我的边缘
　　啃啮，
毫无顾虑，也不顾到我的已将耗竭的力量和嗔怒，
捉着了身边其余的牧群自己享受了一会儿，
然后一起结合起来站在一个岬上并且扰弄着我。

哨兵离开我的各部分了，
他们将我无助地委弃给一个血腥的掳掠者，
他们都来到岬地观望并相帮着反对我。

我被叛徒们出卖了，
我粗野地谈话，我失去了我的神志，最大的叛徒
　不是别人而是我自己，
我首先走到了岬地，是我自己的双手把我带到那
　里的。

你可恶的接触哟！你在做什么呢？我要窒息得喘
　不过气来了，
打开你的水闸吧，你实在使我受不了了。

29

盲目的热爱的扭结着的接触呀！盖覆着的尖牙利
　齿的接触呀！
离开了我，就会使你这样苦痛么？

分离之后是再来临，永久偿付着永久付不完的债
　款，
跟在大雨之后的是更大的收获。

幼芽愈积愈多，生气勃勃地站在路边，
投射出雄伟的，饱满的，和金色的风景。

30

一切的真理都在万物中期待着,
它们并不急躁,也不拒绝分娩,
它们并不需要外科医生的产钳,
别人认为微不足道的东西我却认为跟任何东西都
 一样巨大,
(什么比一次接触的意义更少或更多呢?)

逻辑和说教永远不能说服人,
夜的湿气能更深地浸入我的灵魂,
(只有每个男人和女人都感到是自明的东西才能说
 服人,
只有无人能否认的东西才有说服力。)

我的一刹那间的一点滴事物都能澄清我的头脑,
我相信潮湿的土块将变成爱人和灯光,
神圣中之神圣便是一个男人或女人的肉体,
一个高峰和花朵,它们彼此间亦存有感情,
它们从那一刻无限地分枝发展直到它主宰世界的
 一切,
直到一切都使我们欣喜,我们也使它们欣喜。

31

我相信一片草叶所需费的工程不会少于星星,

一只蚂蚁、一粒沙和一个鹪鹩的卵都是同样的完美,
雨蛙也是造物者的一种精工的制作,
藤蔓四延的黑莓可以装饰天堂里的华屋,
我手掌上一个极小的关节可以使所有的机器都显
　得渺小可怜!
母牛低头啮草的样子超越了任何的石像,
一个小鼠的神奇足够使千千万万的异教徒吃惊。

我看出我是和片麻石、煤、藓苔、水果、谷粒、
　可食的菜根混合在一起,
并且全身装饰着飞鸟和走兽,
虽然有很好的理由远离了过去的一切,
但需要的时候我又可以将任何东西召来。

逃跑或畏怯是徒然的,
火成岩喷出了千年的烈火来反对我接近是徒然的,
爬虫退缩到它的灰质的硬壳下面去是徒然的,
事物远离开我并显出各种不同的形状是徒然的,
海洋停留在岩洞中,大的怪物偃卧在低处是徒然
　的,
鹰雕背负着青天翱翔是徒然的,
蝮蛇在藤蔓和木材中间溜过是徒然的,
麋鹿居住在树林的深处是徒然的,
尖嘴的海燕向北飘浮到拉布多是徒然的,
我快速地跟随着,我升到了绝岩上的罅隙中的巢
　穴。

32

我想我能和动物在一起生活,它们是这样的平静,
　　这样的自足,
我站立着观察它们很久很久。

它们并不对它们的处境牢骚烦恼,
它们并不在黑夜中清醒地躺着为它们自己的罪过
　　哭泣,
它们并不争论着它们对于上帝的职责使我感到厌
　　恶,
没有一个不满足,没有一个因热衷于私有财产而
　　发狂,
没有一个对另一个或生活在几千年以前的一个同
　　类叩头,
在整个地球上没有一个是有特别的尊严或愁苦不乐。
它们表明它们和我的关系是如此,我完全接受了,
它们让我看到我自己的证据,它们以它们自己所
　　具有的特性作为明证。

我奇怪它们从何处得到这些证据,
是否在荒古以前我也走过那条道路,因疏忽失落
　　了它们?

那时,现在和将来我一直在前进,
一直在很快地收集着并表示出更多的东西,

数量无限，包罗无穷，其中也有些和这相似的，
对于那些使我想到过去的东西我也并不排斥，
在这里我挑选了我所爱的一个，现在且和他如同
　　兄弟一样地再向前行。

一匹硕大健美的雄马，精神抖擞，欣然接受我的
　　爱抚，
前额丰隆，两耳之间距离广阔，
四肢粗壮而柔顺，长尾拂地，
两眼里充满了狂放的光辉，两耳轮廓鲜明，温和
　　地转动着。

我骑上了它的背部的时候，它大张着它的鼻孔，
我骑着它跑了一圈，它健壮的四肢快乐得微颤了。
雄马哟，我只使用你一分钟，就将你抛弃了，
我自己原跑得更快，为什么还需要你代步？
即使我站着或坐在这里也会比你更快。

33

空间和时间哟！以前我所猜想的东西，现在已完
　　全证实，
那就是当我在草地上闲游时所猜想的，
当我独自一人躺在床上时所猜想的，
以及我在惨淡的晨星照耀着的海边上徘徊时所猜
　　想的。

我的缆索和沙囊离开了我，我的手肘放在海口上，
我环绕着起伏的山岩，手掌遮盖着各洲的大陆，
我现在随着我的幻想在前进。

在城市的方形屋子的旁边——在小木屋里，与采
　　伐木材的人一起露宿，
沿着有车辙的老路，沿着干涸的溪谷和沙床，
除去那块洋葱地的杂草，或是锄好那胡萝卜和防
　　风草的田畦，横过草原，在林中行走，
探查矿山，挖掘金矿，在新买的地上环种着树木，
灼热的沙直烧烙到脚踝，我把我的小船拖下浅水
　　河里，
在那里，豹子在头上的悬岩边来回地走着，在那里，
　　羚羊狞恶地回身向着猎人，
在那里，炼蛇在一座岩石上晒着它的柔软的身体，
　　在那里，水獭在吞食着游鱼，
在那里，鳄鱼披着坚甲在港口熟眠，
在那里，黑熊在寻觅着树根和野蜜，在那里，海
　　獭以它的铲形尾巴击打着泥土；
在生长着的甜菜的上空，在开着黄花的棉田的上
　　空，在低湿田地中的水稻上空，
在尖顶的农舍上空，以及它附近由水沟冲来的成
　　堆垃圾和细流上空，
在西方的柿子树的上空，在长叶子的玉蜀黍上空，
　　在美丽的开着蓝花的亚麻的上空，
在充满了低吟和嗡嗡声的白色和棕色的荞麦的上
　　空，

在随风摇荡着的浓绿色裸麦的上空；
攀登大山，我自己小心地爬上，握持着低低的细
　　瘦的小枝，
行走过长满青草、树叶轻拂着的小径，
那里鹌鹑在麦田与树林之间鸣叫，
那里蝙蝠在七月的黄昏中飞翔，那里巨大的金甲
　　虫在黑夜中降落，
那里溪水从老树根涌出流到草地上去，
那里牛群站着耸动着它们的皮毛赶走苍蝇，
那里奶酪布悬挂在厨房里，那里薪架放在炉板上，
　　那里蛛网结在屋角的花束间，
那里铁锤打击着，印刷机回转着卷纸筒，
那里人心以可怕的惨痛在肋骨下面跳动着，
那里梨形的气球高高地浮起来了，（我自己也随着
　　气球上升，安详地注视着下面，）
那里救生船用活套拖拽着行进，那里高热在孵化
　　着沙窠里的淡绿色的鸟卵，
那里母鲸携带着她的小鲸在游泳并从不远离它，
那里汽船尾后拖着浓长的黑烟，
那里鲨鱼的大鳍如黑色木板一样地划着水，
那里烧剩了一半的双桅帆船在不知名的海上漂浮，
那里蚌壳已在她的泥滑的船舱上生长，那里死者
　　在舱底腐烂了，
那里繁星的国旗高举在联队的前面；
沿着长伸着的岛屿到了曼哈顿，
在尼亚加拉下面，瀑布如面纱一样挂在我的脸上，
在门阶上，在门外的硬木的踏脚台上，

在跑马场上，或者野餐，或者跳舞，或者痛快地
　玩着棒球，
在单身者的狂欢会上，嬉戏笑谑、狂舞、饮酒、欢乐，
在磨房中尝着棕黄的麦芽汁的甜味，用麦秆吮吸
　着甜汁，
在苹果收成的时节我找到一个鲜红的果子就要亲
　吻一次，
在队伍中，在海滨游玩的时候，在联谊会，在剥
　玉米会和修建房子的时候；
那里知更鸟清越地发出嗝啾声，高叫、低吟，
那里干草堆耸立在禾场上，那里麦秆散乱着，那
　里快要生育的母牛在小茅屋中静待，
那里公牛在执行雄性职务，那里种马在追觅母马，
　那里公鸡趴在母鸡的背上，
那里小犊在嚼食树叶，那里鹅群一口一口地呷着
　食物，
那里落日的影子，长长地拖在无边的荒漠的草原
　上，
那里水牛群满山遍野爬行，
那里蜂鸟放射出美丽的闪光，那里长寿的天鹅的
　颈子弯曲着回转着，
那里笑鸥[1]在海边上急走，那里它笑着近于人类
　的笑，
那里花园中的蜂房排列在半为深草隐没的灰色的

[1]笑鸥，产于美国东部的一种黑头的海鸥。

木架上，
那里颈带花纹的鹧鸪环列栖息在地上，只露出它
　　们的头来，
那里四轮的丧车进入了墓地的圆形的大门，
那里冬天的饿狼在雪堆和结着冰柱的树林中嗥叫，
那里有着黄色羽冠的苍鹭深夜飞到水泽的边缘捕
　　食虾蟹，
那里游泳者和潜水者激起水花使炎午透出清凉，
那里纺织娘在井边胡桃树上制造它的半音阶的牧
　　歌；
走过长满胡瓜和西瓜的银色网脉的叶子的小道，
走过盐渍的或橙黄色的空地，或锥形的枞树下，
走过健身房，走过有着幔幕的酒吧间，走过官府
　　和公共场所的大礼堂；
喜爱本地人，喜爱外地人，喜爱新知和旧友，
喜爱美丽的女人，也喜爱面貌平常的女人，
喜爱摘下了头巾委婉地谈讲着的江湖女人，
喜爱粉刷得洁白的教堂里面的唱诗班的调子，
喜爱出着汗的美以美会牧师的至诚的言语，露天
　　布道会给了我深刻的印象；
整个上午观览着百老汇商店的橱窗，将我的鼻尖
　　压在很厚的玻璃窗上，
当天下午仰面望着天空，或者在小巷中或者沿着
　　海边漫游，
我的左臂和右臂围绕着两个朋友的腰肢，我在他
　　们中间，
和沉默的黑面颊的移民孩子一同回到家里，（天晚

时他在我后面骑着马,)
在远离居人的地方研究兽蹄和鹿皮鞋[1]的痕迹,
在医院的病床旁边把柠檬汁递给一个热渴的病人,
当一切都沉寂了的时候,紧靠着死人的棺木伴着一支蜡烛守望着,
旅行到每一个口岸去做买卖,去冒险,
和现代人一起忙乱着,如别人一样热情而激动,
怒视我所仇恨的人,我在一种疯狂的心情中准备将他刺杀,
半夜里孤独地待在我的后院里,我的思想暂时离开了我,
步行在古代犹太的小山上,美丽而温和的上帝在我的身旁,
飞快地穿过了空间,飞快地行过了天空,走过了星群,
飞快地在七个卫星和大圆环中穿行,这圆环的直径约有八万英里,
飞快地和有尾的流星一道游行,如同其他的流星一样抛掷火球,
带着肚里怀抱着满月母亲的新月,
震动着、快乐着、计划着、爱恋着、小心谨慎着、逡巡着、出没着,
我成天成夜地走着这样的路途。

[1]鹿皮鞋为猎人常穿的一种皮鞋。

我访问诸天的果园,看见过那里的一切出产,
看见过百万兆成熟的果实,看见过百万兆生青的
　果实。
我飞着一种流动的吞没了一切的灵魂的飞翔,
我所走的道路超过铅锤所能测量的深度。

我任意拿取一切物质和非物质的东西,
没有一个守卫者能阻止我,没有一种法律能禁止
　我。

我只要把我的船停泊片刻,
我的使者们就不断出去巡逻,或者把他们探查所
　得带给我。

我到北极猎取白熊和海豹,执着一根长杆我跳过
　隘口,攀附着易脆的蓝色的冰山。

我走上前桅顶,
深夜我在桅楼守望处守望,
我们航过了北冰洋,那里有着充足的光亮,
透过澄明的空气,我围绕着奇异的美景闲荡,
很大的冰块从我的身边经过,我也从它们的身边
　经过,各方面的风景都是通明透亮的,
远处可以看见白头的山顶,我让我的幻想到那里
　去,
我们来到不久我们就要参加战斗的大战场,
我们从军营外巨大的哨棚前经过,我们小心地蹑

着脚走过去,
或者我们从郊外进到了某座巨大的荒废了的城池,
倒塌了的砖石和建筑比地球上所有现存的城池还
　　更多。

我是一个自由的士兵,我在进犯者的营火旁露宿,
我从床榻上将新郎赶走,我自己和新娘住在一起,
我整夜紧紧地搂抱着她。
我的呼声是妻子的呼声,是在楼梯栏杆旁边的尖
　　叫,
他们给我带来了丈夫的滴着水的淹死了的身体。

我明白英雄们的宏伟的心胸,
现时代和一切时代的勇敢,
我明白船主是怎样地看着人群拥挤的无舵的遇难
　　轮船,死神在暴风雨中上下追逐着它,
他是如何地紧紧地把持着,一寸也不后退,白天
　　黑夜都一样的忠诚,
并且在船板上用粉笔大大地写着:别灰心!我们
　　不会离开你们!
他如何跟随着他们,和他们一起挣扎着,三日三
　　夜仍然不舍弃它,
他如何终于救出了这漂流的人群,
我明白了衣服宽松的细瘦妇人们从准备好了的坟
　　墓旁边用小船载走时是什么样子,
我明白了沉默的面似老人的婴儿们、被拯救了的
　　病人和尖嘴的没有刮胡子的人们是什么样子,

我吞下这一切,它们的味道很好,我十分欢喜它们,
　　它们成为我的,
我就是那个船主,我就是受苦的人,我当时就在
　　那里。

殉道者的蔑视和沉着,
古时候的母亲,作为女巫被判处死刑,用干柴烧着,
　　她的孩子们在旁边望着,
奔跑得力竭了的、被追赶着的奴隶,斜倚在篱边,
　　喘着气,遍身流着汗,
杀人的猎枪和子弹,像针刺在腿上和颈上似的一
　　阵一阵地剧痛,
我感觉到所有的这一切,我便是这一切。

我便是被追赶着的奴隶,猛狗的咬,使我退缩,
死与绝望抓住了我,射击手一下又一下地放着枪,
我紧抓着篱边的横木,我的血液滴流着,
我跌落在野草和石堆上,
骑马的人踢着不愿意前进的马匹逼近来了,
在我的迷糊的耳边嘲骂着,用马鞭子猛烈地敲着
　　我的头。

苦恼乃是我的服装的一次变换,
我不问受伤者有着何种感觉,我自己已成为受伤
　　者,
当我倚在手杖上观察着,我的创伤更使我痛楚。

我是被压伤的消防队员，胸骨已粉碎了，
倒塌的墙壁的瓦砾堆埋葬了我，
我呼吸着热气和烟雾，我听着同伴们长声的叫号，
我听着远处他们的叉子和火铲的声响，
他们已经把梁木拿开，他们轻轻地将我举起来。

我穿着红汗衫躺在黑夜的空气中，为着我的缘故
　　出现了普遍的静默，
我终于毫无痛苦，精疲力竭地躺着，并不怎样感
　　到不快活，
围绕着我的是苍白而美丽的脸面，他们已从头上
　　脱下了他们的救火帽，
膜拜着的群众随着火炬的光辉渐渐消失。

遥远的和死亡了的复苏了，
他们如日晷一样指示着，或者如我的两手一样转
　　动着，我自己便是钟表。

我是一个老炮手，我讲述我在要塞上的轰击，
我又在那里了。

又是长久不绝的鼓声，
又是进攻的大炮和臼炮，
又是炮声在我倾听着的耳朵的反应。

我参加进去，我见到和听到了一切，
叫喊、诅咒、咆哮、对于击中目的的炮弹的赞扬，

救护车缓慢地过去,一路留着血迹,
工人们在废墟中搜寻东西,努力做着绝对必要的
    修补,
炮弹落下,穿过破裂的屋顶,一个扇形的爆炸,
肢体、人头、沙石、木头、铁片发着响声飞向空中。

又是我垂死的将军的嘴在咯咯作声,他暴怒地挥
    着他的手,
血污的嘴喘着气说:别关心我——关心着——战壕!

34

现在我要讲述我青年时候在得克萨斯所知道的事
    情,
(我不讲阿拉摩的陷落,
没有一个人逃出来讲述阿拉摩陷落时的情况,
在阿拉摩的一百五十个人都停止了呼吸,)
这是关于四百一十二个青年被残酷谋杀的故事,
他们败退时在一块空地上用他们的行李建筑了
    短墙,
他们从以九倍的兵力围攻着的敌人中先取得了
    九百个的代价,
他们的团长受伤了,他们的弹药用完了,
他们交涉着要光荣投诚,取得签字文书,解除了
    武装,作为战俘退走。

他们是整个游骑兵的光荣,

骑马、放枪、唱歌、饮食、求爱，都要数第一，
高大、强横、慷慨、英俊、骄傲和热情，
长着胡子，皮肤晒得黝黑，穿着猎人的轻装，
没有一个人过了三十岁。

在第二个星期日的早晨，他们被带到旷场上枪杀
　了，那正是美丽的夏天的早晨，
这件事大约是五点钟开始，到八点钟的时候完毕。

没有一个遵命下跪，
有的疯狂无助地向前撞击，有的直挺挺地站着，
有几个人即刻倒下了，射中了太阳穴或心脏，生
　者和死者都倒卧在一起，
残废和四肢不全者在泥土里蠕动着，新来者看见
　他们在那里，
有几个半死的人企图爬开，
但他们终于被刺刀杀死，被枪托打死，
一个不到十七岁的青年紧扭着他的刽子手，直到
　另外两个人来救走他，
三个人的衣服都被撕碎，满身染着这个孩子的血。

十一点钟开始焚烧这些人的尸体，
这便是四百一十二个青年人被杀害的故事。

35

你愿意听一听古代海战的故事吗？

你愿意知道谁在月光和星光下获得胜利吗?
那么听着吧,我所讲的这个故事如同我的祖母的
　　父亲那个老水手所告诉我的一样。

我告诉你,(他说,)我们的敌人并不是在他的船
　　舱里躲躲藏藏的人,
他有着真正的英国人的胆量,再没有人比他更顽
　　强的了,过去没有,将来也没有,
天晚的时候,他凶猛地来袭击我们了。

我们和他肉搏了,帆桅缠着帆桅,炮口挨着炮口,
我们的船长很快地击打着手掌。

我们在水中受到了大约十八发一磅重的炮弹,
我们下层炮舱里在最初开火时,就有两门炮爆炸
　　了,杀死了周围的人,满天血肉横飞。

战斗到日落,战斗到黑夜,
在夜里十点钟时,圆圆的月亮上升了,我们的船
　　越来越漏,据报告已经水深五尺了,
我们的军械长把关闭着的俘虏放出来,给他们一
　　个机会逃命。

进出弹药库的交通现在被哨兵阻止了,
他们看着这么多的新面孔,他们不知道谁是可信
　　托的人。

我们的舰中起火了,
敌人问我们是否投降?
是否放下旗帜结束了这次战争?

现在我满意地笑着,因为我听到我的小舰长的声
　　音了,
"我们没有下旗,"他安详地说着,"我们这方面的
　　战斗才刚开始呢!"

可以用的炮只有三尊了,
一尊由舰长自己指挥,攻击着敌人的主桅,
两尊发射葡萄弹和霰弹使敌人的步枪沉默无声并
　　且扫射着敌人的甲板。

只有桅楼上在协助着这个小炮台开火,尤其是主
　　帆的桅楼上,
在战斗中他们都英勇地坚持到底。

没有片刻的休息,
船漏得厉害,来不及抽水,火焰正窜向弹药库。

有一个抽水管被炮弹打掉了,大家都想着我们正
　　在向下沉。

小舰长从容地站着,
他并不慌忙,他的声音不高也不低;
他的眼睛发射出比我们的船灯更多的光亮。

将近十二点钟,在月光下他们向我们投降了。

36

午夜静静地躺着,
两只巨大的船壳动也不动地伏在黑暗的胸腹上,
我们的船已经全漏,且渐渐地下沉了,我们准备
　　要渡到我们所征服的另一只船上去,
舰长在后甲板上,脸色雪白如纸,冷酷地发布着
　　命令,
近旁则是在船舱中工作的那个孩子的尸体,
一个已死的老水手的脸上还覆着长长的白发和用
　　心卷曲过的髭须,
虽竭尽了人之所能去扑灭,火焰仍不分高下地燃
　　烧着,
两三个还能担当职务的军官的干哑的声音,
断残的肢体和死尸,桁上涂抹着的血肉,
船缆碎断了,绳索摇摆着,平滑的海面微微波
　　动着,
黝黑而顽冥的巨炮,散乱的火药包,强烈的气味,
头上几点硕大的星星沉默而悲哀地闪照着,
海风的轻吹,岸旁的水草和水田的香气,死者对
　　残存者的嘱托,
外科医生手术刀的微响、锯子锯入人体时的嘶嘶
　　声、
喘息声、咯咯声、流血的飞溅、短而猛厉的尖叫、

悠长而暗淡的低微的悲鸣,
一切就是如此,一切都已不可挽回。

37

你们那些怠惰的守卫者哟!小心你们的武器吧!
他们都挤进了已被攻下的大门!我发疯了呀!
一切有罪的和受苦的人的处境都体现在我身上,
仿佛看到我自己变成另一个人待在监狱里,
并同样地感觉到悲惨无边的痛苦。

犯人的看守者,肩上荷着马枪,监视我,
这便是我,早晨被放出来,晚间又被关在监狱里。

每一个叛徒戴着手铐走到监狱里去时,我也跟他
 一起戴着手铐和他并肩走着,
(我比他更不快活,更沉默,痉挛的嘴唇边流着汗
 滴。)

每一个年轻人因为盗窃被捕时,我也走上法庭,
 受审判,被定罪。

每一个患霍乱病的人奄奄一息地躺着时,我也就
 奄奄一息地躺着。
我面色如土,青筋突露,人们丢下我走开。
求乞者将他们自己和我合为一体,我也和他们合
 为一体,

我举出我的帽子[1],满脸羞愧地坐着求乞。

38

够了!够了!够了!
我有点弄昏了。站开些吧!
让我挨了打的头休息片刻吧,从昏沉、梦寐、呆
　　滞中暂时清醒,
我发现我自己正处在一种普通错误的边缘。

我怎么能够忘记那些嘲笑者和他们给我的侮辱!
我怎么能够忘记簌簌滴落的眼泪和木棒与铁锤的
　　打击!
我怎么能够以别人的眼光来欣赏钉在自己身上的
　　十字架和戴在自己头上的血的王冠!

现在我想起来了,
我又开始了我的长久的精神分裂,
石墓使藏在它自己或任何坟墓内的东西繁生了,
死尸站起来,创痕已愈,锁链从我身上脱落了。

我重新充满了无上的能力,在一队无尽的行列中
　　成为普通的一员,
我们去到内地和海边,经过了一切的疆界,

[1] 英美习俗,向人敛钱时,每以帽子为盛
　　钱具。

我们的法则正迅速地在全世界传播,
我们簪在帽子上的花朵是在千万年中长成的。

学生们哟!向前进吧!我向你们敬礼!
继续着你们的评注工作,继续提出你们的疑问!

39

那友爱的自在的野蛮人,他是谁呀?
他在期待着文明吗?还是他已超过了文明而且已支配着它?

他是在户外生长的某种西南边地的人么?他是加拿大人么?
他是从密西西比的乡下来的么?从衣阿华,阿里贡,加利福尼亚来的么?
是山地上的人?是草原或森林里的居住者?或是从海上来的水手?

无论他到了哪里,男人和女人都接待他,想念他,
他们都渴望他会喜爱他们,跟他们接触,和他们说话,和他们同住。

行动如同雪片一样地无规律,话语如同草一样的朴实,头发散乱,满脸笑容并充满天真,
沉着的步履,平凡的面貌,平凡的态度和表情,
它们以一种新形式从他的指尖上降临,

它们同着他的身体的气味或呼吸一同飘出,它们
　　从他的眼神中飞出。

40

耀武扬威的阳光哟!我并不需要你晒着我,滚开
　　吧!
你只照亮表面,我却更深入表面进到深处。

大地哟!你好像想在我手中寻找什么东西,
说吧,老巫婆,你要些什么呢?

男人和女人哟!我原可以告诉你们我如何地喜欢
　　你们,但是不能够,
也可以告诉你们我心中有什么,你心中有什么,
　　但是不能够,
也可以告诉你们我胸中的悲痛和日里夜里我脉搏
　　的跳动。

看哪,我不要给人教训或一点小慈悲,
我所给予人的是整个我自己。

你无力地在那里屈膝求怜,
张开你的包扎着的嘴,等我给你吹进些勇气,
你且摊开你的两手,并打开你的口袋吧,
我决不容你推辞,我强迫你接受,我的储蓄十分
　　充足,

我要赠给你我所有的一切。

我并不问你是谁，那对我无关紧要，
除了我将加在你身上的以外，你什么也不能做，
　　什么也不是。

我低身向棉田里的农奴或打扫厕所的粪夫，
我在他的右颊上给他以家人一样的亲吻，
以我的灵魂为誓我将永不弃绝他。

在可以怀胎的妇人身上我留下了更硕大更敏慧的
　　婴儿的种子，
（今天我正放射出可构成更骄傲的共和国的材料。）

对于任何将死的人，我飞奔前去，拧开他的门，
将被衾推向床脚，
请医生和牧师都各自回家。

我抓着垂死的人，以不可抗拒的意志把他举起来，
啊，绝望的人哟，这里是我的脖颈，
我的天，它决不容你下沉！把你的全身重量压在
　　我的身上。

我猛烈地吹气吹涨了你，让你恢复过来，
我使房子里的每一间屋都充满了一种武装力量，
即爱我的人们和战胜坟墓的人们。

睡下吧——我和他们都整夜地看守着,
没有疑惧,没有病患敢再来侵扰你,
我已经拥抱你,使你今后成为我所有,
当你早晨醒来时你将看出一切正如我所告诉你
　的。

41

我是当病人躺着喘息时给他带来帮助的人,
对于强健的能行动的人,我带来更为必需的帮
　助。

我听到关于宇宙别人说了些什么,
听到几千年来关于它的传说,
一般说来它算是相当不错——但仅只如此而已
　吗?

我来把它加大,将它应用,
一开始就比锚铢必较的年老小贩出了更高的
　价钱,
我自己量出了耶和华的精确的尺寸,
印刷了克洛诺斯,和他的儿子宙斯,他的孙子赫
　拉克勒斯,
买下了阿喀琉斯,伊堤斯,珀琉斯,波罗门和释
　迦牟尼的书稿,
在我的书夹中散置着玛尼多,印在单页上的阿拉,
　耶稣受难的十字架,

和阿丁[1]，和狞面的麦西第，以及各种偶像和神像，完全按着他们真正的价值接受下来，并不多给一
　　分钱，
我承认他们曾经生存过，并在他们的时代做过了
　　他们应做的工作，
（他们以前好像是给羽毛未丰的雏鸟带来小虫子，
　　而现在这些鸟必须起来自己飞翔，歌唱了，）
接受了这粗糙的神圣的速写使它在我的心中更加
　　完成，然后自由地赠给我所遇到的每一个男人
　　和女人，
在构造房屋时的一个建筑工人身上，我发现他有
　　着同样多或更多的神性，
当他卷起了袖子挥着锤子和凿刀的时候，他有权
　　要求更高的崇敬，
我并不反对特殊的启示，我想着一缕烟或我手背
　　上的一根毫毛也是如同任何启示一样的稀
　　奇；
驾着消防车和攀缘着绳梯的小伙子，在我看来不
　　见得不如古代战争中的诸神，
他们的呼声在毁灭的喧声中震响着，
他们的雄强的肢体在烧焦了的木板上，他们的雪
　　白的前额在熊熊的火焰中平安地移动着；
在抱着婴儿喂乳的机器匠的妻子旁边，我为每一

---

[1] 克洛诺斯，希腊神话中大神宙斯之父，宙斯则为诸神之父。赫拉克勒斯，希腊神话中的英雄。阿喀琉斯，埃及神话中之太阳，司生殖，为农神伊堤斯之夫。珀琉斯，古代巴比伦人之大神。玛尼多，印第安人崇拜之神。阿拉，伊斯兰教之神。阿丁，古代北欧人最重要之神。

个生出来的人说项，
三个穿着宽大衬衣的壮美的天使，一并排拿着三把镰刀在沙沙地收割庄稼，
红发缺牙的马夫为求赎免过去和未来的罪恶，
卖去了所有的一切，步行去替他的兄弟付律师费，并在他的兄弟因伪造文书罪受审时坐在他的旁边；
播散得最广的东西，也只散播在我周围三十方码以内，并且也未能把这三十方码铺满，
牛和小虫完全没有受足够的崇拜，
粪块和泥土有梦想不到的可钦羡之处，
神奇怪异算不了什么，我自己也期待着成为尊神之一，
这日子已临近了，那时当我将与至善者做出同样多的善果并且同样神奇；
我可以用生命起誓，我已经成为一个造物者，
就在此时此地将我自己放在潜伏着的暗影的子宫里。

42

在人丛中一声叫喊，
这是我自己的呼声，迅速地扫过一切的坚决的呼声。

来呀，我的孩子们，
来呀，我的男孩和女孩、我的女人、我的家属和

我的挚友，
现在演奏者已开始兴奋起来，他已经在他的心内
　　的芦管中奏完了序曲。

很容易地随手写下的调子——我已感觉到你的顶
　　点和最后的收束。

我的头，在我的脖颈上转动着，
音乐抑扬顿挫，但并非来自风琴中，
人们围绕在我的周围，但他们并不是我的家属。

永远是坚固的不沉没的大地，
永远是饮者和食者，永远是升起和下落的太阳，
　　永远是大气，和无止息的海潮，
永远是我自己和我的邻人，爽朗的、邪恶的、真
　　实的，
永远是古时的不可解答的疑问，永远是刺伤的大
　　拇指，永远是发痒的和渴想的呼吸，
永远是使人恼怒的"呜！呜！"声！直到我们寻
　　觅到这狡猾的人所藏匿的地方，并将他拖出来，
永远是恋爱，永远是生命的呜咽的眼泪，
永远是颔下的绷带，永远是死者的尸床。

这里那里眼睛蒙上小银币的人在走动，
为了喂饱无餍的肚腹，头脑却放量地四处攫取，
买，卖并取得票子，却一次也不去赴宴会，
许多人流汗、耕田、打麦，却只得到秕糠的酬赏，

少数懒怠的私有者,他们却不断地在要麦子。

这里是城市,我是公民之一,
凡与其余的人有关系的都与我有关系,政治、战争、
　　市场、报纸、学校、
市长和议会、银行、海关、轮船、工厂、货仓、铺子、
　　不动产和动产。

渺小的富有侏儒穿着硬领的燕尾服到处欢蹦乱跳,
我知道他们是谁,(他们绝对不是蛆虫和跳蚤,)
我承认在他们中有我自己的复本,其中最脆弱的
　　和最浅薄的,也和我一样地不死,
凡我所做的和所说的都同样对他们适合,
在我心中挣扎着的每一种思想,都同样在他们的
　　心中挣扎着。

我十分清楚地知道我自己的自我中心狂,
知道我的兼收并蓄的诗行而不能写得更少,
并且不管你是谁,我也要将你拿来以充满我自己。

我的这诗歌并不是一些泛常的词句,
只是率直的询问,跳得很远却又使一切离得更近,
这是印刷和装订好的书——但想想印刷者和印刷
　　厂的孩子呢?
这是些精美的照片——但想想紧依在你胸怀里的
　　你的亲密的妻子和朋友呢?
这里是黑铁甲的船,她的巨大的炮在她的炮塔

里——但舰长和工程师的英勇呢?
在屋子里是碗碟食物和家具——但男主人和女主
　　人呢,他们的选择的眼光呢?
那里是高高的天——但是在这里,或者在隔壁,
　　或者在街对面呢?
历史上有圣人和哲人——但你自己呢?
讲道、教条、神学——但想想那不可测度的人类
　　的脑子,
什么是理性呢? 什么是爱呢? 什么是生命呢?

43

我并不轻视你们牧师们,在任何时候,任何地方,
我的信仰是最大的信仰,也是最小的信仰,
其中包括古代和近代的崇拜以及古代和近代之间
　　的一切崇拜,
相信在五千年后我会再来到这世界上,
从神的启示等待着回答,尊奉诸神,礼赞太阳,
以最早的岩石或树木为神并在被禁咒的圈子内执
　　杖祈祷,
帮助喇嘛或婆罗门修整神像前的圣灯,
通过大街在一种阳物崇拜的游行中舞蹈,在森林
　　中成为狂热而质朴的赤脚仙人,
从头骨的酒杯中饮啜蜜酒,成为沙斯塔和吠陀的
　　信徒并默诵可兰经,
登上被石头或刀子上的血液所污染的神坛,敲击
　　着蛇皮鼓,

接受福音，接受被钉在十字架的人，确信他是神
　　圣的，
在弥撒时跪下，或者和祈祷着的清教徒一同起立，
　　或者耐心地静坐在一个蒲团上，
在我的神智癫狂的生死关头我吐着唾沫，发着狂
　　言，或者如死人一样期待着直到我的精神使我
　　苏醒。
注视着马路和土地或马路和土地的外面，
在众圈之圈中绕行。
是向心和离心的人群中的一分子，我转回来，像
　　一个要出门的人对自己所留下的职务详为交代。

垂头丧气的、沉闷孤独的、
尪弱的、阴沉的、忧郁的、愤怒的、浮动的、失意的、
　　无信仰的怀疑者哟，
我知道你们每一个人，我认识那痛苦、怀疑、绝
　　望和无信仰的大海。

比目鱼是如何地使水花飞溅哟！
它们像闪电般迅速地歪扭着、痉挛着、喷着血！

让那如带血的比目鱼一样的怀疑者和阴沉的忧郁
　　者安静吧，
我跟你们在一起，如同跟任何人在一起一样，
过去对你、我、一切的人，都完全一样地起着推
　　动作用，
还未经受过的和以后的一切也完全一样地等待着

你、我、一切的人。

我不知道未曾经受过的和以后的究竟是什么，
但我知道到时候它自会是充足合用，决不失误。

每一个经过的人已被考虑到，每一个停留下来的
　　人也被考虑到，一个人它也不会遗忘。

它不会遗忘掉那死去的已被埋葬了的青年人，
那死去的已埋葬在他身旁的青年妇人，
更不会忘掉在门口偶一窥望此后就永不再见的小
　　孩子，
那无目的地活着的、感觉到比苦胆更烈的苦痛的
　　老人，
那在贫民院中由于饮酒和凌乱的生活而生着结核
　　病的人，
那无数的被杀戮者、灭亡者、还有被称为人类秽
　　物的粗野的科布人，
那仅仅张着嘴游荡着，希望食物落在口里的萨克
　　人，
那在地上的或者在地上最古老的坟墓里的任何物
　　件，
那在无数的星球上的任何物件，还有存在于那上
　　面的无穷无尽的任何物件，
更不会忘记现在，以及我们所知道的最小的一片
　　磷火。

44

这是说明我自己的时候了——让我们站起来吧。

一切已知的我都抛开,
我要使一切男人和女人都和我进入到"未知"的
　世界。

时钟指示着瞬息间——但什么能指示永恒呢?

我们已经历尽亿万兆的冬天和夏天,
在前面还有着亿万兆,还有着亿万兆在它们的前
　面。

生已经带给我们以丰富和多彩的世界,
此后的生也将带给我们以丰富和多彩的世界。

我不认为其间有伟大与渺小之别,
任何一件占据着自己的时间和空间的事物都与任
　何其他事物相等。

我的兄弟,我的姊妹哟,人类谋害你们或嫉妒你
　们么?
我为你们很难过,人类并不谋害我或嫉妒我,
一切人都对我很温和,我不知道悲叹,
(我有什么可悲叹的呢?)

我是已成就的事物的一个最高表现,在我身上更
　　包含着将成的事物。

我的脚踏在梯子上最高一级,
每一级是一束年岁,一步比一步代表更大的一束,
一切在下的都正常地走过去,而我仍然在往上攀登。

我愈升愈高,我后面的幻象均俯伏在地,
在远处下面,我看见那巨大的混沌初开时的空无,
　　我知道我也曾经在那里过,
我一直在那里暗中等待着,昏沉地睡过了那迷蒙
　　的烟雾,
耐心等待着我的时刻,并不曾受到恶臭的炭质的
　　伤害。

我被紧抱得很久了——很久很久了。

为我而做下的准备是宏伟的,
可靠的友爱的手臂曾援助了我。
时代摇荡着我的摇篮,颠簸起伏如同快乐的扁舟
　　一样,
因为要留出我的地位,星星们都远远地走在它们
　　自己的轨道上,
它们照看着我将出现的地方。

在我从母亲体内出生以前的若干世代都引导了我,

我的胚胎从不迟钝麻痹,没有东西能把它压下。

为着它,星云凝结成一个地球,
千万年的地层堆积起来让它可以栖息,
无数的植物供给它以质体,
巨大的爬虫将它送到它们的嘴里并小心地将它保
　存。

一切力量都有步骤地用来使我完成使我快乐,
现在,我怀着我的健壮的灵魂站在此地。

45

啊!青年的时代哟!无限伸张着的弹力哟!
啊!均匀的、鲜艳的、丰满的成年哟!

我的爱人们使我要窒息了。
他们堵住了我的嘴唇,塞住了我的皮肤的毛孔,
拥着我通过大街和公共的人厅,夜间裸体来到我
　处,
白天从河岸的岩石上呼叫着,啊嗬!鸣叫着在我
　的头顶上回荡,
从花坛、从葡萄藤、从扭结着的树丛中叫喊我的
　名字,
在我生命的每一瞬间放光,
以温柔的香甜的亲吻吻遍了我的身体,
更悄悄地从他们的心里掏出一把一把的东西送

给我。

老年崇伟地出现了！啊，欢迎呀！垂死的日子的
  不可言说的优美！

每一种情形都不仅仅是宣告自己的存在，它更宣
  告了从它自己生长出来的未来的东西，
黑暗中的嘘声所宣告的也如其他的东西一样多。

我在夜间打开我的天窗观察散布得很远的星辰，
所有我能看到的再倍以我所能想象的最高的数字
  也只不过碰到更远的天体的边缘。

它们愈来愈广地向四方散布，开展着，永远开展着，
伸出去，伸出去，永远伸出去！

我的太阳又有着它的太阳，并且顺从地围绕着它
  旋转，
它和它的同伴加入了更高的环行着的一组，
而后面还有更大的一组，它使他们中最伟大的成
  为微小的一个颗粒。

它们永不停止也绝不会停止，
如果我、你、大千世界以及在它们下面或在它们
  的表面上的一切，在这瞬间都回复到一种青灰
  色的浮萍，那也终久徒然，
我们必然地仍会回到我们现在所站立的地方，

也必然地能再走得同样远，而且更远更远。

亿万兆年代，亿万兆平方英里，并不危害这一瞬
　　的时间或者使它迫不及待，
它们也只不过是一部分，一切物都只是一部分。

不论你望得多远，仍然有无限的空间在外边，
不论你数多久，仍然有无限的时间数不清。

我的约会地已被指定了，那是确定的，
上帝会在那里，并且非常友善地等待着我到来，
最伟大的伙伴，使我为之憔悴的最真实的爱人定
　　会在那里。

46

我知道我占有着最优越的时间和空间，过去从没
　　有人度量过我，将来也不会有人来度量。

我走着永恒的旅程，（都来听着吧！）
我的标志是一件雨衣、一双皮鞋和从树林中砍来
　　的一支手杖，
没有朋友能舒服地坐在我的椅子上休憩，
我没有椅子，没有教堂，没有哲学，
我不把任何人领到餐桌边，图书馆或交易所去，
我只是领着你们每一个男人和每一个女人走上一
　　座小山丘，

我左手抱着你的腰,
右手指点着大陆的风景和公路。

我不能,别的任何人也不能替代你走过那条路,
你必须自己去走。

那并不遥远,你是可以达到目的的。
或者你一出生就已在那条路上了,只是你自己不
　　知道,
或者它原在水上陆上处处都有。

亲爱的孩子哟!背负着你的衣包,我也背负着我
　　自己的,让我们迅速地走上前去,
我们一路上将取得美妙的城池和自由的国土。

假使你疲倦了,将两个行囊都给我吧,将你的手
　　扶在我的身上休息一会儿,
适当的时候,你也将对我尽同样的义务,
因为我们出发以后便再不能躺下休息了。

今天在天晓以前我爬到一座小山上,望着那拥挤
　　不堪的天空,
于是我对我的精神说:当我们得到了这些星球和
　　其中的一切快乐和知识的时候,我们将会以为
　　满足了么?
但我的精神回答说:不,我们将越过那些,继续
　　向更远的地方前进。

你也问我一些问题，我静听着，
但我回答说我不能回答，你必须自己去找答案。

亲爱的孩子哟！略坐一会吧，
这里有饼干吃，这里有牛奶喝，
但当你睡一觉恢复了精神又穿上了新衣后，我便
　　吻着你和你告别并为你打开你可以走出去的大
　　门。

你已沉于可鄙的梦想很久了，
现在我为你洗去你的眼垢，
你必须使你自己习惯于耀眼的光和你的生命的每
　　一瞬间。

你胆怯地紧抱着一块木板在海边涉水已经很久了，
现在我将使你成为一个勇敢的泅水者，
跳到海中间去，然后浮起来，向我点头、叫喊，
　　并大笑地将你的头发浸入水里。

47

我是运动员的教师，
由于我的教导而发育出比我胸部更宽的人，证明
　　了我自己的胸部的宽度，
最尊敬我的教导的人，是那在我的教导下学会了
　　如何去击毁教师的人。

我所爱的孩子，他变成为一个成人并非靠外来的
　　力量，而是靠他自己，
他宁愿邪恶也不愿由于要顺从习俗或由于恐惧而
　　重德行，
他热爱他的爱人，津津有味地吃他的牛排，
片面相思，或者被人轻视，对他说来比锐利的钢
　　刀切割还难受，
他骑马、拳击、射击、驶船、唱歌或者弹五弦琴，
　　都是第一等好手，
他喜欢创痕，胡子和麻子脸胜过油头粉面，
他喜欢那些给太阳晒黑的人胜过那些躲避阳光的
　　人。

我教导人离我而去，但谁能离我而去呢？
从现在起无论你是谁我都永远跟随着你，
我的言语刺激着你的耳朵直到你理解它为止。

我说这些事情并不是为了一块钱，也不是为了在
　　等船时候借以消磨时间，
（这是我的话，也同样是你的话，我此时权作你的
　　舌头，
舌在你的嘴里给束缚住了，在我的嘴里却开始被
　　解放了。）

我发誓我永不在一间屋子里面对人再提到爱或死，
我也发誓我永不对人解说我自己，只有在露天下

和我亲密的住在一起的男人和女人是例外。

假使你愿意了解我,那么到山头或水边来吧,
近在身边的蚊蚋便是一种解说,一滴或一个微波
　　便是一把宝钥,
铁锤、橹、锯子都证实了我的言语。

紧闭着的屋子和学校不能够和我交谈,
莽汉和幼小的孩子们都比他们强。

和我最亲近的青年机器匠了解我很清楚,
身上背着斧头和罐子的伐木工人将整天带着我和
　　他在一起,
在田地里耕种的农家的孩子听到我歌唱的声音感
　　到愉快,
我的言语在扬帆急驶的小船中前进,我和渔人和
　　水手们生活在一起并喜爱着他们。

住在营幕中或在前进中的士兵都是属于我的,
在战争的前夜许多人来找我,我不使他们失望,
在那紧张严肃的夜间(那或者是他们的最后一夜
　　了)那些知道我的人都来找我。

当猎人独自躺在他的被褥中的时候,我的脸擦着
　　他的脸,
赶车人想着我就忘记了他的车辆的颠簸,
年轻的母亲和年老的母亲都理解我,

女儿和妻子停针片刻忘记了她们是在什么地方,
他们和所有的人都将回想着我所告诉他们的一切。

48

我曾经说过灵魂并不优于肉体,
我也说过肉体并不优于灵魂,
对于一个人来说,没有什么东西——包括上帝在
  内——比他自己更重大,
无论谁如心无同情地走过咫尺的路程便是穿着尸
  衣在走向自己的坟墓,
我或你钱囊中空无所有的人也可以购买地球上的
  精品,
用眼睛一瞥,或指出豆荚中的一粒豆,就可以胜
  过古往今来的学问,
任何一种行业,青年人都可以借之成为一个英雄,
任何一件柔软的物质都可以成为旋转着的宇宙的
  中心,
我对任何男人或女人说:让你的灵魂冷静而镇定
  地站立在百万个宇宙之前。

我也对人类说:关于上帝不要寻根究底,
因为我这个对于一切都好奇的人并不想知道上帝
  是什么东西,
(没有言辞能形容我对上帝和死是如何漠然。)

我在每一件事物之中都听见和看见了上帝,但仍

一点也不理解上帝,
我也不能理解还能有谁比我自己更为奇异。

为什么我还希望要比今天更清楚地看见上帝呢?
我在二十四小时的每一小时甚至每一瞬间,都看
　　见了上帝的一部分,
在男人和女人的脸上,在镜子里面的我自己的脸
　　上,我看见上帝,
在大街上我得到上帝掷下的书信,每一封信都有
　　上帝的签名,
但我把这些信留在原来的地方,因为我知道不管
　　我到哪里,
永远将有别的信如期到来。

49

至于死亡,给人以痛苦的致命的拥抱的你,你想
　　来恐吓我是毫无用处的。

助产医生毫不畏缩地来做他的工作,
我看见他的老年人的手压挤着、接受着、支持着,
我靠在精致柔软的门边,
注视着出口,注意到痛苦的减轻和免除。

至于你,尸体,我想你是很好的肥料,这我并不
　　介意,
我嗅着生长着的芳香的白玫瑰,

我伸手抚摩叶子的嘴唇,我抚摩西瓜的光滑的胸
   脯。

至于你,生命,我想你是许多死亡的遗物,
(无疑我自己以前已经死过了一万次。)

啊,天上的星星哟!我听见你在那里低语,
啊,太阳哟——啊,墓边的青草哟——啊,永恒
   的转变和前进哟,
假使你们不说什么,我又能说什么呢?

秋天树林中的混浊的水塘,
从萧瑟的黄昏绝岩降下来的月亮,
摇动吧,白天和黑夜的闪光——在垃圾堆里腐朽
   的茎叶上摇晃,
伴着干槁的树枝的悲痛的谵语摇晃。

我从月亮上升,我从黑夜上升,
我觉出这朦胧的微光乃是午间的日光的反映,
我要从这些大小的子孙走出,走到那固定的中心。

50

在我身上有点什么东西——我不知道它是什
   么——但我知道它是在我身上。

经过一阵痉挛出一阵汗,然后我的身体安静清凉,

我入睡了——我睡得很久。

我不知道它——它没有名字——它没有被人说出过,
在任何字典里、言语里、符号里也找不到它。

它所附着的某种东西更重要于我所居住的地球,
创造是它的朋友,这个朋友的拥抱使我苏醒了。

或者我还能说出更多的东西。纲要吧!我要为我的兄弟姊妹们辩护。

我的兄弟姊妹们哟,你们看见了么?
它不是混沌不是死亡——它是形式、联合、计划——它是永恒的生命——它是幸福。

51

过去和现在凋萎了——我曾经充满了它们,又倾空了它们,
现在又要去装满将来的最近的一层。

那里的听者哟!你有什么秘密告诉我呢?
当我嗅着黄昏的边缘的时候,请正视我的脸。
(老实说吧,没有别的任何人会听你讲话,而我也只能再做一分钟的停留了。)
我自相矛盾吗?

很好，我就是自相矛盾吧，
(我辽阔广大，我包罗万象。)

我专注意那些离我最近的人们，我坐在门槛上期
　　待着。

谁已经做完了他一天的工作？谁最快吃完了他的
　　晚饭？
谁愿意和我散步呢？
在我走以前你想说什么话么？你要等到已经是太
　　晚了的时候么？

52

苍鹰在附近飞翔着，他斥责我，怪我不该饶舌和
　　游荡。

我也一点没有被驯服，我也是不可解说的，
我在世界的屋脊上发出我的粗野的呼声。

白天的最后的步履为我停留，
它把我的形象投掷在其他一切形象的后面，如同
　　它们一样的确实，把我丢在黑影里的野地上，
它诱劝我走近雾霭和黑暗。

我如空气一样地离去了，我对着将逝的太阳摇晃
　　着我的白发，

我把我的血肉大量抛进涡流之中,包在像花边一
　　样的破布中漂流着。

我将我自己遗赠给泥土,然后再从我所爱的草叶
　　中生长出来,
假使你要再见到我,就请在你的鞋底下找寻吧。

你也许将不知道我是谁,或者不明白我的意思,
不过我仍将带给你健康,
将滤净和充实你的血液。

要是你不能立刻找到我,你仍然应保持勇气,
在一处错过了,还可到别处去寻觅,
我总是在某个地方停留着等待你。

亚当的子孙

向那花园

向那花园,世界又重新上升,
那些能生育的配偶,女儿们,儿子们,带头前行,
爱,他们肉体的生活、意义和存在,
好奇地看着我在这里沉睡后苏醒,
那些大幅度旋转的周期再一次给我带来了,
色情的,成熟的,看来是那么美丽,那么令人吃惊的,
我的四肢以及在其中永远战栗的火,由于某些最奇妙的原因,
我既然生存,仍能窥见和看透,
她满足于现在,满足于过去,
夏娃在我身旁或后面随行,
有时走到了前头,我也同样跟着她行进。

从被抑制的疼痛的河流

从那些被抑制的疼痛的河流,
从我自身那命脉所系的东西,
从那个我即使完全孤立也要使之光大的事物,
从我自己的洪亮的声音,那唱着生殖器的,
唱着生殖之歌的,
唱着超等儿童和其中的超等成人的必要性的,
唱着肌肉的冲动和交合的,
唱着同床者之歌的,(啊,不可抗拒的渴求!
渴望着任何一个和每一个相互吸引的肉体啊!
渴望你无论你是谁你那相互交关的肉体,你超过
 一切地使之喜悦的那个肉体啊!)
从那日日夜夜销蚀着我的如饥似渴的折磨,
从出生的时刻,从羞涩的痛苦,歌唱着它们,
寻觅着我找了多年而没有找到的东西,
随意唱着一阵阵激动的灵魂的真实的歌,
它与最粗野的大自然一起或者在动物中间新生,
我的诗报道着它和它们以及那些与之同行的东西,
苹果和柠檬的香味,禽鸟的配合,
树林的湿润,水波的拍打;
波涛向陆地疯狂地冲刷,我唱着它们,
那轻轻响着的序曲,先行的旋律,
受欢迎的亲昵,体型完美的模样,
在浴池中游泳或者静静地仰天漂浮的游泳者,
那女性的形体在靠近,我陷入沉思,爱的肌肉颤
 抖着隐隐作痛,
为我自己,或者为你或任何人,展开一张神圣的
 图表,

脸部，四肢，从头到脚的各个项目，以及它所唤
　　醒的一切感受，
那神秘的昏迷，色情的狂热，彻底的放纵，
(请仔细静听我此刻对你说的悄悄话吧，
我爱你，啊，你全部占有我！
啊！你和我干脆把所有其余的人摆脱，逍遥法外，
　　彻底自由，
比两只空中的鹰、两条海里的鱼还更加不受拘束；)
猛烈的风暴在我的周身奔突，我激动得颤抖，
两人永远一起不分离的盟誓，那个爱我的和被我
　　爱得胜过生命的女人的誓言，
(啊，我愿意为你冒一切的牺牲，
啊，必要时就让我死掉，
啊，你和我！至于别人干什么想什么，与我们何
　　干呢？
所有其余的一切与我们何干呢？只要我们彼此欣
　　赏，必要时还互相消耗；)
从那位船长，那个我向他交出了船的领港员，
那位指挥我和指挥一切并掌握许可权的将军，
从那为计划所迫的时间，(确实我已徘徊得太久，)
从性，从经线和纬线，
从私处，从经常的独自怨尤，
从近处的众多的人和偏偏不在身边的意中人，
从那双把我浑身抚摩的柔软的手和梳弄着我的头
　　发胡子的指头，
从那个长久地紧贴在我嘴上和胸上的吻，
从那使我或任何男人为之陶醉和销魂的紧紧贴着

的挤压，
从一个神圣的丈夫所懂得的任务，从父性的作业，
从狂喜、胜利和解脱，从晚上同床者的拥抱，
从眼神、手、臀部和胸脯的诗一般的动作，
从颤抖的手臂的缠绕，
从弯曲的弧形和紧搂，
从并排地躺着将柔软的锦被掀掉，
从那个多么不愿意让我离开的人，以及同样不愿
　　意离开的我，
(可是，多情的等候者哟！一会儿我就回来，)
从星星闪烁和露珠轻洒的时刻，
从夜里我迅速地浮现的一瞬间，
歌颂你，神妙的行为，你们，已准备好孕育的儿女，
还有你们，健壮的生殖器。

我歌唱带电的肉体

1

我歌唱带电的肉体,
我所喜爱的人们围绕着我,我也围绕着他们,
他们不让我离开,直到我与他们同去,响应了他们,
不让他们腐朽,并把他们满满地装上了灵魂。

那些败坏了自己肉体的人就要隐匿自己,难道有人怀疑过么?
渎污了活人的人,不是如同渎污了死者一样地坏么?
肉体所做的事不是和灵魂所做的完全一样多么?
假使肉体不是灵魂,那么灵魂是什么呢?

2

男人或女人的肉体的美是难以形容的,肉体本身是难以形容的,
男性的肉体是完美的,女性的肉体也是完美的。
面部的表情是难以形容的,
但一个健全的男人的表情,不仅表现在他的脸上,
也在他的四肢肌肉上,更奇特的是在他的臀和腕的肌肉上,
在他的步态上,在他的脖颈的姿势,在他的腰和膝的弯曲上,衣饰并不能将他遮藏,
他的强健甘美的性质透过棉布毛麻显露出来,

看着他走过如同读一首最美的诗歌，也许比诗歌
　　传达出更多的情意，
你依恋地看着他的背影，他的肩背和脖项的背影。

婴儿们的丰满活泼，妇人们的头部和胸部，她们
　　的衣饰的褶痕，我们在街上走过时看到的她们
　　的举止，她们下身的形象的轮廓，
在游泳池中的裸体游泳者可以看见他在透明的碧
　　绿的水光中游泳，或者仰面浮着，在荡漾的水
　　波中静静地游来游去，
在划艇上的摇船人和在马背上的骑士的前仰后合，
女孩子们，母亲们，主妇们，在她们一切的动作中，
成群的工人们，在正午时候坐着，打开了他们的
　　午饭锅子，妻子们在旁边照拂着，
女性在抚爱着一个孩子，农夫的女儿在花园或牧
　　场中，
年轻的汉子在锄玉米，赶雪车的驾着他的六匹马
　　穿过了人群，
角力者在角力，两个土生土长的学徒活泼结实、
　　性情和善，日落时歇了工来在旷地上，
外衣和帽子都掷在地上，做着爱与抵抗的拥抱，
上下地扭抱着，他们的头发披散着，遮盖了眼睛；
消防队员穿着他们的制服前进，从整洁的裤褂与
　　腰带上显出雄健的膂力，
缓缓地从火场归来，忽然警铃又响了，小心地警
　　戒着，
自然、完美的各种姿势，倾俯着的头，弧形的脖子，

数着一分一秒；
我爱这样的形象——我解脱了自己，自由地走过，
　　我和幼小的婴儿一同伏在母亲胸前，
和游泳者一同游泳，和角力者一同角力，和消防
　　队员一同前进，而且停下、凝听，数着一分一秒。

3

我认识一个人，一个普通的农民，五个儿子的父亲，
　　这些儿子也是父亲，有儿子，而这些儿子也是父亲，
　　也有儿子。

这个人非常强壮，沉静，漂亮，
他的头的形象，他的淡黄和雪白的头发和胡子，
　　他的含着无限深意的黑眼睛，他的落落大方的
　　态度，
我常去访问他，借此观看这些，而且他也是智慧的，
他有六英尺高，他已经八十多岁了，他的儿子们
　　都高大、整洁、多须，有着晒黑的脸色，健美，
这些儿子和他的女儿们都爱他，所有看见他的人
　　都爱他，
他们并不只是因为尊敬他而爱他，他们是以个人
　　的爱而爱他，
他只喝水，但在他颜面的褐色皮肤下面显出深红
　　色的血液，
他常常打猎捕鱼，他自己驶着船，他有一只精美
　　的船，是一个船匠送给他的，他有鸟枪，是爱

他的人们送给他的,
当他和他的五个儿子和孙子们出去渔猎的时候,
　你会立刻看出他是这一群人里最美最有生气的
　一个,
你会希望长久和他在一起,你会希望坐在一只船
　上坐在他的旁边,以便和他可以接触。

4

我感觉和我欢喜的人在一起就满足了,
在晚间和别人结伴在一起就满足了,
为美丽的、奇异的、有生气的、欢笑的肉体所包围,
　就满足了,
在他们中间走过,或者接触到任何一个,或者让
　我的手臂有片刻的时间轻轻地围绕在他或她的
　脖子上,那么这是什么呢?
我再不要求更多的欢乐了,我在其中游泳,如同
　在大海中一样。

和男人们或女人们亲切地在一起,注视着他们,
　跟他们接触,闻着他们的气味,这是有意义的,
　这使灵魂十分快乐,
一切的东西都使灵魂快乐,但这些更使灵魂快乐。

5

这是女性的形体,

从它的头项到脚踵都发射着神圣的灵光,
它以强烈的不可抵抗的吸力,吸引着人,
我被它的气息牵引着,就好像我只是一种无力的
　　气体,除了它和我以外,一切都消失了,
书籍、艺术、宗教、时间、看得见的坚固的大地,
　　及希望在天堂里得到的一切,或惧怕在地狱里
　　遇见的一切,现在都消失了。
狂热的纤维、不可控制的电流从其中发散出来,
　　反应也是一样地不可控制,
头发、胸脯、臀部、大腿的弯曲,懒散低垂的两
　　手全松开了,我自己的两手也松开了,
爱的低潮被高潮刺激着,爱的高潮被低潮刺激着,
　　爱的血肉膨胀着,微妙地痛楚着,
亲爱的无限的澄澈的岩浆,微颤的爱胶,白色的
　　狂热的液汁,
爱的新婚之夜,坚定而温柔地进入疲惫的曙晓,
波澜起伏直到了乐于顺从的白天,
消逝于偎偎紧抱着的和肉体甘美的白天。

这样的结胎——其后孩子从女人诞生出来,男人
　　从女人诞生出来,
这是生之洗浴,这是大与小的混融,又再行出生。

妇女们都别害羞呀!你们的特权包括着其余的一
　　切,是其余的一切的出路,
你们是肉体的大门,你们也是灵魂的大门。

女性包含着一切的性质,并且调和了它们,
她在自己的地位上,异常平衡地移动着,
她恰是被遮蒙着的万物,它是被动的也是主动的,
她要孕育女孩和男孩,男孩和女孩。

当我看见了我的灵魂在自然中反应,
当我通过了一层雾霭看见了一个人,有着难以形
　　容的完善,明智和美丽,
看见了低垂着的头和交叉在胸前的两手,我看见
　　了女性!

6

男性也不多不少有着同样的灵魂,他也是在他的
　　适当的地位上,
他也是一切的性质,他是行动和力量,
在他身上有着可知的宇宙的丰盈,
侮蔑对他是适宜的,嗜欲和反抗对他是适宜的,
最狂热巨大的激情、最高的祝福、最深的忧愁,
　　对他是适宜的,骄傲是为他而存在的,
男子的完全展开了的骄傲,可以使灵魂平静,对
　　于灵魂是极好的,
他有知识,他一直爱好知识,他把一切的东西拿
　　来自己试验,不管勘查如何,
不管海水如何,航行如何,他最后只在这里测量
　　水深,
(除了这里以外,他还会在什么地方测量水深呢?)

男子的肉体是圣洁的,女人的肉体也是圣洁的,
无论这个肉体是谁,它都是圣洁的——它是奴隶
　　当中的最卑下的一个么?
它是才上了码头的呆头呆脑的移民中的一个么?
每一个人都正如有钱的人一样,正如你一样,属
　　于此地或属于彼地,
每一个人在行列中都有着他或她的地位。

(一切都是一个行列,
宇宙便是用整齐完美的步伐前进的一个行列。)

你自己真是知识渊博,足以把那个最卑下的人说
　　成愚昧无知么?
你以为你有权利饱眼福,而他或她便无权一看么?
你以为物质从散乱漂浮状态凝聚起来,泥土在地
　　面上,水奔流着,植物生长着——
都只是为了你,而不是为了他或她么?

7

一个男人的肉体在拍卖,
(因为在战前我常到奴隶市场去看这样的买卖,)
我帮助了拍卖者,这腥腥的家伙半点儿也不懂得
　　做他的买卖。

绅士们看着这个奇迹,

无论投标者所出的价钱是多少，对于它总是不够
　　高，
为了它，地球在没有动植物以前就准备了亿兆万
　　年，
为了它，回旋着的天体正确而坚定地旋转。

在这头上，是能够战胜一切的脑子，
在它里面和下面是英雄的本质。

检查检查这四肢吧，红色的、黑色的或白色的，
　　它们的肌肉和神经都是灵活的，
它们可以裸露出来让你看见。

敏锐的感觉，被生命的光辉照亮的眼睛、勇气、
　　意志，
丰满的胸肌、柔韧的脊骨和颈项、并不松弛的肌肉、
　　匀称饱满的手臂和大腿，
而且其中还有着别的奇迹。

血液在其中奔流着，
同样古老的血液呀！同样鲜红的奔流着的血液
　　呀！
那里有颗心在膨胀着、跳跃着，那里有着一切的
　　热情、愿望、希求和抱负，
（你以为因为它们没流露在客厅和教室里，它们就
　　不存在么？）

这不仅仅是一个男子,这是孩子们的父亲,而这些孩子们将来自己又要做父亲,

靠着他,人口众多的国家和富庶的共和国可以发轫,

靠着他,不可计算的不朽的生命,有着不可计算的形体和快乐。

你能知道若干世纪以后谁将从他的子孙的子孙生出来呢?

(假使你能追溯到若干世纪以前,你能觅到你是从谁那里生出来的么?)

8

一个女人的肉体在拍卖,

她也不仅是她自己,她是要产生许多母亲们的母亲,

她也要生育儿子,以后成长起来,做这些母亲们的配偶。

你曾爱过一个女人的肉体么?
你曾爱过一个男人的肉体么?
你没看到这一切对于地球上各民族各时代的所有的人都完全是一样的么?

假使有任何东西是圣洁的,人类的肉体便是圣洁的,

一个男子的光荣和甘美,便是未被污损的男性的
　　标志,
在男人或女人身上,一个洁净、健强而坚实的肉体,
　　比最美丽的面孔更美丽。
你看见过败坏自己活生生的肉体的傻男人么?或
　　者败坏自己活生生的肉体的傻女人么?
因为他们并不隐蔽自己,也不能隐蔽自己。

9

啊,我的肉体哟!在别的男人们和女人们身上和
　　你一样的形体,我不敢唾弃,和你身体各部分
　　一样的形体,我也不敢唾弃,
我相信你的形体和灵魂的形体是始终一致的,(你
　　的形体就是灵魂,)
我相信你的形体和我的诗歌是始终一致的,你的
　　形体就是我的诗歌,
男人的、女人的、儿童的、青年的、妻子的、丈夫的、
　　母亲的、父亲的、青年男子的、青年女子的诗歌,
头、颈、发、耳、耳坠和鼓膜,
眼睛、眼眶、虹彩、眉毛、眼皮的醒和睡,
嘴、舌、唇、齿、上颚、牙床、咬嚼筋,
鼻子、鼻孔、鼻梁,
面颊、鬓角、前额、下巴、喉咙、脖颈、颈椎、
强壮的两肩、威严的胡子、肩胛、后肩、广阔的胸部,
上臂、两腋、肘拐、前臂、臂筋、尺骨,
腕和腕关节、手、手掌、指节、大指、食指、指关节、

指甲、宽阔的前胸、胸前鬈曲的汗毛、胸骨、腰窝、
肋骨、肚子、脊骨、脊骨的各部、
臀部、尾椎、臀部的里外、睾丸、肾根、
强壮的双腿,很好地支持了身体,
小腿、膝、膝盖、大腿、脚肘、
脚踝骨、脚背、脚拇指、脚趾、趾关节、后踵;
一切的姿态,一切美妙的形象,一切属于我的、
　　你的,或者任何人的、男性的、女性的、肉体
　　的东西,
肺的海绵体、胃囊、芳香洁净的肚肠,
在头盖里面的脑子的褶襞,
人体器官的交感、心瓣的开合、口盖的蠕动、性爱、
　　母爱,
女性与一切属于女性的,生自女人的男人,
子宫、乳房、乳头、乳汁、眼泪、欢笑、哭泣、
　　爱的表情、爱的不安和兴奋,
声音、姿势、话语、低诉、大叫,
食物、饮水、脉搏、消化、汗液、睡眠、散步、游泳,
臀部的平衡、跳跃、斜倚、拥抱、手臂的弯曲和伸张,
嘴的不断的动作和变化,两眼周围的不断的动作
　　和变化,
皮肤、晒黑的颜色、雀斑、头发,
一个人用手抚摩着肉体裸露着的肉时所引起的奇
　　异的感觉,
血液的循环和呼吸的出入,
腰肢的美、臀部的美、往下直到膝部的美,
在你身中或我身中的稀薄的鲜红的液汁、骨头和

骨髓，
健康的美妙的表现；
啊，我说这不仅仅是肉体的诗歌，肉体的各部分，
　　也是灵魂的诗歌，灵魂的各部分，
啊，我可以说，这些就是灵魂！

一个女人等着我

一个女人等着我,她拥有一切,什么也不缺,
可是如果缺少了性,或者缺少了健壮男人的水分,
　　那就缺少了一切。

性包括一切,肉体、灵魂,
意义、证据、贞洁、雅致、成果、传送,
诗歌、命令、健康、骄傲、母性的神秘、生殖的奶汁,
地球上一切的希望、善行、赠品、一切的激情、爱、
　　美、欢欣,
地球上所有的政府、法官、神明、被追随的人,
这些,作为性本身的部分和它自己存在的理由,
　　都包括在性之中。

我所喜欢的那个男人毫不害羞地懂得并且声明他
　　那性的妙处,
我所喜欢的那个女人也毫不害羞地做同样的声明。

如今我要拒不接近那些缺乏热情的妇女,
我要去跟那个等着我的人,跟那些情欲如火的可
　　以满足我的女人们同住,
我看她们了解我,也不拒绝我,
我看她们值得我爱,我要做那些女人的强壮的丈
　　夫。

她们丝毫不亚于我,
她们因日晒风吹而脸色黝黑,
她们的肌肤极其柔软而精力充沛,

她们会游泳、划船、骑马、摔跤、射箭、赛跑、攻击、
 后退、前进、抵抗、保卫自己,
她们完全凭自己的力量——她们冷静,明朗,有
 很好的自制能力。

我把你们拉近身来,你们这些女人啊,
我不能放你们走,我会给你们好处,
我是你们的,你们是我的,这不仅是为了我们自己,
 也是为了别人,
在你们体内睡着更加伟大的英雄和诗人,
他们拒绝在任何人的除非是我的接触下苏醒。

那是我呀,你们这些女人,是我在运动,
我严厉、苛刻、魁梧、不容劝阻,但是我爱你们,
我不会伤害你们,除非那对你们是必要的,
我倾出原料来生产适合美国的儿女,我以迟钝而
 粗鲁的肌肉把它挤进,
我有效地支撑着自己,我不听任何恳求,
我不敢退却,直到我将体内积累了那么久的东西
 好好储存。

通过你们,我排干了我身上禁锢的河流,
我把将来的一千年存放在你们体内,
我把我和美国最珍爱的新枝嫁接在你们身上,
我洒落在你们身上的那些点滴要生出泼辣而健壮
 的姑娘,新的艺术家、音乐家和歌手,
我在你们身上生殖的婴儿长大了也会生殖婴儿,

我将从我的爱情开销中索取完美的男人和女人，
我将期待他们像现在我与你们互相渗透那样也与
　别人互相渗透，
我将指望他们所倾泻的阵雨结出果实，正如我指
　望我现在倾泻的阵雨结出硕果，
我将从我现在如此热爱地播种的诞生、生活、死
　亡和不朽中寻找爱的丰收。

本能的我

本能的我,一如自然,
亲热的白天,上升的太阳,我高兴在一起的朋友,
我朋友的胳臂懒懒地搭在我的肩头,
由于花楸盛开而变白了的山坡,
同样的深秋,红的、黄的、黄褐的、紫的,以及
　　浅绿和深绿的色彩,
茂密如茵的草地,飞禽和走兽,幽僻而荒芜的堤岸,
　　小卵石,原生的苹果,
那些美丽的湿淋淋的碎片,一件又一件被忽略的
　　事物,当我偶尔把它们唤来或想起它们的时候,
那些真正的诗,(我们所谓的诗不过是图片罢了,)
那些关于黑夜的隐秘和像我这样的男人的诗,
这首我经常带着、所有的男人都带着的羞答答地
　　下垂着不让人看的诗,
(要彻底清楚,特意宣布,哪里有像我这样的男人,
　　哪里就有这强壮的躲藏着的雄伟的诗篇,)
爱的思想,爱的液汁,爱的香味,爱的顺从,爱
　　的攀缘者,以及向上攀缘的精液,
爱的两臂和双手,爱的嘴唇,爱的阳具形的拇指头,
　　爱的乳房,因爱而紧压着的粘贴在一起的肚皮,
贞洁的爱的泥土,只能随爱而降临的生命,
我的爱的躯体,我所爱的女人的躯体、男人的躯体、
　　地球的躯体,
从西南方吹来的柔和的午前风,
那只嗡嗡着忙来忙去的长着茸毛的野蜂,它抓住
　　那长得丰满的雌蕊,以淫荡而强有力的腿部躬
　　身压在她上面,恣意地摆布她,使劲地牢牢支

撑着自己，直到满足了为止；
树林在整个早晨披着的湿雾，
晚上紧挨着躺在一起的两个睡卧者，一个将胳臂
　　斜伸着横搁在另一个的腰部下方，
苹果的气味，来自揉碎的艾丛、薄荷和桦树皮的
　　芳香，
那少年的渴望，他向我透露梦中的情景时那兴奋
　　而紧张的表情，
那些在回旋飘扬然后悄悄而满足地掉落到地上的
　　枯叶，
那些被眼前的景象、人们和物体用来扎我的无形
　　的刺激，
我自身的带套的刺，完全像刺激别人那样地刺着
　　我，
那只有特许的试探者才能亲近其住处的敏感的圆
　　圆的被兜着的两兄弟，
那好奇的漫游者，那只在浑身漫游着的手，那手
　　指温柔地停留和挤入之处的肌肉的扭怩的退缩，
那青年男人体内的清亮的液体，
那如此忧郁、如此疼痛的被惹怒了的侵蚀，
那折磨，那不得安静的烦躁的潮水，
那种像我所感觉到的同样的滋味，与别人身上同
　　样的滋味，
那愈来愈兴奋的年轻男子，那愈来愈兴奋的年轻
　　女人，
那深夜醒来的年轻男人，那只想把一个将要支配
　　他的冲动压下去的发烫的手，

那神秘的色情的夜，那些奇异的半受欢迎的剧痛、
　　幻觉和汗水，
那在整个手掌和颤抖着紧握着的手指中轰击的跳
　　动，那浑身赤热、又羞愧又恼怒的青年，
那淹没我全身的我爱人的海水般的汗渍，当我乐
　　意赤裸着躺在她身边，
那在阳光照耀下的草地上爬着的一对孪生婴儿的
　　欢乐，
那始终警觉地守望着它们的慈母，
那胡桃树干，那胡桃壳，那正在成熟或已经成熟
　　了的椭圆的果实，
那些草木、禽鸟和动物的节欲，
那种假如我畏缩或自觉下流时便会产生的卑鄙感，
　　而鸟兽却从不畏缩或自觉卑鄙，
那种可以与伟大的母性贞操比美的伟大的父性贞
　　操，
那个我发了愿的繁衍后代的誓言，我那些亚当式
　　的娇嫩的闺女，
那种日日夜夜如饥饿般咬啮着我的贪欲，它迫使
　　我让那里完全饱和，能孕育出男孩来填补我退
　　出后的岗位，
那有益于健康的解脱，休息，满足，
以及这一束从我身上随便采撷的鲜花，
它已经完成了任务——我将它随意抛出，不管它
　　落到何处。

一小时的狂热和喜悦

来一小时的狂热和喜悦吧!猛烈些!不要限制我呀!
(那在暴风雨中把我解放的是什么呢?
我在狂风闪电中的叫喊意味着什么呢?)

让我比谁都更深地沉醉在神秘的亢奋中吧!
这些野性的温柔的疼痛啊!(我把它们遗赠给你们,我的孩子们,
我以某些理由把它们告诉给你们,新郎和新娘啊!)
我完全屈服于你,无论你是谁,你也不顾一切地屈服于我!
回到乐园去啊,腼腆而娇柔的人哟!
把你拉到我身边来,给你头一次印上一个坚决的男人的吻。

啊,那困惑,那打了三道的结,那幽暗的深潭,全都解开了,照亮了!
啊,终于向那个有足够空隙和空气的地方挺进!
摆脱从前的束缚和习俗,我摆脱我的,你摆脱你的!
采取一种新的从没想到过的与自然界一样的漠不关心的态度!
把口箝从人的嘴上摘掉!
今天或任何一天都要感觉到像现在这样我已经够了。

啊，还有些不曾证实的东西，还有些恍惚如梦的东西！
要绝对避免别人的掌握和支撑！
要自由地驰骋！自由地爱！无所顾忌地狠狠地猛冲！
让毁灭来吧，给它以嘲弄，发出邀请！
向那个给我指出了的爱之乐园上升，跳跃！
带着我的醉醺醺的灵魂向那里飞腾！
如果必要的话，就让给毁掉吧！
飨给生命的余年以一个小时的满足和自由啊！
给以短短一个小时的癫狂和豪兴！

从滚滚的人海中

从滚滚的人海中,一滴水温柔地来向我低语:
我爱你,我不久就要死去;
我曾经旅行了迢遥的长途,只是为的来看你,和
　你亲近,
因为除非见到了你,我不能死去,
因为我怕以后会失去了你。

现在我们已经相会了,我们看见了,我们很平安,
我爱,和平地归回到海洋去吧,
我爱,我也是海洋的一部分,我们并非隔得很远,
看哪,伟大的宇宙,万物的联系,何等的完美!
只是为着我,为着你,这不可抗拒的海,分隔了
　我们,
只是在一小时,使我们分离,但不能使我们永久
　地分离。
别焦急——等一会儿——你知道我向空气、海洋
　和大地敬礼,
每天在日落的时候,为着你,我亲爱的缘故。

在连绵不绝的岁月中不时回来

在连绵不绝的岁月中不时回来,
没有被摧毁,永生地游历,
精力旺盛,崇拜阳具,有着原始、强壮而极其美
　　妙的生殖器,
我,亚当式歌曲的吟唱者,
通过西部这新的花园,召唤着大城市,
狂奋地,这样为出生者高奏序曲,献出这些,献
　　出我自己,
将我自己,将我的歌,置于性欲中,
置于我的生殖器官的产物中冲洗。

我俩，被愚弄了这么久

我俩，被愚弄了这么久，
现在改变了，我们飞快地逃跑，如同大自然一样地逃跑，
我们便是大自然，我们违离已久，但现在我们又回来了，
我们变为植物、树干、树叶、树根、树皮，
我们被安置在地上，我们是岩石，
我们是橡树，我们在空地上并排生长，
我们吃着嫩草，我们是兽群中的两个，如任何一只那样自然地生长，
我们是两条鱼，双双地在大海中游泳，
我们是刺槐花，我们早晚在巷子的周围散发芳香，
我们也是动物、植物、矿物的粗劣的斑点，
我们是两只掠夺的鹰雕，我们在高空飞翔，向下窥视，
我们是两个光辉的太阳，是我们像星球那样在平衡自己，我们如两颗彗星，
我们在树林中张牙舞爪地觅食，我们向猎物猛扑，
我们是两片云霞，午前午后在高空中奔驰，
我们是交混的海洋，我们是在交抱中翻滚着、彼此浇淋着的两个快乐的海浪，
我们是大气层，明澈的、乐于接受的、可透又不可透的，
我们是雪、雨、寒冷、黑暗，我们每人都是地球的产物和影响，
我们周游又周游，直到我们又回到我们的家里，我们俩，

我们取消了一切,除了我们的自由,除了我们自己的欢乐。

处女膜哟！有处女膜的人哟！

处女膜哟！有处女膜的人哟！你为何这样逗弄我？

啊！为什么只能给我一瞬间的刺激？

你为什么不能持续下去？啊！你为什么现在停止？

难道如果你超过了那一瞬间，你就一定会把我杀死？

我就是那个渴望性爱的人

我就是那个渴望性爱的人；
地球有引力吗？不是一切的物质都渴望、都吸引所有的物质吗？
我的肉体也这样，将我所遇到和认识的一切都吸引。

天真的时刻

天真的时刻——当你碰上我——哎,你现在来到了这里,
只要你给我以尽情的淫乐,
让我沉浸在爱欲中,过一过粗野下流的生活,
今天我就去陪伴大自然的宠爱者,今夜也这样,
我赞成那些主张纵情欢乐的人,我参加年轻人午夜的疯狂享受,
我与跳舞者一起跳舞,与酒徒一起饮酒,
我们的淫猥的叫喊在四周回响,我挑出一个下贱的作为最亲爱的朋友,
他必须是无法无天的,粗鲁的,无知的,必须是由于自己的行为而备受谴责的人,
我不再装腔骗人了,我为什么要自绝于我的这些伙伴呢?
啊,你们这些被回避的人,至少我并不回避你们,
我走出来,来到你们当中,我要做你们的诗人,
我但愿对于你们比对任何别的人更加有用。

有一次我经过一个人口众多的城市

有一次我经过一个人口众多的城市,它以市容、
　　建筑、风习和传统给我的脑子打上留念的印记,
可是如今关于那个城市的一切我只记得一个女人,
　　那个我偶然遇到而她由于爱我而留住了我的女
　　人,
一天又一天、一夜又一夜地我们在一起——其余
　　的一切我早已忘记,
我说我只记得那个女人,那个火热地缠着我的女
　　人,
我们又在漫游,我们相爱,我们又分离,
她又拉着我的手,我决不能走,
我看见她紧靠在我的身旁,嘴唇默默地战栗。

我听见你，庄严美妙的管风琴

我听见你，庄严美妙的管风琴，在上个礼拜天我经过教堂的时候，
秋天的风，我听见你在高空那悠长的叹息，多么悲伤，当我傍晚在林中散步的时候，
我听见完美的意大利男高音在歌剧院演唱，我听见女高音在四重唱中高歌；
我心爱的意中人哟！通过你那挽着我头颈的手腕，我也听见了你在喁喁之声，
听见你的脉搏昨夜万籁俱寂时在我的耳下摇着小小的银铃。

从加利福尼亚海岸,面向西方

从加利福尼亚海岸,面向西方,
询问着,不倦地寻找着那尚未发现的东西,
我,一个孩子,很老了,越过海浪,朝着祖居,
　　那些迁徙者的地方,远远眺望,
从我的西海岸望去,几乎把圆周绕了一趟;
因为动身往西,从印度斯坦,从克什米尔山区,
从亚细亚,从北方,从上帝、圣人、英雄的故里,
从南方,从多花的半岛和出产香料的岛屿,
长期以来一直在漫游,漫游着环绕大地,
如今我又面对家乡,多么高兴而欢乐啊,
(但是我那么久以前出发去寻找的东西在哪里?它
　　为什么还没有找到呢?)

像亚当,一清早走出林荫

像亚当,一清早走出林荫,
因睡得很好,神采奕奕,
看着我吧,我正在走过,听听我吧,走近来吧,
碰碰我,用你的手掌碰碰我的肉体,当我经过这儿,
别害怕我的肉体。

芦笛集

在人迹罕至的小径间

在人迹罕至的小径间,
在池水边缘的草木里面,
远离于纷纷扰扰的生活,
远离所有迄今公布过的标准,远离娱乐、赢利和规范,
这些我用以饲养我的灵魂已经太久,
如今那些尚未公布的标准我才看清,看清了,
我的灵魂,那个我为之发言的人的灵魂,在伙伴们中间作乐,
在这里我独行踽踽,远离世界的喧腾,
在这里迎合着,听着芳香的言语,
不再害羞,(因为在这隐秘的地点我能做出在别处不敢的反应,)
那不愿显示自己但包含着其余一切的生命有力地支配着我,
下定决心今天什么也不唱,只唱男人们彼此依恋的歌,
沿着那真实的生命一路将它们散播,
由此遗赠各种各样的健壮的爱,
在我四十一岁第九个月的甜美的午后,
我为所有现在或曾经是青年的男人们奔走,
去诉说我的白天黑夜的秘密,
去歌颂我对伙伴的需求。

我胸脯上的香草

我胸脯上的香草哟,
我采集你的叶子,我写作,为了以后细细地阅读,
在我和死亡之上长出的墓草,身体之草,
多年生的根,高高的叶,你冬天也冻不住的娇嫩
　　的叶子哟!
你们一年一度地繁荣,从那退隐的地方重新长出;
啊!我不知道那许多过路人会不会发现你们或吸
　　入你们的芳香,不过我相信少数的人会这样;
啊,细长的叶子哟,我的血液的花朵!我允许你
　　们以自己的方式诉说你们底下那颗心;
啊,我不知道你们在自身底下意味着什么,但你
　　们不是快乐,
你们往往苦辣得使我难以忍受,你们烧灼着、刺
　　痛着我,
不过你们,你们那浅红的根部,我看是美的,你
　　们叫我想起了死亡,
你们带来的死亡是美的呀,(真的,除了死亡和爱
　　还有什么是美的呢?)
啊,我想我不是为了生命而在这里唱我的恋人之
　　歌,我想那一定是为了死亡,
因为,上升到恋人的境界,那会多么宁静而严肃
　　啊!
那时我将不在乎生死,我的灵魂也拒不表示偏爱,
(我只是确信恋人们的崇高灵魂最欢迎死亡,)
真的啊,死亡,我想这些叶子的含义正好与你的
　　含义一样,
美妙的叶子,长得更高些,好让我看到你!从我

的胸脯里长起来呀!
从那隐蔽的心脏中跳开去呀!羞怯的叶子,
不要这样把你自己包藏在粉红色的根子里,
不要这样腼腆地停留在下面,我胸脯上的草哟!
我下定决心来敞开我这宽阔的胸脯,被我压抑和
　　闭塞得够久了的胸脯;
我要离开你们这些象征的、任性的叶片,既然你
　　们已不再为我服务,
我只是要说我所不得不说的话,
我只要为我和我的伙伴们发言,我再也不发出一
　　声叫唤,除了他们的叫唤,
我要用它在整个美国激起永不停息的回响,
我要给恋人们一个榜样,使之具有永久的形象和
　　意志,在整个美国,
通过我说出那些言语,使死亡显得喜气洋洋,
那么,死亡啊,把你的喉舌给我,使我能与它一致,
把你自己给我,因为我看到你首先是属于我的,
　　而且你们,爱与死不可分离地紧抱在一起,
我也不许你再来阻碍我,用我所谓的生命那个东
　　西,
因为我现在已经明白,你才是根本的旨意,
你以种种理由荫蔽在生命的这些多变的形体中,
　　而它们主要是为了你,
你越过它们走出来,继续存在,作为真正的现实,
你在物质的假象后面耐心地等着,不论多久,
也许有一天你会把一切掌握,
也许你会把这整个的表面现象消除,

你大概就是它为之效劳的整个目的，但它不会持
　续多久，
你却会长久地持续。

无论谁现在握着我的手

无论谁现在握着我的手,
缺少一样东西,一切即将无用,
在你进一步笼络我以前,我用良言警告你,
我不是你所想象的,而是个完全不同的人。

谁将成为我的追随者呢?
谁将签署自己的名字,作为争取我的爱的候选人呢?

这道路是可疑的,结果是不定的,或者是有害的,
那你就得放弃其他一切,只有我才是你应该遵循的唯一的绝对标准,
你的磨炼甚至会是长久的,辛苦的,
你的生命全部过去的学说,你周围所有的生活的习俗都不能不放弃,
因此在你进一步使自己苦恼之前,还是放开我吧,把你的手从我的肩头放下,
放下而且离开我,走你的路吧。

或者悄悄地在树林中去试试,
或者在露天的岩石后面,
(因为我不在房子的密闭的小屋中出现,也不在众人中间,
在图书馆我躺着如同哑子,如同白痴,或是未生者或是死人,)
但却可能和你在一座高山上,首先注视着周围几英里以内,有没有人突然走来,

或者可能和你在海上航行，或在海边，或某个寂
　　静的岛上，
这里我允许你将你的嘴放在我的唇上，
亲着伙伴的或新郎的热烈的亲吻，
因为我便是新郎，我便是伙伴。

或者如果你愿意，将我藏入你的衣衫下面吧，
那里我可以感觉到你的心脏的剧动或者靠在你的
　　腿上休息，
当你在海上或陆上走过时，请带着我前进，
因为只要这样亲近你，就足够了，就最好了，
这样亲近你，我就会安静地熟睡，并永远被携带着。

但是你学习这些诗篇，将使你步入迷途，
因为这些诗篇和我本身，你将不会了解，
对于它们最初你将捉摸不住，后来更加捉摸不住，
　　对于我，你也一定捉摸不住，
即使你以为已经无疑地捉住了我的时候，看呀！
你看我已经逃脱了。

因为我并不是为了在书里所写的东西而写了这本
　　书，
你也不会读了这本书就可以得到它，
那些钦佩我夸赞我的人也并非对我深知，
争取我的爱的候选人（至多是少数几个人）也不
　　会胜利，
我的诗也不会只有好处，也会有同样多的害处，

也许害处更多,
因为缺少我所提示过,而你尽管每次猜测却猜不
　　中的那个东西,一切即成为无用,
因此丢下我,走你的路吧。

为你，啊，民主哟！*

来呀，我要创造出不可分离的大陆，
我要创造出太阳所照耀过的最光辉的民族，
我要创造出神圣的磁性的土地，
　　　有着伙伴的爱，
　　　　　有着伙伴的终生的爱。

我要沿着美洲的河川，沿着伟大的湖岸，并在所
　有的大草原之上，栽植浓密如同树林的友爱，
我要创造出分离不开的城市，让它们的手臂搂着
　彼此的脖子，
　　　以伙伴的爱，
　　　　　以雄强的伙伴的爱。

为你，啊，民主哟，我以这些为你服务，啊，女人哟，
为你，为你，我颤声唱着这些诗歌。

我在春天歌唱着这些*

我在春天歌唱着这些在为爱人们采集,
(因为除了我,谁理解爱人们和他们所有的忧愁和
  快乐呢?
除了我,谁是伙伴们的诗人呢?)
我采集着,我遍历了世界花园但很快地通过了大
  门,
时而沿着池边,时而涉水片刻,并不惧怕濡湿,
时而在横木竖木做成的围墙旁边,那里有从田野
  里拾来、投掷在那里的古老的石块堆积着,
(野花、藤蔓和杂草从石缝中长出来,部分地掩盖
  着它们,我从这里走了过去,)
在很远很远的树林里,或者后来在夏天徜徉的时
  候,在我想着我要去什么地方之前,
我孤独地嗅着大地的气息,不时地在寂静中停下
  来,
我独自一人想着,但即刻一群人集合在我的周围,
有些在我的身旁走着,有些在我的身后,有些围
  抱着我的手臂或我的脖子,
他们是死去或活着的亲爱的朋友们的灵魂,他们
  越来越多,成了一大群人,而我便在其中,
我一边采集,一边分送,歌唱着,我在那里和他
  们漫步,
想采摘点东西作为纪念,投掷给我身边的无论是
  谁,
这里,是紫丁香花和一棵松枝,
这里,从我的袋中取出的是一棵我在佛罗里达的
  一棵活橡树上摘下的,低垂着的苔藓,

这里，是一些石竹、桂叶和一把藿香，
而这里便是我刚才在池边涉水的时候，从水里捞
　　上来的，
(啊，这里，我最后看见那温柔地爱着我的人，他
　　回来以后，不再和我分开，
而这，啊，这枝芦根，此后便将是伙伴的纪念，
青年们互相交换着它呀！谁也别再退还！)
而枫树的枝，和一束野橙和胡桃，
酸栗的干，梅花和香杉，
这些我以浓厚的精灵的云雾围绕着，
我漫步着，当我走过的时候，我指点着，摸着，
　　或者散漫地掷投着它们，
指给每个人他要得到的东西，每个人都将得到一
　　些，
但我从池边水里所捞出来的，我却保留着，
这个我只分给那些像我自己一样能够爱恋的人们。

不仅从我这肋骨棱棱的胸膛里发出

不仅从我这肋骨棱棱的胸膛里发出,
不仅在深夜因不满自己而发出的愤怒叹息里,
不仅在那些拖长的没有压抑得住的悲叹里,
不仅在许多个被违背的誓约和诺言里,
不仅在我的任性而残酷的灵魂的意志里,
不仅在空气的稀薄滋养里,
不仅在我的太阳穴和手腕上此时的跳动和轰击里,
不仅在那总有一天要停息的稀奇的内部收缩和扩
　　张里,
不仅在那些只好向苍天申诉的如饥似渴的愿望里,
不仅在当我独处于边远荒野时发出的呼喊、大笑
　　和挑战声中,
不仅在咬牙切齿地发出的粗嘎喘息中,
不仅在我睡觉时的喃喃梦呓中,
也不仅在这些日常不可信的梦想的其他咕哝中,
也不仅在那不断地抓住又放下你的我这身体的四
　　肢和感官之内——不在那里,
不仅在这所有的或任一情况之中,黏性的感情哟!
　　我的生命的脉搏哟!
我需要你同样在这些歌里存在并显示自己。

关于对外表的极端怀疑

关于对外表的极端怀疑,
关于那毕竟可疑的事,即我们大概受骗了,
大概信赖与希望毕竟只是推测,
大概坟墓那边的本体仅仅是个美丽的传说,
大概我所感知的东西,动物、植物、人、山岳、
　　波光粼粼的江河,
白天黑夜的天空、色彩、密度、形态,这些大概
　　仅仅是(它们无疑就是)幻象,而真实的东西
　　还有待认识,
(它们往往从自身中跳出,好像要迷惑我,嘲弄我
　　似的!
我时常觉得我一点也不认识、任何别人也不认识
　　它们,)
大概从我今天的观点看到的是它们形似的表象(无
　　疑它们的确只是形似),而从彻底改变了的观点
　　看来又可能证明(当然它们会)一点也不是,
　　或者无论如何不是如它们所表现的那样;
对于这些以及类似的问题,我的相爱者和亲爱的
　　朋友们向找巧妙地回答了,
当我所爱的他与我一起旅行或者握着我的手坐了
　　好一会儿的时候,
当那微妙的捉摸不着的空气,非言辞与理智所能
　　抓得住的感觉,包围着我们、渗透着我们的时候,
那时我就充满了从未说过也难以言喻的智慧,我
　　沉默,我别无所求,
我不能回答关于外表的问题,也不能回答关于坟
　　墓那边的本体的问题,

但是我漠不关心地行止起坐,我感到满足,他握着我的手时便完全满足了我。

一切玄学的基础

那么,先生们,
请让我留下一言在你们的记忆中和心里,
作为一切玄学的基础和结尾。

(像老教授对学生们说的,
在他那塞满了的课程结束时。)

已经学习了新的和古老的,希腊的和德意志的体
　系,
已经学习和讲解过康德,费希特,谢林和黑格尔,
讲述了柏拉图的学说,也探索和阐明了比柏拉图
　更伟大的苏格拉底,
以及比经过探索和阐明的苏格拉底还要伟大的耶
　稣基督,也长期研究过,
于是我今天以怀旧之情来看那些希腊的和德意志
　的体系,
看所有的哲学,看基督教教会和教义,
可是在苏格拉底下面我清楚地看见了,在神圣的
　基督下面我看见了,
男人对他的伙伴的亲切的爱,朋友对朋友的吸引,
以及美满夫妻之间的,儿女和父母之间的,
城市对城市和国家对国家的热爱之情。

今后多少年代的记录者们

今后多少年代的记录者们,
来吧,我要把你们下放到这冷淡的外表下面,我
　　要告诉你们关于我应当说些什么,
公布我的名字,挂起我的画像,作为最温柔的情
　　人的画像,
作为他的朋友和情人所最钟爱的朋友和情人的画
　　像,
他曾引以为豪的不是他的歌,而是他心中那浩瀚
　　如海洋的爱,并让它纵情流淌,
他时常独自散步,思念着他的亲爱的朋友和情人,
他因远离他所爱的人而忧郁,时常晚上失眠,懊丧,
他太熟悉那种恼人的恐惧了,恐怕他所爱的人会
　　悄悄地不再把他放在心上,
他的最欢乐的日子曾在那遥远的田野,在树林中,
　　在山上,那时他与另一个人手携手地漫游,他
　　们俩离群独处,
他在逛大街时总是用手臂抱着他朋友的肩膀,而
　　他的朋友的胳臂也搭在他肩上。

傍晚时我听见

傍晚时我听见我的名字在国会中如何地受到赞美,
　　但对于我,随着来的并不是一个快乐的夜,
或者当我豪饮,或者当我的计划成功时,我仍然
　　感觉不到快乐,
可是那一天,当天晓时,我非常健康地从床上起来,
　　精神焕发,歌唱着,呼吸着秋天的成熟的气息,
当我看到西方的圆月发白,并在新晓的曙光中消
　　失,
当我独自一人在海滨徘徊,赤裸着身体,和清凉
　　的海水一同欢笑,看着太阳升起,
并且当我想着我的好友,我的情人,如何正在路
　　上走来,哦,这时我是快乐的,
哦,这时,每吸一口气觉得更甜美,那一整天的
　　饮食对我更加滋养,美丽的白天也安适地过去,
第二天也带来了同样的快乐,第三天晚间,我的
　　朋友就来了,
而在那一夜,当万籁俱寂的时候,我听着海水幽
　　缓地、不停地卷到海岸上,
我听着海水与砂砾沙沙的声音,好像对我低语表
　　示祝贺,
因为我最爱的人,在凉夜中,在同一个被单下,
　　睡在我的身边,
在秋夜寂静的月光中,他的脸对着我,
他的手臂轻轻地搂着我——那夜我是快乐的。

你是被吸引到我身边来的新人吗？

你是被吸引到我身边来的新人吗？
首先，请你警惕，我可远不是你所想象的那种人；
你猜想你将在我身上找到你的理想吗？
你想能那么容易使我成为你的相爱者吗？
你想我的友谊会不折不扣地满足你吗？
你以为我就那么可靠而忠实？
你就看到了这个门面，我这和蔼而宽容的态度，不想进一步看了？
你觉得自己是在脚踏实地走向一个真正的英雄人物吗？
你，梦想者啊！你不想想这可能完全是幻境、是错觉吗？

这些只不过是根和叶而已

这些只不过是根和叶而已，
是从山野和池塘边给男人和女人带来的香味，
爱情的石竹花和酢浆草，比葡萄藤缠绕得更紧的
　　手指，
太阳升起后从躲藏在树叶中的鸣禽喷涌而来的歌
　　声，
从活跃的岸边吹来的陆地与爱情的微风，吹向活
　　跃的海上的你们、吹向你们水手们的微风，
在霜花中成熟的浆果和三月的嫩枝，趁早献给冬
　　去春来时在田野漫游的年轻人的嫩枝，
呈现在你们任何人眼前和内心的爱的蓓蕾，
那些将照旧开放的蓓蕾，
只要你给它们以太阳的温暖，它们就会开放，给
　　你带来形态、颜色和芳馨，
它们会变成繁花、硕果，高高的枝柯和树林，如
　　果你成为养料和水分。

不只热火在燃烧和消耗

不只热火在燃烧和消耗,
不只海水在急忙地涨潮退潮,
不只甜美干燥的和风,醇熟的夏天的和风,在轻
　　轻搬运各样种子的白色绒球,
飘送着,优美地飞飏着,落在它们可到的处所;
不只这些,不只这些啊,还有我的火焰也同样为
　　了我所钟情的他的爱情而燃烧,消耗,
还有我呀,也同样在急忙地涨潮退潮;
潮水不是急急忙忙在寻找什么而永不休停吗?啊,
　　我也那样,
啊,不只绒球或芳香,也不只高处播雨的云朵,
　　被运送着穿过大气,
我的灵魂也同样被运送着穿过大气,
爱哟,被漂向四面八方,为了友谊,为了你。

点点滴滴地淌呀!

点点滴滴地淌呀!离开我蓝色的血管!
我的血滴哟!淌吧,缓缓的点滴,
公正地从我身上掉下,淌吧,殷红的血滴,
从那切开了让你流出的伤口,在那里你曾被禁闭,
从我的脸上,从我的额头和嘴唇,
从我的胸口,从我被隐蔽的深处,挤出来吧,鲜红的血滴,自白的血滴,
染红每一页,染红我唱的每支歌、我说的每句话吧,我的血滴,
让它们懂得你的赤热,让它们发光,
用你自己去浸透它们,羞涩而潮湿,
在我已经写出或将要写出的一切中闪烁呀,淋漓的血滴,
让一切在你的光辉中显示出来吧,红润的血滴。

狂欢的城市

狂欢的城市,世态纷呈的、充满乐趣的,
总有一天,由于我在你当中经历过和歌唱过,因而会使你显赫起来的城市,
不是你的那些庆典,你那时时变换的场面,你的壮观,在报偿我,
不是你那些栉比连绵的房屋,或码头上的船只,
也不是大街上的人流,或者辉煌的陈列商品的橱窗,
也不是跟学者们交谈,或参加社交和宴会;
不是那些,而是当我经过你的时候,曼哈顿哟,你那频繁而迅速地向我传递的爱的眼色,
向我自己的眼色传过来的反应——是这些在回报我,
只有相爱者们,长久的相爱者们,在回报我。

瞧这张黝黑的脸

瞧这张黝黑的脸,这双灰色的眼睛,
这把胡须,我脖子上没有剪过的白胡须,
我这棕色的双手和毫无动人之处的沉默态度,
可是来了个曼哈顿人,他总是在分手时吻我,轻
　　轻地热爱地吻着我的嘴唇,
而我也在十字街头或者在船头甲板上回报他一吻,
我们遵守陆上海上美国伙伴的礼节,
我们是那样两个生来就随随便便的人。

在路易斯安那我看见一株活着的橡树正在生长 *

在路易斯安那我看见一株活着的橡树正在生长,
它孤独地站立着,有些青苔从树枝上垂下来;
那里没有一个同伴,它独自生长着,发出许多苍
　　绿黝碧的快乐的叶子,
而且,它的样子,粗壮、刚直、雄健,令我想到
　　我自己;
我惊奇着,它孤独地站立在那里,附近没有它的
　　朋友,如何能发出这么多快乐的叶子——因为
　　我知道这在我却不可能;
我摘下了一个小枝,上面带着一些叶子,而且缠
　　着少许的青苔,我将它带回来,供在我的屋子里,
　　经常看它,
我并不需要借它来使我想起我自己亲爱的朋友们,
(因为我相信最近我是经常想到他们的,)
然而它对我终是一种奇异的标志——它使我想到
　　了男性的爱;
尽管如此,这路易斯安那的活着的橡树依然孤独
　　地生长在那广阔的平地上,
附近没有一个朋友,也没有一个情人,一生中却
　　发出这么多的快乐的叶子,
这我十分知道在我却不可能。

给一个陌生人 *

过路的陌生人哟！你不知道我是如何热切地望着你，
你必是我所寻求的男人，或是我所寻求的女人，(这对我好像是一个梦境，)
我一定在什么地方和你过过快乐的生活，
当我们互相交错而过的时候一切都回忆起来了，自由的、热爱的、贞洁的、成熟的，
你曾经和我一起成长，和我一起度过童年，
我和你一起食宿，你的肉体不仅仅是你自己的，我的肉体也不仅仅是我自己的，
当我们相遇的时候，你的眼睛、脸面、肌肤给我以快乐，你也从我的胡须、胸脯、两手，得到快乐，
我并不要对你说话，我只想一人独坐着，或者夜中独自醒来的时候，想着你，
我决定等待，我不怀疑，我一定会再遇见你，
我一定留心不要失掉你。

此刻,向往而沉思地

此刻,向往而沉思地,独自坐着,
我觉得还有别的人坐在别的地方,向往地,沉思地,
我觉得我能望到那边,看见他们在德意志,意大利,
　　西班牙,法兰西,
或者更加遥远,在中国,或在俄罗斯,日本,讲
　　着别的地方语,
而且我觉得,假若我认识那些人,我会去亲近他们,
　　如亲近我本国的兄弟,
啊,我知道我们会成为同胞和相爱者,
我知道我会高兴同他们在一起。

我听到有人指控我

我听到有人指控我,说我想破坏法规,
但是实际上我既不拥护也不反对法规,
(真的,我同它们有什么相干呢?或者同它们的毁
 灭?)
我只是想在曼哈顿和合众国内地与沿海每个城市
 里,
以及在田野和林中,在每只或大或小的浮于水面
 的船上,
不用大厦,不用条例或托管者,或任何争议,
来建立伙伴之间珍贵的爱的法规。

拂开大草原的草

拂开大草原的草,吸着它那特殊的香味,
我向它索要精神上相应的讯息,
索要人们的最丰饶而亲密的伴侣关系,
要求那语言、行动和本性的叶片高高耸起,
那些在磅礴大气中的,粗犷、新鲜、阳光闪耀而
 富于营养的,
那些以自己的步态笔挺地、自由地、庄严地行走,
 领先而从不落后的,
那些一贯地威武不屈、有着美好刚健和洁净无瑕
 的肌肤的,
那些在总统和总督们面前也漫不经心、好像要说
 "你是谁?"的,
那些怀着土生土长的感情,朴素而从不拘束、从
 不驯服的,
那些美利坚内地的——叶片啊!

当我细读英雄们获得的名望

当我细读英雄们获得的名望和勇将们的胜利,我并不羡慕那些将军,
也不羡慕在任的总统,或者大厦里的富翁,
但是如果我听到相爱者们的情谊,以及它对他们的意义,
他们怎样终生在一起,备历艰险、非难而永不变更,
从青年直到中年和老年,那样毫不动摇,那样笃爱而忠信,
那时我才郁郁不乐——我匆匆走开,怀着满腔火热的嫉恨。

我们两个小伙子厮缠在一起

我们两个小伙子厮缠在一起，
彼此从来不分离，
在马路上走来走去，从南到北旅游不息，
精力充沛，挥着臂膀，抓着手指，
有恃无恐地吃着，喝着，睡觉，相爱，
随意航行，当兵，偷窃，恫吓，不承认法律，觉
　　得它还不如我们自己，
警告那些守财奴、卑鄙者、牧师，呼吸空气，饮水，
　　跳舞，在海滨草地，
抢掠城市，蔑视安宁，嘲弄法规，驱逐软骨头，
实现我们的袭击。

给加利福尼亚一个诺言

给加利福尼亚一个诺言,
或者给内地的牧区大草原,并进而送到普吉特海峡和俄勒冈,
我在东方再逗留一会儿便立即走向你们,留下来把强壮的美国之爱宣讲,
因为我深知我和强壮的爱应归入你们当中,在内地,在西部沿海一带的地方;
因为这些州向内地和西部海洋延伸,我也要这样。

这里是我的最脆弱的叶子

这里是我的最脆弱的叶子,可也是我最坚强而耐久的部分,
这里我荫蔽和隐藏着我的思想,我自己不去暴露它们,
可是它们暴露我,比我所有其他的诗歌都更广更深。

我没有制造省力的机器

我没有制造省力的机器,
也没有什么发现,
我也不希望能留下丰富的遗产来建立一个医院
 或图书馆,
或者一桩为美国做过的英勇业绩的纪念,
或者是文学或知识上的成就,或一本能摆上书架
 的书,
但是我留下少数几支颂歌在空中飞旋,
给我的相爱者和伙伴。

一瞥

从门缝中得来的一瞥,
瞥见一群工人和马车夫寒冬深夜在酒吧间火炉的周围,而我坐在一个角落里没人注意,
瞥见一个爱我和为我所爱的青年悄悄地过来坐在我身边,为了能拉着我的手;
在那来来去去、饮酒、咒骂和开着下流玩笑的喧声中,很久很久,
我们俩坐在那里,满意而愉快,很少说什么,甚至一句也没说。

一篇歌唱手拉手的诗

一篇歌唱手拉手的诗；
你们这些老老少少的出自天性的人哟！
你们这些密西西比河上以及密西西比所有的支流和长沼上的人哟！
你们这些友爱的船夫和机械工哟！你们这些粗鲁的人哟！
你们这一对！以及所有在大街上川流的人潮哟！
我要将自己注入你们当中，直到我看见你们习以为常地手拉手走动。

大地,我的形相

大地,我的形相,
虽然你在那里显得那么泰然、饱满、浑圆,
现在我疑心,并不那么简单;
现在我疑心,你心中有些凶猛的东西要爆发,
因为一个武士牵恋着我,我也牵恋着他,
但对于他,我心中有些凶猛而可怕的东西要爆发,
我不敢在文字中,甚至于也不敢在这些诗歌里把
　　它说出来。

我在一个梦中梦到 *

我在一个梦中梦到,我看见一座城池,它在地球
　　上是无比的坚强,
我梦到那就是友爱的新城池,
再没有比雄伟的爱更伟大的了,它有着头等的重
　　要,
这种爱每时每刻都表现在那座城池的人们的行动
　　之中,
在他们所有的言语和态度之中都可以看见。

你想我拿着笔要记录什么?

你想我手里拿着笔要记录什么?
是今天我看见的那只扬帆远航的漂亮而威严的战舰?
是昨天的光彩?或者是笼罩我的那个夜晚的壮观?
或者是在我周围蔓延的大城市的骄矜壮丽和发展?——不；
那仅仅是我今天在码头上眼见的那两个朴实的人在人群中作为良朋好友分手时的表现，
那个要留下的搂着另一个的脖子热烈地亲吻，
而那个要离开的把送行者紧紧地抱在胸前。

对东部和对西部

对东部和对西部,
对那个在滨海州和宾夕法尼亚的男人,
对北方的那个加拿大人,对我所爱的那个南方人,
这些将极度忠实地把你们描写得如我自己一样,
　　所有的男人身上都有这些胚种,
我相信这些州的主要目的是建立从未有过的超等
　　友谊和奋发精神,
因为我感觉它在等待,并且一直等待着,潜伏在
　　所有男人的心中。

有时对一个我所爱的人

有时对一个我所爱的人我满怀怒火,因为我生怕
　流露出无偿的爱,
但如今我觉得不会有无偿的爱,报答总是有的,
　无论什么形态,
(我热烈地爱过某个人,我的爱情没有受到青睐,
不过我却从中写出了这些诗来。)

给一个西部地区的少年

我传授许多可以吸收的东西来帮助你成为我的门
　　徒，
可是如果你血管中流的并不是我的这种血液，
如果你不被心爱的人默默地挑选，或者你不默默
　　地挑选爱侣，
你想要成为我的门徒又有什么用处？

牢牢地停泊着的永久的爱啊!

牢牢地停泊着的永久的爱啊!我所爱的女人啊!
新娘啊!妻子啊!我对你的思念是多么难以形容
　　地不可抗拒呀!
那么分开吧,像脱离了肉体,或降生为另一个人,
缥缈地,作为最后一个健壮的实体,我的慰藉,
我上升,我漂浮在你那爱的领域中,男人啊,
我这流浪生涯有你的一份!

在许许多多的人中

在男男女女间,在许许多多的人中,
我发觉有人凭秘密和神性的信号选中了我,
却不承认任何别的人,不承认父母、妻子、丈夫、
　兄弟,或任何比我更亲近的人,
有些人失败了,可是那个人没有——那个认出我
　的人。

嗳,心爱的和完全平等的,
我的意思是你应当这样从隐约迂回中来发现我,
而我在遇到你时也想凭你身上同样的东西把你找
　着。

你啊，我时常悄悄地来到……

你啊，我时常悄悄地来到你所在的地方，为了跟你在一起，
当我在你旁边走过或者靠近你坐下，或者跟你待在同一间房里，
你很难知道那微妙而令人震颤的火焰正在我心中燃烧，为了你。

那个影子,我的肖像

那个影子,我的肖像,它到处为生活奔忙,喋喋
　　不休,斤斤计较,
我那么时常地发现自己站在那里瞧着它飞来飞去,
我那么时常地询问和怀疑那究竟是不是我自己,
但是在我的相爱者中间,在吟唱这些歌的时候,
我啊,却从来也不曾有过这样的怀疑。

如今生机旺盛

如今生机旺盛，结实，谁都看得见，
我，四十岁了，在合众国第八十三年，
向百年以后或若干世纪以后的一个人，
向尚未出生的你，留下这些去把你访问。

当你读到这些时，原来看得见的我已经消逝，
那时将是结实而可见的你在理解我的诗，把我寻
　觅，
想象着你多么高兴，假如我能跟你在一起，成为
　你的同志；
就算那时我跟你在一起吧。（但不要太肯定以为我
　此刻就不跟你在一起。）

向世界致敬！

1

拉着我的手啊,沃尔特·惠特曼!
这样飘忽的奇迹!这样的景物和声息!
这样无穷无尽的链条,一环勾着一环,
每一个都适应着全体,每一个都与全体分享着大地。

什么东西在你身上扩展呢,惠特曼?
什么波涛和土壤在扩散呢?
这是些什么地方?有什么样的人物和城市?
那些幼儿,有的在玩耍,有的在睡觉,都是谁呢?
那些姑娘是谁?那些已婚的妇女是谁?
那一群群的老人,彼此搂着脖子慢慢走着的,是谁呢?
这是些什么河流?这是些什么森林和果实?
那些高耸入云的大山叫什么名字?
那无数挤满了居民的住处是什么地址?

2

纬度在我身上扩展,经度在延长,
亚洲、非洲、欧洲,都在东方——而美洲给安排在西方,
炎热的赤道环绕着地球鼓胀的腹部,
地轴的两端奇怪地南北旋转着,

我身上有最长的白昼，太阳循着斜圈轮转，接连数月不落，
有时半夜的太阳横躺在我身上，它刚刚升到地平线又匆匆下降，
在我身上有不同的地带、海洋、瀑布、森林、火山、群体，
马来亚，波利尼西亚，和巨大的西印度岛屿。

3

你听见了什么，惠特曼？

我听见工人在歌唱，农民的妻子在歌唱，
我听见早晨远处传来的孩子们的声音和牲畜的声音，
我听见澳大利亚人追猎野马时好胜的呼叫声，
我听见西班牙人敲着响板在栗树荫中跳舞，伴着雷贝克[1]和吉他琴，
我听到来自泰晤士河的经久不息的回响，
我听到激昂的法兰西自由的歌唱，
我听到意大利的赛艇者抑扬顿挫地朗诵古代诗歌，
我听到蝗群在叙利亚如可怕的乌云和骤雨袭击着庄稼和牧场，
我听到日落时科普特人[2]反复吟唱的歌曲，歌声

[1] 一种六弦琴一类的最古老的著名乐器。
[2] 埃及土人。

沉思地落在尼罗河那黝黑而可敬的伟大母亲的
　　胸脯上，
我听到墨西哥赶骡人的低唱和骡铃声，
我听到阿拉伯祷告的报时人从清真寺屋顶发出的
　　呼喊，
我听到基督教牧师们在他们教堂里的圣坛上，我
　　听到与祈祷文相应答的低音和高音，
我听到哥萨克的叫喊，以及水手们在鄂霍茨克出
　　海的声息，
我听到那连锁着的行列的喘息声，当奴隶们在行
　　进时，当那一群群身材魁梧的人戴着镣铐三三
　　两两地走过去，
我听到希伯来人在读他的经典和圣诗，
我听到希腊人的有韵律的神话，以及罗马人的悲
　　壮的传奇，
我听到关于美丽的上帝基督的神性生涯和惨死的
　　故事，
我听到印度人在向他的得意门生讲授三千年前诗
　　人们所写并珍传至今的战争、格言和恋爱罗曼
　　史。

4

你看见了什么，沃尔特·惠特曼？
你向之致敬的那些人，那些一个又一个向你致敬
　　的人，都是谁？

我看见一个巨大的、浑圆的奇观滚过空中,
我看见它表面上那些微小的农场、村庄、废墟、
　　墓地、监狱、工厂、宫殿、茅舍、野蛮人的棚屋、
　　游牧者的帐篷,
我看见在它那荫蔽的一边睡觉者还在睡眠,而另
　　一边正阳光灿烂,
我看见亮处和暗处在奇妙而迅速地变更,
我看见那些遥远的地方,它们对当地居民犹如我
　　的乡土对我这样真实而亲近。

我看见丰富的海洋,
我看见高山的峰巅,我看见绵亘于安第斯的山岭,
我清晰地看见喜马拉雅山、天山、阿尔泰山、噶
　　茨山,
我看见厄尔布鲁斯、卡兹贝克、巴札迪乌西的巨
　　人般的顶峰,
我看见施蒂里亚的阿尔卑斯山和卡纳克的阿尔卑
　　斯山,
我看见比利牛斯山脉、巴尔干山、喀尔巴阡山,
　　以及向北的多夫勒菲尔山脉和远在海上的赫克
　　拉火山,
我看见维苏威火山和埃特纳火山,月山,以及马
　　达加斯加的红山,
我看见利比亚的、阿拉伯的和亚细亚的沙漠,
我看见大得可怕的北极和南极的冰山,
我看见较大和较小的海洋,大西洋和太平洋,墨
　　西哥海、巴西海和秘鲁海,

印度斯坦海域，中国海，以及几内亚海湾，
日本海，为陆地群山所包围的美丽的长崎海湾，
波罗的海、里海、波的尼亚湾，不列颠海滨，比
　　斯开湾，
阳光明媚的地中海，以及一个接一个的岛屿，
白海，以及格陵兰周围的海洋。

我注视着世界的水手们，
他们有的在风暴中，有的晚上在瞭望台上值勤，
有的在无能为力地漂流着，有的患了传染病。

我看见世界的帆船和轮船，有的麇集于港口，有
　　的在航行，
有的绕过风暴角，有的绕过佛得角，另有一些绕
　　过瓜尔达菲角、奔角或巴贾多尔角，
还有的经过栋德拉海岬，有的经过巽他海峡，有
　　的经过洛巴特卡角，有的是白令海峡，
另一些绕过合恩角，航过墨西哥湾，或沿着古巴
　　或海地，航过赫德森湾或巴芬湾，
还有的经过多佛海峡，还有的进入瓦什，还有的
　　进入索尔威港湾，还有的绕过克利尔角，还有
　　的绕过地角，
还有的穿过须得海或斯凯尔特河，
还有的在直布罗陀或达达尼尔海峡来来去去，
还有的在北方冬天的浮冰之间穿过，奋勇向前，
还有的在奥比河或勒拿河上下行驶，
还有的在尼日尔河或刚果河，有的在印度河，在

布拉玛普德拉和柬埔寨,
还有的在澳大利亚港口升火待发,即将启航,
或停留在利物浦、格拉斯哥、都柏林、马赛、里斯本、
　　那不勒斯、不莱梅、波尔多、海牙、哥本哈根,
停留在瓦尔帕莱索、里约热内卢、巴拿马。

5

我看见地球上铁路的轨道,
我看见它们在大不列颠,我看见它们在欧罗巴,
我看见它们在亚细亚和阿非利加。

我看见地球上的电报机,
我看见关于我的同类的战争、死亡、损失、赢利
　　和烦恼的电波消息。

我看见地球上的长长的河道,
我看见亚马逊河和巴拉圭河,
我看见中国的四大江河,黑龙江、黄河、扬子江
　　和珠江,
我看塞纳河奔流之处,多瑙河、卢瓦尔河、罗纳河、
　　瓜达尔基维尔河流过的地方,
我看见伏尔加河、第聂伯河、奥得河在蜿蜒前进,
我看见托斯坎人沿着阿尔诺河,威尼斯人沿着波河[1]

[1] 在意大利。

在行驶,
我看见希腊水手由埃基纳湾启航。

6

我看见古亚述帝国的遗址,波斯帝国和印度帝国的遗址,
我看见恒河在沙卡拉高高的边沿坠落。

我看见上帝的概念被化身为人形的地方,
我看见地球上教士们的后裔的住地,以及神使、献祭者们、婆罗门、萨比教徒、喇嘛、和尚、伊斯兰法典解释者、告诫者,
我看见巫师们在摩纳岛密林中走动之处,我看见槲寄生和马鞭草,
我看见古老的表记,在纪念各种神祇肉体死亡的寺庙。
我看见基督在那些年轻人和老人中间吃着最后晚餐的面包,
我看见强壮年轻的神人海格立斯在那儿长期忠实地劳累着然后死了,
我看见美丽的黑夜之子、四肢粗壮的巴克斯[1]度过朴素而丰富的生活和不幸毁灭的地方,
我看见克乃夫,青春焕发,头戴翠羽之冠,穿着

---

[1]希腊神话中的酒神。

天蓝色衣裳,
我看见无人怀疑的、垂死的、深受爱戴的赫耳墨
　　斯[1]在对人们说不要为我哭泣,
这不是我真正的国家,我从我真正的国家流放出
　　来了,如今我要回去,
我要回到每个人都得去的那个天国里。

7

我看见地球上那长着野花野草和谷物的战场,
我看见古代和现代探险者们的足迹。

我看见那些无名的砖石建筑,不为人知的事件和
　　英雄们的可敬的启示,地球的履历。

我看见那些英雄传说起源的地方,
我看见被北地狂风撕扯着的松树和棕榈,
我看见花岗岩的圆石和悬崖,我看见葱绿的草地
　　和湖泊,
我看见斯堪的纳维亚战士的圆锥形墓地,
我看见它们在永不安静的海洋边沿被石堆高高举
　　起,使得那些死者的精灵在厌倦坟地的寂寞时
　　能从墓穴中站起注视那汹腾的海浪,并受风暴、
　　寥廓、自由和行动的鼓舞而振作不息。

[1]希腊神话中为众神传信的神。

我看见亚细亚的没有树木的大草原,
我看见蒙古的古坟,我看见卡尔穆克人和巴什基
　　尔人的帐篷,
我看见游牧部落带着他们的牛群,
我看见到处是沟壑的高原,我看见丛林和沙漠,
我看见羚羊、大尾羊和潜伏的狼,我看见野马、
　　硕鸨和骆驼。

我看见阿比西尼亚的高地,
我看见成群的山羊在吃草,我看见无花果树、罗
　　望子树和椰枣,
我看见麦田和一片片金黄碧绿的芳郊。

我看见巴西骑马的牧民,
我看见玻利维亚人在攀登索拉塔山顶,
我看见横越平野的伐卓人,我看见胳臂上搭着套
　　索的矫健无比的骑手,
我看见人们为了猎取皮革,在大草原追逐野牛群。

8

我看见雪盖冰封的地区,
我看见眼睛锐利的萨莫耶特人和芬兰人,
我看见捕猎海豹者在船上举着他们的投枪,
我看见西伯利亚人坐在由狗拉着的轻便的雪橇上,
我看见海豚捕猎手,我看见南太平洋和北大西洋

捕鲸的船员,
我看见瑞士的悬崖,冰川,激流,山谷——我注意到漫长的冬天和闭塞与荒凉。

9

我看见地球上的城市,并使我自己随意成为它们的一部分,
我是一个真正的巴黎人,
我是一个维也纳的、圣彼得堡的、柏林的、君士坦丁堡的居民,
我是阿德莱德的、悉尼的、墨尔本的人,
我是伦敦的、曼彻斯特的、布利斯托尔的、爱丁堡的、利默里克的人,
我是马德里的、加迪斯的、巴塞罗那的、波尔多的、里昂的、布鲁塞尔的、伯尔尼的、法兰克福的、斯图加特的、都灵的、佛罗伦萨的人,
我住在莫斯科、格拉斯哥、华沙,或者在北边的克利斯琴尼亚或斯德哥尔摩,或者在西伯利亚的伊尔库茨克,或在冰岛的某条大街上,
我降落在所有那些大城市上,然后又离开它们。

10

我看见水雾从荒无人迹的地区升浮,
我看见原始的标志,弓与箭,涂了毒物的木片,偶像和巫术。

我看见非洲和亚洲的城镇,
我看见阿尔及尔,的黎波里,德尔纳,摩加多尔,
　　廷巴克图,蒙罗维亚,
我看见北京、广州、贝拿勒斯、德里、加尔各答
　　和东京的密密麻麻的人群,
我看见克鲁曼人在他的小屋里,达荷美人、阿散
　　蒂人在他们的茅舍中,
我看见土耳其人在阿勒颇吸鸦片烟,
我看见基法集市上和赫拉特集市上的形形色色的
　　群众,
我看见德黑兰,我看见马斯喀特和麦地那以及它
　　们当中的沙漠,我看见商队在艰苦地行进,
我看见埃及和埃及人,我看见金字塔和方尖碑,
我观看那些镌刻的历史,凿在花岗岩石块或沙岩
　　石板上的出征的国王和历代王朝的碑记,
我看见埋藏在孟菲斯木乃伊土坑里的涂着香油、
　　裹着亚麻布的木乃伊,它们在那里躺了许多个
　　世纪,
我瞧着那些死了的底比斯人,他那眼球很大的眼
　　睛,耷拉着的头颈,交叉在胸前的两臂。

我看见地球上所有的奴隶在劳动,
我看见所有被关在牢狱里的人们,
我看见世界上那些有缺陷的人,
那些瞎子,聋子,哑巴,白痴,驼背,精神病患者,
那些海盗,小偷,骗子,杀人犯和奴隶制造者,

那些无助的幼儿，以及无助的妇女和老人。

我看见到处的男男女女，
我看见哲学家们的安详的兄弟之情，
我看见我的种族的建设性姿态，
我看见我的种族的坚忍勤劳所获得的收成，
我看见等级、肤色、原始风尚和文明，我在它们
　　中行进，我同它们厮混得密不可分，
并且我向地球上所有的居民致敬。

11

你啊，不管你是谁！
你英格兰的女儿和儿子！
你俄罗斯的俄国人，强大的斯拉夫民族和帝国的
　　后裔！
你起源不明的、黑色的、灵魂圣洁的非洲人，个
　　儿高大的、头颅漂亮的、神态尊贵的、命运很
　　好的、同我处于平等地位的人！
你挪威人！瑞典人！丹麦人！冰岛人！你普鲁士
　　人！
你西班牙的西班牙人！你葡萄牙人！
你法兰西的法国女人和法国男人！
你比利时人！你荷兰的自由爱好者！（你属于我
　　自己所出身的种族；）
你强健的奥地利人！你伦巴第人！匈奴人！波希
　　米亚人！施蒂利亚的农民！

你多瑙河的邻居！

你莱茵河、易北河或者威悉河边的工人！还有你女工！

你撒丁人！你巴伐利亚人！斯瓦比人！撒克逊人！瓦拉奇人！保加利亚人！

你罗马人！那不勒斯人！你希腊人！

你塞维利亚竞技场中敏捷的斗牛士！

你陶鲁斯山上或高加索山上自由自在地活着的山民！

你看守着母马和公马吃草的波克牧马人！

你策马疾驰对着靶子放箭的、体态优美的波斯人！

你中国的中国男人和中国女人！你鞑靼地方的鞑靼人！

你们，世界上所有受人役使的妇女！

你，在晚年备历艰险地长途跋涉要回到叙利亚土地上去的犹太人！

你们，在世界各地期待着你们的弥赛亚[1]的犹太人！

你，在幼发拉底河某条支流畔深思冥想的亚美尼亚人！你在尼尼维废墟中凝望的人！你攀登阿拉拉特山的人！

你迎着远处麦加清真寺尖顶的光辉一路走坏了脚跟的朝圣者！

你们，在从苏伊士到曼德海峡一带统治着你们的

---

[1] 犹太人期望中的复国救主。

家族和部落的酋长们！

你，在拿撒勒和大马士革田野或者太巴列湖边照料着你的产品的橄榄种植者！

你，在广大内地或者在拉萨商店里讨价还价的西藏商人！

你日本男人或女人！你马达加斯加、锡兰、苏门答腊、婆罗洲的居住者！

所有你们这些亚洲的、非洲的、欧洲的、澳洲的无论何处的大陆居民！

所有你们在海上各个群岛的无数岛屿上的人！

以及你们，今后千百年将倾听我的人！

以及你们，在各个地方我所没有指明但同样包括了的每一个人！

祝你们健康！向你们所有的人致以我和美利坚的祝愿和慰问！

我们每个人都是必然存在的，

我们每个人都是无限的——我们每个人都有他的或她的立于地球之上的权利，

我们每个人都理应分享地球的永恒的意义，

我们每个人都如任何事物一样神圣地置身在这里。

12

你，上颚咔嗒响的霍屯督人！你们，满头鬈发的游牧部落！

你们，属于别人所有的流血流汗的人们！

你们，有着深不可测和令人永远难忘的畜生面目的人形动物!

你可怜的科博人,尽管你有光辉的语言和灵性,
　　但连最卑贱的人也卑视你!

你们,变矮了的堪察加人,格陵兰人,拉普人!

你们,赤裸的、红头发的、黝黑的、突嘴唇的、
　　趴在地上寻找食物的南方黑人!

你卡菲尔人,柏柏尔人,苏丹人!

你形容憔悴的、笨拙的、无知的贝督因人!

你们,在马德拉斯、南京、喀布尔、开罗受苦的
　　芸芸众生!

你亚马逊流域愚昧的漫游者!你巴塔哥尼亚人!
　　你斐济人!

我并不是那样偏爱你们前面的别的人呀,

我没有说一句伤害你们的话,当你们远远地站在
　　后面,

(你们到时候会走上前来,会站到我的旁边。)

13

我的心同情而坚决地走遍了整个地球,

我寻觅着彼此相等和相爱的人,并发现他们到处
　　都有,

我想是一种神圣的亲密关系使我同他们平等了。

你们,水蒸气哟,我想我已经同你们一起上升,
　　一起飘向遥远的各洲,并且降落在那里,由于
　　某些原因,

我想，风哟，我已同你们一起远游；
海涛哟，我已经同你们一起抚摩了海滩，
我已经穿过地球上每条江河或海峡所穿过的角落，
我已经站到了那些半岛的基座和高耸的岩石上，
　　从那里吆喝：

向世界致敬！
凡是光和热所渗透的城市，我自己也渗透那些城
　　市，
凡是飞鸟所投奔的岛屿，我自己也飞向那里。
向你们全体，以美利坚的名义，
我高高举起笔立的手，我发出信号，
这信号将在我死后永世长存，
从人们所至和所在的每一个地方都能看到。

大路之歌

1

我轻松愉快地走上大路,
我健康,我自由,整个世界展开在我的面前,
漫长的黄土道路可引到我想去的地方。

从此我不再希求幸福,我自己便是幸福,
从此我不再啜泣,不再踌躇,也不要求什么,
消除了家中的嗔怨,放下了书本,停止了苛酷的
　非难。
我强壮而满足地走在大路上。

地球,有了它就够了,
我不要求星星们更和我接近,
我知道它们所在的地位很适宜,
我知道它们能够满足属于它们的一切。
(但在这里,我仍然背负着我多年的心爱的包袱,
我背负着他们,男人和女人,我背负着他们到我
　所到的任何地方。
我发誓,要我离弃了他们那是不可能的,
他们满足了我的心,我也要使自己充满他们的心。)

2

你,我走着,并且四处观望着的路哟,我相信你
　不是这里的一切,

我相信在这里还有许多我没有法子看到的。

这里是一个兼收并蓄的深刻榜样：没有偏爱，也没有拒绝，
鬈头发的黑人、罪犯、残废者、目不识丁的人，都不被拒绝，
诞生、延请医生者的匆忙、乞丐的踯躅、醉汉的摇摆、工匠的哗笑之群，
逃亡的青年、富人的马车、纨绔子弟、私奔的男女、早起赶集的人、柩车、家具往镇上的搬运又从镇上搬运回来，
他们走过，我也走过，一切都走过，一切不会受到禁止，
这里一切都会接受，一切对我都是可爱的。

3

你，给我以说话的气息的空气哟！
你们，把我的意思从空泛模糊中召唤出来并给它们以形象的物体哟！
你，在均匀的阵雨中包被了我和万物的光辉哟！
你们，路旁崎岖山洞中荒废了的小道哟！
我相信你们蕴蓄着不可视见的生命，你们对于我是这样的可爱。
你们，城市里铺着石板的街道哟！你们，地边上的边石哟！
你们，渡船，你们，码头上的舢板和桅杆，你们，

木材堆积着的两岸,你们,远方的船舶哟!
你们,一排排的房子,你们,有着窗棂的前厦,你们,房顶哟!
你们,走廊和门口,你们,山墙和铁门哟!
你们,窗户,通过你们的透明的玻璃,就会看透一切,
你们,门和台阶和拱门哟!
你们,无尽的大路的灰色铺石,你们,踏平的十字路哟!
从一切接触过你们的人或物身上,我相信你们都吸收了一些什么作为你们自己的一部分,而现在又要暗中传播给我,
在你们冷漠无情的表面上,都有古往今来一切人的遗迹,他们的灵魂我看得清楚,而且对我是可爱的。

4

地球从左边和右边扩展开来,
生动的图画,各部分都放着最美的光辉,
音乐在需要着的地方演奏,在不需要的地方停止,
这大路上的快乐呼声,这大路上的快乐的新鲜的感情。

啊,我所走着的大路哟!你们对我说过"别离开我"么?
你不是说过"别冒险——假如你离开我,你便迷失"么?

你不是说过"我已经准备好了,我已锻炼得
　　很好,我所说的必得做到,别离开我"么?

啊,大路哟,但我回答你,我不是怕离开你,
　　乃是我爱着你,
你表达我的心意,比我自己表达的彻底,
对我说来,你比我的诗歌将更有意义,更有
　　价值。

我想英雄的事业都在露天之中产生,一切自
　　由的诗歌也是一样,
我想我可以站在这里,而且表演出奇迹,
我想凡是我在路上遇见的我都喜欢,无论谁
　　看到了我,也将爱我,
我想我所看到的无论何人都必快乐。

5

从这时候起我使我自己自由而不受限制,
我走到我所愿去的地方,我完全而绝对地主
　　持着我自己,
听着别人的话,深思着他们所说的,
踌躇、探索、接受、冥想,
温和地、但必须怀着不可抗拒的意志从束缚
　　着我的桎梏下解放我自己。

我在广大的空间里呼吸,

东边和西边属于我自己,北边和南边也属于我自己。

我比我自己所想象的还要巨大,美好,
我从没想到我会有这么多的美好品质。

一切对于我都是美丽的,
我可以对男人和女人再三地说,你们对我这么好,我对你们也要如此,
一路上我要补养你们和我自己,
一路上我要把我自己散布在男人和女人中间,
在他们中间投入一种新的喜悦和力量,
谁反对了我不能使我苦恼,
谁容受了我,他或她便受到祝福,也将为我祝福。

6

现在,假使有一千个完美的男人出现,那也不足使我诧异,
现在,假使有一千个秀丽的女人出现,那也不足使我惊奇。

现在我看出了优秀人物的创造之神秘,
那就是在露天之中生长,并和大地一同食、息。

一桩伟大的个人行为在这里有施展的余地,
(这样的行为把握着全人类的心,

它发出的毅力和意志可以粉碎法律并嘲弄着一切
　　的权威，和一切反对者的争论。）

这里是智慧的考验，
智慧不是最后在学校里受到考验，
智慧不能从有智慧的人传给没有智慧的人，
智慧是属于灵魂的，是不能证明的，它本身便是
　　自己的证明，
应用于一切时期、一切事物、一切美德而无不足，
是一切事物之现实及不可灭的必然，是一切事物
　　之精义，
浮在一切事物的现象之中的一种东西将它从灵魂
　　里面导引出来。

现在我再考虑哲学和宗教，
它们在讲堂里可能证明不错，然而在广阔的云彩
　　之下，在田野之间与流泉之旁，却一无是处。

这里是现实，
这里一个人被检验着，他看出自己究竟有些什么
　　本领和修养。
过去、未来、威严、爱情——假使它们对于你是
　　空无的，那你对于他们便也是空无的。

只有一切东西的核心能够给人补养；
那替你和我撕去了一切东西的外皮的人在何处
　　呢？

那替你和我拆穿阴谋,揭露蒙蔽的人在何处呢?

这便是一种附着力,那不是预先安排好的,那乃
  是一种巧合;
当你走过,为陌生的人所爱的时候,你知道那是
  什么?
你知道那些转动着的眼珠子说着些什么?

7

这里便是灵魂的流露,
灵魂的流露,通过树荫隐蔽的大门来自里面,并
  永久引起人们的疑问,
这些希望是为着什么,在黑暗中的思考是为着什
  么?
为什么当男人女人们接近我的时候,阳光会透入
  我的血液?
为什么当他们离开了我,我的快乐的旗帜即已偃
  息?
为什么我从那些树下走过的时候,总会给我以开
  阔而和谐的思想?
(我想它们不分冬夏挂在那些树上,当我走过,总
  有果实落了下来;)
我如此迅速地和陌生人心领神会的是什么?
当我和马夫并坐驰驱的时候,彼此心领神会的是
  什么?
当我从河岸走过且停息下来,和一个拉着大网的

渔夫心领神会的是什么？
使我随意接受一个女人和男人的祝福的是什么？
　　使他们随意接受我的祝福的又是什么？

8

灵魂的流露是快乐，这里便是快乐，
我想它正弥漫在空中，永远等待着，
现在它向我们流来了，我们正好接受它。

这里出现了一种流动而有附着性的东西，
这流动而有附着性的东西便是男人和女人的清鲜
　　和甘甜，
（这不断从自身散发出来的清鲜和甘甜，不亚于每
　　天从根里生出芽来的晨间的香草。）

向着这流动而有附着性的东西，有老年人和青年
　　人的爱的血汗流去，
从它那里滴下超越一切美一切艺能的美妙，
向着它起伏着战栗地渴望着接触的苦痛。

9

走呀！无论你是谁都来和我同行吧！
和我同行，你们将永不会感到疲倦。

地球也永不会让你们疲倦，

地球当初是粗陋的、沉默的、不可知的，自然在
　　当初也是粗陋和不可知的，
别退缩吧，继续前进，那里有深藏着的神圣的东西，
我敢向你发誓，那里有着神圣的东西比言语所能
　　形容的还要美丽。

走呀！我们不要在此停留，
无论这里的储藏多么丰富，无论这里的住宅多么
　　舒适，我们不能在此停留，
无论这里的口岸建筑得多么好，无论这里的水面
　　多么平静，我们不要在此下锚，
无论我们周围的款待多么殷勤，我们也只做片刻
　　的应酬。

10

走呀！那种引诱将是更大的，
我们将航过无边无际的大海，
我们将到风吹浪打的地方，到美国人的海船张起
　　了帆飞速前进的地方。

走呀！带着力量、自由、大地、暴风雨、
健康、勇敢、快乐、自尊、好奇；
走呀！从一切的法规中走出来！
从你们的法规中，啊，你们这些盲目的和没有灵
　　魂的神父哟！

腐臭的死尸阻塞在路上——应该赶快埋葬了。

走呀！但还得小心！
和我同行的人需要热血、肌肉、坚忍，
没有人可以做这试验，除非他或她勇敢和健全，
假使你已经耗损了你自己生命的精华，望你不必
　　到这里来，
只有着健康和坚强的身体的人们才可以来，
这里不许有病人、纵酒者和花柳病传染者。

（我和我的同伴不用论证、比喻、诗歌来说服人，
我们用我们的存在来说服人。）

11

听呀！我将和你推诚相见，
我不给古老的光滑的奖品，只给你新的粗糙的奖
　　品，
你必会遇到这样的日子：
你将不积蓄所谓财富一类的东西，
你将以慷慨的手分散你所获得和成就了的一切，
你刚到达你要去的那城市，还没有满足地安顿下
　　来，你又被一种不可抗拒的叫唤，叫了开去，
你将被那些留在你后面的人讥笑和嘲弄，
你接受了爱情的招手以后，只能以别离时的热情
　　的亲吻作为回答，
你将不让那些向你伸出了手的人紧握着你。

12

走呀!跟在伟大的同伴们之后,做他们的一员吧!
他们也在路上走着——他们也是迅速而庄严的男
　　人——她们是最伟大的女人,
海的宁静和海的狂暴的欣赏者,
驾驶过许多航船的水手、走过了许多路程的旅行
　　者,
许多远方国家的常往者、遥远的地方的常往者,
男人和女人的信托人、城市的观察者、孤独的劳
　　动者,
望着草丛、花朵、海边上的介壳徘徊而沉思的人,
结婚舞的舞蹈者、参加婚礼的贺客、孩子的温和
　　的扶助者、孩子的养育者,
叛乱的兵士、守墓者、运柩夫,
四季不停的旅行者、年年不停的旅行者,他们所
　　经过的日子,总是一年比一年新奇,
旅行者,有着自己的不同的阶段,就像和他们一
　　起旅行的同伴,
旅行者,从潜伏的未被实现的婴孩时代迈步前进,
旅行者,快乐地走着,经过了青年、壮年和老年,
经过了丰富、无比和满足的妇人时代,
旅行者,经过了女人和男人的庄严的老年时代,
老年时代,和平、开朗、与宇宙同样广阔,
老年时代,对于可喜的行将来临的死亡解脱,感
　　到达观、自由。

13

走呀！向着那无始无终的地方走去，
白天行走，夜里休息，要备尝艰苦，
将一切都融汇在你们所走过的旅程之中，融汇在你们所度过的白天和黑夜里，
更将它们融汇在将要开始的更崇高的途程中，
不要观看任何地方的任何东西，只看着你可以达到而且超越的东西，
不要想到任何时间，不管它多么久远，你只想到你可以达到而且越过的时间，
不要上下观望其他的道路，你只注意那伸展在你的面前等待着你的一条，无论多长，总是那伸展在你的面前等待着你的一条，
不要注意任何神或人的存在态度，只注意到你也同样可以达到的境界，
你所要占有的，只是你可以占有，可以不花劳力不付代价即可享受的一切，你食用全席，而不只是啖尝一脔，
你享受农人的最优良的农田和富人的别墅，享受着幸福的新婚者的纯洁的福祉，果园中的果实和花园中的花朵，
你从你经过的一切稠密的城市中取得所需，
以后无论你到什么地方，你都随身带着建筑和街道，
你从你遇见的人们的脑子里摄取他们的智慧，从

他们的心中摄取他们的爱情，
你把你爱的人带着和你一同上路，尽管事实上你把他们留下并未带走，
你知道宇宙自身也是一条大路，是许多大路，为旅行着的灵魂所安排的许多大路。

为着让灵魂前进，一切都让开道路，
一切宗教、一切具体的东西、艺术、政府——一切过去和现在出现在这个地球上面，或任何地球上面的东西，在顺着宇宙的宏大的道路前进着的灵魂的队伍之前，都已退避到隐僻处和角落里去了。

男人和女人的灵魂顺着宇宙的大路前进，对于它，所有别的前进，只是一些必要的标志和基础。

永远活着，永远前进，
一切庄严的、肃穆的、悲哀的、后退的、受了挫折的、疯狂的、骚乱的、怯弱的、不满足的、
绝望的、骄傲的、宽纵的、患有疾病的、人所欢迎的、人所拒绝的，
他们都在走，他们都在走哟！我知道他们在走，但我不知道他们要走向哪里？
但我知道他们是向着最美好的一切前进——向着一种伟大的目标前进。

无论你是谁，前进呀！男人或女人们都前进呀！

你不要躲在屋子里贪睡和虚耗光阴，虽然那屋子
　　是你建筑的，或为你建筑的。

从黑暗的禁锢之中出来！从幕幔的后面出来吧！
申说是无用的，我知道一切，且要将一切都揭开。

我已看穿了你也不比别人好，
从人们的欢笑、跳舞、飨宴、饮啜，
从衣服和装饰的里面，从洗洁了的、修整了的面
　　容里，
可以看出一种暗藏的、默默的厌恶和失望。

丈夫、妻子和朋友之间，对各自内心的一切也彼
　　此讳莫如深，
另外一个自我，每个人的副本，总在闪闪躲躲隐
　　隐藏藏，
无形，无声，通过了城市里的街道，在客厅里殷
　　勤而有礼，
在铁道上的火车里、在汽船上、在公共会场，
在男人和女人的家里、在餐桌上、在寝室中、在
　　无论何处，
穿着盛装、面带笑容、相貌端正，在胸膛下面藏
　　着死，在头骨里隐着灭亡，
在呢绒和手套下面，在缎带和纸花下面，
做得非常美好，绝不说到它自己，
说着别的一切事，但绝不说到自己。

14

走呀！通过了奋斗和战争！
已经认定了的目标不能再改换。
过去的奋斗成功了么？
是谁成功的？你自己呢？你的国家呢？自然呢？
你要知道——事物的要旨是这样的，从任何一项
　　成功，都产生出某种东西，使更伟大的斗争成
　　为必要。

我的号召乃是战争的号召，我培植了反叛的行为，
和我同行的人，必须武装齐备，
和我同行的人常常会饮食不足，遭受贫穷，遇到
　　强敌，为伙伴背弃。

15

走呀！大路展开来在我们的面前了！
那是安全的——我已经试验过——我自己的两足
　　已经试验过——别再耽延吧！
让没有写过字的纸放在桌子上不要乱写，让没有
　　看过的书放在架上不要乱翻！
让工具放在工厂里，让金钱没有到手吧！
让学校都开着，别管那些教师的叫喊！
让说教者在教堂中说教，让律师在法庭上争辩，
　　让法官去解释法律。

伙伴哟！我给你我的手！
我给你比黄金还宝贵的我的爱，
我在说教和解释法律以前给你我自己！
你也给我你自己么？你也来和我同行么？
在我们的一生中，我们能忠实相依而不分离么？

横过布鲁克林渡口

1

在我下面的浪潮哟,我面对面地看着你呀!
西边的云——那里已经升起了半小时的太阳——
　　我也面对面地看着你呀!

穿着普通衣服的成群男女哟,在我看来,你们是
　　如何的新奇呀!
在渡船上有着成百成千的人渡船回家,在我看来,
　　这些人比你们所想象的还要新奇,
而你们,多年以后将从此岸渡到彼岸的人,也不
　　会想到我对于你们是这样关切,这样地默念着
　　你们。

2

在每天所有的时间里,从万物中得来我的无形的
　　粮食,
单纯的、紧凑的、完美地结合起来的组织,我自
　　己分崩离析了,每个人都分崩离析了,但仍为
　　组织的一部分,
过去的相似处和未来的相似处,
光荣,如同念珠一样贯串在我的最微小的视听上,
　　在大街上的散步,在河上的过渡,
河流是这么湍急,和我一起向远方游去,
那跟随着我而来的别人,我与他们之间的联系,

别人的真实，别人的生命、爱情、视觉和听闻。

别人将进入渡口的大门，并从此岸渡到彼岸，
别人将注视着浪潮的汹涌，
别人将看到曼哈顿西面北面的船舶，和东面南面
　　布鲁克林的高处，
别人将看见大大小小的岛屿；
五十年以后别人横渡的时候将看见它们，那时太
　　阳才升起了半小时，
一百年以后或若干百年以后，别的人将看见它们，
将欣赏日落，欣赏波涛汹涌的涨潮，和奔流入海
　　的退潮。

3

时间或空间，那是无碍的——距离也是无碍的，
我和你们一起，你们一世代或者今后若干世代的
　　男人和女人，
恰如你们眺望着这河流和天空时所感觉到的，我
　　也曾如此感觉过，
恰如你们之中任何人都是活着的人群中的一个，
　　我也曾是人群中的一个，
恰如河上的风光与晶莹的流水使你们心旷神怡，
　　我也曾感觉过心旷神怡，
恰如你们此时凭栏站立，而又在随着急流匆匆前
　　进，我也曾站立过匆匆前进，
恰如你们此时眺望着木船的无数的桅杆，还有汽

船，我也曾眺望过。

我以前也曾多次横渡过这个河流，
注视着十二月的海鸥，看它们在高空中凝翅浮动，
　　摇动它们的身体，
看着灿烂的黄光如何地照出它们身躯的一部分，
　　而把其余的部分留在浓重的阴影里，
看着它们悠缓迂回地飞行，然后渐渐地侧着身子
　　向南方飞去，
看着夏季天空在水里面的反光，
由于霞光的浮动，使我的双目眩晕了，
看着美丽的离心光带在阳光照耀的水上环绕着我
　　的头，
看着南方和西南方山上的雾霭，
看着蒸气，当它带着淡蓝的颜色一片片飘过时，
看着远处的港口，注意着到达的船舶，
看着它们驶近，看着那些和我邻近的人们上船，
看着双桅船和划子的白帆，看着船舶下锚，
水手们拉着大索，或者跨过甲板，
圆形的桅杆，摆动着的船身，细长蜿蜒的船旗，
开动着的大大小小的汽船，在领港室里的领港员，
船过后留下的白色的浪花，轮轴的迅速转动，
各国的国旗，在日暮时候降落，
黄昏时海上扇形的、如带匙之杯的浪涛，嬉戏而
　　闪耀着的浪头，
远远的一片陆地，显得更朦胧了，码头边花岗石
　　仓库的灰色的墙垣，

在河上人群的影子，两侧紧靠着舢板的大拖轮，
  稻草船，稽迟了的驳船，
在邻近的岸上铸造厂的烟囱，火光喷得很高，在
  黑夜中闪耀着，
在强烈的红光和黄光之中，把阵阵的黑烟喷射到
  屋顶上，并落到街头上。

4

这些和其他一切从前对于我正如它们现在对于你
  一样，
我曾热爱过这些城市，热爱过这庄严迅急的河流，
我从前看见过的男人和女人对我都很亲近，
别的人也一样——别的人现在回顾着我，因为我
  从前瞻望过他们，
(那个时候将会来到，虽然今天今夜我站立在这
  里。)

5

那么，在我们之间存在着什么？
在我们之间的几十年或几百年那又算是什么？

无论那是什么，那是无碍的，距离无碍，地点亦
  无碍，
我也生活过，有着无数山峦的布鲁克林曾是我的，
我也曾经在曼哈顿岛的大街上漫步，在环绕着它

的海水里面洗过澡,
我也曾感觉到有些新奇的突然的疑问在我心中激
　　起,
白天在人群中的时候我忽然想起,
深夜我步行回家,或者躺在床上的时候我忽然想
　　起,
我也曾经从永远的熔流中出来,
我之所以成为我也是由于我的肉体,
过去的我是怎样,我知道是由于我的肉体,将来
　　的我是怎样,我知道也是由于我的肉体。

6

黑暗的阴影不单是落到你的身上,
黑暗也将它的阴影投落在我的身上,
我曾经做过的最好的事在我看来还是空虚和可疑
　　的,
我曾经以为这些是我的伟大的理想,实际上它们
　　不是贫乏得很么?
知道什么是恶的人也不单单是你,
我也是深知什么是恶的人,
我也曾结过古老的矛盾之结,
我曾经饶舌、觍颜、怨恨、说谎、偷盗、嫉妒,
我曾有过奸诈、愤怒、色欲、不敢告人的色情的
　　愿望,
我曾经刚愎任性、爱好虚荣、贪婪、浅薄、狡猾、
　　怯懦、恶毒,

豺狼毒蛇和蠢猪的脾气,我心中并不缺少,
欺骗的面容、轻佻的话语、邪淫的欲念,也不缺少,
拒绝、仇恨、拖延、卑鄙、懒怠,这些都不缺少,
我和其余的人一起,跟他们一样地生活着,
当青年人看见我来到或走过的时候,他们以响亮
　　的高声用最亲切的名字喊着我,
当我站着的时候我感到他们的手臂围绕着我的脖
　　子,或者当我坐着的时候,他们的身体不经意
　　地偎倚着我,
我看见许多我喜爱的人在大街上、在渡船上、在
　　公共的集会上,但却没有和他们说过一句话,
和其余的人过着同样的生活,和他们有着同样的
　　古老的欢笑、痛苦、睡眠,
扮演着男演员或女演员都还在追念着的角色,
那同样的古老的角色,我们所造成的角色,正如
　　我们所希望的那样伟大,
或者如同我们所希望的那么渺小,或者又伟大又
　　渺小。

7

我和你更接近了,
现在你想到我,就像我以前想到你一样——我预
　　先就想到你了,
在你诞生以前,我早就长期而严肃地想到你了。

谁知道我最痛切感到的是什么呢?

谁知道我正享受着这个呢?
谁知道尽管有这么多距离,尽管你看不见我,而我现在正如亲眼看见你一样呢?

8

啊,在我看来,还有什么能比桅樯围绕着的曼哈顿更庄严更美妙呢?
比河流和落日和海潮的扇形的浪更美妙呢?
比摇摆着身躯的海鸥、在黄昏中的稻草船、稽迟了的驳船更美妙呢?

当我走近,这些紧握着我的手并用我所喜爱的声音活泼地大声地亲切地叫着我的名字的人,什么神能胜过他们呢?

把我和面对着我的女人或男人联结在一起的这种东西,
使我现在跟你融合在一起,并将我的意思倾注给你的这种东西——还有什么比这更微妙呢?

那么我们了解了,是不是?
所有我已经默许而未说出来的你们不是都接受了么?
凡研究不能解决,凡说教不能完成的,不是都已经完成了么?

9

向前流呀！河流哟！和涨潮一起涨，和退潮一起
  退吧！
嬉戏吧，高耸的海浪和扇形的海浪哟！
日落时候壮丽的云彩哟，用你的光辉浸浴我，或
  者我以后若干世代的男人和女人！
从此岸横渡到彼岸吧！无数的一群群的过客哟！
站起来呀，曼哈顿的高耸的桅杆哟！站起来呀，
  布鲁克林的美丽的山峦哟！
跳动吧，困惑而又好奇的头脑哟，想出问题来，
  想出解答来呀！
永远的熔流哟，在这里和任何地方停下来呀！
在屋里，在街上或是在公共场所里凝视吧，热爱
  而渴望的眼哟！
大声叫喊呀，青年人的声音哟！大声地，有韵节
  地用我最亲切的名字喊我呀！
生活吧，古老的生命哟！扮演那使男女演员追想
  的角色吧！
扮演古老的、我们可以使它伟大也可以使它渺小
  的角色吧！
想想吧，你们读者们，我也许在冥冥中正在注视
  着你呢！
河流上的栏杆哟，坚强地支持着那些懒散地凭倚
  着你而又随着匆匆的流水匆匆前进的人吧！
向前飞呀，海鸟哟！从侧面飞，或者在高空中绕

着大圈儿回旋；
你这流水哟，容纳这夏日的长空吧，把它忠实地
　　留映在你身上，让低垂的眼睛空闲时从你身上
　　觅取天色！
灿烂的光带哟，在阳光照耀的水中，从我的头上
　　或任何人的头上散开吧！
快来吧，从下面港口驶来的船舶哟！向上或向下
　　驶去吧，白帆的双桅船、划子、驳船哟！
飘扬吧，各国的国旗呀！在日落时也要及时地降
　　落呀！
铸造厂的烟囱哟，将你的火烧得更高吧！在日暮
　　时投出黑影吧！把红光和黄光投在屋顶上吧！
你现在或从今以后的外貌表明了你是什么，
你这不可缺少的皮囊哟，继续包封着灵魂吧，
为我，在我的身体的周围，为你，在你的身体的
　　周围，带着我们最神圣的芬馨，
繁荣吧，城市——带着你们的货物，带着你们的
　　产品，广大而富裕的河流，
扩张吧，你们也许是比一切更为崇高的存在，
保持你的地位吧，你是比一切更为持久的物体。

你们曾经期待，你们总是期待，你们这些无言的
　　美丽的仆役哟，
最后我们怀着自由的感觉接受你们，并且今后将
　　没有餍足，
你们将不再使我们迷惑，也将不会拒绝我们，
我们用你们，不会把你抛开——我们永远把你们

培植在我们的心里,
我们不测度你们——我们爱你们——在你们身上
　　也有着完美,
你们为着永恒贡献出你们的部分,
伟大的或渺小的,为着灵魂贡献出了你们的部分。

回答者之歌

1

现在请听我的早晨的浪漫曲,我要告诉你们那回
　　答者的信号,
我对城市和农场歌唱,它们在我眼前绵亘,沐浴
　　着阳光。

一个年轻人向我走来,带着他兄弟的一个讯息,
这年轻人怎么会知道他的兄弟如何选择和在什么
　　时候?
吩咐他把那些信号送给我。

我面对面地站在那年轻人跟前,用左手拉着他的
　　右手,右手拉着他的左手,
我为他的兄弟和人们负责,我为那个为一切负责
　　的人负责,并传送这些信号。

所有的人都在等待他,都听从他,他的话是决定
　　性的,不可更改,
他们接受他,像沐浴阳光那样沐浴着他的精神,
　　并领悟他们自己,
他们给他施洗礼,他给他们施洗礼。

美丽的妇女,骄傲的民族,法律,风景,人民,
　　动物,
深厚的大地及其属性,永不平静的海洋,(我这样

讲述我早晨的浪漫曲,)
一切的享乐、财产和金钱,以及金钱所能买到的任何东西,
最好的农场,那里别人在劳动耕作,而他却注定要去收获,
最壮丽而奢华的城市,那里别人在平整土地,在建筑,而他住下来休息,
一切全都属于他而不属于别人,远远近近都是他的,包括那些出海的船只,
那些在陆地上永久陈列着和进行着的东西,只要能为人所有就都归他管理。

他把一切都安排妥善,
他以黏性和爱从自己身上塑造今天,
他安置他自己的时代、回忆录、父母、兄弟姐妹、交际、职业、政治,使得以后旁人永远不能刁难他们,也不敢擅自把他们使唤。

他是回答者,
他回答那些能够回答的,而那些不能回答的他说明为什么不能够。

一个人就是一种召唤和挑战,
(规避是没有用的——你听没听见那些嘲弄和笑声?你听没听见那讽刺的反应?)

书本,友谊,哲学家,牧师,行动,娱乐,骄傲,

都在来回奔走着要给人以满足,
他指出那种满足,也指出那些来回奔走者。

无论什么性别,无论什么季节或地点,他都能白
　　天黑夜精神饱满地、文雅地、可靠地适应,
他有启人心扉的万能钥匙,谁都会走出门来把他
　　欢迎。

他受欢迎是普遍的,美人如流也不会比他更受欢
　　迎和影响普遍,
那个为他所宠爱并与之在晚上同睡的人,真是艳
　　福不浅。

每一种生存都有它的习惯,每个东西都有一种风
　　格和语言,
他把每种语言都化为自己的,然后赐给人们,并
　　且每个人都在翻译,每个人也翻译自身,
一个部分并不与另一部分相抵触,而他是接合者,
　　他注意它们怎样接近。

他在招待会上对总统也同样平平常常地说"朋友
　　你好?"
他对在甘蔗田里锄地的库奇说"兄弟你好!"
而两者都理解他并知道他是说对了。

他在国会大厦泰然自若地走着,
他在国会议员中行走,一个代表对另一个说,"我

们的一个新的匹敌者来了。"

于是机械工把他当作一个机械工,
士兵们料想他是个士兵,水手们以为他曾经在海
　　上航行,
作家们把他看成一个作家,艺术家把他当艺术家,
而工人们发觉他能与他们一起劳动并喜爱他们,
无论是什么工作,他都能跟上去干或曾经干过这
　　个工种,
无论是在哪个国家,他都能找到自己的姐妹弟兄。

英国人相信他是英吉利种族的后裔,
犹太人看来他像个犹太人,俄国人看来像俄国人,
　　那样亲近平易,对谁都没有距离。

他在旅客咖啡馆里无论看着谁,谁都对他重视,
意大利人或法国人是这样,德国人是这样,西班
　　牙人也这样,古巴岛上的人也不用提,
大湖区或密西西比河上,圣劳伦斯河或萨克拉门
　　多,或者是哈德逊河或巴门诺克海湾里,所有
　　的轮机员和甲板水手,全都表示熟悉。

出身高贵的绅士承认他的高贵的出身,
蛮横无礼者,妓女,狂暴之徒,乞丐,从他的作
　　风中对照自己,而他奇妙地改变他们,
他们不再卑鄙,他们几乎不知道自己已有了长进。

2

时间的指示和标记,
绝对的明智显出哲学家中的大师,
时间,永不断裂,在局部中显示自己,
经常显示诗人的是那些愉快的歌唱团里的群众,
　　以及他们的言辞,
歌唱家的言语就是白天黑夜的时辰或分秒,而诗
　　作者的言辞是一般的白天黑夜,
诗作者安排正义、真实和不朽,
他的洞察和才能环绕着事物和人类,
他是迄今一切事物和人类的光荣的精粹。

歌唱家不生产,只有诗人才生产,
歌唱家受人们欢迎、理解,出现得够频繁了,但
　　诗的作者、那回答者诞生的日子和地点却很罕
　　见,
(不是每个世纪或每五个世纪都能拥有一个这样的
　　生辰,无论是什么名称。)

历代以来不断出现的歌唱家们可以有外表的名称,
　　但他们每个人的名字都是歌唱家们的一个,
每一个的名字是眼的歌手、耳的歌手、头的歌手、
　　美妙的歌手、夜的歌手、客厅歌唱家、爱情歌
　　唱家、怪诞歌唱家,或者别的什么。

整个现时代以及所有的时代都期待着真正的诗的

言辞,
而真正的诗的言词不仅仅令人欣喜,
真正的诗人不是美的追随者而是美的庄严的导师;
儿子们的伟大是父母的伟大的发挥,
真正的诗的言辞是科学的羽冠和最终的赞美。

神性的本能,视野的宽度,理智的法则,健康,
　　身体的茁壮,谦让,
欢乐,晒黑的肤色,空气的清香,诗的一些言辞
　　就是这样。

水手和旅客为诗作者、回答者构成基础,
建筑家,几何学家,化学家,解剖学家,颅相学家,
　　艺术家,所有这些都是诗作者、回答者的基础。

真正的诗的言辞所给予你的不只是那些诗,
它们使你自己去构造诗歌、宗教、政治、战争、和平、
　　行为、历史、小品文、日常生活,以及别的一切,
它们权衡等级、色彩、种族、纲领、性别,
它们不寻求美,它们自己被人寻觅,
美随之而来,不断接触它们,渴望着,向往着,
　　害着相思。

它们为死亡做准备,但它们不是结束,而毋宁是
　　开始,
它们不把他或她带到终点或使之满足和完美,
它们将自己所带领的人带入太空,去观看星星的

诞生，去领悟某种意义，
以绝对的信心去开始进行，去闯过那些永不停止
的竞赛，也永远不再沉寂。

我们的古老文化

永远是我们的古老文化呀！

永远是佛罗里达的绿色半岛——永远是路易斯安那的无价的三角洲——永远是亚拉巴马和得克萨斯的棉田，

永远是加利福尼亚的金色的丘陵和山谷，新墨西哥的银色的群山——永远是风和气爽的古巴，

永远是被南海吸干了的广大的斜坡，与东部和西部海洋所吸干的斜坡分不开的斜坡，

合众国第八十三个年头的疆域，三百五十万平方英里，

大陆上一万八千英里的海岸和海湾之滨，三万英里的内河航道，

七百万个单立门户的家庭和同样数目的住处——永远是这些，还有更多的，派生出无数的分支，

永远是自由的区域和多样性——永远是民主的大陆；

永远是大草原，草地，森林，大城市，旅行者，加拿大，积雪地带；

永远是这些由串联着各个卵形大湖的腰带束在一起的紧凑的地区；

永远是住着强壮的本地人的西部，那些友好的、剽悍的、讽刺的、蔑视入侵者的居民在不断地繁殖；

所有的风景，南部、北部、东部——所有的事迹，各个时期纷纭交错地完成的事迹，

所有的人物、运动、物产，少数的被注意到了，无数的还没人知道，

我在曼哈顿大街上行走，收集着这些东西，
夜里在内河上，在燃着松枝的火光中，汽船正在把木材供运，
白天在阳光照耀着的萨斯奎哈纳河上，在波托马克河、拉帕哈诺克河上，以及罗阿诺克河和特拉华河上，
在它们以北的荒野，猛兽出没于阿迪隆达克山地，或者舐饮着萨吉诺湖沼的水，
在一个荒僻的水湾，一只失群的麻鸭坐在水面静静地摇荡，
在农民的牲口棚中，公牛关在圈里，它们的秋收劳役已经结束，如今在站着休息，它们太疲乏了，
在遥远的北极冰原上，母海象懒洋洋地躺着，让它的幼兽们在周围玩耍，
鹰隼在人们从未航行过的地方翱翔，在最远的北冰洋，水波粼粼的、晶亮的、空旷的，在大堆浮冰的那边，
在暴风雪中轮船疾驶的地方，那白色的漂流物也向前汹涌，
在坚实的陆地上午夜钟声齐鸣时大城市里进行的种种事情，
在原始森林中同样发出的声响，豹子的尖啸，狼的哀嚎，以及麋鹿的沙哑的哞叫声，
在冬天穆斯黑德湖蓝色的坚冰底下，在夏天清澈见底的碧波中，鲑鱼在游泳，
在卡罗来纳纬度较低、气温更暖的地方，那巨大的黑色鹈鹕在树梢那边的高空中缓缓地飘浮，

下面红色的雪松上垂挂着的寄生草,松树和柏树
　　从一望无际的平坦的白色沙地里长出,
粗笨的小船在浩大的皮迪河顺流行驶,两岸的攀
　　缘植物、开着红花、结着浆果的寄生植物,笼
　　罩着高大的树木,
生机旺盛的橡树上长长地、低低地垂挂着帘帷般
　　的藤类,在风中无声地轻摇,
刚刚天黑时佐治亚赶车人搭起的篷帐,晚炊的烟
　　火,白人和黑人在做饭吃,
三四十辆大车,骡子和牛马在吃木槽里的草料,
那些黑影和微光在古老的梧桐树下移动,夹杂着
　　黑烟的火苗从油松上袅袅升腾;
正在捕鱼的南部渔夫,北卡罗来纳海滨的海湾和
　　小港,捞河鲱和青鱼的渔场,巨大的拖网和岸
　　上用马拉着的起锚机,清洗、加工和包装的作坊;
在松树森林的深处,松脂从树上的切口往下流,
　　那里有松脂工厂,
有健壮的黑人在劳动,四周的地上到处铺满了松
　　针;
在田纳西和肯塔基,在加煤站和锻工车间,在炉
　　火旁,或者在谷物脱粒场,奴隶们都很紧张,
在弗吉尼亚,种植园主的儿子久出归来,被年老
　　的混血种保姆高兴地欢迎着,吻着,
舟子日暮时在河上安全地停泊了,在他们那些被
　　高高的河岸荫蔽着的船只里,
一些较年轻的人合着班卓琴或提琴的节奏在舞蹈,
　　其余的坐在舷沿上抽烟闲聊;

下午向晚的时候，美利坚的效颦者知更鸟在迪斯
　　麦尔大沼泽中歌唱，
那儿有淡绿的湖水，树脂的香味，丰茂的苔藓，
　　以及柏树和桧树；
向北，曼纳哈塔的青年人，那引人注目的一群，
　　在傍晚从一次远足归来，枪尖上挑着女人赠送
　　的花束；
儿童们在游戏，也许有个小男孩在他父亲膝上睡
　　着了，（看他的嘴唇在怎样颤动，他在梦中怎样
　　微笑啊！）
侦察员骑着马奔驰于密西西比河西边的平原，他
　　跑上一座小山，向四周瞭望；
加利福尼亚的生活，蓄着胡子、穿着粗布衣裳的
　　矿工，忠实的加利福尼亚友谊，香甜的空气，
　　行人经过时可以遇到的就在大道旁边的坟地；
在得克萨斯乡下的棉田里，黑人住的小屋，在大
　　车前头赶着骡子或牛的车夫，堤岸和码头上堆
　　积着的棉花包；
环绕着一切，向高处和广处迅速地飞窜着的美利
　　坚之魂，它有两个相等的半球，一个是爱，一
　　个是扩张或骄傲；
在暗中与土著的易洛魁人举行的和平谈判，那个
　　加琉美[1]，表示善意、公断和赞同的烟管；
酋长喷吐着烟雾，先是朝着太阳，然后向地面，

---

[1]印第安人的一种烟管，和平的象征。

头皮[1]剧上演了,演员们画着脸谱,喉部发出奇
　　怪的惊呼,
主战派出发了,长途的秘密行军,
单行的纵队,摇摆着的小斧,对敌人的突袭和杀戮;
这些州的所有的行为、情景、方式、人物、姿态,
　　回忆中的往事,制度,
所有这些州都紧密地团结着,包括这些州的每一
　　平方公里,没有丝毫例外之处;
我乐了,在小径上,在乡间田野、巴门诺克的田
　　野里行走,
观看两只小小的黄蝴蝶相互穿梭翻飞,往高处悠
　　游,
那些疾飞的燕子,捕虫的能手,秋天南去、早春
　　北返的旅游者,
黄昏时赶着牛群的牧童,他吆喝着不让它们在路
　　旁逗留吃草,
在波士顿,费城,巴尔的摩,查尔斯顿,新奥尔良,
　　旧金山,各个城市的码头,
轮船在启航,当水手们使劲起锚的时候;
傍晚——我待在我的房子里——当红日西沉,
夏天的夕照进入我敞开的窗户,照出那成群的苍
　　蝇在屋子中央浮悬于空中,上上下下斜刺地飞
　　舞,给太阳照着的对面墙上投下闪忽的斑斑点
　　点的阴影,

[1] 北美印第安人把从敌人头上割下的带发头皮作为战利品。

而美利坚的强壮的主妇在向聚集的听众发表公开
　　讲话，
男人们，女人们，移民们，联合的团体，各个州
　　的各为自己的富饶和个性——那些会挣钱的人，
工厂，机器，技工队伍，卷扬机，杠杆，滑车，
　　一切实在的东西，
空间，增殖，自由，远景，都确实无疑，
在空间是那些分散之物，散布的岛屿，星辰——
　　在结实的大地上的是国土，我的国土，
啊，国土，对我全是那么可爱——任你是谁，（无
　　论是什么，）我随意将它纳入这些歌中，我成为
　　它的一部分，无论是何物，
向南方那边，我惊叫着，缓缓地拍着翅膀，与那
　　无数的到佛罗里达沿海过冬的海鸥飞去，
另外，在阿肯色河、里奥格朗德河、布拉索斯河、
　　汤比格河、雷德里弗河、萨斯喀彻温河或者奥
　　塞奇河的两岸之间，我与那春天的水流一起欢
　　笑着，跳跃着，奔跑着，
往北，在沙滩上，在巴门诺克的某个浅湾，我与
　　一队队雪白的苍鹭一起涉水，寻觅蚯蚓和水生
　　植物，
那只好玩地用尖嘴啄穿了乌鸦之后撤退回来的王
　　鸟，得胜地啁啾着——我也得胜地啁啾着，
那移栖的雁群秋天降落下来休整，大队觅食时哨
　　兵在外面昂头观望着到处巡逻，并由别的哨兵
　　按时替换——我也在觅食，并且与大伙轮流，
在加拿大森林中，一只体大如牛的驼鹿被猎人围

逼，拼死地用两只后脚站起，前脚举着尖利如刀的蹄子向猎人冲击——我也在围逼中拼死地向猎人冲击，

在曼纳哈塔，大街、码头、船舶、堆栈，以及无数在工场劳动的工人，

而我也是曼纳哈塔人，为它歌唱——而且我自己一点也不亚于整个的曼纳哈塔本身，

唱着关于这些的歌，关于我的永远团结的国土的歌——我的国土也必然联结着构成一个本体，犹如我身体的各个部分必然彼此联结，并由千百种不同的贡献将一个本体组成；

出生地，气候，辽阔的牧区平原上的草地，

城市，劳工，死亡，动物，产品，战争，善与恶——这些就是我自己，

这些都以它们全部的特殊性为我、为美国提供古老的文化，我怎能不将它们的联合体的线索传递下去，向你提供同样的东西？

无论你是谁！我怎能不献给你神性的叶子，使得你也像我这样有当选的条件呢？

我怎能不趁此歌唱时邀请你亲自去收集这些州的无与伦比的文化的花束呢？

欢乐之歌*

啊，怀着最欢乐的心情歌唱呀！
歌中充满了音乐——充满了男子气概、女人心肠、赤子之心呀！
充满了寻常的劳动气息——充满了谷物和树木。

啊，歌唱动物的声音——啊，歌唱鱼类的敏捷和平衡！
啊，在一首歌里歌唱雨滴的淅沥！
啊，在一首歌里歌唱阳光和浪涛的流动！

啊，我的精神多么欢乐呀！——它是无拘无束的——它如同闪雷般飞射！
仅有这个地球和一定的时间是不够的，
我要有千万个地球和全部的时间。

啊，司机的欢乐呀！他和一辆火车头一齐前进！
听着蒸汽的嘘声，快乐的叫声，汽笛的啸声和火车头的欢笑呀！
不可抗拒地向前推进并飞快地消失到远方。

啊，在田野和山陬之上的欢快的逛游呀！
最平凡的杂草的叶和花，树林里面的润湿清新的寂静，
黎明时大地之微妙的清香，一直香遍了午前。

啊，男骑士与女骑士的欢乐呀！
鞍鞯，疾驰，加在马背上的压力，从耳际和发上

掠过的凉风。

啊，消防队员的欢乐呀！
在深夜我听到警报声，
我听到铃声，喊叫，我通过人群，我奔跑着！
看到了火焰使我狂欢。

啊，膂力强壮的斗士是多么欢乐呀！他神采奕奕
　　地兀立在竞技场上，精力充沛，渴望着和他的
　　对手相见。

啊，宏大的海阔天空的同情的欢乐呀！那只有人
　　类的灵魂才能产生，才能滔滔不绝地流出。
啊，母亲的欢乐呀！
细心守护，含辛茹苦，怜爱、苦恼、忍耐地抚育
　　着新生命。

啊，繁殖、生长和康复的欢乐呀！
抚慰和解的欢乐，谐和一致的欢乐。

啊，回到我所诞生的地方吧，
再听到鸟雀的歌唱，
再漫步于屋舍和仓房的周围，再漫步于田野之上，
再漫步于果树园中，再漫步于古老的小巷。

啊，我曾经生长在海港、礁湖、溪水或者海边上，
我要在那里继续劳动一辈子，

盐性的潮湿的气味、海岸、浅水中露出的海草，
渔人的工作，捕鳗者和拾蚌者的工作，
我带着我的蚌铲和锄来了，我带着鳗叉来了，
海潮退去了么？我加入到沙地上拾蚌者的人群里，
我和他们一起欢笑和工作，我在我工作的时候说
　　说笑笑，就像一个生气蓬勃的少年；
在冬天，我拉着鳗筐，拿着鳗叉，徒步行走在冰
　　上——我有一柄凿冰孔的小斧，
你看我装束整齐，快乐地走出，或者在黄昏时归来，
　　我那一伙强壮的少年们伴随着我，
我那一伙成人或半成人的青年们，他们和任何别
　　人在一起都不如和我在一起那样欢喜，
他们白天和我一起工作，夜间和我一起睡眠。

有一次在天气温暖的时候，我乘着小舟出去，捞
　　起借着石块的重量沉下去捕海虾的筐儿，（因为
　　我知道浮标，）
啊，日出之前当我在水上向着浮标划行时我感觉
　　到五月清晨的甜美啊，
我放倒柳条筐，当我把暗绿色的海虾取出时，它
　　们用脚爪拼命挣扎，我在它们的两螯之间插入
　　木钉，
我一处又一处地到所有的地方去，然后又划着船
　　回到海岸来，
那里在一大锅滚水里，海虾的颜色变成了深红。

又有一次去捕捉鲭鱼，

这些鱼疯狂贪食,很容易上钩,它们靠近水面,
　几英里内的水里到处都是它们;
又有一次在卡沙比克海湾捕捉石鱼,我便是脸色
　黑红的船员之一;
又有一次在巴门诺克海外追逐鲼鱼,我的身躯屹
　然站立着,
左脚踏在船舷上,右手把细绳的网远远撒去,
在我的周围看见五十只小船,陪伴着我,迅速地
　穿来穿去。

啊,河上的荡舟呀!
航行在圣劳伦斯河,看见壮丽的风景和汽船,
航行在千岛群岛,偶然遇到木筏和持着长桨的筏
　夫,
筏上有小屋,每当晚炊的时候筏上冒着青烟。

(啊,这是有毒而可怕的东西呀!
是距离渺小而虔信的生活很远的东西呀!
是得不到证明,在迷惘中的东西呀!
从隐处逃遁并自由驰驱着的东西。)

啊,在矿坑里的工作,或在铸铁,
铸造厂的铸铁,铸造厂本身,粗糙而高耸的屋顶,
　广大而阴暗的空间,
熔铁炉,灼热的熔液倾泻着,奔流着。

啊,再说兵士们的欢乐吧!

感觉到有一个勇敢的指挥官来到——感觉到他的
　　同情，
看到他的镇静沉着——在他的微笑的光辉中，感
　　到温暖！
走上战场——听到喇叭吹奏，战鼓咚咚，
听到炮声隆隆——看见刺刀和步枪在日光中闪烁，
看到人们倒下死亡而无怨，
尝到野蛮的血腥滋味——它是多么可怕呀！
心满意足地看到敌人伤亡。

啊，捕鲸者的欢乐呀！啊，我又重做我旧日的巡
　　游！
我感到下面船只的动荡，我感到大西洋的海风吹
　　拂着我，
我重新听到从桅杆顶上传来的叫喊声，"那里——
　　鲸鱼在喷水！"
我重新跳上辘轳和其余的人一起眺望着，我们兴
　　奋得发狂地走下来，
我跳到小船上，我们向着捕获物所躺着的地方划
　　去，
我们悄悄地一声不响地来到，我看见浑噩的庞然
　　巨物晒着太阳，
我看见手执鲸叉的人站了起来，我看见鲸叉从他
　　强有力的手臂上投掷出去，
啊，负伤的鲸鱼又迅疾地向海洋外面游去，迎着风，
　　有时停下，有时游着，拖拽着我，
我又看见它仰起头来呼吸，我们又划拢去，

我看见矛头穿入它的肋下,变成很深的创口,
我们又向后退去,我看见它又沉下去,生命很快
　　地就要离开它了,
当它伸出头时它喷着血,我看见它游行的圈子愈
　　缩愈小,迅疾地搅着水——我看见它死去,
它在漩涡的中心痉挛地一跳,然后在血沫之中平
　　躺着不再动了。

啊,我的老年时代,我的最高贵的欢乐呀!
我有着满堂的子孙,我的须发已经斑白,
由于我高年长寿,我有广大的气概,宁静,威严。

啊,妇人的成熟的欢乐呀!啊,最后的幸福呀!
我已过了八十岁,我是最可尊敬的母亲,
我的心地如何地明净,所有的人如何地亲近着我!
这比以前更能吸引人的魅力是什么?这比青年的
　　花朵更美丽的花儿是什么?
这刚到我身上来又要离去的美是什么?

啊,演说家的欢乐呀!
挺起胸膛,从肋骨和喉咙滚出了巨雷的声音,
使人民随着你愤怒、叹息、仇恨和盼望,
引导着全美洲——以伟大的喉舌说服了全美洲。

啊,我的灵魂依于自身而取得均衡的欢乐,通过
　　它认识到自己,并热爱着这些物质,观察着它
　　们的特性,并吸收它们,

我的灵魂通过视觉、听觉、触觉、理性、言语、比较、记忆，回荡到我自己，
我的感觉和肉体之真实的生命超越我的感觉和肉体，
我的身体是物质造成的，我的视觉是物质的眼睛造成的，
今天却无法分辨地为我证明了，最后看见的不是我的物质的眼睛，
最后爱恋、行走、欢笑、呼叫、拥抱、生殖的也不是我的物质的身体。

啊，农人的欢乐呀！
俄亥俄人的，伊里诺斯人的，威斯康星人的，加拿大人的，衣阿华人的，堪萨斯人的，密苏里人的，俄勒冈人的欢乐呀！
破晓时起来敏捷地进行着工作，
在秋天耕犁着土地为了冬天播种，
在春天耕犁着土地为了种上玉蜀黍，
在秋天修整果园，为树木接枝，采集苹果。

啊，在游泳池中，或者在海岸上最适宜的地方洗澡，
溅泼着水呀！涉着没踝的海水，或者赤裸着身子沿着海岸奔跑。

啊，去充分认识空间呀！
一切丰足，浩无边际，
同天空、太阳、月亮和行云合为一体。

啊，一个男子自立的欢乐呀！
不对任何人卑躬屈节，不服从任何人、任何已知
　　或未知的暴君，
昂然行走，轻快而自得的步态，
以宁静的目光或以光辉的眼睛观望，
从宽阔的胸膛倾吐出深沉而嘹亮的声音，
以你的人格面向着大地之上的所有其他的人格。

你知道青年人的最大的欢乐么？
你知道遇见亲爱的伙伴，听到快活的话语，见到
　　欢笑的脸面的欢乐么？
你知道愉快的光辉的白天的欢乐，畅快地游戏的
　　欢乐么？
你知道甜美的音乐的欢乐，灯烛辉煌的舞厅和舞
　　蹈者的欢乐么？
你知道丰筵盛馔，痛饮狂欢的欢乐么？

但是，啊，我的至上的灵魂呀！
你知道沉思默想的欢乐么？
你知道自由而寂寞的心中，温柔而忧郁的心中的
　　欢乐么？
你知道孤独行路、委顿然而高傲的精神、受难和
　　斗争的欢乐么？
你知道痛楚、恍惚、不分昼夜庄严沉思的欢乐么？
你知道想到死、想到硕大无垠的时与空的欢乐
　　么？

你知道预想到更美好更崇高的爱的理想，预想到
　　完美无瑕的妻、甜蜜、永久、完美的伴侣的欢
　　乐么？
所有这一切都是你自己的欢乐、配得上你的欢乐
　　呀，啊，灵魂！
啊，当我活着时我要做生命的主宰，而不做它的
　　奴隶，
以一个强有力的胜利者的态度去面对生活，
没有愤怒，没有烦闷，没有怨恨或轻蔑的批评，
在大气、流水、陆地的尊严的法则面前，证明我
　　的内在灵魂不可克服，
外在的任何事物不能支配我。

因为我不仅歌唱着生命的欢乐，我还歌唱着——
　　死亡的欢乐呀！
死亡的美丽的接触，会给人以刹那的抚慰和麻木，
我丢下我粪土般的身体，由它火化，变成粉末，
　　或者埋葬，
我的真实的身体无疑地为我留存在另一世界里，
我的空虚的躯壳于我不再相干，经过各种净化，
　　供作其他用途，永远为大地所使用。

啊，用不只含有吸引力的东西来吸引！
我不知道那是怎样的——但是看呀！那是不依从
　　其他任何事物的东西，
永远是攻而不是守——但它多么有魅力地吸引着。

啊，以寡敌众地去斗争，勇敢地去迎敌！
单枪匹马地去对付他们，看看一个人究竟能担当
    多少！
面对面正视着斗争、苦痛、监狱、多数人的憎恨，
泰然自若地走上断头台，向着炮口前进！
成为一位真神！

啊，乘着船，在海上航行呀！
离弃这坚定不能忍受的陆地，
离弃市街、人行道和房屋的令人厌倦的单调，
离弃你，啊，你这凝固不动的大地而坐上一只船，
去航行，航行，航行！

啊，我以后的生活将是一首新的欢乐的诗歌！
跳舞、拍手、欢欣、呼叫、踢着、跳着、滚着前进，
    荡漾着前进呀！
成为一个到一切口岸去的环游世界的水手，
简直就是一只船，（你看我在阳光和大气中张开来
    的这些帆，）
一只迅速而庞大的船，满载着丰富的语言，满载
    着欢乐。

斧头之歌

1

形状美观的、裸露的、青白的武器,
从地母的内脏中伸出头来,
木质的肉,金属的骨,只有一个肢体,只有一片
　　嘴唇,
它有从高热生出的青灰色的叶,有从播下去的一
　　粒小种子生出的柄,
停留在草中或草上,
倚靠着,又被倚靠着。

坚强的形体,和坚强形体的属性,男性的手艺、
　　光亮和声音,
一长串同一象征的变化,如音乐之轻击,
风琴家在大风琴的键盘上的弹奏之指头。

2

欢迎大地上一切的土地——各从其类,
欢迎松树与橡树的土地,
欢迎柠檬与无花果的土地,
欢迎黄金的土地,
欢迎小麦与玉蜀黍的土地,欢迎葡萄藤的土地,
欢迎糖与米的土地,
欢迎棉花的土地,欢迎马铃薯和甘薯的土地,
欢迎山岳、平地、沙漠、树林、草原,

欢迎河边的肥沃的土地、高原、旷野,
欢迎无边的牧场,欢迎果树园和种植亚麻、大麻,
　　以及养蜂的丰饶的土地;
也同样欢迎别的更崎岖地面的土地,
如黄金的土地或者小麦和果木的土地那样丰富的
　　土地,
矿山的土地,雄伟的和险峻的矿石的土地,
煤、铜、铅、锡、锌的土地,
铁的土地——斧头所造成的土地。

3

木堆上的木材,斧头由它支持着,
森林中的小屋,门前的藤蔓,打扫出来作花园用
　　的空地,
暴雨过后雨水滴落在树叶上的错落的嘀嗒声,
断续的哀哭与悲叹,想到海,
想到为暴风雨所冲击、倾覆、折断桅樯的船舶,
想到古式房屋和仓库的高楼大厦的伤感,
回想起见过的绘画和记载,有人带着家眷、货物
　　冒险航行,
登陆上岸,建立起一个新的城市,
那些寻觅新英格兰并找到新英格兰的人们的航行,
　　从任何地方的出发,
在阿肯色、科罗拉多、鄂大瓦、尉拉麦特住居,
悠缓的前进,简单的饭食,带着斧头、来复枪和
　　鞍囊;

一切勇敢和冒险的人们的美,
面容不加修饰但是清洁的樵夫和伐木童子的美,
一切特立独行的美,
美洲人的蔑视礼法,对于拘束极端不能忍受,
散漫的性格,随便的讽喻,坚强,
屠场里的屠夫、小帆船和独桅船的船夫、筏夫、
　　拓荒者,
在冬天的帐幕中,采伐木材的人,森林中的曙晓,
　　树枝压上了雪,有时会突然折断,
自己的愉快而响亮的声音,欢乐的唱歌,森林中
　　的自然的生活,实在的白天的工作,
夜间营火灿亮,美味的晚餐,谈话,松枝和熊皮
　　的床,
在城市或任何处工作的房屋的建筑者,
在造房前接好木头,锯成方块,凿着榫口,
上梁,把栋梁推到适当的地方,把它们安置得整
　　整齐齐,
将梁柱接上凿好了的榫口,
木槌、铁锤的打击,人的姿势,他们的弯曲的肢体,
倾身,直立,跨上梁柱,打钉,以木桩和绳索紧拉着,
手臂弯曲扶着木板,另一只手臂却挥着斧头
钉地板的人使木板绷紧,可以钉钉,
他们蹲着,将武器投下给运载的人,
发出响彻于空旷的建筑物中的回声;
城市中的巨大的仓库正在建筑着,
六个建造工人,两个在中间,两个各在两端,都
　　用心地在肩上扛着做横梁用的沉重的木柱,

拥挤的一排泥瓦匠，右手各持着泥铲，砌着从头
　　到尾二百英尺的长墙，
背部的柔软的起伏，泥铲叩击着砖石的连续的声
　　音，
砖石一块挨一块地精巧熟练地砌上，并用泥铲的
　　木柄敲击着，
材料的堆积，灰泥在灰板上，灰泥搬运人还在源
　　源不断地补充，
在泥石工场的泥瓦匠，长成的学徒的拥挤的行列，
向方形木材挥着他们的斧头，要使它成为桅柱，
钢铁斜穿松材的短促的响声，
乳白色的木屑散乱地飞舞着，
穿普通装束的强壮的年轻的腕臂的敏捷的动作，
码头、桥梁、桥桩、渡头、浮板的建造者，
城市的消防队员，在稠密的区域突然爆发的火，
来到的消防车，嘶嘎的叫声，轻捷的步履和勇敢，
消防车的喇叭的坚决的命令，消防队员们整队，
　　手臂起伏着压水，
细长的、阵阵的、雪亮的喷水，带着火钩和梯子
　　开始他们的工作，
粉碎并割断连接钩的木架，或者地板，如果地板
　　下冒着火焰，
群众带着发光的脸注视着，火光和浓黑的阴影；
熔铁炉前面的铁匠，铁匠铸出铁后的用铁人，
大小斧头的制造人、锻接人、锤炼人，
选购者吹气在冷钢上，并用大拇指试着锋刃，
削柄并将它坚牢地嵌入斧孔里面的人，

还有过去使用者的肖像阴暗的行列,
最初的坚忍的工匠、建筑师、机器匠,
遥远的亚述人的建筑、米日拉的建筑,
在执政官前面的罗马的官吏,
在战斗时执着斧头的古代欧洲的战士,
高举的手,打击在戴盔的头上的声音,
临死的叫喊,软弱蹒跚的身体,向着友人和敌人
　　的奔驰,
为要求自由而谋反的臣民的包围,
招降劝告,攻击古堡的大门,休战和谈判,
对当年一个古代城池的掠夺,
雇佣兵与狂徒的焦躁和无秩序的动乱,
咆哮、大火、流血、酗酒、疯狂,
从家宅和庙堂自由掠夺的赃物,在强盗劫持之下
　　的妇女的尖叫,
随军行商的狡狯和盗窃,男人的奔跑,老年人的
　　绝望,
战争的地狱,教条的残酷,
所有公正或不公正的执法官的言行的表册,
公正或不公正的人格的力量。

4

力气和胆量永远是重要的!
能够激励生的也能激励死,
死者也正如生者一样在前进,
未来也不比现在更渺茫,

大地和人的粗糙所包含的意义和大地和人的精微
　　所包含的一样多，
除了个人的品质什么也不能持久。

你想什么能持久呢？
你想一个伟大的城池能持久么？
或者一个生产丰饶的国家？或者一部订好了的宪
　　法？或者建造优良的汽船？
或者用花岗石和钢铁盖的大旅馆？或者任何工程
　　杰作，炮台，军备？

去吧！这一切本身并没有什么可珍爱的，
这些只是暂时的，如跳舞者的跳舞，音乐师的伴奏，
表演过了，一切自然都很好，
一切都做得很好，直到人们挑衅的闪光出现。
一座伟大的城池是有着伟大的男人和女人的城池，
即使它只有几间破敝的茅屋，它仍然是全世界最
　　伟大的城池。

5

一座伟大的城池所在之处并不仅是有着伸长的码
　　头、船坞、制造场和贮积的地方，
也不仅是不断地向新来的人或拔锚离去的人敬礼
　　的地方，
也不仅是有高楼大厦，贩卖各地货物的商店的地
　　方，

也不仅是有最优良的图书馆和学校，或是充满金
　　钱的地方，
也不仅是人口最多的地方。

这城池有着最雄伟的演说家和诗人，
他们热爱这城池，这城池也热爱他们，了解他们，
那里除了普通的言行并没有为英雄而建立的纪念
　　碑，
那里有勤俭，那里有谨慎，
那里男人和女人不看重法律，
那里没有奴隶，也没有奴隶的主人，
那里人民立刻起来反对被选人的无休止的胡作非
　　为，
那里男人女人勇猛地奔赴死的号召，有如大海的
　　汹涌的狂浪，
那里外部的权力总是跟随在内部的权力之后，
那里公民总是头脑和理想，总统、市长、州长只
　　是有报酬的雇佣人，
那里孩子们被教育着自己管理自己，并自己依靠
　　自己，
那里事件总是平静地解决，
那里对心灵的探索受到鼓励，
那里妇女在大街上公开游行，如同男子一样，
那里她们走到公共集会上，如同男子一样取得席
　　次；
那里城市有最忠诚的朋友，
有最纯洁的男女，

最健康的父亲,
最健美的母亲,
那里就是伟大的城市。

6

在大胆的行为面前,议论争辩显得如何的贫乏可
　　怜!
城市的物质的美丽,在男人或女人的风范面前显
　　得如何的萎缩!

一切都期待着一个强者的出现,
一个强者是种族与宇宙之能力的证明,
当他或她出现,物质便黯然失色,
关于灵魂的争辩终止了,
古老的习俗和词句,被重加考虑,推开或者抛弃了。

现在你的赚钱牟利算得什么呢?那有什么用呢?
现在你的尊严体面算得什么呢?
现在你的神学、教育、社会、传说、法令,算得
　　什么呢?
现在你对于生命的斥责在哪里呢?
现在你对于心灵的苛求在哪里呢?

7

荒漠的景色掩盖了矿石,外表虽不美观,却是一

个很好的地方,
这里是矿区,这里有矿工,
有熔铁炉,熔解工作刚刚做好,冶工在附近,带
　　着他的钳和锤,
过去和现在一直在为人服役的东西就在手边。

没有东西比这个为人服役得更好——它曾经为一
　　切人服役,
它曾经为具有流畅之舌与精敏的感觉的希腊人和
　　早在希腊以前的人服役,
为不朽的建筑物的建造服役,
为希伯来人、波斯人、最古的印度斯坦人服役,
为密西西比河的筑堤人和那些在中美洲仍留着遗
　　迹的人服役,
为森林中和平原上的有着不雕凿的柱头和异教徒
　　的寺庙服役,
为斯堪的纳维亚冰雪掩盖着的山上,人工做成的
　　高大静默的裂缝服役,
为那些在记不清的年代,在花岗岩的石壁上描画
　　太阳、月亮、星星、船舶、海浪的人们服役,
为哥特人进犯的道路服役,为畜牧民族和游猎民
　　族服役,
在这些以前又曾为埃塞俄比亚的可敬和善良的人
　　们服役,
为制造游览船或战舰的舵服役,
为一切陆上的伟大工程、一切海上的伟大工程服
　　役,

在中世纪和中世纪以前服役,
不仅仅为当时和现在的活着的人服役,也为死者
　　服役。

8

我看见欧洲的刽子手,
他戴着面具,站立着,穿着红衣,有着粗腿和强
　　壮赤裸的两臂,
凭依着一柄沉重的斧头。
(欧洲的刽子手哟,你最近杀戮了谁呢?
你身上的潮湿而沾手的血,是谁的呢?)

我看见殉教者的明亮的落日,
我看见从断头台上走下来的幽灵,
死亡的贵族、无冠的贵妇人、被罪的大臣、放逐
　　的帝王、
敌对者、卖国贼、毒杀者、被斥黜的头目和其余
　　的人们的幽灵。

我看见在任何地方为正义而牺牲的人,
种子不多,但收获绝不会太少,
(注意呀,但你这外国的君主,啊,你们这些僧侣们,
　　收获不会太少。)

我看见血滴完全从斧头上洗去,
锋刃和斧柄都干净了,

它们不再飞溅欧洲贵族的血液,它们不再砍断皇
　　后的脖子。

我看见刽子手引退,并且成为无用,
我看见断头台荒废,生出霉苔,我不再看见上面
　　有任何斧头,
我看见我自己的种族,这最新最伟大的种族的力
　　量之强大与友爱的象征。

9

(美洲哟!我并不夸耀你对我的爱,
我有我所有的爱。)

斧头跳起来了呀!
坚固的树林说出流畅的言语,
它们倒下,它们起立,它们成型,
小屋、帐幕、登陆、测量、
棒、犁、铁棍、鹤嘴锄、板锄、
木瓦、横木、柱、壁板、户柱、板条、薄板、山墙、
城堡、天花板、沙龙、学院、风琴、陈列室、图书馆、
飞檐、格子、壁柱、露台、窗、小塔、走廊、
耙、木铲、叉子、铅笔、板车、竿、锯、刨、槌、楔、
　　把手、
椅子、桶、箍、桌子、小门、风标、窗架、地板、
工作箱、柜子、弦乐器、船、框架以及其他物品,
诸州会议室、诸州国民会议室、

马路上的庄严的建筑、孤儿院或贫病医院,
满哈坦的汽船和快艇,驶到一切的海上。

形象出现了!
任何使用斧头的形象,使用者的形象,和一切邻
　　近于他们的人的形象,
将木材砍倒的人和拽引木材到皮诺斯科或开尼贝
　　克的人,
加利福尼亚山中或小湖畔,或者哥伦比亚小茅屋
　　里面的居住者,
几拉,或里奥格那达南岸的居住者,友爱的群居,
　　各种性格和风趣,
沿着圣劳伦斯河,或加拿大地方,或黄石河下游
　　的居住者,海岸或离海岸很远的居住者,
捕海豹者,捕鲸者,破冰前进的两极航海家形象。

形象出现了!
工厂、兵工厂、制造场、市场的形象,
铁路的两条铁轨的形象,
大桥的枕木、巨大的骨架、桁梁、穿门的形象,
成队的小船、拖船、运河船、江船的形象,
沿着东方海洋、西方海洋和在许多海湾和僻静地
　　方的船场和船坞、
橡树的龙骨、松木板、圆木、盘曲的木料、
正在航行着的船、一层层的建筑架、内外忙碌着
　　的工人、
放在周围的工具、大螺钻与小螺钻、手斧、大钉、绳、

方规、圆凿和刨子。

10

形象出现了！
测量，锯，削，接合和染色的物体的形象，
棺材的形象，使死者穿着尸衣躺在里面，
形象出现在柱子上，在床柱上，在新娘的床上，
小槽的形象，摇椅的形象，婴儿的摇篮的形象，
舞蹈者脚下的地板的形象，
父母子女友爱和睦的家庭的木板形象，
幸福的青年男女的家庭的屋顶，婚姻美满的青年
　男女的屋顶的形象，
在这屋顶下贞洁的妻子愉快地做好晚餐，为纯洁
　的丈夫在工作了一天之后满意地享受。

形象出现了！
法庭上犯人的位置，他或她坐在那位置上的形象，
为年轻的酒徒和年老的酒徒所倚凭着的酒吧间的
　柜台的形象，
为卑鄙的脚步所践踏的所侮辱的愤怒的楼梯的形
　象，
猥邪的睡椅，和邪淫的不健全的配偶的形象，
有着不正当的输赢的赌博台的形象，
给定了罪的、面容憔悴两臂上戴着手铐的杀人犯
　预备的坐梯的形象，
郡长和他的副手都在旁边，沉默的嘴唇惨白的群

众,绞索垂摆的形象。

形象出现了!
出入频繁的门户的形象,
交情决裂的朋友迅速地红着脸闪出的门户,
传进好消息和恶消息的门户,
自信而傲慢的儿子从此走出了家庭的门户,
在长久而可耻的别离之后,他身体患病,萎靡不振,
　丧失了天真,缺乏生计,而又重新进入的门户。

11

她的形象出现了,
她比任何时候把自己保护得更少,但却比任何时
　候把自己保护得更好,
她在粗野和污秽之间行动,自己却没有变成粗野
　和污秽,
当她经过时,她就知道人们的思想,无物可以对
　她隐瞒,
她并不因此就是不体谅不友爱,
她是最受喜爱的,那没有例外,她没有理由惧怕,
　她也并不惧怕,
当她经过时,听到咒骂、争论、呃逆的歌唱,看
　到猥邪的表情,这一切对于她是无用的,
她沉默,她镇静,不介意这些,
她接受这些,如同接受自然法则一样,她是坚强的,
她也是一种自然的法则——再没有比她还坚强的

法则。

12

主要的形象出现了!
全部民主的形象,这是若干世纪所造成的结果,
永远反映出别的形象的形象,
扰攘的雄壮的城市的形象,
全大地上好客者和朋友们的形象,
拥抱大地被全大地拥抱着的形象。

展览会之歌

1

(啊!劳动者毫不介意,
他的工作在怎样使他接近上帝,
那位遍及空间和时间的慈爱的劳动者。)

毕竟不能仅仅创造,或仅仅建设,
而要从哪怕很远的地方把已经建立的搬来,
赋予它我们自己的个性,平均的,无限制的,自
　　由的,
给那个笨重的庞然大物注入生动而虔敬的热情,
主要的不是拒绝和破坏,而是接受、结合和更新,
要指挥也要服从,要追随更要引领,
这些也是我们新世界的课程;
因为毕竟新的还那么少,而那旧而又旧的世界却
　　多么丰盈!

草在长久地长久地生长,
雨在长久地长久地落个不停,
而地球在长久地滚动。

2

来吧,缪斯,从希腊和爱奥尼亚[1]迁来,

---

[1]古希腊文化中心。

请勾销那些大大超付了的账目吧,
那特洛伊事件和阿喀琉斯的愤怒,以及伊尼亚斯和奥德修斯的漫游,
在你那帕那萨斯雪山[1]的岩石上贴出"已迁走"和"出租"的招贴吧,
在耶路撒冷也这样做,把布告高悬在雅法的大门上和摩里亚山头,
在你们德意志的、法兰西的、西班牙的城堡和意大利的收藏处的墙上,也同样办理,
因为如今一个更好、更新、更忙的半球,一片辽阔而未经试验的领地需要你,在把你等候。

3

响应我们的呼吁,
或者不如说响应她的长期怀抱的意向,
再加上一种不可抗拒的自然引力,
她来了啊!我听见她衣裙的窸窣声,
我闻到她呼吸的馥郁的香气,
我注意到她那滴溜溜顾盼的好奇的眼睛,那神圣的步履,
正朝着这片场地。

夫人中的夫人哟!那么我能否相信,

---

[1] 在希腊南部,相传是太阳神和文艺女神们的灵地。

那些古老的寺院，古典的雕塑，它们谁也不能阻
　　止她转移？
连维吉尔和但丁的光彩，连那无数的纪念和诗篇，
　　古老的联系，也不能吸引她，缠住她，
而她离开了那一切——然后来到了这里？

是的，朋友们，如果你们允许我这么说，
如果你们看不见，我却能清楚地看见她，
就是那个表现尘世、活力、美和英雄气概的不朽
　　的灵魂，
通过她的演变到这里来了，而她以前那些主题的
　　地层已经无用，
已经被今天的地层、今天的基地所掩蔽和幽禁，
她的在卡斯泰里泉水[1]旁的声音随着时间消失了，
　　老死了，
埃及的裂嘴唇的斯芬克斯沉默了，所有那些长期
　　令人迷惑的坟墓都沉默了，
亚洲的史诗和欧洲的戴着头盔的武士永远结束了，
　　缪斯们的原始的召唤停止了，
佳丽娥珀[2]的召唤永远停息了，克莉娥[3]、梅勒
　　菠美妮[4]、塔莉亚[5]死了，
尤纳和奥利安娜[6]的庄重的曲调结束了，对神圣

[1] 古希腊文艺女神灵地帕那萨斯山上的泉水。
[2] 希腊神话中管史诗的缪斯。
[3] 管历史的缪斯。
[4] 管悲剧的缪斯。
[5] 管喜剧及田园诗歌的缪斯。
[6] 这两人是十六世纪英国诗人斯宾塞的《仙后》第一卷中的人物；尤纳代表真正的宗教。

的圣杯的寻找结束了，
耶路撒冷如一把灰烬被风吹走了，灭绝了，
十字军夜半模糊的流水般的队伍随着日出匆匆趱赶，
阿马蒂斯[1]、坦克雷德永远过去了，查理曼、罗兰、
　　奥利弗过去了，
吃人的妖魔巴墨林完了，从乌斯克水面反映出来
　　的塔楼倒影消失了，
亚瑟王同他所有的骑士一起消失了，墨林、朗斯洛、
　　加拉哈德[2]都完了，像薄雾般完全消散了，
过去了！过去了！对于我们来说是永远过去了！
　　那个一度如此强大的世界现在成了空虚的没有
　　生气的幽灵般的世界了，
那个锦绣般的令人头晕目眩的外国世界，连同它
　　所有的壮丽的神话和传奇，
它的骄傲的国王和城堡，它的僧侣和好战的领主，
　　以及优雅的夫人们，
如今已进入它的停尸的地下穹窿，穿戴着盔甲和
　　王冠躺在棺材里，
为莎士比亚的华丽辞藻所装饰，
受到丁尼生的哀婉丧曲的吊慰。

我说我看见了，朋友们，即使你们没有看见，那
　　光彩照人的流亡者，（她确实旅行了尽管与当年
　　同样但已经变化了的相当远的旅程，）

[1] 以下六人是中世纪西欧关于查理大帝及其骑士的传奇故事中的人物。
[2] 这三人是亚瑟王传奇故事中的人物。

径直朝这个约会的地点走来,有力地为她自己扫
　　清道路,大踏步穿过混沌,
不因机器的轰响和汽笛的尖叫而恐惧,
也丝毫不为排水管、煤气表和人造肥料所吓唬,
微笑着,明明是为打算留下而高兴,
她到了这里,被安置在厨房用具之中!

4

可是且慢——我不是忘记讲礼貌了?
现在向你,美国,介绍这位生客,(真的,此外还
　　有谁是我一生要歌吟的呢?)
以自由的名义欢迎不朽者啊!紧紧地握手,
从今以后双方便是亲爱的姐妹了。

缪斯啊,请别害怕!真正新的情况和岁月在迎接
　　你,包围你,
我坦率地承认这是一个古怪又古怪的民族,它的
　　风尚也颇为新奇,
不过还是同一个古老的人类,里里外外都是同样的,
面貌和心地是同样的,感情是同样的,渴望是同
　　样的,
同样的古老的爱,同样的美和价值。

5

我们并不责怪你,年长的世界,也不真正从你脱离,

（儿子会从父亲脱离开来吗？）
当我们回头瞧着你，看见你自古以来一直委身和
　　致力于你的职责和宏伟的事业，
我们今天更尽力于我们的世纪。

比埃及的古墓更宏伟，
比希腊、罗马的神殿更辉煌，
比米兰的雕塑精巧和尖塔高耸的大教堂更壮丽，
比莱茵河流域的城堡高楼更幽美，
我们甚至今天就着手计划，要超过这一切，
建起你的像大教堂般雄伟的神圣工业，那不是陵
　　墓，
是一种从事于实际发明的生活的核心堡垒。

好比在一片苏醒的幻景中，
我在歌唱时就看见它升起，我里里外外地细看着，
　　预言着，
它那多方面的整体。

环绕着一座宫殿，空前的巍峨壮美而宏大的宫殿，
大地的现代壮观，超过世界历史上的七奇，
玻璃和铁架的正面一层叠一层地高高升起，
使太阳和天宇为之开颜，泛出种种喜悦的光辉，
青铜色，淡紫色，蛋青色，深红与海蓝，
在它的金色屋顶上，在你那自由之旗下面，
将要飘扬美国的旗帜和每个国家的彩旗，
周围要聚集一群庄严、美丽但却较小的宫殿。

在它们里面的什么地方,所有那些促使人类生活
　　完美化的东西都要开始发动,
被实验、讲解、提出,并显著地展览。

不单是工程、贸易、产品的整个天地,
还有世界上所有的工人都要在这里得到表现。

这里,你将在流动的操作中追索,
在每个实际而紧张的运动状态下追踪那些文明的
　　溪流,
材料在你眼前会像魔术般地改变形态,
棉花几乎是直接从田里摘来,
在你面前烘干,拣净,轧好,打包,纺成纱,织成布,
你会看到工人在操作,按照一切旧的和新的工序,
你会看到各种谷物和怎样制成面粉,然后由面包
　　师傅烤出面包,
你会看到加利福尼亚和内华达的粗矿砂一道一道
　　程序地运动,最后变成了金条,
你将观察印刷工怎样排版,了解那个排字盘使用
　　的诀窍,
你将惊讶地注意到耙式印刷机怎样飞转着它的机
　　筒送出一溜溜印张,迅速而平稳,
还有相片、模型、手表、大头针、钉子,都会在
　　你眼前一一制成。

在一些宏敞而安静的大厅里,一个庄严的展览馆

会教给你无限的矿物知识,
另一大厅将展出树木、植物、花卉——再一个是
 动物、动物生活和发展史。

一个宏伟的会堂将作为音乐厅,
其余的将展览别的艺术——学术,科学,这里都
 有的是,
这里什么也不会忽略,一切都只会受到尊重、支
 持并获得显示。

6

(这个,以及这一切,美国哟,将是你的金字塔和
 方尖碑,
你的亚历山大灯塔,巴比伦花园,
你的奥林匹亚神殿。)

那许多不劳动的男人和女人,
会永远在这里面对劳动的群众,
这对双方都有益,对大家都光荣,
对于你,美国,对于你,不朽的诗魂。

而你们,有权威的主妇们!你们将居住在这里,
在你们的比一切古代国家更庞大的国家里,
它引起今后千秋万代的注意和回响,
以更加骄傲的歌曲歌唱更加强大的主题,
歌唱实际的和平的生活,人民自己的生活,人民

自己,
被提高了和启迪了的、沐浴于和平——欢乐而安
　　全的和平中的生活和人民自己。

7

取消那些战争的主题吧! 废除战争本身吧!
让那些发黑而残缺的尸体的形象从今永远从我战
　　栗的视域中消失, 再也不要回来!
让那个打开了的地狱和血腥的袭击, 那些只适合
　　噬肉舔血的虎狼而违背人类理性的东西, 永远
　　不再回来吧,
让工业化运动取代它, 迅速前进,
连同你的无畏的大军——工程学,
你的迎风招展的劳动锦旗,
你那声音洪亮而清澈的号角。

抛掉古老的罗曼司!
抛掉外国宫廷的小说、情节和戏剧,
抛掉那些带着甜蜜韵脚的情诗, 游手好闲者的私
　　通和无聊的风流韵事,
它们只适合那样的晚宴, 那里人们踩着过时的乐
　　曲轻盈起舞,
只适合少数人骄奢糜烂的欢娱,
那炫目的吊灯下一阵阵酒臭、粉香和情欲。

对你们, 可敬而明智的姐妹们,

我高声为诗人和艺术提出一些壮丽得多的主题,
去赞扬当今的现实,
去教育普通人认识他的日常生活和职业的光荣,
去歌唱运动和科学的生活是如何永远也不可战胜,
去为每个人和全体动手工作,去犁地,锄草,挖掘,
去栽种和照料树木、浆果、蔬菜、花卉,
为了让每个男人注意自己真的在做些事情,每个
　女人也同样认真,
去使用锄头和锯子,(劈开,或者横剖,)
去学会一种干木活、泥水活和油漆工的本领,
去当男裁缝,女裁缝,护士,旅店喂马人,勤杂工,
去发明一些有独创性的东西,帮助洗涤、打扫和
　烹饪,
并且不要耻于参加这所有的劳动本身。

我说缪斯,我今天在这里给你带来了,
一切粗粗细细的任务和职业,
苦工,有利健康的苦工和汗水,永无尽止,从不
　停息,
那些古老又古老的实际负担,欢乐,兴趣,
家庭,父母之道,童年,丈夫和妻子,
室内舒适品,房子本身和它所有的设备,
食物及其贮藏,为此使用的化学剂,
凡属构成一个普通、强健、全面、气质优雅的男
　人或女人、使之完美而长寿的东西,
它们有助于目前生活的健康和幸福,并塑造其灵
　魂,

以适应未来永恒而真实的生命。

连同最新的联系手段，工程，国际间的运输工具，
蒸汽动力，伟大的特快交通线，煤气，石油，
这些我们时代的成就，大西洋的精密的电缆，
太平洋铁路，苏伊士运河，西尼斯山、戈萨和胡
　塞克隧道，布鲁克林桥，
这个由铁轨、由串联着每个海洋的轮船航线所交
　织的地面，
我带来了我们自己的圆场，现代的地球。

8

而你，美国，
你的子孙从来就巍然屹立，可是你更在一切屹立
　者之上耸峙，
你的左手边是胜利，你的右手边是法律；
你联邦啊，掌握着一切，融合着、吸收着、容忍
　着一切，
我歌唱你，永远歌唱你。

你，也是你，一个世界，
以你所有的辽阔地域，多方面的，不同的，遥远的，
被你聚合为一体——一种共同的全球性言语，
一个共同的命运，一切都不能从它分离。

用你所认真地赐予你的执行者的符咒，

我在此召唤我的主题,并给它们以人性,让它们
 在你眼前走过。
看哪,美国!(还有你,不好直呼尊名的姐妹和
 贵宾!)
你的水域和陆地在为你成群结队而来;
看哪!你的田地和农场,你的远处的群山和树林,
像排成队伍正在向这里行进。

看哪,大海自己,
以及它那无边的、起伏着的胸脯上的船只;
看,那迎风鼓胀的白帆点缀着碧蓝与翠绿之处,
看,那些来来往往、在港口驶进驶出的轮船,
看,那些像三角旗一般在悠悠飘荡的黝黑的烟雾。

看哪,在俄勒冈,在遥远的北部和西部,
或者在缅因,北部和东部远处,你那些愉快的伐
 木者,
整天挥舞着他们的大斧。

看哪,在大湖上,你的站在舵轮旁的舵手们,你
 的划桨人,
苍白的浪涛在那些强壮的胳臂下翻滚!

在炉子旁边,在铁砧旁边,
请看你那些挥着大锤的健壮的铁匠,
坚定地高举手臂,上下起落地抡着铁锤,发出愉
 快的轰响,

好比一片骚动的笑嚷。

请注意到处出现的创造精神，你那些迅速的专利
　　品，
你那些陆续出现了和正在出现的工场和铸工厂，
看，从它们的烟囱口高升的火焰正向外流荡。

请注意，你的连绵不绝的农场，在北部和南部，
你的富饶的儿女各州，从东方到西方，
俄亥俄、宾夕法尼亚、密苏里、佐治亚、得克萨斯，
　　以及其他各地的各种产品，
你的无边的庄稼、草地、麦子、油料、大米、大麻、
　　蛇麻子和糖，
你那些装得满满的仓库，无穷的运货列车和鼓胀
　　的库房，
你的葡萄架上成熟了的葡萄，你的苹果园中的苹
　　果，
你的不可计数的木材、牛肉、猪肉、土豆，你的煤，
　　你的黄金和白银，
你的取之不尽的铁矿。

神圣的联邦啊，一切都属于你！
轮船，农场，商店，仓库，工厂，矿山，
城市和州郡，北部和南部，单个和集体，
所有这些，敬畏的母亲啊！我们通通献给你。

你啊！绝对的保护者，一切的堡垒！

因为我们深知,你既然给予这种种和一切,(如上
　　帝一样慷慨,)
没有你就没有了一切,没有了土地、家乡,
也没有轮船,没有矿山,没有今天这可靠的种种,
什么都没有,哪一天都没有保障。

9

而你,飘扬于一切之上的标志啊!
娇柔的美人,我有句话对你说,(可能是有益的,)
请记住你并非一直像今天这样如意地行使权威,
在别的场合我曾观望过你,国旗,
并不怎么整洁、完美而清新地如鲜花盛放,在那
　　纯净无瑕的丝绸皱褶里,
但是我曾看见在损裂的旗杆上你是被撕成碎片的
　　旗,
或者被某个年轻执旗者以拼死的双手紧紧抓住在
　　胸前,
为你进行生死拼搏,长久地战斗不息,
在大炮的轰鸣、纷纷的咒骂、呻吟和叫喊以及步
　　枪齐射时噼噼啪啪的响声中,
当人群恶狠狠地向前汹涌,生命已在所不惜,
为了你仅存的沾满污垢、硝烟和浸渍着鲜血的残
　　余,
为了那个缘故,我的美人哟,为了使你可以像现
　　今这样在那高处从容飘曳,
我曾看见多少个好男儿倒下在你的眼底。

如今这里和今后的一切都进入了和平，一切都属
　　于你啊，国旗！
如今和今后都是为了你，宇宙性的缪斯啊，而你
　　也为了它们！
如今和今后，联邦啊！一切的劳动和工人都是为
　　了你！
谁也不和你分离——从今以后只有一体，我们和
　　你，
（因为儿女们的血，如果不是母亲的血又是什么
　　呢？
同样，生命和作品，要不是通向信念和死亡的道路，
　　究竟又是什么呢？）

当我们细数我们的无穷财富，那是为了你，母亲，
我们今天拥有这一切，它们都不可分解地全在你
　　身上；
别以为我们的歌唱，我们的展览，仅仅是由于产
　　品的总额和价值——那是由于你，你体内的灵
　　魂，惊心动魄的神圣光芒！
我们的农场、发明、庄稼，我们拥有着，在你身上！
　　各个城市和各个州在你身上！
我们的自由全在你身上！我们的生命本身也在你
　　身上！

红木树之歌

1

一支加利福尼亚的歌,
一个预言和暗示,一种像空气般捉摸不着的思想,
正在消隐和逝去的森林女神或树精的一支合唱曲,
一个不祥而巨大的从大地和天空飒飒而至的声浪,
稠密的红木林中一株坚强而垂死的大树的音响。

别了,我的弟兄们,
别了啊,大地和天空!别了,你这相邻的溪水,
我这一生已经结束,我的大限已经降临。

沿着北方的海滨,
刚刚从岩石镶边的海岸和岩洞回来,
随着孟多西诺区那咸涩的海风,
以海涛作为低音和嘶哑而沉重的伴奏,
连同以健臂挥舞着的斧头在砍伐的悦耳的咔嚓声,
我听到那棵非凡的大树唱着它的死亡之歌,
当它被斧子锋利的舌头深深地劈裂,在那稠密的
　　红木林中。

那些伐木者没有听见,营地的棚屋没有回声,
那些耳朵尖灵的卡车司机、测链员和螺旋起重机
　　手们也没有听见,
当树精从他们的千年旧居来加入这一合唱,
只有我的灵魂听见了,那么明显。

从它那密密丛丛的叶簇里,
从它那矗出二百英尺的高耸的树冠,
从它那刚健的躯干和枝柯中,它那一英尺厚的树
　　皮里面,
那支季节和时间的歌曲,不只是过去而且是未来
　　的歌曲,
正在那里沙沙地悲叹。

你,我的从未诉说过的生命,
还有你们,全部古老而天真的欢乐,
我那年复一年地坚持在春雨夏阳中,
坚持在狂风、白雪和黑夜中但仍带欢乐的顽强的
　　生命;
那伟大、坚忍而艰苦的欢乐哟,我的灵魂从不为
　　人类注意的强大的欢乐!
(因为要知道,我有着适合于自己的灵魂,我也有
　　意识、人格,
而且所有的岩石、山岗都有,整个的地球都有,)
适合于我和我的弟兄们的生命的欢乐哟,
我们的死期,我们的大限已经到了。

我们并不悲伤地屈服,威武的弟兄们,
我们是曾经壮丽地充实过我们时代的生灵;
我们以大自然的宁静的内涵,以默默的巨大的喜
　　悦,
欢迎我们终生为之服务的一切,

并且把地盘让给他们。

因为他们长期以来就被预报过,
作为一个更优秀的种族,他们也将壮丽地满足他
 们时代的希望,
我们为他们让位,但他们身上我们自己仍有,你
 们这些森林之王!
这些天空和大气,这些山岳的高峰,沙斯塔山和
 内华达山脉,
这些高大而陡峭的悬崖,这旷野,这些山谷,远
 处的约斯密特瀑布,
都要为他们所消化和吸取。

然后,进入一个更高的音阶,
歌曲更加豪迈,更加迷人地升起,
好像那些继承者,那些西部的神灵,
都参加进来,带着大师的口气。

不因亚细亚的偶像崇拜而苍白,
也不因欧罗巴古代的屠场而血红,
(那是篡夺王位的谋杀之地,至今还到处残留着战
 争和绞架的腥味,)
而是来自大自然长期的无害的阵痛,由此和平地
 长成,
这些处女地,西部海岸的土地,
我们保证,我们奉献给你,
你这长期以来被许诺的新的帝国,

你这新的登峰造极的人类。

你，秘密而深奥的意志，
你，平凡而崇高的男子气概，一切的目的，只予
　　不取的习惯，独立而不移，
你，神圣的女性，一切的主管和来源，生命与爱
　　情以及生命与爱情的结果所由来之地，
你，美利坚的雄厚物资的看不见的道德精髓，（无
　　论生前死后永远在起作用的东西，）
你，有时人家知道但更经常地不为人知的实际上
　　形成和铸造新世界并使之适合于时间与空间的
　　你，
你，暗暗潜藏于深处的民族意志，隐蔽而永远警
　　醒的你，
你们，被顽强地追求着但也许并没有自我意识到
　　的过去与现今的目的，
不为一切暂时的错误和表面的混乱所动摇的你们；
你们，生气勃勃的、普遍的、不死的胚芽，一切教义、
　　艺术、法令和文学的根柢，
在这里营建你们永久的家园，在这里创业，这全
　　部的地区，西部海岸的土地，
我们都奉献给你们，誓不反悔。

因为你们的人，你们独特的族类，
在这里可能强壮、美妙而魁梧地成长，在这里与
　　大自然相称地耸立起来，
在这里伸入辽阔明净的太空，不为墙壁和屋顶所

限制、阻碍，
在这里与暴风雨或太阳一起大笑，在这里欢乐，
　　在这里耐心地适应一切，
在这里照料他自己，显露他自己，（不理睬旁人的
　　规矩，）在这里满足他的时代，
到时候就倒下，就供应，最后无人过问，
就消失，就服务于旁人。

就这样，在北部海滨，
在卡车司机的叫唤和叮叮当当的侧链的回响中，
　　在伐木者的悦耳的斧声中，
我在孟多西诺林地上听到，
那树干和树枝倒下时的轰响，闷声的尖叫和呻吟，
那种从红木树连缀而来的词语，像出自某些狂喜
　　的、古老的、沙沙作响的声音，
那些歌唱着、退隐着的延续千百年的看不见的森
　　林女神，
离开她们在群山和丛林中的所有的幽境，
从卡什凯德山脉到瓦萨奇，或者遥远的爱达荷，
　　或犹他，
把那些合唱和暗示，未来人类的远景，那些居留地，
　　以及所有的特征，
从此让给现代的神灵。

2

加利福尼亚的光辉灿烂的庆典，

突然上演的壮丽的戏剧，阳光照耀的广阔地面，
从普吉特海峡到科罗拉多南部的漫长而多彩的地
　　带，
沐浴在更甜美、更稀奇、更健康的空气中的土地、
　　山谷和巉岩，
长期准备着的天然田野和休耕地，无声的循环演
　　变，
缓慢而安稳地跋涉着的年代，成熟着的空荡荡的
　　地表，在底下形成的丰饶的矿产；
新时代终于到来，在当权，在占据，
一个蜂拥而至的忙碌的种族在到处安居，进行组
　　织，
船舶从全世界各地驶来，向全世界开去，
向印度、中国、澳大利亚和太平洋上成千个安乐
　　的岛屿驶去，
人口稠密的都市，最新的发明，河流上的轮船，
　　铁道，还有许多繁荣的农场，连同机器，
还有羊毛、小麦和葡萄，正在采掘的黄澄澄的金子。

3

但是，西部海岸的土地哟，你们有比这些还要多
　　的东西，
（这些仅仅是工具、器械和落脚点，）
我在你们身上看到，肯定会到来的，那个千万年
　　来一直推延到了今天的诺言，
我们共同的种族，人类，得到保证要在这里实现。

终于有了新的社会，与大自然相称的社会，
它在你们男人身上，多于在你们的山峰和威武雄
　　壮的树木里，
在你们的妇女身上，远远多于你们所有的黄金和
　　葡萄藤，甚至多于生命所必需的空气。

我看见现实与理想的孩子，现代的天才，
他刚刚来到，来到一个真正新的可是长期准备的
　　时代，
为广大的人类、真正的美利坚在开辟道路，这个
　　如此伟大的历史继承者，
要建立一个更加宏伟的未来。

各行各业的歌

1

为各行各业唱支歌啊!
在机械和手工劳动中,在农田作业中,我找到了发展,
并且找到了永恒的意义。

男工和女工哟!
即使一切实用的和装饰性的教育都从我身上很好地展示出来了,那又算得了什么?
即使我像一个主讲教师、慈善的业主、聪明的政治家,那又算得了什么?
即使我对你像个老板,雇用你并给你工资,那会使你满足吗?

那些学问渊博者,品格高尚者,仁慈者,都是些常用之词,
而像我这样一个人,却从来不是通常的。

我既不是仆人,也不是主人,
我不一定只要高价,也可以要低价;无论谁欣赏我,我愿接受自己的价格,
我愿与你平等相处,你也得平等待我。

如果你站在一个车间里劳动,我也站在同一个车间最靠近的地方,

如果你给你的兄弟或最亲爱的朋友送礼,我要求
　　与你的兄弟或最亲爱的朋友一样,
如果你的情人、丈夫、妻子白天或晚上是受欢迎的,
　　我一定同样受欢迎,
如果你堕落了,犯罪了,病了,我为了你也会那样,
如果你还记得你那些愚蠢而非法的行为,难道你
　　以为我就不记得我自己的愚蠢而非法的行径?
如果你在进餐时痛饮,我就坐在你餐桌的对面痛饮,
如果你在街上遇到一个生人并且爱上了他或者她,
　　可不,我也时常在街上遇到生人并爱上他们。

呃,你对你自己是怎么想的?
你是不是把自己看得有点寒碜?
你是不是把总统看得比你大些?
或者把富人看得比你强?或者有文化的人比你聪明?

(因为你浑身油污或长了脓疱,或者酗过酒,或偷
　　过东西,
或者是你害了病,或得了风湿症,或是个妓女,
或者由于轻薄、无能,或者只因为你不是学者,
　　你的名字从没在书报上见过,
所以你就认输,承认自己总不如别人能永垂不
　　朽?)

2

男人和女人的灵魂啊!我所说的看不见、听不到、

摸不着和没有触感的，并不是你们，
我不是要去辩论赞成或反对你们，并断定你们是
　　不是活着，
我公开承认你们是谁，即使别人都不承认。

成人、半成人和孩子，这个国家的和每个国家的，
　　在家的和在外的，这个与那个，我看都一样，
　　彼此相等，
还有他们后面的或通过他们而来的人。

妻子，她丝毫不亚于丈夫，
女儿，她完全像儿子一样能行，
母亲，她哪方面都与父亲相等。

无知者和贫苦者的后裔，学手艺的孩子们，
在农场劳动的小伙子们和在农场劳动的老头子们，
水手们，商人们，沿海航行者和侨民们，
所有这些人我都看得见，但是更近和更远的我也
　　同样看得见，
谁也别想逃避我，谁也逃不过我的眼睛。

我带来了你们最需要也经常有的东西，
不是金钱、情爱、衣服、饮食、学问，不过是同
　　样好的东西，
我不派出代理人或中介人，不提供价值代用品，
　　而是提供价值本身。

有个东西是现在和以后永远会在你们面前出现的,
它不见于书报、祈祷和讨论中,它回避讨论和印刷,
它不会被写进书本,它不在这本书中,
它是为了你们任何人的,它距离你们并不远于你
  们的视听,
它为最近、最普通、最现成的事物所暗示,它始
  终受它们的挑引。

你们可以阅读许多种文字,但读不到关于它的东
  西,
你们可以读总统咨文,但从中看不到有关它的事
  情,
在国务院或财政部的报告中,或者在日报或周刊
  上,
或者在人口普查和税收报告里,行情表或任何存
  货账本里,都毫无踪影。

3

在高空中浮游的太阳和星辰,
苹果形的地球和上面的我们,它们的趋向确实有
  不平凡之处,
但是我不明白它是什么,除了它是壮丽的,它是
  幸运的,
除了我们在这里的全部宗旨不是一种投机、戏谑
  或侦查,
以及那不是一桩运气好时对我们有利、而不走运

时可以使我们失败的事情，
也不是什么由于某种偶然还可以撤回的行径。

光明与阴影，身体的奇异感觉与人格，极为得意
  地吞噬一切的贪心，
人的无穷的骄傲和扩展，难以言喻的欢乐和苦闷，
一个人在另一个人身上看到的奇迹，以及那些无
  时无刻不在发生的奇迹，
你想它们是为了什么呢，伙计？
你想它们是为了你的生意或农业劳动，或者是你
  的商店的盈利？
或者是给你自己造就一个地位，或者给一位绅士
  或一位太太打发日子？

你认为风景之所以具有实质和形态，是为了要让
  人画入画里？
或者男人和女人之所以也这样，是为了让别人去
  写他们，而歌曲是为了让人歌唱？
或者地心引力，各种伟大的法则与和谐的结合，
  以及空气的流动，都是为了充当学者们的课题？
或者褐色的土地和深蓝的海洋是为了进入地图和
  海图？
或者星星是为了排入星座并获得奇怪的名字？
或者说种子的萌发只不过为了农业法典或农业本
  身而已？

旧的制度，这些艺术、图书馆、传说、收藏品，

以及在制造业中传下来的技艺，难道我们愿意
　　给它们以这么高的估计？
我们愿意高度评价我们的资产和营业吗？我并不
　　反对，
我对它们的估价高到最高的程度——然后我把一
　　个由女人和男人生的孩子摆到超过一切估价的
　　地位。

我们觉得我们的联邦伟大，我们的宪法伟大，
我不是说它们不伟大、不好，因为它们就是那样啰，
今天我正如你们那样十分爱它们，
于是我才爱你们，并爱地球上我所有的同伙。

我们认为《圣经》和宗教是神圣的——我不说它
　　们并不神圣，
我说它们全是从你们生长出来的，并且还可能再
　　从你们生长，
赋予生命的不是它们，赋予生命的是你们，
它们是从你们长出来的，犹如叶子从树上生发，
　　或者树木从土里长出一样。

4

我把全部有过的尊敬都加于你无论谁的一身，
总统是为了你而待在白宫，而不是你为了他待在
　　这里，
部长们是为了你而在他们的机关工作，而不是你

为了他们生存在这里，
国会为你们每年开一次大会，
法律、法院，每个州的形成，各个城市的宪章，
　　贸易和邮电的来往，都是为了你。

倾耳细听吧，亲爱的学者们，
教义、政治和文明来自你们，
雕塑和纪念碑，以及任何地方镌刻着的任何东西
　　都记录在你们身上，
历史的要点和统计只要有过记载的如今都在你们
　　身上，神话和故事也是这样，
假如你们不是在这里呼吸行走，那么它们都会在
　　哪里呢？
那么最著名的诗篇也会成为灰烬，讲演和戏剧也
　　全是一片虚妄。

一切建筑只不过是你们注视它时所赋予它的东西，
（你们想过它是寓于白色和灰色的石头中吗？或者
　　是在那些拱门和檐口的线条里？）

一切音乐都是在你们为乐器所提醒时从你们心中
　　觉悟的东西，
那不是小提琴和短号，不是双簧管或鼓声，也不
　　是唱他那美妙的浪漫曲的男中音歌手的乐谱，
　　也不是男声合唱或女声合唱的乐谱，
那是在比它们更近和更远之处。

5

那么,一切都会回来吗?
每个人都能对镜一瞥就看到那些最好的迹象吗?
　　没有更伟大或更丰富的了?
是不是这一切都同你、同那看不见的灵魂坐在一
　　起呢?

我所提出的这个怪论确实艰奥而新奇,
世俗之物和看不见的灵魂竟是一体。

盖房、丈量、锯木板,
干铁活、吹制玻璃、制铁钉、修桶、铺铁皮屋顶、
　　覆盖瓦片,
装配船只、建筑船坞、加工鱼类、用铺路机铺石
　　板人行道,
抽水机、打桩机、摇臂吊杆、煤窑、砖窑,
煤矿和所有下面的矿藏,黑暗中的灯、回声、歌曲,
　　透过煤污的脸孔流露的那些沉思和伟大的朴素
　　思想,
钢铁厂,丛山中和江边铁匠铺的炉火,在周围用
　　大撬棍试测熔解量的工人,矿石块、石灰石、煤,
　　对矿石的适当组合,
鼓风炉、搅炼炉,最后在熔液底下结成的环形硬块,
　　滚轧机、粗短的生铁条、坚强的棱角铮铮的T
　　形铁轨,
炼油厂、蚕丝厂、白铅厂、糖厂、汽锯、宏大的

磨坊和工厂，
劈凿石头，錾成整齐的门面，或者窗户，或者门楣，木槌、齿凿、保护拇指的指套，
接合钢板用的铁凿，煮拱顶胶液的铁锅，以及锅底下的火，
棉花包，搬运工的铁钩，锯匠的锯子和锯架、铸工的模型、屠夫的刀子，冰锯，以及全部的冰上操作，
船上的索具装配工、抓钩工、制帆工和滑轮制造者的工作和工具，
古塔胶的用品、纸型、颜料、刷子、制刷业和玻璃工人的工具，
胶合板和胶锅、糖果店的装饰品、细颈瓶和玻璃杯、剪子和熨斗，
钻子和膝带、液体计量器、柜台和凳子，用羽毛管或金属制的笔，各种刃具的制造，
酿酒厂、酿造工艺、麦芽、大桶、酿造工、制酒工、制醋工所做的种种，
皮革修整、马车制造、锅炉制作、搓绳子、蒸馏、油漆招牌、烧石灰、摘棉花、电镀、制电版、浇铸铅版，
凿孔机、刨平机、收割机、耕地机、打谷机，蒸汽客车，
货车驾驶人的运货车、公共马车、沉重的大车，
焰火制造术、晚上燃放的彩色焰火，幻想的形象和喷射，
屠夫肉摊上的牛肉、屠夫的屠宰场、穿着宰衣的

屠夫，

屠场的猪栏、宰猪用的铁锤、挂钩、烫水桶，剖取内脏和解卸用的劈刀，包装工的大槌，以及冬季包装猪肉的大量苦活，

面粉厂，碾磨麦子、黑麦、玉米、大米，桶、容量为大大小小的木桶，满载的船只、码头和堤岸上高高的堆垛，

码头上、铁路上、沿海航船上、渔船上、运河上的工人及其工作；

你自己或任何人生活中每时每刻的日常工作，店铺、庭院、货栈或者工厂，

这些就是你身旁白天黑夜的情况——工人啊，无论你是谁，这就是你的日常生活！

就在这一切中有着最大和最重的分量——就在这一切中有比你所估计的要多得多的东西，（同时也少得多，）

在它们里面有供给你我的实体，在它们中有给你我的诗篇，

在它们中，可不是在你自己——你和你的灵魂中，包含着一切，不管评价如何，

在它们身上是好的发展——在它们身上有全部的主题、暗示和可能的遇合。

我不断言你所瞻望到的那些是无用的，我不建议你到此止步，

我不是说那些你认为伟大的先导并不伟大，

但是我说谁也不能引向比这些所引向的更伟大之处。

6

你要到远处去寻觅吗？你最后一定会回来的，
在你所最熟悉的东西中找到最好的，或者像最好
　　者一样好，
在你最亲近的人中找到最中意的、最强健的和最
　　爱你的，
幸福、知识，不在别处而在这里，不是为别的时
　　候而是为了此刻，
你最先看见和接触的男人常常是在朋友、兄弟或
　　最亲近的邻居中间——女人则是在母亲、姐妹、
　　妻子中间，
大众的趣味和职业总是在诗中或任何别处居于首
　　位，
你们，这些州的男工们和女工们，你们有着自己
　　的神圣而坚强的生命，
而所有别的人都让位于像你们这样的男人和女人。

当赞美诗代替歌手歌唱时，
当经文代替传教士宣讲时，
当讲坛走下来代替那个雕刻讲坛的雕刻者行动时，
当我能够在白天或黑夜接触书本的躯体，并且它
　　们反过来再接触我的肉体时，
当一种大学课程像一个睡觉的女人和孩子那样使
　　人相信时，
当地窖里的金币像守夜人的女儿那样微笑时，

当那些被保证人的证书坐在对面椅子里逍遥并成
　为我的友好伙伴时,
我打算向它们伸手,像我对你们这样的男人和女
　人似的,并且十分看重它们的价值。

转动着的大地之歌

1

一支转动着的大地和相应的语言之歌,
你想,那些直线,曲线,角度和点画便是语言么?
不,那不是语言,本质的语言,乃是在地里和海里,
在空气里,在你的心里。

你以为,那从你朋友们的口里出来的精美的声音
　　便是语言么?
不,真实的语言比它还要精美。

人类的肉体便是语言,这便是千言万语,
(在最美的诗歌中,男人的或女人的肉体,形象完
　　美,自然,快乐的肉体再现,
各部分都有力,能积极活动,能感受,没有羞耻感,
　　也没有害羞的必要。)

空气,泥土,水,火——这些都是语言,
我自己对它们便是一个字——在性质方面我同它
　　们相互渗透——我的名字对它们是毫无意义的,
即使把我的名字用三千种文字说出来,空气,泥土,
　　水,火,又怎么会知道它呢?

一种健康的面貌,一种表示友爱的或命令的姿势,
　　便是语言,是文字,是意义,
有些男人和女人凭面貌上所具有的魔力,那也就

是语言,是意义。

灵魂的磨炼便是依靠着大地的无声的语言,
大师们知道大地的语言,并且应用它们多于应用
　　有声的语言。

改进便是大地的言语之一,
大地不滞留也不急遽,
它自始即在它自身中潜藏着它所有的属性、生长
　　机能和效果,
它的意义不仅在于它的美好的一半,它的缺陷和
　　赘疣部分所表现出的意义也同完美部分一样多。

大地对一切都无所吝惜,它是十分大量的,
大地的真理永远在那里期待着,它们并不隐藏自
　　己,
它们是平静的、微妙的,无法印刷成文字,
它们包含在愿意传达它们的一切事物之中,
传达一种感情和邀请,我说了又说,
但我不言语,如果你们不听我的,我对于你们还
　　有什么用呢?

你们不能忍受和改善,我还有什么用呢?

(生产出来呀!
你要把你自己的果实在你心中腐烂么?
你愿意潜伏在那里使自己窒息么?)

大地并不争论，
并不感伤，亦没有一定的安排，
它从不叫喊、匆忙、说服、压迫、许诺，
对一切都一视同仁，永没有可能想象的失败，
不闭拒任何物，也不摒弃任何物，
它揭示出一切力量、物体、状态，不遗漏半点。

大地并不表现自己，亦不拒绝表现自己，但它在
　　外表的下面仍占有一切，
在表面的声音下面，在英雄的壮大的合唱、奴隶
　　的哀泣、
爱人的蜜语、临死者的咒诅、残喘、青年的欢笑、
　　买卖人的声调的下面，
有着这一切效果最好的语言。

对于她的孩子，无言而雄辩的伟大的母亲的言语
　　永不会落空，
真实的言语不会落空，正如运动不会落空，光的
　　反射不会落空一样，
白天和黑夜不会落空，我们所进行的航程也不会
　　落空。

无数的姊妹们，
姊妹们的不休止的舞蹈，
向心的和离心的姊妹们，年长的和年轻的姊妹们，
我们所知道的美丽的姊妹和别人一起跳舞。

以她的丰腴的背部向着每一个观看的人，
有着青春的魅力，也有着同等的老年的魅力，
她坐下，安详地坐下，我爱她也如其余的人一样，
她手里拿着镜子，她的两眼从镜里反射出来，
她坐着，闪着目光，不邀请任何人，也不拒绝任
　　何人，
白天夜晚，总是不倦地在她自己面前持着一面镜。

从近处看或从远处看，
每天二十四小时中适当地公开出现，
适当地和她们的许多伴侣，或一个伴侣来去，
她们不用自己的容貌观看，而是用那些伴随着他
　　们的人们的面貌观看，
用孩子们的容貌，妇人或男子的容貌，
动物的露出的容貌，或者无生物，
陆地或水，或者天空的优美的幻影的容貌观看，
从我们的面容，我的和你的，忠实地反映她们的
　　面容观看，
每天一定公开出现，但永不和同样的伴侣出现两
　　次。

她们拥抱人，拥抱一切，三百六十五次无可抗拒
　　地回绕着太阳进行着；
拥抱一切，抚慰着，支持着，密切地跟随着最初的
　　如它们一样肯定而必要的三百六十五次的回旋。
坚定地转动着前进，毫无恐惧，

永远抗拒着，载运着并通过日光、暴风雨、冷和热，
仍然继承着灵魂的实现和决定，
不停地进入和分开周围的和前面的流动的真空，
无障碍阻挡她前进，无须抛锚，也决不会触着岩石，
迅速、欢喜、满足、不受损失，亦无物遗失，
随时都能并准备做出精确的报告，
这样，神圣的船舶航行在神圣的海上。

2

无论你是谁！这转动和反射都特别是为你而有，
神圣的船舶航行在神圣的海上也是为你。

无论你是谁，是男是女，大地是为你而有陆有水，
太阳和月亮是为你而悬在天空上，
现在和过去首先为的是你，
不朽的也首先为的是你。

每个男人对于他自己，每个女人对于她自己，都
　是过去和现在的一个字，真实不朽的字；
没有人能为别人获得什么——谁也不能，
没有人能为别人生长——谁也不能。

唱歌是属于歌者的，大部分还是回到他身上，
教育是属于教师的，大部分还是回到他身上，
谋杀是属于杀人者的，大部分还是回到他身上，
盗窃是属于盗贼的，大部分还是回到他身上，

爱情是属于爱人的，大部分还是回到他身上，
礼物是属于给予者的，大部分还是回到他身上——
　　一定会这样，
演说是属于演说者的，表演是属于男女演员并不
　　是属于听众的，
除了一个人自己的伟大和美好，无人能理解任何
　　伟大和美好。

3

我敢说对于那将是完满无缺的男人或女人，大地
　　也一定会完满无缺，
只有对于那永远是凋残破碎的男人或女人，大地
　　才永远凋残和破碎。

我敢说没有一种伟大或一种能力不是在与大地的
　　伟大和能力竞争，
除了证实大地的理论的东西，就再不会有任何重
　　要的理论，
政治、歌唱、宗教、行为或其他一切，除非它们
　　可以和大地的广阔相比，
除非它们效法了大地的精确、活力、公平和正直
　　它就没有价值。

我敢说我开始看到，有着更甜美的激奋的爱情确
　　胜过反应的爱情，
那种爱情只知自守，它自己并不邀请也不拒绝。

我敢说我开始发现在可听见的言语里是什么也没
　　有的，
一切融汇于大地的无言的意义的表现中，
融汇于歌唱肉体和大地的真理的人中，
融汇于编纂不能印刷的言语的辞典的人中。

我敢说我看到的较好的东西比说出来的最好的东
　　西还要好，
那就是最好的东西永非言辞所能述说。

当我想要把最好的东西说出来的时候，我发现我
　　说不出，
我的舌头转动不灵，
我的发音器官不听使唤，
我成为一个喑哑的人。

大地的最好的一切是无论如何说不出来的，什么
　　都是最好的，
它不是你所想的那样，而是更廉贱、更容易、更
　　切近的，
事物并未从原先所在的处所移去，
大地恰如过去一样的肯定而直接，
事实、宗教、进步、政治、商业均如从前一样的真实，
但灵魂也是真实的，它也是肯定而直接的，
它的建立并不靠任何理论、证据，
无可否认的生长建立了它。

4

这些对灵魂的音调,和灵魂言语发出回响的东西,
(假使它们不响应灵魂的言语,那它们是什么呢?
假使它们不是特别关涉到你,那它们是什么呢?)
我发誓我此后永不抱能把最好的东西说出来的信
　念,
我的信念是把最好的留着别说。
说下去呀,谈说的人哟!唱下去吧,歌唱者哟!
钻研呀,塑造呀!积累大地的言语呀!

一年一年地工作下去,一点儿也不会白费的,
也许需要等待很久,但将来一定会有用,
当材料全都准备好的时候,建筑家就出现了。

我敢向你保证建筑家一定会出现,
我敢向你保证他们一定会理解你,为你辩解,
他们中最伟大的必是最知道你的人,包容一切并
　且忠实于一切,
他和其余的人将不会忘记你,他们将觉得你一点
　儿也不比他们渺小,
你将在他们中受到充分的赞扬。

青年，白天，老年和夜

强大、健壮、可爱的青年哟——充满优美、活力和魅力的青年哟，
你知道在你以后来到的老年，也有着同样的优美、活力和魅力么？

光明灿烂的白天——硕大的太阳照耀着的充满行动、野心和欢笑的白天哟，
在你后面紧跟着充满千千万万的太阳、安睡和使人精力恢复的幽暗的黑夜。

候鸟集

常性之歌

1

缪斯说,来呀,
来为我唱一支还没有一个诗人唱过的歌,
来为我歌唱常性。

在我们这广阔的大地上,
在这无边的凌乱和无尽的熔渣之中,
安全地包藏在它的中心的,
是正在孕育中的完美的种子。

每一个生命都有这种子的或多或少的一部分,
任何东西诞生时,这种子有时显露有时隐藏,但
  它总在等待着。

2

看呀!明察秋毫巍然高耸的科学,
如同从高峰上俯视着现时代,
连续发出绝对的命令。

但是再看呀!灵魂却在一切科学之上,
为了它,历史像外皮一样,凝聚在地球的四围,
为了它,全部无数的星星在天空中回转。

远远地绕着回旋的路,

（如在海上的一只迂回的航船，）
为了它，部分流向永恒，
为了它，现实趋近理想。

为了它，才有这神秘的演化，
这里不仅是公正合理的东西得到辩解，我们所谓
　　的恶也自有其道理。

从他们的各式各样的假面具，
从巨大的脓溃的躯干，从奸计、狡猾和眼泪，
终于要出现健康和欢欣，出现普遍常存的欢欣。

从病态和浅薄的多数中，
从坏的多数，从各国和各种人无数的诈伪中，
善却像电火似的放射出来像一种防腐剂似的黏附
　　着充溢着一切，
只有善才是常性。

3

在如山的疾病与忧愁上面，
一只自由的鸟儿永远在那里翩翩飞翔，
飞翔在高处更纯净、更快乐的空气里。

从缺陷的最暗黑的云层，
总投射出一线完美的光辉，
天国的光荣的闪现。

为了减除时尚上和习俗上的不调和，
为了节制狂乱的喧嚣和震耳欲聋地吵闹着的宴会，
在每一次的暂时宁静中，可以听到一种歌声，刚
　　好可以听到，
从某处遥远的海岸，响起了最后的大合唱。

啊，有福的眼睛和快乐的心胸哟，
你看见，你知道，在那巨大的迷宫中，
有一条微细如丝的线明白地导引了方向。

4

而你，美洲啊，
为着那计划的完成，为着它所代表的理想和现实，
为了这些，（并不是为你自己，）你已经诞生了。

你也环绕着一切，
你也拥抱、负持、欢迎着一切，
你也通过广阔的新的大路走向理想。

别的国家有它的信仰，和它们的过去的光辉，
你并不需要，那是它们自己的光辉，
神性的信仰和丰富，吸收一切，包含一切，
对一切人都适宜。

一切，一切为着永生，

爱像光一样静静地包被一切，
自然之改进是对一切的祝福，
各时代的花朵和果实，神圣的真实的果园，
各种形式、物体、生长、人文，都正成熟着发展
　　到精神的形象。

啊，神哟！给我能力歌唱那种思想呀！
给予我，给予我所爱的男人或女人，这种不灭的
　　信仰，
在你的总体之中的一切，别的可以不给，但一定
　　要给我们，
对于你包藏在时间和空间里的计划的信心，
普遍的健康、和平和得救。

这是一个梦么？
不，没有那种信仰那才是梦，
没有它，人生的学问和财富只是一个梦，
整个世界也只是一个梦。

开拓者哟!啊,开拓者哟!*

　　　来呀,我的太阳晒黑了脸的孩子们,
顺着秩序,预备好你们的武器,
你们带着手枪了么?你们带着利斧了么?
　　　开拓者哟!啊,开拓者哟!

　　　因为我们不能久待在这里,
我们必须前进,亲爱的哟,我们必须首先冒着艰险,
我们是年轻的强壮有力的种族,别的人全靠着我
　　们,
　　　开拓者哟!啊,开拓者哟!

　　　啊,你们青年人,你们西方的青年,
已这样地忍耐不住,有活力,有着男子的骄傲和
　　友爱,
我清楚地看见你们西方青年,我看见你们走在最
　　前面!
　　　开拓者哟!啊,开拓者哟!

　　　年长一代的人们都停止前进了么?
他们都在海那边倦怠了,衰老了,并且抛下了他
　　们的课业么?
让我们来担当起这永久的工作、负担和这课业吧,
　　　开拓者哟!啊,开拓者哟!

　　　我们抛开了过去的一切,
我们进入到一个更新、更强的不同的世界!
我们活泼有力地捉住这世界,这劳动和前进的

世界!
　　开拓者哟！啊，开拓者哟！

　　我们分队出发，
走下岩边、经过狭道、攀登陡山，
我们一边走着陌生的新路，一边征服、占据、冒险、
　前进，
　　开拓者哟！啊，开拓者哟！

　　我们砍伐原始的森林，
我们填塞河川，深深发掘地里的矿藏，
我们测量了广阔的地面，掀起了荒山的泥土，
　　开拓者哟！啊，开拓者哟！

　　我们是科罗拉多的人，
我们从巍峨的山峰、从大沙漠和高原、
从矿山、从狭谷、从猎场中走来，
　　开拓者哟！啊，开拓者哟！

　　我们来自尼布拉斯加、来自阿肯色，
我们是来自密苏里的、中部内地的种族，我们体
　内交流着大陆的血脉，
我们紧握着所有同伴的手，所有南方人和北方人
　的手，
　　开拓者哟！啊，开拓者哟！

　　啊，不可抗拒的无休止的种族，

啊，全体无不可爱的种族哟！啊，我的心胸因怀着对全体的热爱而痛楚，
啊，我悲叹而又狂喜，我对于一切都热爱得要发狂，
　　　开拓者哟！啊，开拓者哟！

　　高举起强有力的母亲主妇，
挥动着这美丽的主妇，这星光灿烂的主妇在一切之上，（你们都低头致敬吧，）
高举起武勇的战斗的主妇，严肃的、泰然的、武装的主妇，
　　　开拓者哟！啊，开拓者哟！

　　看啊，我的孩子们，果决的孩子们，
我们后面有这么多的人，我们一定不能退让或蹧踏，
我们后面有过去的无数万人，蹙着额督促着我们，
　　　开拓者哟！啊，开拓者哟！

　　密集的队伍不停地前进，
随时都有增加，死者的空缺又迅速地给填补起来，
经过战斗，经过失败，仍然不停地前进，
　　　开拓者哟！啊，开拓者哟！

　　啊，在前进中死去吧！
我们中有些人就要衰亡就要死去么？这时刻到来了么？
那么，我们在前进中死去才最是死得其所，这空

缺不久就会得到补充,
　　开拓者哟！啊,开拓者哟！

　　全世界的脉搏,
都一致为我们跳动,和西方的运动一起跳动,
或是单独的或是全体一起,坚决地向前进,一切都是为着我们,
　　开拓者哟！啊,开拓者哟！

　　生命乃是一种复杂而多样的集会,
它包括一切的形状和表现、一切正在工作的工人、
一切在水上和陆上生活的人、一切养着奴隶的主人,
　　开拓者哟！啊,开拓者哟！

　　它包括一切不幸的沉默的爱人、
一切监狱中的囚犯、一切正直的人和恶人、
一切快乐的人和悲哀的人、一切活着的和垂死的人,
　　开拓者哟！啊,开拓者哟！

　　我也和我的灵魂,我的身体,
我们三者在一起,在我们的道路上彷徨,
在各种幻象的威压下,经过了这些暗影中的海岸,
　　开拓者哟！啊,开拓者哟！

　　看哪,那疾射着的旋转着的星球,

看哪,周围的星星兄弟们,那集结成簇的恒星和
   行星,
一切光明的白昼,一切充满梦景的神秘的黑夜,
      开拓者哟!啊,开拓者哟!

      那是属于我们的,他们和我们在一起,
一切都为着最初的必要的工作,后来者还在胚胎
   状态中等待,
我们率领着今天前进中的队伍,我们开辟着要行
   走的道路,
      开拓者哟!啊,开拓者哟!

      啊,你们西方的女儿们,
啊,你们年轻和年长的女儿们,啊,你们母亲们、
   你们妻子们哟!
你们千万不要分裂,在我们的队伍中你们应当团
   结一致地前进!
      开拓者哟!啊,开拓者哟!

      潜藏在草原中的歌者,
(异地的包裹着尸衣的诗人,你们休息了,你们已
   做完了你们的工作,)
不久我将听着你们歌唱着前来,不久你们也要起
   来和我们一同前进,
      开拓者哟!啊,开拓者哟!

      不是为了甜蜜的享乐,

不是为了舒适闲散的生活，不是为了安静的沉思
　　的生活，
不是为了安全可靠的无聊的财富，我们不要平淡
　　无奇的享受，
　　　　　开拓者哟！啊，开拓者哟！

　　　　饕餮的人们在宴饮么？
肥胖的睡眠者睡熟了么？他们已关上门，锁上门
　　了么？
但让我们仍然吃着粗茶淡饭，将毡毯铺在地上吧，
　　　　　开拓者哟！啊，开拓者哟！

　　　　黑夜来到了么？
近来道路是这样的艰苦难行么？我们站在路上已
　　无力前进了么？
我让你在路上休息片刻忘却一切吧，
　　　　　开拓者哟！啊，开拓者哟！

　　　　直到喇叭吹奏，
远远地，远远地，天明的信号发出了——听呀！
　　我听得这么清楚，
快走到队伍的前面——快呀！赶快跑到你的地方
　　去！
　　　　　开拓者哟！啊，开拓者哟！

给你

无论你是谁,我怕的是你在梦想的小道上行走,
我怕的是这些假定的现实会从你的脚下和手中消失,
甚至你的面貌、欢乐、言语、住房、职业、礼貌、麻烦、蠢事、装束、罪行,此刻都立即消散,
你的真实的灵魂和躯体出现在我眼里,
它们从事务中,从商业中,从店铺、劳动、农场、衣服、住宅、买进、卖出、饮食、苦难和死亡中,霍然站起。

无论你是谁,现在我要抓住你,使你成为我的诗,
我将嘴唇贴在你耳边絮语,
我爱过许多女人和男人,但是我爱得最深的是你。

啊,我迟延和缄默许久了,
我很久以前就该直接去找你,
除了你我不该泄露任何东西,除了你我不该歌颂别的。

我早该搁置一切,先把你歌唱,
谁也不曾了解你,只有我了解你,
谁也没有公平对待过你,你也没有公平对待过你自己,
没有人不找你的缺点,唯独我没发现你有什么缺点,
没有人不想叫你服从,唯独我永远也不会把你当作下级,

唯独我不在你上头，也不在你本身的内在价值之
　　外安置什么主人、占有者、优越者、上帝。

画家画出了他们的一群群芸芸众生和他们的中心
　　人物，
从这中心人物的头上焕发着金色的光轮，
而我画的是无数的人头，每个人头都有金色的灵
　　光，
它从我手中，从每个男人和女人的脑子里，永远
　　灿烂地四出波动。

啊，但愿我能够歌唱有关你的这种壮观和荣耀！
你没有认识你的本质，你在自己身上昏睡了一辈
　　子，
你的眼皮大部分时间都这样紧闭着，
你的所作所为都回过头来嘲弄你，
（你的节俭、知识、祈祷，如果不回过头来嘲弄，
　　还能报答你什么东西？）

那些嘲弄并不归于你，
我看见你潜伏在它们底下和内部，
我在无人追踪你的地方追踪着你，
寂静，书桌，轻薄的表现，夜晚，习惯了的日常事务，
　　如果这些将你与旁人或与自己隔离，它们也不
　　能把你从我的眼前荫蔽，
那刮光了的脸，那游移不定的眼神，那并不清朗
　　的容貌，如果这些会阻碍别人，它们可阻碍不

了我,
那粗鲁的衣着,丑陋的形态,酒醉,贪馋,早死,
所有这些我都置之不理。

凡是男人和女人身上所赋有的东西无不在你身上
  体现,
凡是男人和女人身上的品德和优点,在你身上也
  同样明显,
别人身上的勇气和耐性无不在你身上具备,
别人所能得到的乐趣也同样等着你。

至于我呢,我不会给任何人什么东西,除非我把
  同样的也留心地给了你,
我要不同时为你的光荣唱赞歌,我就不会歌颂任
  何人乃至上帝。

无论你是谁!请不惜一切坚持你自己的权利!
比起你来,这些东方和西方的景象都平淡了,
像这些广阔的草地,这些滔滔不息的河流,你也
  同样广阔和滔滔不息,
这些愤怒的狂风暴雨,大自然的运动,外表分解
  的剧痛,你作为主人或主妇把它们管理,
你作为拥有权力的主人或主妇,对大自然、风雨、
  痛苦、感情和分解进行指挥。

脚镣从你的踝部脱落了,你找到了一个可靠的基
  地,

无论是老是少，是男是女，或者粗笨、低下，为
　　旁人所排斥，你总是在传播自己，
从诞生、生活到死亡、埋葬的全过程，手段都准
　　备好了，没有什么不足之处，
在愤怒、损失、雄心、愚昧、无聊这种种经历中，
　　你总是选择自己的道路。

法兰西
——我国的第十八年[1]

伟大的年代,伟大的地方,
一种苦痛的,不协调的新生者的尖叫声发出了,
　　它比自来有过的声音都更能打动母亲的心。

我漫步在我这东海的岸边,
听到了远渡重洋飘来的微弱的声音,
看到那边那神圣的婴儿悲哀地号哭着,在大炮、
　　诅咒、叫喊和房屋倒塌声中醒来了,
她并没有因为血满沟渠、因为一具死尸、成堆的
　　死尸、炮车上运走的死尸感到苦痛,
也并没有因见到混杀带来的死亡感到绝望——排
　　炮的频频袭击并没有使她震惊。

我面色苍白,沉默而严肃,对于那已曾长久稽延
　　的复仇行为还说些什么呢?
我能希望人类不必如此么?
我能希望人民永远痴若木石么?
或者我能希望在世界的末日和时间的尽头正义也
　　永远得不到伸张么?

啊,自由哟!你是我的良友!
这里也一样保留着火焰、子母弹和斧头,在必要
　　时可以立刻取出,
这里也一样虽长久受尽压迫,但也永远不会被

[1] 约在一七九三年,这时法国资产阶级民主革命获得胜利,摆脱了封建专制的统治。

消灭，
这里也一样将最后在腾腾杀气和狂欢声中站立起
　　来，
这里也一样要求偿还积久未偿的血债。

因此我远隔着海洋在这里表示我的祝贺，
我也并不拒绝那恐怖的血的诞生和洗礼，
而将永远记着我所听到的这微弱的哭泣的声音，
　　怀着完全的信任期待着，不论需要期待多久，
从现在起，我要为了全世界一切国家，以悲痛的
　　心情和坚定的信念继承这一前人留下的事业，
并将这满载着我的热爱的言辞送给巴黎，
我想某些史诗的歌唱者会理解它们的，
因为我猜想在法兰西现在还有深藏未露的乐曲，
　　狂风暴雨般的乐曲，
啊，我已经听到乐器的声响了，它不久必然会淹
　　没掉一切干扰它的其他的声音，
啊，我似乎听到东风已送来胜利的和自由的进行
　　曲，
它已到达这里，使我充满了狂喜，
我将匆忙地用文字解说它，证明它，
我也将为你，高贵的母亲唱一支歌。

我自己和我所有的一切

我自己和我所有的一切都永远在磨砺,
要能经受严寒和酷热,能把枪瞄准目标,划船出航,
　　精通骑术,生育优秀的儿女,
要口齿清楚而伶俐,要能在大庭广众中感到自由
　　自在,
要能在陆地和海上可怕的环境中都坚持到底。

不是为了当绣花匠,
(绣花匠总是不少的,我也欢迎他们,)
而是为了事物的本质,为了天生的男人和女人。

不是要雕琢装饰品,
而是要用自由的刀法去雕凿众多至高无上的神的
　　头部和四肢,让美国发现它们在行走和谈论。

让我自由行动吧,
让别人去颁布法令吧,我可不重视法令,
让别人去赞美名人并支持和平吧,我可是主张煽
　　动和斗争,
我不赞美名人,我当面指责那个被公认最尊贵的
　　人。

(你是谁?你一生偷偷地犯了些什么罪过?
你想一辈子回避不谈?你要终生劳碌和喋喋不
　　休?
而你又是谁,用死记硬背、年代、书本、语言和
　　回忆在瞎说八道,

可今天还不觉得你连一句话也不知怎样才能说
  好？）

让别人去完成标本吧，我可从来不完成标本，
我像大自然那样以无穷无尽的法则将它们发动，
  使之保持新鲜而符合时代精神。

我不提出任何作为责任的事情，
凡是别人作为责任提出的，我作为生活的冲动，
（难道要我把心的活动当作一种责任？）

让别人去处理问题吧，我什么也不处理，我只提
  出无法解答的问题，
我所见到和接触到的那些人是谁？他们怎样啦？
这些像我自己一样的以亲切的指示和策略紧密地
  吸引我的人，怎么样呢？

我向世界叫喊，请不要相信我的朋友们的叙述，
  而要像我这样倾听我的仇敌，
我告诫你们要永远拒绝那些会为我辩解的人，因
  为我不能为自己辩解，
我告诫不要从我这里去建立什么学说或流派，
我责成你们对一切放手不管，就像我这样放任一
  切。

在我之后，好一个远景！
啊！我看到生命并不短促，它有不可限量的前程，

我从今以后要纯洁而有节制地活在世上,坚定地
　成长,每天早起,
因为每个小时都是许多个世纪和以后许多世纪的
　精液。

我必须把空气、水和土壤的不断的教诲探究到底,
我觉得我一分一秒的时间也不能丧失。

流星年

(1859—1860)

流星年哟！沉思的年！
我要以怀旧的文字来连缀你的功绩和标志，
我要歌唱你的第十九届总统的竞选，
我要歌唱一位高高的、白发苍苍的老人怎样在弗吉尼亚登上了绞刑架，
（我当时在场，默默地站着观望，紧紧地咬着牙关，
我非常靠近地站在你这老人的身边，那时你冷静而淡漠，登上绞刑架，因未愈的创伤和衰老而微颤；）
我要在我的丰饶的歌中歌唱你合众国的利润调查，
那些人口和产品统计表，我要歌唱你的船舶和船货，
曼哈顿的骄傲的黑色船只入港了，有的满载着移民，有的从地峡运来了金条，
我歌唱它们，我要欢迎来到这里的一切，
并且我要歌唱你，漂亮的年轻人！我向你表示欢迎，年轻的英国王子！
（你可记得曼哈顿的潮水般的人群，当你与你的贵族扈从们经过时？
我就站在那些人群中，爱慕地辨认着你；）
我也忘不了歌唱那个奇迹，那只驶入我的海湾的船，
美观而威严的"大东号"，六百英尺长的船哟，游进我的港湾，
我也忘不了歌唱她在无数小舟的簇拥下迅速地向前；
也忘不了从北方意外地飞来在天空闪耀的彗星，

忘不了在我们头上掠过的流星行列,那么奇异、
　　巨大、炫目而晶莹,
(刹那间,刹那间它让那些非凡的小光球越过我们
　　的头顶,
然后告别,坠落在夜空,永远消隐;)
我歌唱这种尽管飘忽无常的东西——我用它们的
　　光辉来照亮和补缀这些歌吟,
你的歌吟哟,你善恶杂陈的一年,预兆的一年!
转瞬即逝的奇异的彗星和流星的一年——瞧,连
　　这里也有同样变幻而奇异的一个啊!
当我匆促地穿越你们然后立即坠落和消逝时,这
　　支歌算什么,
我自己还不也是你们那些流星中的一个?

随着祖先们

1

随着祖先们,
随着我的父亲们和母亲们以及历代的累积,
随着所有那些假如没有它们我就不会有今天的事
　　情,
随着埃及、印度、腓尼基、希腊和罗马,
随着克尔特人、斯堪的纳维亚人、阿尔柏人和撒
　　克逊人,
随着古代的海上冒险、法律、手工艺、战争和旅行,
随着诗人、吟唱者、英雄传奇、神话和神谕,
随着奴隶买卖狂热者、民谣歌手、十字军战士和
　　僧侣们,
随着那些我们从而来到了这个新大陆的旧大陆,
随着那边的那些正在没落的王国和国君,
随着那些正在没落的宗教和传教士,
随着那些我们从自己所在的开阔的海岸回头眺望
　　着的狭窄的海滨,
随着那无数的向前跋涉并达到了这些岁月的已往
　　岁月,
你和我到达了——美利坚到达了,来到这年份,
这一年啊!它正在把自己向未来无数的岁月推进。

2

但是啊,不是那些岁月——而是我,而是你,

我们触及所有的法律，历数所有的祖先，
我们就是那吟唱者、神谕、僧侣和骑士，我们包
　　括他们还绰绰有余，
我们站在无头无尾的悠悠岁月里，我们置身于恶
　　与善中间，
一切在我们周围环绕，既有光明也有同样多的黑
　　暗，
太阳本身连同它的行星系也环绕着我们，
它的太阳，它的太阳的太阳，都在我们四周旋转。

至于我，（困顿，暴躁，在这些激烈的日子里，）
我有一个全体的观念，我既是一切也相信一切，
我相信唯物主义是正确的，唯心主义是正确的，
　　我哪一方也不拒绝。

（难道我忘记了任何一方？忘记了过去任何的东西？
无论谁，无论什么，请到我这里来吧，叫我一定
　　承认你。）

我尊敬亚述，中国，条顿尼亚和希伯来人，
我采纳每一个学说，神话，神，以及半神半人，
我看出那些古老的记载、典籍、家谱，都是真实的，
　　毫不虚妄，
我确认所有已往的岁月都是它们所必须的那样，
它们绝不能比它们那时的实际更好，
而今天是必然要这样的，美国也是如此，
今天和美国也绝不可能比它们现在的实际好多少。

3

过去,是为了这些州和为了你与我,
现今,是为了这些州和为了你与我。

我知道过去是伟大的,未来也将是伟大的,
我知道这两者巧妙地结合在现今里,
(为了我所代表的他的缘故,为了那个普通而平凡
 的人的缘故,而且,如果你是他,也就是为了你,)
同时我知道,在今天你我生存的地方有着一切时
 代和一切民族的中心,
并且有着由各个民族和时代所产生或将要产生的
 一切对于我们的意义。

百老汇大街上一支壮丽的行列

1

越过西部的海洋从日本远道而来，
黑脸膛的、腰佩双剑的使节们彬彬有礼，
仰靠着坐在敞篷马车中，光着头，泰然自若，
今天驶过曼哈顿市区。

啊，自由！我不知别的人是否也看见了我所看到的，
在一路跟随着日本贵宾、那些使节们的行列里头，
有的殿后，有的在上面盘旋，在周围，或者在行进的群众里，
但是，自由啊，我要为你唱一支关于我所见到者的歌。

当被释放了的有着百万只脚的曼哈顿走到她的人行道上，
当雷鸣般的礼炮以我所喜爱的吼声把我唤来，
当圆圆的炮口从我所喜爱的硝烟和火药味中喷出它们的敬意，
当火光闪闪的礼炮已充分惊醒我，而天空的云以一片纤薄的烟雾将我的城市遮盖，
当码头边那无数威武而笔直的森林般的旗杆挂满了旗彩，
当每一只盛装的船都在船头上空升起了它的旗帜，
当三角旗迎风飘扬，沿街两旁的窗口都挂上了

彩带,
当百老汇已被徒步的行人和伫立者通通占领,当
　　群众已拥挤不堪了,
当房屋的阳台上都站满了人,当千万双眼睛凝神
　　地集中于一个顷刻,
当那些来自海岛的客人在行进,当那壮观的行列
　　显然在向前移动,
当召唤已经发出,当那等待了千百年的回答终于
　　应和,
这时我也站起身来,回答着,走下人行道,卷进
　　人群里,同他们一起注视着。

2

容貌壮丽的曼哈顿哟!
我的美利坚伙伴们哟!毕竟,东方人向我们走来
　　了。

向我们,我的城市,
这儿我们的大理石和钢铁的高髻美人们在两旁罗
　　列着,让人们在这当中的空间行走,
今天我们地球对面的人来了。

创始的主妇来了,
年长的民族,语言的巢穴,诗歌的遗赠者,
肤色红润,沉默而耽于冥想,感情炽热,
带着浓郁的芳香,穿着宽大的衣裳,

机警的心灵,闪亮的眼睛,晒得黝黑的脸色,
梵天的种族来了。

请看,我的歌唱般的音乐啊!凡此种种在队列中
　　向我们闪烁,
它变化着向前行走,像个神妙的万花筒在我们面
　　前变化着行走。

因为不仅那些使节或来自他们岛国的晒黑了的日
　　本人,
还有灵巧而沉默的印度人也出现了,亚细亚大陆
　　本身出现了,那些过去了的、死了的种种,
那充满奇迹的黑沉沉的日夜之交和诡秘的寓言,
那些包藏着的奥秘,古老而无名的扰攘的人群,
那北方,酷热的南方,东部亚述,希伯来人,古
　　代的古代人,
巨大而荒废了的城市,悄悄行进的现在,所有这
　　些以及别的都在那壮观的行列中。

地理,世界,在它里面,
大海,一群群的岛屿,波利尼西亚,更远处的海岸,
你今后要面对着的海岸——你,自由啊!从你西
　　部的黄金海岸,能望见,
那边的人口孳生的国家,千百万人,全都古怪地
　　聚集在这里,
那些蜂拥的市场,那些有偶像排列在两旁或尽头
　　的寺院,东方僧人,婆罗门,喇嘛,

中国的达官，农夫，商人，机械工，渔民，
歌女和舞女，纸醉金迷的人物，深居简出的皇帝，
孔夫子本人，伟大的诗人和英雄，武士，所有的
　　阶级，
都成群地来了，从四方八面，从阿尔泰山，一路
　　拥挤，
从西藏，从中国的蜿蜒千里的四大河流，
从南方各个半岛和次大陆的岛屿，从马来西亚，
这些，以及它们所属的一切，都明显地来到我眼前，
　　为我所攫有，
同时我也被它们攫有，被它们友好地拉住，
直到我在这里歌颂它们全体，为了它们自己也为
　　了你，自由！

由于我也提高嗓子加入这个辉煌的队列，
我成了它的歌唱者，我在游行队伍的上头放声高
　　歌，
我歌唱我这西部海洋上的世界，
我歌唱远处那些富饶的满天星斗般的岛屿，
我歌唱这空前强大的新的帝国，它仿佛在梦幻中
　　向我走来，
我歌唱作为主妇的美国，我歌唱一个更加伟大的
　　最高权威，
我歌唱那些规划好了的、到时候还要在成群的海
　　岛上像鲜花般开放的城市，
我的帆船和汽船把这些群岛串联，
我的星条旗在迎风飘展，

贸易开始了,历史的沉睡已完成使命,民族再生了,
　一切在振兴,
生活、工作都已恢复——目的我不知道——但是
　那古老的亚洲式的一切已必然地获得更新,
从今开始在世界包围中前进。

3

而你,世界的自由哟!
你要亿万斯年地在这中央坐镇,
像今天亚洲的贵宾们从一个方面来拜访你,
明天英国女王将从另一方给你派来她的储君。

标志正在颠倒,地球已被包围,
圈子环绕过了,旅行到此完毕,
盒盖还只微微地揭开,但芳香已从整个盒子里向
　外喷溢。

年轻的自由哟!对于可敬的亚细亚,这一切之母,
要永远对她体贴,急躁的自由哟,因为你就是一切,
向远离的慈母弯下你骄傲的头颈吧,她如今越过
　海岛给你送来了讯息,
把你骄傲的头颈低低地弯下来,年轻的自由哟,
　就这一次!

是否儿女们向西流浪了这么远?漂泊得这么广?
是否先前那些朦胧的年代从天堂向西方出走已这

么久长?
是否那些世纪就稳步地朝那边行走,一直谁也不知道,为了你,由于某些情况?

它们已被证实是对了,它们业已完成,它们如今也要转到另一方向,要向你这边行走,
它们如今也要顺从地向东行进,为了你,自由。

veres
海流集

从永久摇荡着的摇篮里 *

从永久摇荡着的摇篮里,
从知更鸟的歌喉——如簧的音乐中,
从清秋九月的夜半,
在荒漠的沙洲和远处的田野上,那里有一个孩子
　　从床上爬起来,光头赤脚,孤独地漫游着,
下自遍澈地面的清光,
上自动摇着如同活人一样的神秘的暗影,
从长满了荆棘和乌梅的土地上,
从曾对我唱过歌的一只小鸟的记忆中,
从我对你的记忆,你,我的悲哀的弟兄哟!从我
　　所听到的一阵阵抑扬的歌声中,
从迟迟升起好像饱和着眼泪的黄色的半轮明月里,
从浓雾中那刚开始的表示企慕和热爱的歌声中,
从我心中不断发生的千万种的反应里,
从这引起来的无数的言语中,
从比什么都更强烈更精美的言辞中,
从现在它们唤起的这再现的景象中,
如同一群鸟,呢喃着,向上升起,或是从头上飞过,
在一切匆匆地避开我之前,
一个成人,但从这些眼泪看,也是一个孩子,诞
　　生了,
我把自己投在沙滩上,面对这海浪,
我,这悲哀和欢乐的歌手,现在和未来的接合者,
领会到一切的暗示并对它们加以利用,同时又疾
　　速地超越了它们,
我唱着一支回忆的歌。

从前在巴门诺克,
当紫丁香的香气飘散在空中,五月的草正在生长
　　着的时候,
在这海岸上,在荆棘中,
从亚拉巴马来的两只小鸟双栖着,
在它们的小巢中,有四个淡青色的小卵,卵上有
　　着褐黄色的斑点,
每天,雄鸟在附近来回地飞翔,
每天,雌鸟孵着卵,静静地,闪烁着明亮的小眼睛,
每天,我,一个好奇的孩子,不敢太逼近它们,
　　也不敢惊动它们,
只是用心地窥望、凝视,猜想它们的心意。

照耀吧!照耀吧!照耀吧!
放射出你的光和热,你伟大的太阳!
这里我们俩正负暄取暖,我们俩形影成双。
形影成双,
和风吹向北方,和风吹向南方,
白昼来了,黑夜来了,
故乡,故乡的河流,故乡的山岗,
时时都歌唱,忘记了时光,
当我们双栖着,我们的形影成双。

后来突然之间,
她大概是被杀害了,她的伴侣也不知道,
有一天上午,雌鸟不复在巢中孵卵,
下午也没有回来,第二天也没有回来,

以后也再没有看见她的形影。

因此,一整夏,在海浪的喧闹声中,
在月光皎洁的静夜里,
在波涛汹涌的海上,
或者白天时在荆棘丛中飞来飞去,
我时常看见剩下的这只雄鸟,
并听到这只来自亚拉巴马的孤独的鸟的歌声。

吹吧!吹吧!吹吧!
吹起巴门诺克沿岸的海风,
我期待又期待,直到你将我的伴侣吹回来!

是呀,当星星闪闪发亮的时候,
在浪涛冲激着的带着苔藓的木桩上,
停息着这使人堕泪的寂寞的歌者,
整夜在那里歌唱。

他叫唤着他的伴侣,
他倾吐的胸怀,人类中只有我懂得。

是呀,我的兄弟哟,我知道你,
别人也许不懂得,但我却珍视你所唱的每一个音
　调,
因为我曾不止一次,在朦胧的黑夜中遛到海滩上,
屏息着,避着月光,将我自己隐蔽在阴影里,
现在回想起那模糊的景象、那回声,还有各种各

类的声音和情景,
巨浪的白色手臂永不疲倦地挥动着,
我,一个赤脚的孩子,海风吹拂着我的头发,
听了很久很久。

我听是为了记忆,为了唱歌,我现在谱出这歌声,
按照你的辞意,我的兄弟哟。

抚爱!抚爱!抚爱!
后浪亲密地抚爱着前浪,
后面又有另一个浪头,拥抱着,冲击着,一个紧
  卷着一个,
但我的爱侣,却不来抚爱我,不来抚爱我!
迟上的月亮低垂在天边,
步履蹒跚地走着——啊,我想它负着爱的重荷,
  负着爱的重荷,

啊,海洋也正疯狂地和陆地亲吻,
满怀着爱,满怀着爱。

啊,清夜哟!我不是看见我的爱侣在浪头上飞翔
  么?
在白浪中的那小小的一点影子是什么呢?

大声吧!大声吧!大声吧!
我大声叫唤着你,我的爱侣哟!

我把我的声音高昂而分明地向着海浪投去,
你一定会知道谁在这里,在这里,
你一定会知道我是谁,你,我的爱侣哟!

你低垂的月亮,
在你的黄光中,那小小的黑点是什么呀?
啊,那是她的影子,那是我的爱人的影子!
啊,月亮哟,别再扣留她使她不能回到我这里。

陆地哟!陆地哟!陆地哟!
无论我走到哪里去,啊,我总想着,你能够把我
　的爱侣送回来,只要你愿意,
因为无论我向哪里看,我好像真的在朦胧中看见
　了我的爱侣。

啊,你高空的星星哟!
也许我这样渴想着的人正跟着你们一同升起,一
　同升起。

啊,你歌喉,你颤抖着的歌喉哟!
在大气中发出更清晰的歌声吧!
让你的声音深入大地,穿透树林!
我渴望着的人,一定会在什么地方听见你!

扬起歌声吧,
这孤寂的夜歌,
这凄凉寂寞的爱与死的歌声哟,

在步履沉重的,淡黄的残月下的歌声,
啊,差不多要沉坠到大海里的残月下的歌声哟!
啊,纵情的绝望的歌声哟!

但是柔和些,放低声音吧!
让我低声细语,
你停一停吧,你喧闹的海洋,
因为我好像听见我的爱人在什么地方答应我,
这样轻微,我必得安静,安静地倾听,
但又不要完全静寂,因为那样她也许就不会即刻
　到我这里来。

到这里来吧,我的爱人哟!
我在这里,这里哟!
我用这种持续的音调召唤着你,
我发出这温柔的叫唤是为你呀,我的爱人,是为
　你呀。

别又被误引到别的地方去了,
那是海风呼啸,那不是我的呼声,
那是浪花的激荡,激荡,
那是树叶的影子。

啊,黑暗哟,啊,一切都徒然!
啊,我是多么痛苦而悲哀。

啊,天上月亮的黄晕,低垂在海上!

啊，在大海中的浑浊的反光！
啊，歌喉哟，啊，跳动着的心！
我徒然地歌唱，整夜徒然地歌唱。

啊，过去了！啊，幸福的生活！啊，快乐之歌！
在大气中，在树林中，在田野上，
曾经爱过！爱过！爱过！爱过！爱过！
但我的爱侣已不再、不再和我在一起！
我们已不再能双宿双栖！

歌声沉寂了，
一切照旧在进行，星光灿烂，
海风吹着，吹送着这歌的回声，
大海以愤怒的悲声，不停地呻吟，
就在这巴门诺克的沙沙发响的海岸上，
黄色的半轮明月也好像膨大了，低垂着，低垂着，
　　差不多要接触到海面了，
这失神的孩子，海浪冲洗着他的赤脚，海风吹拂
　　着他的头发，
久久幽闭在心中的爱，现在解放了，现在终于汹
　　涌地爆发出来，
这歌的意义，这听觉和灵魂，都很快地凝聚起来，
奇异的泪，从颊上流下，
那里的三个人，各自发出自己的话，
那低沉的声调，那凶猛的老母亲的不断的呼叫，
凄惨地和这孩子的灵魂所发出的疑问相呼应，
而对于这刚开始的诗人，低声透露出一些朦胧的

秘密。

你这鸟，或幽灵，（孩子的灵魂说话了，）
你真的在向你的爱侣歌唱么？或者你实是在向我
　　歌唱？
因为我，只不过是一个孩子，还不知道使用我的
　　喉舌，但我现在听到了你的歌唱，
一瞬间，我觉醒了，我知道我为什么而生，
已经有一千个歌人，一千种诗歌，比你的更高亢、
　　更激越、更悲哀，
一千种颤抖着的回声，在我的生命中活跃起来，
　　永远也不会消沉。
啊，你寂寞的歌者，你孤独地歌唱着，却让我感
　　到你就是我，
啊，我寂寞地听着，从此我将不停地致力于使你
　　永生，
我再也不逃避了，这余音的震荡，
这失恋的哀歌和呼声，将不会从我心中消逝，
我也不再能够仍是那天晚上以前的心神宁静的孩
　　子了，
那晚上在黄昏的月光照着的海上，
那使者在我心中激动起灵火和心中的甜蜜的狂热，
一种不可知的欲望，我的命运。

啊，让我知道那线索吧，（它暂藏在这里的黑夜里，）
啊，我既有了这么多，就让我能有更多的一些吧。

那么,一个字,(因为我一定要知道它,)
最后的一个字,超越一切的一个字,
微妙的,上天赐予的一个字——那是什么呢? ——
　我在听着!
你海浪哟,你时时刻刻低语着的就是这个字么?
我从你的明澈的水面和潮湿的沙土上所听到的它
　就是这个么?

大海给我回答,
不匆遽,也不迟延,
整夜向我低语,并且很分明地在黎明之前,
低声说出这美妙的"死"字,
说了又说,死,死,死,死,
音调优美不像那只歌鸟,也不像我激动的孩子的心,
只是悄悄地逼近我,在我的脚下发出沙沙的响声,
再从那里一步步爬到我的耳边,并温柔地浴遍我
　的全身,
死,死,死,死,死。

这我不会忘记,
我只是要把这晦暗的幽灵,我的兄弟,
在月光照着的巴门诺克的海滩上,向我唱的这支
　歌,
和一千种响应的歌声融和在一起,
这时我自己的歌声也觉醒了,随着这种歌声,海
　浪吹起了那一把打开秘密之门的钥匙,那一个
　字,

最美的歌和一切歌中的那个字,
那个强烈而美妙的字,爬到了我的脚下来,这便
　是那大海,
(或者如同穿着漂亮衣服,摇荡着摇篮的老妇人弯
　着腰,)
悄悄地告诉给我的那个字。

当我与生命之海一起退潮时

1

当我与生命之海一起退潮时,
当我行走在熟悉的海岸上,
当我漫步于细浪不停地拍击你巴门诺克的地方,
那嘶哑的嗞嗞叫的水波刷刷涌来的地方,
那暴躁的老母亲不停地为她的遇难者哭泣的地方,
我在秋日的傍晚沉思着,向南凝望,
被这个我引以为豪和为之吟咏的带电的自我所吸住,
被那些在脚底的电线中流动的精灵所俘虏,
被海面和那代表地球全部水陆的沉淀所征服。
在迷惑中,我的眼光从南天落回到地上,观看那
　一列列的堆积,
那谷壳、稻秆、碎木片、野草,以及大海吃剩的东西,
海潮遗弃的浮渣,从发亮的岩石脱落的鳞片,海
　菜叶子;
走了很远,崩裂的涛声一直在我身边,
就在那里,那时候,巴门诺克,当我想起往昔关
　于相似之物的思想,
你这鱼形的岛啊,你把这些呈献在我眼前,
当我走向我所熟悉的海岸,
当我漫步着,让那带电的自我搜寻表现的字眼。

2

当我走向我不熟悉的岸边,
当我谛听着哀歌,那些遇难的男人和女人的声音,

当我吸入那迎面扑来的摸不着的微风,
当那如此神秘的海洋向我滚来,渐渐迫近,
我也至多只意味着一点点漂来的东西,
一小撮可以收集的沙子和败叶残梗,
收集着,将我自己与沙子和漂流物合在一起,成
　　为它们的一部分。

啊!失败,受挫,几乎屈身到地,
我对自己感到压抑,悔不该大胆出声,
如今才明白,在那些招致报应的胡说八道之中,
　　我从来丝毫没想到自己的身份,
只想到在我所有那些傲慢的诗歌前,真正的我仍
　　站在那里没有触及,没有说明,根本没有接近,
它退得远远的,以赞讽参半的手势和鞠躬把我嘲弄,
对我所写的每个字都报以一阵阵哄笑和冷冷的讽
　　刺,
默默地指着这些歌,然后又指指下面的沙子。
我发觉我没有真正懂得什么,连一样东西也不懂,
　　而且谁也不能,
在这里,当着大海的面,大自然趁机突袭我,刺我,
只因我曾经大胆地开口歌吟。

3

你们这两大海洋,我向你们紧紧靠拢,
我们同样不满地喃喃着,卷着沙子和漂流物,不
　　知为何,

这些小小的碎屑当真代表着一切，代表你们和我。

你这沿岸到处是废物的松脆的海滨，
你鱼形的岛啊，让我拿走脚下的东西吧，
因为那些属于你的也属于我，我的父亲。

我也这样，巴门诺克，
我也曾向上冒泡，长久地漂浮，然后被冲上你的
　　沙滩，
我也只是一串漂积物和破烂，
我也留下小小受难者的残骸，在你这鱼形岛上面。
我让自己躺倒在你胸脯上，我的父亲，
我紧紧拉住你，叫你无法挣脱我，
我那样牢牢地抓住你呀，直到你回答我一些什么。

吻我吧，父亲，
用你的嘴唇触弄我，像我触弄我所爱的同伙，
轻轻告诉我啊，在我紧抓住你时，把我所妒忌的
　　那些絮语的秘密告诉我。

4

退潮吧，生命的海洋，（潮水还会回来的，）
不要停息你的呻吟，你这凶狠的老母，
为你的遇难者不绝地哭喊吧，但别害怕，别拒绝我，
别这样粗暴而愤怒地冲刷我的双脚，当我触摸你
　　或回避你的时候。

我对你和一切都那么温柔,
我退缩,为我自己也为这个幽灵,它低头注视着
　　我们向何处前进,紧跟着我的一切和我。

我和我的一切,散乱的干草,小小的尸体,水泡
　　和雪白的浮沫,
(瞧,那些分泌物终于从我僵死的嘴唇外流,
瞧,那些灿烂的色彩在流转,闪烁,)
一束束稻草,沙子,碎片,
从许多彼此抵触的情态中浮载而来,
从暴风雨,从长久的宁静,从黑暗,从浪潮,
从沉吟,默想,一丝呼息,一滴泪水,小量的液
　　体和泥浊,
全都一样从深不可测的运动中酝酿和抛出,
如同浮在波涛上被任意漂流的一两个撕碎的花朵,
如同大自然给我们的那支哽咽的挽歌,
如同在我们所由来的地方那嘟嘟叫的云的号角,
我们,变迁无常的,自己也不明白来自何处的,
　　如今罗列在你眼前,
而你,在那里走动,或者静坐的,
无论你是谁,我们也在你脚边的漂流物中躺着。

泪滴

泪哟！泪哟！泪哟！
在黑夜中，在孤独中，泪水，
在白色的海岸上滴着，滴着，为沙土所吸收，
泪哟，没有一颗星星照耀着，到处是黑暗和荒凉，
润湿的泪，从遮蒙着的头上的眼眶中流出来了，
啊，那鬼影是谁呢？那在黑暗中流着眼泪的形象是什么呢？
那在沙滩上弯着腰蹲伏着的，不成形的块状的东西是什么呢？
泉涌的泪，呜咽的泪，为粗犷的号哭所哽塞住的痛苦，
啊，暴雨聚集起来，高涨起来，沿着海岸快步疾走，
啊，粗犷而阴惨的黑夜的暴风雨，夹着风，啊，滂沱狂骤！
啊，白天时那么沉着而端庄、面貌安静、步伐整齐的暗影，
当你在黑夜中疾驰，无人看见的时候——啊，你却变成了一片海洋，无限地蕴蓄着，
泪滴！泪滴！泪滴！

给军舰鸟

你整夜睡眠在风暴之上,
醒来时神采奕奕,扇着光辉的翅膀,
(是风暴爆发了?你从它上面升起,
然后憩息于天空,它像个奴隶般摇你,
如今你成了一个蓝点,远远在天上飘浮,
我像面对微露的曙光,从这甲板上望着,
(我自己也是一个点啊,置身茫茫的宇宙。)
远远地,远远地在海上,
当黑夜的惊涛骇浪把遇难者抛在海滩以后,
白昼重来,那么幸福而宁静,
红润活泼的黎明,阳光闪烁,
清澈的天蓝色微风,到处漂流,
随着它们,你也重新出现了。

你生来要与大风比赛,(你浑身都是翅膀,)
要与天空、大地、海洋和飓风相较量,
你是空中的船,从不把帆收卷,
累日累月不倦地飞旋,掠过各个领域,穿过空间,
面对美利坚的清早,塞内加尔的黄昏,
那些在电火雷云中嬉戏的时辰,
在它们里面,在你的经历中,你有着我的灵魂,
多大的喜悦啊!你多么欢欣!

在一只船上的舵轮旁

在一只船上的舵轮旁,
一个年轻的舵工小心地掌握航向。

穿过大雾,从海滨凄凉地响起,
一种海洋的钟声——警戒的钟声啊,在波涛上震荡。

啊,钟声,你可给了个好的信号,你在海礁附近鸣响,
呜呀呜呀,叫航船绕过遇险的地方。

警醒的舵工啊,你注意这大声的警告,把船头掉转,
满载的船张起灰色的风帆迅速地转舵驶开,
漂亮而宏伟的、载着珍宝的船继续前进,愉快而安全。

但是,那只船,不朽的船啊!船上的船啊!
肉体的船,灵魂的船,在向前行驶,向前,向前。

黑夜中在海滩上

黑夜中在海滩上,
一个孩子和她的父亲一起站着,
望着东方,望着秋天的长空。

从黑暗的高空中,
从东方残存的一片明亮的天空,
粗暴的云,埋葬一切的云,黑压压地散开来了,
阴沉而迅速地向下横扫过来,
这时升起了巨大的、宁静而灿烂的丘比特,[1]
而在他的近处,在略高一些的地方,
还闪烁着秀丽的贝丽亚德姊妹的星群。[2]

在海岸上,这孩子拉着父亲的手,
看着那些埋葬一切的云以胜利者的神情低压下来,
　　立刻要吞食掉一切了,
她,默默地啜泣起来。

别哭,孩子,
别哭,我的宝贝,
让我来吻干你的眼泪吧,
这横暴的云不会长久胜利的,
它不能长久占据天空,它们吞食星星只是一种幻
　　象,
等待着吧,到明天夜里,丘比特会照样出来,贝

---

[1] 丘比特,这里是星名,即木星。
[2] 贝丽亚德,金牛座中的一星群。

丽亚德姊妹们也会照样出现,
它们是不朽的,所有这些金星星和银星星会重新
　　放光的,
巨大的星星和微小的星星都会重新放光,它们将
　　长久存在,
硕大的不朽的太阳和长久存在、永远在沉思中的
　　月亮都会重新发光。

那么可爱的孩子,你只是为丘比特悲伤么?
你只是怀念着那些被埋葬了的星星么?

有些东西,
(我以我的亲吻抚慰着你,并低低地对你说,
我给你这第一的提示,让你看到这个问题,这个
　　论点,)
有些东西甚至比星星还要不朽,
(许多被埋葬了,许多已被无数的昼夜抛撇了,)
有些东西甚至比辉耀的丘比特还能存在得更为长
　　久,
比太阳或任何循环着的星座,
比闪射着光芒的贝丽亚德姊妹的星群,还能存在
　　得更为长久!

海里的世界

海里的世界,
海底的森林,枝柯和树叶,
海莴苣,巨大的苔藓,奇异的花和种子,茂密的
　　海藻,空隙,以及粉红的草皮,
各种不同的颜色,淡灰和葱绿,紫红,洁白,以
　　及金黄,光线在水中的摇曳,
无声的游泳者,在岩石、珊瑚、海绵、海草和激
　　流之间,以及游泳者的食物,
一些懒洋洋的生物悬在那里吃东西,或者慢慢地
　　爬近海底,
抹香鲸在海面喷着空气和水花,或者用他的尾鳍
　　在玩耍,
眼睛呆滞的鲨鱼,海象,海龟,有茸毛的海豹,
　　以及鲔鱼,
那里有恋爱,战争,追逐,部落,深海中的奇观,
　　许多生物在呼吸的那种浓浊的空气,
从那里转移到这里的情景,转移到在这个领域中
　　活动的像我们这些生物所呼吸的稀薄空气,
再从我们这里转移到在别的星球上活动的生物那
　　里。

夜里独自在海滩上

夜里独自在海滩上,
当老母亲唱着沙哑的歌,一面来回地轻摇,
当我观望着晶亮的星星,我想起宇宙和未来的音
　　谱上的一个记号。

一种巨大的类似联锁着一切,
一切星球,长成了的和未长成的,小的和大的,
　　太阳,月亮,行星,
一切的空间距离,不计远近,
一切的时间距离,一切无生命的形态,
一切灵魂,一切活的躯体,尽管它们永远是这样
　　不同,或者在不同的世界中,
一切气态的、液态的、植物和矿物的历程,鱼类,
　　兽类,
一切的民族,肤色,语言,野蛮,文明,
一切在这个地球或别的星球上已经存在或可能存
　　在的实体,
一切生命与死亡,所有过去的、现在的、未来的
　　种种,
这种巨大的类似维系着它们,并且始终在维系着,
并且将永远维系它们,牢牢地掌握和包围它们。

为所有的海洋和所有的船只歌唱

1

今天唱一支粗陋而简短的吟诵曲,
唱海上的船,每一只都在自己的旗帜和信号下航
　　行,
唱船上的无名好汉——唱那些向目所能及的远方
　　铺展的波浪,
唱那些激扬的浪花,和呼啸着、吹响着的风,
从中编出一支给世界各国的水手的颂歌,
歌声阵阵,如海潮汹涌。

唱年轻或年老的船长,他们的伙伴,以及所有勇
　　猛的海员,
唱那少数精干而沉着的健者,他们从不为命运和
　　死亡所震慑,
他们被你古老的海洋吝啬地拣出,被你所挑选,
大海啊,你及时挑拣和选拔这一类人,把各个国
　　家联合在一起,
他们被你这老迈而沙哑的乳母所哺育,他们体现
　　着你,
像你那样粗野,那样无畏。

(永远是海上或陆地的英雄们,他们一个两个地不
　　断崛起,
永远保存着根株而从未丧失,即使很少也能维持
　　足够的种子。)

2

海啊,把你各个国家的旗帜飘展开来吧!
把各样的信号像已往那样亮出来吧!
但是你要特别为你自己和人类灵魂保持一面高于
　　其他一切的旗帜,
一个为所有的民族织成的精神信号,人类昂扬于
　　死亡之上的象征,
一切勇敢的船长和无畏的水手与船员的标志,
一切为执行任务而沉没者的见证,
为了缅怀他们而由所有年老和年轻的船长编织成
　　的,
一面宇宙性的三角旗,永远轻盈地飘荡着,在所
　　有勇敢的水手们上空,
在所有的海洋、所有的船只的上空。

巡视巴涅格特[1]

风暴那样凶猛,那样凶猛,海浪高耸着奔腾,
疾风使劲地咆哮,伴随着不绝的低声咕哝,
恶魔狞笑般的叫喊一阵阵刺人心魄,隆隆飞滚,
波涛,大气,午夜,它们三方联合做粗暴的鞭打,
乳白的浪峰在暗影中向前飞奔,
雪浪喷涌着,狠狠地扑向海滩上的泥沙,
在那里,偏东的劲风穿过黑暗,悍然吹来,
穿过凶狠的漩涡和碎浪,警惕而坚定地前进,
(看远处!那是不是一只遇难的船?是不是闪烁着
　信号的灯?)
海滩上的污泥和沙子不倦地流淌,直到天亮,
坚定地,缓慢地,穿过那永不减弱的吼声,
沿着午夜的边缘,在那些乳白浪峰的旁边,
一群模糊而古怪的形体,挣扎着,与黑夜对阵,
警醒地守望着那三方联合的暴行。

---

[1] 巴涅格特海湾在新泽西州,是从北向南的大西洋入口。

在海船后面

在海船后面，在呼啸着的阵风之后，
在紧拉着桁索的灰白色的帆篷之后，
下面是无数的波涛在汹涌，扬着头，
不停地向船的航迹驰骤，
海浪沸腾着，喧嚣着，欢快地窥探着，
起伏的浪涛，奔腾、参差而好胜的浪涛，
活泼地哗笑着，划着弧线，奔向旋转的激流，
那儿巨轮在行驶，摇晃着挤开海面，
大大小小的波浪在一片汪洋中如饥似渴地奔走，
海船经过后的航迹，在太阳下闪烁、嬉游，
像一支驳杂的队伍，带着泡沫的斑点和碎屑，
跟随着，沿着航迹跟随在庄严而迅疾的海船之后。

路边之歌

一首波士顿歌谣

(1854)

今天清晨我早早起床,准时赶到波士顿城,
这儿拐角处有个好地方,我要站在那里看街景。

让路呀,乔纳森[1]!
为总统的典礼官让路——为政府的大炮让路!
为联邦政府的步兵和龙骑兵(以及那些纷纷跌倒的幽灵)让路。

我爱注视星条旗,我希望横笛奏起扬基歌。[2]

先头部队所佩的短剑多么闪亮呀!
每个人握着他的左轮手枪笔挺地在波士顿城走过。

后面跟着一片尘雾,还有尘雾般的古董蹒跚而行,
有的装着木腿,有的缠着绷带,有的患了贫血症。

这可真是一场好戏——它把死人从地下叫出来啦!
连山里古老的坟地也赶来观赏!
幽灵!从侧面和背后聚集的无数幽灵!
歪戴着虫蛀、发霉了的帽子——雾做的拐杖!
手臂挂在吊带里——老年人靠在青年人肩上。

你们这些北方佬幽灵有何苦恼呀?你们的光秃的

---

[1] 美国新英格兰乡下人的一般称呼。
[2] 美国独立战争时期流行的一首歌曲。

牙床为什么打战?
是疟疾使你们四肢痉挛?是你们把拐杖误当火枪在操演?

如果你们泪眼模糊了,你们会看不见典礼官的姿影,
如果你们那么大声地呻唤,就会妨碍政府的炮声。
别丢脸呀,老迈的狂人们——把你们扬起的手臂放下来,也休管你们的白发,
你们的重孙子们在这里发呆了,而他们的妻子从窗口瞧着他们,
看他们多么有纪律,穿得又多么齐整。

越来越糟——你们忍受不住了?你们在退却?
难道这个与活人在一起的时刻对你们太死气沉沉?

那么退却吧——仓皇地退却!
向你们的坟墓后退——后退到山里去,年老的跛子们!
我并不以为你们竟能在这里存身。

但是有一样东西适合在这里——要我告诉你们那是什么吗,波士顿绅士们?

我要把它悄悄地告诉市长,他必须派一帮委员到英国去,

他们要征得英国议会的同意,派一辆车子到皇陵,
  将乔治国王的棺材挖出,替他把尸衣脱下,将他
  的骸骨装箱待运,
找到一只美国快船——黑肚子快船哟,这里有你
  的运载品,
拔起你的锚——扬起你的帆——径直向波士顿港
  口航行。

现在再把总统的典礼官叫来,把政府的大炮搬来,
把吼叫者们从国会弄回来,组成另一支队列,在
  步兵和龙骑兵的保卫下展开。

这是给他们摆在当中的装饰品;
瞧吧,全体守纪律的公民们——从窗口瞧吧,妇
  女们!

委员会打开箱子,装配起国王的肋骨,把那些装
  不上的粘起来,
赶快把脑壳安在骨架的顶端,把王冠戴上头盖。

你报了仇了,老家伙——王冠已回到原位,而且
  不只是原位所在。
把你的双手插进口袋里吧,乔纳森——从今以后
  你成了个发迹的人才,
你极其聪明——这里就是你的一宗买卖。

欧罗巴*

——我国的第七十二年和第七十三年[1]

突然从它腐朽和黯淡的巢窟，那奴隶的巢窟中，
它像闪电一般跃出来，连它自己也几乎感到震惊，
它的脚践踏着地上的骨骸和破烂，它的手紧扼着
　　帝王的喉咙。

啊，希望和信仰！
啊，流亡的爱国者在痛苦中结束掉的生命！
啊，无数悲痛忧愁的心！
今天都回来吧，使你们自己焕发振作起来。

而你们，被雇用来污辱人民的家伙——你们说谎
　　者，听着！
不是为了无数的苦痛的经历、谋杀案、奸淫案，
不是为着宫廷采取各式各样卑鄙的方法所进行的
　　窃盗行为、利用贫苦人民的纯良而侵蚀他们的
　　工资，
不是为着帝王所做的许诺随时被他们自己撕毁并
　　在撕毁时发出欢笑，
当他们有权力的时候，他们不是为了这些而报复
　　打击，或者斩落贵族的头颅，
人民从来就鄙弃帝王的暴虐。

但是善意的仁慈酿成了悲惨的毁灭，受惊的暴君
　　们重新回来了，

---

[1] 在一八四八年前后，这时欧洲各国兴起
　　了革命的风暴。

各带着他们的随从、刽子手、牧师、收税人、兵士、
  律师、贵族、狱吏和谄媚者。

而且在一切卑鄙的盗窃行为后面,看哪,有一个
  形影,
和黑夜一样的朦胧,全身和头都用紫袍紧紧地包
  裹着,
谁也看不见他的面孔和眼睛,
露出紫袍的只有一样东西,从紫袍被一条手臂举
  起的地方,
一个弯曲的手指如蛇头一样高高伸起。

这时新坟里躺着尸体,躺着青年人的血染的尸体,
绞架的绳索沉甸甸地悬着,贵族们的枪弹四散横
  飞,有权势的人在高声大笑,
而这一切都将结出果实来的,将结出甜美的果实。

那些青年人的尸体,
那些被吊在绞架上的烈士,那些被铅弹射穿了的
  心胸,
似乎都已僵冷不动了,但他们实是以一种不能扼
  杀的活力在别处生存。

他们生活在别的青年人中,啊,帝王们哟!
他们生活在弟兄们中间,准备再来反抗你们,
死使他们更为净化,他们已变成了别人的模范,
  他们备受人褒扬。

没有一个为自由而被谋害的人的坟墓不会生
　　出滋生自由的种子，而且永远不断又将有
　　新的种子从这里产生，
这些种子会被风吹送到远方去，重新播种，
　　雨露风雪自会给它们滋养。

没有一个被暴君的武器驱出躯壳的灵魂
不将在地面四处潜行，低语着，劝说着，警
　　戒着。

自由哟，让别的人对你失望吧——我决不对
　　你失望。

房屋的门已经关上了吗？领导你的人已经离
　　去了吗？
不要管他，你仍必须随时警戒着，
他不久就会转回来的，他的使者立刻就将来
　　到了。

一面手镜

果断地把它拿起来——瞧它映出的这个形象,(那
　　是谁?是你?)
外表是漂亮的装束,里面是灰烬和污秽,
不再有熠熠的眼神,不再有洪亮的声音或轻快的
　　步履,
如今只剩下一种奴隶的目光,声调,手,脚步,
一股酒臭,不卫生的饮食者的面容,性病患者的
　　肌体,
一点一点烂掉的肺部,酸臭和溃疡的胃,
患风湿症的关节,可厌的肠粘连,
周身流着黑色有毒的血液,
迟钝的听觉和触觉,喋喋不休的言谈,
没有思想,没剩下感情,没有性的魅力,
这就是你从这里走开之前向这镜子一瞥中的所见,
就是那么迅速到来的一个结局——而且来自那么
　　一个开端。

上帝们

神圣的爱人和完美的伴侣,
满足地等待着,还没有看见,但肯定要来的,
请你做我的上帝。

你,你哟,理想的人,
正直,能干,满足,热爱,美丽,
肉体上完整,精神上开朗,
请做我的上帝。

哦,死亡,(因为生命的任务已经完毕,)
天宫的司阍和引进者,
请做我的上帝。

在最强者之中我体会、想象和认识得最清楚的,
(为了打破停滞的束缚——来解放你,解放你,灵
　魂啊,)
请做我的上帝。

所有伟大的理想,各个民族的抱负,
所有的英雄行为,昂扬的热心者的功绩,
请你们做我的上帝。

或者时间和空间,
或者神圣而奇妙的大地形状,
或者我所观察和崇拜的某个美好形体,
或者太阳的光辉天体或夜晚的星辰,
请你们做我的上帝。

胚芽

形态,性质,生命,人性,语言,思想,
已知的东西,未知的东西,别的星球上的东西,
那些星球本身,有些形成了,另一些还没有形成的,
如那些国家所有的奇迹,土地、树木、城市、居民,
   无论什么,
光辉的太阳、月亮和光环,无数的结合体和后果,
诸如此类,以及与此相似的东西,在这里或任何
   地方都看得见的,存在于一掌距的空间,我仲
   出胳臂就可以用手抓住它,
它包含着一切一切的开端,一切的美德和胚芽。

思索

关于所有权——似乎一个适于占有一些东西的人还不能随意占有一切,并使之成为他或她本身的一部分,

关于远景——设想透过发展中的混乱而显示的某个隐蔽在后的情景,假定如今它在旅途上成长了,完满了,有了生命,

(但是我看到道路在继续,旅行也永远继续;)

关于地球上本来没有、要到一定时候才具备的东西——以及关于将来终必具备的东西,

因为我相信我所看到和认识的一切都将在完妥具备的东西中获得它的主要意义。

当我聆听那博学的天文家时

当我聆听那博学的天文家时,
当那些证据和数字一行行排列在我面前时,
当给我看了那些图表,还要增添、划分和衡量时,
当我坐着听天文学家在教室里讲演并大受赞赏时,
不知怎的我很快就感到厌倦和心烦了,
以至我起身溜出去,独自在外面逡巡,
在神秘而潮湿的夜雾中,不时地,
默无声息地仰观天上的星辰。

尽善尽美者

只有他们自己才了解他们自己以及与之相类似的人,
犹如只有灵魂才了解灵魂。

哎呀！生命啊！

哎呀！生命啊！关于这些反复出现的问题，
关于那些连续不断的失信者，关于那些到处是蠢人的城市，
关于永远责备我自己的我，（因为还有谁比我更愚蠢，还有谁比我更不守信用呢？）
关于那些徒然渴望光明的眼睛，关于那些低贱的人物，关于那不断更新的斗争，
关于一切人的不幸结局，关于我所见的周围那些劳苦而肮脏的人群，
关于其余的人的空虚无益的岁月，那些我也与之纠缠在一起的人，
这问题，哎呀！如此可悲而反复出现——这其中有何好处呢，生命？

回　答

那就是说，你在这里——就是说生命存在着，本体也如此，
就是说惊人的表演在继续，你可以献出一首诗。

给一位总统

你所做所说的一切对美国只是些悬空的幻影,
你没有学习大自然——你没有学到大自然的政治,
 没有学到它的博大、正直、公平,
你没有看到只有像它们那样才能服务于这些州,
凡是次于它们的迟早都必须搬出国境。

我坐而眺望

我坐而眺望世界的一切忧患,一切的压迫和羞耻,
我听到青年人因自己所做过的事悔恨不安而发出
 的秘密的抽搐的哽咽,
我看见处于贫贱生活中的母亲为她的孩子们所折
 磨、绝望、消瘦、奄奄待毙,无人照管,
我看见被丈夫虐待的妻子,我看见青年妇女们所
 遇到的无信义的诱骗者,
我注意到企图隐秘着的嫉妒和单恋的苦痛,我看
 见大地上的这一切,
我看见战争、疾病、暴政的恶果,我看见殉教者
 和囚徒,
我看到海上的饥馑,我看见水手们拈阄决定谁应
 牺牲来维持其余人的生命,
我看到倨傲的人们加之于工人、穷人、黑人等的
 侮蔑与轻视,
我坐而眺望着这一切——一切无穷无尽的卑劣行
 为和痛苦,
我看着,听着,但我沉默无语。

给富有的赠与者们

我愉快地接受你们的赠送,
一点点生活用品,一所棚屋和庭园,一点点钱,
  好让我约会自己的诗兴,
就像我在全国旅游时的一个旅行者的住处和早
  点——我为什么要羞于接受这样的赠品?又何
  必为此而登报领情?
因为我自己并不是一个对男人和女人毫无所赠的
  人,
因为我对任何男人或女人都赠与了欣赏宇宙一切
  赠品的人场证。

鹰的调戏

沿着河边大道,(我午前的散步,我的休息,)
从摩天的空际突然传来一个沉闷的声音,那是鹰
　　在调戏,
在高空中彼此间迅疾的爱的接触,
紧抓着的利爪相互勾连,像个有生命的轮子猛烈
　　地旋转,
四只拍击着的翅膀,两个钩喙,一团紧紧扭住的
　　涡旋,
翻滚,转动,形成一串连环,笔直向下坠,
直到河流上空才暂时稳住,片刻休停,但两个仍
　　合在一起,
在空中保持一种静止无声的平衡,然后脱离,把
　　利爪放松,
向上展开缓慢平稳的羽翼,倾侧着,各自分飞,
她飞她的,他飞他的,互相追逐不已。

漫想神游

（读黑格尔后）

漫想神游于整个宇宙，我看见那一点点善在坚定地向永恒急赶，
而那名叫恶的庞大全体，我只见它匆忙地吞没自己，终归死亡和消散。

农村一景

通过安静的农村谷仓的大门口，我看见，
一片阳光照耀的草地上牛羊在吃草，
还有薄雾和远景，以及远处渐渐消失的地平线。

一个小孩的惊愕

尽管那时还是个小孩,我就默默地感到惊愕,
我记得曾听见牧师每个礼拜天都把上帝拉进
 他的宣讲里,
好像在拼命反对某种存在或势力。

赛跑者

一个训练得很好的赛跑者在平坦的路上跑着,
他精瘦而坚韧,两腿肌肉隆起,
他穿得单薄,跑动时身向前倾,
轻松地握着双拳,微微地摆着两臂。

美丽的妇女们

妇女们坐着或是来回走着,有的年老,有的年轻,年轻的很美丽——但年老的比年轻的更美丽。

母亲和婴儿

*

我看见熟睡的婴儿安卧在母亲的怀里,
这熟睡的母亲和婴儿——静默无声地我观察了很
　久很久。

思索

想到服从,信念,黏着性,
当我站在一旁观看,觉得在广大群众里令我深受
　感动的是,他们追随别人的领导,而那些人并
　不相信人们。

戴假面具者

一个面具,一个她自己的永远自然的伪装者,
掩蔽着她的面孔,掩蔽着她的形态,
每时每刻都在变化,更改,
即使她睡着了也不让她自在。

思索

关于正义——似乎正义偏偏不是由自然的法官和
　　救星所解释的那同一条宽大的法律,
似乎它可以是这个也可以是那个,唯判决之所需。

溜过一切之上 *

溜过一切之上,穿过一切,
穿过自然、时间和空间,
如同一只船在水面上一样,
灵魂的航船在前进——这不仅是生命,
死,我还将歌唱许多的死。

难道你从没遇到过这样的时刻

难道你从没遇到过这样的时刻——
一线突如其来的神圣之光,猛地落下,把所有这
　　些泡影、时兴和财富通通击碎,
使这些热切的经营目标——政治,书本,艺术,
　　爱情,
都彻底毁灭?

思索

关于平等——好像它妨害了我,因为给了别人以与我自己同样的机会和权利——好像让别人享有与我同样的权利,对于我自己的权利并非必不可少的。

给老年 *

从你，我看到了那在入海处逐渐宏伟地扩大并展开的河口。

地点与时间

地点与时间——在我身上有什么随时随地完全适合于它们并使我感到自在的呢?

形态,颜色,密度,气味——在我身上有什么与它们相符合的呢?

供献

一千个完美的男人和女人出现,
他们每个人周围聚集着一群朋友,还有快活的儿童和青年,都带着供献。

致合众国

（检验第十六、十七或十八届总统选举）

为什么斜躺着，质问着？为什么我自己和大家都打瞌睡？
是什么在使黄昏深沉——渣滓浮泛到水面，
那些像蝙蝠和夜猎狗在国会大厦侧目而视的人是谁？
多么肮脏的一届总统选举！（南部哟，你那炽热的太阳，北部哟，你那北极圈的冰冻！）
难道那些人真的是议员？那些人是崇高的法官？那个人是总统？
那么我还要睡一会儿，因为我看见这些州正在睡觉，不无原因；
（随着夜雾愈来愈浓，闪电灼灼，雷声隐隐，我们大家会及时觉醒，
南部，北部，东部，西部，内地和沿海，我们一定会觉醒。）

桴鼓集

啊，诗歌，先唱一支序曲

啊，诗歌，先唱一支序曲，
在紧张的耳鼓上轻轻弹奏出我的城市里的骄傲和
　欢乐，
她怎样带领别人去战斗，她怎样发出暗示，
她怎样毫不迟疑地张开柔软的双臂一跃而起，
（多么壮丽啊，曼哈顿哟！我自己的城市，你世无
　匹敌！
在紧急时刻、在存亡关头最强大的你，比钢铁还
　坚实可靠！）
你怎样一跃而起——你怎样随手脱掉和平的装束，
你那柔和的歌剧院音乐怎样立即改变，让我们转
　而听到大鼓和横笛，
你怎样率先走向战场，（那将作为我们的序曲，士
　兵们的战歌，）
而曼哈顿的哒哒鼓声怎样走在头里。

四十年了，我在这城市里看士兵游行，
四十年也像一支壮丽的行列，直到无意中这个富
　庶而骚动的城市的主妇，
在她的船只、她的房屋、她的无数的财富之间，
　警醒着，
连同她周围的千百万儿女，
突然，在死寂的深夜，为来自南部的消息所激怒，
攥紧拳头狠狠地捶击着街衢。

好比一次电击，黑夜承受着，
直到拂晓时我们的蜂群以惊诧的嗡嗡声倾巢而出。

于是从住宅，从车间，从所有的门口，
他们激动地跳出来，瞧呀！曼哈顿在准备战斗。

迅速响应哒哒的鼓声，
青年们立即集合，开始武装，
机械工武装着，（把泥铲、大刨、铁匠的锤子仓促
　　地扔在一旁，）
律师离开事务所武装起来，法官离开法庭，
驾驶员把马车抛在街心，跳下车，急急地将缰绳
　　扔在马背上，
售货员离开店铺，老板、会计、门房，大家都纷
　　纷离开；
一个个的班到处组织起来，同仇敌忾，穿上军装，
那些新入伍的，乃至少年，由老兵示范他们认真
　　把皮带扣好，
户外是武装，室内是武装，毛瑟枪管闪闪发亮，
营地里密布着白色帐篷，周围站着武装的哨兵，
　　日出日落时都鸣炮报警，
武装的连队每天陆续到来，从城里走过，在码头
　　上搭船，
（他们流着汗，肩上扛着枪，迈步登上甲板，显得
　　多雄壮！
我多么爱他们，多么想拥抱他们，这些脸色黝黑、
　　衣服和背包上都满是尘土的儿郎！）
城市的血液沸腾了——武装好了！武装好了！到
　　处都这样叫喊，

旗帜猎猎地飘展，在教堂尖顶以及所有公共建筑
　　和店铺上飞扬，
含泪的离别，母亲吻着儿子，儿子吻着母亲，
（母亲害怕分离，可是一句挽留的话也不讲，）
喧嚷的护送者们，由警察的队伍在前面开路，
人群为他们的宠儿狂热地欢呼，热情奔放，
炮兵，沉默的金光闪烁的加农炮一路被牵引，在
　　铺石的大道上轻快地辚辚前进，
（沉默的加农炮，很快就要打破沉默了，
很快就要卸下炮车，开始火红的日程；）
准备时所有的咕哝，所有拿起武器的决心，
医疗设施，软麻布，绷带，药品，
志愿当看护的妇女，认真开始的准备，如今不只
　　为了检阅；
战争！一个武装的民族在前进，欢迎战斗，决不
　　逃遁；
战争！任它几星期，几个月，或者几年，一个武
　　装的民族正在前去欢迎。

曼纳哈塔在前进——那是要好好歌颂的啊！
那是为了一种雄赳赳的兵营生活啊！

而那坚强的炮兵，
那些金光闪闪的大炮，巨人们的使命是好好操作
　　它们，
把它们卸下牵引车！（不再像过去四十年那样仅
　　仅为了礼仪而鸣放致敬了，

如今除了火药和软填料，还要装入点别的什么。）

而你，船舶的女主人，你曼纳哈塔，
这个骄傲、友好而骚乱的城市的老主妇，
你在和平与富裕中时常向你所有的儿女们沉思或
　　者暗暗地皱眉不语，
可是现在你微笑了，亲爱的曼纳哈塔，你那么欢
　　欣鼓舞。

一八六一年*

武装的年代——斗争的年代，
为你这可怖的年代，我不能谱出精致的韵律或写出感伤的爱情诗，
你不是一个面色苍白的诗人，坐在书桌边哼着微弱的低吟，
却是一个挺着腰强壮的男子，身着蓝衣，肩荷着枪在前进着，
你有着操练得很好的身体和饱经日晒的面庞和两手，腰带上挂着一把刀子，
我听见你高声吼叫，你的高昂的声音响震大陆，
你男性的声音，啊，年代哟，好像是从城市中，
从曼哈顿人中升起，我看见你也像曼哈顿的一个居民，一个工人，
或者大踏步地走过伊利诺斯和印第安纳的大草原，
飞快地以活跃的步子横过西方，从亚里根尼斯山下降，
或者沿着大湖走着，或在宾夕法尼亚，或在俄亥俄河上的船板上，
或者沿着田纳西或康伯尔兰的河川南下，或者在加泰努戞的山顶上，
我看见你的步态，也看见你筋肉饱满的四肢上穿着蓝衣，背负着武器，强壮的年代哟，
听见你一再发出坚决的声音，
你圆唇的炮口突然为你歌唱的年代哟，
我重复念着你，你这忙迫的、毁灭性的、悲愁的、动乱的年代。

敲呀！敲呀！鼓啊！*

敲呀！敲呀！鼓啊！——吹呀！号啊！吹呀！
透过窗子——透过门户——如同凶猛的暴力，
冲进庄严的教堂，把群众驱散，
冲进学者们正在进行研究工作的学校，
也别让新郎安静——现在不能让他和他的新娘共
　　享幸福，
让平静的农夫也不能再安静地去耕犁田亩或收获
　　谷粒，
鼓啊！你就该这样凶猛地震响着——你号啊，发
　　出锐声的尖叫。

敲呀！敲呀！鼓啊！吹呀！号啊！吹呀！
越过城市的道路，压过大街上车轮的响声，
夜晚在屋子里已经铺好了预备睡觉的床铺么？不
　　要让睡眠者能睡在那些床上，
不让生意在白天交易，也别让捐客或投机商人再
　　进行他们的活动——他们还要继续么？
谈话的人还要继续谈话么？歌唱者还要歌唱么？
律师还要在法庭上站起来在法官面前陈述他的案
　　情么？
那么更快更有力地敲击着吧，鼓啊——你号啊，
　　更凶猛地吹着！

敲呀！敲呀！鼓啊！吹呀！号啊！吹呀！
不要谈判——不要因别人劝告而终止，
不理那怯懦者，不理那哭泣着的或祈求的人，
不理年老人对年轻人的恳求，
让人们听不见孩子的呼声，听不见母亲的哀求，

甚至使担架要摇醒那躺着等候装车的死者,
啊,可怕的鼓,你就这样猛烈地震响吧——你军
号就这样高声地吹。

我像一只鸟从巴门诺克开始飞翔

我像一只鸟从巴门诺克开始飞翔,
盘旋着飞上天空,为全体的观念歌唱,
我把自己带到北方,歌唱那里的北极之歌,
到加拿大,直到把加拿大吸入我体内,然后到密
　　执安,
到威斯康星、衣阿华、明尼苏达,去唱它们的歌,(那
　　可是不能模仿,)
然后到俄亥俄和印第安纳,到密苏里和堪萨斯,
　　以及阿肯色,去唱它们的歌,
到田纳西、肯塔基,到卡罗来纳和佐治亚,去把
　　它们的歌曲高唱,
到得克萨斯,并且一路飞向加利福尼亚,漂泊到
　　一切接待我的地方;
去歌唱(必要时配合战鼓的哒哒声响,)
首先是唱全体的观念,西部世界不可分割的整体
　　的观念,
然后唱合众国的每一个成员。

黎明时的旗帜之歌

诗 人

一支新的歌哟,一支自由的歌,
飘扬着,飘扬着,飘扬着,伴着声响,伴着更清
　晰的声音,
伴着风的声音和鼓的声音,
伴着旗帜的声音,孩子的声音,海的声音,父亲
　的声音,
低到平地,高入天空,
在父亲和孩子站着的地面上,
在他们仰望的高高的空中,
那里黎明的旗帜在飘动。

词语哟,书本的词语哟,你们算什么?
不用词语了,但是请听着,看着,
在那辽阔的空中有我的歌,
我要歌唱,与那飘拂的旗帜、旒旗[1]相应和。

我要编织琴弦,要编进,
成人的愿望和婴儿的愿望,我要把它们编进去,
　要注入生命,
我要装上锋利的刺刀,我要让子弹和铁屑呼啸,
(像一个携带着象征和警告而深入未来的人,

[1] 旒旗是悬于军舰大桅上的那种细长旗,这里象征正义战争;旗帜则指国旗。

以军号呐喊：醒来啊当心！当心哟醒醒！）
我要将诗和热血一起倾泻，满怀欢乐，豪气纵横，
然后放松，出动，向前去，
与飘拂的旗帜和旒旗竞争。

旒　旗

走过来呀，诗人，诗人，
走过来呀，灵魂，灵魂，
走过来呀，可爱的小孩子，
同我一起飞入风云，与无边无际的光辉相戏弄。

孩　子

父亲，那在空中用长长的手指招呼我的是什么？
它在不停地对我说些什么？

父　亲

宝贝，你看那空中啥也没有，
它啥也没有对你说——但是你瞧，我的宝宝，
瞧屋子里那些叫人眼花的东西，瞧那些敞开门的
　交易所，
瞧那些满载货物准备开上大街的车辆，
这些，就是这些啊，叫人多么看重，多么苦苦追求，
叫全世界多么羡慕！

诗 人

新鲜而瑰丽的太阳在冉冉升起,
海涛在远处的碧空中穿过海峡,滚滚奔驰,
海风掠过大海的胸膛,奔向陆地,
那从西边或西南边刮来的强劲的风哟,
挟着乳白色的泡沫快活地在海面上飞驶。

然而我不是大海也不是红日,
我不是像少女欢笑般的风影,
不是越吹越紧的狂飙,不是鞭击一切的旋风,
不是那永远抽打着自己的身体而恐怖致死的精灵,
然而我却是那个无形中跑来的人,歌唱着,歌唱着,
　歌唱着,
我在陆地的溪流中潺潺细语,像阵雨般飞奔,
清晨和傍晚林中的小鸟熟悉我,
沙滩和唿唿作响的波涛熟悉我,
还有那高高飘扬的旗帜和旒旗也熟悉我的歌吟。

孩 子

啊,父亲,它是活的——它住满了人,还有孩子,
啊,我仿佛看见它正在对它的孩子们说话,
我听到它——它对我说话——它多好呀!
啊,它在伸展——它伸展着,飞快地奔跑着——
　父亲哟,

它多么宽阔,它把整个天空都盖满啦。

父　亲

别嚷了,别嚷了,我的傻孩子,
你的这些话叫我伤心,使我很不高兴,
我说还是像别的人那样吧,不要注视那高处的旒
　　旗和旗帜,
只看这铺得好好的人行道,还有那些砌得坚固的
　　房子。

旗帜和旒旗

来自曼哈顿的诗人啊,对孩子说吧,
对我们所有的孩子们、曼哈顿北边或南边的孩子
　　们说吧,
别的一概不管,今天只注意我们——不过我们也
　　不懂是什么道理,
因为我们算什么呢,只不过是些无用的布条,
仅仅在风中飘扬而已。

诗　人

我所听到和看见的可不仅仅是布条,
我听到军队的沉重的步伐,我听到盘问的岗哨,
我听到千百万人的欢呼,我听到自由!
我听到擂响的战鼓和劲吹的军号,

我自己也外出活动，立即高高飞腾，
我拍着山禽的翅膀也拍着海鸟的翅膀，仿佛从太空俯视人境，
我并不否认和平的宝贵成果，我看见拥有无穷财富的、人口稠密的都城，
我看见无数的农场，我看见农人在他们的田地或农舍里劳动，
我看见工匠在工作，我看见到处是建筑，有的刚刚奠基，有的在升起，有的已完成，
我看见一列列的车厢被机车牵引在铁道上飞速行驶，
我看见波士顿、巴尔的摩、查尔斯顿、新奥尔良的商店、堆栈，
我看见西部远处那辽阔的产粮区，我在那上空盘旋着短暂地流连，
我继续向北部的采伐林飞行，然后向南部的种植园，再向加利福尼亚；
我掠过这一切，看见无数的利润，繁忙的采集，和赚得的工钱，
看见那三十八个广阔而豪迈的州（还有许多要加入的）所构成的同一体，
看见海港岸上的堡垒，看见驶进驶出的船只；
然后，在一切之上，（当然啰，当然啰，）是我那小小的像剑一般飞舞的旒旗，
它迅速上升，象征着战争和挑衅——如今帆索已把它凌空举起，
傍着我的宽阔的蓝色旗帜，傍着我那繁星闪闪的旗帜，

把整个海洋和陆地上的和平抛弃。

旗帜和旌旗

诗人哟,要唱得更响、更高、更坚强,诗人哟,
　　让歌声传得更远、更广,
不要再让我们的孩子们认为我们只是财富与和平,
我们也可以是恐怖与杀伐,如今就是这样,
如今我们不是这辽阔而豪迈的诸州中的任何一个,
　　(也不是任何五个或十个,)
我们也不是市场或仓库,也不是城里的银行,
而是所有这一切都属于我们,包括那褐色的广阔
　　土地和地下的矿藏,
海洋的沿岸是我们的,大大小小的河流是我们的,
它们所灌溉的田地、收成和果实是我们的,
海湾、海峡和进进出出的船只是我们的——而我
　　们凌驾一切,
俯视下面那三四百万平方英里绵亘的地区,那些
　　州城,
那四千万人民——诗人哟,无论生前死后都至高
　　无上,
我们,甚至我们,也从此恣肆地翻展,凌空飘扬,
不仅仅现在,还将在未来千百年中都通过你高歌,
把这支歌向一个可怜的小孩的灵魂放声高唱。

孩　子

父亲啊,我不喜欢这些房产,

它们对我绝不会有什么意义,我也不喜欢金钱,
但是我喜欢高耸在那里的,我爱那面旗帜,亲爱
　　的父亲哟,
我要变成那面旒旗,一定要变。

父　亲

我的孩子,你使我烦透了,
要成为那面旒旗,实在太可怕了,
你很难懂得它究竟有什么意义,今天和以后,乃
　　至永远,
那不会赢得什么,可是将冒丧失和触犯一切的风
　　险,
如果挺身而出,站到战争前线——而且是这样的
　　战争啊!——你同它们有何相干?
你同恶魔的欲望,同屠杀和早死,有何相干?

旗　帜

那么我就歌唱恶魔和死亡,
将一切投进去吧,主张战争的旒旗哟,是的,我
　　要将一切投入,
连同一种新的如狂的喜悦和儿童的喁喁向往,
混合着和平陆地的声音,与海涛澎湃的冲洗,
还有那在烟雾弥漫的海面上战斗的黑色舰艇,
还有遥远的北部寒带,那儿雪松和杉木在沙沙作
　　响,

还有隆隆的鼓声和士兵行进的脚步声,以及南方
　　高照的太阳,
还有那些在我的东部海岸和西部海岸同样冲刷着
　　海滩的波涛,
还有这些海岸之间的一切,以及我的密西西比蜿
　　蜒不息的流淌,
还有我的伊利诺斯田野,堪萨斯田野和密苏里田
　　野,
整个大陆,将其本身全部地、毫无保留地,
倾注进去啊!淹没那些发问的、那些歌唱的,连
　　同一切及一切的产物,
融合着和包含着,索取着和吞没着那个全体,
不再用柔软的嘴唇,也不用悦耳的低语,
而是用从黑夜永远冒出来的我们这不再是劝诱的
　　声音,
像这儿风中的乌鸦那样呱呱地聒噪不已。

诗　人

我的手脚、我的血管膨胀了,我的主题终于明确了,
如此宽广的从黑夜破晓而出的旗帜哟,我豪放而
　　坚决地歌唱你,
从那个我曾经如聋似瞽地在那里等待了很久和太
　　久的地方,我奔闯出来了,
我又恢复了听觉和言语,(一个小孩子把我教会
　　的,)
我听到来自上空的,战争的旌旗哟,你那嘲讽的

要求和呼吁,

冷酷无情的呀！冷酷无情的呀！（不过无论如何我要歌唱你,）旗帜！

你确实不是和平的住宅,也不是它们某种或全部繁荣的显示,（如果必要,你会为了重新得到这每一所房子而把它摧毁,

要是你不想摧毁这些牢牢站在那里的、满舒适的用金钱建造起来的宝贵房子,

那么它们就可以稳稳地站在那里吗？片刻也不行啊,除非你在它们和一切之上坚定地飘曳；）

旗帜哟,你不是那么珍贵的金钱,你不是农产品,也不是营养丰富的食品,

也不是上好的货物,也不是船舶卸在码头上的东西,

不是用风帆或蒸汽机发动的运载货物的优等船只,

也不是机器、车辆、贸易,或者税收——而是你,我从今以后将看到的你,

从黑夜闯出来的、带着那一簇簇星星（日益增加的星星）的你,

黎明宣布者的你,劈着空气、濡染着阳光、遨游于太空的你,

（被一个可怜的小孩热切地瞧着和向往着,

当其余的人还照样忙碌和侃侃而谈、无休无止地宣讲着节俭、节俭之际；）

啊,你在高处！旂旗哟,你在那里舒卷着,像一条那么奇怪地嗞嗞叫着的蛇,

无非是一个高不可攀的观念啊,可是我却英勇战

斗、不惜牺牲地爱着你，
那样爱你啊！你这以摘自夜空的星星引来白昼的旗帜！
在人民眼中并不值钱的东西，凌驾于一切而又索要一切（一切的绝对所有者）的你啊，旗帜和旒旗！
我也抛开其余的一切——它们再伟大也算不了什么——房屋、机器算不了什么——我全不放在眼里，
我只注视你，好战的旒旗哟！那么宽广的带有条纹的旗帜哟，我只歌唱你，
在那儿迎风招展着的你。

时代啊,从你深不可测的海洋升起

1

时代啊,从你深不可测的海洋升起,好凭你更高
　　更猛地奔驰,
为了我那饥渴而强健的灵魂,我长期吞食了大地
　　所给予的东西,
我长久地漫游于北方林区,我长久地观望了尼亚
　　加拉瀑布,
我走遍了大草原,在它的胸脯上露宿,我横越内
　　华达,越过了高原之地,
我爬上太平洋沿岸那些高耸的岩石,我扬帆驶入
　　海中,
我穿过风暴,让风暴清爽我的精神,
我愉快地观察过海涛那凶狠的胃口,
我注意到白浪在飞跃地排空前进,
我听到风在呼啸,我看到满天乌云,
从下面看到那些升腾和耸立起来的东西,(壮丽
　　啊!像我的心那样豪放而强劲!)
听到在闪电过后咆哮着的连续的雷声,
注意到那些细长而曲折前进的电闪,它们在骚乱
　　中突然迅猛地追逐着横过天空,
这些,以及诸如此类,我兴奋地瞧着——沉思着,
　　自负而又震惊,
地球的全部威慑性力量都涌出在我的周围,
可是我与我的灵魂在那里享用,我享用得心满意
　　足,傲慢不逊。

2

那好啊,灵魂——你给予我的是一种很好的准备,
现在我们进而满足我们的潜在而更大的渴望,
现在我们前去领受陆地和海洋所从未给过我们的
　　东西,
我们不是穿过宏大的林地前往,而是穿过更加宏
　　大的城市,
某些比尼亚加拉瀑布更为充沛的东西在为我们倾
　　泻而来,
这人的急流,(难道你们真的永不枯竭,西南部的
　　水源和山溪?)
算什么呀,比起这里的人行道和住宅,那些高山
　　和大海的风暴算什么呢?
比起今天我所眼见的周围的热情,那高涨的海潮
　　算什么呢?
那在乌云下面高奏死亡之曲的狂风算什么呢?
瞧!从那更加深不可测的海域,有些更为凶险而
　　粗野的东西,
曼哈顿在崛起,以一种威胁性的面貌在前进——
　　辛辛那提,芝加哥,也不受羁縻,
我在海洋上见过的那种高潮算什么?请看这里出
　　现的光景吧,
看它怎样以无畏的双脚和双手向上攀登——它怎
　　样冲刺呀!
真正的雷霆怎样跟在闪电后面咆哮——那闪电的

光辉多么灿烂呀!
民主,被这些闪电的光辉照明了的,怎样以拼死
　　的报复姿态在迈步挺进呀!
(不过,我也仿佛听到黑暗中一种悲哀的恸哭和低
　　声的啜泣,
在震耳欲聋的、混乱的短暂间歇里。)

3

向前啊,雷霆!迈进啊,民主,狠狠地给以报复
　　性的打击!
而你们,时代哟,城市哟,要比以往任何时候都
　　更高地升起!
风暴哟,还要更重更沉地猛撞!你为我做了好事,
我这在深山中准备好了的灵魂吸收了你不朽的高
　　度营养,
我曾在我的城市中、在我那穿过农场的乡村道路
　　上长期行走,但仅仅部分地满意,
一个可厌的疑问像蛇一般蜿蜒地在我面前的地上
　　爬行,
它不断地赶过我的脚步,时常回头看着我,嘲弄
　　地咝咝地向我低鸣,
我抛弃和离开了我那样热爱着的城市,向那些适
　　合于我的毫无疑问的事物飞奔,
渴望着,渴望着,渴望着原始的活力和大自然的
　　勇猛,
我只有用它来振作我自己,我只能品尝它的滋味,

我等待地火爆发——我曾在海上和空中久等,
但是我如今不再等待,我已经充分满足,我吃得
　腻了,
我已经亲眼见过真正的闪电,我看见我的带电的
　城镇,
我终于看到人类忽然跳出,好战的美国挺立起来,
从此我不再寻觅北方荒原上的食品,
不再在高山上游荡,或在风暴的海上航行。

弗吉尼亚——西部

高贵的父亲在罪恶的日子里堕落了,
我看见那只高举着的手,恐吓着,挥舞着,
疯狂的刀子指向全体之母,
(往事与旧情不顾了,爱和忠诚不顾了。)

高贵的儿子迈着雄健的脚步在前进,
我看见,从大草原地区、俄亥俄水域和印第安纳
　　陆地,
那刚毅的巨人催促他的众多的儿女速去营救,
他们穿着蓝色的服装,肩上扛着可靠的枪支。

这时那全体之母以镇静的声调在发言,
至于你反叛者,(我仿佛听到她说,)你为什么拼
　　命反对我,为什么要我的命?
在你自己准备永远保护我的时候?
因为你曾经为我提供了华盛顿[1]——还有现在这
　　些人。

[1] 美国首任总统华盛顿是在弗吉尼亚出生的。这首诗讽刺要求脱离联邦的弗吉尼亚——它是美国最初十三州之一,所以诗的第一行中称它为"父亲"。

船的城市

船的城市哟!
(啊,黑色的船!啊,勇猛的船!
啊,美丽的尖头轮船和帆船!)
世界的城市哟! (因为所有的民族都在这里,
地球上所有的国家都在此做出贡献;)
海的城市哟!潮汐陡涨时波光映天的城市哟!
它那欢乐的潮水不断地涨落,带着漩涡和泡沫里
   外翻卷,
它到处是码头和货栈——到处是大理石和钢铁的
   门面!
骄傲而热情的城市——血气方刚的、疯狂的、奢
   侈的城市哟!
奋起啊,城市——不单是为了和平,你自己也真
   的要乐于应战,
别害怕啊,城市——不要屈服于什么模型,而要
   坚持你自己的,
瞧着我吧——体现我的精神,就像我把你体现!
我从未拒绝过你所提供的一切——你所选择的我
   也挑选,
无论好坏,我从不怀疑你——我爱一切,我不谴
   责谁,
我吟唱和赞美你所拥有的东西——可是不再为和
   平呼喊,
在和平时我吟唱和平——但现在我有的是战鼓,
战争,火红的战争,城市哟,这才是我的歌声,
   在你的通衢大街上到处飞旋!

百岁老人的故事

〔1861—1862年的一个志愿兵(在布鲁克林的华盛顿公园里,搀扶着那位百岁老人。)〕

把手伸给我,革命老人,
山顶已近,只差几步了,(先生们请让开点,)
你跟着我从这条小路走了上来,尽管你已经一百挂零,
你还能走,老人,虽然你的眼睛几乎不行了,
你的机能还好使,而且我就要利用它们。

休息一下,让我告诉你周围的人在干什么,
下面旷野里是新兵正在操练和受训,
那儿有兵营,一个团明天就要出发,
你听没听见那些军官在喊口令?
听没听见枪支铿锵作响的声音?

哦,你这是怎么啦,老人家?
你为何这样痉挛地抓着我的手发抖呀?
那些军队只不过是在操练,他们周围的人还在笑呢,
周围近旁尽是些穿得很好的朋友和妇女,
头上照耀着午后灿烂温暖的阳光,
仲夏的草木青葱如洗,嬉戏似的清新的微风,
飘拂在骄傲而和平的城市上空以及它们之间的海湾上。

但是操练和检阅完了,他们在走回兵营,
且听听那些赞赏的掌声吧!多么热烈的鼓掌啊!

如今人群已开始散去——但是我们,老人家,
我不是无缘无故地把你带上这儿来的——我们必
　须留下,
现在轮到你说了,我要细听你的话。

百岁老人

当我抓住你的手时,那不是由于害怕,
而是因为在我周围的四面八方,突然涌来,
在下面那些小伙子操练之处和跑步的坡上,
在扎着帐篷的那块地方,以及南边、东南和西南
　角你所看到的各处,
在山那边,在那些低地的对过,在林地那厢,
在滨海一带,在泥潭中(如今填平了),突然重新
　爆发了,
像八十五年前那样,但不是仅仅受到朋友们喝彩
　的检阅,而是一场战斗,
我亲身参加过的——哎,尽管是很久以前,可是
　我参加了那场大战,
那时它就在这山顶上进行,就在这同一个地点。

哎,就是这个地方,
甚至此刻我这瞎眼还能看见那些坟墓中的人又聚
　在一块,

岁月后退了，人行道和高大的住宅消失了，
笨重的堡垒重新出现，带箍的老式枪炮又架了起来，
我看见那一条条垒起的防线从河边向海湾延伸，
我留心海上的远景，我注意斜坡和高地；
我们曾在这些地方扎营，也是夏天这样的时令。

说着我就记起了一切，我记起那个《宣言》，
那是在这里宣读的，整个部队都排列着，在这里向我们宣读，
将军周围罗列着他的参谋人员，他站在当中，他举起他那出鞘的宝剑，
那宝剑全军都看得见，在太阳下银光闪闪。

那时可是一个了不起的行动啊——英国军舰刚刚到达，
我们能够俯瞰它们停泊的那个海湾，
以及那些满载着士兵的运输舰。

几天以后他们就登陆了，会战开始了。
那时运来与我们作战的多达两万人，
那是一支装备着优良大炮的精兵。

此刻我不想讲整个战役，
只讲一个旅在上午奉令前进，去对付那些穿红衫的敌军，
我就讲那个旅，他们怎样勇敢地向前，

他们面对死亡成功地坚持了多长的时间。

你想那支迎着死亡挺进的队伍是些什么人呢?
那是由最年轻的人组成的一个旅,两千壮士,
从弗吉尼亚和马里兰征集来的,他们大都与将军
　　本人认识。

他们以轻捷的步伐活泼地向戈瓦勒斯水域挺进,
直到突然之间,出乎意料地,在当晚到达的穿过
　　林地的隧道附近,
前进的英国人从东面迂回过来,猛烈地射击,
那个最年轻的旅被切断了,陷入了敌人的掌握之
　　中。

将军就从这座小山上观望着他们,
他们一次又一次拼死地战斗,企图杀出重围,
然后他们收缩,集中,紧密地聚在一起,军旗在
　　当中飘动,
但是啊,周围山上的炮火使他们一批又一批地牺
　　牲!

那场屠杀哟,至今还使我心揪,
我看见将军汗流满面,
我看见他痛苦地绞扭着双手。

同时英国人在设法引诱我们打一次阵地战,
但是我们不想冒这样作战的危险。

我们采取分散运动的战术,
我们在几个点出击,可是每次都遭受损失,
我们的敌人在推进,一步步取得优势,逼我们后
　　退到这座山上的工事里,
直到我们在这里转身奋战,他们才弃我而去。

这就是那个最年轻的旅、两千名壮士的结果,
几乎全部留下在布鲁克林,回来的没有几个。

那就是我的将军在这里打的第一仗,
没有妇女们观看,也没有可供沐浴的阳光,结束
　　时更无人喝彩,
那时在这里可没有人鼓掌。

我们只能在黑暗中,在雾里,在冷雨淋着的地面,
那天晚上疲惫而沮丧地蜷伏在这里,
而驻扎在我们对面不远的那许多傲慢的老爷在轻
　　蔑地嘲笑,
还能听到他们在宴饮碰杯,庆祝他们的胜利。

第二天还是那样沉闷而潮湿,
可是那天晚上雾散了,雨停了,
我的将军,在敌人满以为手到擒来的时候,悄悄
　　像个幽灵般撤走了。

我看见他在河边,

他在火把照着的渡口下首，正督促运载兵员的船
　　只；
我的将军等待着，直到所有的士兵和伤员都过河
　　了，
那时候（恰恰在日出之前），我这双眼睛才最后一
　　次地向他注视。

旁的人个个都满怀忧伤，
许多人无疑在考虑投降。

然而我的将军在我面前走过时，
当他站在他的船上，眺望新升的太阳，
我看到了一种与投降相反的意向。

尾　声

够了，百岁老人的故事讲完了，
过去和现在，两者已相互交换，
我自己作为联络人，作为一个伟大未来的歌手，
　　现在开始发言。

那么，这里是不是华盛顿活动过的地点？
这些我每天随意横渡的水面，是不是失败时的他，
就像取得辉煌胜利时别的将军们那样坚决的他，
　　也曾经横渡过的水面？

我一定要抄写出这个故事，把它向东方和西方

传遍，
我一定要保存就像当年在你布鲁克林河流上闪耀
的那种壮观。

瞧——当每个周年回来的时候，那些幽灵也回来，
那是八月二十七日，英国人登上了陆地，
战争打响了，但对我们不利，请透过硝烟瞧瞧华
盛顿的脸吧，
弗吉尼亚和马里兰的那个旅已经赶去把敌人堵击，
他们被切断了，吃人的大炮从山上朝他们猛轰，
一列又一列的勇士仆倒了，而旗帜在他们头上静
静地低垂，
那天它在许多年轻人的血污的伤口中，
在死亡、挫败以及姐妹们、母亲们的眼泪中，接
受了洗礼。

啊，布鲁克林的群山和坡地哟！我发觉你们比你
们的主人所想象的更为宝贵；
在你们当中屹立着一个那么古老的兵营，
永远屹立着那支牺牲了的劲旅的营地。

骑兵过河

一支长长的队伍在青葱的岛屿间蜿蜒行进,
他们采取迂回的路线,他们的武器在太阳下闪
　　耀——你听那铿锵悦耳的声音,
你看那亮晶晶的河流上,蹚水的马匹在踟蹰不前,
　　饮着河水,
你看那些脸色黧黑的骑兵,每一群、每个人都是
　　一幅图画,歇在马鞍上随意消停,
有的已经在对岸出现,还有的正在走下河滩,
而那猩红、天蓝和雪白的——
骑兵的军旗在愉快地迎风飘动。

山腰宿营

此刻我看见前面一支行军的部队正在宿营,
下首是一个肥沃的山谷牧场,有牲口棚和夏天的果树,
背后是梯层般的山腰,那么陡峭,有些地方高耸,
当中点缀着参差的岩石,茂密的雪松,以及某些隐约可见的高大形影,
数不清的营火远远近近地散布着,有的在山坡高处,
人员和马匹的影子庞大而模糊,在那里摇曳不定,
而整个天空——那天空哟!幽深而远不可及,散布着不时闪现的永恒的星辰。

一个行进中的军团

前面是大群的侦察兵,
时而听到一声如鞭梢呼啸的枪响,时而是参差不
　　齐的连发射击声,
蜂拥的队伍向前紧赶,密集的旅队火速前行,
朦胧地闪着光辉,在太阳下艰苦地行进——那些
　　满身尘垢的人们,
排成纵队随着地形起伏而波浪式地运动,
大炮夹杂在队伍里——炮车隆隆地滚着,骡马热
　　汗淋淋,
军团就这样前进。

在宿营地忽明忽暗的火焰旁边

在宿营地忽明忽暗的火焰旁边,
一支游行队在我周围回转,严肃、可爱而迂缓——
 但是我首先看见,
那露宿部队的帐篷,原野和树林的模糊阴影,
那被星星点点的篝火所照亮的黑暗,那寂静,
像是幽灵,一个乍见的形影在时远时近地移动,
还有那些灌木和大树(我举目看时它们仿佛也在
 偷偷地望我,)
这时思维在列队萦绕,啊!那么奇妙而轻柔的思
 绪,
关于生与死,关于家庭、往事和亲人,以及远离
 的伴侣;
一个严肃而缓慢的队列在行进,在我席地而坐的
 地方,
在宿营地忽明忽暗的火焰旁边。

父亲,赶快从田地里上来

父亲,赶快从田地里上来,这是我们的彼得寄来
    的一封信,
母亲,赶快到前门来,这是你的亲爱的儿子寄来
    的一封信。

看哪,季节正当秋天,
看哪,那里的树变得更绿,更黄,更红了,
它在和风中摇荡着的树叶,使俄亥俄的村落更显
    得清凉、美妙,
那里果树园中挂着成熟的苹果,藤蔓上葡萄累累,
(你嗅到藤蔓上的葡萄的香味么?
你嗅到近来有蜜蜂在那里嗡鸣着的荞麦了么?)

在一切上面,看哪,雨后的天空是这样的宁静、
    明澈,点缀着奇妙的云彩,
在下面也一样,一切都很宁静,一切都生气勃勃,
    美丽无比,农庄也很兴旺。

田地里的一切也长得很茂盛,
现在父亲从田地里来了,因女儿的叫唤回来了,
母亲也来到了大门口,马上来到了前门。

她以最大的速度赶来,某种不祥的预感已使她步
    履歪斜,
她来不及梳掠她的乱发,整理她的帽子,

赶快撕开信封,

啊，这不是我们的儿子的笔迹，但却又有着他的
　　署名，
啊，是一只陌生的手替我们的亲爱的儿子写的，啊，
　　被震击的母亲的灵魂！
眼睛发黑，一切在她的眼前浮动，她只看到重要
　　的字，
零碎的语句，"胸前受枪弹"，"骑兵散兵战"，"运
　　到医院"，
"眼下人很虚弱"，"但不久就会好转"。

啊，虽然俄亥俄人口众多而富庶，有着很多城市
　　和乡村，
但现在我只看见这一个人，
面色惨白、头脑迟钝、四肢无力，
斜倚着门柱。

"别这样伤心，亲爱的母亲，"（刚刚长成的女儿哽
　　咽地说，
小妹妹们默不作声地带着惊愕的神色拥挤在周
　　围，）
"看吧，亲爱的母亲，信上说着彼得不久就会好转。"

啊，可怜的孩子，他永不会好转了，（也许用不着
　　好转了，那个勇敢而单纯的灵魂！）
当他们站立在家门口的时候，他已经死了，
这唯一的儿子已经死了。
但母亲却需要能好转，

她瘦弱的身体很快穿上了黑衣,
白天不吃饭,晚上睡不安宁,常常惊醒,
夜半醒着,低泣着,她只有一个渴切的愿望——
啊,她愿能静悄悄地从人世引退,静静地跳开生
　　命自行引退,
去追随,去寻觅亲爱的已死的儿子,去和他在一起。

一天夜里我奇怪地守卫在战场上

一天夜里我奇怪地守卫在战场上,
由于你,我的孩子和同志,那天倒下在我的身旁,
我只看了你一眼,你那深情的眼睛回报的一瞥却
　　叫我永远难忘,
你从地上举起手来,孩子,只轻轻地一握啊,
我立即又投入战斗,那不分胜负的战斗,
直到深夜撤回,我才终于找到原来的地方,
发现你死了,僵冷地,亲爱的同志,你那亲儿般
　　的躯体曾任人亲吻啊,(如今已再也不能那样!)
你的脸暴露在星光下,情景古怪,凉凉的夜风和
　　缓地吹着,
战场在周围朦胧地扩展,我长久地站在那里守卫,
在芬芳静穆的夜里,这守卫显得多么奇妙而甜美,
可是没有掉一滴眼泪,甚至也没有叹息,我只长
　　久地凝视着你,
然后我坐在地上,在你身旁,双手捧着下巴,
度过这宝贵的时刻,不朽而神秘的时刻,和亲爱
　　的同志在一起——可是默无一言,也没有眼泪,
静静的、爱与死的守卫,为了你——我的同志和
　　战士而守卫啊,
当高空的星辰默默前航,向东的新星又偷偷地升
　　起,
我替你这勇敢的小伙子当最后一次警卫,(你死得
　　那样仓促,我没法救你呀!)
你活着时我忠诚地疼爱你和照顾你,我想我们一
　　定还会重逢的,
直到深夜还恋恋不舍,黎明真的刚刚出现在天际,

我将我的同志裹在他的毯子中,严实地包起他的
　　躯体,
将毯子合拢,从头到脚小心地扎紧,
当时当地,在初升的太阳下,我的小伙子躺进了
　　坟墓,我把他安排在草草掘好的墓穴里,
就这样,我结束了这次奇怪的守卫,在黑夜朦胧
　　的战场上的守卫,
守卫那个曾经报人以亲吻的孩子(今后再也不会
　　那样了,)
守卫一个被突然杀死的同志——这永远难忘的守
　　卫呀,直到天亮时,
我才从凄冷的地上站起,将我的士兵裹好在他的
　　毯子里,
把他埋葬在他倒下的那片土地。

一次被敌人紧追的强行军

一次强行军，队伍被敌人紧紧追赶，道路又陌生，
黑暗中脚步轻轻地穿过密密的丛林行进，
我们受挫的部队损失惨重，沮丧的残部向后撤退，
直到午夜过后才看到灯光隐约的建筑物在前面相
　迎，
我们来到一块林中空地上休息，在那灯光朦胧的
　建筑物旁边，
那是十字路口一座高大古老的教堂，如今给用作
　临时医院，
我只进去片刻，就看到一个超乎所有画家和诗人
　想象的情景，
那是些黑黝黝的影子，在摇曳的灯烛照耀下忽闪，
还有一支巨大的沥青火炬静静地举着红红的火焰
　和一团团青烟，
就凭这些，我模糊地看见一簇簇、一群群的形体，
　有的倒在地板上，有的躺在教堂座席里，
在我脚边看得比较清楚的是一个士兵，简直是个
　小孩，快要流血致死，（他的腹部中了子弹，）
我给他暂时止了血，（这少年的脸像朵百合花一样
　惨白，）
然后我环顾这一场景，想把它全部记住，在我离
　开之前，
那些脸，那各式各样无法描写的姿势，大都模糊
　不清，有的已经死了，
做手术的医生，掌灯的护士，麻醉药的气息，血
　的腥膻，
那些人群，那成群的血污形体哟，连外面院子也

早已挤满,
有的在光裸的地面,有的在木板或担架上,有的
　　在死亡痉挛中流汗,
不时的尖叫或哭喊,大夫的厉声命令或呼唤,
那些小小的手术器械在火炬照耀下的闪光,
我重温这些,当我吟唱时,那些形体和气味又在
　　我眼前出现,
那时听到外面高喊的命令,集合呀,伙计们,集
　　合呀;
但是我首先俯身看那濒死的少年,他张着眼睛给
　　我一丝儿笑容,
随即眼睛闭上了,安静地闭上了,而我快步奔入
　　了黑暗,
归队,行进,永远在黑夜中行进,在队伍中前进,
陌生的道路继续向前。

黎明时军营中的一景

在灰暗的黎明中瞥见军营里这一小景,
那时我因失眠清早走出了帐篷,
我在清洌的晨风中缓缓地漫步,沿着医院营帐附
　　近的小径,
我看见三个形体僵直地躺着,抬出之后无人照应,
每一个都盖着毯子,宽大褐色的羊毛毯子,
灰色沉重的毯子,合拢着,笼罩着全身。

我好奇地停下来,静静地站在那里,
然后以轻轻的手指,从最近那一个的脸上把毯子
　　揭起;
你是谁呀,这上了年纪的人,那么干瘦而阴冷,
　　头发灰白,眼睛周围全枯陷了?
你是谁呀,我的亲爱的同志?

然后我走向第二个——你又是谁呀,我的孩子,
　　亲爱的?
这个双颊犹红的可爱的小伙子,你是谁?

然后到第三个——一张既不幼小也不衰老的脸,
　　非常镇静,像嫩黄的牙雕那么美丽,
年轻人,我想我认识你——我想这张脸就是基督
　　自己的,
死了的、神圣的、全人类的兄弟哟,他又躺在这里。

我辛劳地漫步在弗吉尼亚林地

我辛劳地漫步在弗吉尼亚林地,
踏着被我踢起的树叶那沙沙作响的节奏,(因为正
　　是深秋,)
我注意到一株大树脚下有个士兵的坟墓;
他是因重伤致命,撤退时给埋在这里,(我懂得此
　　中缘由,)
部队午休一小时,忽然一声起立!来不及了——
　　但还是留下了这个标志,
在坟边大树上钉了块木牌,上面草率地写着:
勇敢的,谨慎的,真诚的,我亲爱的战友。

我沉思了很久很久,然后继续向前漫游,
经历一个个多变的季节和许多的生活场所,
不过有时在变化的季节和环境里,突然,孤单单地,
　　或者在拥挤的街头,
我眼前会出现那个无名士兵的坟墓,出现弗吉尼
　　亚林地中那个粗陋的墓志铭:
勇敢的,谨慎的,真诚的,我亲爱的战友。

比起那领航员

比起那领航员承担引船入港的任务，尽管他屡次
　　挫折并受到打击；
比起那长期深入内地而疲惫的探路者，
尽管被沙漠烘烤，被霜雪冻僵，被河流打湿，仍
　　然坚忍着到达他的目的地，
比起他们，我还承担着更大的责任，不管别人留
　　不留意，要给这合众国谱一支进行曲，
为了召唤战斗，必要时拿起武器，在今后多年，
　　甚至许多个世纪。

在我下面战栗而摇动着的年代

在我下面战栗而摇动着的年代哟!
你的夏天的风是十分温暖的,但我呼吸的空气却
　　使我寒栗,
一层浓厚的阴云从阳光下降,黑暗包围了我,
我必须改换我的胜利的歌唱么?我对我自己说,
我真必须去学习歌唱那些失意者的凄怆的哀歌
　　么?
歌唱那些失败者的阴沉的圣歌么?

裹伤者

1

我这个曲背的老人,走进陌生的人群里,
在回顾中重温那些岁月来回答孩子们的问题:
老人家,请告诉我们,那些爱我的年轻小伙子和
　　姑娘们这样发问,
(我曾经被唤醒和激怒了,想敲起警报,号召无情
　　的战争,
但随即我的手指不听使唤,我的脑袋低垂,
我顺从地坐在伤员身旁,抚慰他们,或者静静地
　　守着死人;)
多年以后,对于那些情景,对于那些强烈的激情,
　　那些偶然的事件,
对于卓绝的英雄们,(只有一方英勇吗?另一方也
　　同样英勇;)
如今请再次出来作证,来描绘地球上最强大的军队,
关于那些如此迅猛、如此惊人的军队,你看到了
　　些什么可以告诉我们?
哪些事情对你影响得最久最深?关于那些罕见的
　　恐慌,
那些打得最狠的战役或可怕的围困,有哪些还深
　　深地留在你心中?

2

啊,我所爱的和爱我的姑娘们和小伙子们,

你们的谈话使我回想起你们所问到的我那些最奇
　　怪而突如其来的日子，
我经过一段铺满着汗水和尘土的远征，终于成为
　　一个机警的军人，
我在紧要关头出来，投身战斗，在那胜利进攻的
　　洪流中高声呼喝，
进入那些夺过来的工事——可是你瞧，它们像急
　　湍一般消失了，
它们匆匆地过去，消失——我不多谈士兵们的危
　　险或士兵们的欢乐，
（两者我都记得很清楚——困难那么多，欢乐那么
　　少，不过我还是满足的。）

但是在夜深人静，在梦思萦回中，
当这个营利的、体面的、欢笑的世界在照样进行，
那些过去了的东西早已忘却，波涛把沙滩上的印
　　迹洗掉了，
我却拐着双膝回来，走进屋里，（同时为了那里的
　　你们，
不管你们是谁，请悄悄地、勇敢地跟着我进行。）

拿着绷带、水和海绵，
我迅速地径直走向我的伤员，
他们在战役结束后被运到这里，躺在地上，
他们的宝贵的鲜血染红了草地，
我或者走进那一排排的医疗帐篷，或者是有屋顶
　　的医院，

到那一列列左右两旁的病床边,我回来了,
一张又一张地,我走近所有的病床,无一遗漏,
一个卫生员端着托盘、提着脏桶跟在我后头,
那只脏桶很快装满了凝结的碎布和血污,倒掉又
　　装满了。

我时而向前,时而站住,
扭拐着双膝,以坚定的双手敷裹伤口,
我对每个人都不马虎,因为剧痛虽厉害,可是免
　　不了,
有个伤员以祈求的眼光看着我——可怜的孩子哟,
　　我从不认识你,
可是我想我不会拒绝此时此地即为你牺牲,如果
　　那样就能把你挽救。

3

我往前走,往前走,(打开时间的门!打开医院的
　　门!)
我裹好那个破裂的头颅,(但愿那只可怜的疯狂的
　　手不要把绷带撕开,)
我检查那个骑兵被子弹对直穿过的头颈,
艰难的呼吸咯咯地响着,眼神已经呆滞,可是生
　　命仍在苦苦地支撑,
(来啊,甜蜜的死亡!答应我吧,美丽的死亡!
　　请大发慈悲,快快地降临!)

从那截切掉了手的残留的胳臂,
我揭去凝结的棉绒,除掉腐肉,洗净血迹,
那士兵弓着身子,背靠在枕头上,颈项屈扭着,
　　脑袋耷拉在一旁,
他闭着眼睛,脸色苍白,不敢看那截带血的残肢,
他还从不曾看过它一次。

我包扎一个很深很深的肋部伤口,
但是再过一两天,那个身架就会完全消瘦,迅速
　　崩溃,
黄黄的脸色也会变得青灰。

我包扎穿孔的肩头,中弹的脚,
给一个伤口已腐烂成坏疽的人洗涤,那样可厌,
　　那样恶心,
而卫生员站在我后面一旁,拿着托盘和脏桶。

我忠于职守,我毫不倦怠,
那骨折的大腿,那膝头,那腹部的伤痛,
这些等等,我都以镇静的双手敷裹着,(不过我胸
　　窝的深处有一把火正烧得炽红。)

4

就这样,在寂静中,在梦思萦回时,
我回过头来重操旧业,在那些医院里到处穿行,
我以抚慰的双手使那些伤痛的人们平静,

我通宵黑坐在那些不眠者的身旁,他们有的还那
　　样年轻,
有的受尽了折磨,我回想着那段可贵而悲惨的经
　　验,
(许多个士兵的爱抚的手臂曾经抱过和勾过我这头
　　颈,
许多个士兵的吻曾久久地贴着这长满胡须的嘴
　　唇。)

久了，太久了，美国

久了，太久了，美国，
你沿着完全平坦而和平的大路行走，只从繁华与
　　欢乐中学到了些什么，
可是现在，现在啊，要从苦难的危机中学习，前进，
　　与最悲惨的命运搏斗，不能退缩，
现在要设想并且向世界显示你的儿女们这个集体
　　究竟怎么样，
（因为除了我自己还有谁对你的全体儿女们做过这
　　样的设想？）

给我辉煌宁静的太阳吧

1

给我辉煌宁静的太阳吧,连同它的全部炫耀的光束,
给我秋天多汁的果实,那刚从果园摘来的熟透了的水果,
给我一片野草丛生而没有割过的田畴,
给我一个藤架,给我上了架的葡萄藤,
给我新鲜的谷物和麦子,给我安详地走动着教人以满足的动物,
给我完全寂静的像密西西比西边高原上那样的夜,让我仰观星辰,
给我一座早晨芳香扑鼻、鲜花盛开的花园,让我安静地散步,
给我一个我永远不会厌倦的美人,让她嫁给我,
给我一个完美的儿童,给我一种远离尘嚣的田园式的家庭生活,
给我以机会来吟诵即兴的隐逸诗歌,专门吟给自己听,
给我以孤独,给我大自然,还有大自然啊你那原始的理智清明!
我要求享有这些,(因倦于不断的骚扰,苦于战争的动乱,)
我连续地请求得到这些,从内心发出呼喊,
不过在不停地请求时我仍依附于我的城市,
城市哟,我日复一日、年复一年地在你的大街上

行走,
你在一个时期抓着我、锁住我,拒不放手,
可是你同意让我吃饱,灵魂得到充实,永远给我
　　看种种的面目;
(啊,我看见我所设法逃避的东西,我面对着,发
　　出相反的喊叫,
我看见我自己的灵魂在把它所要求的一切通通踏
　　倒。)

2

保留你的辉煌宁静的太阳,
保留你的树林啊,大自然,还有树林周围那些安
　　静的地方,
保留你的长着苜蓿和梯牧草的田野,以及你的玉
　　米地和果园,
保留你那九月间蜜蜂在嗡嗡叫闹的开花的荞麦田;
给我这些面目和大街——给我人行道上这些络绎
　　不绝的幻影!
给我无穷无尽的眼色——给我妇女——给我成千
　　上万的同志和情人!
让我每天都看到新人——让我每天都同新来者握
　　手吧!
给我以这样的陈列——给我以曼哈顿的街衢吧!
给我百老汇,连同那些行进的军人——给我喇叭
　　和军鼓的声音!
(那些整连整团的士兵——有的在开走,那么兴奋

和毫不在乎,
有些已服役期满,队伍稀疏地回来,年轻而显得
　　衰老,心不在焉地行进;)
给我海岸和密布着黑色船只的码头,
我要的就是这些啊!是一种紧张的生活,丰富而
　　多样的人生!
剧院、酒吧间、大旅馆的生活哟,给我!
轮船上的沙龙!拥挤的游览!高举火炬的游行!
奉命开赴前线的密集的旅队,后面跟着堆载得高
　　高的军车;
无穷无尽的、高声喧嚷的、热情的人流,壮丽的
　　场景,
像现在这样敲着军鼓而强烈地颤动着的曼哈顿大
　　街,
那漫无休止的嘈杂的合唱,枪支瑟瑟和铿锵的声
　　响,(甚至那些眼前的伤兵,)
曼哈顿的人群,连同他们的骚动而有节奏的合唱!
永远属于我吧,曼哈顿所有的面貌和眼睛。

给两个老兵的挽歌

　　最后一线太阳光
从结束了的安息日轻轻下落,
落在这里铺过的道路上,并在路那边瞧着,
　　俯视着一座新垒的双人坟墓。

　　瞧,月亮正在上升,
那从东方升起的银盘般的月亮,
美妙地照在屋顶上的鬼怪般的月亮,
　　巨大而静悄悄的月亮啊!

　　我看到一支悲伤的队列,
我还听到那走过来的高音军号的声响,
它们在所有的大街小巷里泛滥奔流,
　　像声声呜咽,眼泪汪汪。

　　我听到大鼓隆隆地轰鸣,
小鼓坚定地发出霍霍的叫喊,
而那些痉挛的大鼓每一下重捶,
　　都使我浑身上下为之震颤。

　　因为儿子是和父亲一起抬来的,
(他们倒下在一次迅猛袭击的最前列,)
儿子和父亲两个老兵双双地仆倒啊!
　　如今要一起进入那双人墓穴。

　　军号声来得更近了,
大鼓小鼓也震响得更加起劲,

但白昼已在石板道上完全消失,
　　感人的送葬曲在萦绕我的心魂。

　　而那悲怆的巨大幽灵,
在东方升起,亮闪闪地移动,
(它像一位母亲的宽广明亮的面孔,
　　在天上变得越发尊荣。)

　　盛大的出殡哟,你使我高兴!
庄严的月亮哟,你银色的面容使我安静!
我的这两位士兵,运往坟墓的老兵啊,
　　我也把我的一切都献给你们!

　　月亮给你们清辉,
那些军号军鼓给你们音乐和哀诔,
而我的心,啊,我的士兵,我的老兵哟,
　　我的心给你们爱。

一个预言家的声音在尸体上空升起

一个预言家的声音在尸体上空升起,
不要沮丧吧,友爱终将解决自由的问题,
那些相互爱着的人会变得无比坚强,
他们还是会使美利坚获得胜利。

万物之母的孩子们,你们还是会胜利,
你们终将笑着蔑视世界上所有别处的攻击。

什么危险也阻止不了美利坚的心爱的人,
必要时成千的人要为一个人而严肃地牺牲自己。

一个来自马萨诸塞的人应是一个密苏里人的同志,
从缅因来的和从炎热的卡罗来纳来的,加上一个
　俄勒冈人,应是三位一体的朋友,
相互之间比世界所有的财富都更为宝贵。

佛罗里达的芳香要轻柔地向密执安飘送,
这比鲜花的香味更甜美,能飘越死亡的领地。

要习惯于在房子里和大街上看到男人气概的爱慕,
那些最大胆和粗鲁的人会轻轻地脸挨脸亲昵,
自由要依靠相爱的人,
平等应由同志来维系。

这些会拴住你们,缚紧你们,比铁箍更为有力,
而我,伙伴们哟!各个地域哟!我欣喜若狂地以
　相爱者的爱把你们拴在一起。

(难道你们盼望由律师来把你们联合吗?
或者凭一纸协议,或者用武力?
不,不能这样黏合,无论是世界或任何活的东西。)

我看见老将军陷于困境

我看见老将军陷于困境,
(尽管他老了,他那灰色的眼睛在战场上仍像星星
　般奕奕有神,)
他那小量的兵力如今全被包围,困守在堡垒里,
他号召志愿者去突破敌人的阵线,来一次拼死的
　紧急行动,
我看见一百多个人从队列里站出来,但只有两三
　个被选用了,
我看见他们在一旁聆受命令,他们仔细地听着,
　副官脸色很阴沉,
我看见他们高兴地出发,毫不在乎自己的生命。

炮兵的梦幻

我的妻子躺在我旁边睡着,战争结束已经很久,
我的脑袋舒适地搁在枕头上,空寂的午夜渐渐深沉,
从寂静中,从黑暗中,我听到,刚好能听到我的婴儿的呼吸,
就在这房子里,当我从梦中醒来,这个幻象向我逼近;
那时那里的一场交战在不真实的幻想中展开了,
散兵开始行动,他们小心地向前爬行,我听到不规则的砰砰声,
我听到各种武器的声音,步枪子弹急促的嗒嗒的声响,
我看见炮弹爆炸着留下小团的白雾,我听见重型炮弹尖啸着飞行,
流霰弹像穿过树林的呜呜呼啸的风,(如今战斗轰轰地打大了,)
战场上所有的情景都在我面前一一再现,
爆裂声和硝烟,以及枪林弹雨中士兵们的英勇,
主炮手将他的武器对正和瞄准,选择最好的时机发射,
我看见他发射后侧着身子急切地朝前观望,看看有没有击中;
我听到另一处一个进攻的团在呐喊,(那个年轻的上校挥着军刀在带头冲锋,)
我看到被敌人排炮轰开的缺口,(迅速填补,不容迟疑,)
我呼吸着令人窒息的硝烟,那沉沉地低飞着将一

切笼罩的乌云,
时而有几秒钟奇怪的沉寂,双方都不发一枪,
随即又恢复了混乱,比以前更响,夹杂着军官们
　　更急的呼喊和命令,
而从战场某个遥远的地方,一声欢呼随风向我飘
　　来,(说明某一特殊的胜利,)
同时始终有远远近近的大炮声,(即使在梦中也从
　　我灵魂深处激起一种爆发的狂喜和全部昔日疯
　　魔般的欢欣,)
步兵也一直在加速地变换地点,炮兵、骑兵在来
　　回运动,
(至于那些仆倒的、死亡的,我不大注意,那些流
　　血的受伤者有的在蹒跚地往回跑,我不大留神,)
尘土,热气,急奔,副官们骑马掠过,或者全速驰骋,
轻武器的嗒嗒声,步枪子弹报警的哧哧声,(这些
　　我在幻景中听到或看到了,)
还有在空中爆炸的炸弹,以及晚上色彩缤纷的火
　　箭,等等。

埃塞俄比亚人向旗帜致敬 *

你是谁呢，黑色的妇人，你已老迈得不成人形，
光着你瘦削的脚，长着白色的鬈发，包着头巾，
你为什么从路边站起来，向旗帜致敬？

（那正是我们的军队排列在卡罗林纳的沙地上和松
　　林里的时候，
你埃塞俄比亚人，从你的茅屋的门里走出，向我
　　走近，
我那时正在猛勇的谢尔曼将军麾下向海上进军。）

"我的主人已使我离开我的父母一百年，
还是一个小孩子，他们就捉住了我，如同捉住野
　　兽一样，
于是残酷的奴隶贩子带我到这里来，横渡过海洋。"

她不再说下去了，但却整天徘徊不去，
她摇动着高昂的包着头巾的头，转动着她的灰暗
　　的眼睛，
当旗手向前走动的时候，她向大队致敬。
你是什么意思呢，你这眼睛昏暗、不成人形的、
　　厄运的妇人？
你为什么摇晃着你那包裹着黄色、红色、绿色头
　　巾的头？
难道你所见到的一切都是那样地使你惊奇不休？

青春不属于我

青春不属于我，风雅也不然，
因为我不能以闲扯消磨时间，
在客厅里很尴尬，既不是舞客又欠潇洒，
在学者圈子里呆坐着，因为学问对我不习惯，
美和知识也不习惯——但有两三件事是习惯的，
我照料了士兵，安慰了许多个濒死的伤员，
也时常在兵营内等候着的间歇里，
写作了这些诗篇。

老兵的竞赛

老兵的竞赛——战胜者的竞赛哟!
准备好随时战斗的土地的竞赛——胜利进军的竞赛哟!
(不再是轻信的竞赛、耐性持久的竞赛了,)
从此除了自己的法则不承认任何法则的竞赛,
激情与风暴的竞赛哟。

全世界好好注意

全世界好好注意，银亮的星星在消失，
乳白的色彩撕裂了，白色的织物在离析，
三十八块燃烧着的危险的煤，
猩红的，意义重大的，警告你不许动手的，
从今以后从这些海岸飘起。

脸色晒黑了的草原少年啊!

脸色晒黑了的草原少年啊!
在你入伍之前,有许多欢迎的礼物,
赞美和奖赏以及营养品曾纷纷送来,直到你最后
 　当上了新兵,前来入伍,
这时你默默地来到,毫无赠与——我们俩只面面
 　相觑,
可是你瞧!你给我的比世界上所有的礼品还丰富。

低头看吧,美丽的月亮

低头看吧,洗浴这个场景吧,美丽的月光,
将夜晚的如潮的光辉轻轻地倾泻到这些幽灵般的
　　青肿的脸上,
倾泻到这些摊开双臂仰卧着的死者身上,
把你那充沛的灵光倾泻下来啊,神圣的月亮。

和解

高于一切的字眼,像天空一样美丽,
它美丽,因为战争及所有的屠杀行为到时候会完
　　全消失,
死亡与黑夜这对姐妹一再不停地用双手轻轻洗涤
　　这个肮脏的世界;
因为我的敌人已经死了,一个如自己一样神圣的
　　人已经死了,
我瞧着他脸色苍白而安静地躺在棺材里——我走
　　上前去,
低下头,用我的嘴唇轻轻地抚触棺材里那苍白的
　　脸皮。

多么严肃啊,当你们一个一个地

(华盛顿城,1865年)

多么严肃啊,当你们一个一个地,
当疲惫汗湿的队伍一一回来,当士兵的纵队在我
  站着的地方走过,
当那些像面具似的脸出现,当我瞧着那些脸,研
  究那些面具,
(当我从这张稿纸上举目端详你,亲爱的朋友,不
  管你是谁,)
多么严肃啊,我这絮语着的灵魂的思索,对于队
  列中的每一个,对于你,
我看到一个血亲的灵魂,每个面具背后的奇迹,
子弹永远杀不死真正的你啊,亲爱的朋友,
刺刀也戳不穿你真正的实质,
灵魂哟!我看到了你自己,比什么都伟大,像最
  优秀者那样美丽,
它安全而满足地待在那里,刺刀永远戳不倒的,
朋友啊,子弹也永远杀不死!

伙伴哟,当我的头躺在你的膝上的时候 *

伙伴哟,当我的头躺在你的膝上的时候,
我重述我的自白,我重述我对你和在露天广场上
　　所讲过的一切,
我知道我自己不能安静,也已使别人心神不宁,
我知道我的言辞充满了危险,充满死亡的凶器,
因为我面对着平静、安全及一切既定的法则,要
　　推翻它们,
大家摒弃我,将比大家接受我使我更为坚决,
任何经验、警告、大多数和讥笑我全不在意,我
　　从来都不以为意,
所谓地狱的威胁,我看来算不了什么,或甚至不
　　值一笑,
所谓天国的引诱,我看来算不了什么,或甚至不
　　值一笑,
亲爱的伙伴哟!我承认我曾怂恿你,而现在仍然
　　在怂恿你和我一同前进,虽然我一点也不知道
　　何处是目的地,
也不知道我们是否将得到胜利,或者将完全毁灭
　　和失败。

优美的星团

优美的星团!丰饶的生命的旗帜!
覆盖着我所有的国土——所有连绵不断的海岸!
死亡的旗哟!(我怎样透过那紧迫的战斗的硝烟
　　望着你!
我怎样听到你挑战的英姿在猎猎地招展!)
天蓝色的旗——光辉灿烂的旗,点缀着夜空的星
　　辰哟!
啊,我的银光闪闪的美人——啊,我的雪白的,
　　绯红的,毛茸茸的!
我要高唱你的歌啊,我的伟大的主妇!
我的神圣者,我的慈母!

给某个平民

你向我要过悦耳的韵语吗?
你寻求过老百姓的和平而忧伤的韵语吗?
你发现了我以前所唱的歌你难以听懂吗?
噢,我以前并不是要让你听懂、让你理解而唱的
　　呀——现在也不是;
(我和战争属于同一个来源,军鼓的咚咚声对我永
　　远是悦耳的,我最爱军队的哀乐,
它为军官送葬时那缓缓的哀鸣和痉挛的哆嗦;)
像我这样一个诗人对于像你那样的人有什么意义
　　呢? 那么别管我的诗了,
从你所懂得的东西中,从钢琴曲中去寻找安慰吧,
因为我不会安慰人,你也永远不会了解我。

瞧，山顶上的女战胜者

瞧，山顶上的女战胜者，
你在那里以高扬的眉宇注视着世界，
（那世界，自由哟，曾经阴谋反对你，可是输了，）
在突破它的无数次艰苦的围攻，把它们全部粉碎
　　之后，
你屹立着，让太阳照耀在周围，
如今安然无恙，永远强健而焕发地飘扬——嗨，
　　在这崇高的时刻，
我歌唱着，但不能带给你骄傲的诗篇，也没有卓
　　越的狂欢曲，
只有这包含着夜色和滴血的伤口的一簇，
以及对死者的赞歌。

已经完成了任务的精灵

(华盛顿城,1865年)

已经完成了任务的精灵——可怕时刻的精灵哟!
请在告别前让你的刺刀丛在我眼前消隐;
最阴暗的恐惧与疑虑的精灵,(可是始终毫不动摇
　　地前进,)
经历过许多严峻的日子和野蛮情景的精灵——带
　　电的精灵,
在已经结束的整个战争时期发着喃喃抱怨的声音,
　　飞来飞去,像个不倦的鬼影,
以火焰般的呼吸唤醒土地,同时你不停地敲着鼙
　　鼓,
如今那鼓声,那空洞而粗嘎的响到最后的鼓声仍
　　在我周围振动,
当你的军队,你的不朽的军队从战场上回来,
当年轻士兵的枪支还扛在他们肩上,
当我望见他们肩上那些高挑着的刺刀,
当那些斜矗着的刺刀像森林般在远处出现,走近
　　了又继续前进,一路走回家乡,
它们以坚定的姿态行进,前后左右地摇摆,
合着整齐的步伐均匀而轻捷地起落晃荡;
我所熟悉的那些时刻的精灵哟,那时头天兴奋得
　　脸色通红,第二天如死一般灰白,
在你离去之前吻吻我吧,紧贴着我的嘴唇,
把你的激跳的脉搏留给我——把它们遗赠给
　　我——用那痉挛的血流充实我,
让它们在你走了之后,在我的歌吟中烧灼沸腾,
让它们在这些歌中体现你,好叫未来确认。

向一个士兵告别

再见啊,士兵!
你经历了猛烈的战阵,(我也参加了,)
迅速的行军和驻营的生活,
两军对垒时激烈的争夺,长途的迂回牵引,
浴血搏斗中的厮杀,刺激,惨烈得骇人的角逐,
所有英勇者为之惊心动魄的场面,贯穿着你和你
 的同伴的连串的光景,
被战争和战争表现所充塞的光景。

再见吧,亲爱的同志,
你已经完成了使命——可是我,更加好战的,
我自己和我的这个好斗的灵魂,
仍然承担着我们自己作战的职分,
要通过未曾哨探的、布满埋伏之敌的道路,
要通过许多次的惨败和危机,时常困窘,
在这里继续挺进,永远挺进——噢,在这里大打
 一场,
来表现一些更凶猛、更重大的战争。

转过身来啊,自由

转过身来啊,自由,因为战争已经结束,
从它转过身来,从此扩展,不再怀疑,坚决地席
　　卷世界,
转过身来,从那些使人回想的记载着历史证据的
　　地区,
从那些歌唱过去的光荣事迹的歌手们,
从封建世界的赞歌,国王的凯旋,奴隶制和等级
　　制度,
转向一个行将享有胜利的世界——抛弃那个落后
　　了的世纪,
把它赠给那些迄今为止的歌者,把悠久的过去交
　　给他们,
但是那些保留下来的要留给新的歌者和你——未
　　来的战争留给你,
(瞧,过去的战争多么及时地使你熟悉了,当今的
　　战争也要熟悉;)
那么,转过身来,别害怕啊,自由——把你那不
　　朽的脸转过来,
转向未来,那空前伟大的未来,
那正在迅速而可靠地为你做好准备的地带。

向那发酵的、他们奔走过的土地

向那发酵的、他们奔走过的土地,我呼唤着,最
　　后一次高歌,
(我从帐篷里永远走出,放松和解开帐篷的绳索,)
在午前新鲜的空气里,在远远伸展着的周遭和恢
　　复了的和平的前景中,
向那热如流火的开阔的田野,向南方和北方远处
　　无尽的天末,
向那广大西方世界的已发酵的土地,为了证实我
　　的歌声,
向亚列范尼群山和不倦的密西西比河,
向那些岩石,向森林中所有的树木,我呼唤着、
　　歌唱着,
向英雄们的诗的平原,向辽阔铺展的大草地,
向远方的海和无形的风,以及清新而摸不着的大
　　气,
而它们全都响应着做出回答,(但不是用言辞,)
那普通的陆地,战争与和平的见证者,都默默地
　　表示认识,
那大草原把我拉近,像父亲把儿子拉近宽广的胸
　　膛,
那北方生我的冰雪和雨水将养我到老,
可是南方炎热的太阳要使我的诗歌充分成熟而健
　　壮。

Leaves of Grass

草叶集
Leaves of Grass
{下}

〔美〕惠特曼 —— 著
楚图南 李野光 —— 译

人民文学出版社

1819—1892

林肯总统纪念集

当紫丁香最近在庭园中开放的时候 *

1

当紫丁香最近在庭园中开放的时候,
那颗硕大的星星在西方的夜空陨落了,
我哀悼着,并将随着一年一度的春光永远地哀悼
　着。

一年一度的春光哟,真的,你带给我三件东西:
每年开放的紫丁香,那颗在西天陨落了的星星,
和我对于我所敬爱的人的怀念。

2

啊,在西天的陨落的强大的星星哟,
啊,夜的阴影——啊,悲郁的、泪光闪烁的夜哟!
啊,巨大的星星消失了——啊,遮没了星光的黑
　暗哟!
啊,紧攫着我使我完全无力挣扎的残酷的手哟——
　　啊,我的无助的灵魂哟!
啊,包围着我的灵魂使它不能自由的阴霾哟!

3

在一间古老的农舍前面的庭园里,靠近粉白的栅栏,
那里有一丛很高的紫丁香,长着心形的碧绿的叶
　　子,

开满了艳丽的花朵,充满了我所喜爱的强烈的芳
　　香,
每一片叶子都是一个奇迹——我从这庭园里的花
　　丛中,
这有着艳丽的花朵和心形的绿叶的花丛中,
摘下带着花朵的一个小枝。

4

在大泽中僻静的深处,
一只隐藏着的羞怯的小鸟唱着一支歌。

这只孤独的鸫鸟,
它像隐士般藏起来,避开人的住处,
独自唱着一支歌。

唱着咽喉啼血的歌,
唱着免除死亡的生命之歌,(因为,亲爱的兄弟,
　　我很知道,
假使你不能歌唱,你一定就会死亡。)

5

在春天的怀抱中,在大地上,在城市中,
在山径上,在古老的树林中,那里紫罗兰花不久
　　前从地里长出来,点缀在灰白的碎石之间,
经过山径两旁田野之中的绿草,经过无边的绿草,

经过铺着黄金色的麦穗的田野,麦粒正从那阴暗
　　的田野里的苞衣中露头,
经过开着红白花的苹果树的果园,
一具尸体被搬运着,日夜行走在道上,
运到它可以永远安息的墓地。

6

棺木经过大街小巷,
经过白天和黑夜,走过黑云笼罩的大地,
卷起的旌旗排成行列,城市全蒙上了黑纱,
各州都如同蒙着黑纱的女人,
长长的蜿蜒的行列,举着无数的火炬,
千万人的头和脸如同沉默的大海,
这里是停柩所,是已运到的棺木,和无数阴沉的
　　脸面,
整夜唱着挽歌,无数的人发出了雄壮而庄严的声音,
所有的挽歌的悲悼声都倾泻到棺木的周围,
灯光暗淡的教堂,悲颤的琴声——你就在这一切
　　中间移动着,
丧钟在悠扬地、悠扬地鸣响,
这里,你缓缓地走过的棺木啊,
我献给你我的紫丁香花枝。

7

(并不是献给你,仅仅献给你一个人,

我将花枝献给一切的棺木,
因为你,如同晨光一样的清新,啊,你神志清明
　　而神圣的死哟!我要为你唱一首赞歌。

满处是玫瑰花的花束,
啊,死哟!我给你盖上玫瑰花和早开的百合花,
但是最多的是现在这最先开放的紫丁香,
我摘下了很多,我从花丛中摘下了很多小枝,
我满满的双手捧着,撒向你,
撒向一切的棺木和你,啊,死亡哟!)

8

啊,徘徊在西方天空上的星,
现在我明白一个月前你是什么意思了,当我走过
　　的时候,
当我沉默地在薄明的黑夜之中走过,
当我看见你每夜低垂下来好像要告诉我些什么,
当你好像从天上降落,降落到我的身边,(别的星
　　星只是观望着,)
当我们共同在庄严的夜间徘徊,(因为好像有一种
　　我所不知道的东西搅扰得我不能安睡,)
当夜深了,我看见在西方天边远处,你是如何地
　　充满了悲哀,
当我在高地上,站在薄明的凉夜的微风之中,
当我看着你渐渐逝去,并消失在夜的黑暗之中的
　　时候,

我的灵魂也在苦痛失意中向下沉没了，跟你悲伤
　　的星星一样，
完结，在黑夜中陨落，并永远消失了。

9

你在大泽之中，唱下去吧，
啊，羞怯的，温柔的歌者哟！我听到了你的歌声，
　　我听到了你的叫唤，
我听见了，我就要来了，我懂得你，
但我还要延迟一刻，因为那颗晶莹的星留住了我，
那颗晶莹的星，我的就要分别的朋友，抓住我、
　　留住了我。

10

啊，我将如何为我所敬爱的死者颤声歌唱？
我将如何为那已经逝去了的巨大而美丽的灵魂来
　　美化我的颂歌？
我将以什么样的馨香献给我敬爱的人的坟茔？

海风从东方吹来，也从西方吹来，
从东方的海上吹来，也从西方的海上吹来，直到
　　在这里的草原上相遇，
我将以这些和我的赞歌的气息，
来熏香我敬爱的人的墓地。

11

啊,我将拿什么悬挂在灵堂的墙壁上呢?
我将用什么样的图画装点这里的墙壁,
来装饰我所敬爱的人的永息的幽宅呢?

那将是新生的春天和农田和房舍的图画,
图画里有四月间日落时候的黄昏,有清澄而明亮
  的烟霞,
有壮丽的、燃烧在空中、燃烧在天上的摇曳下沉
  的落日的万道金光,
有着没胫的清新的芳草,有着繁生的嘉树的凄凉
  的绿叶,
远处河面上流水晶莹,这里那里布满了风向旗,
两岸上有绵亘的小山,天空纵横交错着无数的阴
  影,
近处有房舍密集的城市,有无数的烟囱,
还有一切生活景象,工厂,和放工回家的工人。

12

看哪,身体和灵魂——看看这地方,
这是我的曼哈顿,这里有教堂的尖顶,有汹涌的、
  闪光的海潮和船舶,
这广阔而多样的陆地,南北都受到光照,有俄亥
  俄的海岸和密苏里的水乡,
并且永远在广大的草原上满铺了青草和稻粱。

看哪，最美的太阳是这么宁静、这么岸然，
蓝色和紫色的清晓吹拂着微微的和风，
无限的光辉是那么温柔清新，
正午的太阳神奇地沐浴着一切，
随后来到的美丽的黄昏，和受欢迎的夜和星光，
全都照临在我的城市之上，包裹了人民和大地。

13

唱下去吧，唱下去吧，你灰褐色的小鸟哟！
从大泽中，从僻静的深处，从丛树中倾泻出你的
　　歌声，
让它透过无限的薄暮，透过无限的松杉和柏林。

唱下去吧，最亲爱的兄弟哟！如箫管之声一样地
　　歌唱吧，
以极端悲痛的声音，高唱出人间之歌。

啊，流畅自如而温柔！
啊，你使我的灵魂奔放不羁了——啊，你奇异的
　　歌者哟！
我原只听从你——但不久就要离去的那颗星却把
　　我留住了，
发散着芬芳的紫丁香花也把我留住了。

14

现在,我在白天的时候,坐着向前眺望,
在农民们正在春天的田野里从事耕作的黄昏中,
在有着大湖和大森林的不自知的美景的地面上,
在天空的空灵的美景之中,(在狂风暴雨之后,)
在午后的时光匆匆滑过的苍穹之下,在妇女和孩
 子们的声音中,
汹涌的海潮声中,我看见船舶如何驶过去,
丰裕的夏天渐渐来到,农田中人们忙碌着,
无数的分散开的人家,各自忙着生活,忙着每天
 的饮食和琐屑的日常家务,
大街如何像急跳的脉搏,而城市如何在窒闷中喘
 息,看哪,就在此时此地,
降落在所有一切之上,也在一切之中,将我和其
 余一切都包裹住,
出现了一片云,出现了一道长长的黑色的烟缕,
我认识了死,死的思想和神圣的死的知识。

这时,好像这死的知识在我的一边走着,
而死的思想也紧随着我,在我的另一边,
我夹在他们之中如同在同伴中一样,并紧握着同
 伴们的手,
我忙着逃向那隐蔽着、容受着一切的、无言的黑夜,
到了水边,到了浓密大泽附近的小道,
到达了静寂的黝黑的松杉和阴森的柏林。

那对于一切都感到羞涩的歌者却欢迎我,
我认识的这只灰褐色的小鸟,它欢迎我们三个人,
它唱着死之赞歌和对于我所敬爱的人的哀辞。

从幽邃而隐蔽的深处,
从这么沉静的芳香的松杉和阴森的柏林,
传来了这只小鸟的歌声。

歌声的和美使我销魂,
就好像在黑夜中我握着我同伴的手一样,
我的心的声音应和着这只小鸟的歌声。

来吧,可爱的,予人以慰藉的死哟,
像波浪般环绕着世界,宁静地到来,到来,
在白天的时候,在黑夜的时候,
或迟或早地走向一切人,走向每个人的、微妙的
  死哟!

赞美这无边的宇宙,
为了生命和快乐,为了一切新奇的知识和事物,
为了爱,最甜美的爱——更赞美,赞美,加倍地
  赞美,
那凉气袭人的死的缠绕不放的两臂。

总是悄悄地走近身边的晦暗的母亲,
没有人来为你唱一支全心欢迎你的赞歌么?
那么我来给你唱吧,我赞美你超于一切之上,

我献给你一支歌,使你在必须来的时候,可以毫
  不踌躇地到来。

来吧,你强大的解放者哟,
当你把死者带去时,我欢欣地为他们歌唱,
他们消失在你的可爱的浮动的海洋里,
沐浴在你的祝福的水流里,啊,死哟。

我为你,唱着快活的小夜曲,
用舞蹈向你致敬,为你张灯结彩,广开欢宴,
高空和旷野的风景正宜人,
还有生命和田野,和巨大而深思的黑夜。

黑夜无声地聚在繁星下面,
海岸上有我熟悉的海浪的沙沙低语一般的声音,
这时灵魂正转向你那里,啊,你硕大而隐蔽着的
  死哟,
身体也怀着感激的心情紧紧地向你依偎。

我从树梢上吹送一支歌给你,
它飘过起伏的海浪,飘过无数的田地和广阔的草
  原,
飘过人烟稠密的城市和熙熙攘攘的码头街道,
我带着欢乐,带着欢乐吹送这支赞歌给你,啊,
  死哟!

15

合着我的心灵的节拍,
这灰褐色的小鸟,大声地歌唱着,
清越而悠然的歌声,弥漫了、充满了黑夜。

在浓密的松杉和柏林中大声地唱着,
在芳香的大泽和清新的雾气中清晰地唱着,
而我和我的同伴,在夜间,却停留在那里。
本来在我眼里束缚着的视线现在解开了,
立刻看到了长卷的图画。

我看见了无数的军队,
我好像在静寂无声的梦里,看见千百面战旗,
在炮火的烟雾中举着,为流弹所洞穿,
在烟雾中转战东西,被撕碎了,并且染上了血迹,
最后旗杆上只剩下几块破布,(一切都沉寂了,)
这些旗杆也已碎断而劈裂。

我也看见了无数战士的尸体,
我看见了青年的白骨,
我看见所有阵亡战士的残肢断体,
但我看见他们不是想象的那样,
他们完全安息了,他们没有痛苦,
只是生者留下来感到痛苦,母亲感到痛苦,
他们的妻子和沉思着的同伴感到痛苦,
还有那剩下的军队感到痛苦。

16

经过了这些景象，经过了黑夜，
经过握过又松开了我手的同伴的手，
也经过了隐藏着的小鸟的歌声，那和我的灵魂合
　　拍的歌声，
胜利的歌声，死之消逝的歌声，永远变化而多样
　　的歌声，
低抑而悲哀，清晰而分明，起伏着、弥漫了整个
　　黑夜，
悲哀、低沉、隐隐约约、更令人心惊，但最后又
　　突变为一种欢乐的音调，
普盖大地，填满天空，
当我在夜间从静僻深处听见那强力的圣歌的时候，
我走过去，留下你这带着心形的绿叶的紫丁香，
我留下你在庭园中，让你随着每度春光归来，开放。

我要停止我对你的歌唱了，
我将不再面向西方、对你眺望、和你交谈，
啊，在黑夜中你银白色的脸面上发光的伴侣哟！

我要把这一切都保留下，不让它随着黑夜消逝，
这歌声，这灰褐色的小鸟的神奇的歌声，
这合拍的歌声，我的心的深处的回应，
还有这满怀着悲愁的，发光的，沉落的星星，
听见小鸟的召唤而紧握着我手的我的同伴，

是的，我的同伴，我夹在他们中间，我要永留着
　　对他们的记忆，为了我敬爱的死者，
为了那个在我的一生中和我的国土中的最美好、
　　最智慧的灵魂，正是为了他的缘故，
在那里，在芳香的松杉和朦胧阴暗的柏林深处，
紫丁香、星星和小鸟同我的深心的赞歌都融混在
　　一起了。

啊，船长，我的船长哟！

啊，船长，我的船长哟！我们可怕的航程已经终了，
我们的船渡过了每一个难关，我们追求的锦标已
　　经得到，
港口就在前面，我已经听见钟声，听见了人们的
　　欢呼，
千万只眼睛在望着我们的船，它坚定、威严而且
　　勇敢；
　　　只是，啊，心哟！心哟！心哟！
　　　啊，鲜红的血滴，
　　　　　就在那甲板上，我的船长躺下了，
　　　　　他已浑身冰凉，停止了呼吸。

啊，船长，我的船长哟！起来听听这钟声，
起来吧——旌旗正为你招展——号角为你长鸣，
为你，人们准备了无数的花束和花环——为你，
　　人群挤满了海岸，
为你，这晃动着的群众在欢呼，转动着他们殷切
　　的面孔；
　　　这里，船长，亲爱的父亲哟！
　　　让你的头枕着我的手臂吧！
　　　　　在甲板上，这真是一场梦——
　　　　　你已经浑身冰凉，停止了呼吸。

我的船长不回答我的话，他的嘴唇惨白而僵硬，
我的父亲，感觉不到我的手臂，他已没有脉搏，
　　也没有了生命，
我们的船已经安全地下锚了，它的航程已经终了，

从可怕的旅程归来，这胜利的船，目的已经达到；
啊，欢呼吧，海岸，鸣响吧，钟声！
只是我以悲痛的步履，
　　漫步在甲板上，那里，我的船长躺着，
　　他已浑身冰凉，停止了呼吸。

今天让兵营不要作声

（1865年5月4日）

今天让兵营不要作声，
士兵们，让我们把打旧了的武器用黑纱盖上，
每个人都带着沉思的灵魂走回来，
哀悼我们亲爱的司令的死亡。

对于他，生活中不再有风暴般的斗争了，
也不再有胜利，不再有失败——不再有暗中的事
　　变，
像连绵的乌云在天空中滚滚向前。

但是歌唱吧，诗人，以我们的名义，
歌唱我们对他的爱——因为你，兵营中的居住者，
　　对它最熟悉。

当他们在那里给灵柩盖上拱顶，
歌唱吧——当他们在他上面关闭大地之门——唱
　　一首诗吧，
为了士兵们的沉重的心。

这就是那个人的遗骸

这就是那个人的遗骸,
那个温和、平易、正直、果敢的人的遗骸,在他
　　的小心指挥下,
反抗历史上任何时候任何地方从未有过的最可耻
　　的罪恶,
由这些州组成的联邦没有被摧垮。

在蓝色的安大略湖畔

1

在蓝色的安大略湖畔,
当我默想着那战争年代和恢复了的和平,以及一
　去不返的死者,
一个巨人般魁伟的幽灵以严峻的表情招呼我,
给我吟诵那首出自美国心灵的诗吧,它说,为我
　吟唱胜利的颂歌,
并且奏起自由进行曲,一些更加高亢的进行曲,
在你离去之前,为我歌唱民主诞生中的阵痛时刻。

(民主,命定的征服者,可是还到处有奸诈的假笑,
每走一步都会遇到死亡和叛逃。)

2

一个民族宣布它自己的崛起,
我自己只生产那些能够让我受到欣赏的东西,
我什么也不拒绝,接受一切,然后进行再生产,
　完全以我自己的形式。

一个只能由时间和实践来证明的品种,
我们是什么就是什么,出生就足以回答那些异议,
我们使用自己就像挥舞我们的武器,
我们自己就是强大而惊人的,
我们就是自己意志的执行者,我们自己已十分丰

富多姿，
我们认为我们自己，而且我们本身，就是最美丽的，
我们镇静自如地站在当中，从这里向全世界伸展，
从密苏里，内布拉斯加，或者堪萨斯，藐视那些
　　可笑的抨击。

在我们自身之外没有什么对于我们是邪恶的，
无论有什么看来像是那样，或者不像是那样，只
　　有我们自身才是美丽的或邪恶的。
(母亲哟——姐妹们哟，亲爱的！
如果我们消失了，那不是胜利者毁灭了我们，
那只是我们自己在向黑夜沉沦。)

3

你想没想过只能有一个至尊？
其实能够有任何数目的至尊——他们并不互相抵
　　触，像一条视线与另一条视线，一个生命与另
　　一个生命。

一切对于一切都是适宜的，
一切都是为个人，一切都是为你，
所有的身份，上帝的或任何人的，都没有禁忌。

一切经由身体，只有健康才使你同宇宙亲昵。

生产伟大的人物，其余的在后面跟随。

4

虔诚与顺从归那些喜爱的人,
安逸、肥胖症、忠诚,归那些喜爱的人,
我只嘲笑地威逼男人、女人、民族,
叫喊着:从你们的座位上跳起来,去为生命而斗争!

我是那个走遍美国的人,逢人便以带刺的口气质问:
你是谁,专门打听你已经知道的事情?
你是谁,只要一册附和你的废话的书本?

(生育了多少儿女的产妇啊,我以像你那样的阵痛和叫喊,
将这些粗野的喧嚷向一个自豪的民族奉献。)
各个国家啊,你们想比历史上所有的国家更加自由吗?
如果你们想比历史上所有的国家都更自由,就来听我说吧。

避免优美、雅致、文明、奢侈,
力戒日食肥馔,啜饮蜂蜜,
提防大自然日益致命的成熟,
当心那些引起国家和人民逐渐衰弱的东西。

5

历史，祖先，早已在积累漫无目的的材料，
美国产生建筑师，也产生它自己的风格。

亚洲和欧洲的不朽的诗人们已完成他们的任务，
　　向别的世界转移了，
只留下一项工程，即超过他们的全部成就。

美国，对外国人的性格感到新奇，但要冒险坚持
　　它自己的特征，
它独立客观、广大、丰富、健壮，引进先人们的
　　真实的价值，
不排斥他们或过去的事物，或他们以自己的方式
　　生产的成品，
冷静地吸收教益，打量着从住宅里缓缓搬出的死尸，
知道它还得在室内停留一会儿，因为它最适合它
　　的时代，
尽管它的生命已嬗传给那个高大健壮而体态优美
　　的后嗣，
而他将最适合他的世纪，并且已经到来。

任何时期都有一个民族领导，
总有一个国家是未来的希望和依靠。

这些州就是最宏伟的诗，

这里不只是一个民族,而且是由多民族组成的一
 个丰饶的民族,
这里人们的行为与昼夜传播的那些行为相一致,
这里有在不讲特殊的广大群众中流行的东西,
这里有灵魂所爱的粗人,大胡子,友好,好斗的
 品性,
这里有流动的队列,有人群、平等、多样性,都
 为灵魂所珍惜。

6

让这多国之国和诗人们证实吧!
一个属于他们和处于他们中的人将他的西方型的
 脸扬起,
对于他,父母双方都遗传了世袭的面容,
他的首要成分是物质、土地、水、动物、树木,
由普通的材料构成,有远远近近的发展天地,
惯于不依靠别的国家,只赋予这个国家以形体,
将它从肉体到灵魂全部吸入自己,以无比的爱抱
 着它的头颈,
将他的生殖肌伸入它的优点和缺点里,
让它的城市、创始、活动、多样性和战争在他身
 上发声,
让它的河流、湖泊、海湾和入海口在他身上奏鸣,
让年年暴涨和急流多变的密西西比河,让哥伦比
 亚河、尼亚加拉瀑布和哈德逊河,在他身上可
 爱地奔泻,

如果大西洋海岸延伸，或者太平洋海岸延伸，他
　　就与它们一起向南北延伸，
在它们之间横跨东西两面，对它们之间的一切给
　　以触摸、温存，
各种的生长物从他长出，衬托着松树、雪松、铁杉、
　　槲树、刺槐、栗树、山核桃、三角叶杨、柑橘、
　　木兰，
像任何藤丛和沼泽那样，他身上也缠满了纠结，
他好比那高山的山腰和山峰，以及披着北方透明
　　冰块的森林，
如热带草原般肥美的天然牧场、大草原和高地从
　　他那里伸展，
他浑身是飞翔、回旋、尖叫，应和着那些鱼鹰、
　　知更鸟、夜间的苍鹭，以及老鹰的声音，
他的精神环绕着他的国家的精神，向善与恶开放，
环绕着现实事物的本质，包括古代现代的种种，
环绕着刚刚发现的海岸，岛屿，红种土人的部落，
久经风雨的船只，登陆处，定居地，胚胎的身材
　　和肌筋，
建国初年傲慢的挑战，战争，和平，宪法的制定，
各个分立的州，简单而灵活的计划，侨民，
常常充斥着饶舌者但仍经常自信而坚定不移的联
　　邦，
未经勘定的内地、木头房子、林中空地、野兽、
　　捕兽者、猎人，
环绕着多种多样的农业、矿山、气温，以及成立
　　新州的酝酿，

一年一度召开的国会,从边远地区如期赶到的议
    员,
环绕着机械工和农民,特别是青年的高尚品行,
适应着他们的礼貌、言谈、衣着、友谊,以及他
    们那种因未曾经验过置身于优越者面前而表现
    的步态,
他们容貌的清新和坦率,他们的颅相所显示的果
    断和丰盈,
他们仪表上的明显的洒脱,他们被冤枉时的凶狠,
他们谈吐的流利,他们对于音乐的爱好,他们的
    好奇心、厚道和慷慨,以及整个的品性,
他们的奔放的热情和冒险精神,强大的爱欲,
女性对男性的完全平等,人口的流动,
优良的海运,自由贸易,渔业,捕鲸,淘金业,
码头罗列的城市,联络各地的铁路和轮船航线,
工厂,商业活动,节省劳力的机器,东北部,西北部,
    西南部,
曼哈顿消防员,北方佬的交易,南方种植园主的
    悠闲,
奴隶制——想在所有其他地方的废墟上来发展它
    的血腥的背叛,
对它的顽强搏斗——凶手哟!就以你们和我们大
    家的生命为赌注,别再拖延。

7

(瞧,今天,高高地伸向天空,

从征服者的战场上回来的自由哟,
我注意到你头顶周围那个新的光环,
它不再轻柔如星云,而是炫目的、猛烈的,
放射着战争的火焰和烁烁的电闪,
而你坚定不移地站在那里,
仍然是浇不可灭的目光,高举紧握的双拳,
你的一只脚踏在威吓者的颈上,这个狂妄者已在
　　你脚下被完全踩扁,
那个愚蠢而傲视一切的、带着杀人匕首趾高气扬
　　的恐吓者,
那个大吹大擂的家伙,昨天还不可一世的浑蛋,
今天已成为一堆被诅咒的腐肉,世界上最可鄙的
　　东西,
早已抛在粪堆上的蛆虫里,那腥臭的废物一团。)

8

别的都在了结,只有共和国永远建造,永远前程
　　万里,
别的都在装饰过去,只有你现今的日子哟,我来
　　装饰你,
未来的日子哟,我相信你——为了你,我不惜孤
　　立自己,
美国啊,只因你为人类建设,我就建设你,
令人深爱的石匠们啊,我领着他们,那些富于果
　　断和科学精神的设计者,
我以友爱的手领着现今向未来走去。

(为所有那些给下一个时代输送明智的儿女的冲动
　　欢呼啊!
但要诅咒那种随便将污染、痛苦、沮丧和虚弱遗
　　传给后代而混过自己一生的败类。)

9

我谛听着安大略湖边的那个幽灵,
我听见那声音扬起来,向诗人们发出呼吁,
那些本地的伟大诗人,只有由他们,这些州才能
　　融合为一个国家的整体。

用契约或强制把人民结合在一起是没有意思的,
只有那种把一切像身体的四肢或植物的纤维那样
　　聚集在同一生活原则下的力量,才能把人们结
　　合在一起。

在所有的民族和时代,这些饱和着诗情的州最需
　　要诗人,将拥有最伟大的诗人,并且最充分地
　　尊重他们,
它们的总统将不如它们的诗人能管理好它们共同
　　的事情。

(爱的灵魂和火的言语!
能透视最深奥秘和对全世界一览无余的眼力!
母亲啊,你在一切方面那样丰富多产,可是多久

了还如此贫瘠，贫瘠？）

10

这些州的诗人是平静的人，
当事物不在他身上而在他身外时，便是荒诞的、古怪的，不能产生充分的成果，
凡是不得其所的东西都不会好，凡是适合的东西都不会错，
他赋予每个对象或品种以适当的均衡，不多也不少，
他是各种事物的仲裁人，他是司铎，
他是他的时代和国家的平衡器，
他供应那些需要供应的，他抵制那些应受抵制的，
和平时期他宣扬大规模的、富足的、节约的和平精神，提倡建设人口众多的城镇，奖励农业、艺术、贸易，启迪对于人、灵魂、健康、不朽和政府的研究，
战时他是最有力的战争支持者，他能提供与工程师的一样好的大炮，他能用自己的每句话鼓舞士气，
他以自己的坚定信念力挽狂澜，避免时代背信的趋势，
他不是辩士，他是裁判，（大自然绝对承认他，）
他不像法官那样裁判，而是像阳光倾注到一个无助者的周围，
由于他看得最远，他才有最大的信念，

他的思想就是对事物的赞美诗,
他在关于上帝和永恒的争论中缄默不语,
他看出永恒并不像一出有头有尾的戏剧,
他看出永恒就在男人和女人身上,他不把男人和
　女人看得虚幻或卑微。

为了那个伟大的思想,关于完美而自由的个人的
　思想,
为了它,诗人走在前面,作为首领们的首领,
他的态度鼓舞奴隶们起来,使外国的暴君们心惊
　胆丧。

自由不会灭亡,平等永不衰朽,
它们生活在青年人和最优秀的妇女的感情中。
(世界上那些不屈的头颅绝不是白白地随时准备为
　自由而掉落。)

11

为了那个伟大的思想,
我的兄弟们哟,那就是诗人的使命。

始终准备着坚决反抗的歌曲,
迅速地武装起来和挺进的歌曲,
和平的旗帜赶快卷起,代之以我们熟悉的旗帜,
那面伟大思想的好战的旗帜。

（那愤怒的巨幅哟，我看见它在那里跳跃！
我又一次站在弹雨中向你迎风舒卷的英姿致敬，
我到处歌唱你，你飞扬着、召唤人们经历了整个
　　战争——啊，那硬拼苦斗的战争！
大炮张开红光闪闪的炮口——冲口而出的炮弹嘶
　　叫着，
火线在硝烟中形成——密集的射击从阵地上连续
　　发出，
听，那震天的呼喊"冲啊！"——时而是扭打和
　　狂暴的叫声，
时而尸体仆倒，蜷伏在地面上，
僵冷地，为了你的宝贵的生命，
愤怒的旗哟，我望见你飞跃不停。）

12

你可是那个想在这儿美国当一名教师或做个诗人
　　的人？
这样的身份是可敬的，但条件却严酷得很。

谁要想在这里任教就得全身心地准备好，
他得好好地考察，思量，武装，设防，加固，使
　　自己变得机灵，
他一定得事先接受我的严峻的质问。

你究竟是谁，要对美国说话或歌唱？
你是否研究过这个国家以及它的俗语和人民？

你学习过这个国家的生理学、骨相学、政治、地理、
　　自尊、自由和友谊吗？还有它的基础和目标？
你有没有考虑过这个国家独立第一年第一天由三
　　军首脑华盛顿宣读的、经委员们签署、各州批
　　准的纲领？
你掌握了联邦宪法吗？
你知不知道是谁把所有的封建体制和诗歌抛在后
　　面而采用了民主的诗歌和规程？
你忠实于事物吗？你讲授陆地与海洋、男人肉体、
　　女人特性、爱恋以及英雄义愤所讲授的东西吗？
你迅速通过了那些匆匆过眼的风习和名望吗？
你能否坚贞不移地抵制所有的诱惑、愚昧、混乱
　　和猛烈的争斗？你是不是很强壮？是不是真的
　　属于全体人民？
你不属于什么小集团？或者某个学派乃至宗教？
你已经不再评论和指摘生活了？如今在热衷于生
　　活本身？
你是否由于这些州的孕育而自己更加生机旺盛？
你也有古老而又永远新鲜的容忍和公正吗？
你是不是同样喜爱那些逐渐坚强和成熟的东西？
　　那些最幼小的？或者无论大小？以及那些迷路
　　的人？

你给我的美国带来的这个是什么？
这与我的国家相配吗？
这不是从前已经更好地说过或做过的吗？
你没有把它或它的精神用海船运进来吧？

它不只是一个传说？一篇韵文？一种美饰？其中有没有高尚古老的大义呢？

它没在敌国的诗人、政治家和文化人的脚跟后面追随了许久吗？

它没有设想那些已经臭名昭著地消失了的东西在这里依然存在吗？

它能满足普遍的需要吗？它会改良风尚吗？

它像军号般欢呼过联邦在那场南北战争中的光荣胜利吗？

你的行为能够面对广大田野和海滨吗？

它会吸入我，犹如我吸收食物、空气然后再在我的力量、步履和面容上表现那样吗？

它获得过实际职业的助益吗？是创造性的工作者而不是简单的抄写员？

它能正面适应现代的发现、规格和实际吗？

它对美国的人物、进步和城市有什么意义？对芝加哥、加拿大、阿肯色呢？

它看到了表面的管理人背后那些静静地站着和威吓着的真的管理人吗——那些机械工，曼哈顿人、西部人、南部人，他们在冷漠无情和乐于爱别人方面同样是很突出的？

它看到了那些最后会落在而且往往已终于落在每一个曾经向美国有所贪求的妥协者、掩饰者、旁观者、偏袒者、危言耸听者、背信者的头上的东西吗？

多么嘲弄人和鄙视人的过失啊！

前车之辙撒满了骨灰，

其余的被轻蔑地在路旁抛弃。

13

诗和诗人消失了，从诗中提炼出来的诗也归于消亡，
大群大群的反映者和文雅者过去了，只留下灰烬，
羡慕者们，输入者们，恭顺的人们，只成为文学的土壤，
美国在证明它自己，只要有时间，没有什么伪装能骗住它或瞒过它，它绝不轻易上当，
它只向自己的同类走上前去，迎接它们，
如果它的诗人出现了，它会及时走去迎接他们，不怕显得鲁莽，
（一个诗人要获得证书，只有当他的国家亲切地吸收了他，正如他吸收了它那样。）

只有精神上做了主的人才能做主，只有最后令人喜爱的人才最可爱，
为时间所欣赏的强健者的血液才畅通无碍；
在需要诗歌、哲学、一部相称的本国大歌剧、造船术和任何技艺的时候，
谁提供了最大创造性的实际榜样谁就是第一流。

一种悄悄地脱颖而出若无其事的人已经在大街上出现了，
人民只向实干家，爱别人的人，满足需要的人，

有真知灼见的人，欢呼致敬，
很快就不会有牧师了，我说他们的使命已经完成，
在这里死亡没有什么意外，生活却永远充满意外的事情，
你的身体、起居、礼貌是极好的吗？你死后也会极好，
正义、健康、自尊，用无敌的力量开辟道路；
你怎敢阻挠一个人前进？

14

美国各州啊，排在我后面！
有个人在一切之前——我自己，代表众人，在一切之前。

按我的劳务付给我报酬，
让我来唱那个伟大思想的歌，其余的全都拿走，
我爱上了大地、太阳、动物，我鄙视财货，
我给了每个要求的人以救济，我起而支持那些愚人和疯子，把收入和劳动奉献给旁人，
憎恶暴君，不辩论有关上帝的事，对人民忍耐而宽容，但不向任何知名或无名的人致敬，
同有体力而无文化的人和青年人、同家庭主妇们融洽相处，
在野外对我自己朗读这些诗篇，凭树木、星辰、河流来考验它们，
凡是侮辱我灵魂和损害我肉体的都予以排除，

凡属我不曾以同样条件替别人热心要求过的东西,
　　概不为我自己申请,
迅速赶到军营去会见那些从每个州征集来的同志,
(在我这胸脯上曾经有许多濒死的士兵倚靠着完成
　　了最后一次呼吸,
这条胳臂,这只手,这声音,抚慰过、扶起过、
　　恢复过许多的仆倒者,
将他们唤回到的生活;)
我愿意等待通过我的风格的成长而让人们了解我,
什么也不拒绝,一切都许可。

(母亲你说呀,难道我没有对你的思想坚贞如铁?
难道我没有一辈子服膺于你和你的一切?)

15

我发誓,我要看清这些东西的意义,
不是大地也不是美利坚伟大得很,
伟大或将要伟大的是我,是那里的你,或者任何人,
只能迅速地经由文明、政府、理论,
经由诗歌、游行、展览,去形成一个个的人。
一切的根基是个人,
我发誓,凡属轻视个人者,对于我来说都不是什
　　么好的,
美利坚的契约同个人连在一起,
唯一的政治就是记录个人的政治,
宇宙的全部理论都准确地针对着一个单一的个

人——即针对着你。

母亲哟,你感觉细微而严厉,你手持出鞘的宝剑,
我看出了你最终只同意与个人直接周旋。

16

一切的根基,是出生地,
我发誓要维护我自己的出生地,不管它是虔诚还
　　是邪恶的,
我发誓除了出生地什么也休想使我着迷,
男人,女人,城市,国家,只由于出生地才显得美丽。

一切的根基是对男人和女人的爱的表达,
(我发誓我看够了那种卑微而虚弱的对于男人和女
　　人的爱的表达方式,
从今天起我采取我自己的对于男人和女人的爱的
　　表达方式。)
我发誓要在自己身上保有我的民族的每一种品德,
(不管你怎么说,只有支持美国的、大胆无畏和意
　　气风发的人,他才同这些州相适合。)

在事物、精神、自然、政府、所有权的教训底下,
　　我发誓我还注意到了别的功课,
一切的根基对于我是我自己,对于你是你自己,(这
　　同一支单调而古老的歌。)

17

哦,我忽然发觉这个美国只不过就是你和我,
它的权力、武器、证据,就是你和我,
它的罪行、谎言、偷窃、缺点,就是你和我,
它的国会就是你和我,那些军官、州议会大厦、
　　军队、船只,就是你和我,
它不断地孕育的新的州,就是你和我,
战争,(那场如此残忍和可怖的战争,我愿意从此
　　忘却的战争,)就是你和我,
那些自然的和人工的东西,就是你和我,
自由,语言,诗歌,职业,就是你和我,
过去,现在,将来,就是你和我。

我不敢规避我自己的任何一个部分,
不敢规避美国的无论好坏的任何一个部分,
不敢规避为那些替人类建设的人建设,
不敢规避在不同等级、肤色、教义和性别的人中
　　进行平衡,
不敢规避为科学或平等运动进行辩护,
也不敢规避去鼓励那些为时代所嘉许的刚毅者的
　　傲慢的血性。

我拥护那些从来没有被制服过的人,
拥护那些性情倔强、从未屈服过的男男女女,
拥护那些不为法律、学说、习俗所支配的人们。

我赞成那些与整个世界并肩前进的人，
他们带动一点，将全面推进。

我不在不合理的事物前感到恐惧，
我要看透它们心里嘲弄我的是些什么东西，
我要使城市和文明都听从我，
这就是我从美国学到的——它是结果，我再用来
　　进行教育。

（民主啊，当到处有人把武器对准你的胸口时，
我看见你清醒地养育绵绵不绝的儿女，我梦见你
　　不断扩大的形体，
我看见你用宽广的披风将世界荫庇。）

18

我愿面对这些昼夜不息的景象，
我想知道我是否不能与它们相比，
我想看看我是否不如它们那样庄严，
我想看看我是否不像它们那样微妙而真实，
我想看看我是否不如它们慷慨，
我想看看我是否没有什么意义，而房子和船都是
　　有意义的，
我想看看鱼类和鸟类是否会自足，而我却是不会
　　自足的。

我将我的精神与你们的相较量,你们这些星球,
　　种植物、山岳、畜生,
尽管你们那样丰饶,我将你们全部吸收,自己成
　　为首领,
孤立的但却体现着一切的美国,最后还不只是我
　　自己?
这些州,它们除了我自己还有什么意义?

现在我明白了为什么地球那么粗野、逗人、刻毒,
　　那是由于我的关系,
我要把你们特意攫为己有,你们这些可怕而粗笨
　　的形体。

(母亲哟,俯下身来,把你的脸向我挨近,
我不知这些计谋、战争和拖延是什么原因,
我不知道最终的成果,但是我知道通过战争和罪
　　恶你的工作在前进,而且一定还要前进。)

19

就这样,在蓝色的安大略湖畔,
湖风吹着我,波浪成排地向我涌来,
我与力的脉搏一起颤动,我的主题的魅力笼罩着
　　我,
直到那些束缚我的薄雾从我身上散开。

于是我看到诗人的自由的灵魂,

历史上那些最崇高的诗人，在我前头迈步，
奇怪而巨大的人，长期没有醒过来、没有显露的人，
　　如今已向我显露。

20

我的着迷的诗，我的呼唤哟，请不要骗我！
不是为了过去的诗人，不是要召唤他们，我才把
　　你打发出去了，
不是为了呼唤甚至这安大略湖边的高贵的诗人们，
我在此唱出了这么任性而高昂的粗野的歌。

我只召唤那些拥护我自己国家的诗人，
（因为战争，战争已经过去，战场已经扫净，）
直到他们从这里开始演奏进行曲，胜利地前进，
来鼓舞，母亲哟，你那无限期待的灵魂。

伟大思想的诗人们，和平创造的诗人们，（因为战
　　争，战争已经过去！）
仍然属于潜在的军队和早已等待出征的百万士兵
　　的诗人们，
高唱着像出自燃烧的煤块或交叉鞭挞着的闪电的
　　歌的诗人们哟！
辽阔的俄亥俄的、加拿大的诗人们——加利福尼
　　亚的诗人们，内地的诗人们——战争的诗人们
　　哟！
我以我的魔力召唤你们。

颠倒

让那个站在前头的退到后面,
让那个在后面的走到前头,
让顽固派、傻子、不贞洁的人提出新的计划,
让那些旧的计划被推后,
让一个男人到处去寻找欢乐,但不从自己身上寻找,
让一个女人到处去追求幸福,只不从自己身上追求。

秋之溪水

好像大量夏雨造成的结果

好像大量夏雨造成的结果,
或者秋天任意泛滥的小河,
或者许多在两岸芳草间蜿蜒而过的溪水,
或者奔向大海的地下海流,
我唱着不断的岁月的歌。

生命常新的急流居先(很快很快就要汇合,
同死亡的古老的河川。)

有的串联着俄亥俄的农田或林莽,
有的从千年积雪的源泉流入科罗拉多峡谷,
有的部分隐藏在俄勒冈,或者在得克萨斯向南流
　　淌,
有的在北部向伊利湖、尼亚加拉瀑布和渥太华寻
　　找出路,
有的奔向大西洋海湾,从而进入浩渺的洪洋。

在你,在凡是细读我这书的人身上,
在我自己身上,在全世界,这些滔滔的水流,
全部奔向神秘的海洋。
那些用于开创一个新大陆的水流,
从液态中送往固态的前奏,
海洋与陆地的结合,柔和沉思的水波,
(不仅安全平静,波翻浪涌时也同样凶险,
从深处,谁知从哪里呢?那些狂暴而深不可测的
　　骇浪,
咆哮着涌上海面,卷着许多断裂的桅杆和破碎

的帆。)

或者从时间，那收集和装载一切的大海，
我把一大堆漂积的杂草和贝壳给带来。

小小的贝壳，那么古怪地旋绕着、那么清冷而沉
　　静的贝壳啊，
难道你们，小贝壳，不愿意给系在神殿的鼓上，
继续召唤那些潺潺细语和回声，那遥远缥缈的永
　　恒的音乐，
从大西洋沿海漂向内地的、送给草原之灵的乐曲，
那些絮语般的震颤，欢乐地为西部拨响的悦耳的
　　和弦，
你们的古老而又常新但无法译出的消息，
出于我的生命和许多个生命的极微小的东西，
(因为我不只献出我的生活和岁月——而且全部，
　　我全部献与,)
这些漂流物，从深处高高地抛出和变干了的，
抛洒在美国海岸上的漂流物——
所有这些，小贝壳哟，难道你们不愿意继续招呼？

英雄们的归来

1

为了田地,为了这些激情的日子,也为了我自己,
如今请让我暂时回到你这里,秋天田野里的土地
　　哟,
我要俯伏在你的胸脯上,把我自己奉献给你,
应和着你那健全而平静的心脏的跳动,
捧出一首献给你的诗。

无声的大地哟,请向我吐露一个声息,
我的田地的收获季节哟——无边的夏季作物哟,
多产的、正在分娩的褐色土地哟——无限丰富的
　　子宫哟,
唱一支歌来说说你。

2

永远在这舞台上,总是演出上帝的每年一度的平
　　静的戏剧,
豪华的队列,群鸟的歌曲,
最充沛地供养和最大地鼓舞灵魂的日出,
起伏的大海,拍岸的水波,浩大而悦耳的涛声,
林地,粗壮的树木,纤秀挺拔的树木,
无数矮小的一簇簇的野草,
暑热,阵雨,无边无际的牧场,
奇异的雪景,寒风恣肆的呼啸,

铺展而轻盈地悬着的浮云的顶盖,清澈蔚蓝的银
　　亮的边缘,
高空密布的星星,温和地眨着眼睛的星星,
迁徙流动的鸟群和兽群,绿宝石般的草地和平原,
所有各个地带和所有生长物与产品的展览。

3

丰饶的美利坚哟——今天,
你浑身沉浸于生产和欢乐!
你因满载财宝而嘎嘎作响,你的财富像一件外衣
　　把你裹着,
你放声大笑时因满身财富而发痛,
一种千缠万绕的生活像交织的藤,把你整个庞大
　　的领地捆缚,
像一艘运到海边的巨大货船,你驶入港口,
像雨水从天空降落,像水雾从地面上升,贵重的
　　珠宝落在你身上并从你体内长出,
你是大地的羡慕对象!你是奇迹!
你在充沛的财源中洗浴、游泳,呼吸迫促,
你是那些天然仓库的幸运的主妇,
你是大草原夫人,端坐在当中环顾你的世界,看
　　着东方和西方,
你是女施主,一开口就给一千英里的土地,
　　一百万个农场,但毫无所损,
你是一切的接待者——你殷勤好客,(你款待一切,
　　像上帝那样。)

4

近来我歌唱时,我的声音是悲伤的,
我周围的情景,连同震耳的仇恨之声和战争的烟
　尘,是悲伤的;
我站在战争当中,在英雄们当中,
或者缓步地穿过那些受伤和濒死的人群。

但是现在我不歌唱战争,
也不歌唱士兵们齐步行进,或者野外的兵营,
或者是在前线调度中迅速开来的团队;
不再歌唱悲伤和违背人道的战争情景。

那些满脸兴奋的不朽的士兵,最先开上前线的部
　队,要求过自己的地位吗?
是啊!那些幽灵般的士兵,那些跟上去的令人敬
　畏的部队,是在要求自己的地位。

(你们一个个骄傲的旅,以沉重而刚健的步伐,开
　过去,开过去,
你们那年轻壮实的肩膀,扛着背包和枪支;
我多么兴奋地站着观望你们啊,当你们迈步出发
　时。

开过去了——接着又是咚咚的鼓声,
因为又一支军队出现在眼前,另一支正在集合的

军队哟，
聚集着，尾随在后面，你自然增殖的威严的军队哟，
你们这些正在闹腹泻和发烧的虔诚的团队哟，
我的国家的重伤的亲生儿，裹着厚厚的渗血的绷
　　带、拄着拐杖的人哟，
瞧，你们的满脸菜色的部队跟上来了。)

5

但是，对于这些光辉的日子，
对于这远远伸展的美丽的景色，这些大路和小道，
　　这些装得满满的农场大车，这些果实和仓库，
死者会来打扰吗？

啊，死者并不干扰我，他们与大自然完全适应，
他们非常适合树木花草下面的风景，
以及天边地角那遥远寥廓之境。
我也不会忘记你们这些逝者，
无论是冬天或夏天，我所失去的亲人，
但是像如今身在原野，当我的灵魂欢乐而平静时，
　　对你们的怀想便往往油然而生，
如一些可爱的幻象悄悄地滑过我的心灵。

6

那天我看到英雄们凯旋，
（不过那些空前卓越的英雄永远也不会回来，

对于他们，那天我没有看见。)

我看到陆续不断的军团，我看到部队的行列，
我看见他们走近来，一个师一个师地成纵队行进，
涌向北方，在任务完成之后，短期驻扎在密集的
　　庞大军营。

没有假日的士兵——年轻而老练的，
疲惫的，黝黑的，漂亮的，强壮的，来自家园和
　　车间的，
在许多次长期战役和辛苦行军中锻炼过的，
在许多个浴血厮杀的战场上过惯了的士兵！

一次暂停——部队等待着，
一百万个满脸兴奋、准备战斗的征服者等待着，
世界也等待着，那时像残夜一样柔和、黎明一样
　　信实地，
他们融化了，他们在消失。

欢跃啊，田地，得胜的田地！
你们的胜利不在那些殷红的颤抖的战场上，
你们的胜利是在这儿和从今以往。

部队哟，你们融解——穿蓝色军服的士兵哟，你
　　们分散，
你们分解后又恢复原状，把杀人的武器永远弃置
　　不用，

从今田野已作为另一种武器属于你们，无论南方
　　北方，
要从事更为理智的战争，可爱的战争，生殖的战争。

7

我的嗓子哟，更高昂，我的灵魂哟，更清澈！
感恩的季节和丰产的欢声，
对于无限丰产的欢乐和能力的讴歌。

一切耕过和不曾耕过的田地在我的前方扩展，
我看见了我的民族始终参与的真正的竞技场，
那是人类单纯和强健的竞争地点。

我看见英雄们在从事别的劳动，
我看见更好的武器在他们手中熟练地使用。

我看见万物之母在那里，
以纵观一切的目光向前注视，凝神良久，
计算着各种产品的收获。

在远处，那阳光灿烂的全景是一片繁忙，
大草原，果园，北部金黄的谷类，
南部的棉花和稻子，以及路易斯安那的甘蔗，
空旷的没有下种的休耕地，丰盛的三叶草和梯牧
　　草田野，
放牧的牛马，一群群猪羊，

以及许多条浩浩奔涌的河流，许多支快活的溪水，
以及在微风中飘着草香的壮阔的高地，
以及绿得可爱的草原，那年年复生的青草像奇迹
　　般肥美。

8

苦干下去吧，英雄们！收割庄稼吧！
万物之母不单单在那鏖战的沙场上，
以扩张的形体和温柔的眼神把你们守望。

苦干下去吧，英雄们！好好地干啊！好好地运用
　　武器！
万物之母还在这里一如既往地守望着你。

心满意足的美利坚，你注视着，
那些在西部田野上爬行的怪物，
人类神圣的发明，节省劳力的工具；
注视着那些生气勃勃地朝每个方向旋转的干草耙，
那些蒸汽发动的收割机和马拉的机器，
那些引擎，那些打谷机和扬场机，那新发明的草
　　叉将稻草分堆成垛的灵活动作，
注视着那更新的锯木厂，南部的轧棉机和洗米机。

母亲哟，在你的眼底，
英雄们用这些以及别的工具，用他们强大的双手，
　　在收获胜利。

大家都采集，大家都收割，
可是如果没有你，权威者哟，就不会有一把镰刀
　　像现在这样安全地挥舞，
就不会有一根玉米秆能像现在这样和平地摇曳它
　　那丝光的流苏。

他们只有在你的眼底收获，哪怕一小捆干草，只
　　有在你庄重的面前才有可能，
收割俄亥俄、伊利诺斯、威斯康星的小麦，每个
　　带刺的叶片都在你面前，
收割密苏里、肯塔基、田纳西的玉蜀黍，每个棒
　　子都在它浅绿的鞘中，
把干草收集成无数的草垛，放进那芳香而宁静的
　　草棚，
燕麦收进仓里，白马铃薯和密执安的荞麦也分别
　　入囤；
把密苏里或阿拉巴马的棉花采集起来，把佐治亚
　　和卡罗来纳的金黄的甜薯挖出藏好，
剪取加利福尼亚和宾夕法尼亚的羊毛，
收割中部各州的亚麻，或者边境地区的大麻或烟
　　草，
打下豌豆和蚕豆，从树上摘下苹果，或者从葡萄
　　藤上采下一串串葡萄，
或者在所有这些或北或南的州中成熟着的各种物
　　产，
在灿烂的太阳下面，在你的眼前。

有个天天向前走的孩子

有个天天向前走的孩子,
他只要观看某一个东西,他就变成了那个东西,
在当天或当天某个时候那个对象就成为他的一部
　　分,
或者继续许多年或一个个世纪连绵不已。

早开的丁香曾成为这个孩子的一部分,
青草和红的白的牵牛花,红的白的三叶草,鹟鸟
　　的歌声,
以及三月的羔羊和母猪的一窝淡红色的小崽,母
　　马的小驹,母牛的黄犊,
还有仓前场地或者池边淤泥旁一窝啁啾的鸟雏,
还有那些巧妙地浮游在下面的鱼,和那美丽而奇
　　怪的液体,
还有那些头部扁平而好看的水生植物——所有这
　　些都变为他的成分,在某个部位。

四五月间田地里的幼苗变成了他的一部分,
还有冬季谷类作物和浅黄色的玉米苗儿,以及园
　　子里菜蔬的块根,
缀满花朵的苹果树和后来的果实,木浆果,以及
　　路边最普通的野草,
从小旅馆外面厕所里很晚才起来的踉跄而归的醉
　　老汉,
路过这里到学校去的女教师,
途经这里的彼此要好的男孩子和争吵的男孩子,
整洁而脸颊红润的小姑娘,赤脚的黑人娃娃,

以及他所到的城市和乡村的一切变化。

他自己的父母，那个做他父亲的男人和在子宫里
　　孕育并生产了他的女人，
他们从自己身上给予这孩子的还不止此，
他们后来还每天都给，他们成了他的一部分。

母亲在家不声不响地把一盘盘的菜端到餐桌上，
母亲言语温和，穿戴整洁，走过时会从她身上和
　　衣服上散发出健康的芳香，
父亲强壮，自负，魁伟，吝啬，爱发脾气，不公正，
那种殴打，急促而响亮的言谈，苛刻的讨价还价，
　　耍手腕的本领，
那些家庭习惯，语言，交往，家具，那渴望和兴
　　奋的情绪，
那无法否认的慈爱，那种真实感，那种唯恐最后
　　成为泡影的忧虑，
那些白天黑夜的怀疑，那些奇怪的猜测和设想，
猜测那现象是否属实，或者全是些斑点和闪光，
那些大街上熙熙攘攘的男女，他们不是些闪光和
　　斑点又是什么？
那些大街本身和房子的门面，以及橱窗里的货样，
那些车辆和畜力车队，铺着厚木板的码头，规模
　　宏大的渡口，
日落时远远看到的高地上的村庄，中间的河流，
阴影，光晕和雾霭，落在远处白色或棕色屋顶和
　　山墙上的夕照，

近处那些懒懒地顺流而下的帆船，缓缓拖在后面
　　的小舟，
纷纷翻滚的波涛，在激扬中立即碎裂的浪峰，
层层叠叠的彩云，孤单地待在一旁的紫酱色霞带，
　　它静静地躺在其中的那片澄净的苍冥，
地平线的边缘，飞绕的海鸥，盐沼和海岸泥土的
　　馥郁，
这些都变成那个孩子的一部分，那个天天向前走
　　的孩子，他正在走，他将永远天天向前去。

老爱尔兰

离这里很远,一个神奇美丽的小岛上,
一位古代的母亲俯身坐在一处坟墓之旁,
她那老年的白发纷乱地披罩着肩头,
她曾经是王后,如今已消瘦、褴褛而忧伤。
一把没有用过的王室竖琴坠落在她的脚边,
她久久地沉默,沉默得太久,哀悼着裹上了尸布
　　的嗣子,她的希望,
她的心因为洋溢着爱而满怀人世间最大的悲怆。

听我一言吧,古老的母亲,
你无须再蹲在那里,在冰凉的地上,前额搁在膝头,
啊,你无须坐在那里,隐蔽在那散乱的萧萧白发
　　之后,
因为你知道你哀悼的那个人并不在墓里,
那是一个幻象,你所爱的儿子并没有真的死了,
基督没有死,他在另一个国家又被抚养着,年轻
　　而抖擞,
甚至就在你哭泣时,在墓边那掉落的竖琴之旁,
你所哭泣的已被转化并从墓地上送走,
一路顺风地飘海远游,
他以殷红而新鲜的血液,
今天在一个新的国度重试身手。

城市停尸所

在城市停尸所侧面,在大门旁,
我走出闹声,懒懒地闲荡,
这时我好奇地站住,瞧,一个被弃的尸身,被抬
    出的死妓女,
他们把它抛在潮湿的砖道上,它躺着无人领取,
这神圣的女人,她那躯体,我看见那躯体哟!我
    独自瞧着它,
那所曾经洋溢着热情和美的房子,别的我全没注
    意,
连那如此凄冷的寂静,那龙头上哗哗的流水,或
    者致病的恶臭,都没有进入我的意识,
唯有那房子,那所奇妙的房子,那精致漂亮的房
    子——那废墟!
那不朽的房子,它胜过世间所有一排排的宅邸!
或者那戴着庄严图案的白色圆顶的国会大厦,或
    所有古老的上面高耸着尖塔的教堂,
唯独那所小小的房子胜过它们全体——可怜的绝
    望的房子哟!
美好而可怕的遭难者——一个灵魂的住所,它本
    身也就是一个灵魂,
无人认领的被遗弃的房子——请从我这颤抖的嘴
    唇接受一声叹息吧,
捡拾一颗我为你沉思时滴落在旁边的眼泪吧,
爱的停尸所——疯狂与罪恶的房子,破败了的,
    压垮了的,
生命的房子,不久前还谈笑着——但是,可怜的
    房子哟,即使那时候也是死的,

月月，年年，一所响着回声的、装饰得很美好的房子——然而是死的，死的，死的。

这堆混合肥料

1

在我自以为最安全的地方,有件叫我吃惊的东西,
我退出了我所爱的那片静静的林地,
如今我不想到牧场上去散步了,
我不想脱光衣服去同我的爱人大海相狎昵,
我不想用我的肉体像接触别的肉体那样去接触土
　　地,以更新我自己。

土地本身怎么能不生病呀?
你们春天的生长物怎能活着不死亡?
你们这些花草、根茎、果树和谷物的血液,怎么
　　能增进健康?
难道他们不是在连续给你们塞进腐朽的尸体?
难道每个大陆不是靠发酵的死尸才不断更新、肥
　　壮?

你们把他们的死尸处置在哪里呢?
那些世世代代的醉汉和馋鬼?
你们把那肮脏的血液和皮肉全都吸收到哪里去了
　　呢?
今天我从你们身上一点也找不到,也许我是受骗
　　了,
我要用我的犁开一条沟,我要将我的铁锹插入土
　　中,把它兜底翻起,
我确信我将掘出一些腐臭的肉体。

2

细看这堆混合肥料吧！仔细地看吧！
也许每条蛆虫都曾构成一个病人的部分——
可是瞧啊！春草覆盖着大草原，
蚕豆在园子里悄悄地拱开了土缝，
洋葱的嫩叶向上猛长，
苹果花的蓓蕾聚在果树枝头一丛丛，
返青的小麦脸色苍白地从它的坟墓里钻出来，
柳树和桑树梢头都开始浮现了绿晕，
雄鸟从早到晚地歌唱，雌鸟静伏在窝里，
家禽的幼雏从孵着的卵里正破壳诞生，
新生的动物也出现了，牛犊来自母牛，小驹出于
　　骒马，
甘薯的暗绿色叶子从它的小坡上信实地升起，
黄黄的玉米秆也从坡头升起，丁香花在门前院子
　　里正开得茂盛，
在所有那些层层叠叠的酸臭的死尸之上，
夏季的生长物都站了起来，傲慢而天真。
多么神奇的变化啊！
原来风真的不会传染，
原来这不是欺骗，这透明碧绿的、如此钟情于我
　　的海水，
原来可以安全地让它用舌头把我赤裸的身躯舔遍，
原来它不会用那些储藏其中的热病来危害我，
原来一切都永远永远是清洁的，

原来那井中的清凉的饮水是那么甘甜,
原来黑莓是那么香甜而多汁,
原来苹果园和橘园里的果子,原来甜瓜、葡萄、
　桃子、李子,它们谁也不会把我毒害,
原来当我躺在草地上时不会感染瘟疫,
尽管每片草叶都可能是从以前的疾病媒体中滋长
　出来。

如今我被大地吓了一跳,它是那么平静而富有耐
　性,
它从这样的腐败物中长出如此美妙的东西,
它在它的轴上无害无碍地旋转着,带着这样连续
　不断的患病的尸体,
它从这样浓烈的恶臭中提炼出这样甘美的气味,
它以这样漠然的神态更新着年产丰富而昂贵的收
　成,
它给予人们以神圣的物资,而最后从它们接受这
　样的剩饭残羹。

给一个遭到挫败的欧洲革命者

更勇敢些吧,我的兄弟,我的姊妹!
坚持下去!我们的一切作为都是为了自由;
一次两次的失败,无数次的失败,都算不了什么,
不管带来失败的是别人的冷淡或忘恩负义,
或者是权威者的怒吼,或是他们的士兵、大炮和
 刑罚。

我们所信仰的东西,永远都隐伏在各个大陆上等
 待着,
不邀请任何人,不提出任何诺言,在宁静和光明
 中坐着,积极而泰然,什么也不能使它沮丧,
它耐心地等待着,等待着时机的到来。

(这些不只是颂扬忠诚的歌曲,
它也是叛乱的歌曲,
因为我是誓为全世界无畏的叛逆者进行歌唱的诗
 人,
和我一道前进的人,都将把安宁和日常琐事丢在
 身后,
并预备在任何时候将自己的生命抛掷。)
战斗发出无数次大声的咆哮,经历了许多次前进
 和退却,
出卖自由的人胜利了,或者设想他是胜利了,
监狱、行刑台、绞柱、手铐、铁项枷和枪弹都在
 发挥作用,
有名的和无名的英雄们不断地去到另一世界,
伟大的演说家和作家被放逐,卧病在遥远的远方,

正义的事业沉寂下去，最坚强的喉咙也已被自己
　的鲜血塞断，
青年人相遇时低垂着睫毛，眼望着地下；
尽管如此，自由并没有被消灭，出卖自由的人并
　没有将一切全部占有。

如果自由会被消灭，它绝不会第一个被消灭，也
　不会是第二、第三，
它将等待着一切都被消灭以后，它是最后被消灭
　的一个。

只有在英雄和烈士已被人完全遗忘的时候，
只有在一切男女的生命和灵魂已从世界上的某一
　角落被完全排除的时候，
那时，自由或自由这个观念才会被从那一片土地
　上排出，
那时，出卖自由的人才能将那里的一切全部占有。
那么勇敢吧，欧洲的男女革命者！
除非一切都终止了，你们就绝不能终止。

我不知道你们的目的是什么，（我也不知道我的目
　的是什么，或其他一切事物为什么而存在，）
但我将小心认真地去寻求，即使是在挫败之中，
在失败、贫穷、误解、囚禁之中——因为这些也
　是伟大的。

我们认为胜利是伟大的么?
诚然如此,但在我看来,当失败不可避免时,失
　　败也是伟大的,
而且死和绝望也是伟大的。

没有命名的国家

在这些州之前一万年、多少万年的各个国家，
不断积累的一串串时代，那时像我们一样的男人
　　和女人成长着，度过他们的一生，
那时是什么样规模宏大的城市，秩序井然的共和
　　国，畜牧部落和游牧人，
什么样的历史、统治者、英雄，也许超类绝伦，
什么样的法律、习惯、财富、艺术、传统，
什么样的婚姻，服饰，属于生理学和骨相学的种种，
他们当中那些属于自由和奴役的东西，他们心目
　　中的死亡和灵魂，又都怎样，
谁机智而聪明，谁美丽而有诗意，谁粗野而不老成，
这一切都没有任何标志，任何记载——可是一切
　　都照样留存。

啊，我知道那些男人和女人并没有虚度一生，并
　　不比我们更徒劳无益，
我知道他们的一点一滴，正如我们今天这样，全
　　都属于世界的体系。
他们站在远处，可他们离我很近，
有的脸形椭圆，好学而平静，
有的裸露而野蛮，有的像大群大群的昆虫，
有的住在帐篷里，是牧人、族长、部落、骑手，
有的在林地里徘徊，有的太平地生活在农场上，
　　劳动着，收获着，把谷物装满仓囤，
有的踏过铺石的小道，行走在神庙、宫殿、工厂、
　　图书馆、展览、法庭、戏院以及奇妙的纪念碑
　　当中。

那百十亿的男人果真死了吗?
那些饱尝尘世间的传统经验的女人死了吗?
难道只有他们的生平、城市、艺术由我们来处理?
难道他们没有为自己做出永久性的成绩?

我相信所有生活在那些没有命名的国家的男人和
    女人中,每个人至今仍在这里或别处生存,但
    我们看不见,
这与他们生时所从中成长的一切完全相称,也是
    由于他们生时的所作所为和所感,以及他们的
    发展、爱好和罪愆。

我相信那不是那些国家或其中的任何个人的结局,
    正如这不是我的国家或我的结局;
他们的那些语言、政府、婚姻、文学、产品、游戏、
    战争、习俗、罪行、监狱、奴隶、英雄、诗人,
所有这些,我猜想其后果都在那个尚未出现的世
    界好奇地等待,作为已知世界中归于它们的那
    些东西的副本,
我猜想我将在那里遇到它们,
我猜想我将在那里找到那些没有命名的国家的每
    个古老的特征。

谨慎之歌

我思索着在曼哈顿大街上逡巡，
思索着时间、空间、真实——思索着这些，以及
　与它们并列的谨慎。

关于谨慎的最终解释，总是还有待作出，
或大或小都一样无用，因为与永恒的谨慎不大相
　符。

灵魂是自在的，
一切都与它接近，一切都与那些接踵而来的有关，
凡是一个人所做、所说、所想的一切都影响深远，
一个男人或女人每采取一种行动，都不仅在一天
　一月或自己一生的某个时期，或临死时对他或
　她起作用，
而且在以后整个的来世都继续同样地与他们牵连。

间接的与直接的完全相等，
精神从肉体得到的，比它所给予肉体的，即使不
　更多也不稍逊。

没有哪一句话，哪个行动，哪一种性病、污染或
　手淫者的秘密，
贪食者和耽饮者的堕落，盗窃、机诈、背叛、谋杀、
　诱奸、卖淫，
不是在死后也像生前那样必然得到报应。

博爱和个人的努力是唯一值得的投资。

用不着细说，一个男性或一个女性所做的一切，
　　只要是健康的、仁慈的、清洁的，就对他或她
　　有益，
在宇宙的不可动摇的秩序中，并永远遍及于它的
　　整个领域。

谁聪明谁就获得益处，
野蛮人、重罪犯、总统、法官、农人、水手、机械工、
　　文化人、年轻的、年老的，都一样，
益处总会到来——一切都必来不误。

个别地，整体地，现在产生影响，曾经影响他们
　　的时代，并永远影响着一切过去的、一切现在
　　的和一切将来的事物，
一切战争与和平的勇敢行动，
一切给予亲属、陌生人、穷人、老人、不幸的人、
　　年幼的孩子、寡妇、病人和不可接触者的帮助，
所有那些坚定而孤单地站在遭难的船上看着别人
　　挤上救生艇的自我克制者，
所有那些为了崇高的事业或者为了朋友或某种主
　　张而献出财产与生命的人，
所有那些被邻人嘲笑的热心者的痛苦，
所有母亲们的无限温柔的爱和高尚的牺牲，
所有那些在史书上记载过或没有记载的斗争中被
　　打败了的诚实的人们，
所有那些由我们来继承其未竟之业的古代民族的

光辉和美德，
所有那些我们不知其名其时其地的几十上百个古
老民族的典型，
所有那些被英勇地开创了的或成或败的事业，
所有人类的崇高智慧、卓越技艺或辉煌言论所提
供的启示作用，
所有今天在地球上任何部分或在任何行星、任何
恒星上，被那里的人、犹如此地的我们所思考
和谈论得很好的东西，
所有今后将由你（无论你是谁）或任何人想出或
做出的事情，
这些都适用于、已经适用于和将要适用于它们从
中产生或将要产生的那些个性。

你曾猜想任何东西都只活过它自己的短暂的一生
吗？
世界不是这样存在的，没有哪个摸得着或摸不着
的部分是这样存在的，
任何完美的东西，要不是从许久以前的完美中而
来，而以前的那个又来自它的前身，
要是没有那可以想见的比任何一个都更为接近于
开端的最远的一个，
它就不会存在了。

凡是能满足灵魂的都是真实的；
而谨慎能完全满足灵魂的渴望和贪求，
只有它本身才能使灵魂最终满足，

而灵魂是那样傲慢，它除了自己的以外任何教训
　　都拒不接受。

如今我低声念着谨慎这个与时间、空间和真实并
　　列的词，
它与那种除了自己的以外任何教训也不接受的傲
　　慢相一致。

谨慎原是不可分的东西，
它拒绝让生命的一个部分与每个别的部分脱离，
不让把正当的与不正当的或者生的与死的划分，
要使每个思想或行动与它的关联者相匹敌，
它不懂什么可能的饶恕或替代性的偿还，
只知道一个从容赴难并献出生命的青年是最出色
　　地尽了自己的职责而毫无疑义，
而那个从不冒生命危险却富裕舒适地活到老的人
　　可能没有为自己做出任何值得一提的事体，
只知道唯独那个学会了重视效果的人，
那个对肉体和灵魂同样喜爱的人，
那个发觉出必然随直接事物而来的间接事物的人，
那个在任何危机中精神上既不鲁莽也不逃避死亡
　　的人，
才是真正学会了的人。

牢狱中的歌手

1

啊，这景象可怜，可耻，更可叹！
啊，多可怕的思想——一个已定罪的囚犯！

沿着监狱的长廊，响着这样的复唱，
它上达屋顶，上达天穹，
这悲调如洪流倾注，其音调是自来未有的强烈而凄凉，
它达到了远处的岗哨和武装的卫兵，使他们停止了脚步，
更使一切听者因惊愕而停止了呼吸。

2

那是冬天，太阳已在西方低沉，
在本国的强盗和罪犯中间的一条狭窄的过道上，
（那里有千百个人坐着，颜色憔悴的杀人犯、邪恶的伪造证件者，
都集合在监狱的礼拜日教堂里，
周围是众多时刻不放松地监视着他们的全副武装的看守们，）
一个妇人安详地走着，两手各抱着一个幼小的纯洁的孩子，
她把这两个孩子放在讲台上她身旁的凳子上坐下，

开始用乐器奏了一个低沉而悠扬的前奏,
接着便用压倒一切的声音,唱出一首古雅的赞
  歌。

一个被禁闭着戴着枷锁的囚人,
扭着自己的双手,呼叫着,救命呀!啊,救命!
她的眼睛看不清,她的胸前滴着血,
她得不到赦免,她得不着安息的慰藉。

她不断地走来走去,
啊,痛心的岁月!啊,悲苦的晨夕!
没有友朋的手,没有亲爱的颜面,
没有恩情照顾,没有慈悲的语言。

那犯罪的不是我,
我是受了无情的肉体的拖累,
虽然我长久勇敢地挣扎,
但我终究胜不过它。

亲爱的囚人,请忍耐一会儿,
迟早一定得到神的恩惠;
神圣的赦免——死一定会来临,
把你释放,带你回到你自己的家园。

那时你不再是囚犯,不再感到羞耻,也再不悲伤,
离开了人世——你得到了神的解放!

3

歌者停止了歌唱,
她的明澈安详的两眼的一瞥,扫过了所有那些仰
　　望着的面孔,
扫过由囚犯的颜面,千差万别的、狡狯的、犷悍的、
　　伤痕累累的、美丽的颜面所组成的新奇的海,
然后她站起来,沿着他们中间的狭窄的过道走回去,
在沉默的空气中,她的衣衫窸窣地响着,触到他们,
她抱着她的孩子在黑暗中消失了。
这时囚犯和武装的看守都寂然无声,
(囚犯忘记了自己在监狱里,看守忘记了他们的子
　　弹上膛的手枪,)
一种沉默而寂静的神奇的瞬间来到了,
随着深沉的哽咽和被感动的恶人的低头与叹息,
随着青年人的急促的呼吸,对家庭的回忆被唤起;
母亲的催眠的歌声、姊妹的看顾、快乐的儿时——
长久密闭着的精神重新苏醒了;
那真是神奇的一瞬间——以后在凄凉的夜里,对
　　于那里的许多许多人,
多年以后,甚至在临死的时刻,这悲沉的调子、
　　这声音、这言辞,
还会再现,重见到那高大安详的妇人行走过狭窄
　　的过道,
重听到那悲哀的旋律,那歌手在狱中唱出的歌声,
啊,这景象可怜、可耻、更可叹!
啊,多可怕的思想——一个已定罪的囚犯!

为丁香花季节而歌唱

现在为我歌唱丁香花季节的喜悦吧,(它正在怀念
　　中归来,)
为了大自然的缘故,舌头和嘴唇哟,请给我选择
　　初夏的礼物,
为我收集那些可爱的音符,(如儿童收集卵石或成
　　串的贝壳,)
将它们放进四月五月,将池塘里呱呱叫的雨蛙,
　　轻快的微风,
蜜蜂,蝴蝶,歌声单调的麻雀,
蓝知更鸟和疾飞的紫燕,也别忘了那扇着金色翅
　　膀的啄木鸟,
那宁静灿烂的霞彩,缭绕的烟霭和水雾,
养育鱼类的湖海的波光,头上蔚蓝的天色,
那容光焕发的一切,奔流的小河,
那枫槭林,那清新的二月天和酿糖的日子[1],
那跳跃着的、眼睛发亮的褐胸知更鸟,
它在日出时清脆悦耳地鸣啭,日落时又歌唱,
或在苹果园的树木中飞动,给他的爱侣筑巢,
三月里融化的雪,杨柳刚抽出的嫩绿的柔条,
因为春季到了!夏天来了!它孕育着什么,产生
　　什么呢?
你,解放了的灵魂哟——我不明白还在急切地追
　　求什么;
来吧,让我们不再在这里逗留,让我们站起身来

----

[1] 北美洲有一种糖槭,其树干上流出的液汁可以制糖。

往前走!
啊,但愿一个人能够像鸟一样飞翔!
啊,能够逃走,像乘着快艇出航!
同你,灵魂哟! 越过一切,进入一切,像一只船
　　滑过海洋;
收集这些提示和预兆,这蓝天,青草,早晨的露水,
这丁香花的芬芳,这披着暗绿色心形叶片的灌木
　　林,
这木本紫罗兰,这名叫"天真"的娇小的淡淡花卉,
这种种的标本,它们不只是为自己,而且为它们
　　的周围,
为了装饰我心爱的丛林——为了与百鸟一起吟哦,
唱一支深情的歌,为这在回忆中归来的丁香花季
　　节的欢乐。

给一座坟写的碑记

（G.P.，1870年安葬。）[1]

1

我们怎样唱你呢，你这坟墓里的人哟？
给你悬挂什么样的匾额和概述呢，百万富翁？
你的履历我们不了解，
只知道你在交易中、在经纪人常到之处度过你的
　　一生，
既不见你的英雄事迹，也不见战斗，或者光荣。

2

静静地，我的灵魂，
低垂着眼皮，在沉思，在等待，
从所有的标本——英雄们的墓碑，转过身来。

而通过内心一连串的反映，
一些闪光的画面，预示式的渺无形迹的景象，精
　　神的投影，

无声地，如幻象一般升起，
（好比在晚上北方曙光女神在降临。）

在一个画面中，城市街坊里出现了一个工人的

---

[1] G.P. 即乔治·皮波迪，他曾为发展科学和黑人教育以及改善伦敦贫民的生活条件捐献大量金钱。他死于伦敦，1870年2月归葬美国马萨诸塞州。

家庭,
他结束了一天的劳动,地毯扫过了,炉子生得旺
 旺的,
一切洁净而欢快,点起了汽灯。

一个画面中是一次神圣的分娩,
那个愉快的没有痛苦的母亲生了个上好的婴儿。

一个画面中人们在吃丰美的早餐,
慈祥的父母由心满意足的儿子们陪伴。

一个画面中,青年人三三两两地,
成百的人汇合着,在大街小巷和马路上行走,
到一所高屋顶的学校去。

一个画面中有美妙的三重唱,
祖母,心爱的女儿,心爱的女儿的女儿,
坐在那里边聊边缝补衣裳。

一个画面中有套豪华的住宅,
在丰富的图书、报刊、墙上的绘画和精美的小件
 雕塑当中,
坐着一群友好的熟练工人,老年和青年机械工,
大家在阅读和谈论。

一切一切劳动生活的情景,
城市和乡村的、女人的、男人的、孩子们的形象,

他们的需要得到供应，沐浴在阳光里喜气洋洋，
婚姻、街道、工厂、农场、居室、公寓房间，
劳动与辛苦，浴室、健身房、操场、图书馆、学院，
领去受教育的学生，男的或女的，
受照顾的病人，穿上了鞋的赤脚娃，获得父爱和
　　母爱的孤儿，
吃饱了的饥民，有了住处的流浪者；
（意图完美而神圣，
活动和细节也许都合乎人情。）

3

你，这座坟里的人哟，
由于你才有了这样的景象，你无所限制的慷慨捐
　　献者，
与大地的赋予一样丰盈，与大地一样广博，
你的名字就是大地，连同山岳、田野与江河。

不只是由你们的流水，你们的江河哟，
你，康涅狄格河，你的两岸，
你，老泰晤士河以及你全部丰饶的生命，
你，冲刷着华盛顿踩过之地的波托马克河，你帕
　　塔普斯柯河，
你哈德逊河，你无尽的密西西比河——不只是你
　　们，
还有我的思想，对他的忆念，也在向辽阔的海洋
　　前进。

从这个面具后面

（面对一幅画像）

1

从这个俯着的、草草刻制的面具后面，
从这些光的明暗，这整个的戏剧后面，
从这个在我身上为了我、在你身上为了你、在每
　人身上为了每人的面幕后面，
（悲剧，愁苦，笑声，眼泪——天哪！
这帷幕遮掩着的热情而丰富的表演！）
从上帝的最宁静、最纯洁的天空中的这片釉彩后
　面，
从撒旦的沸腾深渊上的这层薄膜后面，
从这幅心脏地理图、这个无边的小小大陆、这个
　无声的海洋后面；
从这个地球的旋转中，
从这个比太阳或月亮，比木星、金星、火星更奥
　妙的天体的旋转中，
从宇宙的这个凝缩体的旋转中（而且这儿不只有
　宇宙，
这里还有观念，全都包藏在这神秘的一撮里；）
这双雕凿的眼睛，闪耀着对走向未来岁月的你，
穿过斜斜旋转着的空间，从这些眼睛发射出，
对你，无论你是谁——投出一瞥。

2

一个多思的、经历过和平与战争岁月的旅行者，

经历了长途趱赶的青年与开始衰老的中年的旅行
　　者,
(好比一部小说第一卷已经看过给撂在一边,而这
　　是第二卷,
歌唱、冒险、沉思都即将结束,)
如今在这里逗留一会儿,我转过身来对着你,
像在大路上或碰巧在一扇微开的门或一个敞开的
　　窗户边,
停下来,倾身向前,脱下帽子,我特别向你致意,
吸引和抓住你的灵魂,使它至少一时不可分地和
　　我的在一起,
然后继续旅行,继续往前去。

发声的技巧

1

发声的技巧，适度，集中，确定，以及说话的神圣才能，

你声音洪亮、吐字清晰，是由于长期试验？由于艰苦练习？还是天然生成？

你是否在这些广阔的领域里广泛地运动？

从而获致了说话的才能？

因为只有经过许多年，经历了贞洁、友谊、生殖、谨慎和裸露之后，

经历了在陆地步行和在江河游泳之后，

经过放开了的嗓子，经历了引人入胜的时代、气质、种族，经历了知识、自由和罪行之后，

经历了完全的信念，经历了澄清、提高并且排除障碍之后，

经历了这些及其他种种，这才有可能使一个男人、一个女人掌握说话的神圣机能；

于是，对那个男人或那个女人，一切都迅速赶去——谁也不拒绝，大家都倾听，

军队、船只、古董、图书馆、绘画、机器、城市、憎恨、绝望、和睦、痛苦、偷窃、谋杀、志气，密密地站成一排排，

它们按照需要恭顺地迈着步子从那个男人或那个女人的嘴里走出来。

2

啊，我身上有什么东西使得我一听到声音就颤抖？
无论谁只要以适应的嗓音对我说话，我准会跟着
 他或她走，
好比潮水跟随月亮，悄悄地，以轻快的步伐，在
 地球上任何一个角落。

一切都听候适当的嗓音；
那熟练而完美的器官在哪里？那发达的灵魂在哪
 里呢？
因为我看见每个从那里来的词都有更深更美的新
 的含意，条件不够是不可能的。

我看见大脑和嘴唇关闭着，鼓膜和太阳穴没有敲
 响，
直到那个能人来把它敲响，打开，
直到那个能人把一切言辞中那永远睡着在等待的
 东西引出来。

献给被钉在十字架上的人

亲爱的兄弟哟,我的精神和你的精神在一起,
许多宣扬着你的名字的人不理解你,但不要在意,
我并不宣扬你的名字,我却理解你,
我以极大的欢欣提出你的名字,哦,伙伴哟,我
  向你致敬,向那些和你一起的人致敬,以前的,
  以后的,和未来的,
我们大家一起劳动,交相传递同一的责任和传统,
我们少数人是一致的,无时代之别,无地域之分,
我们包含了一切大陆、一切阶层,容许了一切神
  学的存在,
我们是人类的博爱者、理解者、共鸣者,
在各种论争与主张中我们沉默地行走,我们不排
  斥任何论争者,也不摒弃任何主张,
我们听到了咆哮和喧嚣,我们被各方面的异见、
  嫉妒、责难所攻击,
他们专横地逼近我们,包围我们,我的伙伴哟!
但我们仍无碍地自由行遍全世界,我们上上下下
  地旅行着,直到我们在各个不同的时代上印上
  我们的不灭的足迹,
直到我们浸透了时代,若干年月后,各种族的男
  女也像我们一样,彼此成为兄弟和爱人。

你们在法庭受审的重犯

你们,在法庭受审的重犯,
你们,单人牢房里的犯人,被判刑和戴上镣铐的
　　暗杀者,
我又是什么人呢,却没有受审,没有坐牢?
我也像任何人那样残忍而凶恶,可是我手腕上没
　　有铁铐,脚踝上没有铁镣?

你们,在大路上拉客或在房间里卖淫的妓女,
我是什么人,竟能说你们比我更卑污?
该受谴责啊!我承认——我暴露!

(爱慕者哟,不要赞赏我——不要向我致敬——你
　　们只叫我畏缩,
我看见你们所看不见的——你们不清楚的我清
　　楚。)

在这个胸腔里,我躺着,污黑而闭塞,
在这张表面安详的脸孔底下,放荡的潮水奔流不
　　息,
情欲和罪孽对我很合意,
我满怀热爱地与违法者同行,
我感到自己是他们中的人——我自己就属于那些
　　犯人和娼妓,
所以我今后不会否定他们——我怎能否定我自己
　　呢?

创作的法则

创作的法则,
高明的艺术家和领袖人物,新一代的教师和上等
　的美国文化人,
尊贵的学者和未来的音乐家,都必须遵循。

所有的人都必然与世界的整体、与世界的严密真
　理联系着,
不会有什么过分明显的主题———一切作品都将体
　现这一神圣的迂回法则。

你以为创作是什么呢?
你以为还有什么能满足灵魂,除了自由行走和不
　承认有人胜过自己?
你想我会用百十种方法提示你什么,要不是告诉
　你男人和女人都不亚于上帝?
告诉你没有任何上帝是比你自己更神圣的?
告诉你这就是那些最古老和最新近的神话的最终
　意义?
告诉你,你或任何人都必须凭这样的法则去走近
　创作的领地?

给一个普通妓女

镇静些——在我面前放自在些——我是沃尔特·惠
    特曼,像大自然那样自由而强壮,
只要太阳不排斥你,我也不排斥你,
只要海洋不拒绝为你发光,树叶不拒绝为你沙沙
    作响,我的言辞也不拒绝为你发光和为你沙沙
    作响。

我的姑娘哟,我同你订一个条约,我责成你做好
    值得与我相会的准备,
我还责成你在我到来之前要耐心而完美。

直到再见时我以意味深长的一瞥向你致敬,因为
    你没有把我忘记。

我在长久地寻找

我在长久地寻找目的,
为我自己也为这些诗寻找一条通向过去历史的线
　索——如今我才找到了,
它不在图书馆那些书上的寓言中,(对它们我既不
　接受也不拒绝,)
它也不在传说或所有别的东西里,
它就在现今——它就是今天这个世界,
它寓身于民主中——(这自古以来的目的和憧憬,)
它是今天一个男人或一个女人——今天一个普通
　人的生活,
它是在语言、社会风习、文学和艺术之中,
它存在于那些人工的东西,船舶、机器、政治、信条、
　现代进步和国际间的交相访问,
一切都为了现代——一切都为了今天的普通人。

思索

想起那些获得了高位、礼仪、财富、学位等的人物；
（据我看，那些人物所已经获得的一切都从他们消
　　失了，除非它在他们身上和灵魂上产生了效果，）
因此我时常觉得他们既枯瘦又浑身赤裸，
我时常觉得他们中的每个人都在嘲弄其余的人，
　　也嘲弄他或她自己，
而每个人的生活的精髓，即幸福，都长满了蛆虫，
　　一片腐臭，
我总觉得那些男人和女人不知不觉地错过了生活
　　的真的现实而走向了假的现实，
我总觉得他们是靠了世俗的什么供应才活着，别
　　无所有，
我总觉得他们悲哀，匆促，昏睡在暮色苍茫中梦游。

奇迹

怎么,有人重视奇迹吗?
至于我,我却除了奇迹之外什么也不知道,
无论我是在曼哈顿大街上走动,
或者将我的视线越过那屋顶投向天空,
或者赤脚在海滩的边缘蹚水,
或者在林中的树下逡巡,
或者白天同一个我所爱的人闲谈,或者晚上同一
  个我所爱的人共枕而眠,
或者与其余的人同桌用饭,
或者在车上瞧着坐在对面的陌生人,
或者夏日午前观看蜂房周围忙碌的蜜蜂,
或者看牲畜在田野吃草,
或者是鸟类或奇妙的虫子在空中飞绕,
或者是蔚为奇观的日落,或照耀在静夜晴天的星星,
或者是春天的新月那优美精致而纤巧的弧形;
这些及其他,所有一切,对我都是奇迹,
都与全部关联,可每一个又清楚地各在其位。

白天黑夜的每个小时对我都是一个奇迹,
每一立方英寸的空间都是一个奇迹,
每一平方码地面都散布着与此同样的东西,
每一英尺之内都聚集着同样的东西,

大海对于我是个连续不绝的奇迹,
游泳的鱼类——岩石——波涛的运动——载着人
  的船,
还有什么更奇的奇迹呢?

火花从砂轮上四出飞溅

在城里川流不息的人群整天移动着的地方，
我停下来加入一群看热闹的孩子，我和他们待在
　一旁。

在靠近石板道的大街边缘，
一个磨刀匠在操作砂轮磨一把大的刀子，
他弓着背，运用脚和膝头，以整齐的节奏将磨石
　迅速旋转，
以灵活而坚定的手抓着刀子，认真地把它按近石
　面，
于是，像一股充沛的金黄的喷泉，
火花从砂轮上四出飞溅。

这情景以及它所有的一切，多么吸引着、感动着我，
那个憔悴的、下巴尖削的老人，衣衫褴褛，宽大
　的皮带紧压着肩窝，
我自己也喷射着，流动着，像个幽灵古怪地飘着，
　此刻在这里给吸住了，逮着了，
那群孩子，（像广阔环境中一个被忽视的小点，）
那些全神贯注的静默的孩子，那闹市的响亮、骄
　傲而骚动的底边，
那飞转着的磨石的低沉而嘶哑的呜呜声，那轻轻
　压住的刀片，
那火花，像一阵阵金黄的骤雨，
从砂轮上散发、降落，四出飞溅。

给一个小学生

需要改革吗？那得通过你吗？
所需要的改革愈大，你为了完成它而必须具备的
　人格也愈大。

你哟！你没看见吗，如果有清洁而可爱的眼睛、
　血液、面容，那多么管用？
你没看到那会多好，如果有这样一个身体与灵魂，
　你走进人群时便带来一种欲望和权威的气氛，
　让每个人都对你的人格印象很深？

有吸引力的人啊！浑身上下的磁性啊！
去吧，亲爱的朋友，必要时抛弃其他的一切，从
　今天起使自己习惯于勇敢，真实，自尊，明确，
　振奋，
不要休息，直到你本身人格的自我立定脚跟，获
　得公认。

从围栏中放出

从女人的围栏中放出，男人无所拘束地产生，并将经常无所拘束地产生，
从世界上最优秀的女人那里才会放出世界上最优秀的男人，
从最友好的女人那里才会放出最友好的男人，
从一个女人的最好的身体放出来，一个身体最好的男人才能形成，
从女人的无法模仿的诗篇中放出，才能产生男人的诗篇，（我的诗也无非来自那里；）
从那个我所爱的强壮而傲慢的女人放出，那个我所爱的强壮而傲慢的男人才能现形，
从我所爱的肌肉丰满的女人那有力的拥抱中放出，才能从那里得到男人的有力拥抱，
从女人大脑的回纹中放出，便产生男人大脑的全部回纹，相当恭顺，
从女人的公正中放出，便放出了所有的公正，
从女人的同情中放出，便有一切的同情；
一个男人是地球上和永恒中的一个伟大之物，但男人的每一点伟大都来自女人之中，
男人首先是在女人身上形成的，然后他才能在自己身上形成。

我究竟是什么

我究竟是什么呢，要不是一个乐于听到我的名字
　的孩子？他念着它，一遍又一遍地；
我站在一旁听——从来不觉得烦腻。

你的名字对于你也是如此；
难道你觉得你的名字的声音中什么也没有，只不
　过两三个发音而已？

宇宙

它包罗万象，是大自然，
它是地球的广阔，地球的粗犷和性的特征，地球
　　的伟大博爱，还有平衡，
它没有从这些窗户的眼睛向外张望而什么也不寻
　　找，或者它的脑子无缘无故地以预兆吸引了听
　　众，
它包含信仰的人和不信仰的人，它是最庄严的仁
　　爱者，
它适当地保持他或她的唯实论、唯灵论和美学或
　　智慧三位一体的比例，
它在考虑了身体之后发现那所有的器官和部分都
　　是好的，
它，根据地球以及他或她的身体的原理，通过精
　　细的类推而了解所有别的原理，
一个城市、一首诗以及这些州的重大政治活动的
　　原理；
它不仅相信我们的拥有太阳月亮的地球，还相信
　　别的拥有它们的太阳月亮的星球，
它，在建造他自己或她自己的不只为了一天也为
　　了永久的房子时，看到了各个民族、纪元、世代、
　　日期，
过去，未来，像空间一样居住在那儿，不可分离
　　地在一起。

别人可以赞美他们所喜爱的；
但是我，来自奔流的密苏里两岸，可不赞美艺术
　　或其他任何事物中的东西，
直到它好好吸收了这条河流的气氛，还有西边的
　　草原香味，
然后再把它全部发挥。

谁学习我这完整的功课?

谁学习我这完整的功课?
老板、雇工、学徒、牧师和无神论者,
愚笨的和聪明的思想家,父母和儿女,商人、办事员、门房和顾客,
编辑、作家、艺术家、学生——请走近我,开始吧,
这不是课业——这只是打开校门,让你去上很好的一课,
从那一课到另一课,一课又一课地连着。

伟大的法则不容争辩地奏效、流行,
我也属于同一个类型,因为我是它们的朋友,
我以彼此平等的态度爱它们,我并不肃立致敬。

我躺着出神,听某些事物的美丽故事和某些事物的道理,
它们那么美,我不禁怂恿自己去听。

我不能将听到的东西告诉别人——我不能对自己讲它——它精妙绝伦。
那不是小事,这个浑圆而美妙的地球永远永远如此精确地在它的轨道上运行,没有一点颠簸或一秒的失误,
我不认为它是六天之内造好的,也不是一万年之内,或百亿年之内,
也不是一件一件地设计建成的,像一个建筑师设计和建造一所房屋。

我不认为七十年就是一个男人或女人的一生，
也不认为七千万年是一个男人或女人的一生，
也不认为岁月终归能够量尽我的或任何别人的生
　命。

那不可思议吗，如果我将会不朽？像每个人都是
　不朽的；
我知道那不可思议，但是我的眼光同样不可思议，
　我曾怎样孕育在母亲的子宫中也同样不可思议，
而且从一个浑浑噩噩地两度寒暑的婴儿过渡到口
　齿清晰和行走——这全是同样不可思议的。

而此刻我的灵魂拥抱你，我们相互影响却从没见
　面，还可能永远也不会相见，这也全然不可思议。

又如我能够想起一些这样的思想，这本是同样不
　可思议的，
再如我能够提醒你，而你想起它们并相信它们是
　真的，这也一样地不可思议。

同样不可思议的是月亮环绕着地球并和地球一起
　向前转动，
同样不可思议的是它们还与太阳和别的星球保持
　着平衡。

试验

一切都服从它们,当它们坐在那里,内心安泰,
　　灵魂深处浑然一体,
各种传统和外界的权威都不处于审判的地位,
它们是外界权威和一切传统的审判者,
它们的作用只是确证那些确证自己和检验自己的
　　东西;
尽管这样,它们自己永远有权去确证远远近近的
　　一切,一个也不放弃。

火炬 *

在我的西北海岸,在深夜中,一群渔夫站着瞭望,
在他们面前的湖上,别的渔夫们在叉着鲑鱼,
一只朦胧暗影的小船横越过漆黑的湖水,
船头立着一支熊熊的火炬。

啊，法兰西之星

（1870—1871）[1]

啊，法兰西之星，
你的希望、力量和荣誉的光辉，
像一艘长期率领着舰队的骄傲的船，
今天却沦为被大风追逐的难艇，一个无桅的躯体，
在它那拥挤、疯狂和快要淹毙的人群里，没有舵
　　也没有舵师。

被袭击的阴沉的星哟，
不是法兰西独有的星辰，也是我的灵魂及其最珍
　　贵的希望的象征，
捍卫自由的斗争与无畏的义愤的象征，
对遥远理想的向往的、仁人志士对兄弟情谊的梦
　　想的象征，
暴君和僧侣的恐怖的象征啊！

钉死在十字架上——被叛徒出卖了的星，
喘息着，在一个死亡的国度、英雄的国度的上空，
在那奇怪的、热情的、嘲讽的、轻薄的国度的上
　　空喘息着的星啊！

可悲呀！但是我不想因你的错误、虚荣和罪过而
　　责备你，
你那无比的悲伤和痛苦已将它们全部抵销，
剩下的是神圣的你。

[1] 此诗发表于1871年6月，即巴黎公社失败后不到三个月的时候。

由于你虽然犯下了许多过错，但始终抱着崇高的
　　目的，
由于你任凭多大的代价也决不真正出卖你自己，
由于你从麻醉的昏睡中的确哭泣着醒来了，
由于你，女巨人哟，在你的姐妹们中唯一粉碎了
　　那些侮辱你的仇敌，
由于你不能也不肯戴上那惯常用的锁链，
你才在这十字架上，脸色一片青灰，手脚被牢牢
　　钉死——
长矛啊，扎进了你的腰里。

星哟，法兰西之船哟，长期被击退和打败了的船
　　哟！
坚持吧，受挫的星！船啊，继续航行！

要像万物之船的大地本身一样坚信，
它是暴戾的火和汹涌的混沌的产物，
从那愤怒的痉挛和毒液里产生，
最终在完整的力和美中出现，
在太阳下沿着轨道前进，
你也这样啊，法兰西的航轮！

苦难的日子结束了，云雾驱散了，
剧痛已消失，而那长期追求的解放，
瞧，当它再生的时候，高悬在欧罗巴世界的上头，
（它从那里遥遥相对，欢乐地回答着、反映着我们

的"哥伦比亚"号,)
法兰西哟,你的星,又是美丽辉煌的星,
在神圣的和平中更加清辉皎皎,
定将不朽地照耀。

驯牛者

在一个遥远的北方县里，在平静的牧区，
住着我的农民朋友，一位著名的驯牛者，我歌唱
　　的主题，
人们把三岁到四岁左右的公牛交给他治理，
他会接受世界上最野性的牡犊来训练和驯养，
他会不带鞭子无畏地走进那小公牛激动地跑来跑
　　去的围场，
那公牛瞪着怒眼，暴躁地扬起头高高地摔着，
可是你瞧！它的怒火很快平息了——这个驯养者
　　很快就把它驯服了；
你瞧！附近那些农场上大大小小一百来头的牡牛，
　　他是驯服它们的能手，
它们都认识他，都对他亲热；
你瞧！有些是那么漂亮，那么威严的模样，
有些是浅黄色，有些杂色，有些带斑纹，有一头
　　脊背上有白条，
有些长着宽阔的犄角（多么壮观）——你瞧啊！
　　那闪亮的皮毛，
瞧，那两只额上有星星的——瞧，那滚圆的身子，
　　还有宽阔的背脊，
它们站立得堂堂正正——多么漂亮而机敏的眼睛
　　哟！
它们那样地望着自己的驯养者——盼望他靠近它
　　们——它们那样回过头来看着他离去！
多么热切的表情啊！多么依依不舍的别意；
这时我惊奇，在它们看来他究竟是什么，（书本、
　　政治、诗歌，没有了意义——其他一切都没有

意义了，)
我承认，我只嫉妒这位沉默而不识字的朋友的魅
力，
他在他生活的农场上为百十头牡牛所热爱，
在平静的牧区，在北方遥远的县里。

一个老年人的关于学校的想法

（为1874年新泽西州坎登一所公立学校的落成而作）

一个老年人的关于学校的想法，
一个老年人采集着年轻的记忆和花朵，而那是年
　　轻本身所做不到的。

只有现在我才认识你们，
哦，美丽的、曙光灿烂的天空——哦，草上的朝露！

并且我看到这些，这些闪耀的眼睛，
这些奥秘的宝库，这些年轻的生命，
像一队船只，不朽的船只，正在建造和装备，
很快就要向无边无际的大海出航，
行驶在灵魂的航程上。

仅仅是一些男孩和女孩吗？
仅仅是令人厌倦的拼读、书写和算术课吗？
仅仅是一个公立学校吗？

哎，更多，多得没有止境，
（像乔治·福克斯[1]那样大声警告道，"这堆砖头
　　和灰浆，这些死的地板、门窗、栏杆，就是你
　　们所说的教堂吗？
嗨，这根本不是教堂——教堂是活着的，是永远
　　活着的灵魂。"）

[1] 乔治·福克斯（1624—1691），基督教新教公谊会创始人。

而你，美利坚，
你是否要为你的今天认真地核算？
是否要估计你未来的或好或坏的面貌？
那么，请面向这些少女、少男，以及教师和学校。

清早漫步着

清早漫步着,
走出黑夜和朦胧的思索,而你在我的思索里,
向往着你,和睦的联邦哟!你神圣的歌唱着的鸟!
你,我的蜷伏在灾难时世中的国家,负荷着诡计、
　　忧伤和一切卑劣与叛逆的你,
我看到了这个普通的奇迹———一只画眉,我望着
　　它喂它的雏婴,
这只歌唱的画眉鸟,它那愉快的曲调和入迷的信
　　心,
可靠地支持和鼓舞着我的灵魂。

那时我沉思,我感觉,
如果可厌的毒虫和蛇蝎可以变为甜美神圣的歌曲,
如果歹徒能转变得这样驯良而可贵,
那么我的国家哟,我可以信任你,你的命运和岁月;
谁说这些就不会成为适合于你的教训呢?
你的未来的歌可能从这些之中欢乐而振奋地升起,
最终飞遍整个的世界。

意大利音乐在达科他

（"我所听过的最好的第十七步兵团乐队"）

在柔和的晚风中萦绕着一切，
岩石、树林、堡垒、大炮、逡巡的哨兵、无边的荒野，
在悦耳的流泉声中，在长笛和短号的音调中，
迷人的、沉思的、汹涌澎湃的、矫揉造作的，
（可是即使在这里也惊人地适合那些从未听说过的
　　含意，
无比的微妙，罕见的和谐，好像生在这里，长在
　　这里，
而不适于城市中有壁画的寓所，不适于歌剧院的
　　听众，
声音、回响、飘荡的旋律，似乎在这里真正安适，
《梦游女》[1]的天真的爱，带着《诺尔玛》[2]的痛
　　苦的三重奏，
以及你《殉难者》[3]的感人的合唱曲；）
闪烁在澄黄的斜阳落照中，
音乐，在达科他演出的意大利音乐。
而大自然，这个乖僻地区的主宰，
潜行于隐蔽的阴郁幽深的蛮荒之地，
它承认无论相隔多远的友好关系，
（像某种古老的根子或土壤承认它最后孳生的花与
　　果实，）
谛听着，十分欢喜。

---

［1］［2］意大利作曲家贝里尼（1801—1835）所作歌剧。
［3］意大利作曲家多尼采蒂（1779—1848）所作歌剧。

以你所有的天赋

以你所有的天赋,美国,
安心地站着,勤快地照料着,眺望着世界,
势力、财富、广土众民,都赋予了你——这些以及类似的东西都赋予了你,
那么,要是你还缺乏一种天赋,怎么办呢?(人类永远解决不了的终极问题,)
如适合你的那种完美的女人的天赋——要是你缺乏这种天赋中的天赋?
这种崇高的女性,适合于你的美丽、健康和完整?
缺乏适合于你的母亲们?

我的图片陈列室

在一间小小的房子里,我保存着悬挂的图片,这不是一个固定的房间,
它是圆的,它只有几英寸宽;
可是你瞧,它容得下世界全部的景象,全部的记忆!
这里有生活的画面,有死亡的布置;
这里,你认识这个吗?这是导游人自己,
他伸出指头指着丰富的图片集。

大草原各州

创造物的一个更新的花园,没有了原始的荒僻,
稠密、欢快、时新,成百万的人口,农场和城市,
用交错的铁路紧密地联结着,将多个合为一体,
得到全世界的帮助——自由的和法律的以及节俭
　　的社会,
历史积累至今的顶峰和丰饶的福地,
为了证明过去的合理。

暴风雨的壮丽乐曲

1

暴风雨的壮丽乐曲,
那么恣肆奔腾、呼啸着越过大草原的强风,
森林树冠的嗡嗡震响——是高山的箫笛,
人一般的阴影——是你们管弦乐队的潜形,
你们,机警地手执乐器的幽灵的小夜曲,
将一切民族的语言与大自然的天籁混合在一起;
你们好比伟大作曲家留下的和弦——你们是合唱,
你们这些无形的、自由的宗教舞曲——你们来自
　东方,
你们这些河流的低调,奔瀑的轰鸣,
你们来自远方的铁骑纵横中的枪响,
连同兵营中各种军号的回应,
这一切骚动地集合着,充塞着深沉的午夜,压迫
　我这无力的弱者,
当我进入孤寂的卧室时,你们啊,怎么把我抓住了?

2

站出来呀,我的灵魂,让别的都去休息,
要谛听,别遗漏了,它们是在注意你,
它们告别午夜,走进我的卧房,
为了你,灵魂哟,在舞蹈和歌唱。

一支喜庆日子的歌,

一支结婚进行曲,新郎新娘的二重奏,
以爱的嘴唇,爱侣们的洋溢着爱情的心,
兴奋得绯红的双颊和芳香,以及随从中老老少少
　　的友好的脸容,
应和着长笛的曲调和歌咏般地弹奏的竖琴。

洪亮的鼓声来了,
维多利亚!你可看见硝烟中那面碎裂而飞扬的旗
　　帜,那些受挫者的喧扰?
可听到了一支获胜的军队的鼓噪?

(哎,灵魂!那些妇女的啜泣,那些受伤者的痛苦
　　的呻吟,
那火焰的嗞嗞声和噼啪声,那焦黑的废墟,那城
　　市的灰烬,
那人类的挽歌和凄冷。)

现在我心中满是古代和中世纪的歌曲,
我看见和听到古老的竖琴师在威尔斯节日弹奏,
我听见游吟诗人在唱他们的情歌,
我听见中古时代的游唱者,巡游的乐师和民谣歌手。

现在是大风琴的声音,它在震颤,
而底下,(像大地隐蔽的立足点,
承载着一切形式的美、优雅和力量,我们所知的
　　种种彩色,
使草的绿叶和鸟的鸣啭,嬉戏玩耍的儿童,天上

的云朵，
跳跃时有所凭借，升起时有所依托，）
那强有力的低音部站在那里，震动着永不停歇，
沐浴着、支撑着、融合着其余的一切，其余一切
　　的孕育者，
还有同它一起的那众多的种种乐器，
正在演奏的演奏者，世间所有的乐师，
肃穆的赞歌和引起崇敬的弥撒乐，
一切激情的心曲，悲哀的颂词，
各个时代无数美好的歌唱家，
以及使它们溶解和凝结的大地本身的融洽，
风雨、树林以及浩大的海涛之声，
又一个结构严密的管弦乐团，岁月与地域的组合
　　者，十倍的革新精神，
有如古代诗人们说过的遥远的过去，那片乐土，
从那儿开始的迷向，长期的偏离，但现在漂泊已
　　经结束，
旅游完了，外出的人回到了家里，
人类和艺术又同大自然融合在一起。

齐唱啊！为了大地与天堂；
（万能的引导者如今在发出信号，用他的指挥棒。）

世界上所有的丈夫们都在雄壮地左转歌吟[1]，

---

[1] 古希腊戏剧中的歌咏队先由右向左舞蹈，然后由左向右。

所有的妻子们都在响应。

小提琴的弦音,
(我想,弦音哟,你们诉说着这颗不能诉说它自己
　的心,
这颗不能诉说它自己而思忖着和向往着的心。)

3

噢,从一个小小的孩子开始,
灵魂你知道,一切音响对于我怎样都成了音乐,
我母亲唱摇篮曲和赞美诗的声音,
(那声音,那轻柔的声音,记忆中的可爱的声音啊,
一切奇迹中的最后一个奇迹,最亲爱的母亲和妹
　妹的声音;)
雨水,滋长的玉米,叶子长长的玉米间的微风,
拍打着沙滩的有节奏的海浪,
啁啾的小鸟,鹰隼的尖啸,
野鸭晚上低飞着向南方或北方迁徙时的叫嚷,
乡村教堂里的或者密林中野营集会上的圣诗,
小酒店里的提琴手,无伴奏的和唱,悠长的船夫曲,
哞哞叫的牛,咩咩叫的羊,报晓的公鸡。

当代各国所有的歌曲都来到我周围演奏,
关于友谊、美酒和爱情的日耳曼曲调,
爱尔兰民歌,欢乐的快步舞曲和舞乐,英格兰歌谣,
法兰西短歌,苏格兰曲子,

以及高于其他一切的无敌的意大利乐曲。

诺尔玛[1]激情如火而脸色苍白,
挥舞着她手中的短剑高傲地走过舞台。

我看见不幸发疯的露西亚[2]眼中闪着奇异的光芒,
她的头发松散而蓬乱地垂落在背上。

我看见爱尔那尼[3]在新娘的花园里散步,
在夜玫瑰的芳香中,容光焕发,携着他的新婚的
　　妻子,
如今听到了地狱的召唤,号角的死誓。

面对着交叉的剑,白发袒露着映照云天,
这是世间那个清晰而动人心弦的男低音和中音歌
　　手,
长号的二重奏,永远的自由!

从西班牙栗子树的浓荫里,
从古老而笨重的女修道院围墙之旁,有一支呜咽
　　的歌,
失恋的歌,在绝望中熄灭了的青春与生命的火炬,

[1] 意大利歌剧《诺尔玛》中的女主角。歌剧作曲家是贝
　　里尼(1801—1835)。
[2] 多尼采蒂歌剧《拉马摩尔的露西亚》中的女主角。
[3] 意大利歌剧《爱尔那尼》中的男主角。

濒死的天鹅的歌,费尔南多[1]的心快要碎了。

终于得救的从悲哀中醒过来的阿米娜唱起来了,
她那喜悦的激情如星星般丰饶,晨曦般欢乐。

(那个丰产的妇人来了,
那光彩照人的明星,维纳斯女低音,鲜花盛开般
  的母亲,
最崇高的神祇们的妹妹,我听到了,阿尔波妮[2]
  本人。)

4

我听见那些颂歌、交响乐、歌剧,
我在《威廉·退尔》[3]中听见一个觉醒和愤怒的
  民族的乐曲,
我听见梅耶贝尔[4]的《法国清教徒》《先知》,或《恶
  魔罗勃》,
莫扎特的《唐璜》,或古诺[5]的《浮士德》。

我听到所有各个民族的舞曲,

---

[1]多尼采蒂歌剧《宠姬》中的男主角。
[2]意大利歌剧演员,曾在纽约演出,为惠特曼生平最欣
   赏的女歌唱家。
[3]意大利歌剧,作曲家罗西尼(1792—1868)的最佳作品。
[4]梅耶贝尔(1791—1864)是德国歌剧作曲家。
[5]古诺是法国作曲家(1818—1893)。

使我迷惑和沉浸于狂喜中的华尔兹，某种美妙的
　　节拍，
配着叮咚的吉他和咔嗒的响板的波列罗[1]舞。

我看到老的和新的宗教舞蹈，
我听到希伯来七弦竖琴的震颤，
我看到十字军高高地扛着十字在迈进，配合着铙
　　钹的威武的铿锵声，
我听到托钵僧永远朝向麦加旋转时那单调的吟唱，
　　夹杂着狂热的叫喊，
我看见波斯人和阿拉伯人跳宗教舞的狂喜之情，
还有，在色列斯[2]的家乡埃莱夫西斯，我看到现
　　代希腊人在跳跃，
我看见他们一边拍着手，一边弯着腰身，
我听见他们的双脚有节奏地在曳步移动。

我还看见粗野而古老的祭司舞，表演者彼此猛撞着，
我看见罗马青年合着六孔竖笛的尖叫声在互相抛
　　接他们的武器，
一面相向跪下，然后又站起。

我听到从伊斯兰清真寺传来的呼报时刻者的叫喊，
我看见那里面的膜拜者既无仪式也无布道、言辞
　　或辩论，

[1]一种西班牙舞蹈。
[2]古罗马的谷物之神。

只有静静的、奇怪的、虔诚的、抬起来的发光的
　　脑袋,狂喜的面容。

我听到埃及人的多弦的竖琴,
尼罗河船夫的原始的歌曲,
中国皇室的神圣的赞歌,
应和着帝王高雅的声音,(敲打的木鱼和石磬,)
或者一支印度寺院的女舞蹈队,
合着印度长笛和烦躁的七弦琴的嗡鸣。

5

现在亚细亚、阿非利加离开了我,欧罗巴又把我
　　抓住,使我得意扬扬,
合着大风琴和乐队,我仿佛从庞大的声音汇合中
　　欣赏,
路德[1]的雄浑的赞诗《上帝坚如城堡》,
罗西尼的描写圣母在十字架下的礼拜赞歌,
或者飘浮于某个有彩色窗户的高大而阴暗的教堂,
那激昂的《上帝的羔羊》或《荣耀属于至高者》
　　的歌唱。

作曲家们!杰出的艺术大师们!
还有你们,古代各国甜美的歌唱家,女高音,男

[1] 即马丁·路德(1483—1546)。

高音,低音,
一个新的吟唱者在西边向你们愉快地高歌,
恭敬地将他的爱奉献给你们。

(灵魂哟,这种种都通向了你,
全部的感觉、外观和物体,都通向你,
但是此刻我觉得,超乎其他一切之上的是声音在
 通向你。)

我听见圣保罗大教堂里的孩子们一年一度的歌唱声,
或者,在某个宏大厅堂高高的屋顶下,贝多芬、
 亨德尔[1]或海顿[2]的交响乐和圣乐,
神圣海涛中的《创世》[3]沐浴着我的心灵。

让我拥抱所有的声音吧,(我狠狠地挣扎着叫喊,)
用宇宙间一切的声音把我灌满吧,
把它们的以及大自然的悸动赋予我吧,
让那些暴风雨,湖海,天风,歌剧和吟诵,进行
 曲和舞曲,
一齐发声,倾注,因为我要将它们全部吸取!

6

然后我缓缓地醒来,

---

[1]汉德尔(1685—1759),英国作曲家。
[2]海顿(1732—1809),奥地利作曲家。
[3]海顿所作的一支弥撒曲。

迟疑着,将我梦中的音乐探究了一会儿,
探究所有那些记忆,那怒号的暴风雨,
以及所有女高音和男高音的歌曲,
以及那些狂喜的、充满宗教热的东方舞乐,
以及各种美妙的乐器,风琴的和声,
以及一切爱情、灾难和死亡的朴素的哀陈,
我从卧室的床上对我的沉默而好奇的灵魂说,
瞧,由于我找到了我一直在寻求的那个线索,
让我们在白天出去,精神振作,
愉快地把生活清理,到现实世界中游逛,
从今以后受到我们的神圣之梦的滋养。

而且,我还说,
也许你,灵魂哟,听到的不是风的声响,
也不是震怒的暴风雨的梦,或者海鹰的尖叫或扑
　　打的翅膀,
也不是阳光灿烂的意大利的歌唱,
也不是德意志的庄严的风琴,或者各种声音的汇
　　合,或层层叠叠的和声,
也不是歌咏队向左转舞时丈夫们和妻子们的吟咏,
　　或者士兵行进的声音,
也不是横笛,不是竖琴,不是兵营号角的呼唤,
而是以一种适合于你的新的韵律吟成的诗篇,
衔接着从生命到死亡之路的、隐约地在夜空飘荡
　　而渺无踪影的诗篇,
让我们在大白天前进和谱写的诗篇。

向印度航行

1

歌唱着我的时代,
歌唱着今天的伟大成就,
歌唱着工程师的坚固而轻巧的产品,
我们的现代奇迹,(古代笨重的七大奇迹已被胜过,)
在旧世界东方有苏伊士运河,
新大陆已被它宏伟的铁道所盘踞,
海洋内部已由雄辩而文雅的电缆架设了通衢,
可是首先发言的,永远发言的,与你一起叫喊的,
　　灵魂哟,
是过去!是过去!是过去!

过去——黑暗而深不可测的回顾哟!
那丰饶的深渊——那些酣睡者和黑影!
过去——已往的无限庞大哟!
因为,要不是过去的产物,又哪来的现今?
(像一个被形成和推进并经过某一界线仍继续下去
　　的抛射物,
现今也全然为过去所形成,所推进。)

2

灵魂啊,向印度航行!
为亚细亚的神话,那些原始的寓言,提出印证。

不只是你，世界上骄傲的真理，
不只是你，现代科学的事实，
还有古代的神话和寓言，亚洲、非洲的寓言，
照得很远的精神光辉，不羁的梦幻，
潜得很深的传说和经典，
诗人们的大胆的设想，年长的宗教，
啊，你们这些比朝阳沐浴下的百合花更美丽的寺
  院！
啊，你们这些摒弃着已知事物和逃避着已知事物
  的控制而升上天去的寓言！
你们，带有尖顶、红如玫瑰的金光闪烁的巍巍高塔，
由凡人梦想塑造而成的不朽的寓言的高塔，
我也完全如欢迎其他一切那样地欢迎你们！
我也欢乐地歌唱你们。

向印度航行呀！
怎么，灵魂，你没有从一开始就看出上帝的目的？
地球要由一个纵横交错的细网联结起来，
各个种族和邻居要彼此通婚并在婚媾中繁殖，
大洋要横渡，使远的变成近的，
不同的国土要焊接在一起。

我歌唱一种新式的崇拜，
你们船长们，航海家们，探索者们，你们所有的
  一切，
你们工程师们，你们建筑师们，机械师们，你们

所有的一切,
你们,不仅是为了贸易或航运,
而且以上帝的名义,是为了你啊,灵魂。

3

向印度航行呀!
瞧,灵魂,你面前有两个场景,
在一个中我看见已经开凿的苏伊士运河,
我看见一列船只,由"女王尤金尼号"率领,
我从甲板上观看到陌生的景致,纯净的天空,远
　　处的平沙,
我迅速地经过那如画的人群,那些聚在一起的工
　　人,
那些巨人般的疏浚机的姿影。

在另一个不同的场面(可是属于你,同样都属于
　　你哟,灵魂,)
我看见,跨越我自己的大陆、征服每一个障碍的
　　太平洋铁路,
我看见接连不断的一列列车辆运载货物和旅客沿
　　着普拉特河蜿蜒前进,
我听见火车头咆哮着飞奔,汽笛在尖叫,
我听见回声震颤着穿越世界上最壮丽的风景,
我横过拉腊米平原,我注意到种种奇形怪状的岩
　　石,小小的山冈,
我看见茂盛的飞燕草和野生的洋葱头,以及荒瘠

而苍白的长着鼠尾草的沙漠,
我瞥见远处或突然高耸在我面前的大山,我看见
    温德河和瓦萨山脉,
我看见石碑山和"鹰巢",我经过"海角",我登
    上内华达,
我瞭望威严的埃尔克山,并绕行于它的山脚,
我看见亨博尔特山脉,我穿过山谷,横渡河流,
我看见塔霍湖清澈的水面,我看见庄严的松树森
    林,
或者横渡大沙漠和含碱的平原,我看见海浪和草
    地的迷人的蜃景,
注意到穿越这一切之后,以两条很细的铁轨,
经过陆地上三四千英里的奔跑,
将东海和西海连接在一起,
那欧罗巴与亚细亚之间的大道。

(哎,你热那亚人[1]的梦,你的梦哟!
在你躺入坟墓几百年之后,
你所发现的海岸才给证实了。)

4

向印度航行呀!
许多个船长的斗争,许多个丧命的水手的故事,

―――
[1] 发现新大陆的哥伦布是热那亚人。

它们悄悄地来到，在我心境的上空展开，
像高不可及的天上的浮云和霞彩。

沿着全部历史，顺坡而下，
像一条奔流的小溪时而下沉时而又上升，
一串连绵的思绪，一支多样的队列——瞧，灵魂，
　　它们向你，在你的眼前升起，
又是那些计划，那些航行和远征；
又是瓦斯科·达·伽马出航，
又是那些获得的知识，航海家的指南针，
新发现的陆地和诞生的国家，你新生的美国，
为了宏伟的目的，人类长久的见习期已经完满，
你，世界的环绕已大功告成。

5

庞大的圆环哟，在空间游泳，
到处覆盖着看得见的力和美，
日光和白天与那丰富的精神世界的黑暗相交替，
上面是太阳、月亮和无数星星的难以形容的高空
　　队列，
下面是多种多样的青草、动物、山陵、树木、湖水，
出于不可理解的目的，某种隐蔽的预言家的意向，
如今头一次我的思想好像在开始把你估量。

从亚细亚的花园里光芒四射地下来，
亚当和夏娃出现了，后面跟着他们的无数的子孙，

漫游着，热望着，满怀好奇地，带着永不安宁的
　　探索，
带着沮丧的、无定形的、狂热的询问，带着永不
　　愉快的心情，
带着那悲伤而持续不断的反复吟咏，不满的灵魂
　　啊，你为了什么？嘲弄的生命啊，你何所追求？

啊，谁能使这些狂热的孩子平静呢？
谁来证明这些永不安宁的探索是正当的呢？
谁来说出这茫茫大地的奥秘呢？
谁来把它与我们结合？这个如此奇怪而孤单的大
　　自然是什么？
这个地球对于我们的感情有什么意义？（一无所
　　爱的、对于我们的心情无动于衷的地球，
冷酷的地球，坟墓聚集的处所。）
可是灵魂，请务必让最先的意图保留，并且一定
　　要实现，
也许此刻时机已到了眼前。

在所有的海洋都横渡了之后，（它们好像已被渡过
　　了，）
在那些伟大的船长和工程师完成了他们的工程之
　　后，
在那些杰出的发明家、科学家、化学家、地质学家、
　　人种学家之后，
最后一定会出现无愧于自己称号的诗人，
上帝的忠诚儿子一定会唱着自己的歌向我们走近。

那时就不仅你们,航海家、科学家、发明家哟,
　　你们的行为被证明完全公正,
所有这些诸如焦渴的孩子们的心也将获得慰藉,
全部的慈爱将受到充分报答,秘密将被说明,
所有这些分离和间隙将受到处理,扣拢和连接起
　　来,
整个地球,这个冷酷、无情、无声的地球,将被
　　承认和证实,
神圣的三位一体将被上帝的忠实儿子——诗人光
　　荣地完成和结合得十分严密,
(他会真的越过海峡和征服高山,
他会绕过好望角去达到某个目的,)
大自然和人类将不再被离析和分散,
上帝的忠实儿子将把它们绝对地熔合在一起。

6

一年哟,我在它敞开的门前歌唱的一年!
一年哟,希望完成了的一年!
一年哟,各个大陆、地带和海洋结婚的一年!
(如今不只威尼斯共和国的总督在迎娶亚德利亚的
　　公主,)
我看见了,一年哟,你身上那水陆共有的地球在
　　获得和给予一切,
欧罗巴同亚细亚和阿非利加连接了,而它们都连
　　接着新大陆,

那些国土、地势都在你面前跳舞,拿着一个节日
　　的花环,
像新娘和新郎互挽着胳臂那样美满。

向印度航行呀!
凉凉的风从高加索远远吹来,使人类的摇篮为之
　　平静,
幼发拉底河向前奔涌,历史又大放光明。

瞧,灵魂,回想在继续涌出,
地球上那些古老的、人口最稠密、最富庶的国土,
印度河和恒河以及它们众多的支流,
(我今天行走在我的美国海岸上,看见并重温着一
　　切的事物,)
亚历山大在他好战的长征中突然死亡的故事,
一边是中国,另一边是阿拉伯和波斯,
向南是大海和孟加拉湾,
那滔滔不绝的各种文学,宏伟的史诗,宗教,社
　　会等级,
可以追溯到很远的古老神秘的婆罗门,温柔年少
　　的佛陀,
中央和南部的帝国,以及它们所有的附属品,占
　　有者,
帖木儿的征战,奥伦—蔡比[1] 的统治,

[1] 印度在伊斯兰教统治时期一个从父亲篡
　　夺王位的君主;英国作家德莱顿的同名
　　悲剧(1676)即以此为题材。

商人，支配者，探险者，穆斯林，威尼斯人，拜占庭，
　　阿拉伯人，葡萄牙人，
至今还著名的第一批旅行者，马可·波罗，摩尔
　　人巴托塔，
有待解答的疑问，隐匿的地图，有待填补的空隙，
人类不停的脚步，永不休息的双手，
还有，灵魂哟，不能容忍任何挑衅的你自己！

那些中世纪的航海探险者在我眼前升起，
一四九二年的世界，连同它被唤醒的事业心，
人性中膨胀起来的像春天土地的活力那样的东西，
衰微的骑士制度的黄昏美景。

而你，暗淡的阴影，你是谁呢？
巨人般的，梦幻般的，你本身就是个爱幻想的人，
有强大的四肢和虔诚发光的眼睛，
你的每一瞥视都给周围散布一个黄金世界，
给它染上瑰丽的霞晕。

当那位主要演员登上舞台，
在某个伟大的场景，
我看到支配着别人的船队司令本人，
（勇敢、行动、信心的历史典型，）
看见他领着他的小小船队从帕洛斯启航，
看见他的航程，他的归来，他的崇高的名声，
他的不幸，受诽谤，成为囚犯，拖着镣铐，
看见他的失意，贫穷，丧生。

(我恰巧好奇地站在那里,观望着英雄们的努力奋
  斗,
还要拖延很久吗?那种诋毁、贫穷和死亡很痛苦
  吗?
种子会埋在地里几个世纪无人过问吗?
瞧,它准时地响应上帝,在晚上起来,抽芽、开花,
将价值和美散遍天下。)

7

灵魂哟,是真正在向原始的思想航行,
不单是陆地和海洋,还向你自己的清新之境,
你那幼苗和花朵的早期成熟,
向经典发芽的国土。

灵魂哟,不受约束,我同你和你同我,
开始你的世界周游,
对于人类,这是他的精神复归,
回到理性早期的天国,
返回去,返回到天真的直觉,到智慧的诞生地,
再次同美好的宇宙在一起。

8

啊,我们已再也不能等待,
我们也启航呀,灵魂,

我们也欢乐地驶入茫茫大海,
驾着狂喜的波涛无畏地驶向陌生之地,
在飘荡的风中(灵魂哟,你紧抱着我,我紧抱着你,)
自由地吟咏着,唱着我们赞美上帝的歌,
唱着我们愉快的探险的歌。

以欢笑和频繁的亲吻,
(让别人去祈求赦免,让别人为罪愆、悔恨、羞辱
  而哭泣,)
灵魂哟,你叫我高兴,我叫你欢喜。

哎,灵魂,我们比任何神父都更加相信上帝,
但是对于上帝的神秘我们可不敢儿戏。

灵魂哟,你使我高兴,我叫你欢喜,
无论是航行于这些大海或者在高山上,或者晚上
  醒着不睡,
思索,关于时间、空间和死亡的默默的思索,有
  如流水,
真的载着我像穿过无边的领域,
我呼吸它们的空气,听着它们荡漾的水波,让它
  们浑身洗浴我,
在你的心里洗浴啊,上帝,我向你升起,
我和我的灵魂一层层进入你的领地。

超凡的你啊,
不知名的,素质和呼吸,

光的光，流溢着宇宙万象，作为它们的中心，
你，真的、善的、仁爱者的更强大的中心，
你，道德的、精神的源泉——爱的溪涧——你蓄
　　水的深潭，
（我的沉思的灵魂啊——没有满足的渴望啊——不
　　是在那里等待吗？
那完美的伙伴不也在那儿什么地方等待着我们
　　吗？）
你——星星，太阳，太阳系的脉搏；你——它们
　　的动力，
它们旋绕着，有秩序地、安全而融洽地运动，
斜穿过浩渺无形的空际，
我该怎么想，怎么呼吸（即使仅仅一次），怎么说呢，
　　如果仅凭我自己，
我不能向那些更为高超的宇宙航去？

我一想起上帝就自觉渺小，无可奈何，
一想起自然和它的奇迹，时间、空间和死亡，
我就只好转而呼吁你，灵魂哟，你这实际的我，
而且你瞧，你轻轻地支配着这个星球，
你与时间匹配，对死亡满意地微笑，
并且满满地充塞着、增长着空间这无垠的寥廓。

啊，灵魂，你大过星星和太阳，
跳跃着出外旅行；
还有什么爱能比你的和我的扩充得更广？
还有什么抱负、愿望能胜过你的和我的，灵魂？

还有什么贞操、完美和力量的设计？什么理想的梦？
什么愿为别人而献出一切的精神？
为了别人便不惜一切的牺牲？

朝前想想吧，灵魂哟，当时机成熟，
所有的海洋都渡过了，海岬都经历了，航程完毕了，
你被包围，对付和抗衡上帝，终于服从，这时目的达到了，
那样满怀友谊和仁爱的长兄找到了，
在他的怀抱中，弟弟完全为爱抚所融化了。

9

航行到比印度更远的地方去呀！
你的翅膀真的丰满得能飞行这么远吗？
灵魂啊，你真的要做这样的航行？
你要在那样的海岸上游戏？
你要探测梵文和吠陀经的底蕴？
那么，首先要解除那束缚你意志的禁令。

向你们航行呀，向你们的海岸，向你们老迈而凶狠的谜！
向你们航行呀，向你们的支配地位，向你们逼死人的问题！
你们，到处散布着遇难船只的遗骸，它们活着时可从没抵达过你们那里。

航行到比印度更远的地方去呀!
大地和天空的奥秘啊!
你们海上波涛的奥秘啊!蜿蜒的小溪与江河的奥秘啊!
你们林地与田野的奥秘啊!你们,我的国土上的巍巍高山的奥秘啊!
你们大草原的奥秘啊!你们灰白岩石的奥秘啊!
朝霞啊!云彩啊!雨雪啊!
白天和黑夜啊,向你们航行!

太阳和月亮以及你们全部的星星啊!天狼星和木星啊!
向你们航行!

航行,赶快航行呀!热血在我的血管里燃烧!
走啊,灵魂!赶快起锚!
把粗绳砍断——拉出来——抖开每一张风帆!
难道我们像树木生长在地上那样站在这里还不够长久?
我们趴在这里像畜生一样吃着喝着,难道还不够长久?
我们用书本把自己弄得头昏眼花,难道还没有弄够?

驶出去——专门驶向深水区,
要无所顾虑,灵魂哟,向前探索,我同你、你同

我靠在一起,
因为我们的目的地是航海者还没有敢去过的,
而我们甘愿冒险,不惜船只和一切,连同我们自己。

我的勇敢的灵魂哟!
更远更远地航行吧!
啊,大胆的欢乐,可是安全!难道它们不都是上
　　帝的海面?
啊,航行,航得更远,更远,更远!

哥伦布的祈祷

一个被击败了的遭难的老人,
被抛弃在这蛮荒的海岸,远离家乡,
为大海和险恶的巉岩所禁锢,十二个月了,
因历尽辛劳而痛苦、僵硬,病得几乎死亡,
为了散散这忧郁的心,
我在岛屿的边沿闲逛。

我的悲伤太重了啊!
或许我已熬不过今夜;
上帝哟,我不能休息,我不能吃,不能喝,也不能睡,
直到我将我自己和我的祈祷再一次献给你,
我再次在你的怀中呼吸和沐浴,与你谈心,
再一次地向你倾诉我自己。

你知道我的全部历史,我的生活,
我那长期操劳的生活,不只是崇敬而已,
你熟悉我年轻时的祷告和祝祷的仪式,
你熟悉我成年时严肃而富幻想的沉思,
你知道在我开始之前我怎样把未来的一切都献给
　　了你,
你知道我年老时重申了那些誓言并信守不渝,
你知道我从没丧失对你的信念和入迷,
戴着镣铐,身系狱中,受污辱,但并不埋怨,
接受出自你的一切,它们应时来到我这里。

我的全部企图中都充满着你,
我的打算和计划都按照你的旨意而开始和执行,

为你而航行于大海,跋涉于陆地;
意向、主旨和抱负是我的,但成败都由你决定。

啊!我相信它们的确是从你而来,
那冲动,那热情,那不屈的意志,
那强大的、感觉到了的、比言语更有力的内在控制,
那些来自上天的,甚至在梦中也向我耳语的信息;
所有这些都促使我向前不止。

由于我和这种种,至今的工作得以完成,
由于我,那些饱腻而窒息的比较古老的国土得以
　　疏松和获释,
由于我,两个半球合成了圆球,未知才变为已知。

结果我不知道,这完全在你,
或大或小,我不知道——也许是什么广阔的田野,
　　什么地带,
也许我所认识的人类下层那种粗野的无限繁殖,
被移植到那里会长大成材,获得无愧于你的知识,
也许我所熟悉的剑在那里会真的化为铧犁,
也许我所认识的那个无生命的十字架,欧罗巴的
　　死了的十字架,会在那里发芽,开花,结实。

还有一个努力的结果,是我在这荒凉沙滩上的祭
　　坛;
上帝哟,是你把我的生命点燃,
用你稳定的、不可言喻的、恩赐的光线,

那罕见而难以描述的点燃光线本身的光,
那远非笔墨和语言所能叙说的光源,
为了这些啊,上帝,让我进最后一言,我跪在这里,
我老迈、贫穷而瘫痪,向你表示内心的铭感。

我的终点近了,
乌云已经在我头上密集,
航行受到挫折,航线争执不定,完了,
我把我的船队交给你。

我的双手和肢体已经麻痹,
我的脑子被折磨得几乎昏迷,
让这老朽的船骨散裂吧,可我不愿离开,
我要紧抱着你,上帝啊,尽管浪涛不停地冲击,
我至少还认识你呀,认识你。

我说的是预言者的思想吗?或者我是在胡言乱
　语?
我懂得哪些生活的事,哪些我自己的事呢?
我甚至连我过去或现今的工作也不理解,
我面前展示着的种种对它的猜测,也永远变化不
　已,
还有对于新的较好世界及其分娩的猜想,
在捉弄着、迷惑着我的心机。

而我突然看见的这些东西,它们意味着什么呢?
仿佛一只神圣的手把我眼睛上的封条揭开了,出

现了奇迹,
一些朦胧的巨大形象微笑着,穿过天空和大气,
无数的船只在辽阔的海涛上航行,
我听见一些新的语言的赞歌在向我招呼致意。

睡眠的人们 *

1

我整夜在我的幻想里漫游,
我轻轻地走着,迅速而无声地举步停步,
我睁着两眼俯视睡眠的人的紧闭着的眼睛,
我神志迷惑,忘记了自己,错乱,矛盾,
屏息、凝视、俯身和停息。

他们在那里伸直了身子,静静地躺着,看来是如何的严肃,
他们的呼吸是如何的安静,像睡在摇篮里的小孩子一样。

倦怠的人的悲苦的脸、死尸的苍白的脸、酗酒者的发青的脸、自渎者的灰白的脸,
战场上受重伤的人体、在坚闭着门户的屋里的狂人、神圣的呆子、从大门出现的新生者、从大门出现的将死的人,
夜遮盖着他们,包围着他们。

夫妇恬静地睡在床上,他把手放在妻子的腰肢上,
她把手放在丈夫的腰肢上,
姊妹们亲爱地并排睡在她们的床上,
男人们亲爱地并排睡在他们的床上,
母亲搂着小心包裹着的幼小的婴儿睡着。

瞎子睡了，聋子和哑子也睡了，
犯人在监牢里睡得很熟，逃跑的儿子也睡了，
明天就要受绞刑的谋杀犯，他如何能睡呢？
被谋杀的人，他如何能睡呢？

单恋的女性睡了，
单恋的男性睡了，
成天计算着赚钱的人的头脑也睡了，
性情暴烈和奸诈的人，也完全睡了。

我在黑暗中低垂着眼皮，站在那些最受苦，最不
　　安的人们的旁边，
我把我的两手离着他们几寸，抚爱地来回移动，
心中不安的人在床上躺下来，也迷迷糊糊地睡了。

现在我穿过黑暗，新的景物又出现了，
大地从我身边退到夜色中去，
我看见它是美丽的，我也看见大地以外的一切也
　　都是美丽的。

我从床边来到床边，我轮流着和别的睡眠者紧紧
　　地睡在一起，
我在梦中，做着别的做梦者的一切的梦，
我也是别的做梦者之中的一个。

我是一阵舞蹈——奏起音乐来吧！这一阵高兴使
　　我回转得多么轻快呀！

我是永久的欢笑——那是新月和夕阳,
我看见狂欢者的隐藏,我到处看见轻捷的幽灵,
在海陆的深处、在非海非陆的深处、潜藏又潜藏。

那些神妙的工匠完美地做着他们的工作,
只有对于我,他们不能隐匿任何事物,即使他们能,
　　他们也不愿意,
我想我是他们的首领,并且他们又很宠爱我,
当我走路的时候,他们围绕着我,引导着我,并
　　跑在我的前头,
揭起他们巧妙的掩护物,用伸长的两臂指示着我,
　　又继续走路,
我们前进着,一群快活的恶棍!随着欢呼的音乐,
　　举着猛烈翻飞的欢乐的旌旗!

我是男演员、女演员、选举人、政治家、
移民和放逐者、站在被告台上的罪人、
已经有名的人和今天以后将要有名的人、
口吃者、身体健美的人、衰弱无力的人。
我是一个怀着期待的心情装饰好自己,并且束好
　　了头发的女人,
我的游惰的恋人来到了,而天已经黑了。

黑暗哟,你弯下身子来接待我吧,
接待我,也接待我的恋人,他不会让我一个人去的。

我在你身上滚来滚去,如同在一张床上,我把自
　　己交付给黄昏。

我呼唤的人回答了我,并且代替了我的情人,
他和我一起静静地从床上爬起来。

黑暗哟,你比我的情人还要温柔,他的肉体流着
　　汗并且喘息着,
我还感觉到他留给我的潮湿的热气。

我摊开两手,我向各方面挥动着它们,
我要试探你正在向着它前进的黝黑的海岸。

黑暗,小心呀!那已经触到我的是什么呢?
我想我的情人已经离开了,要不然黑暗和他是一
　　个人,
我听到心的跳动,我跟随着,我消逝了。

2

我降落到西方的路上,我的筋力衰惫了,
芳香和青春从我面前经过,而我只是它们的辙迹。

黄皱的面孔不是老妇人的,而是我的,
我深深地坐在草垫的椅子上细心地为我的孙儿补
　　袜子。

那也是我，不眠的孀妇眺望着冬天的深夜，
我看见星光闪照着积着冰雪的惨白的大地。

我看见尸衣而我便是尸衣，我包裹着一个尸体并
　　躺在棺材里面，
这里在地下是漆黑的，这里没有罪恶和痛苦，这
　　里只有空虚。

（在我看来，在光亮和空气中的每一个人都应该是
　　幸福的，
无论谁只要没有在棺材里和黑暗的坟墓里，就应
　　该感到满足。）

3

我看见一个美丽的巨大的游泳者赤裸地在大海在
　　漩涡中游泳，
他的棕色头发均匀地紧贴在他的头上，他用勇敢
　　的双臂搏击着，并用两腿推动着自己，
我看见他的雪白的身体，我看见他的勇敢的目光，
我憎恨那些急流的漩涡，那会把他冲击到岩石上。

你凶恶的赤血浸滴着的海浪，你在做什么呀？
你要杀死这勇敢的巨人么？你要在他的盛年时代
　　杀死他么？

他坚定地挣扎了很久，

他受到挫折，遭到冲击，他受伤了，但是他仍尽
　　力地支持着，
激荡着的漩涡染上了他的血迹，它们把他带走，
　　滚转着他，摆动着他，翻搅着他，
他的美丽的身体卷在回转着的漩涡里，他不断地
　　在岩石上碰伤，
这勇敢的尸体迅速地消失了。

4

我转动着但不能解救我自己，
混乱，一次回顾过去，再一次回顾过去，但仍然
　　是漆黑一片。
海岸上吹着如割的寒风，遭难的船上枪声响了，
暴风雨停止了，月亮从云彩中露了出来。

我向那船正在毫无办法地沉没下去的地方望去，
　　我听见它碎破的响声，我听见绝望的叫号，愈
　　来愈显得微弱。

我不能用我的紧握着的双手援助，
我只能跳到澎湃的浪里，让它浸濡我并且使我寒栗。

我和众人一起搜寻，没有一个船上的人活着冲上
　　岸来，
在早晨，我帮着收拾尸体，并将他们一排排地放
　　在仓房里。

5

现在讲讲过去的战争,在布鲁克林的战败,
华盛顿站在火线内,他站在挖了战壕的山上,在
 一群军官之间,
他的脸面冷肃而润湿,他禁不住淌下眼泪,
他不断地举起望远镜放在眼睛上瞭望,他脸上失
 去了血色,
他亲眼看见南方的父母们交托给他的勇敢的儿子
 遭受屠戮。
最后也是这样,最后当和平宣布的时候也是这样,
他站在古旧旅舍的屋子里,可爱的士兵都从那里
 通过,
军官们都无言地慢慢地轮流着走近前来,
这领袖用手臂搂着他们的脖子,并亲吻他们的面颊,
他一个一个地轻轻地亲吻着他们的润湿的面颊,
 并和他们握手,并向军队送别。

6

现在讲讲,有一天我和母亲坐在一起吃饭的时候
 她告诉我的故事,
那时她已经是一个快要成年的女孩子,和她的父
 母居住在古旧的房屋里。

一天吃早饭的时候,一个红印第安女人来到这古

老的房屋里,
她背负着一捆做椅垫用的灯芯草,
她的头发劲直,有光,粗糙,乌黑,浓密,半遮盖了她的脸面,
她的步履活泼而有弹力,她说话的时候声音也很优美。

我的母亲又惊又喜地看着这个陌生人,
她看着她那高颧骨的光鲜的脸,和她的丰满而有韧性的肢体,
她越看她,越觉得爱她,
她从来没有见过这么可爱的美和纯洁,
她让她坐在火炉旁边的凳子上,做饮食给她吃,
她没有工作给她做,但给了她以回忆和慈爱。

这个红印第安女人,停留了整整一上午,直到下午过去了一半,她才走开,
我的母亲很不愿意她离开,
整整一星期她想念着她,有几个月她盼望着她再来,
有几个冬天,几个夏天,她都想念着她,
但这个红印第安女人却永远没有再来,也从此没有听说。

7

一种夏之温柔的流露——不可见的事物的接

触———种阳光和空气的爱恋,
我怀着仰慕,且被深情压倒了,
我自己愿意出去与阳光和空气冶游。

啊,爱和盛夏哟,你们在梦中,且在我的心里;
秋冬在梦中,农人有着他的收获,
家畜和粮食增加,谷仓装得满满的。

风和雨在黑夜中隐没,船舶在梦中前进,
水手张帆,放逐者回到家里,
流亡者无恙地归来,移民几月几年之后归来,
可怜的爱尔兰人,和他所熟知的邻人和朋友,住
　　在儿童时代的简陋的屋子里,
他们热烈地欢迎他,他又赤裸着脚,他忘记了他
　　已经发了财,
荷兰人航海回家,苏格兰人,威尔士人航海回家,
　　地中海的土人航海回家,
英国,法国,西班牙的每一口岸都有载满了人的
　　船舶驶入,
瑞士人向着他的山地走去,普鲁士人走着他的路,
　　匈牙利人走着他的路,波兰人走着他的路,
瑞典人归来,丹麦人和挪威人也归来。

向本国航行和向外国航行,
美丽的沉没了的游泳家、厌倦者、自渎者、单恋
　　的女性、赚钱者、
男演员和女演员、那些已经演出的、那些等待着

演出的、
热情的孩子、丈夫和妻子、选举人、当选的候选人、
　　落选的候选人、
已经知名的伟人、今后随时可以成名的伟人、
口吃者、病人、身体健全的人、平常的人、
站在被告台上的罪人、坐着并宣判他的法官、有
　　辩才的律师、陪审官、旁听者、
笑者、泣者、跳舞者、午夜的寡妇、红印第安的女人、
肺痨患者、丹毒患者、白痴、受到委屈的人、
地球对面的人、在黑暗中这两者中间的每一个人，
我敢说现在他们都平等了——谁也不比谁更加优
　　异，
夜和睡眠使得他们彼此相像，并使他们恢复原状。

我敢说他们都是美丽的，
每个睡眠的人都是美丽的，在微光中的每一样东
　　西都是美丽的，
最野蛮的和最残酷的已经过去，一切都是平静。

和平永远是美丽的，
天国的神秘表示了和平和静夜。

天国的神秘表示了灵魂，
灵魂永远是美丽的，它出现得多，或出现得少，
　　它来到或者落在后面，
它从树荫密蔽的花园中来，并快乐地看着自己，
　　并且包围了世界，

完美而洁净的生殖器过急地喷射，完美而洁净的子宫凝结，
长得完好的头颅十分匀称端正，内脏和关节也匀称端正。
灵魂永远是美丽的，
宇宙整整齐齐，万物各得其所，
已经来到的各得其所，等待着而未来的也将各得其所，
扭折的头盖骨等待着，多水的或腐败的血液等待着，
贪食者或花柳患者的孩子长久地等待着，酗酒者的孩子长久地等待着，酗酒者自己也长久地等待着，
生生死死的睡眠者等待着，前进得很远的人到时将继续前进，落后得很远的人到时完全来到，
不同的将继续不同，但他们将流动而结合——现在他们是结合了。

8

睡眠者赤裸裸地躺着，是十分美丽的，
他们赤裸裸地躺着，在整个大地上手牵手地从东方走到西方，
亚洲人和非洲人手牵着手，欧洲人和美洲人手牵着手，
有学问的人和无学问的人手牵着手，男人和女人手牵着手，

女子的裸臂横过她爱人裸露的胸脯，他们毫无贪
　　欲地紧抱着，他的嘴唇紧贴着她的脖子，
父亲怀着无限的爱，用手臂抱着已经长成或者还
　　未长成的儿子，儿子也怀着无限的爱用手臂搂
　　抱着父亲，
母亲的白发在女儿的雪白的手腕上发光，
儿童的呼吸和大人的呼吸一致，朋友被朋友的手
　　臂搂抱着，
学生亲吻着教师，教师亲吻学生，受委屈的人
　　得到公正待遇，
奴隶的呼叫和主人的呼叫一致，主人向奴隶致敬，
罪人从监狱走出，狂人成为清醒者，病人的苦痛
　　被解除，
流汗和发热停止了，从前有病的喉咙健全了，肺
　　病者的肺复元了，可怜的忧愁者的心里轻松了，
风湿病患者的关节如平常一样地活动自如，甚至
　　比以前更能活动自如了，
窒息和通道打开了，麻痹者可以弯曲，
肿胀者和痉挛者和充血者恢复了健康，
他们受了夜的滋补，通过了夜的神秘作用，清醒
　　过来了。

我也通过了夜，
啊，夜哟，我要离开一会儿，但我仍要回到你这
　　里来，并且爱你。

我为什么要怕把我自己交托给你呢？

我并不惧怕,我已经被你带着前进了很久,
我喜爱丰富的奔驰的白昼,但我不离弃在她那里
　躺过这么久的夜,
我不知道我怎样从你那里来,我也不知道我和你
　到何处去,但我知道我来得很好也将去得很好。

我要和夜在一起仅仅停留片刻,到时候就起来,
我要按时地通过白天,啊,我的母亲哟,并且按
　时地回到你那里。

换位

让改革者从他们永远在喊叫的岗位上下来——让
　一个白痴或精神病人在每个那样的岗位上坐镇；
让法官和犯人对调——把狱卒关进牢里——让那
　些本来是囚犯的人掌管钥匙,
让那些不相信诞生和死亡者领导其余的人。

想想时间

1

想想时间——想想一切过去的事,
想想今天,以及从今以往的后世。

你猜想过你自己不会继续下去吗?
你害怕这些土甲虫了吗?
你在担忧未来对你毫无意义了吗?

今天就毫无意义?那没有个开端的过去毫无意义?
如果未来是毫无意义的,它们也同样毫无意义了。

想想太阳本是从东方升起的——男人们和妇女们本是温顺的、真实的、活着的——每个东西都是活着的,
想想我和你本来看不见,无感觉,不思想也没有职分,
想想如今我们在这里担负着我们的责任。

2

每过一天,一分钟或一秒钟,都不会没有人分娩,
每过一天,一分钟或一秒钟,都不会没有人死亡。

沉闷的黑夜一个个过去,沉闷的白天也是这样,

在床上躺得太久而产生的痛苦过去了,
医生拖延了许久才报以沉默而可怕的一瞥眼光,
孩子们哭着急忙赶来,兄弟姐妹也派人去叫了,
药品原封未动地搁在架子上,(樟脑味儿却早已充
　　满了各个房间,)
生者的忠实的手总不放开垂死者的手,
颤动的嘴唇轻轻地贴在弥留者的额上,
呼吸停止,心脏的搏动停止,
遗体直躺在床上,让生者观望,
它是摸得着的,犹如生者是摸得着的一样。

生者以他们的目光望着遗体,
但一个没有目光的不同的生者也留恋着,好奇地
　　向遗体端详。

3

想想那种融合在关于物质的想法中的关于死亡的
　　想法吧,
想想城市与乡村的所有这些奇迹,别人对它们感
　　兴趣,而我们不感兴趣。

想想我们是多么热衷于建设自己的住宅,
想想别的人也会这样热衷,而我们毫不在意。

(我看见一个人建筑住宅,那住宅只能给他使用几
　　年,至多七八十年,

我看见一个人建筑住宅,那住宅却能使用更长的
　　时间。)

缓缓移动的黑线在整个大地上爬行——它们从不
　　停息——它们是送葬的人群,
那个原来是总统的人埋葬了,那个现在是总统的
　　人也一定会出殡。

4

一种对于庸俗结局的回忆,
一个关于工人的生与死的常见标本,
各自按照自己的类型。
渡头飞溅的寒波,河流中推搡的冰块,街道上半
　　冻的污泥,
头上灰沉沉的令人沮丧的天空,十二月的短促欲
　　尽的白昼,
一辆柩车和若干驾马车,一个年老的百老汇马车
　　驾驶员的出殡,大半是车夫的送葬者。

朝向墓地安稳缓步地行进,丧钟及时地敲响,
进了大门,在新掘的墓穴旁停下来,活着的人从
　　车上跳下,把柩车打开,
棺材给抬出,停放妥当,鞭子留在棺盖上,黄土
　　迅速地抛入墓床,
用铲子把上面的坟堆弄平实了——沉默,
一分钟——谁也不动不响——完了,

他被体面地收拾好了——此外还有什么呢?

他是个好伙伴,心快口快,性情急躁,模样也不丑,
为朋友不顾生死,喜欢女人,赌博,大吃大喝,
尝到过富裕的滋味,老来精神不振,病了,靠一
　　种捐助来接济,
死了,年仅四十一岁——以上就是他的葬礼。

伸开的大拇指,举起的指头,围裙,披肩,手套,
　　皮带,雨衣,仔细挑选的鞭子,
老板,秘密监视者,调度员,马夫,某人靠你闲混,
　　你靠某人闲混,前进,前面的人和后面的人,
好日子的工作,坏日子的工作,受宠爱的牲畜,
　　劣等的牲畜,头一个外出,最后一个外出,夜
　　里上床睡,
想想,所有这些对于别的驾驶员都那样重要和亲
　　密,而他在那里却不感兴趣。

5

市场,政府,工人的工资,想想这些在我们白天
　　黑夜的生活中多么重要,
想想别的工人就那样重视它们,可我们却很少或
　　一点也不计较。

粗俗的和文雅的,你所谓的罪恶和你所谓的善良,
　　想想这中间的区别有多明白,

想想这区别对于别人将继续存在，可我们却置身
　　于区别之外。

想想有多少乐事，
你在城里过得惬意吗？或者忙于做生意？或者在
　　安排一种提名和竞选活动？或者同你的太太和
　　全家在一起？
或者同你的母亲和姐妹？或者从事妇女的家务？
　　或者是美好的慈母般的操劳？
这些也在向别人纷纷流动，你和我便向前流动不
　　息，
但是到相当时候，你和我就会对它们不大感兴趣
　　了。

你的农场、赢利、收成——想想你是多么的热衷，
想想将来还会有农场、赢利、收成，可是那对你
　　有什么用？

6

未来的将是好的，因为现在的就是好的，
感到兴趣的是好的，而不感兴趣的也一定是好的。

家庭乐趣，日常家务或职业，住宅建筑，这些不
　　是幻象，它们有分量，有形状，有地点，
农场，利润，收成，市场，工资，政府，全都不
　　是梦幻，

罪恶与善行之间的区别不是错觉,
地球不是一个回声,人和他的生命以及他生命的
　一切都是经过深思熟虑的。

你不是随风飘散了,你必将可靠地环绕你自己而
　聚集,
你自己!你自己!永远永远你自己!

7

你由你的父母生下来,那不是为了把你扩散,而
　是要使你具有个性,
那不是要你游移,而是要你坚定,
某些长期准备着的、无定形的东西已经达到并在
　你身上定形了,
你从此万无一失,无论发生什么事情。

那些纺出的线聚合了,经线和纬线交织起来了,
　式样也合乎规格。

每一种准备都证明是正当的了,
乐队已调整好他们的乐器,指挥棒发出了信号。

那位来访的客人,他等候了好久,如今已被安顿,
他是那种美丽而愉快的人,他是那种你只要看着
　和与之相处就感到满足的人。

过去的法则不能逃避,
现今和将来的法则不能逃避,
生者的法则不能逃避,它是永恒的,
升迁和转变的法则不能逃避,
英雄和做好事者的法则不能逃避,
酒徒、告密者、卑鄙者的法则,它们的一丝一毫
　　都不能逃避。

8

缓缓移动的黑色行列不断地走过大地,
北方人被运走,南方人被运走,在大西洋岸上的人,
　　在太平洋岸上的人,
在这二者之间、遍布密西西比河流域、遍布于地
　　球表面的人们。

伟大的大师们和宇宙是好好的,英雄们和做善事
　　的人是好好的,
著名的领袖人物、发明家和财主,那些虔诚和出
　　众的人,也可能是好好的,
但是有比这个更重要的,即所有一切的价值究竟
　　几何。

那无尽的一群群的蠢人和坏人并非无足轻重,
非洲和亚洲的野蛮人并非无足轻重,
那些浅薄者的绵绵不绝的后裔一般说来也不是无
　　足轻重。

在所有这些事情方面,
我梦想过我们不会有多大改变,我们的法则也不
　　会改变,
我梦想过英雄们和做好事的人必定为现今和过去
　　的法则所制约,
谋杀者、酒鬼、骗子,必定为现今和过去的法则
　　所制约,
因为我梦想过他们现今所面对的法则也足够了。

我还梦想过那已知的短暂的生命之目的和本质,
是要为未知而永恒的生命构成并确定其身份。

假如一切只能沦为灰烬和粪肥,
假如蛆虫和老鼠会把我们消灭,那得警惕啊!因
　　为我们被出卖了,
那就真正有了死亡的嫌疑。

你疑虑有死亡的危险吗?如果我有这种疑虑,我
　　宁愿现在就死,
难道你以为我能愉快地、顺顺当当地去消逝?

我愉快而顺顺当当地行走,
我不能确定究竟走向哪里,但我知道那是好的,
整个宇宙都指出那是好的,
过去和现今都指出那是好的。

动物是多么美丽而完整啊!
地球,以及它上面那最小的东西,多么美丽而完
　整啊!
凡是所谓好的东西都是完美的,而凡是所谓坏的
　东西也同样是完美的;
植物和矿物是完美的,那不能估量的流体是完美
　的,
它们缓慢而坚定地来到了这里,它们还要缓慢而
　坚定地继续前去。

9

我起誓,我现在认为每一事物都毫无例外地有个
　不朽的灵魂!
树木有,扎根在地里!海里的草有!更何况畜生!

我起誓,我相信除了不朽就什么也没有了!
那精巧的结构属于它,那星云般的浮游物属于它,
　那正在凝聚的属于它!
一切的准备都属于它——本体属于它——生命和
　物质通通属于它!

神圣的死的低语

现在你敢么，啊，灵魂哟，
和我走向一个没有人知道的地方，
那里既没有立足之地，也没有可以通行的道路？

那里既没有地图，也没有向导，
没有人声，没有人手的接触，
在那个地方没有鲜艳的血肉，没有嘴唇，也没有眼睛。

我不知道这地方，啊，灵魂哟，
你也不知道，在我们前面的只是一片空白，
在那里，在那不可接近的土地上，一切都是梦想不到的。

直到束缚被解除以后，
除了"时""空"的永恒的束缚以外，
黑暗，引力，感觉，或任何限制将都不再能束缚我们。

那时我们将霍然跳出，我们将飘然遨游，
在"时""空"之中，啊，灵魂哟，我们为它们做下准备吧！
大家都一样，最后终有了足够的能力，（啊，快乐！啊，一切的果实哟！）去充实它们，啊，灵魂哟！

现在你敢么，啊，灵魂哟*

神圣的死的低语

我听见神圣的死的喃喃低语，
暗夜所发出的唇音的闲谈，咝音的合唱，
步履轻轻地上升，神秘的微风柔缓地飘动，
看不见的河川的微波，永远不停的流着的浪潮，
（或者那是眼泪溅起的水花么？人类眼泪的不测的
　渊海么？）

我仰望天空，看见巨大的云堆，
这些云悲哀地悠然舒卷着，无声地扩大而且彼此
　混合，
不时，远处一颗半明半暗的悲愁的星星，
现出来而又消逝了。

（这可以说是一种分娩，一种庄严不朽的诞生；
在眼力所不及的边境，
有灵魂正飘然飞过。）

歌唱那神异的正方形

1

歌唱那神异的正方形,从那个一中前进,从那些
　　边中,
从旧的和新的,从那通体神圣的正方形,
坚实的,四边的,(所有的边都需要,)从这一边
　　的耶和华,那是我,
我是古老的婆罗门,我是农神,
时间不能影响我——我是时间,古代、现代不分,
坚定不移的,无情的,执行正义的裁判,
像地球、圣父、褐色古旧的克朗诺斯,连同它们
　　的法则,
年龄已无从计算,但永远是新的,永远以强大的
　　法则在旋转,
我残忍,从不饶人——凡是犯罪者都得死——我
　　就要他的命;
因此谁也不指望怜悯——季节、重力、约定的日
　　期会宽容吗?我也不会的,
只会像不饶人的季节、重力以及所有约定的日期
　　那样,
我从这一边执行坚决的裁判,毫不容情。

2

作为最和蔼的安慰者,那许诺中的人在前进,
我是更强大的上帝,伸出温柔的手,

由先知和诗人在他们狂喜的预言和诗篇中预告过,
从这一边,瞧!基督在注视着——瞧,我是赫耳
　　墨斯——瞧,我有海格立斯的面容,
全部的悲伤、辛劳、苦难,我都清点着,吸收到
　　我心中,
我多次被抛弃,辱骂,关进监狱,并钉在十字架上,
　　而且还会有多次,
我放弃了整个世界,为了我亲爱的兄弟姐妹,为
　　了灵魂,
我走遍了穷人或富人的家庭,给他们以钟爱的吻,
因为我就是仁爱,我是传布欢乐的上帝,带着希
　　望和包含一切的博爱之情,
带着像对孩子们的溺爱的言辞,带着只属于我的
　　新鲜而清醒的言辞,
我在年轻而强壮时消失,深知自己注定要早死;
但是我的仁爱不会死——我的智慧不会死,早晚
　　都不会,
我遗留在这里和别处的珍贵的爱永远也不会衰颓。

3

疏远人群,心怀不满,密谋反叛,
罪犯的同伙,奴隶们的兄弟,
狡黠,受人藐视,一个无知的苦力,
有首陀罗的脸和憔悴发黑的额头,但在内心深处
　　却如任何人一样自尊,
时常想奋起反抗任何敢于轻视和企图支配我的人,

有时愁眉不展,满怀诡诈,耽于回想,盘算着许
　多骗人的勾当,
(尽管有人认为我是被击败和赶跑了,我的骗术已
　经玩完,但那是妄想,)
我这大胆的撒旦,仍然活着,仍在发言,适时出
　现在新的地方,(也在老的地方,)
永远从我这一边,好战地,对谁也不让,像任何
　人一样现实,
无论时间或变化都永远不能改变我和我的言辞。

4

圣灵,呼吸空气者,生命,
在光线之外,比光线更亮,
超乎地狱之火,欢乐而轻快地跳跃于地狱之上,
超乎天堂,唯独被我自己的芳香所熏染,
包含着地球上一切的生命,触摸着、包含着上帝,
　包含着救世主和撒旦,
缥缈地,弥漫于一切,(因为假如没有我,全体算
　什么呢?上帝算什么呢?)
种种形态的实质,各个实在本体的生命,永久的,
　绝对的,(即看不见的,)
伟大的球形世界、太阳和星辰以及人类的生命,我,
　普遍的灵魂,
在这里完成那坚实的正方形,而我最坚实,
也通过这些歌在呼吸,生存。

我梦见我日夜爱着的他

我梦见我日夜爱着的他,我听说他死了,
我梦见自己到了人们埋葬我所爱的他的地方,但是他不在那里,
我梦见自己在坟地里漫游着寻找他,
我发现每个地方都是一块坟地,
那些充满生机的房子里也满是死亡,(这所房子现在也一样,)
大街,船舶,娱乐场所,芝加哥,波士顿,费城,曼纳哈塔,既拥挤着活人,也拥挤着死者,
而且更多,死的大大地多于活着的;
从此我要把我所梦见的告诉每个人和每个时代,
我从此要对我所梦见的负责,
如今我乐于忽视葬地,并把它们置诸脑后,
假如死者的纪念物仍照常地到处摆着,甚至在我吃饭睡觉的房间里,我也会感到满意,
而如果我所爱的任何人的遗体,或者我自己的尸体,被理所应当地烧成灰烬,倒入海里,我也会满意的,
或者如果撒向空中,任风吹散,我也会一样欢喜。

不过，不过，你们这些沮丧的时刻

不过，不过，你们这些沮丧的时刻，我也认识你们，
像铅一般沉重，你们那样阻碍和抓住我的脚跟，
大地变成一间哀悼的厅堂——我听到那傲慢的嘲
　　笑之声，
物质是征服者——物质，唯一的胜利者，它继续
　　长存。

绝望的叫喊不停地向我飘来，
我最亲密的爱侣发出的呼声，恐惧而犹疑，
来呀，请告诉我，我很快要出航的海洋，
来告诉我我在向何处行驶，告诉我我的目的地在
　　哪里。

我理解你的痛苦，但是我不能帮你解脱，
我走近，听着，看着，那悲伤的嘴，那流露的眼神，
　　你的默默的询问，
我从我躺着的床上往哪里走，请来告诉我；

老迈，恐惧，犹疑———一个少妇的声音向我乞求
　　慰藉；
一个青年男子的声音，难道我不该逃避？

仿佛一个幽灵在抚爱我

仿佛一个幽灵在抚爱我,
我觉得我不是单独在这海岸边行走;
我觉得我在海岸边行走时是那个人同我在一起,
  那个我爱着的人把我抚爱着,
当我倾身向那朦胧的光中注视时,那个人已完全
  消失,
而那些怀恨和嘲笑我的人却出现了。

信念

我不需要信念，我是一个被他自己的灵魂先占了的人；

我不怀疑从我所认识者的脚下、手边和脸旁，有些我不认识的冷静而真实的脸正在张望，

我并不怀疑世界的庄严美丽潜藏在世界的每个毫末之中，

我不怀疑我是无限的，宇宙是无限的，我怎么也想象不出是多么的无限，

我不怀疑天体和天体系统在空中有目的地进行快速运动的表演，并且有一天我也能玩得如它们一样轻灵，而且比它们更轻灵，

我不怀疑暂时性的东西会千百万年地继续下去，

我不怀疑内景中还有它们的内景，外表上还有它们的外表，视力之外还有视力，听觉之外还有听觉，声音之外还有声音，

我不怀疑令人恸哭的年轻男人的死是规定好的，年轻妇女和小孩子的死是规定好的，

（你以为生命规定得那样好，而作为整个生命主旨的死亡竟没有好好规定？）

我不怀疑海上遇难的船只，无论它们多么恐惧，无论是谁的妻子、儿女、丈夫、父亲和亲爱者下沉了，都是仔细规定好了的，

我不怀疑在任何地方、任何时候可能发生的任何事情都已在事物天性中做出交代，

我不觉得是生命在规定一切以及时间和空间，然而我相信神圣的死亡在为一切做出安排。

动荡的年月

动荡的年月,把我急卷着不知往何处去的年月,
你们的方案、策略失败了,路线在妥协,实质性的东西在愚弄和躲避我,
只有我所歌唱的主题,牢牢据守的伟大灵魂,才不逃避,
自己必须永不后退——这是最终的实质——这是一切之中最可靠的,
从政治、胜利、战斗、生活之中,最后终能保存的是什么?
当外观破裂时,除了自己还有什么是可靠的?

那音乐经常在我周围

那音乐经常在我周围,既不停息也不从头开始,
　　不过我长期不觉悟,没有听见,
而现在我听见了那合唱,才满心喜欢,
我听到一个强壮的男高音以黎明的欢乐的曲调在
　　力与健康中上升,
一个女高音不时轻快地飘过巨浪的巅顶,
一个明朗的低音甜美地在宇宙下方震颤着并且穿
　　过,
那意气风发的齐唱,那伴着柔和的长笛和小提琴
　　的葬曲的哽咽,所有这些我都尽情吸收,
我不仅听到了声响的音量,我还为精微的含义所
　　感动,
我倾听各种抑扬舒卷的声音,它们以火样的激昂
　　彼此奋力竞争,要在激情上压倒别人;
我并不以为那些演奏者了解他们自己——但如今
　　我想我已在开始了解他们。

海上迷航的船

什么船在海上迷航了,要对船位做出准确的推算?
也许需要一个极好的舵手来上任,避开险阻驶入安全的航线?
水手哟,这里!船哟,这里!把那最好的舵手领上船去,
他正在一只小舟上荡桨出航,我招呼着将他向你们奉献。

一只无声的坚忍的蜘蛛

一只无声的坚忍的蜘蛛,
我看出它在一个小小的海洲上和四面隔绝,
我看出它怎样向空阔的四周去探险,
它从自己的体内散出一缕一缕一缕的丝来,
永远散着——永不疲倦地忙迫着。

而你,啊,我的灵魂哟,在你所处的地方,
周围为无限的空间的海洋所隔绝,
你不断地在冥想、冒险、探索,寻觅地区以便使
　这些海洋连接起来,
直到你需要的桥梁做成,直到你下定了你柔韧的
　铁锚,
直到你放出的游丝挂住了什么地方,啊,我的灵
　魂哟!

永远活着,永远在死啊!

永远活着,永远在死啊!
我过去和现今的葬礼啊!
我呀,当我迈步向前,是肉体的,可见的,总是那么傲慢;
我呀,不管多年以来怎样,如今死了,(我不悲伤,我所甘愿;)
啊,要把我自己从我的那些尸体解脱,我回过头来望着它们,在我将它们抛弃的地方,
为了继续向前,(活着呀!永远活着啊!)把那些尸体留在后面。

给一个即将死去的人

我从所有的人中把你挑出,有个信息要告诉你,
你快要死了——让别人对你高兴怎么说就怎么说
　　吧,我可不能含糊,
我是严格无情的,但是我爱你——你已经没有生
　　路。

我将右手轻轻地搁在你身上,你刚好能感觉到,
我不理论,我低低地俯下头来,把它部分地遮住,
我默默地坐在一旁,我仍然忠诚于你,
我不仅仅像个护士,不仅仅像个父亲或邻居,
我使你在肉体上摆脱一切,除了你精神上的自己,
　　那是永恒的,而你自己一定能脱离,
你要留下的尸体将只是排泄物而已。

太阳在意想不到的方向突然冒出,
坚强的思想和信心充塞着你,你微笑着,
你忘记自己是在病中,犹如我忘记你病了,
你不看药物,你不注意哭泣的朋友们,我同你在
　　一起,
我将旁人与你隔离,没有什么可怜悯的,
我并不怜悯,我祝贺你。

草原之夜

在草原上的夜里,
晚餐过了,火在地上轻轻地燃烧,
疲倦了的移民裹着他们的毯子睡着了,
我独自漫游——我站着观望现在想来我以前从没
　　有注意过的星星。

现在我吸取永生与和平,
我羡慕死,我考查各种问题。

多么丰饶!多么高尚!多么简明哟!
同样的一个老人和灵魂——同样的旧有的渴望,
　　同样的满足。

直到我看见非白天所展示的一切,我一直以为白
　　天最为光辉灿烂,
直到在我的周围无声地涌现出千万个其他的地球,
　　我一直以为这个地球已经很足够。

现在空间和永恒的伟大思想已充满了我,我要以
　　它们来测量我自己,
现在我接触到别的星球的生命,这生命跟大地上
　　的生命一样来自遥远的地方,
或是将要来到,或是已经超过了大地上的生命,
此后我将不再漠视它们,正如我不漠视我自己的
　　生命,
或者那些在大地上跟我一样进展的,或将要来到
　　的生命。

啊,我现在看出生命不能向我展示出所有的一切,
　　白天也不能展示出所有的一切,
我看出我得等待那将由死展示出来的东西。

思索

在一个盛大的宴会上,我和别人坐在一起,这时乐队正在演奏,

蓦地我想起(也不知从哪儿来的)海上一艘遇难的船,像雾中的鬼影似的,

想起某些船只,它们曳着飘飘的旗幡和告别的飞吻离开港口,它是其中最后的一艘,

想起那严肃而阴暗的关于"总统号"的命运的神秘,

想起那艘在东北海岸附近建成而如今正在下沉的人类五十代人的海洋科学之花——想起正在下沉的巨轮"北极号",

想起那隐约的图景——妇女们聚集在甲板上,苍白而勇敢,等待着愈益迫近的最后时刻——那最后的一刻哟!

一阵大声的啜泣——少数的水泡——白色的水花溅起——于是那些妇女消逝了,

她们下沉时无情的海水仍继续漂流——而我在沉思:难道她们真的消失了?

难道那些灵魂就这样给淹没和毁灭了?

难道只有物质才是胜利者?

最后的召唤

最后,轻柔地,
从坚强堡垒的铜墙铁壁里,
从重门深闭的密封固锁中,
让我飘荡出去吧。

让我无声地溜过,
用柔软的钥匙,打开锁键——低声地说,
把门开开吧,哦,灵魂哟!

轻柔地——不要急躁。
(哦,人世的情欲哟,你的威力强大,
哦,爱哟,你的威力强大。)

当我观看农夫在耕地

当我观看农夫在耕地,
或者播种者在田野撒种,或收获者在收割,
我从那里看见了,生活与死亡哟,你们的类似之处;
(生活,生活就是耕种,因而死亡就是收获。)

沉思而犹豫地

沉思而犹豫地,
我写下"死者"这两个字,
因为死者还活着,
(兴许还是唯一活着的,唯一真实的,
而我是幻影,我是幽灵。)

母亲,你同你那一群平等的儿女

1

母亲,你同你那一群平等的儿女,
你有一系列各种各样的州,可是只有一个本体,
我在离开之前要唱一支特别的高于其他一切的歌,
为了未来,为了你。

我要为你播下一颗绵绵不绝的民族性的种子,
我要铸造你的全部,包括灵魂和肉体,
我要向前展示你的真正的合众国,以及它怎样臻
　　于完备。

我设法开辟通向屋子的蹊径,
但是将屋子本身留给后来的人。

我歌唱信仰,以及预习,
因为生活和自然的伟大不仅与今天有关,
而且会由于未来而更加宏伟,
我根据这个准则来歌唱你。

2

像一只矫健的自由飞翔的鸟,
欢乐地冲入寥廓无垠的太空,
美国哟,一想到你我就有这样的联想,
我要给你带来的也是这样的吟诵。

我无意把外国诗人们的奇想带给你,
也不带给你那些供他们利用了那么久的恭维,
也不要韵脚,或经典著作,或外国宫廷和室内藏
　　书的香味;
但我要带给你一种来自缅因州松林的芳香,或者
　　伊利诺伊大草原的气息,
连同弗吉尼亚、佐治亚或田纳西野外的清风,或
　　来自佛罗里达沼泽或得克萨斯高地,
或者是萨圭那的黑色的溪流,或者休伦湖辽阔的
　　蔚蓝色波光,
连同耶罗斯顿或约斯密特的秀丽,
我还要带来在下面絮絮地弥漫于一切的海涛瑟瑟
　　声,
那来自世界两大海洋的连绵不绝的声息。

而由于你那更微妙的感觉和更微妙的韵味,令人
　　敬畏的母亲哟,
由于符合这些和你的理智的序曲,像这些和你一
　　样真实、清醒而宏大的适合你的风格,
你哟!比我们所知的更高地上升、更深地下潜的
　　卓越的合众国啊!
事实为你所辩明,并与思想相结合,
人类的思想被肯定,并与上帝相连,
贯穿于你的观念的,瞧,是不朽的现实!
贯穿于你的现实的,瞧,是不朽的观念!

3

新世界的大脑哟,你的任务多么宏远,
要规划现代——从现代的无与伦比的壮观,
从你包含着科学的自身中,去重新铸造诗歌、教会、
　　艺术,
(重新铸造,兴许得摒弃它们,了结它们,谁知它
　　们的作用是不是已经耗尽?)
凭想象、手和概念,以悠久的过去和逝者为背景,
以绝对的信念来刻画宏伟的生活的现今。

不过你这活着的现今的大脑,已死者和旧世界的
　　大脑的后裔,
你,像一个尚未出生、在它的胎衣中蜷伏了那么
　　久的胎儿,
你,被它细心地培育了那么久——兴许倒是你把
　　它解开,使它完满,
使它最后成为你——而那已往时间的精粹也包含
　　在你内里,
它的诗歌、教会、艺术,都不知不觉地被注定与
　　你相连属;
你不过是长期、长期又长期地成长着的苹果,
整个的往昔今天都在你身上逐渐成熟。

4

航行,最好地航行吧,民主之船,

你的货物是重要的,那不仅仅是今天,
还有昨天也装在你的舱里,
你所承担的货运不只是你自己的,不只是西方大
　　陆的,
地球的全部经纬都浮载在你身上,寄托于你的樯
　　桅,
时间在你的保管下行驶,先前的各个国家与你在
　　一起浮沉,
你还负载着别的大陆,连同它们所有的搏斗、殉
　　难者、英雄、史诗和战争,
那抵达目的港的胜利是你的,也是它们的,
那么,舵手哟,你携着伟大的旅伴,以你的熟练
　　而强大的手和警觉的眼睛奋勇前进,
历史悠久的、祭司般的亚细亚今天与你在一起,
封建王室的欧罗巴也同你一起航行。

5

出身更优越的新生的美丽世界在我眼前升起,
像一片无边的金色的云遍布于西方天空,
一种普遍母性的象征高悬于一切之上,
是生儿育女者的神圣的典型,
你的连续不断的一群群巨大的婴儿从你那丰饶的
　　子宫分娩,
从这样的妊娠中出现,领受和给予着不绝的力量
　　和生命,
那现实的世界——寓二于一的世界,

那灵魂的世界，只能由现实世界诞生并只能由它
　　引向其同一性身体的世界，
可是只有在开始时，那无数复合的成群的宝贵材
　　料，
由历史的循环传递而来、由每个民族和每一种语
　　言送到这里的，
现成的、聚集在这里的材料，才能在这里被建成
　　一个更自由的、庞大而令人激动的世界，
（真正的新世界，未来的完整科学、道德、文学的
　　世界，）
你这还没有定义、没有定型的神奇的世界，我也
　　不能解释你，
我怎能看透未来这个不可洞察的空白呢？
我感觉到你那带有预兆的亦好亦坏的巨大性，
我观望着你前进，吸收着现今，超越于过去，
我看到你的光亮发光，你的阴影投射阴影，仿佛
　　是整个的地球，
但是我不想着手来解释你，还几乎不来理解你，
我只是命名你，预示你，像现在这样，
我只是脱口而出地说到你而已！

你在你的未来之中，
你在你唯一永恒的生命、事业，你自己的释放了
　　的心和你的飞翔的精神之中，
你作为另一个同样必需的、炽热地发光、迅速地
　　运动、使一切得以多产的太阳，
你升起于强有力的愉快和欢乐之中，无穷而巨大

的狂喜之中,
永远驱散那至今高悬、至今重压于人类心头的云
　　雾,
那对于人类的逐渐而确实的堕落的疑惑、猜疑、
　　恐惧;
你在你的更大、更健全的一群子女中——你在你
　　东南西北的道德的、精神的运动员之中,
(对于你那不朽的乳房,万众之母哟,你的每一个
　　女儿、儿子都同样被钟爱,永远平等,)
你在你自己的尚未诞生但一定会有的音乐家、歌
　　唱家、艺术家之中,
你在你的精神财富和文明中,(没有它们,你那最
　　值得骄傲的物质财富总归无用,)
你在你那提供一切和包容一切的崇敬中——而不
　　仅仅是在什么圣经和救世主身上,
你那无数的潜藏于你自身里面的救主,那些在你
　　自身中延续不绝的圣经,也同样宝贵,同样神圣,
(你正在制定的飞行路线不是在你的两次大战中,
　　也不是在你一个世纪的可见的成长中,
而更多的是在这些叶子和歌曲中,你的歌啊,伟
　　大的母亲!)
你在一种由你产生的教育中,在你所生育的教师、
　　学科和学生中,
你在你的全体的民主节日中,在你那高级的独特
　　的喜庆中,在歌剧、演讲人和布道者之中,
你在你的基本原理中,(准备工作到现在才完成,
　　大厦才在可靠的基础上奠定,)

你在你的顶峰、智力、思想中,在你的最高理性
　　的欢乐中,在你的爱和神圣的渴望中,
在你未来的光辉的文学家、声音洪亮的演讲家、
　　你的负有神圣职责的诗人、宇宙性的学者中,
这些啊!这些都在你身上,(一定会到来的,)今
　　天我预先保证。

6

宽容一切、接纳一切的国度,不只是为了利益,
　　所有的利益都为了你,
上帝国土中的领地就有你自己的领地,
在上帝的统治之下就有你自己的一种统治。

(瞧,那里升起了三颗无与伦比的星辰,
那是你,我的国家,你诞生时的星辰,全体,进化,
　　自由,
高悬在法则的天空。)
有着前所未有的信念、上帝的信念的国家,
你的土壤,你那全已隆起的底土,
那一般的被长期小心地遮盖着的里层土壤,从今
　　以后被大胆地袒露了真相,
被你开拓于光天之下,也不管是祸是福。

不单是为了成功,
不会永远地一帆风顺,
风暴会迎面袭来,战争或比战争更坏的阴霾会把

你浑身覆盖,
(经住了战争的折腾和考验吗?要经得起和平与它
　　的折腾,
因为国家间的苦斗和致命的争执最后归于繁荣的
　　和平,而不是战争;)
死亡会装出种种笑脸前来欺骗你,你会在病中热
　　得发昏,
青灰色的癌症会伸出可怕的魔爪把你的胸乳抓住,
　　使你伤及内脏,
最严重的结核病,精神上的结核病,将在你两颊
　　涂上病热的红晕,
但是你必须正视你的命运,你的疾病,并把它们
　　统统战胜,
无论它们今天是怎样和今后任何时候可能会怎样,
它们终必从你眼前通通消散,不留踪影,
而你,时间的螺旋运动,你仍在从你自身中解脱,
　　将你自己融合,
你,平静、自然而神秘的联邦,(凡人与不朽相结
　　合的,)
要飞向未来的实践,肉体与思想的精灵,
灵魂,它的命运。

灵魂,它的命运,真实的真实,
(所有这些真实之物的幽灵的含义;)
灵魂,它的命运,都在你美利坚身上,
你,众多星球的星球啊!你,星云的奇迹!
你多次因酷热与严寒的阵痛而抽搐,(你自己却因

此而坚固起来,)
你是智慧的、道德的天体——你是新的,真正是新的精神世界呀!
现今没有抱住你——因为像你的如此巨大的生长体,
像你的这样无与伦比的飞行,这样的一群儿女,
只有未来会拥抱你和能够拥抱你。

巴门诺克一景

两只带网的小船静静地躺在近滩的海面，
十个渔夫等待着——他们发现密密的一群鲱
　　鱼——他们把联结的大拖网抛入水里，
两只船分离，各自沿着自己的弧线向海滩划去，
　　将鲱鱼包围，
渔网由那些留在滩头的人用卷扬机拉拢，
有些渔夫闲躺在他们的船上，另一些叉开壮实的
　　双腿稳稳地站在平脚踝的水中，
两只船看看靠岸了，海水在它们两肋掀打着巴掌，
绿背的带斑点的鲱鱼湿淋淋地从水中拉出，成堆
　　成列地撒在沙滩上。

从正午到星光之夜

你高高地浑身闪耀的天体

你高高地浑身闪耀的天体哟,你十月炎热的正午
  哟!
你以灿烂的光辉泛滥于海滨灰白的沙洲,
泛滥于连着远景、溅着泡沫的咝咝叫着的近海,
连同黄褐的条纹和暗影,铺展的碧波,
正午辉耀的太阳哟!我要献给你一支特别的歌。

听着我,辉煌者哟!
我是你的钟情者,因为我一直在爱你,
甚至作为一个晒太阳的婴儿,然后是一个独自在
  林地边嬉戏的孩子,也享受够了你那遥遥抚触
  的光辉,
或者作为一个成人,不论老少,像此刻我向你发
  出呼吁。

(你不能用你的哑默来欺骗我,
我知道,在那个合适的人面前整个大自然都会服
  从,
天空、树木尽管没有以言语回答,但都听到了他
  的声音——还有你,太阳哟,
至于你的痛苦,你的烦扰,突然的爆发和一道道
  巨大的火焰,
我了解它们,我很熟悉那些火焰,那些纷繁。)

你,有着使万物多产的热和光的你,
在无数的农场上空,或者在南方北方陆地和湖海
  的上空,

在密西西比无尽的河流上空,在得克萨斯草原、
　　加拿大林地的上空,
在面对着当空高照的你的整个地球的上空,
你,公正地不仅拥抱大陆海洋,而且拥抱着一切
　　的你,
对葡萄、野草和小小山花都那么慷慨赐予的你,
你流呀,把你自己流泻在我和我的一切之上,哪
　　怕只用你那亿兆缕飞速的光线中的一缕,
来穿透这些歌曲。

也不要只为这些而发出你那微妙的强光和力量,
还请你为我自己的傍晚做准备——准备我的拉长
　　的身影,
准备我的星光灿烂的晚境。

脸
*

1

在大街上徘徊，或者骑着马在乡村的小道上驰过，
　　看哪，这么多的人脸！
友爱的、严正的、深思的、和蔼的、理想的脸、
有精神预感的脸、总是受欢迎的普通的仁慈的脸、
歌唱音乐的脸、后脑广阔的律师与法官的威严的脸、
前额凸出的猎人与渔人的脸、剃刮得很干净的正
　　教市民的脸、
纯洁的、夸张的、渴求的、疑问的艺术家的脸、
某些包藏着美丽的灵魂的丑陋的脸、漂亮的被憎
　　恨或轻视的脸、
孩子的圣洁的脸、多子的母亲的发光的脸、
爱恋者的脸、表示尊敬的脸、
如同梦一样的脸、如同坚定的岩石一样的脸、
完全隐去了善与恶的脸、被阉割了的脸，
如一只剽悍的鹰，他的双翼被剪翼者所剪割，
更如最后终于听命于阉割者的绳索和利刀的大雄
　　马。
这样在大街上徘徊，或者横过不断来去的渡船，
　　这么多的脸呀，脸呀，脸呀，
我看着它们，并不抱怨，所有这些脸都使我很满足。

2

你想假使我以为这些脸就表示出它们本身的究竟，

我对于它们还会满足么?

现在这张脸对于一个人是太可悲了,
卑贱下流的虱子在上面苟且偷生,
长着乳白色鼻子的蛆虫在上面蠕动蛀蚀。

这张脸是一只嗅着垃圾的狗的突鼻,
毒蛇在它口里面做窝,我听得见咝咝的叫声。

这张脸乃是比北极海更凄寒的冷雾,
它的欲睡的摇摆着的冰山走动时嘎吱作响。

这是苦刺丛的脸,这是呕吐者的脸,它们不需要
　　招贴,
更还有一些像药棚、毒剂、橡胶或猪油的脸。

这是癫痫病者的脸,它的不能说话的舌头叫出非
　　人的叫声,
它的颈项上的脉管膨胀着,它的眼睛转动着完全
　　露出白眼,
牙关紧咬着,拳曲的指甲透进了掌心的肉里,
这人倒在地上挣扎着,吐着白沫,而意识是清醒的。

这是为恶鸟和毒虫咬伤了的脸,
而这是谋杀者的半出鞘的刀子。

这张脸还欠着打钟人的最可怜的薪金,

一种不停的丧钟在那里响着。

3

我的同辈的人的面貌,你们要以你的皱纹满面的
　　和死尸一般苍白的前进来欺骗我么?
告诉你,你欺骗不了我。

我看得见你那滚圆的永远抹不去的暗流,
我能看透你那张失智的鄙陋的伪装。

不管你怎样扭曲你的肢体,或如鱼类或鼠类虚晃
　　着你的前肢,
你的假面一定会被揭开。

我看见疯人院里最污垢的满是唾沫的白痴的脸,
我自幸知道他们所不知道的东西,
我知道那个使我兄弟贫穷破产的管理人,
这个人现在正等待着清除破落的住屋里的垃圾,
我将在一二十代以后再来观看,
我将遇见真实的完美无损的地主,每一寸都如同
　　我自己一样的美好。

4

上帝前进着,不停地前进着,
前面总有一片阴影,他总是伸出手来拖起落后

的人。

从这脸上出现了旗帜和战马——啊,壮丽呀!我
 看得见那里来的是什么,
我看见先驱者的高冠,看见清除街道的疾走着的
 人群,
我听到了凯旋的鼓声。

这张脸是一只救生船,
这是威严的长着浓髯的脸,它不要求别人的让步,
这张脸是可以啖食的香果,
这健康的诚实的青年的脸,是一切善的纲领。

这些脸不论睡着醒着都证明,
它们乃是神自身的子孙。

在我所说的话里面,无例外——红人、白人、黑人,
 都是神性的,
每一家室都是一个孕育神的子宫,千年之后它才
 生育。

窗子上的污点或裂纹并不使我烦恼,
后面站立着高大完全的人向我示意,
我看见了希望并忍耐地期待着。

这是盛开的百合花的脸,
她向着靠近花园栅栏的腰肢健捷的男人说话,

"到这里来呀,"她羞答答地叫,"到我跟前来,腰
  肢健捷的男人,
站在我旁边,让我高高地靠在你身上,
以白色的蜜充满我,向我弯下身来呀,
用你的刚硬的浓髯抚摩我,抚摩我的胸脯和我的
  双肩。"

5

一个有很多孩子的母亲的年老的脸,
听着呀,我完全满足了。

星期一清晨的烟雾沉静而迟缓,
它悬挂在篱旁的一排树上面,
它薄薄地悬挂在树下的黄樟、野樱和蒺藜上面。

我看见晚会中的盛装的贵妇人,
我听着歌者的长久的歌声,
听着谁从白色的水沫和青色的水波中跃进红色的
  青春。

看这一个女人!
她从奎克教徒的帽子下向外窥视,她的脸比青天
  还要清朗和美丽。

她坐在农家阴凉的廊子里的躺椅上,
太阳正照着她的老年人的白头。

她的宽大的外衣是米色的葛布做成，
她的孙儿们在理着亚麻，孙女们则在用线杆和纺
　　轮纺织。

这大地的柔美的性格，
这哲学不能超过也不愿超过的完美的境界，
这人类的真正的母亲。

神秘的号手

1

听,有个狂热的号手,有个奇怪的音乐家,
今夜无影无踪地在空中飞翔,吹奏着变幻莫测的
　　曲调。

我听到你,号手,我警觉地倾听着你的声音,
它时而在我周围倾泻、回旋,像一阵风暴,
时而低沉、抑郁,向远处消失,如炊烟袅袅。

2

走近些吧,无形的精灵,兴许你心中回响着
某个已死的作曲家,兴许你那郁郁不乐的生活
洋溢着未成形的理想、崇高的追求,
波涛,那混沌地汹涌着的大海的曲调,
那个此刻在俯身靠近我的狂欢的幽灵,应和着和
　　震响着你的短号,
不倾诉于别人,只倾诉于我,只随意地让我听取,
让我来阐明你的灵窍。

3

号手哟,自由地、清晰地吹吧,我能听懂你,
当烦躁的世界、街道、喧嚣的白昼
从你那愉快明朗的流动的序曲后退时,

一种圣洁的宁静会像露水般滴落到我心里,
我在凉爽而清新的夜雾中漫步于天国的便道,
我嗅着青草、润湿的空气和玫瑰;
你的歌舒展着我的麻木而郁结的精神,你把我解
　　放,激发,
让我浮在天国的湖心,沐着太阳的光辉。

4

再吹吧,号手,为了我的耽于美感的眼睛,
请把古代壮丽的庆典带来,显示封建世界的场景。

你的乐曲产生多大的魅力啊!你在我面前施行魔
　　术,
久已死去的贵夫人和骑士、男爵在他们的城堡大
　　厅里,行吟诗人在吟唱,
全副盔甲的武士出去伸张正义,有的去寻找圣杯,
我看见比赛,我看见对手裹在笨重的甲胄中,端
　　坐在跃跃待发的马上,
我听到呐喊,以及刀剑铿锵的碰击声;
我看见十字军喧嚷的队伍——听,铙钹在怎样锵
　　鸣,
看,那些僧侣走在前头,高高地扛着十字行进。

5

继续吹啊,号手!作为你的主题,

现在采用那包罗一切的、有溶解力和凝结力的主
　　旋律，
爱，是一切的脉搏，是供养与苦痛，
男人和女人的心全是为了爱情，
除了爱没有别的主题——爱，结合着、包罗着并
　　弥漫于一切之中。

那些不朽的幽灵怎样在我周围聚集啊！
我看见那庞大的蒸馏器一直在运转，我看见并且
　　认识那些给世界加热的火苗，
那光彩，那红晕，那些爱侣们的激跳的心，
有的是那样幸福愉快，有的是那样沉默、暗淡，
　　而且行将枯槁；
爱，这是情侣们的整个天地——爱，它嘲弄时间
　　和空间，
爱，是朝朝暮暮——爱，是太阳、月亮、星星，
爱，是绯红的，奢侈的，香得使人眩晕，
除了爱的思想没有别的思想，除了爱的言论没有
　　别的言论。

6

继续吹啊，号手！——召唤战争的警钟。

一种像远处沉雷般的战栗的嗡嗡声—听到你的召
　　唤就立即滚动，
瞧，武装人员在匆忙奔走——瞧，刺刀在尘雾中

闪烁,
我看见满脸烟尘的炮手们,我注意到硝烟里玫瑰
　　红的闪光,我听到噼噼啪啪的枪声;
不单是战争——你那可怕的乐曲,狂热的演奏者
　　哟,带来了每个可怕的情景,
那些无情的强盗行径,抢劫,凶杀——我听见呼
　　救的叫喊!
我看见在海里沉没的船,我目击甲板上下那些吓
　　人的场面。

7

号手哟,我想我自己也是你演奏的一种乐器,
你熔化了我的心,我的脑子——你随意地把它们
　　拉扯、改变、刺激;
如今你那忧郁的曲调使我心如刀割,
你把全部喜悦的光辉和全部的希望都拿走了,
我看到全世界那些被奴役、被推倒、受损害、受
　　压迫的人,
我感受到我的同类的无限羞愧和耻辱,那全都成
　　了我的,
人类的遗恨,历代的冤屈,无法解决的争执与敌意,
　　也成了我的,
彻底的失败沉重地压着我——一切都完了——敌
　　人胜利了,
(不过在废墟中巨人般地骄傲屹立着,坚持到最后,
　　忍耐和决心坚持到最后。)

8

现在,作为你的结束,号手,
赐给我一首空前高亢的乐曲吧,
向我的灵魂歌唱,让它那凋谢的信念和希望返青吧,
唤起我的迟缓的信心,给予我某种对未来的憧憬,
至少这一次,把它的预言和欢乐给我吧。

兴高采烈、欢欣鼓舞、登峰造极的歌哟,
你的曲调中有一种比大地更强的活力,
胜利的进行曲——解放了的人类——最后的征服者,
宇宙的人献给宇宙的神的赞诗——多么欢乐!
一个再生的种族出现了——一个完美的世界,多么欢乐!
女人们和男人们都享有智慧、天真和健康——多么欢乐!
一群吵闹的、大笑的、满怀欢乐的狂饮者!
战争、悲哀、痛苦都过去了——腥臭的地球净化了——只剩下欢乐了!
海洋充满着欢乐——大气中全是欢乐!
欢乐!欢乐!在自由、崇敬和爱之中!欢乐,在生命的狂喜中!
只要活着就够了!只要呼吸就够了!
欢乐!欢乐!到处是欢乐!

致冬天的一个火车头

你，适合于我的吟诵，
你，就像此刻在迅猛的风暴中，在雪中，在冬天
　　衰落的时令，
你，披戴着全副盔甲，浑身有节奏地震颤着，痉
　　挛地跳动着，
你那黑色圆筒般的躯体，银白的钢和金黄的铜，
你那笨重的侧栏，平行的连杆，在你的两肋旋转着，
　　来回移动，
你那有韵律的喘息和吼叫，时而高涨时而在远处
　　渐渐低沉，
你那巨大而突出的头灯紧盯着前面，
你那长长的飘曳着的灰白色蒸汽之旗略带紫晕，
你那浓黑的云朵从你的烟囱中喷涌；
你那紧凑的骨骼，你那些弹簧和活门，你那些铁
　　轮的闪忽的晶莹，
你身后那一列顺从地紧跟着的车厢，
穿过疾风或平静之境，时快时慢，但总是不停地
　　驰骋；
现代的典型——运动与力的象征——大陆的脉搏，
来一次吧，就在我此刻瞧着你的地方，来服务于
　　缪斯，融合于诗中，
披着暴雨和一阵阵猛袭的强风和纷纷大雪，
白天以你那长鸣的警钟送出乐曲，
夜晚摇晃着你那寂静的号灯。

声势凌厉的美人哟！
请滚滚穿过我的诗歌吧，连同你全部放浪无羁的

音乐，你那在黑夜倾泻的灯光，
你那像隆隆回响的、唤醒一切的地震那样狂啸般
　　的笑声，
你自身的那么完整的规律，你自己牢牢抓着的铁
　　轨，
(但没有你自己的呜咽般的竖琴的甜美和钢琴的优
　　雅轻灵,)
你那嘶叫的颤音引来岩谷和群山的响应，
飘荡在辽阔的大草原上，越过湖泊，
飞向漫无拘束的愉快而浩大的自由的天空。

磁性的南方啊!

磁性的南方啊!闪耀的、喷香的南方啊!我的南方啊!

急躁的气质、刚强的血气、冲动和爱!善与恶!这一切对我都多么可爱呀!

我出生地的东西——那里所有活动的东西和树木——谷物,植物,河流——对我是多么可爱呀!

我自己的缓慢而懒惰的江河,在那儿远远地流过平坦的、闪着银光的沙滩或穿过沼泽的江河,对我是可爱的,

罗阿诺克河,萨凡纳河,阿塔马哈河,佩迪河,汤比格比河,桑提河,库萨河和萨拜因河,对我是可爱的,

啊,我沉思地在远处漫游,如今带着我的灵魂回来再一次访问它们的两岸,

我再一次在佛罗里达明净的湖泊上漂浮,我在奥基科比湖上漂浮,我越过圆丘地带,或穿过令人愉快的空地或稠密的林区,

我看见林中的鹦鹉,我看见木瓜树和正在开花的梯梯树;

我驾着我的贸易船行驶在佐治亚附近的海面,我沿着海滨向卡罗来纳航行,

我看见充满活力的橡树生长的地方,我看见长着黄松,芳香的月桂树,柠檬和柑橘,柏树和优美的矮棕榈的地区,

我经过崎岖的海岬,由一个小港驶进帕姆利科海湾,然后将我的目光向内地投去;

啊，棉花地！茂盛的稻田，蔗田，大麻田！
披着护身刺儿的仙人掌，开着大白花的月桂树，
远处的山梁，茂密的地方和光秃的地方，负荷着槲寄生和蔓延的苔藓的古老林木，
松树的香味和暗影，自然界可怖的沉寂，（在这些稠密的沼泽里海盗带着枪，逃亡者有他们隐蔽的茅屋；）
多神奇的魅力啊，这些很少有人到过和几乎无法通行的沼泽，蛇蝎出没于其中，回响着鳄鱼的吼叫、猫头鹰和野猫的悲鸣以及响尾蛇的呼噜，
那知更鸟，美洲的小丑，整个上午都在歌唱，整个月明之夜都在讴歌，
那蜂鸟，那野火鸡，那浣熊，那负鼠；
一块肯塔基玉米地，身材高挑的、姣好的、叶子很长的玉蜀黍，修长的，摆动着的，翠绿色的，披着流苏，携着严严地包在外壳中的棒杵；
我的心哟！那敏感而猛烈的剧痛哟，我忍受不住了，我要走；
啊，做一个我在那里长大的弗吉尼亚的人，做一个卡罗来纳人呀！
啊，多么无法抑制的渴望！啊，我要回到亲爱的田纳西去，永远也不再漂流。

曼纳哈塔[1]

我在为我的城市要求某种特殊而完美的东西,
这时你瞧! 那个土著的名字冒出来了。

现在我才看到,一个名字,一个流畅、明智、不驯、
　悦耳而自足的单词,其中包含着什么,
我看到我的城市的字眼就是从古代来的那个字眼,
因为我看到那个字眼生长栖息于壮丽的水湾,
一个富饶的、被帆船和汽轮密密包围的、十六英
　里长的岛屿,基础坚实而稳定,
无数拥挤的大街,高大的钢铁建筑物,瘦长、强大、
　轻盈而壮美地矗入晴朗的天空,
接近日落时我所深爱的迅速而宏大的潮水,
滔滔的海流,小岛,大一些的相连的岛屿,高地,
　别墅,
无数的桅杆,式样美观的黑色海船,白色的海滨
　汽艇、驳船和轮渡,
商业区的街道,批发商的营业所,船商和短期贷
　款人办事处,河边的街铺,
每周一万五千或两万人的源源到达的移民,
拉货的大车,威武的马车夫,褐色脸膛的水手,
夏季的空气,炎炎高照的太阳,高高飘浮的云影,
冬天的雪,雪橇的铃铛,河水涨落时漂流起伏的
　碎冰,
城里的机械工,师傅们,身材匀称,长相漂亮,

[1] 曼纳哈塔是印第安土人对曼哈顿的旧称。

直盯着你的眼神，
拥挤的人行道，车辆，百老汇，女人，商店和展览品，
上百万的人——态度从容而高雅——声音爽
　朗——殷勤——最勇敢而友好的青年男子，
海水匆匆地、闪亮地流过的城市哟！到处是尖顶
　和桅杆的城市哟！
偎依于海湾里的城市，我的城市！

全是真理

我啊，长期以来不大有信仰的人，
总是站在一旁，拒不承认自己的本分，
直到今天才意识到有严密的普及一切的真理，
发现今天，凡是谎言或形似谎言的东西都会也只
　　能会不可避免地像真理那样，
或者像世界上任何一条法则或世界上任何一种自
　　然的产物那样，对自身增加影响。

（这有点奇怪，可能不容易了解，但是必须了解，
我心里觉得我与旁人同样地象征欺罔，
而且宇宙也是这样。）

哪里有无论谎言或真实不受到充分报应的事情？
是在地面还是在水星火星？或者在人类精神上？
　　或者是在血肉中？

我在说谎者中间几经思索，并严肃地退而自问，
　　发现毕竟没有什么真正的谎言或撒谎的人，
发现每一事物都确切地代表自己及其以前的东西，
发现一切都会招来充分的回报，而那些叫作谎言
　　的东西就是十足的报应，
发现真理包括一切，就像空间那样严密，
发现真理的总和中并没有缺陷或真空，倒是一切
　　都毫无例外地纯属实情，
于是我想歌唱我所看见或我本身所意味着的一切，
我唱呀笑呀，什么也不否认。

一支谜语歌

那是这首诗和任何的诗所无法把握的东西,
连最尖的耳朵也听不到,最犀利的眼睛或最灵敏
　　的心对它也力所不及,
学问或名望,幸福或钱财,也是如此,
可它是全世界每一颗心和每个生命不停地跳荡的
　　脉搏,
只你我以及所有一直在追求的人都没有到手,
它,虽然公开但仍是秘密,是真实的真实,又仍
　　是幻象,
无须费钱,赐予了每个人,但从没为人类所占有,
诗人们枉自想给它安上韵脚,历史家无法把它写
　　入散文,
雕刻家还从未雕过它,画家也没有画过,
歌唱家从没把它歌唱,演讲家或演员也没为它发
　　过言,
但我在此时此地召唤着它,为我的歌提出挑战。

无论是在公众场合,在私人常往之处,在个人独
　　处的时候,
在山岳和林地背后,
作为城市最繁华的大街的伴侣,穿过人群,
它和它的辐射之光在经常滑动。

在漂亮而无意识的婴儿的神态中,
或者奇异地附身于棺材里的死者,
或者在破晓的景色或夜晚的星星里,
像一种梦的薄膜在溶解着,

躲闪着又留恋不舍。

它为两个轻轻说出的词语所包含,
两个词,可一切都始终隐藏在里面。

多么热衷于它啊!
多少的船只为它出航和沉没了!
多少旅行者离乡背井而永不回来!
多少的天才大胆地为它打赌而输掉!
多少积累起来的大量的美和爱为它冒险!
从时间开始以来所有最高尚的事业都能追溯到
　　它——而且会继续到底!
所有壮烈的牺牲都那样向它奉献!
世间的恐怖、邪恶、战争,是怎样在它的名义下
　　发生!
它那迷人地闪烁的光焰,在每个时代和国家,多
　　么吸引着人们的视线,
像挪威海滨的落日、天空、岛屿和悬崖那样富丽,
或者中宵那望不尽的、闪耀而静穆的北极光辉。
或许它是上帝的谜语,如此模糊又如此确切,
灵魂是为了它,整个可见的宇宙全都为了它,
天国也终究是为了它。

高出一筹

谁走得最远了呢？因为我想走得更远些，
谁是公正的呢？因为我想要做世界上最公正的人，
谁最愉快呢？我想那是我啊——我想从没有人比我更愉快，
谁最谨慎呢？因为我要更加谨慎，
谁滥用了一切呢？因为我经常滥用我的最宝贵的东西，
谁最骄傲呢？因为我想我有理由做当今最骄傲的人——因为我是这个刚健而高大的城市的子民，
谁是勇敢而忠实的呢？因为我要做宇宙间最勇敢最忠实的生命，
谁是仁慈的呢？因为我要比所有别的人显示更高的仁慈，
谁得到了大多数朋友的爱呢？因为我懂得受到许多朋友的热爱是什么意思，
谁具有一个完美而为人所爱慕的身体呢？因为我不相信任何人有一个比我的更为完美或更受爱慕的身体，
谁有最丰富的思想呢？因为我要囊括所有那些思索，
谁创作了与人世相称的赞歌呢？因为我如醉如狂地要为全世界创作欢乐的赞歌。

啊，贫穷，畏缩，和快快不乐的退却

啊，贫穷，畏缩，和快快不乐的退却，
啊，你们，在斗争中把我压服了的敌手，
（因为我的生活或任何人的生活，要不是一场与敌
　　手的斗争，长久而连续不断的战争，又是什么
　　呢？）
你们，堕落，你们，与情欲和欲望的扭斗，
你们，因失望的友谊而引起的心痛，（最严重的创
　　伤哟！）
你们，困难地哽咽时的辛劳，你们，卑下与鄙陋，
你们，餐桌上浅薄的饶舌之谈，（可我的舌头最浅
　　薄；）
你们，破碎的决心，透不过气的倦怠，灼心的怒火！
啊，别以为你们终于胜利了，我的真正的自己还
　　没有进入阵地，
它将以压倒的声势大踏步走出，直到一切都躺倒
　　在我的脚底，
它要作为最后获胜的斗士昂然屹立。

思
索

关于舆论,
关于一个沉着而冷静的或迟或早的命令,(多么冷
　　淡!多么确信而不容更改呀!)
关于那位脸色苍白的总统,他暗问自己:人民最
　　后会怎么说呢?
关于轻率的法官——关于贪污的国会议员、州长、
　　市长——关于诸如此类的被揭露得无地自容的
　　人,
关于那种咕哝着和尖叫着的牧师,(很快很快就会
　　被抛弃的,)
关于那一年年减少的可敬之处,关于那些官吏、
　　法令、讲坛、学校所发布的言论,
关于男人和女人们的永远在上升的更高、更强、
　　更广的直觉,以及自尊和个性;
关于真正的新世界——关于民主国家的辉煌的全
　　体,
关于政治、陆军、海军的与它们相一致的关系,
关于它们所带来的灿烂阳光——关于那超过其余
　　一切的内在光辉,
关于它们所包含的一切,以及从它们迸发出来的
　　一切。

媒介

他们必将在美国兴起,
他们要报道大自然,法律,生理学,幸福,
他们要阐明民主和宇宙万物,
他们必须富于营养,会恋爱,感觉灵敏,
他们必须是完整的女人和男人,他们的体态强健
　　而柔韧,他们饮的是水,他们的血液洁净而清纯,
他们要充分享受物质和眼前的产品,他们要观赏
　　大城市芝加哥的牛肉、木材、面粉,
他们要训练自己深入大众,成为男演说家和女演
　　说家,
他们的语言必须是强有力的、美妙的,他们必须
　　是创造者和发现者,诗歌和诗材定要从他们的
　　生活中产生,
一定会出现传播他们和他们的作品的人,传播福
　　音的人,
人物、事件、回忆一定会在福音中传播,树木、动物、
　　流水一定被传播,
死亡,未来,不可见的信念,也一定被广为传诵。

编织进去吧，我的耐劳的生命

编织进去吧，编织进去，我的耐劳的生命，
还要为未来的宏大战役编织一个坚强而魁梧的士兵，
织进殷红的血液，织进绳索般的筋肉，织进感官，视觉，
编织可靠的持久性，白天黑夜地编织经和纬，不停地编织呀，不怕劳累，
(生命啊，我们不知道用处，也不知道目的、结果，也不真正知道别的什么，
只知道工作和需要在继续，还要继续，和平与战争一样被死亡所包围的进军在继续，)
那强韧的线也同样要为宏伟的和平运动而编织，
我们不知道为什么而编织或编织什么，可是编织呀，永远地编织着。

西班牙，一八七三—一八七四年

从黑沉沉的云雾深处，
从封建的残骸和国王们的骷髅堆里，
从整个古老欧洲的废墟，破碎了的虚伪仪式，
倾圮的大教堂，宫殿的瓦砾和牧师们的坟墓里，
瞧，自由之神的新鲜而毫未模糊的面貌显露出
  来——那同样不朽的脸孔朝外面窥视；
(就像你美利坚的母亲的面容的一瞥，
就像一支宝剑的意味深长的一闪，
在向你大放光辉。)

也不要以为我们忘记了母亲般的你；
你长期在后面踟蹰吗？乌云又要在你头上密集？
哎，可是你已经自己出现在我们眼前——我们认
  识你，
你已经给了我们可靠的证据，你自己的一瞥，
你在那里也像在各处那样等待着你的时机。

在宽广的波托马克河边

在宽广的波托马克河边,又鼓起老年的喉舌,
(仍在发言,仍在叫喊,就不能停止这样的胡扯?)
又是这般快活的老年情趣,又回到你,你的感觉,
　你这充沛而旺盛的活水,
又是那样凉爽而芬芳,又是弗吉尼亚夏日的天空,
　澄蓝而清亮,
又是午前那群山的紫色,
又是那不死的草,那样沉静、柔软而葱翠,
又是那血红的盛开的蔷薇。

血红的蔷薇哟,请给我的这本书以清香!
波托马克河哟,请以你的水波精细地洗浴我的诗
　行!
把你的源头活水给我呀,让它在我结束之前渗入
　这书中的翰墨,
把你群山上午前的紫雾给我呀,当我掩卷的时候,
把你那不死的草给我呀,给我!

从遥远的达科他峡谷

(1876年6月25日)

从遥远的达科他峡谷,
那些荒沟野壑的地方,皮肤黝黑的苏人[1],一片
　荒僻的土地,寂静,
或许今天有一声悲哀的呜咽,或许一支喇叭的曲
　调在召唤英雄。

战况公报,
印第安人的伏击、诡计、险恶的环境,
骑兵连以顽强的英雄气概战斗到最后一分钟,
在他们的小圈子里,以杀死的马当作胸墙,
科斯特和他手下的官兵全部牺牲。

可是我们种族的古老又古老的传说还在延续,
那个由死亡高高举起的最崇高的生命,
那面完整地保存着的古老的旗帜,
那适时的教训哟,我多么欢迎您!

好像枯坐在黑暗的日子里,
孤单,沮丧,在时间的浓雾里徒然寻觅光明和希望,
从意料不到的地方,一个强烈而短暂的证据,
(那个虽被遮蔽但仍然处于中心的太阳,
那令人振奋的永远居于中心的生命,)
突然发出一道闪电般的强光。

---

[1] 说苏语的印第安人。

你,在战斗中抖着浅褐色头发的你,
我不久前看到你手执雪亮的宝剑在战场上昂首挺
　　进,
如今在死亡中结束了你对事业的壮丽热情,
(我没有给它或你带来挽歌,我只带来了一支愉快
　　而骄傲的短曲,)
令人绝望而又光荣呀,是的,在极为绝望又极为
　　光荣的失败之中,
在你身经百战、但从未放弃过一支枪或一面旗之
　　后,
为了给士兵们留下一个极为美好的纪念品,
你交出了你自身。

梦见往日的战争

在午夜的睡眠中,有许多张苦痛的脸,
首先是那些濒死的伤员的表情,(那无法形容的表情,)
那些仰天躺着的死者,两臂平摊,
　　　　我梦见,我梦见,我梦见。

那些大自然的景象,田野和群山,
那多么美丽的经过风暴后的天空,以及晚间那么亮得出奇的月亮,
它温柔地照耀着、俯照着我们挖掘壕沟和堆积掩体的地点,
　　　　我梦见,我梦见,我梦见。

它们消逝很久了,那些脸,那些壕沟和战场,
那里我曾硬着心肠镇静地穿过屠杀的腥云,或者离开倒下的伙伴,
那时我急忙地向前——可是如今在晚上,他们的形状哟,
　　　　我梦见,我梦见,我梦见。

点缀得密密的旗帜

点缀得密密的旗帜哟,繁星的旗!
你的道路还长,命运攸关的旗——你的道路还长,
　沿途有死亡的血滴,
因为我看到那最后争夺的锦标就是世界,
我看见它所有的船只和海岸都交织着你的命脉,
　贪婪的旗;
难道又梦想那些国王的旗,高高地飘扬,举世无
　敌?
人类的旗啊!赶快——以坚定可靠的步伐超越那
　些最高的国王之旗,
作为强大的象征至高无上地飞入天空,凌驾于它
　们全体之上,
繁星的旗哟,点缀得密密的旗帜!

我在你身上看得最清楚的

（给周游世界后归来的U.S.G.[1]）

我在你身上看得最清楚的，
不是你在历史的伟大道路上前进时，
那里焕发出来的从不被时间模糊的好战的胜利光辉，
或者是你坐在华盛顿坐过的地方，统治着和平的国土，
或者是你这个被封建的欧洲所款待、被年高德劭的亚洲所簇拥着的人，
以齐一的步伐与国王们在圆形的世界游乐场散步；
而是在外国你与国王们的每一次散步中，
那些西部的、堪萨斯的、密苏里的、伊利诺的草原君主们，
俄亥俄的、印第安纳的成百万大众，同志、农民、士兵，大家一齐出阵，
无形中同你与国王一起以平行的步伐行走在圆形的世界游乐场，
他们全都那样公正地受到了尊敬。

---

[1] 即美国总统格兰特将军，他于1879年秋环球旅行归来。

构成这个场景的精灵

（写于科罗拉多的普拉特峡谷）

构成这个场景的精灵，你构成了，
这些冷酷而发红的东倒西歪的石堆，
这些鲁莽的、胆大冲天的山峰，
这些峡谷，汹涌而清澈的溪流，这赤裸裸的清新，
这些不成形的粗野的队列，由于它们本身的原因，
我认识你，野性的精灵——我们在一起谈过心了，
我所有的也是这样粗野的队列，由于它们自己的原因；
我的歌是因为忘记了艺术而受到责难吗？
忘记了把艺术的准确而精致的规律熔合在它们之中？
忘记了抒情诗人的标准的节拍，精心制作的圣殿美景——圆柱和磨光的拱门？
但是你，在这里纵酒狂欢的你——构成了这个场景的精灵，
它们却把你牢记在心。

当我漫步于这些明朗壮丽的日子

当我漫步于这些明朗壮丽的日子,
(因为浴血苦斗的战争结束了,战争中那了不起的
　　理想哟,
这是你面对大大不利的形势,不久前才光荣地赢
　　得的,
如今你迈步向前,可是也许正好走向更频繁的战
　　争,
也许终将卷入更加可怕的战斗和危险,
更长的战役和危机,超过一切的艰辛,)
我听见周围世界的、政治和产品的喝彩,
宣布获得承认的事物和科学,
赞扬城市的发展,传播创造和发明。

我看到船舶,(它们能耐用几年,)
看到拥有自己的领班和工人的大工厂,
还听到一片赞同的声音,也并不反感。

但是我也宣布实实在在的事物,
科学,船只,政治,城市,工厂,并非毫无价值,
像一支宏大的队列迎着远处的号角胜利地向前奔
　　腾,愈来愈壮大地进入视线,
它们代表现实——一切都显得理应如此。

然后是我的现实;
还有什么别的也像我的这么真实呢?
自由权与神圣的平均,给地球上每个奴隶的自由,
先知们的欣喜若狂的诺言和启示,那精神世界,

这些将流传千百年的诗，
以及我们的想象，诗人们的想象，比什么都实在
的告示。

一个晴朗的午夜

灵魂哟,这是你的时辰,你自由地飞入无言之境,
离开书本,离开艺术,白昼抹掉了,功课已完成,
你完整地浮现出来,静静注视着,深思着你所最
  爱的题目,
夜晚,睡眠,死亡和星星。

别离的歌

时候快到了

时候快到了，一片渐渐阴沉的云雾，
远处一种我所不知的恐惧使我忧郁。

我将出去，
我将到美国各地去走走，但是我说不准先到哪里，
　或走多久，
也许很快，在某天某夜我正歌唱时，我的声音便
　突然气绝了。

书啊，歌唱啊！难道到时候一切就这样完了？
难道我们仅仅能到达我们的这个开端？不过，灵
　魂哟，那也够了；
灵魂啊，我们已经确实出现过——这就够了。

近代的岁月

近代的岁月！还未上演的岁月哟！
你的地平线升起来了，我看见它为了更伟大的戏剧已向两边分开，
我不只是看见美洲，看见自由的民族，并看见别的民族也在准备着，
我看见了巨大惊人的上场和下场、新的结合、种族的团结，
我看见那种力量以不可抗拒的强力在世界的舞台上前进！
（旧的力量，旧的战争已经演完了它们的戏了么？适合于它们的戏剧已表演完了么？）
我看见自由，全副武装，胜利地高傲地走过，在他的两边，一边是法律，一边是和平，
这伟大的三位一体，都出来反对等级思想；
我们正这么迅速接近的历史结局是什么呢？
我看见千百万人民来回地前进着，
看见古代贵族政治的边境和疆界的崩溃，
我看见欧洲帝王的界标被拔除，
我看见现在的人民开始竖起了他们的界标，（别的一切都让位了；）
从来没有像现在一样提出过这么尖锐的问题，
从来没有过一个平常人的心灵这样地有力，这样地像一位神，
看哪，他如何地催促鼓舞，使大家得不到休息的时间，
他的胆大的脚踏遍海洋和陆地，他使太平洋、使群岛都变成了殖民区，

带着轮船、电报机、新闻纸、大批战争的武器，
用这些以及遍于全世界的工厂，他把整个地形，
　　一切陆地都联结在一起了；
啊，陆地哟！那是些什么密语在你前面奔跑，在
　　海底经过呢？
所有的民族都在亲密交往了么？地球将只有一颗
　　心脏了么？
人类正在形成一个大的集体了么？因为，看哪，
　　暴君颤抖了，王冠已黯然无光，
大地正不安地面对着一种新的时代，或者会有一
　　个普遍进行的神圣的战争，
没有人知道跟着要发生的是什么事情——日夜充
　　满着这样的预兆；
能预言未来的岁月哟，在我前面的无法洞悉的空
　　间，充满了异象，
未发生的行为，将出现的事物，都隐现于我的周围；
这异常的忙乱和狂热，这新奇的梦想的狂热，啊，
　　岁月哟！
啊，岁月哟！你的梦想，已是如何地浸透了我的
　　心哟，（我不知道我是醒着，还是睡着；）
表演过的美洲和欧洲，渐渐地暗淡了，退到我后
　　面的黑暗里去了；
未表演过的，从来未有过的更强大的一切正在向
　　着我前进！

士兵的骸骨

南部或北部士兵的骸骨哟,
当我在回顾中沉思,在思索中低吟,
战争恢复了,你们的形象又进入我的感觉,
部队又向前挺进。

像雾和水汽那样默默无声,
从战壕里他们的墓穴中升起,
从弗吉尼亚和田纳西到处的坟地,
从数不清的坟墓外面所有各处的每一个地点,
像飘荡的云,他们大批大批地,或三五成群地,
　　或者单个地走来,
在我周围悄悄地聚集。

号手哟,你不再吹了,
不再在我的跨着骏马游行的骑兵前面,
他们手执发亮的军刀,腰间挂着卡宾枪,(我的勇
　　敢的骑兵哟!
我的漂亮的脸膛黑黑的骑兵!你们是多么英姿勃
　　勃,欢乐而骄悍,
虽然冒着那么严重的危险。)

你们鼓手们,也不再在黎明起床时击鼓了,
也不再有警戒军营的蓬蓬之声,甚至也没有送葬
　　时沉闷的敲击,
你们,抱着我的战鼓的鼓手们哟,这一次我可听
　　不到你们的一点声息。

但是，除了这些以及豪华的市面和拥挤的游乐场
　　之外，
让那些旁人所看不见的沉默的亲密同志们来到我
　　周围，
那些殉难者又得意扬扬地复活了，遗骸和废墟复
　　活了，
我吟唱我的这首灵魂之歌，以所有殉难士兵的名
　　义。

那一张张惊异地瞪着眼睛的苍白的脸，最亲爱的
　　脸啊，请你们聚集得更紧，
请向前靠拢，但不要作声。

数不清的已死者的幽灵哟，
旁人看不见的，但从此成了我的同伙，
永远跟着我吧——只要我活着就别离开我。

生者那青春焕发的两颊是可爱的——他们发出的
　　悦耳的声音是可爱的，
但同样可爱的，可爱的呀，是那些静静地阖着眼
　　睛的死者。

最亲爱的伙伴们，一切都终止了，并且早已消亡，
但爱没有终止——而且是何等的爱啊，伙伴们！
是从战场上升起的清香，从恶臭中升腾起来的清
　　香。

那么，使我的歌唱发香吧，爱啊，不朽的爱啊，
请让我用来洗浴我对全部死难士兵的记忆，
将它们裹好，抹上香膏，用亲切的自豪感把它们
　　包起。

让一切发香——使一切都有益于健康，
使这些骸骨滋长，开花，
爱哟，溶解一切吧，凭这最后的化学作用使一切
　　丰产吧。

使我永不枯竭吧，把我变成飞瀑，
让我无论在哪里出现都能从自己身上散发爱，像
　　一颗四季常湿的露珠，
为了所有南部或北部死难士兵的骸骨。

思索

1

关于我所歌唱的这些岁月,
它们怎样在抽搐的痛苦犹如分娩的阵痛中那样过
  着,并且过去了,
美利坚怎样体现着诞生,强壮的青春,希望,可
  靠的实践,绝对的成功,无论人们怎样——体
  现好的也体现坏的,
以及为了自己身上的统一而进行的那么凶狠的苦
  斗,
那么多的人还在绝望地抱着已经过时的典范、等
  级制度、神话、顺从、强迫和没有信仰,
那么少的人才看见了新来的典范、运动员、西部
  各州,或者看到了自由或灵性,或者坚持对结
  果的信心,
(但是我看见了运动员,看见了光荣和不可避免
  的战争的结果,而它们又在引起新的反应。)

怎样出现宏大的城市——怎样出现民主国家的群
  众,如我所爱的那些骚动而任性的群众,
善与恶的混乱、争夺和搏斗,叫喊着和回响着,
  怎样在继续进行,
社会怎样在等待形成,并且还暂时处于方生和已
  死的事物之间,
美利坚怎样是光荣的大陆,是自由和民主政体胜
  利的大陆,是社会成果和已经开始的一切的

大陆，
以及合众国本身怎样是完整的——一切的胜利和
 光荣本身怎样是完整的，能继续前进，
以及我的和合众国的这一切怎样会轮到自己抽搐
 着去为新的分娩和变迁而发挥作用，
以及所有的人民、情景、联合体，还有民主的群众，
 怎样也要发挥作用——每一桩事实和带有一切
 恐怖的战争本身，也要发挥作用，
以及现在或任何时候每一事物都怎样为这个剧烈
 的死亡变迁。

2

关于落进土里的种子，关于诞生，
关于美利坚稳定地向内地、向高空、向坚不可摧
 的稠密之地的集中，
关于印第安纳、肯塔基、阿肯色以及其他地区将
 要出现的面貌，
关于几年以后在内布拉斯加、科罗拉多、内华达
 以及其他地区将要发生的情形，
（或者远远地，跨上北太平洋直到锡特加或阿利亚
 斯加，）
关于美利坚的文化所为之准备的——关于东南西
 北的一切情景所为之准备的东西，
关于这个以鲜血结合起来的联邦，关于所付出的
 严肃代价，关于那些消失了但永远留在我心中
 的没有命名的东西，

关于为了本体而加于物质的暂时利用,
关于那些现存的、正在过去的和正在消逝的——
　　关于那些比迄今任何人都更完全的人们的成熟,
关于整个在清新而慷慨的给予者、母亲密西西比
　　河奔流之处向下倾斜的地域,
关于尚未勘察和设想过的内地大城市,
关于新的和美好的名字,关于现代化的发展,关
　　于那些不容分割的给移民定居耕种的地区,
关于那里的一种自由而原始的生活,关于简单的
　　饮食和清洁新鲜的血液,
关于那里的活泼生机,庄严的面孔,清亮的眼睛,
　　以及十全十美的身体,
关于西部边远地区以及阿纳华克斯两旁未来岁月
　　的巨大精神成果,
关于在那里最为人们所了解的(就是为那个地区
　　而创作的)这些诗歌,
关于那里对于世俗和营利的天生的轻蔑,
(啊,我心里日夜思忖——对于原始与自由来说究
　　竟什么是营利呢?)

日落时的歌

白日消逝时的光辉,让我漂浮、把我注满的光辉,
充满预示的时刻,追忆过去的时刻,
使我喉咙膨胀的、神圣而平凡的你哟,
大地和生活,我歌唱你,直到最后一线光辉。

我的灵魂张着大嘴喊出自己的欢欣,
我的灵魂的眼睛注视着完美,
我的自然生活忠诚地赞美着一切,
永远证实事物的胜利。

每一个都是卓越的呀!
我们给空间、给有着无数神灵的天体的命名是卓越的,
一切存在之物,甚至最小昆虫的运动的奥秘是卓越的,
语言的特征,各种感官和身体,是卓越的,
正在消逝的光辉是卓越的——西天新月上的苍白的反照是卓越的,
我所看到的、听到的、触到的一切一切,都是卓越的。
好事寓于一切之中,
在动物的满足和镇静之中,
在季节一年一度的降临之中,
在青春的欢闹之中,
在成年期的力气和旺盛之中,
在老年的庄严和高雅之中,
在死亡的壮丽远景之中。

死去是奇妙的啊!
留在这里是奇妙的啊!
心脏喷射着全都一样的纯洁的血液!
呼吸空气,多么美妙呀!
说话——走路——用手抓什么东西!
准备睡觉,上床,瞧着我这玫瑰色的肌肤!
意识到我的身体,那么满意,那么魁伟!
成为我自己这个不可思议的上帝!
并且与别的上帝一起向前走去,与我所爱的这些
　　男男女女一起。

我那样赞美你和我自己,多么奇妙呀!
我的思想在多么细致地琢磨周围的景象呀!
浮云多么静静地在头上飘过呀!
地球在怎样向前疾驶,太阳、月亮、星辰在怎样
　　向前疾驶呀!
水在怎样嬉戏和歌唱呀!(它无疑是活的!)
树木怎样以强大的躯干和枝叶在上长和站立起来
　　呀!
(无疑在每一棵树中还有别的什么,有某个活的灵
　　魂。)

一切事物——甚至最小微粒的惊人之处哟!
事物的灵性哟!
那漂过了各个时代和大陆、如今来到我和美国身
　　边的悦耳乐曲哟!

我拿起你那些强大的和弦,将它们散布,愉快地
 向前传去。

我也歌唱太阳,在它东升、当午或像此刻西沉的
 时候,
我也为地球及其一切生长物的智能与美所震撼,
我也感觉到了我自己的不可抗拒的呼喊。

当我在密西西比河上顺流行驶,
当我在大草原到处漫游,
当我已经生活过,当我从我的窗户和眼睛向外观
 望过了,
当我在早晨走出门去,当我注视着东方破晓的时
 候,
当我在东部海滩上、接着又在西部海滩上洗浴时,
当我逛着内地芝加哥的大街以及凡是我到过的大
 街时,
或者那些城市和幽静的林地,甚至在战争环境里,
在凡是我所到过的地方,我都让我自己感到充分
 满足和得意。

我始终歌唱现代或古代的平等,
我歌唱事物的无穷无尽的终曲,
我说大自然长存,光荣长存,
我以带电的声音赞美,
因为我没有发现宇宙间任何不完美的东西,
我也毕竟没看到宇宙间任何可悲的起因或结尾。

落日哟！尽管时间到了，
我仍然在你下面吟唱着对你的毫未减损的赞歌，
　　即使别人已不再唱了。

当死亡也来到你的门口

当死亡也来到你的门口,
进入你那崇高、阴暗而无边的院落,
为了纪念我的母亲,那神圣的调和体——母性,
为了她,已经埋葬和消逝但对我来说还没有埋葬
　　和消逝的她,
(我又看见那镇静而慈祥的面容,仍然清新美丽的
　　面容,
我坐在那棺材中的遗体旁边,
我一再痉挛地吻着吻着棺材内那可爱而衰老的嘴
　　唇,那脸颊,那紧闭的眼睛;)
为了她,理想的女人,务实的、精神的、对我来
　　说是世间一切包括生命和爱情中最宝贵的,
在我离去之前,我在这些歌里刻下一行纪念词,
并在这儿立一块墓石。

我的遗产

那生意人，赚了大钱的人，
经过多年勤勉的经营，现在检查成果，准备离去，
把房子和地产留给儿女，将存款和货物分送，为
　　一所学校或医院提供资金，
留钱给某些伙伴去买表记和金银珠宝的纪念品。

可是我，考察着、结束着我的一生，
从它的懒散的岁月没有什么可以显示和遗赠的，
没有房子或田地，也没有珠宝金银的遗物给我的
　　朋友们，
只有一些给你们和后辈的战争回忆，
以及军营和士兵的小小纪念品，连同我的爱，
我把它们集结起来，遗留在这首歌中。

沉思地凝望着她的死者

我听见万物之母,当她沉思地凝望着她的死者,
绝望地凝视着那些遍地狼藉的死尸,那些战场上的躯体,
(当最后的枪声停息,但硝烟还没有消沉,)
当她阔步着,以悲怆的声音呼唤她的土地,
我的土地哟!她喊道,好好吸收它们吧,我责令你不要丢失我的儿子们,不要丢失一点一滴,
而你们,山溪流水,要好好吸收它们,接纳它们珍贵的血液,
你们各个地点,你们在上空轻轻地不可捉摸地飘拂着的风,
你们土壤和植物的全部精华,你们河流的心底,
你们山坡和林地,我亲爱的儿女们流血染红了的地方,
以及你们将把鲜血传给下一代的树木,凭你们地下的根柢,
吸收我的无分南北的死者吧,吸入我的年轻人的尸体,以及他们的宝贵又宝贵的血液,
请替我把它们忠实地保存,多年以后再交还我,
若干年后,在地面和野草中看不见的精华和香气里,
在来自田野的习习清风中,向我交回我的宝贝们,
交还我的不朽的英雄们,
从今千百年后再抒发他们,让我闻到他们的呼吸,
可一点也不要遗失,
岁月与坟墓啊!空气与泥土啊!我的死者们,一种甜美的香味啊!

让流芳百世的死亡去抒发他们吧,今后若干年,若干个世纪!

绿色的兵营

不仅是那些兵营,战时那些白发苍苍的老同志的
　　兵营,
当他们奉命前进,在长途行军之后,
脚痛而疲劳,一到天色快黑时就停驻过夜,
我们中有的因整天背着枪支和背包已那样疲乏,
　　就地倒下睡着了,
别的人在扎小小的营帐,点燃的篝火已开始发光,
通宵警戒的岗哨已在周围布置好,
一种小心保证安全的口令也已经下达,
直到天晓时,迎着鼓手们以响亮的军鼓发出的号
　　召,
我们从黑夜和酣睡中振作地爬起身来,重上征途,
或者走向战斗。

瞧,那些绿色帐篷的野营,
和平时期住满了,战争时期也住满了,
一支神秘的大军,(它也奉命前进吗?它也只暂时
　　停驻,
在那里过夜和睡觉?)
如今在那些绿色的野营里,在它们遍布世界的帐
　　篷里,
在父母、儿女、丈夫、妻子中,在他们老老少少
　　的人们中,
在那些睡在阳光底下、睡在月光底下的终于满足
　　而安静的人们中,
请看看所有那些庞大的宿营地和待发的兵营,
所有那些牺牲者和将军们的以及在所有这些牺牲

者和将军上头的总统的军营，
以及我们之中每个士兵的，以及我们与之作战的
　　每个士兵的兵营，
(在那里我们大家毫无敌意地相逢了。)

因为不久，士兵们哟，我们也要在绿色宿营地我
　　们的部位扎营，
不过我们不需要布置哨岗，也无须发布口令，
也用不着鼓手们击鼓来宣告黎明。

呜咽的钟声[1]

（1881年9月19—20日，午夜。）

呜咽的钟声，突然到处传播的死讯，
将睡梦中的人们唤醒，将人民的亲密关系唤醒，
(他们极为熟悉那个黑暗中的信息，
那凄惨的余音又清晰地回来，在他们的胸中和脑
　　子里响应，)
这激动的长鸣和叮当之声——从城市到城市，连
　　接着，响着，传递着，
晚上一个国家的心脏的跳动。

---

[1] 此诗为悼念民主党的詹姆斯·葛菲尔德总统而作。惠特曼认识这位总统。

当它们行将结束的时候

当它们行将结束的时候,
当那些构成先前的诗歌的东西——我寄托在它们
　　身上的目的,
我所努力要散播在它们身上的种子,
多年以来从它们身上获得的欢乐,甜美的欢乐,
(为了它们,为了它们我活到现在,在它们身上我
　　已完成了自己的工作,)
我所热衷的许多抱负,许多个梦想和计划——这
　　些,当所有这些行将结束的时候;
通过熔合在一首歌中的时间和空间,以及永远奔
　　流不息的本体,
向包含着这些、包含着上帝的大自然——向一切
　　欢乐的、动人心魄的东西,
向死亡意识,并且到时候接受并欢庆死亡,
一如向生命即人类的开端那样歌唱;
使你们,已逝的你们,形形色色的生命,结合得
　　紧紧,
使高山、岩石和溪流,
以及北方的风,橡树和松林,
同你,灵魂啊,永远和谐而亲近。

高兴吧,船友,高兴吧!

高兴吧,船友,高兴吧!
(我在临死时欢欣地向我的灵魂呼喊,)
我们的生命结束啦,我们的生命开始啦,
我们终止了那长久又长久的停泊期,
船终于卸空了,她在蹦跳呀!
她轻捷地离岸远航,
高兴吧,船友,高兴吧!

说不出的需要

生活与土地从来没有赐予过的说不出的需要,
如今,航海者哟,请驶向前去把它寻找。

入口

那些已知世界的东西不就是要上升到和进入未知世界吗?

那些有生命的不就是要走向死亡吗?

这些颂歌

这些为了鼓舞我走过我所见的世界而唱出的颂歌，如今作为结束，我奉献给那个看不见的世界。

现在向海岸最后告别

现在向海岸最后一次告别,
现在与陆地和生活最后一次分手,
现在,航行者出发吧,(等待你的还多着呢,)
你惯常在海上冒险得够了,
谨慎地巡航着,研究航海图,
又准时回到港口,系缆停泊;
但是如今服从你所怀抱的秘密愿望吧,
拥抱你的朋友们,把一切井然地留在身后,
再也用不着回到这海港和系缆处来了,
出发,永不停止地巡航呀,老水手!

再见!

作为结束,我预告我死了之后将发生什么。

我记得在我的叶子还没有长出之前我就说过,
我要放开我的愉快而强大的声音为圆满的结束而
 高歌。

当美国实践诺言的时候,
当一亿优秀的人走遍这些州的时候,
当其余的人让位于优秀者并对他们做出贡献的时候,
当那些最完美的母亲们的子女成为美国象征的时候,
我和我的一切便得到了预期的成就。

我是凭自己生来的权利闯过来的,
我歌唱了肉体与灵魂,歌唱了战争与和平,也唱
 了生命与死亡的歌,
还有诞生的歌,并且指出了世上有许多种诞生。

我把我的笔献给了每一个人,我以确信的步伐走
 过了旅程,
而在我的欢愉正当高潮时我就轻轻说再见!
并且最后一次地向年轻的女人和年轻的男子握手
 辞行。

我宣告自然的人将要出现,
我宣告正义将获得胜利,
我宣告毫不妥协的自由和平等,
我宣告坦率是正当的,傲慢也合理。

我宣告这些州的一致仅仅是一个单独的一致，
我宣告合众国将愈来愈严密，不可分解，
我宣告壮丽与庄严将使世界上所有以前的政治都
　　平淡无奇。

我宣告人的黏着性，我说它将是无限的，永不松扣，
我说你一定还会找到你一直在寻觅的那个朋友。

我宣告一个男人或女人正在走来，也许你就是那
　　个人，（再见！）
我宣告那个伟大的个人，像自然那样融和，贞洁，
　　钟情，友善，并且武装齐全。

我宣告一个生命诞生，那将是丰饶的，热烈的，
　　神圣的，勇敢的，
我宣告一种结束，那将轻松愉快地同它的转化相
　　会合。

我宣告将有无数的青年，美丽，魁梧，血液精纯，
我宣告一大批杰出而粗野的老年人。

啊，愈来愈稠密和紧凑了——（再见！）
啊，在我周围拥挤得太紧了，
我预见得太多，这超过了我的设想，
看来我快要死了。

提高嗓子发出你最后的声音,
向我致敬——再一次向时代致敬。再一次吼出那
　　古老的呼声。

激动地叫喊着,利用周围的气氛,
任意顾盼着,将我看到的每个人吸引,
迅速前进,但有时也要稍停,
散发古怪的秘密信息,
迸发炽热的火花,将微妙的种子撒落到泥土里,
我自己一无知觉,只顺从我的使命,从不敢发问,
将种子留下到千百年后再去滋萌,
留给将要从战争中出现的大军,他们的任务我已
　　经开始传播,
把我自己的某些耳语留给妇女们,她们的钟爱在
　　更加清楚地说明我,
把我的问题提供给青年男子——我不是闲荡
　　者——我在考验他们的脑力,
我就这样过去,暂时还有声音,看得见,与人不和,
然后是一个被热烈追求的悦耳的回声,(死亡真正
　　使我变得不朽了,)
那将是我的已不能看见、但我一直在准备要达到
　　的最高佳境。

还有什么呀,叫我迟延,逗留,张着嘴蜷缩在这里?
是不是要做一次最后的告别呢?

我的歌声停息了,我把它们抛开,

我从我躲藏的幕后自己单独地向你走来。

伙伴哟,这不是书本,
谁接触它就是接触一个人,
(现在是夜里吗?我们是单独在一起吗?)
你所拥抱的是我,也是我在拥抱你,
死亡喊我出来,我从书中跳出,投入你的怀里。

你的手指把我抚弄得多么想睡啊,
你的呼吸像露水般在我周围洒落,你的脉搏安抚
　　着我的耳膜,
我感觉浑身上下都已浸透,
那么甜美,够了。
够了啊,即兴的秘密行为,
够了啊,消逝的现今——够了啊,已经总结的过去。

亲爱的朋友,无论你是谁,请接受这个吻吧,
我特别把它送给你,请不要将我忘记,
我感到,像一个完成了当天的工作如今要休息片
　　刻的人,
我此刻从我的化身中上升又接受我的许多次转化
　　之一,当别的转化无疑还在坐等,
一个比我所梦想的更真实、更直接的陌生天体在
　　我周围放出令人觉醒的光辉,再见!
请记住我的话,我还会回来的,
我爱你,我告别物质,
我像是脱离了肉体,胜利了,死了。

〔附录一〕

七十生涯

曼纳哈塔

我的城市又恢复了合适而高贵的名字,
深受宠爱的土著的名字,惊人地美丽而富有意义,
一个岩石堆积的岛屿——岸边永远愉快地奔腾着
　　匆匆来去的海水。

巴门诺克

海的美人哟!躺在那里晒太阳!
一边是你的内陆海洋在冲洗,那么广阔,有着繁荣的商业,无数的轮船和帆影,
另一边是大西洋的海风在吹拂,时而猛烈时而轻柔——远处有强大的隐隐滑动的船艇。
有着清甜可饮的溪流——健康的空气和泥土的小岛哟!
有着含盐的海岸以及微风和海水的小岛哟!

从蒙托克岬尖

我仿佛站在一只巨鹰的嘴上,
向东注视着大海,眺望着(无非是海和天,)
那颠簸的波涛,泡沫,远处的航船,
那粗野的骚动,雪白的弧形浪盖,海涛归来时不
　　断的猛扑,
永远在追求海岸。

给那些失败了的人

给那些在宏大的抱负中失败了的人,
给那些在前线冲锋时倒下的无名士兵,
给那些冷静的专心致志的工程师——给过分热情
　　的旅行者——给船上的领航员,
给那许多无人赏识的崇高的诗歌和图片——我要
　　竖一块丰碑,头上顶着桂冠,
高高地、高高地耸立在其他碑石之上——给一切
　　过早地被摧折的人,
被某种奇怪的烈火般的精神所迷住的人,
被一种过早的死亡所扑灭的人。

一支结束六十九岁的歌

一支结束六十九岁的歌——一个梗概——一次重复,
我的欢乐和希望的诗行照样继续,
歌唱你们啊,上帝,生活,大自然,自由,诗歌;
歌唱你,我的国家——你那些河流,草原,各个州——你,我所热爱的星条旗,
你们的保持完整的集体——歌唱北部、南部、东部和西部,你们所有的东西;
歌唱我自己——这颗仍在我胸腔里搏跳的欢快的心,
这个被损害的老迈、穷困而瘫痪的躯体——这像棺罩般笼盖在我周围的奇怪的迟钝,
这仍在我缓慢的血脉中熊熊燃烧的烈火,
这毫未减弱的信念——那一群群挚爱的友人。

最勇敢的士兵

真勇敢,真勇敢,那些士兵(今天很受人尊敬),
　　他们闯过了战阵;
但是最勇敢的是那些冲上前去、倒在地下的默默
　　无闻的人。

一副铅字

这座蛰伏的矿山——这些没有开发的声音——炽
 热的潜能,
愤怒,争论,或赞美,或虔诚的祷告,或滑稽嘲
 弄的眼神,
(不仅是六点活字,八点、九点活字,十点铅字,)
它们像海涛,能激起怒火,号召牺牲,
或者被抚慰得平静下来,成为闪耀的阳光和睡眠,
微睡在苍白的薄片中。

当我坐在这里写作

当我坐在这里写作,多病而衰老,
我的不算轻的负担是那种老年的迟钝、多疑、
任性的忧郁、疼痛、冷漠、便秘、嘟哝、厌倦,
这可能渗入我每天的歌里。

我的金丝雀

灵魂哟,我们不是那样珍视要渗透到鸿篇巨制的主题里,
从那些思想、表演、推理中吸取深邃而丰盈的东西?
可是如今,我从你,笼中的鸟,感到你那欢乐的鸣啭,
充溢于空中,在僻静的室内和冗长的午前,
这不同样是伟大的吗,灵魂你看?

对我的七十岁的质问

来了,靠近了,真荒诞,
你朦胧不定的幽灵——你带来的是生命还是死亡?
是力量,虚弱,失明,更多更严重的瘫痪?
或者是宁静的天空和太阳?难道还要把湖海搅乱?
也许会把我永远截断吧?或者就照样把我留在这里,
迟钝而衰老,像只鹦鹉,以粗嘎的声音在唠叨,叫唤?

瓦拉包特的烈士们

〔在布鲁克林,在一个古老的墓穴里,没有特别的标记,如今还杂乱地躺着一些烈士的遗体,他们无疑是从1776—1783年英国战俘船和监狱里运出的、来自纽约和附近以及长岛各地的最早最坚定的革命爱国者;他们中成千上万的人本来葬在瓦拉包特沙洲的壕沟里。〕

对于你,比阿喀琉斯[1]或尤利西斯[2]的纪念更伟大,
比亚力山大的坟墓有大得多多的价值,
那一卡车一卡车的古老的骸骨,发霉的骨头碎屑
 和裂片,
曾经是活着的人——曾经有不可动摇的勇气、力
 量和壮志,
美国哟,这就是你此时此地的踏脚石。

---

[1] 荷马史诗《伊利昂纪》中的希腊英雄。
[2] 荷马史诗《奥德修纪》中的主角。

第一朵蒲公英

单纯,清新,美丽,从寒冬的末日出现,
好像从没有过时髦、交易和政治手腕,
从它那草丛中阳光充足的角落里冒出——天真的,
　金黄的,宁静如黎明,
春天第一朵蒲公英露出它的深信的脸。

美国

平等的女儿、平等的儿子们的中心,
让大家,成年和未成年的,年轻和年老的,同样
　　被珍爱簇拥在周围,
坚强,宽厚,美好,忍耐,能干,富裕,
与大地,与自由、法律和爱永远在一起,
作为一个庄严、明智而崇高的母亲,
端坐在时间的刚玉般的交椅里。

记忆

多么美好啊,那些对往事的暗暗追寻!
那仿佛是在梦中的漫游——默想起昔日的踪影——它们中的爱情,欢乐,人物,航行!

今天和你

在一场拖得长长的竞赛中被指定的优胜者；
时间和各个国家——埃及、印度、希腊和罗马的
　历程；
整个的过去，连同它的英雄、历史、艺术、实验，
它那众多的诗歌、发明、航行、导师、书本，
都在贮藏着，为了今天和你——想想吧！
这全部的继承权都集于你的一身。

在白昼的炫耀过去之后

在白昼的炫耀过去之后,
只有黑沉沉的夜来向我显示星星;
当庄严的风琴,或者合唱队,或整个乐团,演奏
　　完了,
真正的交响乐才悄悄飘过我灵魂的意境。

亚伯拉罕·林肯,
生于一八〇九年二月十二日

今天,从所有的人和每一个人,都有一声默默的
　祈祷——一缕思念的悸动,
为了纪念他——纪念他的诞生。

　　　　　　　　　　(1888年2月12日发表。)

选自五月的风光

苹果园,树上开满了花朵;
麦田像翠绿的地毯远远近近地铺展,
每天早晨都洋溢着无穷无尽的清芬,
午后和煦的阳光黄灿灿地如透明的轻烟,
缀满紫色或白色繁花的丁香丛更显得劲健。

安乐平静的日子

不仅仅为了成功的爱情,
也不为财富,或荣耀的中年,或政坛上和战场上
　的胜利;
而是当生命衰老时,当一切骚乱的感情已经平静,
当华丽、朦胧、安逸的霞彩笼罩傍晚的天空,
当轻柔、丰满、宁静,如更加清新而芳馥的空气
　充溢于四体,
当日子呈现更温和的神态,而苹果终于真正完满
　和懒懒成熟地挂满在树枝,
那时才是丰产而极为恬静、极为愉快的日子!
才是沉思、幸福而平静的日子!

纳维辛克[1] 遐想

雾中的领航员

北去的急流冒着水雾——(一个对古老的圣劳伦
　　斯河的怀想,
一种闪电般的记忆不知为什么突然重现心头,
当我在等待日出,从这山上向东方凝望;)
又是同样在早晨——浓雾与曙光在急剧斗争,
又是那发抖的、挣扎的船在叫我改变方向——我
　　从浪花冲刷着的岩石间几乎擦着身子艰难地穿
　　行,
又一次我看到船尾那个瘦小的印第安舵手,以飞
　　扬的眉宇和专断的手势,在浓雾中隐隐出没。

假如我有机会

假如我有机会追随最伟大的诗人们,
刻画他们的庄严美丽的肖像,并随意加以模拟,
荷马,连同他所有的战争和武士——赫克托,阿
　　喀琉斯,埃杰克斯,
或者莎士比亚的陷于悲哀的哈姆雷特、李尔、奥
　　赛罗——丁尼生的漂亮的贵妇人,
最佳的韵律和灵机,或者以完美的韵脚驰骋的绝
　　妙奇想,以及歌手们的欣喜,

---

[1] 纳维辛克是纽约湾南部港口的一座小山。

这些,这些,海洋哟,所有这些我都乐于交易,
只要你愿意把一个波涛的起伏、把它的机巧传给
　　我,
或者将你的一丝丝气息吹入我的诗中,
把它的芬芳留在那里。

你们这些不断高涨的潮流

你们这些不断高涨的潮流哟!你进行这一运动的
　　能力哟!
你那看不见的力量,向心的和离心的,遍布于太空,
与太阳、月亮、地球以及所有的星座那么亲近,
你从遥远的星球带给我们的信息是什么?从天狼
　　星、从御夫座带来的是什么?
是什么中心的心脏——而你是脉搏——使得一切
　　都活起来呢?这一切的无限的集体又是什么?
你身上有什么微妙的诡秘和含义?有什么通向一
　　切的线索?什么流动的巨大本体,
将整个宇宙抱拢,使它所有的部分合而为一——
　　好比航行在一艘船里?

落潮已尽,暮色低垂

落潮已尽,暮色低垂,
清凉而馥郁的海风向大陆吹来,带着海苔和咸盐
　　的气味,
连同许多种从涡流中传来的、只能隐约听到的

声音,
许多受压抑的忏悔——许多的啜泣和窃窃私语,
好像是远处或隐蔽着的声息。

他们是那样席卷而过呀！他们是那样絮絮咕哝
　　呀！
那些不知名的诗人们——世上最伟大的艺术家们,
　　他们所珍惜的破灭了的图谋,
爱情的杳无反响——老年的齐声抱怨——希望的
　　临终透露,
某个自杀者绝望的叫喊,到无边的荒野中去,永
　　远也不回头。

那么,继续向湮没走去吧!
向前,向前,履行你的职责,你送殡的退落的潮
　　水哟!
你尽管继续向前,你这喧闹的出口哟!

而且还不单单是你

而且还不单单是你,暮色和送殡的落潮,
也不只你,你破灭了的企图——也不只那些失败,
　　壮志;
我认识,神性的欺诈者们,你们的魅力的外貌;
及时地经由你们,从你们,潮水和日光会再次到
　　来——铰链又及时转动,
及时地补偿着、混合着那些必需而不协调的部分,

从你们，从睡眠、黑夜和死亡自己，
交织出永恒的诞生韵律。

洪水汹涌而来

洪水汹涌而来，咆哮着，溅着泡沫，一路前进，
它长久地保持高潮，鼓着宽阔的前胸，
一切都在震颤，膨胀——农场，林地，城市的街道，
　　正在劳动的人，
主帆，中桅帆，三角帆，在远处的海面出现——
　　轮船的尖旗般的青烟——在上午的阳光中，
装载着人类的生命，愉快地向外航行，愉快地向
　　内航行，
我所热爱的旗在许多桅杆上飘动。

在长久地注视海涛之后

在长久地注视海涛之后，我自己被唤回——恢复
　　到我自己，
每个浪峰中都有某种起伏的光辉的暗影——某种
　　回忆，
欢乐，旅行，观察，无声的画卷——转瞬即逝的
　　景致，
过去已久的战争，那些战役，医院的情状，那些
　　受伤者和死人，
我自己，从每个已逝的阶段闯过来的——我的闲
　　散的青春——眼前的晚景，

我的已经总结了的六十年生命，还有更多的，过
　　去了的，
为任何伟大的理想所考验过的，没有目的的，全
　　部毫无结果，
而且或许还有上帝全盘计划之内的某一点滴，某
　　个波纹，或者波纹的部分，
就像你的，你这无边无际的海洋的一个水波。

于是到最后

于是到最后，从这些海岸，这座山里，
我领悟了，潮汐哟，你那神秘的人类意义：
只有凭你那同样包含着我的法则，你的上涨和下
　　落，
脑子才能创作这首歌，声音才能吟唱这首歌。

一八八四年十一月的选举日

假如我有必要指出,西部世界哟,你那最雄伟的
　　景象和外观,
那不会是你,尼亚加拉瀑布——也不是你,无边
　　的大草原——也不是你,科罗拉多大峡谷的裂
　　陷,
也不是你,约西密特——或者黄石河,连同它所
　　有痉挛着的温泉上那升入天空、时隐时现的汽
　　环,
也不是你俄勒冈白色的火山锥——或者休伦那一
　　串浩大的湖泊——或者密西西比的巨流:
——这个如今在沸腾的半球上的人类,我要举
　　出——那振动着的仍然低微的声音——美国的
　　挑选日,
(它的心脏不在被选人身上——主要是行动本身,
　　每四年一次的选择,)
北部和南部都紧张起来——沿海和内地——从得
　　克萨斯到缅因——大草原各州——弗吉尼亚,
　　加利福尼亚,佛蒙特,
从东到西像阵雨般到来的最后投票——那些自相
　　矛盾和彼此倾轧,
那纷纷降落的无数雪片——(一场不动刀子的争
　　斗,
可是超过所有古罗马的或现代拿破仑的战争:)
　　全面的和平选择,
人性或好或坏——那比较暧昧的差距和浮渣也该
　　欢迎:
——是酒在冒泡,发酵?它帮助净化——而心脏

在悸动，生命在发光：
这些猛烈的狂风和风雨飘送着宝贵的船只，
鼓起华盛顿的、杰斐逊的、林肯的风帆远航。

海啊！以沙嗄傲慢的言语

海啊！以沙嗄傲慢的言语，
在我日夜巡访你惊涛拍岸的地方，
当我想象你对我的感觉的种种新奇的暗示，
（我看见并在此简略地列举你的谈话和商量，）
你那白鬓纷披的竞走大军在奔向终点，
你那丰满微笑的面容荡漾着阳光闪耀的碧涟，
你那阴沉的蹙额和愠色——你那些放纵的飓风，
你的倔强不屈，反复无常，恣情任性；
尽管你比一切都强大，你那纷纷的泪珠——来自
　　你的永远满足中的一桩缺陷，
（只有最艰巨的斗争、过错、挫折，才能使你最伟大，
　　少一点也不行，）
你那孤独的处境——你一直在寻求但始终没有找
　　到的某样东西，
某种确实被拒绝了的权利——某种受禁锢的自由
　　爱好者在巨大而单调的狂怒中的声音，
某个巨大的心脏，像一个行星的心脏那样，在那
　　些碎浪之中被束缚和冲撞，
通过长久的潮涌和痉挛，和喘息的风，
以及你那些砂砾和波涛的有节奏的叫嚷，
以及蛇的咝咝声，粗野如雷的哗笑声，
以及远处低沉的狮吼，
（它隆隆地响着，直达上天聋聩的耳朵——但是如
　　今，至少这一次，却显得亲近，
这一次，一个黑夜中的幽灵成为你的知心、）
地球头一次也是最后一次的倾诉，
从你灵魂的深渊中唠叨着汹涌而出，

这是宇宙的原始恋爱故事，
你把它向一个同类的灵魂讲述。

格兰特将军之死

威武的演员一个又一个退出了,
从永恒的历史舞台上那场伟大的表演,
那惊人的、不公平的战争与和平——旧与新的斗
　　争的一幕,
在愤怒、恐惧、阴沉的沮丧以及多次长期的僵持
　　中打完了决战;
一切都过去了——从那以来,退入到无数的坟墓
　　里,像烂熟的果实,
胜利者的和失败者的——林肯的和李[1]的坟
　　墓——如今你也和他们在一起,
伟大时代的人物哟——而且无愧于那些岁月!
来自大草原的人哟!——你的角色曾是那样错综
　　复杂而艰苦,
可是它给扮演得多么令人钦佩!

[1] 美国南北战争中南部军队的统帅。

红夹克(从高处)

(1884年10月9日,布法罗城给古老的易洛魁[1]讲演家立碑和重葬,即兴而作。)

在这个场合,这一仪式,
由于风气、学识和财富而产生的仪式,
(也不仅仅是出于奇想——的确有些深长的意义,)
或许,从高处,(谁知道呢?)从缥缈的云彩所组成的形象中,
像一棵从灵魂深处被震撼了的老树,或者岩石或悬崖,
大自然中太阳、星辰和地球的直接产物——一个高耸的人形,
穿着薄薄的狩猎衫,挎着枪,幽灵般的嘴唇上漾着一丝讽刺的微笑,
向下俯视着,像我相[2]诗中的一个精灵。

---

[1] 易洛魁人是印第安人的一支,以前居住在加拿大和美国东部。"红夹克"是他们部族的首领。
[2] 莪相:传说中三世纪左右爱尔兰及苏格兰高地的英雄和诗人。

华盛顿纪念碑

（1885年2月）

哎，不是这大理石，僵硬而冰冷的大理石，
远不是它的基座和塔尖所伸展的地方——那环绕
　　着、包围着的圆形区域，
你，华盛顿，你属于全世界，为各大洲全体所有——
　　不仅仅是你美利坚的，
同样属于欧罗巴，在每个地方，在领主的城堡或
　　劳动者的茅棚里，
或者冰冻的北方，或闷热的南部——是非洲人
　　的——身居帐篷的阿拉伯人的，
是含着可敬的微笑坐在废墟中的古老亚洲的；
（古代人欢迎新的英雄吗？那不过是同样的——合
　　法地一脉相承的后裔，
那不屈的心和胳臂——证明着永不中断的世系，
英勇、机警、坚忍、信心，还是一样——即使失
　　败了也不颓丧，还一样：）
凡是有船只航行之处，或者盖有房子的地方，无
　　论白天黑夜，
在繁华城市里所有的大街上，室内室外，农场或
　　工厂里，
如今，或者将来，或者过去——凡是有过或还有
　　爱国的意志生存之地，
凡是自由为容忍所平衡、为法律所支配之地，
都有你真实的纪念碑站着，或正在升起。

你那欢乐的嗓音

〔北纬三十八度多一点——从那里,乘我们最快的海船在风平浪静中航行大约一整天可以到达北极——探险者"格里利号"听到海洋上空一只孤单的雪鸟愉快地歌唱的声音。〕

从荒凉寥廓的北极传来了你那欢乐的嗓音,
我将记取这个教训,寂寞的鸟儿哟——让我也欢迎寒流,
甚至像现今这样极度的寒冷———一种麻痹的脉搏,一个丧失敏感的头脑,
被围困在寒冬海湾里的老年——(冷啊,冷啊,冷!)
这些雪白的头发,我这无力的手臂,我这冻伤的脚跟,
我为它们汲取你的信念,你的箴言,并且铭记到最后;
不单只夏天的地带——不只青春的歌吟,也不只南方温暖的潮汛,
我还要以轻快的心情歌唱,
那在缓慢的冰块掌握中、在北国雪天包围下的岁月堆积的晚景。

百老汇

白天黑夜，多么匆匆的人潮呀！
多少的情欲，赢利，失败，热忱，在你的波涛中游泳！
多少的罪恶、幸福和悲伤在回旋着把你阻挡，
多少好奇、质问的眼色哟——爱的闪光！
媚眼，嫉妒，揶揄，轻蔑，希冀，渴望！
你是入口，你是竞技场——你有无数拉得长长的行列和集团，
(只有你街道的石板、路边和门面能够述说它们特有的故事；
你的丰富的橱窗，宏大的饭店——你的人行道宽阔而平坦；)
你有的是无穷无尽的、悄悄行走的、故作斯文地迟缓的脚步，
你就像那色彩斑驳的世界本身，就像那无限、多产而愚弄的人生！
你是戴着假面的、巨大的、无法形容的外观和教训！

要达到诗歌最终的轻快节奏

要达到诗歌最终的轻快节奏,
要看透诗人们的最深的学问——认识那些大师们,
约伯,荷马,埃斯库罗斯,但丁,莎士比亚,丁尼生,
　　爱默生;
要判断爱情、傲慢和疑问的微妙多变的色泽——
　　真正了解,
要囊括这些,最高的敏锐才能和必须付出的入场
　　费,
老年,以及它从全部过去的经验中带来的一切。

老水手科萨朋

许久以前,我母亲方面的一位亲戚,
年老的水手科萨朋,我要告诉你他是怎样死的:
(他一辈子是个水手——快九十岁了——同他
　已婚的孙女詹尼生活在一起;
房子建在山上,望得见附近的海港,远处的海岬,
　直到辽阔的海洋;)
那最后一个下午,黄昏时刻,按照他多年以来的
　习惯,
他坐在窗前一把宽大的扶手椅里,
(有时候,真的,整个下半天都那样坐着呢,)
观望着船只来来往往,他对自己咕哝不休——如
　今一切都要结束了;
有一天,一只挣扎着出海的双桅船,受到长久的
　折磨——被狂流冲击得大大偏离了航线,
终于,天黑时风向变得有利了,她的整个命运也
　改变了,
她迅速地绕过海岬,胜利地劈开浪涛驶入黑夜,
　他守望着,
"她自由了——她在奔向目的地"——这是他最后
　的言语——当詹尼回来时,他坐在那里死了,
荷兰人科萨朋,老水手,我母亲方面的亲戚,以
　前很久很久。

已故的男高音歌手

当他又走下台来，
戴着西班牙帽子和羽饰，以出众的步态，
从过去那些逐渐暗淡的课业返回，我要叫唤，我要说出并且承认，
从你那里得到的有多少东西！从你对于唱腔的发现中，
(那样坚定——那样柔和——还有那震颤的豪迈的音色！
那完美的唱腔——对我说来最深刻的一课——对一切的考验和试测：)
从那些旋律中怎样提炼出来的——我这狂喜的两耳和灵魂怎样吸收着
费尔南多的心，曼利科、厄南尼和美妙的吉纳罗的激情的呼唤，
从那以后，我将自由的、爱情的和信念的解放了的歌唱般的音乐，
(犹如芳香、色彩、阳光相互关联，)
包藏着或力求包藏在我的变调的歌吟里面，
并且从这些，为了这些，利用这些，已故的男高音歌手哟，写一首急就的短章，
这落入正在用一铲铲黄土封闭的坟穴中的秋叶一片，
作为对你的纪念。

持续性

〔根据最近我与一位德国唯灵论者的谈话而作〕

没有什么是曾经真正消失了或者能够消失的,
诞生、本体、形式不是——世界上的事物不是,
生命、力量或任何可见的东西都不是;
外表决不会损害和变迁的天体也不会搅乱你的脑子。
时间和空间是宽裕的——大自然的各个领域是宽裕的。
迟钝、衰老、僵冷的身躯——从早先的烈火中留下的灰烬,
变得暗淡了的眼中的光辉,到时候将重新燃起;
此刻已西斜的太阳还会为不断来到的早晨和中午上升;
春天的看不见的法则总会回到冰冻的土地,
带着花草和夏天的庄稼与果实。

约依迪俄

〔这个词的意思是对土著居民的哀悼。它是易洛魁人的一个用语,并被当作一个人名使用。〕

一支歌曲,它本身就是一首诗——这个词的本义就是一首挽歌,
在荒野中,在岩石间,在暴风雨和寒冬的夜里,
它的音节给我唤来这样朦胧、奇怪的场合;
约依迪俄——我看见,远在西部或北部,一个无边的深谷,连同平原和阴沉的山岳,
我看见一大群一大群健壮的酋长,巫医,以及斗士,
一队队乌云般的鬼影掠过,在暮色中消失了,
(一个属于树林、野外风景和瀑布的种族哟!
没有图片、诗歌和声明把他们向未来传播:)
约依迪俄!约依迪俄!——他们无声无影地消失了;
今天也让出位置,凋谢——城市、农场和工厂也在凋谢;
一个被蒙住的洪亮的声音——一个呜咽的字眼从空中霎时透漏,
随即就没了,完了,沉寂了,并且彻底消失了。

生活

从来是不知气馁的、坚决的、斗争的人类灵魂；
(以前的军队失败了吗？那么我们送出新的军
　队——再送出新的；)
从来是世界上所有新旧时代的被扭住不放的秘密；
从来是那么热烈的眼睛，欢呼，欢迎的鼓掌，赞
　美的吆喝；
从来是不满足的、好奇的、到底未被说服的灵魂；
今天还一样在挣扎——一样在战斗。

「走向某处」

我的富于科学精神的朋友,我的最高贵的女友[1],
(如今已埋在一座英国坟墓里——这首诗就是为了纪念亲爱的她而写的,)
曾经这样结束我们的谈话——"那总和,总结我们所知的关于古代和现代的学问,深邃的直观,
"关于全部地质学——历史学——关于全部天文学——关于进化,以及全部的玄学,
"那就是,我们都在前进,前进,慢慢地加速,确实在改善,
"生活,生活是一次没完没了的行军,一支没完没了的军队,(没有停顿,但到时会走完,)
"世界,人类,灵魂——空间和时间里的天地万物,
"全都有适合自己的方向——全都无疑地在走向某处。"

[1] 指英国女作家安妮·吉尔克利斯特夫人。

我的歌唱的主题是渺小的

（摘自1869年版《草叶集》）

我的歌唱的主题是渺小的，但也是最大的——那就是，个人自己——一个单一的个别的人。为了新世界，我歌唱这个。

人类的整个生理学，从头到脚，我歌唱。不只是相貌，也不只是头脑，才对缪斯有价值；——我说那整个的形体更有价值得多。女性与男性一样，我歌唱。

也不停止在个人自己这一主题上。我还讲现代的字眼，全体这个字眼。

我歌唱我的时代，以及国家——连同我所熟悉的那不幸战争的空隙。

（啊，朋友，无论你是谁，你终于到达这里来开始了，我从每一页上都感到你在紧握我的手，我也回报你。

就这样，让我们再一次联合在一起，踏上大路，沿着我们的旅途走去。）

真正的胜利者

年老的农夫,旅行者,工人,(不管是跛子还是驼背,)
年老的水手,经历过多次惊险的航行,从风暴和失事的船只中闯出来的,
年老的士兵,带着他们所有的伤口、挫折和创瘢从战场上回来的,
他们只要幸存了下来,这就够了——漫长生活中的从不退缩的人哟!
从他们的斗争、考验、拼杀中出来,只要冒出来了——只凭这一点,
就是超过所有其他人的真正的胜利者。

合众国对旧世界批评家的回答

这里首先是当前的使命,具体的课程,
财产,秩序,旅行,住处,富裕,产品;
好比建筑一幢多彩、雄伟而永恒的大厦,
从那里,到时候不可避免地要升起高耸的屋顶、
　　灯架,
以及根基巩固、矗入星空的尖塔。

对于一切的宁静思考

无论人们在怎样思考,
在变化纷纭的学派、神学、哲学当中,
在高声叫嚷的新的与旧的陈述当中,
地球的无言而极为重要的法则、实际和模式仍在
　继续,沿着自己的行程。

老年的感谢

致以老年的感谢——我临走之前的感谢,
对健康,中午的太阳,摸不着的空气——对生活,
 只要是生活,
对那些宝贵的总是恋恋不舍的记忆(关于你,我
 的慈母;你,父亲;你们,兄弟、姐妹、朋友,)
对我的全部岁月——不只是那些和平的岁月,战
 时也一样,
对那些来自外国的温柔的言语、爱抚和礼物,
对殷勤的款待——对美妙的欣赏,
(你们,远方的、默默无闻的——年轻的或年老
 的——无数亲爱的普通读者,
我们从未谋面,也永远不会相见了——不过我们
 的心灵长久地、紧密而长久地拥抱着;)
对个体,集团,爱情,事业,文字,书籍——对色彩,
 形态,
对所有勇敢而强壮的人——忠诚而坚韧的人——
 他们在各个时期、各个地方曾挺身保卫自由,
对那些更勇敢、更强壮、更忠诚的人——(我走
 之前将一种特殊的荣誉献给那些生存战争中的
 获选者,
诗歌和理想的炮手——伟大的炮兵们——灵魂的
 船长,最前面的先导者:)
作为一个战争结束后回来的士兵——作为
 千千万万旅行者之一,向背后那长长的行列,
致以感谢——欢欣的感谢啊!——一个士兵的、
 旅行者的感谢。

生与死

这两个古老而简单的问题,永远纠缠在一起,
十分紧密,难以捉摸而又实在,令人困惑,相互
　搏击。
到每个时代都无法解决,被连续向前传递,
今天传到了我们手里——我们又照样向前传去。

雨的声音

那么你是谁?我问那轻轻降落的阵雨,
它,说来奇怪,给了我一个回答,如下面所译出的:
我是大地的诗,雨的声音说,
我永远从陆地和无底的海洋难以捉摸地升起,
升上天空,在那里朦胧地形成,彻底改变,但一
　　如往昔,
我下来,洗浴着干旱、微尘、地球的表层,
以及所有那些缺了我就只能永远潜伏着不萌不长
　　的东西,
而且我白天黑夜永远向我自己的起源交还生命,
　　并使它纯净而美丽;
(因为诗歌从它的乡土出发,经过实践和漫游,
会带着爱及时地返回故里,无论你是否留意。)

冬天很快将在这里败绩

冬天很快将在这里败绩,
这些冰雪的绷带即将解开和融化——只消一会儿工夫,
空气,土壤,水波,将要洋溢着柔嫩、茂盛和生机——千万种形态将要兴起,
从这些僵死的土块和寒风中,犹如从浅葬的坟墓里。
你的眼睛、耳朵——你所有最好的属性——所有能认识自然美的官能,
都将苏醒和充实。你定会发觉那些简单的表演,大地微妙的奇迹,
蒲公英,三叶草,翠绿的草地,早春的清香和花朵,
脚边的杨梅,杨柳的嫩绿,开花的桃李;
与这些一起出现的还有知更鸟、百灵鸟和画眉,唱着它们的歌——还有疾飞的蓝雀;
因为那一年一度的演出所带来的,正是这样的景致。

在没有忘记过去的同时

在没有忘记过去的同时,
至少在今天,斗争已完全熄灭——和平与友爱已
   经升起;
我们北部和南部的手,作为相互交往的标志,
都在北部和南部所有已故士兵的坟墓上,
(也不只为了过去——还有为将来的意思,)
给放上玫瑰花环和棕榈枝。

(1888年5月30日发表)

濒死的老兵

〔十九世纪早期在长岛发生的一件事〕

在这些安定、悠闲而兴旺的日子里,
在美丽、和平而体面的流行歌曲中间,
我抛出一桩回忆的往事——(可能它会使你不快,
我是在童年时听说的;)——那是几十年以前,
一个古怪粗鲁的老人,一个在华盛顿本人领导下
　　的战士,
(魁梧,勇敢,整洁,暴躁,不善言谈,颇有点唯
　　灵论的精神,
在行伍中打过仗——打得很好——经历了整个的
　　革命战争,)
如今躺着快死了——儿子们,女儿们,教堂执事,
　　亲切地守护着他,
凝神细听着他那低声的咕哝,只能听懂一半的话
　　语:
"让我再回到我的战争年代去吧,
回到那些情景和场面——去组成战斗的队伍,
回到那些在前头搜索的侦察员当中,
回到加农炮和冷酷无情的大炮所在之处,
回到那些带着命令策马飞奔的副官那里,
回到那些受伤者和阵亡者身旁,那紧张、焦急的
　　气氛,
那些刺鼻的气味,硝烟,震耳欲聋的响声;
去他的吧!你们的和平生活——你们对和平的欢
　　乐!
把我从前那狂热的战斗生涯还给我!"

更强有力的教训

你仅仅从那些钦佩你的、对你亲热的、给你让路的人那里接受过教训吗?

你就没有从那些抵制你的、使劲反对你的人或者轻视你或同你争夺过道路的人那里得到过教训?

草原日落

闪耀的金黄、栗色、紫色,炫目的银白、浓绿、淡褐,
整个地球的广阔无垠,和大自然丰富多样的才能,
　　都一时委身于种种颜色;
那光,那些至今未被认识的色彩所具有的共同形
　　态,
没有限制和范围——不仅在西方天际——最高的
　　顶点——还在北方,南方,整个地球,
纯净明亮的色彩与静悄悄的黑影搏斗着,直到最
　　后。

二十年

在那古老的码头边,在沙地上,我坐下来同一个
　　新来的人闲聊:
他作为一个毫无经验的小伙子当了水手,出外远
　　航,(抱着某种突如其来的热烈的幻想;)
从那以后,二十多个年头周而复始地过去,
同时他也环绕地球一圈一圈转着——现在回来了:
这地方变化多大呀——所有旧的界标都已消
　　失——父母去世了;
(是的,他回来,要永远停泊——要住下来——有
　　个塞得满满的钱包——但除了这里无处落脚;)
让他从帆船划到岸边的那只小舟,如今用皮带拴
　　着,我看得见,
我听见那拍打的海涛,那不得安宁的小船在浅滩
　　上颠簸,
我看见那套水手的装具,那个帆布袋,那只用铜
　　片箍着的大木箱,
我端详着那张如干果仁般褐色的、长着胡子的
　　脸——那粗壮强健的骨骼,
那穿着上好苏格兰布的黄褐色服装的躯体:
(那么,那个说出来了的关于过去二十年的故事是
　　什么?而未来的又是什么呢?)

从佛罗里达邮寄来的柑橘花蕾

〔伏尔泰在结束一次著名的辩论时断言,一只战船和大型歌剧就足以证实他那个时代的文明和法兰西的进步。〕

一个比伏尔泰的小一点、但是也更大的证据,
当今时代以及你美国和你那辽阔的幅员的证据,
从佛罗里达邮寄来的一束柑橘花蕾,
经过上千英里的海陆行程给安全地带来了,
到达野外的云雾和雪地里我这朴素的北方棚屋,
大概三天前它们还在故土上生机盎然地出芽,
如今却在这里给我的房间散发苾苾的芬馥。

黄昏

酥软,娇媚,迷人欲睡的暮色,
太阳刚刚西沉,热烈的光辉随之消散——(我也快要西沉和消散了,)
一片朦胧——涅槃——安息和夜——湮没。

你们，我的恋恋不舍的疏叶

你们，即将入冬的枝柯上我的恋恋不舍的疏叶，
而我，是田野上或果园中一棵快要光秃了的树；
你们，弱小、荒凉的象征，(如今已没有五月的葱茏，
    或七月的三叶草花朵——已没有八月的谷物；)
你们，苍白的旗杆——你们，没有用了的三角
    旗——你们，待得过久的时刻，
可是我的最宝贵的灵魂之叶在证实其余的一切，
那些最忠实的——最耐寒的——最后的。

不仅仅是瘦羸的休眠的枝丫

不仅仅是瘦羸的、休眠的枝丫啊,我的歌曲!(你
　　们满身鳞甲而光秃,像鹰的爪子,)
而且,或许在某个阳光灿烂的日子,(谁知道呢?)
　　某个未来的春季,某个夏天——会爆发出来,
生发嫩绿的叶子,或长成浓荫——结出富于营养
　　的果实,
苹果和葡萄——树木伸出的粗壮胳臂——清新、
　　自由而舒畅的空气,
还有爱和信念,如鲜丽芬芳的玫瑰。

去世的皇帝

今天,美利坚,你也低下了头,你的眼睛默默下垂,
但并非为了那悲哀中摘下的赫赫皇冠——并非为了皇帝,
你向遥远的大洋对岸发表并送去真诚的哀悼,
哀悼一位善良的老人——一个诚实的牧人,爱国者。

好比希腊人的信号焰火

（为1887年12月17日惠蒂埃八十寿辰而作）

好比希腊人的信号焰火，如古代记载所说的，
从山顶上升起，象征欢呼和荣誉，
欢迎某个声望素著的老战士，英雄，
用辉映他所服务的国家的玫瑰红彩缕，
我也这样，从满布船只的曼哈顿海岸高处，
为你，老诗人，高高举起一个熊熊的火炬。

拆掉了装备的船

在某个不复使用的咸水湖里,某个无名的海湾,
在懒洋洋的荒凉的水面上,停泊在岸边,
一只老的、卸下了桅杆的、灰暗而破旧了的船,
　不能再用了,完了,
在自由地航行过全世界所有的海洋之后,终于被
　拖到这里,用粗绳紧紧地拴着,
躺在那儿生锈,腐朽。

别了，先前的歌

别了，先前的歌——无论怎样称呼，总之是别了，
（在许多陌生行列中摇晃着前进的列车，运货车，
从有时中断的坎坷不平中，从晚年、中年或青年时代，）
《在海上有房舱的船里》，或《给你，崇高的事业》，或《未来的诗人们》，
或《从巴门诺克开始》《自己之歌》《芦笛》，或《亚当的子孙》，
或《敲呀！敲呀！鼓啊！》，或《向那发酵了的土地》，
或《啊，船长，我的船长哟！》《常性之歌》《动荡的年月》，或者《思索》，
《母亲，你同你那一群平等的儿女》，以及许许多多别的没有提到的诗篇，
从我的心灵深处——从嗓子和舌头——（我的生命的激荡的热血，
对我说来是强烈的个人要求和形态——不仅仅是纸张，无意识的铅字和油墨，）
我的每一首歌——我以前的每一种表达——都有它漫长漫长的历史，
关于生与死，或者士兵的创伤，关于国家的损失或安全，
（天哪！同那个相比，竟是那样的一闪念和开动起来就没有尽头的一列哟！
竟是那样一个最好也无非可怜的碎片哟！）

黄昏时片刻的宁静

经过一个星期的身体上的极大痛苦,
不安和疼痛,高烧的热度,
到行将结束的一天,出现了片刻的镇静和安宁,
三个小时的平和与大脑的休憩和恬静。

这两首诗(《别了,先前的歌》和《黄昏时片刻的宁静》)是1888年即我七十岁那年六月的一个下午,在一阵危急的病情发作之中勉强写成的。当然,没有一个读者,可能任何时候也没有人,会像我在这些诗中所表现的那样经历这种感情冲动而严肃的时刻。我那时觉得一切都到了尽头,即将结束了。——作者

老年的柔光闪闪的高峰

火焰的色调——照明的火光——最终那极为崇高
　　的神态,
在城市、激情、海洋之上——在大草原、山岳、
　　树林以及地球本身的上空;
一切缥缈的、多样的、变化着的色彩,在四合的
　　暮色里,
一个个,一群群,一种种的姿态,面貌,回忆中
　　的事情;
更为宁静的景象——金黄的背景,明晰而开阔:
那么多的东西,在大气中,在我们细看时的着眼
　　点和环境,
全是由它们带来的——那么多的(也许最好的)
　　以前没有注意到的东西;
这些光辉的确来自它们——老年的柔光闪闪的高
　　峰。

晚餐和闲谈以后

晚餐和闲谈以后——一天结束以后,
像一个迟迟地不愿从朋友们中最后告退的朋友,
以热情的口吻反复地说着再见、再见,
(他的手是那样难以放开那些手啊——它们再也不
　　会相逢了,
再也不会这样老少共聚,互诉悲欢,
一个遥远的旅程在等着他,不会再回来了,)
规避着、延挨着不想分离——设法挡住那最后一
　　个总是短短的词语,
甚至到了门口又转过身来——收回那些多余的嘱
　　托——甚至当他走下台阶的时候,
为了再延长一分钟又说点什么——黄昏的暗影更
　　浓了,
告别和祝愿的话渐渐低沉了——远行者的容貌和
　　形态渐渐模糊了,
很快就会永远消失在黑暗中——可厌,多么可厌
　　的别离哟!
喋喋不休到最后。

〔附 录 二〕

再见了,我的幻想

"附录二"的前言

(结束《草叶集》——1891年)

如果我(在我这衰老瘫痪的状况下)扣下这样一些如同经历了一次风尘仆仆的长途旅行之后作为未来见证的木屑竹头般的点缀品(也许是瑕疵、污点),是不是更好呢?很可能我一开始就不怎么害怕并且至今仍不怕漫不经心的涂写,也不怕鹦鹉学舌般的重复,也不怕陈词滥调和老生常谈。也许我是太民主了,不想回避这些。此外,诗歌园地如我最初在理论上所设想的那样,不是已经被充分阐明——并且还有充裕的时间让我悄悄引退吗?——(自然,是在对于我的这种诗喉没有什么响亮的呼唤和市场的情况下引退。)

为了回答或者不如说对抗那种提得很好的质问,就编出这小小的一束诗稿,并作为我以前所有诗作的结尾。虽然绝不是以为这些东西值得付印(我肯定没有什么新鲜的东西好写了)——我要把这个老年的小点心做出来,以打发我的七十二岁时的日子——被迫枯坐在我这陋室中的日子:

> 一场自发的骤雨过后尚残余的小雨点,
> 从许多次清澈的蒸馏和过去的阵雨而来;
> (它们会不会产生什么?仅仅是像现在这样的蒸发

物——陆地与海洋的——美国的；

　　它们会不会渗入任何深沉的情感？任何思想和襟怀？）

　　不管怎样，我觉得要抓住今天的机会来作一结束。过去两年中，在疾病和疲惫稍稍缓和的情况下，我发出了一些吟咏——也许是些临死之前恋恋不舍的东西——这些我也能收集起来好好整理一下，趁我还能看得清的时候——（因为我的眼睛显然在警告我会暗淡下去，而我的脑子也愈来愈明显地健忘，渐渐地连细小的工作或校订也不能做了。）

　　事实上，从一八九〇到一八九一这两年（每过半个月都变得更僵硬和更加艰难），我在这里很像某种被密密包围的、受伤的、讨厌的老贝壳动物或被岁月击倒的海螺（没有腿，完全不能动了），被抛弃和搁浅在干燥的沙滩上，向哪里也不能挪动了——毫无办法，只好不声不响地待着，消磨那些还属于我的日子，并且看看这个讨厌的被时间击倒了的海螺，还能不能最后从他那灰乎乎的甲壳里某个深邃之处所固有的良好精神和本来愉快的中枢脉搏中找到点什么……（读者，请你务必允许这里的一个小小玩笑——首先是由于下面有太多关于死亡的小诗之类，其次是由于这些正在消逝的时刻〔1890年7月5日〕竟是如此地灿烂美好。而且，尽管我已这样老迈，今天我几乎还能感到像个嬉戏的水波，或者还想如一只小羊或小猫那样游戏——这大概是此时此地身体上调节得很好的短暂迹象吧。不过我以为我身上常常有这样的情况。）

　　而且，作为一切的后盾，我有一种内心深感的安慰（那是闷闷不乐的一种，但是过去我并不敢因此而感到遗憾，也不禁要在此加以强调甚至最后自吹自擂一番），觉得我近年来的这种瘫痪、衰老、被剥夺得像甲壳动物般的状况，无疑是一八六二至一八六五年间过分热情、身心激动和劳累并且持续过久的结果，它发展到现在已快二十年了。那几年我经常探访和侍候南北双方受伤生病的志愿军人，在战役或战斗中间，或者以后，或在医院，或在华盛顿城南边的野外，或者别的地方——那些炎热的、凄惨的、揪心的岁月——所有南北各州的志愿军——那些受伤的，受苦的，濒于死亡的——那些消耗人的、流着汗的夏天，行军、战斗、厮杀——那些迅速被成千上万大都不知名的死尸堆满了的壕沟——未来的美国——这个巨大富裕的联邦，有一天会了解到它自己在毕竟成了过去的那段时间付出了什么样的代价吗？——那决死之战的大屠杀——那些年月，距离它们已经遥远的读者哟，整个这本书真的只不过是我在此给你写的对于那些年月的缅怀和纪念罢了。

永远向前航行呀,幻象的快艇

赶快起锚呀!
将主帆和三角帆升起——驶出去,
小小的白壳单桅船哟,如今行驶在真正的深海里,
(我不愿称它为我们最末的一次航海,
而是向那最好、最真实、最成熟之境的出发和确
　　实的进入;)
离开吧,离开坚实的大地——再也不回到这些岸
　　边来了,
此刻我们的无限自由的冒险事业在永远向前,
不要理睬所有那些已经试过的港口、海洋、锚链、
　　密度和地心吸力,
我的幻象的快艇哟,永远向前行驶,永远!

迟疑到最后的雨点

你们从哪里来,你们为什么来呢?

我们不知道是从哪里,(这是回答,)
我们只知道我们同其他东西一起漂到了这里,
我们迟疑着落在后面——可是终于漂到这里来了,
来充当一阵过山雨的收尾的点滴。

再见了,我的幻想

再见了,我的幻想——(我有句话要说,
但此刻还不完全是时候——任何人的最好的话或
　发言,
是在它的适当场合到来时说的——至于它的含义,
我要保留我的,直到最后。)

在一声再见的后面潜藏着下次见面问好的丰富含意——对我来说,发展、继续、不朽、变化,是自然与人类最主要的生活意义,并且是一切事实和每一事实的绝对必要的条件。

人们为什么那样喜欢看重告别人世时的最后话语、忠告和态度呢?那些最后的话语并不是那种包含充沛的活力和平衡以及绝对的控制与范围的最佳言语的样品。但是它们对于肯定和认可过去全部生活的不同次序、事实、理论和信念,有着不可估量的价值。——作者向前,同样向前,你们这欢乐的一对哟!

向前,同样向前,你们这欢乐的一对哟!
我的生命和吟咏,包括诞生、青年、中年的岁月,
像火焰的斑斓的舌头那样摇曳不定,不可分离地
　　纠缠着合而为一——联合着一切,
我的独特的灵魂——目的,确认,失败,欢愉——
　　也不仅仅是独特的灵魂,
我歌唱我的国家的紧要时期,(美国的,也许还有
　　人类的)——伟大的考验,伟大的胜利,
作为对于过去所有东方世界的、古代的和中世纪
　　的群众的一个奇怪的说明,
在这里,这里,经过漫游、迷失、教训、战争、
　　挫折——在这里,西方有了一个凯旋的声音——
　　为一切作证的声音,
一声喜悦的雷鸣般的呼喊——至少这一次是一支
　　极端骄傲而满足的歌曲;
我歌唱它的主体,那普通而平凡的群众(最坏的
　　与最好的一样)——而此刻我歌唱老年,
(我的诗歌首先是为午前的生活,为漫长的夏季和
　　秋季而写的,
我同样向雪白的须发转移,并同样适应因冬天而
　　冷静的脉息;)
就像在这些漫不经心的吟哦中,我和我的歌唱怀
　　着信念和爱,
漂向别的作品,向那些未知的歌和境地,
向前,向前,你们这欢乐的一对哟!照样继续向
　　前去!

我的七十一岁

越过了六十岁又十年的光阴,
连同它们全部的机会,变迁,损失,悲戚,
我父母的死亡,我生活中的变故,我的许多揪心
　的感情,六三年和六四年的战事,
像一个衰老残废的士兵,在一次炎热、疲惫的长
　途行军之后,或者侥幸地闯过一场战役,
今天在薄暮时蹒跚着,以高昂的声调答应连队的
　点名,有,
还要报告,还要到处向长官行礼。

幻
影

　　一片朦胧的薄雾游移在半部书页的周围：
　（有时使灵魂觉得那么奇怪而清晰，
　　认为所有这些坚实的东西原来不过是幻影、概念、
　　非现实之物而已。）

苍白的花圈

不知怎么我还不能让它走，尽管那是送葬的，
还让它留在后面，悬挂在铁钉上，
红的，蓝的，黄的，全已发白，如今白的也变得
　灰乎乎了，
一枝凋谢了的玫瑰，多年前为你摆的，亲爱的朋友；
但是我并没忘记你。那么，你枯萎了吗？
香味发散完了？颜色、生机都死了？
没有，只要记忆在微妙地起作用，过去的事就不
　会褪色；
因为就在昨夜我醒来时，在那个鬼怪的圈子里看
　见了你，
你那微笑，眼神，面貌，还如往常那样镇定、安
　静而友爱：
所以让那个花圈暂时还挂在我能看到的地方吧，
它在我眼里没有死，甚至也没有苍白。

结束了的一天

欣慰的神智清爽和圆满的欢愉,
浮华、争攘和纷纷竞逐都已过去;
如今是胜利!转化!庆祝!

注:——"夏天的乡村生活——接连数年"——在闲游和探访中发现了溪边的一片林地,那里,由于某种原因,好像常有大群大群的禽鸟在游乐。特别是清早,然后是傍晚,我准能在那里享受到最丰富多样的鸟类音乐会。我经常是在日出时去到那里——日落时也去,或者正在日落之前……有一回,我忽然想起一个问题:哪一种歌唱最好呢,是最先的还是最后的?那最先的常常令人高兴,也许还显得更欢乐、更刚强一些;可是我往往觉得日暮或下午较晚时的声音更加感人也更为美好——好像要触动灵魂似的——往往是黄昏中三两只相互唱和的画眉。尽管有时我早晨没有能去,但记得自己在那傍晚演出时是严格地准时出席的。

又注:——"他跟海潮和日落一起走了",这句话我是从一位外科大夫口中听来的,当时他正描写一个老水手在罕见的从容不迫的神态中死去。

在内战中,1863年和1864年,我常常访问华盛顿附近的陆军医院,那时养成了并且始终坚持着一个习惯,即每到下午开始落潮或涨潮时就去探访那些当时挤满了的病房。不知怎的(或者我这样想),这个时刻的效果倒是十分明显。那些伤情严重的人会略觉缓和,高兴说几句话,或者听你说。理智和感情两方面的作用这时都达到了顶点:死亡往往显得平易一些了;这时候服下的药品也好像更有效一些,并且病房里会洋溢着一种宁静的气氛。

类似的影响,类似的环境和时刻,是日暮时,当重大的战役已经结束、即使它们所有的恐怖还存在的时候。在遍地伤亡的战场上,我有过不止一次同样的经验。——作者

老年之船与狡猾的死亡之船

从东方和西方穿过地平线边沿,
两只强大而专横的帆船向我们偷袭:
但是我们将及时在海洋上竞赛——还要打一场战
　　斗! 要高兴地应战, 不要游移!
(我们斗争的欢乐和大胆的行动要坚持到底!)
用她今天的全部力量装备那只老年的船吧!
把中桅帆、上桅帆和最上桅的帆一齐升起,
对挑战和侮蔑予以回击——增加一些旗帜和飘扬
　　的三角旗,
当我们驶向空阔——驶向最深最自由的海域。

致迫近的一年

难道我不能给你一个可当武器的言辞——一些简
　　短而凶狠的信息?
(我真的打完并且结束了那场战斗吗?) 难道没有
　　留下子弹,
来对付你所有的假意做作、支吾其词、轻蔑和种
　　种的愚昧?
或者对付我自己——在你身上的、我这反叛的自
　　己?

吞下去,吞下去吧,骄傲的咽喉!——虽然这会
　　噎住你;
你那长满胡须的喉头和仰得高高的前额伸向贫民
　　窟,
弯下你的头颈去接受人们的救济。

莎士比亚——培根的暗号

我不怀疑——后来更加,远不止此了,
在他们遗留的每一支歌中——在珍贵的每一页里或本文中,
(不同的——以前没有注意到的东西——某个未被疑及的作者,)
在每个对象物、山岳、树木和星辰中——在每一诞生和生命中,
作为各自的一部分——从各自发展而来的——隐藏在外表后面的底蕴,
有一个神秘的暗号在里面坐等。

今后许久许久

经历一个长长的过程,成百上千年的否定,
那些积累,被引起的爱和欢乐,以及思索,
希望、意愿、向往、深思、胜利、无数的读者,
加上封套,包围,遮盖——经过多少时代,不断
 地包上外壳,
那时这些歌才可能被人享受。

好啊,巴黎展览会!

法兰西,我们给你的展览会加上,在你关闭它之前,
连同所有其余的看得见的具体的寺院、高塔、商品、
　机器和矿砂,
加上我们出自千万颗搏跳的心的微妙而坚实的情
　感,
(我们这些孙子们和重孙子们并没有忘却你的祖
　先,)
从组织起来的五十个民族和未来星云般的民族,
　今天越过大洋送给你的,
美国的欢呼,爱,纪念和祝愿。

插入的声响

〔1888年8月,菲利浦·谢立丹将军被葬于华盛顿大教堂,葬礼采用罗马大教堂仪式的典礼和音乐,极为隆重。〕

伴随着葬礼的圣歌,
伴随着风琴和庄严的仪式,布道和屈身的牧师,
我听到一种局外的插进来的声响,我明明听见,
　一种从窗外沿着侧廊涌过来的,
仓促会战的忙乱和刺耳的嘈杂声——一种引起密
　切注意的恐怖的决战;
侦察员应声而来——将军上了马,副官们跟随左
　右——新的口令传出了——迅速发布立即执行
　的命令;
步枪啪啪响着——大炮声声吼叫——人们冲出帐篷;
骑兵铿铿锵锵的动作——队列异常迅速地站
　好——细长的喇叭吹响了;
马蹄声——连同马鞍、武器和装备,都渐渐地消隐。

> 1888年8月7日于新泽西州坎登——沃尔特·惠特曼要求《纽约先驱报》"加上他的给谢立丹的颂词":
> "在那包括林肯总统任期内五六个名字的辉煌星座中——将由历史作为南北分裂最后阵痛的标志和在其垂死挣扎时大放光辉而长时期高悬天心的星座中,谢立丹将永远照耀不灭。由这位已故士兵的榜样所引起和此刻我记起的一种考虑是值得注意的。假如战争再延续下去,我认为这些州就会显出并证实是有史以来为世界上任何国家所曾有过的最富战争天才的了。至于它们拥有在质量和数量上优于其他任何国家的普通士兵,这是容易获得承认的。但是我们也具有足以与对方相匹敌的组织、管理和指挥的能力。这两方面,加上现代武器、运输和美国人的发明天才,将真正使得合众国不仅能够顶得住全世界,而且能够征服那个联合起来反对我们的世界。"——原注

致傍晚的风

哎,你又在低语些什么,无影无踪地,
在这个炎热的傍晚时分进入我的窗户和门扉,
你哟,沐浴着、糅合着一切,清凉而新鲜,轻轻
　　地激发着我,
激发着老迈、孤独、病残、羸弱和在虚汗中消瘦
　　下去的我;
你,偎依着,坚定而温柔地紧抱着,作为比谈话、
　　书本和艺术更好的伴侣,
(大自然哟,各种自然力哟!你有诉诸我心灵的特
　　别的声音——这就是其中之一,)
我从中呼吸的你那淳朴的滋味是如此甜蜜——你
　　在我脸上和手上抚弄的十指是那么温柔,
你给我的肉体和精神带来魔幻般奇怪的信息,
(距离克服了——神秘的药物把我浑身渗透,)
我感觉到天空和辽阔的草原——我感觉到浩大的
　　北方湖泊,
我感觉到大海和森林——不知怎的我还感觉到在
　　太空急速游泳的地球;
你是由那样亲爱而如今不复存在的嘴唇吹来
　　的——也许是从无穷无尽的贮藏处由上帝吹送
　　来的,
(因为你是使我感觉得到的一切之中最崇高和神圣
　　的东西,)
请应允在此时此地对我说出那从未说过和不能说
　　的话吧,
你不是宇宙的具体蒸馏物吗?不是自然法则的、
　　全部天文学的最后提炼吗?
难道你没有灵魂?难道我不能认识你,鉴定你?

古老的歌唱

一支古代的歌，吟唱着，正要结束，
它曾经凝望着你，万物之母，
沉思着，寻找适合于你的主题，
你说，请为我领受那些从前的民谣吧，
并在你走开之前为我举出每个古代诗人的名字。

（在许多无法清算的债务中，
也许对古代诗歌的欠款是我们新世界的最主要的
　　一笔。）

在以前很久很久，作为你美国的前奏，
那些古老的歌唱，埃及祭司的，还有埃塞俄比亚的，
印度的史诗，希腊的、中国的、波斯的，
各种圣典和先知，以及拿撒勒人的深奥的牧歌，
《伊利亚特》《奥德赛》《埃涅伊德》的情节、活动
　　和漫游，
赫西奥德、埃斯库罗斯、索福克勒斯、默林、亚瑟，
《熙德之歌》[1]，在隆西斯瓦勒的罗兰[2]，《尼伯
　　龙根之歌》[3]，
行吟诗人、民谣歌手、游吟诗人、歌唱诗人、吟唱者，
乔叟，但丁，成群的歌鸟，
《边境谣曲》[4]、往昔的民谣、封建故事、小品、戏剧，

[1] 西班牙最古老的英雄史诗。
[2] 法国中世纪英雄史诗《罗兰之歌》中，查理曼大帝在西班牙的大军的后卫骑士罗兰大败于隆西斯瓦勒。
[3] 德国中世纪英雄史诗。
[4] 西班牙文学中民谣的一种，以十五世纪与摩尔人作战事迹为题材。

莎士比亚、席勒、司各特、丁尼生，
像一些庞大、神奇而怪诞的梦中精灵，
聚集在周围的大群大群的阴影，
以他们那强大而专横的目光望着你，
你哟！如今以你那下垂的头颈、以恭敬的手势和
　　言语，向上攀登，
你哟！稍停一会儿，俯视着他们，与他们的音乐
　　混合在一起，
十分高兴，接受着一切，惊人地适应于他们，
你进去，在你入口的门廊里。

圣诞贺词

〔从一个北方星群寄给一个南方星群,1889—1890年。〕

欢迎啊,巴西兄弟——你那广袤的地带已做好准备;
一只友爱的手——一个发自北方的微笑——一声和煦的即时祝贺!
(让未来去照顾它自己吧,在它发觉困难和阻碍的地方,
至于我们的,我们有的是现今的阵痛,民主的目的、信念和认可;)
今天把我们伸出的臂膀和转向你的关注寄给你——把我们期待的目光寄给你,
你自由的群体哟!你这辉煌灿烂的一个群体!
你很好地学会一个国家在天空大放光辉,
(比十字架、比皇冠都更加晶莹,)
其顶点将是至高的人类。

冬天的声音

也有冬天的声音,
太阳照耀在群山上——许多来自远处的曲调,
从愉快的铁道列车传来的——从较近的田野、谷
　仓、住宅传来的,
那低声细语的风——甚至沉默的庄稼,采摘的苹
　果,打下的谷物,
儿童和妇女的声调——许多个农夫和连枷的有节
　奏的应和,
当中夹杂着一位老人喋喋不休的唠叨,别以为我
　们已经精疲力竭了,
就凭这雪白的头发,我们还继续轻快地唱着!

一支薄暮的歌

黄昏时刻我独自久坐在摇曳的栎木火焰之旁,
冥想着许久以前的战争情景——关于无数被掩埋
　　了而不知名的士兵,
关于那些像空气和海水不留形迹、杳无反应的空
　　白姓名,
那战斗结束后短暂的休止,那些阴沉的掩埋队,
　　以及深深的土沟,
沟中塞满了收集好的来自全美国南北东西各个地
　　方的死者的尸身,
他们来自林木茂密的缅因、新英格兰的农场、肥
　　沃的宾夕法尼亚、伊利诺伊、俄亥俄,
来自辽阔无边的西部、弗吉尼亚、南部、卡罗来纳、
　　得克萨斯,
(即使在无声摇曳的火焰下我这房里的阴影和半明
　　半暗中,
我也又一次看见那些鱼贯前行的健壮的士兵出现
　　了——我听到军队有节奏的迈步行进;)
你们千百万未写下的姓名哟——你们全体,整个
　　战争留下的阴暗遗产,
给你们一首专门的诗——那个长期疏忽了的职责
　　的一次闪现——你们那神秘的、奇怪地收集在
　　这里的名单,
每个名字都由我从黑暗和死亡的灰烬中叫回,
从今以后将深深地、深深地留在我的心灵纪录里,
　　直到未来许多年,
你们那些无人知晓的姓氏,整个神秘的名册,无
　　分南北,

都涂满爱的香膏,永远封存在这支黄昏的歌曲里面。

当那完全成熟了的诗人到来时

当那完全成熟了的诗人到来的时候,
高兴的大自然(圆圆的、冷淡的地球,连同它白日黑夜的全部景象)高声说话了,它说,他是我的;
但是,骄傲、嫉妒而不妥协的灵魂也大声说,不,他是我一个人的;
——于是那完全成熟了的诗人站在它们两个中间,拉着每一个的手;
而且今天以至永远都这样站着,作为一个结合者、团结者,把它们紧紧地拉着,
在使得他们两个和解之前,他永远也不会松手,
要全心全意地、愉快地将它们掺和。

奥西拉

〔我在纽约布鲁克林几乎已长大成人的时候(1838年当中),遇到一个从卡罗来纳州墨尔特里要塞回来的美国海军陆战队士兵,并同他长谈了几次——了解到下述事件——奥西拉之死。后者是那时佛罗里达之战中一个年轻勇敢的森密诺尔人[1]头目——他被交给了我们的军队,被监禁在墨尔特里要塞,后来因"过度忧伤"而死亡了。他十分厌恶自己的囚禁生活——尽管大夫和军官们尽可能地宽容和照顾了他;于是,便出现了这样的结局:〕

当他死亡的时刻到来时,
他慢慢地从地铺上支起身子,
穿上他的衬衫和军服,戴上护腿,将皮带系在腰里,
要来朱砂(手里拿着镜子在照自己,)
涂红他的半边脸庞和头颈、手腕和手背,
将那把割头皮用的刀子小心地插在皮带内——然后躺下,休息了一会儿,
又支起身来,斜倚着,微笑着,默默地向所有的人一一伸手告别,
然后无力地倒下(紧紧地抓着他那战斧的柄把,)
而他的目光紧盯在妻子和小儿女身上,直到最后的一息:
(这首短诗是为了纪念他的英名和去世。)

---

[1] 美国印第安人中摩斯科格人的一个部分,他们在三十年代进行了一次反抗白人奴役者的英勇战斗。

一个来自死神的声音

〔1889年5月31日宾夕法尼亚州约翰斯敦洪水成灾。〕

一个来自死神的声音,严肃而奇怪,以它那全部的气势和威力,
一次突然的无法形容的打击——城镇淹没了——人们成千地死去,
那些自夸繁荣的工程、住宅、工厂、大街、铁桥、商品,
被冲击得七零八落——可是有引导的生活还在继续前进,
(这中间,在奔窜和混乱中,在荒凉的废墟里,一个受难的妇女得救了——一个婴儿已安全地诞生!)

尽管我未经宣布而来,在恐怖和剧痛中,
在倾泻的洪水和火焰以及自然力的大规模摧毁中到来,(这个声音多么严肃而陌生,)
我也是神的一位大臣。

是的,死神,我们对你低下头,遮着眼睛,
我们哀悼那些老人,那些被过早地拉向你的青年人,
那些漂亮的、强壮的、善良的、能干的,
那些家破人亡的,丈夫和妻子,那些在锻铁厂被吞没的锻工,
那些陷溺在茫茫洪水和泥泞中的死者,

那些成千地被收集到坟堆中和永远找不到也收集不来的成千的尸身。

然后，在埋葬和悼念了死者之后，
(对那些找到了的或没有找到的一样忠诚，都不忘记，既承担过去，也在此引起新的默想，)
——一天——一个小时，或转瞬即逝的片刻——
沉默地，顺从地，谦恭地，美国自己低下了头。

战争、死亡，像这样的洪水，美国哟，
请深深地纳入你骄傲而强盛的心里。

甚至在我这样吟唱时，瞧！从死亡中，从污泥浊水中，
正在迅速开放的花朵，帮助，友爱，同情，
从西方和东方，从南方、北方和海外，
人类正以它激动的心和双手驰来进行人道的救援，
同时还从内部引起一番深思和教训。

你永远奔突的地球哟！穿过空间和大气！
你，包围着我们的水域！
你，贯穿于我们整个的生活与死亡中的，行动或睡眠中的！
你，渗透于它们全体的无形的法则，
你，在一切之中的，一切之上的，遍及一切而又在一切之下，连续不断的！
你哟！你哟！生机充沛的、普遍的、无敌的、不

眠而镇静的巨大势力，
你将人类好像掌握在宽大的手中，如一个短命的
　　　玩具，
要是忘记了你，那会多么的不吉利啊！

因为我也忘记了，
（给包住在这些进步、政治、文化、财富、发明和
　　　文明的微小潜力的内部，）
忘记了承认你那沉默而一直在行使的权力，你巨
　　　大的自然力带来的痛苦，
尽管我们游泳于其中，置身其上，每个人都被承
　　　载着在漂浮。

波斯人的一课

作为他的主要的最后一课,那胡须花白的苏菲[1],
在户外早晨的清新空气中,
在一个繁茂的波斯玫瑰园的斜坡上,
在一株古老的枝柯四张的栗子树下,
对他的年轻教士和学生们宣讲。

"最后,我的孩子们,总括每句话,以及其余的每个部分,
阿拉是一切,一切,一切——普遍存在于每个生命和物体之中,
也许相隔了许多许多层次——可是阿拉,阿拉,阿拉仍在那里,岿然不动。

"那走失者漂离了很远吗?那理由隐蔽得十分玄妙吗?
你要在整个世界不安的海底测量深度吗?
你想明白那种不满,那每个生命的有力鞭策和劝诱?
那从未静止过——从未完全消逝过的某种东西?
每一粒种子的看不见的需求?

"那是每个原子中的核心冲动,
(往往是无意识的,往往邪恶而腐败,)
要回到它的神圣的来源和出处,不管多远,
这在主体和客体上都同样潜藏着,毫无例外。"

---

[1]伊斯兰泛神论神秘主义者。

平凡的事物

我歌唱平凡的事物；
健康多么便宜！高尚多么便宜！
禁欲，不撒谎，不贪吃、好色；
我歌唱自由，容忍，和野外的空气，
（请从这里吸取最主要的教益——不要只从书
　本——不要只从学校里，）
平常的白天和黑夜——平常的大地和海洋，
你的农场——你的工作，职业，生意，
底下那民主的智慧，如一切事物的坚实的地基。

「神圣完整的圆形目录」

〔星期日——今天午前上教堂。一位大学教授,牧师××博士给我们做了一次很好的讲道,我从中记住了上面那几个字;但是牧师在他的"圆形目录"中从文字到精神只包含了美的东西,而完全忽视了我下面所举的这些:〕

那凶暴的和黑暗的,那垂死的和害病的,
那无数(二十分之十九)卑下而邪恶,鄙陋而野
　蛮的东西,
那些疯子,牢狱里的犯人,那些极讨厌的、发臭
　的和恶毒的东西,
毒液和污秽,蛇蝎、贪婪的鲨鱼、骗子、浪荡者;
(那些卑劣可厌者在这大地的圆形设计中占据什么
　地位呢?)
蝾螈,在污泥浊水中爬行的东西,毒药,
寸草不生的土地,坏人,渣滓和丑恶的胡说。

海市蜃楼

〔在内华达与两位老矿工的一次户外晚餐闲谈之后的逐字记述。〕

比你所想象的还有更多、更奇怪的经验和情景；
反复多次，最多的是刚刚日落或即将日落的时分，
有时在春天，更多的是在夏季，完全晴朗的天气，
　　看得十分清楚，
或远或近的野营，城里拥挤的大街和商店的门面，
（不管怎样解释——无论是否相信——那是真的，
　　完完全全，
我这老伴也同样能告诉你——我们曾时常谈起，）
人和风景，动物，树林，色彩和线条，极为清晰，
农场和家里门前的庭院，两旁栽着黄杨的小道，
　　角落里的丁香，
教堂里的婚礼，感恩节的会餐，外出多年归来的
　　游子，
阴郁的出殡行列，戴着黑面纱的母亲和姑娘，
法庭上的审判，坐在受审席上的被告，陪审团和
　　法官，
竞争者，会战，人群，桥梁，码头，
不时出现的满含忧戚或喜悦的脸，
（此刻我就能认出他们来，假如我再看见的话，）
我看就在天边靠右的高处，
或者显然是在山顶的左边。

《草叶集》的主旨

不是为了排除或限制,或者从多得可怕的群体中
　挑拣罪恶,(甚至加以暴露,)
但是要增加、熔合,使之完全,发展——并且歌
　颂那些不朽的美好之物。

这支歌是傲慢的,包括它的语言和眼界,
为了跨越空间和时间的广大范围,
进化——累积——成长与代代嬗替。

从成熟的青年期开始,坚定不移地追求,
漫游着,注视着,戏弄着一切——战争,和平,
　白天黑夜都吸收,
从来乃至一个小时也没有放弃过自己的雄图,
此刻在贫病衰老之中我才来把它结束。

我歌唱生命,不过我也很关心死亡:
今天阴郁的死神跟踪着我的步履和我这坐着的形
　骸,并且已经多年了——
有时还逼近我,好像面对面地瞧着。

那些没有表达的

谁敢这样说呢?
有了多少套故事、诗篇、歌唱家、戏剧,
骄矜的爱奥尼亚[1]的,印度的——荷马、莎士比
　　亚——千秋万代脚踪层叠的道路、领域,
那些闪耀着的一簇簇和一条条银河的星星——大
　　自然收获的豆类[2],
所有怀旧的情感、英雄、战争、爱、崇拜,
一切时代的那些落到了它们最深处的测锤,
所有人类的生命、嗓音、愿望、头脑——一切经
　　验的表述;
有了无数长长短短的诗歌、一切语言和一切民族
　　的珠玑之后,
仍然有些东西还没有在诗歌或书本中表达出
　　来——有些东西还在短缺,
(谁知道呢? 那些最好的可是还没有表达、还欠缺
　　着的东西。)

[1] 古希腊工商业和文化中心之一,在小亚细亚西岸。
[2] 原文 Pulses,也有脉搏、情绪之义。

那看得见的是壮丽的

那看得见的,那光,对我说来是壮丽的——天空和星辰是壮丽的,
地球是壮丽的,永远持续的时间和空间是壮丽的,
它们的法则也是壮丽的,这样繁多,这样令人困惑,这样进化不已;
但是我们的看不见的灵魂更壮丽得多,它包含着、赋予着所有那些东西,
点亮了光线、天空和星星,钻探地球,航行大海,
(所有那些都算什么呢,真的,如果没有你,不可见的灵魂?如果没有你还有什么意义?)
我的灵魂哟!你比它们更发达,更巨大,更令人困惑莫解,
更为多种多样——更加持续不息。

看不见的蓓蕾

看不见的蓓蕾,无限的,掩蔽得很好的,
在冰雪底下,在黑暗之中,在每一平方或立方英
    寸里面,
幼芽状的,精致的,饰着柔嫩的花边,极其微小,
    还没有诞生,
像子宫里的胎婴,潜伏着,包封着,很严实,正
    在睡眠;
它们成十亿地,成千兆地,正在等待,
(在地球上,在海洋里,在宇宙中,在诸天的星星
    间,)
缓缓地推进,可靠地向前,永远在形成,
而且有更多的在后面等着,愈来愈多,永远永远。

再见了，我的幻想！

再见了，我的幻想！
别了，亲爱的伴侣，我的情人！
我就要离开，但不知走向何方，
或者会遇到什么命运，或者我还能不能再看到你，
所以再见了，我的幻想。

让我回头看一会儿吧——这是我最后的一次；
我心里那时钟的嘀嗒声更缓慢、更微弱了，
退场，天黑，心跳也即将停止。

我们在一起生活、享乐和彼此爱抚，已那么久长；
多惬意呀！——可现在要分离——再见了，我的
　　幻想。

不过，别让我太匆忙吧，
我们的确长期在一起居住，睡觉，彼此渗透，的
　　确混为一体了；
那么，我们要死就一起死（是的，我们会保持一体，）
如果我们上哪儿去，我们将一块走，去迎接可能
　　发生的一切，
也许我们的境遇会好一些，快活一些，并且学到
　　点东西，
也许是你自己在把我引向真实的歌唱，（谁知道
　　呢？）
也许是你在真正把那临死的门扭开，转过身来——
　　所以最后说一声，
再见了——你好！我的幻想。

老年的回声
Leaves of Grass

Walt Whitman

一个遗嘱执行人一八九一年在日记中的记录

今天我对沃尔特·惠特曼说:"尽管你已经将《草叶集》做了最后的润饰,用你的告别结束了它,可是你还能继续活一两年,并且再写一些诗。问题是到时候你将怎样处理这些诗作,并确定它们在这部诗集中的地位?""对它们的处理吗?我并不是没有准备——我甚至已经考虑了那种突然事件——我还保留着一个标题:'老年的回声'——这与其说适用于某些事物,还不如说适用于事物的回声,一种回响,一种再生草。""你进行这一工作时从各次版本中陆续丢下了不少的东西,这些足可以编成一卷。到一定时候世界上会有人要求将它们编在一起的。""你这样想吗?""确实。难道你禁止这样办?""我怎么会呢——怎能那样呢?只要你可能参与这种事,我授予你一个指令:凡是可以加进《草叶集》的东西都必须是补充性的,以保证这本书如我遗留下来时那样的完整性,让它们从我结束的地方接续下去,并且一定要画一条不容混淆的、一画到底的、不能涂掉的分界线。终归有一天,世界会凭它自己高兴来对待这本书的。我决意要让世界懂得我自己所高兴做的事。"

沃尔特·惠特曼生前写过这样一条亲笔注释:"我的想法是要收集一部分散文和诗篇——大部分是短小或略微短小些的,但也包括少数比较长的——那些诉诸善意和内心的——也不排除某些悲怆之作——但是不要那些病态的东西。"

不容怀疑,结束"老年的回声"的诗篇《哥伦布的一个思想》,是沃尔特·惠特曼的最后一篇用心之作,写作时间是一八九一年十二月。

自由而轻松地飞翔

我没有怎么努力去学小鸟婉转歌唱,
我倒醉心于高飞,在寥廓的太空盘旋、来往,
那鹰隼,那海鸥,远比金丝雀或知更鸟更使我着迷,
我并不觉得要悦耳地鸣啭,无论那多么悠扬,
我只希望自由地飞呀,飞得愉快、轻松,而又豪放。

然后一定会理解

在柔和中,在困倦中,在开花期,在成长期,
你的眼睛、耳朵,你全部的感官——你那最高级
　的属性——那长于审美的一切,
一定会醒来,充实——然后一定会理解!

那少数已知的点滴

关于英雄,历史,重大的事件,建筑,神话,诗歌,
那少数已知的点滴必须代表未知的海洋,
在这美丽的人烟稠密的地球上,这里那里有个小
　　小的标本被记录了,
希腊人和罗马人的一点点,少数希伯来人的歌曲,
　　少量的像从坟墓、从埃及发掘出来的死亡的气
　　色——
比起悠久丰富的对于古代的回顾,它们算得了什
　　么?

一个永远领先的思想

一个永远领先的思想——
想着在世界这艘神圣的船中,毅然面对时间和空间,
地球上所有的人民在一起航行,沿着同一条航线,驶向同一个终点。

在一切的背后

在一切的背后,始终坚定而笔直地,
大胆地,在急流中——在不可抗拒的誓死挺进中,
屹立着一个舵手——他神采飞扬,才高而气壮。

给新娘的一个吻

〔1874 年 5 月 21 日,内丽·格兰特的婚礼。〕

神圣的,愉快的,无可否认地,
连同来自西部和东部的祝福,
以及北方和南方的贺礼,
今天的确有千万颗心和千万只手,
将无限的爱和千万声衷心的祈祷通过我传递;
——那条庇护你的臂膀还是那么温柔而忠实!
好风永远吹送着那载着你航行的船只!
白天阳光和煦,夜晚星月交辉,照耀着你!
亲爱的姑娘哟——通过我的还有老式的特殊庆典,
通过我,致以对于新世界说来是古老又古老的婚
　礼贺辞:
青春与健康哟!美妙的密苏里玫瑰哟!漂亮的新
　娘哟!
今天请以你那红润的双颊,你那嘴唇,
来接受这民族的钟爱的一吻。

不,不要把今天公布的耻辱告诉我

(1873年冬,国会开会时)

不,不要把今天公布的耻辱告诉我,
不要阅读今天那满载消息的报纸,
那些无情的报道还在烙印着一个又一个的前额,
一桩又一桩犯罪的新闻纷纷问世。

今天不要给我讲那个故事,
由它去吧——不要理睬那白色的国会大厦,
远离这些胀得圆圆的、装饰着塑像的屋顶,远远地,
更多无穷的、欢乐的、生机盎然的幻象在升起,
没有发表,也没有传递。

凭你们所有悄悄的方式,不分南北,你们平等的
　　各州,你们诚实的农场,
你们的上百万东部或西部、城市或乡村的不可计
　　数的魁伟健康的生命,
你们的沉默寡言、没有意识到本身美德的母亲,
　　姐妹,妻子,
你们许许多多不贫也不富的家庭,在梦幻中升
　　起——(甚至你们的出色的贫穷,)
你们那自我修养的永无止境的操守、自我克制、
　　美德,
你们那胆小而坚定的、内在的、深厚无穷的根柢,
你们那受赐于天的如光明一样实在而又平静的福
　　惠,
(投身于这些之中,像一个果敢的潜泳者沉落到深
　　幽的海底,)
这些,这些我今天默默细想——我摒弃旁的一切,

只默记这些,
今天要给这些以公众的注意。

补充的时刻

清醒的、随便的、疏忽的时刻,
清醒的、安适的、告终的时刻,
经过我生命中如印度夏天般繁茂的时期之后,
离开了书本——离开了艺术——功课已学完,不
  再理会了,
抚慰着、洗浴着、融合着一切——那清明而有吸
  引力的一切,
有时是整个的白天黑夜——在户外,
有时是田野、季节、昆虫、树木——雨水和冰雪,
那儿野蜂嗡嗡地飞掠着,
或者八月的毛蕊花在生长,或冬天的雪片在降落,
或者星辰在天空旋转——
那静静的太阳和星座。

使人想起许多的污行

我浑身是邪恶——使人想起许多的污行——还能
 做出更坏的什么,
可是我镇静地面对大自然,日夜举杯祝贺生命的
 欢乐,并且心安理得地等待死亡,
因为我对他怀着温柔的无限的爱,因为他也无限
 地爱着我。

只要存在着

〔参阅《自己之歌》第 27 节〕

只要存在着——还有什么比这更好的呢?
我想假如世上没有什么更发达的东西,沙洲上那
　　藏在自己硬壳中的蛤蜊就是够威风的了。
我不是在什么硬壳中藏着;
我为柔软的导体所包围,浑身都包住了,
它们携着每个物体的手,把它引入我的体内;
它们成千上万,每个都有通向自己的入口;
它们经常以自己小小的眼睛守望着,在我身上,
　　从头到脚;
一个那么丁点儿小的也能给我的身体放进放出如
　　此巨大的幸福,
以致我想我能把这房子的大梁掀倒,如果它阻挠
　　我去满足自己的需要。

死亡之谷

〔应人之请,为配合乔治·因内斯所画的《死神的阴影之谷》而作。〕

不,黑暗设计家,不要梦想
你已经绘出或最好地表达了你的整个主题;
我,近来是这个黑暗山谷之旁、它的境界之旁的
　　徘徊者,不时向它窥视,
现在与你一起进入它的边境,要求也来制作一个
　　象征,
因为我眼见过许多伤兵的死,
在经受了可怕的痛苦之后——我看见他们的生命
　　微笑着死了;
并且我守护过老人的临终时刻,目击过婴儿夭折;
那些富裕者,身边有他的全部护士和医生;
可轮到穷人,就是一片凄凉和贫困;
而我自己也很久了,死神哟,我一次又一次呼吸,
每次都在你近旁,总是默默地想着你。
就凭这些,凭着你,
我制作一个场景,一支歌(不是对你的恐惧,
也不是对那朦胧的或者暗淡,昏黑的沟壑——因
　　为我并不怕你,
也不歌颂挣扎,或者曲扭,或这勒紧的结子),
一支属于广大神圣的光明和充足空气的歌,有草
　　地,有波澜起伏的潮水,有树木花草,
还有清风习习的声音——当中是上帝那美丽的、
　　永恒的右手,
你,天庭最神圣的总管——你是使节,最终的向导,

万物的领路人，
富裕，华丽，那个名叫生命的构造之结的松解者，
漂亮的，安静的，受欢迎的死神。

在同一张画上

〔拟作《死亡之谷》的第一节〕

哎,我深知走下那个溪谷是可怕的:
传教士们,音乐家们,诗人们,画家们,经常把
　　它处理,
哲学家们加以开拓——那战场,海上的船,无数
　　的床,所有的国家,
一切,过去的一切都进入了,包括我们所知的古
　　代人类,
叙利亚的,印度的,埃及的,希腊的,罗马的;
直到此刻,那同样的今天展现在我们眼底,
冷酷的、现成的、同样的今天,作为你们的和我
　　的入口,
就在这里,在这里,勾画好了。

哥伦布的一个思想

神秘中的神秘，原始的、匆忙不息的火焰，自发
　　的而又影响到它自己，
那水泡和那庞大的、圆圆的、凝固了的星球哟！
由于神的一口呼吸而展开的膨胀的宇宙哟！
那许许多多从它们先前的瞬间涌现出来的循环
　　哟！
灵魂的耳朵在一小时之内接收着
也许是世界和人类的最广最远的进化。

离此好几千英里，距今四个世纪之前，
一个极大的冲动震撼着它的脑子，
无论有意无意，诞生再也不能推迟：
那时一个神秘的幽灵突然地偷偷走近，
它尽管只是默默的思想，却要推倒大过铜墙铁壁
　　的东西，
（在黑夜的边沿一抖，仿佛古老时间和空间的秘密
　　即将泄露。）
一个思想呀，一个明确的思想成形了！
四百年滚滚向前。
迅疾的积云——贸易、航海、战争、和平、民主，
　　滚滚向前；
时间的不停的大军和船队跟着它们的领袖——各
　　个时代的老式帐篷在更新更广的地区内出现，
对于人类生活和希望的因纠缠不清而久久拖延了
　　的设想开始大胆地解放，
犹如西方世界今天在这里迅速成长。

(给我的歌再加上一言吧,遥远的发现者,作为从
　　来没有送回到大地之子身边的一言——
如果你仍然在听,就请听着我,
当我正在为各个国家、民族和各种艺术向你呐喊,
越过背后的遥远路程送给你——南北东西一支宏
　　伟的合奏,
灵魂的喝彩!欢呼!虔敬的回澜!
一个多样而巨大的,海洋与陆地的,
现代世界的对于你和你的思想的纪念!)

未收集和未选入的诗[1]
Leaves of Grass

[1] 根据埃·哈罗威编《惠特曼诗歌全集及散文书信选》。

抱负

有一天,一个无名青年,一个彷徨者,
他很少为人所知,独自躺着在思索,
考虑他未来的生活出路。
那个青年心中有炽热的抱负,
正在熊熊燃烧;他并且自问,
"我将来会不会成为伟大著名的人物?"
这时一个荒唐而神秘的回答
好像立即从天空深处向外传播,
他所注视着的前方也出现了
一个云一般的形象——它这样说:

"啊,许多个迫切而高尚的心
　　　在那里深深向往,
要从天国荣誉的爱抚下
　　　获得传遍世界的名望。

"有的会达到这个可羡的目的,
　　　让他们的事业名扬四海;
而有的——远远是多数——只会下沉,
　　　在湮没的潮流里淘汰。

"可是你,从想象的宝库中
　　　采集了光辉的幻影,
连同那关于荣耀、爱情和权力的
　　　如此年轻的美梦。

"你是否幻想要建立美名,

并且让世界各国都知道,
你的脑子里装着哪样的智能,
　　它正在那前额的后院急跳?

"并且看到各阶层无数的人民
　　将他们尊敬的注视盯在你身上——
并且听到高声的赞美
　　像雷霆般向你飞扬?

"软弱而幼稚的灵魂哟!这正是
　　骄傲为愚昧设置的休养所;
真个是满脑子的虚荣思想
　　充塞着你那起伏的胸窝!

"晚上,观看那些严肃的星星吧,
　　那亘古以来照样旋转的天体——
连最大的权威和最高的虚名
　　在它们面前也显得多么小气!

"还要想想,一切无分贫富,
　　也不论智慧或痴顽,
在今后千秋万代的岁月里,
　　都得同样进入无尽的长眠。

"所以,脆弱者哟,再不要埋怨了,
　　尽管你一辈子微贱,默默无闻,
尽管你死后那无字的墓碑

也可能无人来寻问。"

当这些言语进入青年的耳朵，
他觉得心里很不好受；接连数月
他的空想仍在暗暗地安慰自己，
以崇高的憧憬和美妙的幻觉
想象他将来的成就。当他的空中楼阁
彻底坍塌时，他更是万分悲切。

血腥钱

〔"犯了杀害基督之罪"〕

1

在古时候,当美丽的造物主耶稣
正要完成他在人世间的工作,
那时犹大出现了,出卖了这个神圣的青年,
以他的身体赚来了报酬。

这桩行径在罪恶之手汗渍未干时就受到了诅咒;
黑暗笼罩了出卖上帝同类的家伙,
大地仿佛在鼓起胸膛要把他摔掉,天堂也对他拒
　　不接受,
他只好悬挂在空中,自杀了。

历史拖着长长的阴影无声地行进,
从那些古老的日子以来——有许多个钱包在不断
　　收入
像出卖圣母玛丽亚之子所得的那种酬金。
有一个还在进行,还在这样说,
"你能给我多少,我愿意把这个人交付给你?"
于是他们订立契约,并随即付了银币。

2

请看呀,救助者,
请看呀,死者的长子,

越过天堂的树顶;
看你自己还继续拖戴着枷锁,
劳累而贫困,你又披上了人的外形,
你被辱骂,被鞭打,被投入监狱,
被赶出了与旁人平等的光荣领域;
那些乐意服从权威的奴仆带着棍棒和刀剑聚集在
　　那里,
他们怀着疯狂的仇恨再一次将你包围,
无数的手伸向你,像兀鹰的爪子,
最卑微的人也朝你啐唾沫,用手掌劈打你;
你遍体都是伤痕血迹,手脚被捆绑,
你的灵魂比死亡还要悲伤。

痛苦的见证者,奴隶们的兄弟,
你的肖似者[1]的牺牲并没有因你本人的牺牲而终
　　止:
伊斯卡利特[2]还在经营他的生意。

[1]指奴隶。
[2]犹大的姓,指犹大。

复活 [1]

突然,从陈腐、昏睡的空气中,奴役的空气中,
欧罗巴像闪电一般跳起,
清醒,壮丽,可怕,
像阿黑墨斯,死神的兄弟。
上帝哟,这多美妙!
那利索的、紧紧的、极好的一扼,
掐住了国王们的咽喉,
掐住了那些被雇来糟蹋人民的说谎者。

现在请注意:
并没有由于无数的惨痛,谋杀,贪婪,
由于以种种卑鄙的偷窃手段
诈取纯朴的穷人的收入的宫廷;
由于出自王室口中的许多立了誓的
但后来又被嘲笑着毁弃了的诺言;
那时在他们掌权之下,并没有为了所有这些
而进行一次作为人身报复的打击,
或者让一茎头发染上血污:
人民对国王们的凶残只有鄙弃。
但甜蜜的仁慈却酿出了毁灭的苦果,
那些吓跑的统治者又回来了:
每人都威风凛凛,带着他的仆从,
包括刽子手,牧师,税吏,
士兵,法官,以及告密者;

---

[1] 此诗即《欧罗巴》的初次发表稿,后来改动较大,可对照。

像一大群恶狠狠的蝗虫,
而国王又昂首阔步地走着。

不过在一切的背后,瞧,有个幽灵,
像黑夜一样模糊,曳着冗长的披饰,
头部、正面和体态都笼罩在猩红的皱褶里,
谁也看不见它的面貌和眼睛,
露出它的长袍的只有这件东西——
那红色的长袍,由一只胳臂抬起,
一个手指高高地伸出在顶上,
像一个蛇头在探露,窥视。

同时,尸骸躺进了新的坟坑,
那些年轻人的血肉模糊的躯体;
绞架的绳索沉重地垂着,
暴君的子弹在到处横飞,
那些当权的畜生在放声大笑,
而所有这些都要结出丰美的果实。

那些年轻人的尸首,
那些吊在绞架上的烈士,
那些被灰色的铅弹穿透了的心,
看来仿佛僵冷无声了,
但却在别的地方焕发着生机;
它们在别的青年人身上活着啊,国王们,
它们活在弟兄们身上,准备再次起来反抗你;
它们因死亡而净化了,

它们得到了教训,受到了鼓励。
所有这些被屠杀者的坟墓,
全都在孕育自由的种子,
而种子到时候又要结实,
由好风送到远处,在那里播种,
由春雨滋润,繁殖。
任何一个脱离肉体的灵魂,
都不会为暴君的武器所驱使,
它将无影无踪地在大地上逡巡,
在那里低语,商量,警惕。

自由哟,让别人去为你失望吧,
可是我永远也不会对你灰心丧气:
住宅关闭了吗?主人走了吗?
然而,要随时准备好,别疏于看守,
他一定会回来的;他的信使已到了这里。

那些神话是伟大的

1

那些神话是伟大的——我也喜爱它们；
亚当和夏娃是伟大的——我也回顾并承认他们；
那些兴起和衰亡了的国家，以及它们的诗人、妇女、
　　圣贤、发明家、统治者、战士和牧师，都是伟大的。

自由是伟大的呀！平等是伟大的呀！我是它们的
　　追随者；
国家的舵手们，挑选你们的船只吧！你们向哪里
　　航行，我也向哪里航行，
我同你们一起闯过风浪，或者一起下沉。

青年是伟大的——老年也同样伟大——白天和黑
　　夜都伟大；
财富是伟大的——贫穷也伟大——表现是伟大
　　的——沉默也伟大。

青年，魁梧、壮健，富于爱情——青年，充满优美、
　　力量和幻想！
你可知道老年会跟着你来，有着同样的优美、力
　　量和幻想？

白天，生机旺盛而壮丽——白天属于无比辉煌的
　　太阳、行动、笑声和宏愿，
而黑夜紧跟着，连同千万个太阳，以及睡眠，以

及复辟的黑暗。

财富,有红润的手,漂亮的服饰,殷勤的款待;
但接着是灵魂的财富,那是正直、知识、自尊和
　　博大的爱;
(谁代表那些说明贫穷比财产更富裕的男男女女
　　呢?)

言语的表达哟!在文字和口头的东西中,别忘了
　　沉默也是有表达力的,
别忘了,灼热如火的痛苦,冷酷如冰的轻蔑,都
　　可以是默默无言的。

2

地球是伟大的,它变成今天这模样的方式也是伟
　　大的;
你以为它会停留于这个阶段?放弃发展了?
要懂得它会继续从此前进,正如今天是从它曾是
　　泛滥的洪水和迷漫的气体而人类尚未出现的时
　　代过来的。

人类身上的真理的性质是伟大的;
人类身上的真理的性质支持它自己经历了一切变
　　易,
它在人的身上是不可或缺的——他同它在恋爱,
　　彼此永不分离。

人类身上的真理不是格言，它像视觉一样极为重
　　要；
只要有灵魂，就有真理——只要有男人或女人，
　　就有真理——只要有物质或精神的东西，就有
　　真理。

人世的真理哟！我决计要面向你奋勇前行；
喊出你的声音吧！我登山蹈海永远追求你。

3

语言是伟大的——它是最强大的一门科学，
它是世界、男女以及一切性质和作用的丰盈、色彩、
　　形态和变化；
它比财富更伟大——它比建筑、船舶、宗教、绘画、
　　音乐更伟大。

英语是伟大的——还有什么语言像英语这样伟大
　　呢？
英格兰种族是伟大的——还有什么种族像英国人
　　有个这样宏伟的命运呢？
这种族之母必须以新的统治来支配世界；
新的统治必须像灵魂那样，像灵魂中的爱、正义、
　　平等那样来支配。

法律是伟大的——法律的少数几个老的里程碑是

伟大的,
它们在各个时代都一样,而且永远不受干涉。

4

正义是伟大的呀!
正义不由立法者和法律来确定——它属于灵魂;
它不能为条例所更改,正如爱、自尊和地心引力不能改变;
它是不变的——它不决定于多数——而多数或别的什么,最终会来到那同一个无情而严正的法庭面前。

庄严的自然法学家,以及最好的法官,才维护正义——正义在他们的灵魂内部;
它被仔细地分配——他们的研究没有白费——伟大之中包含着次要处,
他们站在最高点进行管辖——他们监视着所有的时代、国家和政府。
最好的法官无所畏惧——他能在上帝跟前面对面地行走;
在最好的法官面前一切都得退后——生与死必须退后——天堂与地狱也得退后。

5

生命是伟大的,现实而神秘,不论在何处,不论是谁；
死亡是伟大的——像生命那样确实把所有的部分
　抱在一起，死亡也把所有的部分都抱在一起。

生命很有意义吗？——哎，死亡有最大的意义。

让这个合众国的一位姑娘或一个小伙子记住的诗

你正在成熟的青年哟！你小伙子或姑娘哟！
记住这个合众国的组织契约，
记住老十三州[1]之后对于人的权利、生活、自尊、平等的保证，
记住那篇被缔造者们公布、为合众国所批准、由委员们以白纸黑字签署、经军队统帅华盛顿宣读的雄文，
记住那些缔造者的目的——记住华盛顿；
记住从四方八面向合众国涌来的丰富的人情；
记住许多国家和人民的善意；(让那些不友善的国家、女人、男人见鬼去吧！)
记住，政府应当服务于个人，
任何人，乃至总统，都不比你或我多享有一星半点，
美国的任何一个居民都不能比你或我少享有一分半分。

预先想想那三千万或五千万人什么时候会成为一亿或两亿人，和睦地团结在一起的自由平等的男人和女人。

回想过去各个时代——一个时代只是一部分——许多时代也只是一部分；
回想那些来自等级观念的愤怒、争吵、欺骗、迷信，
回想那些血腥的暴戾和罪行。

---

[1] 宣布独立时的美国是由十三个州，即原来的十三块英国殖民地组成的。

预料那些最出色的妇女吧；
我说，一种不计其数的坚韧而个性鲜明的妇女将
　　在这个合众国普遍成长，
我说，一个与美国相适应的姑娘必定是自由的、
　　能干的、无畏的，完全像小伙子一样。

预先想想你自己的生活——坚决改变，
什么也不规避——及时改变——你看见了那些过
　　错、疾病、弱点、谎言和偷盗行为吗？
你看见那个沦丧了的性格吗？——你看见了衰颓、
　　消耗、酗酒、浮肿、发烧、致命的癌症或炎症吗？
你看见了死亡以及死亡的迫近吗？

想想灵魂

想想灵魂;
我向你郑重保证,你的那个身体还是给了你的灵魂以条件,让它能生存在别的天体上,
我不知道是怎么给的,但我知道是这样。

想想爱别人和被爱的事;
我向你郑重保证,无论你是谁,你能给自己掺入某种东西,使得每个看见你的人都会爱慕地瞧着你。

想想过去;
我警告你,人们很快就会在你身上和你的时代中发现他们的往昔。

人类从来没有分散——男人或女人都不容逃避;
一切都是分不开的——事物,精神,大自然,国家,还有你——你是从先人们那里来的。

回想那些一直受欢迎的挑战者,(母亲们走在他们头里;)
回想世界上的圣贤,诗人,救助者,发明家,制订法典者;
回想基督,受歧视者的兄弟——奴隶、重罪犯、白痴、疯子和病人的兄弟。

想想你还没有出生的时候;
想想你站在濒死者身旁的那些时刻;

想想你自己的身体即将死亡的时候。

想想精神成果,
像地球游过天空那样确实,它的每一个物体也一
　定转化为精神成果。

想想男子成年期,你将成为一个男子汉的时候;
你把男子汉身份,以及男子汉的美味,看得一钱
　不值吗?

想想女子成年期,你将成为一个妇人的时候,
妇人身份就是创造;
难道我没有说过妇人身份包含一切吗?
难道我没有告诉你,宇宙再没有比最好的妇人身
　份更好的东西了?

回答!

回答! 回答!
(战争已经结束——代价已经付出——题目已经确定, 不可挽回;)
让每个人来回答吧! 让那些酣睡的人醒来吧! 谁也不许逃避!
我们还得继续我们的嗜好和诡秘行径吗?
让我把这个结束吧——我公开赞成将任务重新分配;
让那些在前头的退到后面! 让那些在后面的到前头去发言;
让那些杀人犯、顽固派、傻瓜、不正派的人提出新的建议!
让那些旧的提案拖延下去!
让那些表象和理论给从里到外抖露出来! 让动机与效果一样明明是犯罪!
让那个关于苦役的建议高于一切!
让谁也不要由别人指出目的地! (说吧! 你知道你的目的地吗?)
让男人和女人受骗于肉体、受骗于灵魂吧!
让那在他们身上等待的爱情等待下去吧! 让它死亡, 或者因流产而转移到别的星球上去吧!
让那在每个人心里等待的同情等待下去吧! 或者同样让它作为一个侏儒到别的星球上去吧!
让矛盾到处流行! 让一个事物与另一事物相矛盾! 也让我的一行诗与另一行相矛盾!
让人民伸出渴望而茫无目的的双手趴下吧! 让他们的舌头磨损吧! 让他们的眼睛失望吧! 让他

们的心灵感受不到任何新鲜的爱情滋味吧!

(时代啊!国家啊!在每一种公众和私人的腐败之中窒息了!

在堆积如山的盗窃、无能、无耻之中闷死了;

青铜一般的厚脸皮,狡诈,像海涛从四周滚滚地扑向你们,我的时代,我的国家哟!

因为即使那些战争的雷暴,或者疾猛的闪电,也没有使环境净化;)

——让美国仍然服膺于行政管理、等级制度和对比吧!(说!你还有什么别的主张呢?)

让那些不相信出生与死亡的人继续领导旁人吧?(说!他们为什么不该领导你呢?)

让人们去走近并踏上地狱的外壳吧!让白天比夜晚更黑暗吧!让睡觉带来比醒着时更少的睡眠吧!

让那个原是为他或她而创造的世界永远不要在他们面前出现吧!

让青年人的心还是逃出老年人的心吧!让老年人的心也从青年人的心中被流放出去吧!

让太阳和月亮走吧!让舞台布景接受观众的喝彩吧!让星星下面是一片冷漠吧!

让自由并不证实任何人的切身权利吧!任何一个人只要能够专制就让他去专制个痛快吧!

让不信教者唯一受到鼓励吧!

让显著的卑鄙、奸诈、讽刺、仇恨、贪婪、淫猥、无能和情欲被尊为高于一切吧!让作家、法官、政府、管家、宗教和哲学把这样的东西看得高于一切吧!

让最坏的男人去同最坏的女人生孩子吧!

让牧师继续玩弄不朽吧!

让死亡就职吧!

除了教师、艺术家、伦理学家、法律家以及有学问和讲礼貌的人的骨灰之外,什么也不要留下来吧!

让那个在我的诗歌之外的人给暗杀掉吧!

让母牛、马、骆驼、家蜂——让泥鳅、龙虾、贻贝、鳗鱼、鲔鱼、哼哼叫的猪鱼——让这些,以及它们的同类,都被摆在与男人和女人完全平等的地位上吧!

让教堂去接纳蛇蝎、毒虫以及那些死于最肮脏的疾病者的尸体吧!

让婚姻在傻子中进行,并且仅仅属于他们吧!

让我们全体,一个不漏地,冒着生命危险每个月在大庭广众中裸身一次吧!让我们的身体凭任何人挑选去随意摆弄和细看吧!

让任何东西都只能以第二手的抄本在世界上存在吧!

让世界抛弃上帝,并从此永不提起上帝的名字吧!

让上帝不要有了吧!

让金钱、营业、进口、出口、风俗、权威、先例、苍白、消化不良、煤炱、愚昧、无信仰,都还存在吧!

让法官和犯人交换位置!让狱卒给关进牢里!让那些身为囚犯的人掌管钥匙!(说吧!为什么

他们不能也同样交换位置呢？）

让奴隶当主人吧！让主人做奴隶吧！

让那些改革家从他们正在大喊大叫的地方下来吧！让白痴或疯子去填补所有那些位置吧！

让亚洲人、非洲人、欧洲人、美洲人以及澳洲人去武装反抗彼此的谋杀密计吧！让他们抱着武器睡觉！让谁也不要相信什么善意！

让不合时宜的聪明才智不要有了吧！对这样的东西加以蔑视和嘲笑，使之从世界上消失吧！

让一片天空的浮云——让一个海里的波涛——让一株正在成长的薄荷、菠菜、洋葱、西红柿——让这些作为展品展出并收取高价的入场券吧！

让这个国家所有的男人都让位给少数抹黑者！让其余的人在旁边发呆、傻笑、挨饿和听从使唤吧！

让影子装上生殖器吧！让实体的生殖器给割掉吧！

让富庶而宏大的城市存在吧——但是在它们那里仍然不要有一个诗人、救世者、懂事的人和爱别人的人！

让这个国家的无信仰者把信仰者嘲笑掉吧！

如果发现一个人有信仰，就让其余的人群起而攻之！

让他们恐吓信仰吧！让他们摧毁产生信仰的力量吧！

让那些男娼和女娼去谨慎小心吧！让他们献媚吧，当假象还在延续的时候！（啊，假象！假象！

假象!)

让那些布道者去背诵经典吧!让他们照样只讲授那些他们被讲授过的东西吧!

让精神错乱继续看管神志清明吧!

让书本取代树木、动物、河流和云彩吧!

让那些胡乱画成的英雄肖像取代英雄本人吧!

让男人的男人身份永远不要按它的本性行事吧!

让它去模仿阉人,也去模仿那些肺痨病人和高雅的人吧!

让白人继续把黑人踩在脚底吧!(说!究竟是谁给踩在脚底下呢?)

让世间事物的映象通过镜子来加以研究吧!让事物本身继续被忽略吧!

让一个男人只从别处而不从他自己身上去寻找乐趣吧!

(在你整个的一生中你有哪一个小时享受了真正的幸福呢?)

让有限的生年不要为无穷的死后尽力吧!(那么你以为死亡又会怎样呢?)

呼语

母亲啊!儿子啊!

大陆的家族啊!

大草原的花朵啊!

无边的空间啊!巨大产品的嗡嗡声啊!

你们富庶的城市啊!多么无敌、骚乱而自豪呀!

属于未来的一代啊!妇女们啊!

父亲们啊!你们这些情欲如火的男人啊!

只要是本国的势力啊!美啊!

你自己啊!上帝!非凡的普通人啊!

你们这些有胡子的粗人啊!诗人们啊!所有睡觉的人啊!

醒来吧!晨鸟已在清脆地歌唱啦!你们没听见雄鸡啼叫吗?

啊!我在海滨散步时听到过预报风暴的悲哀的叫声——那潜水者、那长命的潜鸟的低沉而时常重复的尖叫声;

啊!我听到过并且还听见怒吼的雷霆;你们水手们哟!船只哟!赶快准备吧!

富有经验的雄鹰从巡弋中发出了警告的呼号呀!

(撤退吧,全部!不中用了!将你的掠夺物抛弃掉;)

讽刺啊!建议啊!(要是全世界都证实真的是一种假冒,是一个骗局,那才好呢!)

我相信只有美国和自由才是真实的呀!

除了民主,要坚决地否定一切呀!

皇帝啊!谁敢对抗你和我呢?

要公布我们自己的东西呀!要为那些在为人类工

作的人工作呀!

文化啊! 北部啊! 被墨西哥海吸干了的斜坡啊! 一切一切都是分不开的——多少年, 多少年, 多少年呀!

啊, 给那种想以任何理由分裂这个联邦的人以诅咒吧!

气候与劳作啊! 善与恶啊! 死亡啊!

你坚如铁石的强者啊! 个性啊!

拥有最伟大的男人或女人的村子或地方啊! 即使它只是少数破败的棚屋也罢;

那些有妇女像男人一样在街头人流中行走的城市啊!

一个由我采用的苍白而可怕的徽章啊!

正在升起的形象啊! 未来若干世纪的形象啊!

永远属于我的膂力与勇气啊!

永远为了我的男工与女工啊!

永远为了我的农夫与水手啊! 马车夫啊!

我要造出新的诗一般的职业与工具的目录来呀!

你们粗鲁而任性的人啊! 我爱你们!

南方啊! 对于我的亲爱故乡的怀念啊! 柔和而晴朗的天空啊!

沉思着呀! 我一定要回到棕榈在生长、知更鸟在歌唱的地方去, 否则宁愿死掉呀!

平等啊! 组织契约啊! 我生来就是你的诗人呀!

混乱、争夺、喧闹与回声啊! 我是你们的诗人, 因为我就是你们的一部分;

逝去的日子啊! 热心家们啊! 先行者们啊!

为缔造这个国家而做的巨大准备啊！岁月啊！
如今在向未来千秋万代输送的一切啊！
宣传工具啊！为了教育！为了传达看不见的信念呀！
为了散播现实的东西呀！为了走遍整个美国呀！
创造啊！今天啊！法律啊！毫未减弱的崇敬啊！
要培养更强大的一代演讲家、艺术家和歌唱家呀！
要鼓励本国的歌曲！木匠的、船长的、庄稼汉的歌曲！鞋匠的歌曲呀！
时间最无情的生长啊！放任而欣喜若狂的时刻啊！
我正在这里准备歌唱的一切啊！
你疾驰的光线啊！世界的太阳要上升，炫耀着达到它的顶点呀！——你也要上升；
多么威严、多么堂皇呀！在高处灿烂辉煌地照耀着、燃烧着；
预言者啊，因光芒四射、霞彩斑斓而惊惶失措的幻象啊！
多么丰富！多么空前无匹呀！
自由啊！多么坚固！多么密不可分的团结呀！
我的灵魂啊！震颤得无力了的嘴唇啊！
还在前头的许多许多世纪啊！
更伟大的演讲家的声音啊！我停下来——我等着听你的呀！
美国的各个州啊！各个城市啊！反抗所有外界的权威吧！我立刻投入你们的怀抱！我最爱你们呀！

你们,伟大的总统啊,我等待你们呀!
新的历史啊!新的英雄们啊!我为你们设计呀!
诗人们的幻想啊!只有你们才真正持久!向前飞
　　掠呀!向前!
死神啊!你在那里阔步行走!可是我还不能呀!
还是太迅速了、太令人目眩头晕了的顶点啊!
净化了的光辉啊!你的威慑我已经受不住了呀!
现今啊!我在还来得及的时候回到你身边呀!
未来的诗人们啊!我依靠你们呀!

真正和平的太阳

真正和平的太阳哟!疾驰的闪电哟!
自由而欣喜若狂啊!我在这里准备歌唱的哟!
世界的太阳将要上升,炫耀着,到达它的顶点——
　　而你,我的理想也要上升呀!
多么威严而富丽!——在那高处辉煌无比,闪耀
　　着,燃烧着!
预言者的幻想哟,因光芒四射和霞彩斑斓而惊惶
　　失措了!
我的灵魂的嘴唇哟,已经变得无能为力了!
伟大庄严的总统选举哟!如今战争,战争已经过
　　去了!
新的历史哟,新的英雄们哟!我为你们设计!
诗人的幻想哟!只有你们才能持久!向前疾驶!
　　向前疾驶呀!
来得太急、太令人目眩的顶点哟!
净化了的光明哟!你的威慑我经受不住了!
(我决不能冒险——我脚底的土地在恫吓我——它
　　不会支持我:
未来太巨大了啊,)——现今哟,我回来,回到你
　　身边,在我还来得及的时刻。

〔直到今天,直到今天,并且继续到底〕

直到今天,直到今天,并且继续到底,
唱着这本书中所唱过的,出自我内心的不可抗拒
　　的冲力;
然而在这本书以后我是否继续下去,趋向成熟,
我是否将投射出真实的光辉,那些还没有放出的
　　光辉,
(你想过太阳是在放出它最亮的光华吗?
不——它还没有完全升起;)
我是否会完成在这里开始的事业,
我是否会达到我自己的高度,来证实这些还没有
　　完成的东西,
我是否会使得《新世界之歌》超过所有别的诗
　　篇——这决定于你们富人,
决定于,凡是正在充任总统的人呀,决定于你,
决定于你们,州长、市长、国会议员,
以及你,当代的美利坚。

在新的花园里,在所有的地方

在新的花园里,在所有的地方,
在现代城市中,此刻我漫游着,
尽管是第二代或第三代,或者更晚,可仍是原始的,
日子,地方,都没有区别——尽管有变化,还是
 一样,
时间,乐园,曼纳哈塔,大草原,都发现我没有改变,
死亡也平常——难道我早就活过?难道我很久以
 前就被埋葬了?
即使那样,我如今可以在这里观望你,就在此刻;
我要以顽强的意志寻找未来——未来的那个女人,
你哟,在我之后许多年、许多个世纪出生的你,
 我寻找着。

(这些州哟!)

这些州哟!
你们是在盼望由法律学家结合在一起?
用一个纸上的协议?或者用武器?

去你的吧!
我来了,携带着这些,超过一切法庭和武器的威力,
这些啊!要把你们抱在一起,像地球本身那样牢固地把自己抱成一体。

生活的古老而常新的呼吸,
在这里!美国哟!我亲手递给你。

母亲哟!你为我尽了很大的责任吧?
瞧,有许多事情要由我来为你出力。
从我这里有一种新的友谊——它要沿用我的名字来称呼,
它要普遍流传于美国,不分什么地域,
它要缠绕它们,并通过它们使之交相缠绕,让它们紧密纠合,显出新的标志,
仁爱将解决有关自由的每一个问题,
那些相互友爱者一定所向无敌,
它们会使美国最终获得完全的成功,这可以担保,以我的名义。

一个来自马萨诸塞州的人应当是一个密苏里人的同志,
一个来自缅因州或佛蒙特的人,一个卡罗来纳人

和一个俄勒冈人,应是三位一体的朋友,彼此
　　间比世界上所有的财富都更为珍贵。

佛罗里达的芬芳要飘送到密执安来,
古巴或墨西哥的要飘到曼纳哈塔城里,
不是花的芳香,而是更甜美的超越死亡的香气。

没有什么危险能阻碍美利坚的相爱者,
必要时会有一千人为了一个人而毅然牺牲自己。

坎努克人会为了坎西人而自愿抛弃生命,同样坎
　　西人会为坎努克人而死,在必需之际。

在四方八面,在大街上和房子里,看到男人之间
　　的爱情将习以为常,
告别的兄弟或朋友会以一次亲吻来祝愿留下的朋
　　友和兄弟。

一定会有许多创新的东西,
会有无数紧拉着的手——那就是东北人的手,西
　　北人的手,西南人的手,以及内地人和所有同
　　族人的手,彼此提携,
这些将是一种新政权下的世界的主人,
他们要以笑声来蔑视世界上所有其他地方的攻击。

那些最大胆和最粗犷的人会相互轻轻地亲脸,
自由的保证必是相爱的情侣,

平等的持续一定是同志。

这些将捆扎和束缚得比铁箍还要紧密,
而我,欣喜若狂地,伙伴们哟!国土哟!从此要
　　以情人的爱把你们捆在一起。

〔我长期以为……〕

我长期以为只有知识才能充实我——要是我能得到知识呀！

后来我的国土吸引了我——大草原的土地，俄亥俄的土地，南方的无树平原的土地吸引了我——我要为它们而活——我要做它们的演说者；

后来我遇到了老的和新的英雄的典范——我听到战士、水手以及所有勇敢人物的事迹——我认为我身上也有成为这种人物的品质——我也愿意这样做；

然后，总的说，我终于开始歌唱新世界——然后我相信我的一生必须在歌唱中度过；

可是如今请注意，大草原的土地，南方的无树平原的土地，俄亥俄的土地，

注意，你坎努克林地——你休伦湖——以及和你一起延伸到尼亚加拉瀑布的地区——还有你尼亚加拉，

还有你，加利福尼亚群山——你们所有每个地方都要找到另一个人去当你们的歌手，

因为我不能再当你们的歌手了——一个爱我的人在嫉妒我，除了爱以外不让我有任何接触，

我把其余的都免了——我抛开了原来认为可以满足我的东西，因为它并不能满足——它现在对我已淡而无味了，

我不再注意知识，以及合众国的宏伟，以及英雄们的榜样了，

我对自己的歌也漠不关心——我要跟我所爱的他一道启程，

我们只要在一起就足够了——我们永远也不分手了。

〔度日如年〕

度日如年,痛苦而抑郁,
是黄昏时刻,那时我躲到一个僻静的人迹罕至的地点,独自坐下来,双手捧着脸;
在不眠的时刻,夜深了,我独自前行,在乡村小路上迅速行走,或穿过城市的大街,或信步走去,接连许多英里,抑制着悲痛的哭泣;
在沮丧而惶惑的时刻——为了那个我一缺少就无法满足自己的人,但很快我看见他没有我时倒也安然自得;
在我被忘记了的时刻,(一个又一个星期、一月又一月在过去呀,可是我相信自己永远也忘不了!)
阴郁而痛苦的时刻哟!(我感到羞愧——但没有用——我还是我自己;)
我的苦恼的时刻——我怀疑旁人是否有过这样的情况,出于同样的感受?
有没有哪怕一个像我这样的人——惶惑无主的——他的朋友、他的情人对他来说已经完了?
他也像我现在这样吗?他早晨爬起来,会懊丧地想起他失掉了谁?而晚上一觉醒来又想起谁已经丧失?
他也悄悄地永远怀抱着他的友谊?怀抱着极大的痛苦和炽热的感情?
是不是偶尔一句提醒,无意中谈到一个名字,也会唤起他心头那默默地被抑制的悻痛?
他看得见他自己那反映在我身上的形象吗?在这些时刻,他可看得见反映在这里的他那痛苦时刻的情景?

〔谁在读这本书呢？〕

谁在读这本书呢？

也许是一个知道我过去所做的某些坏事的人在读这本书，
或许是一个偷偷爱着我的陌生人在读这本书，
或许是一个对我所有的狂妄自大和利己主义报以嘲讽的人，
或许是一个对我总觉得迷惑不解的人。

仿佛我对自己并不觉得迷惑不解呢！
或者，仿佛我从不讽刺我自己呢！（受良心责备呀！自觉有罪呀！）
或者，仿佛我从不偷偷地爱一些陌生人呢！（那么温柔而长久，但从不承认；）
或者，仿佛我看不见或看不十分清楚我自己内心的坏行为的实质了，
或者，仿佛它在不得不停止以前还能够不从我身上泄露。

给你

让我俩离开别人,走到一边去;
如今我们单独在一起了,请不要拘礼,
喂!把那些还从没给过人的东西给我——把整个的故事告诉我,
把那些你不愿告诉你兄弟、妻子、丈夫或医生的事情告诉我。

〔关于事物的外观〕

关于事物的外观——以及透视到底下那些被允许的罪恶；

关于丑——我看这里面也像美的里面一样丰富——而且人类的丑我已经能够接受；

关于那些被识破了的人——对我来说，那些被识破的人哪方面都不比那些未被识破者更丑——哪方面都不比我更恶；

关于罪犯——对我来说，任何法官或任何陪审员都同样是有罪的——任何可尊敬的人也那样——总统也是一丘之貉。

杂言

1

我说凡属那个最完全的人所中意的,那终究是好的。

2

我说要培养一种伟大的才智,一个伟大的头脑;
如果我曾经发表过相反的意见,我在此撤销。

3

我说人类不该占有人身上的财产;
我说世界上最不发达的人对于他自己或她自己,
也像最发达的人对他自己或她自己一样很不平凡。

4

我说凡是自由不从奴役身上抽血的地方,奴役就在那里从自由身上抽血,
我在合众国讲美好而崇高的事业这个词,并把它从这里传到全世界。

5

我说人的形态或面貌是如此伟大,它绝不能被描写得滑稽可笑;

我说不容许把任何过火的东西当作装饰品，
凡是不带装饰的都是最美的，
而夸张将在你自己的、同样也在别人的生理学中
　　得到报应；
我说形态清秀的儿童只能在自然形态公开流行和
　　人的面貌与体形从来不被滑稽化的地方受孕并
　　诞生；
我说天才再也不需要向罗曼司求助了，
（因为事实已公正地说明，一切罗曼司都显得多么
　　鄙吝。）

6

我讲国土这个字时是毫无所惧的——我不愿意要
　　别的国土；
我说讨论一切、揭开一切吧——我主张每个问题
　　都公开讨论；
我说这个合众国将没有救了，如果没有创新者——
　　没有言论自由，没有愿意听这些言论的耳朵；
并且我宣布那是这个合众国的一种光荣，即它对
　　来自世世代代男女的建议、改革、新的观点和
　　学说都注意倾听，
每个时代都有它自己的演变过程。

7

我说过多次了，物质和灵魂是伟大的，同时一切

决定于肉体；
如今我要反过来，断言一切都决定于美学和智力，
并断言批评是伟大的——而优美在一切之中最伟
　　大；
同时我断言一切决定于精神——精神居统治地位。

8

拿一个男人或女人（无论哪一个——我甚至要挑
　　选最卑微的，）
拿他或她，我现在来把全部的法律阐明，
我说每一种权利，政治上或别的方面的，在与任
　　何人相同的条件下，都必须对他或她同样适用。

碎片

最谨慎的人最聪明,
只有不中途停顿的人才能获胜。

任何事物都像是确定了的,它既然确定了就要生
产,并延续下去。

哪个将军心里有了一支好军队,他就有了一支好
军队;
他自得其乐,或者她自得其乐,就是快乐的,
但是我要告诉你,正如你不能由别人孕育一个孩
子,你不能靠别人而快乐。

一个人堂皇地走过,由一大群人簇拥着,
他们全都象征着和平——其中没有一个士兵或仆
人。

一个人堂皇地走过,他已老了,但眼睛尚黑,白
发犹浓,
健康有力是最显著的特征,
他的面容像闪电般吸引着每一个它所向的人。
三位老人缓缓地走过,后面跟着另外三个人,再
后面又是三个,
他们是美丽的——每三人中的一个挽着旁边两个
的臂膀,
他们行走时一路散发着芳香。

那张从窗口向外望的哭泣的脸是什么人的呀?

那张脸上为什么满是伤心的泪呀?
它是在哀悼某个宏大的已经干了的墓地吗?
它是要浇湿那些坟堆的黄土吗?

我想从园中那知更鸟的窠里掏出一个鸟蛋,
我想从园子里那老的灌木林中折下一枝醋栗,然
　　后到世界上去布道;
你将看到,我不愿会见哪怕一个异教徒或藐视者,
你将看到我怎样向牧师们挑战并将他们击倒,
你将看见我拿出一个红番茄和一颗从海边捡来的
　　白色圆石来炫耀。

品行——新鲜的,天然的,丰富的,每一种都是
　　为了他自己或她自己,
天性与灵魂表现出来了——美国与自由表现出来
　　了——其中有最好的艺术,
其中有自尊感、清洁、同情,能享有它们的机遇,
其中有体格、智力、信念——足足能指挥一支军队,
　　或者写一本书——也许还有余,
青年、劳动者、穷人,一点不亚于其余的人——
　　也许还胜过其余的人,
宇宙的财富也不会大于它的财富;
因为在整个宇宙中都没有什么能比一个男人或一
　　个女人的日常行为更动人的东西,
在任何场合,在这合众国的任何一个州里。

我想我不是孤单地在这儿海滨散步的,

但是那个我觉得同我在一起的人，当我在海边散
　　步的时刻，
当我倾身注视那朦胧的微光中——那个人已完全
　　消失，
而那些使我烦恼的人却出现了。

思索

想到那些我出于自己而写的东西——仿佛那并不是个人简历；
想到历史——仿佛无论怎样完整，这样的东西跟以前的诗比起来也还是欠完整的；
仿佛那些碎片，各个国家的纪录，也可能像以前的诗篇一样持久；
仿佛这里并不是所有国家以及所有英雄们的生平的总和。

坚实的嘲讽的滚动着的天体

坚实的、嘲讽的、滚动着的天体哟!
万物之主,实际的物质哟!我终于接受了你的条
　件;
对于我全部的理想之梦,以及对于作为爱人和英
　雄的我,
停止进行实践的、粗鲁的检验。

沉浸在战争香气中的

沉浸在战争香气中的——优美的旗哟!
(假使那些需要军队、需要舰队的日子再一次回
　　来,)
来听你召唤海员和士兵啊! 美女般的旗帜哟!
来听那千百万个响应者的嚓嚓嚓的脚步声啊! 他
　　们用欢乐武装着的那些船只啊!
来看你跳跃着从高耸的船桅上招呼啊!
来看你俯视着甲板上的士兵啊!
像女人眼睛般的旗帜哟。

不是我的敌人时常侵犯我

不是我的敌人时常侵犯我——我不怕他们伤害我
　　的自尊感；
倒是那些我恣意地爱着的情人——瞧：是他们把
　　我掌管！
瞧！我这个永不设防的、无助的、被剥夺了力量
　　的人哟！
十分可怜地，匍匐在他们的脚边。

今天,灵魂哟!

今天,灵魂哟!我给你一面奇妙的镜子;
它长期蒙受着黑暗、污点和阴影——但现在阴影
　　已经过去,污点已经消失;
……看哪,灵魂哟!它如今是一面洁净而明亮的
　　镜子了,
在忠实地把世界上的一切向你显示。

教训

有些人只讲授关于和平与安全的惬意的功课；
但是我给我所爱的人讲授战争与死亡，
让他们准备着随时迎击侵略者。

美国，让我临走之前唱一支歌

美国，让我临走之前唱一支歌，
首先我要歌唱，以喇叭声的豪迈，
为了你——未来。

我要为你绵绵不绝的民族精神播下一粒种子；
我要修饰你的整体，包括身体与灵魂；
我要指明前方远处那真正的联邦，以及它将怎样
　　完成。

（我努力开辟通向住宅的途径，
但是我把住宅本身留给将来的人。）

我歌唱信念——以及对策，
因为生活与自然并不只是由于现今才伟大的，
倒是会由于未来的事物而更加伟大，
我就按照那个程式来为你高歌。

在一次间歇之后

〔1875年11月22日午夜——土星与火星会合〕

在一次间歇[1]之后,中宵在这里阅读,
让伟大的星辰瞧着——所有猎户座的星辰都在瞧着,
还有沉默的七曜星——以及土星和赤热的火星双双地瞧着;
沉思着,读着我自己的诗歌,在一次间歇之后,(如今悲伤与死亡都熟悉了,)
正要掩合书本时,多么自豪!多么高兴呀!当我发现它们,
那么出色地经受了死亡与黑夜的考核!
还有土星与火星的双双唱和!

---

[1] 似指发病期间的一次间歇。

船的美

那时,坚定地进入港口,
在经历了长期的冒险之后,衰老而疲惫,
饱经风浪的袭击,因多次战斗而破损,
原来的风帆都不见了,置换了,或几经修理,
最后,我仅仅看到那船的美。

两条小溪

并排的两条小溪,
两支配合的、平行的、潺潺前进的流水,
是朋友,是旅伴,一路闲谈不息。

为了奔赴永恒之海,
这些涟漪,激荡的水波,
死亡与生命,客体与主体,匆匆趱赶的溪流,滔
    滔而过,
现实与理想,
白天与黑夜交替,潮涨潮落,
(现今、未来、过去,三者交缠如一股绳索。)

在你身上,无论你是谁,只要在细读我的书,
在我自己身上——在整个世界——这些涟漪在荡
    漾,
一切一切,奔赴那神秘的海洋。

(渴望的波涛哟!你的嘴唇在亲吻!
你的胸膛多么广阔,连同那张开的双臂,坚定地
    伸展着的海滨!)

或者从那时间的大海

1

或者，从那时间的大海，
浪花，被海风吹扬——被漂流堆积在两旁的海草
　　和贝壳；
(小小贝壳哟，多么奇怪的回旋体，多么透明、冷
　　淡而沉默！
可是，当黏着在神殿的门楣中心，
你还要不要唤起哝哝的低语和回响——隐约而遥
　　远的永恒的音乐，
从大西洋岸边吹来漂入内地时——送给灵魂和大
　　草原的乐曲，
窃窃低语的回荡——演奏给西方听的和弦，愉快
　　地传播着，
你那古老而常新的无法翻译的消息；)
来自我生命中以及许多个生命中的极小的微屑，
(因为我不仅付出我的生活和岁月——我付出一切
　　一切；)
这些歌曲和思想——遗落在大海深处的东西——
　　在这里被高高抛出，颜色枯黄，
冲荡到了美国的海岸上。

2

引起一个新的大陆的潮流，
从液体中送到固体的序乐，

海洋与陆地的结合——柔和而沉思的水波,
(不只安全而和平——还有激荡和不祥的水波。

从海里,那翻腾的深渊——谁知从哪里呢?死亡
　　的波澜,
汹涌于一片汪洋之上,漂着许多折断了的桅杆或
　　撕碎了的风帆。)

从我的最后的岁月里

从我的最后的岁月里,我在此遗留最后的思想,
作为凌乱地散落的种子,并且漂流到了西方,
通过俄亥俄的水雾,伊利诺斯的大草原土壤——
　　通过科罗拉多、加利福尼亚的空气,
让时间去使它充分地萌芽、滋长。

在以前的歌中

1

在以前的歌中我歌唱了自尊,以及爱,以及热情
　　而欢乐的生活,
但这里我要将爱国主义和死亡拧成绳索。

如今,生活、自尊、爱、死亡和爱国主义,
给你,自由哟,万物的目的!
(你最爱逃避我——拒不让我在诗中抓住,)
我全都献给你。

2

这不是白费,死亡哟,
我喊出你的声音,说出你的言语,以大胆的声
　　调——体现着你,
在我的新的民主之歌中——留着你作为结尾,
作为不可攻陷的最后避难所——一座城堡和塔楼,
作为我最后的一个反攻点——我临终的大声呼吁。

附 录

Leaves of Grass

Walt Whitman

《草叶集》初版序言
(1855年于纽约布鲁克林)

美国不排斥以往或过去以各种形式或在别的政治结构或等级观念或古老宗教中所产生的东西……冷静地接受教益……并不像人们设想的那样，由于那个供应了它的需要的生命已经转化为新形态的生命但死肉仍然附着在思想、风习、文学之上而感到急不可耐……懂得尸体只能慢慢地从住宅的饭厅和卧室里抬走……懂得它还要在室内停留一会儿……它曾经是适合于它的时代的……它的事业已经传递给那位走上前来的强壮而漂亮的继承者……而他将是最适合于他的时代的。

在世界上古往今来的一切民族中美国人是具有最充分的诗人气质的。合众国本身实质上就是一首伟大的诗。在迄今为止的世界历史上，那些最大和最生动的东西，与合众国的更加巨大和更加生动相比，便显得驯顺而守规矩了。在人类的活动中，如今这里终于出现了与昼夜所传播的活动相当的东西。这里不仅是一个民族，而且是由多民族融为一体的民族。这里有了一种从某些必然不分特点与细则的束缚中解放出来了的事业，在广大群众中声势浩大地进行。这里有了一种永远象征英雄人物的慷慨气度。这里有灵魂所喜爱的粗人和大胡子，以及空旷、崎岖和冷漠。在这里，对于它的群众和集团的惊人的鲁莽作风所不屑为的小事的鄙视,以及它奔向前景的劲头,正以汹涌的气势展开,到处是一片繁盛丰饶的气象。你看它一定要占有那一年四季的财富,永远也不会破产,只要地里长出庄稼,果园落下苹果,或者海湾生产鱼虾,男人能让妇女怀上孩子就行了。

别的国家通过它们的代表来显示自己……但是合众国的天才表现得最好最突出的不在行政和立法方面,也不在大使或作家,高等学校或教堂、客厅,乃至它的报纸或发明家……而是常常最突出地表现在普通人民中间。他们的礼貌、言谈、衣着、友谊——他们容貌的清新和开朗——他们那多姿多彩而散漫不羁的风度……他们对自由的毫不松懈的执着——他们对任何不雅或软弱卑鄙的东西的反感——一个州的公民所受到的其他各州公民的实际承认——他们被激起的强烈愤恨——他们对于新事物的好奇心和欢迎——他们的自尊感和惊人的同情心——他们对于一种蔑视的敏感——他们所具有的那种从来不知道站在大人物面前是什么滋味的人的神态——他们的言语的流利——他们对音乐的爱好,男性的温柔和灵魂的固有美德的可靠特征……他们那温良的性情和慷慨——他们的选举的极为重大的意义——那种是总统对他们而不是他们对总统表示的尊敬——这些也是不押韵的诗。它等待着与它相称的大手笔来充分描写。

大自然和国家的广大如果没有一种渊博和大度的公民精神与之相适应,那就显得荒谬了。无论是大自然或富庶的各州,或者街道、轮船,发达的商业或农场,资金或学问,都不可能满足人的理想……诗人也满足不了。一个生气勃勃的国家常常能够留下深刻的印记,能够以最低的代价获得最高的威信……即从他自己的灵魂。这就是对个人或国家、对当前事业和壮观,以及对诗人们的题材的有益利用的总和。——仿佛还有必要一代一代地回溯东方的历史呢!仿佛那些可以论证的东西之神圣的美一定不如那些神话中的事物之美呢！仿佛人们不是从哪个时代都可以出名呢！仿佛西大陆由于它的被发现而出现的开端，以及北美和南美迄今已发生的一切，比古代的小小剧场或中世纪茫无目的的梦游还不如呢！合众国的骄傲把城市的财富和技术、商业与农业的全部收益、幅员的广大或外表上取得的胜利留下来，去培育和欣赏那些完全长大了的人或一个完全长大了的、不可征服而又单纯的人物。

美国诗人们要总揽新旧，因为美利坚是一个多民族的民族。作为它们的一个诗人要同这整个民族相称才行。对他来说，别的大陆是作为贡物而来的……他是为了它们也为了他自己而接待它们。他的精神与他的国家的精神相适应……他体现它的地理和自然生活以及湖泊与河流。密西西比河每年的泛滥和多变的急流，密苏里河、哥伦比亚河、俄亥俄河、多瀑布的圣劳伦斯河，以及美丽雄伟的哈德逊河，它们注入海洋，也同样流入他的心里。绵亘于弗吉尼亚和马里兰内海以及马萨诸塞和缅因州附近海上的蓝天，曼哈顿海湾、查普林湖、伊利湖、安大略湖、休伦湖、密执安湖和苏必利尔湖上，以及得克萨斯的、墨西哥的、佛罗里达的和古巴的海上的蓝天，以及加利福尼亚和俄勒冈附近海上那蔚蓝的一片，就像它与下面那片浩渺的海水相吻合那样，他也与那上下一片相吻合。当大西洋沿岸向前延伸、太平洋沿岸向前延伸时，他也很便当地同它们一起向北或向南延伸。他也从东到西跨越于它们之间，并且反映着它们之间的一切。一些坚实的生长物在他身上生长起来了，它们抵得上那些松树、雪松、铁杉、榭树、三羊槐、栗树、柏树、山核桃树、酸橙树、三角叶杨、鹅掌楸、仙人掌、野葡萄树、罗望子树、柿子树……以及像任何藤丛或沼泽那样纠缠在一起的缠结物……以及披盖着透明的冰和垂挂在枝头的冰凌、在风中锵锵作响的森林……山岳的腰部和顶峰……像无树平原或高地或大草原那样芬芳而坦荡的牧场……到处是飞翔、歌唱和尖叫的声音，与野鸽、啄木鸟、果园黄鹂、大鹞、浪鸭、红肩鹰、鱼鹰、白鹭、印度雌鸡、猫头鹰、水雉、牢狱鸟、杂色雄鸭、乌鸫、知更鸟、鹁鸪、秃鹰、夜鹭和鹰隼相应答。留传给他的有来自父母两方的世袭的面貌。进入到他体内的有现实的东西以及过去和今天的事件的本质——有气候和农矿产品的巨大多样性——土著的红种部落——进入新的港湾或在岩石海滨靠岸的久历风雨的船只——北部或南部的第一批殖民地——迅敏矫健的身躯和肌肉——一七七六年的傲慢的反抗，战争、和平以及宪法的制订，经常被饶舌者所包围但保持冷静而坚定的联邦——不断到来的移民——码头密布的城市和优良的船舶——尚未测量过的内部——圆木房子和林中空地，野兽、猎人和捕兽者……自由贸易——渔业、捕鲸业和淘金业——不断地孕育着的新州——每年十二月召开的国会，准时从各个区域和最远的地方前来报到的议员……青年机械工和整个自由美国的男工和女工的高贵品质……普遍的热情、友爱和事业心——女性与男性的完全平等……强烈的爱欲——人口流水般的运动——工厂和贸易活动以及省力的机器——新英格兰人的交易——纽约消防队员和野外打靶——南部种植园生活——东南部的、西北部的和西南部的特性——蓄奴制及其胆小而贪婪的卫护者，在它停止以前，或在舌头停止说话、嘴唇停止动作以前绝对不会停止的坚定的反对派。对于上述这些，美国诗人的表达将是卓越而新颖的。那将是间接而非直接的，非叙述式和非史诗式的。它的性质贯穿于这些之中，并涉及大得多的范围。让别的国家的时代和战争由人们去歌唱，让它们的纪元和人物得到描述并这样了结它们的诗歌吧。可是共和国的伟大的圣歌不是这样。在这里，主题是创造性的，并且具有远景。这里，在那些受人们钟爱的石匠中出现了这样一个人，他果断而科学地设计，并在今天没有竖立石碑之处看见了未来的坚实而美丽的丰碑。

在世界各国中，其血管充满着新的素质的合众国最需要诗人，而且无疑将拥有最伟大的诗人并最大地发挥他们的作用。他们的总统还不如他们的诗人那样能成为共同的公断人。伟大的诗人是整个人类中最稳定而公平的人。事物不是在他身上而是离开了他时才会变得怪诞、偏执或神志不清。任何本身出了毛病的东西都不会是好的，任何本身正常的东西都不会是坏的。他不多不少地赋予每个物体或每种质量以适当的比例。他是种种差异的仲裁人，他是关键。他使他的时代和国家彼此平衡……他供给那种需要供给的，他抵制那种需要抵制的。如果是在和平年代，就通过他表达出和平的精神，即宽大、充裕、节俭，建设规模宏大和人口众多的城市，鼓励农业、艺术和商业——照亮对于人、灵魂和不朽的研究——联邦的、州的或市的政府，婚姻、健康、自由贸易、水陆交往……没有什么太近，也没有什么太远……星球并不是离得太远的。在战时，他是最凶狠的战斗力。谁要是征募他，就是征募骑兵和步兵……他会拿来迄今最优良的成批的大炮。如果时代变得懒散而沉闷了，他知道怎样去唤醒它……他能用自己所说的每句话去鼓舞勇气。在平庸的旧习、恭顺和成规的羁縻下，无论什么趋于停滞，他绝不停滞。恭顺不能支配他，但他支配恭顺。他站在高不可及的地方扭开一盏聚光灯……他用手指转动枢纽……他能随时轻易地赶上和包围那些最快的奔跑者，把他们击败。世风日下，渐渐沦于背信、阿谀和挖苦，但他凭自己的坚定信念屹立不移……他摆出自己的菜肴……他提供可以增强男人和女人体魄的味美而富营养的肉食。他的脑子是最好的脑子。他不是辩论家……他是裁判。他不是作为一个法官而是像笼罩于一个无助者周身的阳光那样进行裁判。由于他看得最远，他有最大的信念。他的思想是事物美德的圣歌。离开了他的平等立场来侈谈灵魂、永恒和上帝，他是不发言的。在他看来，永恒并不那么像一出有头有尾的戏剧……他在男人和女人身上看到永恒……他不把男人和女人看得如梦一般虚幻或微不足道。信念是灵魂的防腐剂……它渗透于老百姓中并保护他们……他们从不放弃信仰、期待和信任。一个无知者能够鄙视和愚弄一个最高贵的艺术天才，这显示了前者那难以形容的幼稚和无意识状态。诗人能确切地看出，一个并非大艺术家的人也完全可以像最大的艺术家那样神圣而完美……他随意运用那种毁灭和改造的能力，但从不运用进攻的才能。凡属过去了的终归是过去了。如果他不显露优越的典范并以他所采取的每个步骤来证明自己，他就不合乎需要了。最伟大诗人的存在所要战胜的……不是会谈、斗争或任何准备好的意图。他从那条路走过去了，你从背后看他吧！没有留下绝望、厌世、狡诈、排他、种族或肤色之耻以及对地狱的幻灭或肯定的一点点痕迹……从今以后再不会有人因无知或缺点或罪过而受贬抑了。

　　最伟大的诗人几乎不知道细小琐屑的事。如果他给过去认为是微小的东西以呼吸，那也会因宇宙的壮丽和生命而扩大起来。他是先知……他是独特的……他是自我完全的……别人也同他一样好，但唯独他明白这一点，而别人则不然。他不是合唱队中的一员……他不会注意遵守什么规章……他是总管规章的人。视力对旁的一切起什么作用，他对旁的人也起那种作用。谁懂得视力的难以理解的奥秘呢？别的感官确证它们自己，可这个感官除了他自己的证据外很难找到任何的证据，并且走在精神世界的各种特性之前。它的简单的一瞥就能愚弄人类的全部调查和世间所有的工具和书籍以及全部的推论。什么是不可思议的呢？什么是未必可靠的呢？什么是不可能的或没有根据的或模糊不清的呢？只要你一睁开那桃子大的眼睛，看看远远近近的一切，看看日落，让一切以惊人的神速轻轻地及时地进入，既不混乱也不拥挤和阻塞，那就行了。

陆地和海洋，动物、鱼类和禽鸟，天空和星辰，树木、山岳和河流，这些都不是小题……但是人民所期待于诗人的不只是指出那些无言的实物所常常具有的美和尊严而已……他们期待他指出现实与他们灵魂之间的通道。男人们和女人们对于美的察觉已足够深切……也许与他不相上下了。猎人、樵夫、早起者以及菜园、果园和田地的耕耘者们的热情和韧性，健康妇女对于刚强的体态和航海者、赶马人的爱慕，对于阳光和野外的爱好，所有这些都表明一种多样的对美的感觉和户外生活者身上的诗意所在。他们从来不能靠诗人帮助去发现美……有的人也许可以，但他们决不能够。诗的特性并不在于韵脚或形式的均匀或对事物的抽象的表白，也不在于忧郁的申诉或善意的教诲，而是这些以及其他许多内容的生命，并且是寓于灵魂之中的。韵的好处是它为一种更美妙更丰饶的韵律播下种子，而均匀性能将自己导入扎在看不见的土壤中的根子里。完美的诗的韵脚和均匀性表现节奏规律的自由产生，并从它们像枝头的丁香或玫瑰那样精确而毫无拘束地长出蓓蕾，并且像栗子、柑橘、甜瓜、梨子的坚实形状那样构成自己的形状，并且放出缥缈的香气来。最精美的诗歌或音乐或讲演或朗诵的流畅性和装饰不是独立而是有所凭依的。一切的美都来自美的血液和一个美的头脑。如果这两种伟大之处联系在一个男人或女人的身上，那就够了……这一事实就会在整个宇宙中流行……但是那种插科打诨和表面虚饰即使搞一百万年也不会奏效。谁要是专事装饰和只求流畅，他就完了。你必须做的是：爱地球、太阳和动物，鄙弃金钱，给每个乞求者以施舍，给愚人和疯子以保护，以你的收入和劳力为别人办事，憎恨暴君，不要争论有关上帝的事，对人民耐心而厚道，不要对任何已知或未知的东西或对任何一个人或一群人脱帽致敬，同那些有能力而没有受过教育的人、同年轻人和家庭主妇们自由相处，在你的一生每年每季地在户外朗诵这些诗，检查你从学校、教堂或书本上得来的一切知识，抛弃那些凡是侮辱你灵魂的东西，那时你的身体本身就会成为一首伟大的诗，不仅在它的言语上，而且在它嘴上和脸上的无声线条中，在你的眼睫毛之间和你身体的每个动作和关节之中，都有了最丰富的流畅……诗人不能把他的时间花在不需要的工作中。他必须懂得土地经常是翻好了和上了肥的……这一点别人可以不懂，但他必须懂。他必须立即着手创造。他的坚定的信念应该去统率他所接触到的每一事物的信念……还要统率一切感情。

　　已知的宇宙有了一个完整的热爱者，那就是最伟大的诗人。他消耗着永恒的热情，不考虑会碰到什么样的机遇或可能发生什么幸福或不幸的意外，并且坚持付出每日每时的珍贵代价。那些阻碍和打击旁人的东西反而鼓舞他奋勇前进并带来迷人的欢乐。别人接受乐趣的容量在他的容量面前微小得几乎要等于零了。当他看到破晓或一幅冬天的林中景致或正在玩耍的孩子们时，或者用他的手臂搂着一个男人或女人的脖子时，他就亲切地感觉到一切来自上天和神圣的幸福莫过于此了。他的高于一切爱情的爱是从容而宽裕的……他前面留有余地。他不是一个犹豫不决的情人……他是可靠的……他瞧不起忽冷忽热。他的经验和那一阵阵像骤雨般的激情不是徒然的。什么也不能使他感到震惊……苦难和黑暗不能——死亡与恐惧也不能。对他来说，抱怨、嫉妒和羡慕是早已埋葬的地下枯骨……他眼见它们被埋掉。他确信他的爱和一切完善而美好的东西必然会有结果，就像大海确信海岸和海岸确信大海那样。

　　美的成果不是或得或失的偶然之事……它是像生命一样必然

发生的……它是像重力一样精确而绝对的。一道目光接一道目光，一种听觉接一种听觉，一个声音接一个声音，永远对人类与事物之间的协调惊诧不已。与这些相适应的不仅有那些假定能代表其余的人的委员们，而且同样有那些其余的人本身中的至善至美。这些都懂得群众生活中的至善至美的法则……懂得它的完成对于每一事物来说都是为它自己并且从它自己向前发展……懂得它是十分慷慨而公正不偏的……懂得在白天黑夜每一分钟、每一亩水陆面积，它都无所不在——天空的四面八方、人间的各行各业、世事的每一番变迁，它都无所不在。这就说明为什么关于美的适当表现有精确和均衡的问题……无须让一个部分突出于另一部分之上。最好的歌唱家并不就是声音最柔润而洪亮的人……诗歌的愉悦也并不属于那些采用最漂亮的韵律、比喻和音响的作品。

最伟大的诗人用不着费力也丝毫不着形迹地能让一切事件、感情、景色、人物或多或少地在你听它们或阅读它们时影响到你的个人性格。要很好地做到这一点就意味着要努力掌握那些紧随时代前进的规律。一定要明确这样做的目的和诀窍……而最好的并从而成为最清楚的暗示是最隐约的暗示。过去、现在和未来不是彼此脱离而是连接在一起的。最伟大的诗人使将要发生的同已经发生和目前存在的事物连贯起来。他把死者从他们的棺材里拖出来，让他们重新站起……他对已往的事物说：站起来，在我面前走走，好让我了解你。他接受教训……他置身于未来转化为今天的地方。最伟大的诗人不仅仅以其光芒照耀于性格、情景、感情之上……他最后要提高并完成一切……他把那些谁也不明白其作用或它那边还有什么的顶峰显示出来……他只在那最终极的边缘上照耀一会儿。他在流露那最后一次隐约的微笑或蹙额时是最精彩的……这临别时一刹那间的表情会使一个目击者事后多年犹为之鼓舞或惶恐不已。最伟大的诗人并不做道德说教或运用道德……他了解灵魂。灵魂怀有那种除了自己的教训外永不承认别人的教训的无限自豪感。但是它也怀抱着与自豪感一样无限的同情心,这二者保持平衡,它们同在一起延伸,谁也不能走得太远。艺术的最深的秘密与这两者睡在一起。最伟大的诗人紧贴着躺在二者之间,它们在他的风格和思想中是至关重要的。

艺术的艺术,表现手法的卓越和文字光彩的焕发,全在于质朴。没有什么比质朴更好的了……过分明确或不够明确都是无法补救的。使脉搏继续跳动,洞察理智的深渊,并将每个题目都说得清清楚楚,这种本领既不平常也并非罕见。但是在文学中要能以动物活动般地准确而又漫不经心、以林中树木与路旁小草的无可指摘的情趣来说话,那才称得上是艺术的完美无瑕的成就。如果你见过一位有这样成就的人,你就是见过了世上自古以来的艺术大师之一。你会满意地凝视着、思索着他,就像凝视着海湾里飞翔的灰色海鸥、英气勃勃的纯种马、高高地歪着脖子的向日葵,或者经天运行的太阳和跟在它后面的月亮那样。最伟大的诗人所特有的主要不是一种鲜明的风格,而是一条思想和事物的不增不减的渠道,同时是他本身的自由渠道。他向他的艺术宣誓:我不愿多管,我不高兴让我的写作中有什么雅致、新颖或着眼于效果的东西像帷幕一样把我和别人分隔开来。我不要任何东西挡在中间,哪怕是最华丽的帘子也罢。我要精确地说明我所说的那些东西的实质。让人家去吹捧、去震惊、去迷惑或安抚谁吧,我愿意抱着像健康、热度或冰雪所具有的同样的目的,也同样不考虑别人的意见。我所体验和描绘的东西将从我的笔底不带任何笔墨痕迹地向外流淌。你要同我并肩站着向镜子里看去。

大诗人们的老练的血气和精纯的素养将由他们的从容自在来证明。一个英雄人物会随意跨过和走出那种不适合他的习惯、先例或权威。那些作家、学者、音乐家、发明家和艺术家的同类特性中，没有什么比从新的自由形式提出的默默挑战更好的了。在需要诗歌、哲学、政治、技术、科学、德行、工艺、一种适当的本国大歌剧、造船业或任何行业的时候，他永远永远是最能提供最富创造性和最实际的榜样的。最简洁的表达方法是那种找不到与它自己相称的领域并开辟这样一个领域的表达方法。

伟大诗人们给每个男人和女人的信息是：以平等的身份到我们这儿来吧，只有这样你才能了解我们，我们并不比你强，我们所拥有的你也有，我们所能享受的你也享受。你设想过只能有一个上帝吗？我们认定能有无数个上帝，而且一个并不与另一个相抵销，犹如一道目光并不抵销另一道那样……同时人们只有意识到自己内在的至尊时才能是好的或崇高的。你觉得风暴、肢解、残酷的战斗、遭难、自然力的肆虐、海洋的威力、大自然的运动，以及人类的渴望、尊严、仇恨与爱的剧痛——所有这些的伟大之处何在呢？就在于灵魂中有某种东西在说：愤怒前进吧，旋转直上吧，我到处在扮演大师，天空痉挛和海洋碎裂的大师，自然、情感、死亡以及一切恐怖和一切痛苦的大师。

美国诗人们将以他们的宽宏大量和慈爱以及对竞争对手们的鼓励而引人注目……他们必须包罗万象，没有什么垄断和秘密……乐于将一切传给别人……日夜期待着对手。他们不会重视财富和特权……他们就是财富和特权……他们会察觉谁是最富裕的人。最富裕的人就是那种从自己的更大财富中拿出对等的东西来对抗他所看到的一切虚饰和炫耀之物的人。美国诗人不应该专门去描绘一个阶级的人或一两个获利的阶层，也不应该主要地描绘爱或者真理，或者灵魂，或者身体……不应该重视东部各州甚于西部各州，或重视北方甚于南方。

精密科学及其实践运动对于最大的诗人不是束缚而往往是鼓励和支持。那里是出发和永远令人回想之处……那里有最先将他高举和最好地回护他的双臂……他几经碰壁之后最终回到了那里。水手和旅行者……解剖学家、化学家、天文学家、地理学家、骨相学家、牧师、数学家、历史学家和词典编撰者不是诗人，但他们是诗人的立法者，他们的制作为每一首完美的诗的结构打好基础。无论有什么出现或被表达出来了，都是因为他们给送来了它的概念的种子……灵魂的看得见的凭证来自他们并站在他们身旁……各种各样的强健的诗人永远只能从他们的精液产生出来。如果父子之间必然会有爱的满足，如果儿子的伟大是从父亲的伟大而来的，那么诗人与真正的科学家之间也必然有爱。诗的美中包含着科学的繁荣和最高的赞赏。

保证有充沛的知识之流和对于质量和事物的深入考察是重要的。诗人的灵魂在这里依依环绕并膨胀起来，但它永远能支配自己。深渊是无法测量的，因而也是平静的。天真和赤裸的状态恢复了……它们既不谦卑也不鲁莽。那种关于特殊和超自然的以及一切与之纠缠或从中引申出来的东西的整个理论都像梦一般消失了。以前发生过的……现在发生和可能或必然要发生的，一切都逃脱不了那些重要的根本法则……它们适用于任何情况和一切情况……不会加快也不会放慢……任何事务或人物的奇迹在那个巨大而清晰的设计中都是不能承认的，而那里的每个动作、每片草叶、男人们和女人们的身体和精神以及与他们有关的一切，都是些完美得无法形容的奇迹，这些奇迹都是相互关联而又各有特性和各得其所的。而且要承认在已知的宇宙中有什么比男人们和女人们更神圣的东西，那也不合乎灵魂的实际情况。

男人们、女人们、世界以及世界上的一切，都只能按其实际予以承认，同时对于它们的过去、现在和未来的调查也不能中止，要十分公正地完成。在这个基础上，哲学家沉思着，始终面对诗人，始终注视着一切向往幸福的永久趋势，这些趋势和各种感官与灵魂所察觉的东西从来都是一致的。因为只有那些向往幸福的永久趋势能为那种明智的哲学作证。凡是不能充分做到这一点的……凡是不能与光和天体运动的法则起同等作用的……或是比不上那些与盗贼、骗子、馋鬼、酒徒终生（当然还有以后）相适应的法则……或是比不上时间的漫长阶段、地层密度的缓缓形成或慢慢隆起的东西——所有这些都不值得重视。凡是要把上帝摆进一首诗中或一个哲学体系中来与某个存在物或某种力量相抗衡的，同样不值得重视。明智与整体性是一个卓越大师的特点……只要在一条原则上糟蹋了，就全部糟蹋了。卓越的大师与奇迹无关。他由于成为群众中的一员而自己健康起来……他在非凡成就中看到缺陷。普通的基础产生完美的形式。服从一个普遍的法则是伟大的，因为这就是与它相适应。大师知道它是极其伟大的，知道一切都是极其伟大的……知道没有什么，举例说，比孕育孩子并把它们好好养大更为伟大的了……知道生存就像感知或说出来一样伟大。

　　在一些卓越的大师身上，政治自由的思想是必不可少的。只要是有男人和女人的地方，自由必然为英雄人物所信奉……但诗人从来是比别的任何人都更加支持和欢迎自由的。他们是自由的呼声和讲解人。他们是若干时代以来最能与这个伟大概念相称的人……它已经被委托于他们，他们得维护它。没有什么比它更紧要的了，没有什么能歪曲或贬抑它。伟大诗人们所采取的态度是鼓舞奴隶们，恐吓专制君主。他们的一回头，他们的一举手，他们的脚步声，都对后者充满了威慑，而给前者带来希望。你只要接近他们一会儿，那么尽管他们什么也没说没问，你就能学到关于美国的可靠的一课。那些虽有好心但一次挫折两次失败或者多次失败之后就垮掉了的人，或者受不了人民偶尔的冷淡或辜负的人，或者害怕权势者的凶暴威吓和经不起武力或刑罚考验的人，都是不可能好好为自由效劳的。自由只依靠自己，不求人，不许诺什么，冷静地堂堂地坐着，积极而泰然，从不丧失信心。战斗在进行，时而听到大声的报警，时而前进时而后撤……敌人得胜了……监狱、手铐、铁枷、脚镣、绞架、绞索和铅弹在履行它们的职责……正义的事业睡着了……强大的嗓子被它们自己的鲜血哽住了……青年人彼此遇见时都垂下眼帘俯视着地面……那么，自由从它的岗位上溜走了吗？不，从来也没有。如果自由要走，它也不是第一个或第二个或第三个要走的……它要等到所有其余的都走了之后……它是最末一个……当那些先烈的荣誉已经完全暗淡、消失的时候……当那些爱国者的巨大姓名在大庭广众之中受到奚落嘲笑的时候……当孩子们在洗礼中不再以他们的名字而是以暴君和叛徒的名字命名的时候，当自由者的法律已不大为人们所乐意接受而那些袒护告密者和血腥钱的法律反而使人们觉得香甜的时候……当我和你们出国到世界各地行走，看到那报答我们以平等的友谊和不称任何人为主人的无数兄弟而深受感动的时候——还有当我们看见奴隶而感到崇高的欢欣时……当灵魂退居深夜以冷静地省察它的经验，并对于那些把一个天真无助的人推回到压迫者的掌握之中或任何残忍的卑下境况中的言论和行动为之心神恍惚时……当这些州的各个地方的那些本来能够比较容易表现可是还没有表现美国的真实性格的人——当成群的拍马者、傻瓜、不反对南方蓄奴制的北方人、政治寄生虫、希图自己在市政府或州立法机关或法院、国会、总统府获得肥缺的诡计策划者，他们无论弄到职位与否都受到人民爱戴和自然的尊敬的时候……当你是政府机关中一个受约束的拿着高薪的笨蛋、流氓，却胜于做一个自由但最穷困的机械工或一个可以不脱帽子并有着坚定的目光和坦白宽大的心肠的农民的时候……当某个市的、州的、联邦政府的或任何一种压迫能够以或大或小的规模试验一下人民的奴隶性而它本身不会在事后及时受到完全应当和万难逃避的惩罚的时候……或者更确切地说，当整个生命和男人们与女人们的灵魂从地球任何一个部分被全部清除的时候——那时自由的本能才会从地球的那个部分被清除掉。

由于宇宙诗人们的特质集中在真实的身体和灵魂中以及对事物的喜悦中，故它们在真实性上优于一切小说和传奇故事。在它们自我流露时，事实很快就将纷纷显露了……白昼为更加神速的光线所照明……日落与日出之间的幽暗也要加深许多倍。每个明确的物体、状况、组合或进程都显出一种美来……乘法运算表显出它的美来——老年显出它的美来——木工行业显出它的美来——大歌剧也显出它的……海上那只庞大而漂亮的"纽约号"快船在扬帆疾驶时闪烁着无与伦比的美……美国各界和政府的巨大协调也闪烁它们的美……那些最普通而明确的意图和行动也同样闪烁着。宇宙诗人们穿过所有的干扰、掩盖、混乱和计谋向那些最初的原则前进。他们是有用的……他们从需要中消除其贫穷，从自满中消除其财富。他们说，你这个大老板不会比别人了解或感知得多一些。图书馆的所有者并不就是那个买了它并付出了价款的握有合法所有权的人。任何人和每一个人都是图书馆的主人，他同样通过所有各种语言、科目和风格来阅读，而它们顺利地进入他的心中，在那里落户并努力繁殖丰腴、强健、充盈而硕大的成果……美国各州是强大、健康而完美的，不会以破坏自然标本为乐事，也决不容许这样做。在绘画、造型或木石雕刻中，或者在书籍报纸的插图中，或者在任何喜剧性或悲剧性的印刷品中，或者在纺织品及任何美化居室、家具、衣服的图案中，或者在檐口、碑牌、船头船尾上，或摆在人们眼前和室内室外的任何地方，只要歪曲真实形象，或创造非现实的存在物、地点和偶然事件，便都是一种可恶的背叛行为。至于人的形体，那尤其是伟大的，决不容许弄得滑稽可笑。对于一件作品，不容许有奇形怪状的装饰……但是，与大自然事物完全一致和出于作品本性以及不可遏制地从它而来并为作品的完整性所必需的那些装饰品，则是容许的。大部分不加装饰的作品都是很美的……夸张会在人类生理上受到报复。清洁而健壮的孩子只能在那些能让天然形态的标本经常公开出现的社会中孕育出来……这些州的伟大天才和人民决不能堕落到传奇故事的地步。一旦历史被恰当地加以阐明，就再也不需要什么传奇故事了。

　　伟大的诗人们也叫人一看就知道他们心里没有什么诡计，言行光明正大而见知于人民。于是，人们就从心底里报以一种新的大方的喜悦和一种崇高的赞赏：为人公正多美啊！谁要是完全公正，他的所有缺点就都可以原谅了。从此让我们谁也别说谎了，因为我们已经看到，坦白能赢得内在的和外部的世界，一无例外，并且自从地球聚成一团以来，欺诈、伎俩、撒谎从没有吸引过它的一丁点物质和一丝儿光彩——从一个州或整个共和国的宏大的财富和繁荣中，一个鬼鬼祟祟的或狡猾的人物是一定会被揭发并遭到鄙视的……我们看到灵魂从来没有被愚弄过，也永远不会被愚弄……没有受到灵魂嘉赏的繁荣仅仅是一股恶臭的喷发而已……从来也没有生长过一个本能地仇视真理的存在物，无论是在地球的哪个大陆上，或者是在哪个行星或卫星或别的星球上，或者是在小行星上，或者在太空的哪个部分，或者在任何具有密度之物中，或者在海水底下，或者在婴儿诞生前的状态里，或者在生命变化过程中的任何时刻，或者在我们所谓的死亡之后，或是以后生命力的任何一个中止或活动时期，或者在无论哪里的一个形成或改革的程序中。

　　极端的小心谨慎，最健全的官能，对于女人和孩子的强烈希望、鉴赏力和爱好，巨大的滋养性、破坏性和起因，连同一种完全的自然一体感和应用于人类活动的同一精神的适当性……这些都是从宇宙智能的漂游物中唤起来、成为最伟大诗人从他的母亲的子宫中和她从她的母亲的子宫中诞生出来时所获得的要素。小心谨慎很少有过甚之时。有人设想一个谨慎的公民就是那种致力于实际利益、很会为自己和家庭打算、并清白无累地终生守法的公民。最伟大的诗人看得见并且承认这些经济实惠，如同他看见饮食、睡眠的实惠那样，但是他对谨慎有更高的见解，而不仅仅认为只要他稍稍留心一下门闩就是立了大功了。生活谨慎的前提不在于它的殷勤好客或它的成熟和收获。除去作为丧葬费留下的一小笔专用存款，除去在自己占据的一片美国土地上拥有四周的几块护墙板和头上的几块木瓦，还有能维持简单生活的小康经济之外，作为人这样一个万物之长所必须严加谨慎而力戒放纵的是只顾赚钱，不避炎天寒夜和令人感到窒息的虚假欺诈的岁月的颠簸和折磨，或者不在乎营业室的细枝末节，或在别人饿肚子时丑恶地大吃大喝……不惜斫丧地球上的英华、花朵、大气、海洋的清香，以及你在青年或中年时期所遇到或与之打过交道的女人和男人的真正情趣，并由此产生一个缺乏高尚和天真的生命行将结束时所出现的疾病和殊死的反抗，以及关于一种缺乏宁静和庄严的死亡的可怕唠叨——所有这些都是对现代文明和深谋远虑的最大亵渎，玷污着文明所无可否认地在勾画的外观和结构，同时用泪水打湿了它在灵魂给予的亲吻面前迅疾地舒展开来的明朗的面貌……但是关于谨慎的正确解释还没有完成。一个十分受尊敬的生命的仅仅在财富和尊严上的谨慎，在那些或大或小的人物一想起还有适于不朽的谨慎时都同样悄悄地回避的情况下，就显得过于暗淡而不引人注意了。适用于短短一年或七十年八十年的智慧，与那种为期千百年并在某个时候带着大大加强了的力量、丰富的礼品和婚礼来宾般的满面春风从周围你所能看得见的地方愉快地向你跑来的智慧相比，又算得了什么呢？只有灵魂是自行存在的……其余一切都有承前启后的关系。一个人的所为所想都会引起后果。一个男人或女人的一举一动不仅在一天或一个月或今生的某个阶段或死亡时影响到他或她自己，而且在以后整个来世中继续影响到他们。间接的总是与直接的一样伟大而真实。精神从身体所接受到的与它所付给身体的完全相等。没有哪一种言论和行动的名称……性病或污染的名称……手淫者的秘密……馋鬼与酒徒的腐败了的血管的名称……侵吞、诡计、背叛或谋杀……那些引诱妇女的蛇蝎般的毒汁……妇女们的愚蠢的依从……卖淫……青年人的任何堕落行为……不择手段的谋利……龌龊的胃口……官吏对人民、法官对犯人、父亲对儿子或儿子对父亲、丈夫对妻子、老板对他的学徒的苛刻行为……贪婪的表情或邪恶的企图……人们施诸自身的奸计……所有这些都从来不是也不可能是只把名字印在节目单上，而是准时演出了并得到了回报，并且在进一步表演中又得到回报……而这些表演再依次获得回报。博爱或个人力量的动力也永远只能是最深邃的理智，无论它是否会引起辩论。无须详加说明……增加、减少或分割都是没有用的。不论大小，不论有无学问，不分黑人白人，不论合法与否健康与否，从吸入第一口空气、经过气管直到最后气绝，每个男性或女性所发挥的有力、慈善而清洁的作用，在这个宇宙的不可动摇的秩序和它整个的领域中，对他或她都永远很有益处。如果野蛮人或重罪犯是聪明的，那很好……如果最伟大的诗人或学者是聪明的，那也完全一样……如果总统或首席法官是聪明的，也同样……如果青年机械工或农夫是聪明的，那也完全相等……如果妓女是聪明的，那也没有什么不同。好处总会到来的……一切都会到来。战争与和平的一切最好的行为……给予亲戚和陌生人、穷人、老人和不幸者、幼儿、寡妇、病人，以及给予所有被遗弃者的帮助……

所有对逃亡者和奴隶脱逃的赞助……所有在遇难的船上坚定而远远地站在一旁让别人去坐上救生艇的自我克制者……所有为崇高的正义事业或一个朋友或一种主张的缘故而做出的物质和生命的贡献……所有被邻人耻笑的热心人的痛苦……所有母亲们的最伟大珍贵的爱和高尚的痛苦……所有那些在记载过或未经记载的斗争中受挫的人……那少数几个我们从中继承了一些史料的古代国家的全部光荣和好事……以及成百上千个我们不知其名称、时代和地点的更加强大得多的古代国家的全部好事……所有那些曾被勇敢地开创出来的事业,不论后来成功与否……所有那些在某个时候从人类的神圣情感或他的崇高言论或他的伟大双手的塑造中很好地受到了启示的东西……以及所有那些今天在地球表面的任何部分被很好地设想或完成了的东西……或者是在漫游的或固定的星球上被那些如我们一样的人所设想或完成了的……或者是今后将要被你们或任何人很好地设想或完成的——所有这些,各自和全部地在它们当时或今天或今后都适用于它们所从中产生或将要产生的那些本体……你曾猜想它们都只能活过自己的一生吗?世界并不是这样存在的……没有哪些摸得着或摸不着的部分这样存在……没有哪个如今存在的结果不是从它长远的先前的结果而来,而那个结果又来自它的先行者,这样追溯下去就不能说这个发展中哪一点比另一点更接近其开端了……凡能使灵魂满足者都是真理。最伟大诗人的谨慎最终能适应灵魂的渴求和贪欲,它并不轻视那些较次的谨慎行为,如果它们与它的行为相一致的话;它什么也不阻止,不容许它自己或别的情况有所停顿,它没有一定的安息日或审判日,不把生与死、公正的与不公正的加以区分,对现在感到满足,对任何一种思想或行为都从自己方面来加以配合,不承认什么可能的宽恕或代替性赎买……知道一个从容地冒死丧生的青年是为自己采取了极好的行动,而一个苟且偷生舒适地活到老年的人也许一无所成，不值得提起……知道只有那样的人——他学会了宁取那些真正长命的东西，对身体和灵魂一样爱护，并且领悟到了间接的东西一定会随直接的而来，他所做的好事和坏事都会一齐向前并等待着再次与他相会——只有这样的人才别无什么伟大谨慎需要学的了，并且他精神上在任何危险中都会既不急躁也不回避死亡的。

　　对于一个想成为最伟大诗人的人，直接的考验就在今天。如果他不以当今时代犹如以浩大的海潮那样来冲刷自己……如果他不能将他的国家从灵魂到身体全部吸引住，以无比的爱紧紧缠住它，并且将他的传种接代的器官插入它的优点或缺点……如果他并非自己就是理想化了的时代……如果永恒没有向他敞开大门——这种永恒赋予所有时代、地点、进程、有生物和无生物以相似的外观，它是时间的黏结剂，以今天的浮游形态从时间的难以想象的模糊性和无限里浮现出来，被柔韧的生命之锚所抓住，使现今这个点变为过去与未来的通道，并代表这一小时的波浪以及它的六十个珍爱的儿女之一——那就让他沉没于一般的航程之中去等待他的发迹吧……不过对于诗歌及任何种类的作品还有一个最后的考验。一个有先见之明的诗人会为自己做出未来几个世纪的规划，并判断在时代变迁之后的执行者和执行情况。他的作品能通过这些变迁吗？那时它仍在不倦地坚持下去吗？那同样的风格和类似的才情特色那时还能令人满意吗？没有新的科学发现，或者新达到的更高思想、鉴赏和品行的水平，使得他的作品被人瞧不起了吗？千百年时间的进程有没有为了他的缘故而甘于左右摇摆呢？他是否死后很久很久还被人爱戴呢？年轻男子时常想起他吗？年轻妇女时常想起他吗？中年人和老年人想起他吗？

　　一首伟大的诗是为许多许多个时代所共有，为所有各个阶层、各种肤色、各个部门和派别所共有，为一个女人犹如为男人那样、为一个男人犹如为女人那样所共有。一首伟大的诗对于一个男人或女人不是结束而是一种开端。有人幻想有一天他能够以某种应得的权威坐下来，满足于一些解释，并就此觉得充分惬意了吗？最伟大的诗人不会走到这样的终点……他既不会停止也不会安于舒适。他的格调表现在行动中。他把他所吸引的那个人紧紧抓住并带到以前没有去过的生活领域中去……从那时起就不得休息……他们看见空间和难以形容的光辉，这种光辉使得已往的地点和光明成为死寂的真空了。他的伴侣注视星辰的诞生和运行，并领悟到某种意义。有时会出现一个从混乱与混沌中黏合起来的人……年长的那位鼓励年轻的并指示他……他们两人将怎样无畏地一起出发，直到新世界为自己选定一条运行的轨道，然后泰然自若地看着那些星星的较小轨道，并且迅速飞过那些不绝的圈子，永远不再安静。

很快就不会有牧师了。他们的任务完成了。他们还可以再待一会儿……也许一代或两代……逐步退出。一种更优秀的人将取代他们……一群群的宇宙之灵和先知会整个地取代他们。一个新的阶层会兴起，那时他们会成为人类的牧师，而且每个人都成为自己的牧师。在他们庇荫下建筑起来的教堂是男人们和女人们的教堂。那些宇宙之灵和新型的诗人将由于他们自己的神性而成为男人和女人以及一切事件和事物的解释者。他们会在今天的现实之物、过去和未来的征兆中找到他们的灵感……他们不屑于维护不朽或上帝，或事物与自由的至善至美，或灵魂的绝妙的美和真实。他们会在美国升起，并获得世界其他各地的响应。

英语是乐于表现庄严的美国的……它刚健、丰满而富弹性。它在一个历经变迁因而从来不缺乏政治自由思想（它是一切自由的主导精神）的种族的粗壮根株上吸收了一些更加精致、更加轻快、更加微妙、更加优美的语言的用词。它是一种有抵抗力的强大语言……它是一种明明白白的口语。它是那些骄傲而沉郁的种族以及所有勇于进取的人的语言。它是最适于表达发育、信念、自尊、自由、公正、平等、友好、充足、谨慎、果断和勇气的一种语言。它是一种颇能状人之所难状的表达工具。

没有哪种伟大的文学，也没有哪种同类风格的行为、讲演、社会交往、家务安排、公共设施、雇佣关系，或行政细则、陆海军行动指令，或立法、司法、公安、教育、建筑学、歌曲、娱乐，或青年人的服装时尚等，能够长期逃避美国标准的敏感而热情的天性。这种迹象无论其是否从人们口头上出现，但在有的随即过去、有的固定而保留下来之后，它总是在每个自由男人和自由女人的心中唤起一个疑问：它与我们的国家相一致吗？它合乎那些始终在成长的由兄弟、情人所组成、团结得很好、比一切旧的类型更壮丽、比一切旁的类型更丰富的巨大公社的需要吗？它是新从田野中产生或从海里取来在此时此地供我使用的吗？凡是适合我这个美国人的需要的东西必然适合可以作为我的一部分材料的任何个人或国家的需要。这适合吗？或者它与普遍的需要无关？或者它出于那些比较不发达的属于特殊阶段的社会的需要？或者出于那些为现代科学和社会形态所压倒了的陈旧乐趣的需要？这种东西清楚而绝对地主张自由并且不顾生死地要铲除奴隶制吗？它会帮助生育一个很体面而结实的男人，并且生一个女人来做他的完美而独立的配偶吗？它会改良风习吗？它有利于培植共和国的青年人吗？它能很快同那有着许多孩子的母亲的乳头上的香甜奶汁相融合吗？它也有那种年老而永远新鲜的忍耐与公正吗？它同样慈爱地对待那最后生育的和正在成长的，对待那迷路了的，以及那些除了自己的力量之外一切外界的攻击力量都瞧不起的人吗？

那些从别人的诗中蒸馏出来的诗篇可能会消失。懦夫一定会消失。一种生气勃勃的伟大期望只能由一种生气勃勃的伟大行为来满足。那许多低声细气地表示异议的东西，那些简单的反映工具，以及那些温文尔雅的作品，将匆匆流走，令人不复记忆。美国镇静而满怀好意地准备接待那些给它捎了话的来访者。给他们以许可证和欢迎的将不是才智。那些有才者，艺术家，足智多谋之士，编辑，政治家，学者……他们并非不受赏识……他们各得其所，各司其事。国家的灵魂也履行它的职责。它不放过伪装……没有什么伪装能瞒过它的。它什么也不拒绝，它容许一切。它只能迎合那些与它一样好和与它同样的东西。个人像国家一样是优等的，只要他也有构成一个优等国家的那些品质。一个最大、最富、最自豪的国家的灵魂不妨去迎合它的诗人们的灵魂。这样的迹象是明显的。不用担心犯错。如果一方是真实的，另一方也必然真实。作为一个诗人的凭证是他的国家钟爱地吸收他，就像他自己吸收了它那样。

致爱默生
(1856年8月)

亲爱的朋友和导师，我谨送给你这三十二首诗，因为我无法满足于只寄给你任何一般的东西来表示我对你的来信的感谢。你在寄给我上述那封来信之前所读到的《草叶集》初版是十二首诗——我印了一千本，很快就卖掉了；现在这三十二首我已经制版，将印几千册。我非常喜欢写诗。我已经为自己安排旁的工作来面对面地与人民和合众国相接触，让他们听听一种粗野的美国语言[1]；但是我终生的工作是作诗。我要继续下去直到作满一百首，然后是几百首——也许一千首。我的方向是明确的。再过几年，我的诗集将每年销售一万或两万册——很可能还要多。我何必操之过急或加以迁就呢？在诗或讲演中我说一句两句已经应当说的话，坚持同多数人在一起，同那无数的普通人齐步前进，给每一个男人和女人提醒一点什么。

老师，我是个有完整信念的人。老师，我们从许多个世纪、等级制、英雄主义和传说中走过来，不是为了今天在这个国家停顿下来嘛。有时我想，如果要停顿的话，也是为了聚集十倍的动力而那样做的。好比自然，始终不屈不挠、不可抵抗而泰然自若

---

[1] 这里似指做讲演旅行，这是惠特曼多年梦想要从事的一种"工作"。

地前进，美国也是如此。让一切都服从吧。让一切都恭谨地跟随合众国各州和它们的政治、诗歌、文学、风俗的悠闲步履，以及它们培训自己后代的那种大方气派吧。它们自己的后代已经到来，刚好成熟了，明确了，在数量和能力上都够了，有了自己的语言，有了公开抓住他们所有的一切的强健手腕。他们恢复已被遗忘得太久的个性，他们的影子投射在职业中、书本中、大城市中和贸易中；他们已踏上国会大厦的台阶；他们扩大，成为一批更高大、更强壮、更坦率、更加民主的、无法无天的、绝对属于合众国本土的、长得很可爱的、更完全的、无畏的、洒脱而老练的、满脸胡须的新人。

很快，在无限的基础之上，合众国也在建立一种文学。据我看来，它也建设得完全可以实用了。这里的每个要素都是很好的。我每天都到曼哈顿岛、布鲁克林以及其他城市的居民当中，青年人当中，去发现他们的精神，并振作我自己。这些是会受到注意的；我自己在这里为人们所吸引，有甚于为那些作家、出版家、舶来品、重印品等所吸引。在后者中间我只要冷漠地穿过，就对他们一清二楚，知道他们在像我这一类人之外起着不可缺少又非别的东西所能起到的作用。在诗歌中，对合众国的青年应有所描绘，因为他们能同世界上其他地方最优秀的青年相比美。

美国通过强大的英语遗产继承过来的现成的文学作品——全部丰富的传说、诗歌、历史、哲学、戏剧、经典、翻译，已经并且还继续在为另一种显然很重要的文学做好准备，那种文学将是我们自己的，有强大感染力的，新鲜的，朝气蓬勃的，将显示那充分成长起来了的男性和女性的身体——将提出事物的现代意义，将长得美丽、耐久，与美国相称，与一切家庭感情相称，与曾经一同作为男孩和女孩以及曾经与我们的父母在一起的那些父母的无可比拟的同感相称。

美国，即使是无可奈何也罢，又还能出现什么别的情况呢？那支巨大的英语潮流，那么可爱，那么不容争辩的，已给这里带来了不可估量的益处，它本身也还会被人们满怀赞赏和感激地谈起的。可是美国为此而付出的代价已经不小了。到处需要报偿；一个国家从来也不会无偿地向别的国家提供必需品。美国在它的政治理论方面，在通俗读物方面，在殷勤好客、幅员、天然魅力、城市、船舶、机器、金钱和信用等方面，已是世界上最伟大的国家，但它仍会随时像闪电般迅速地破产的，只要别人以告诫的口吻一质问：你哪里有什么精神上的表现呢？除了那些抄来和偷来的东西？你所许诺要产生的成批的诗人、学者、演说家在哪里？你乐意仅仅跟在别的国家后面吗？它们曾长期奋斗建立自己的文学，艰苦地开辟自己的道路，有的用不太完善的语言，有的凭僧侣的权术，有的只不过要努力活下去——可是为它们的时代、事业和诗歌做出了成绩，也许那是经历了若干个羞耻和衰落的年代之后才获得的唯一实在的安慰吧。你还年轻，有着最完美的本地口语，一种自由的出版制度，一个自由的政府，世界正把它最好的东西向你传递。既然世界那么公平地对待了你，从此你就应当公平地对待你自己。让那些不会为你放声高歌的歌唱家完蛋吧。把西部的门敞开。呼吁新的杰出的大师来领会新的艺术、新的完善典型、新的需要吧。听命于那个最强大的诗人，让他改变你的一片荒芜吧。那时你就用不着再抚养别人的儿子了，你将有你自己的继承人，你亲身生育的、血管里流着你自己的血液的继承人。

我冷静地面对这样的建议，并且看到愈来愈多的适用的回答。它们还没有表现出来，这是有充分理由的；不过，以超出世界迄今所知的规模正在做好准备，只要那些表现一出来就带回家，使之与美国大众相符合的，就是那种不计支出和年限而廉价得来的学校教育。美国从大量的重印出版物中，从流行作家和编辑手里吸取这样的教育。这样的供应和摘录是以符合美国特点的、大规模的、不顾一切的自由方式完成的。这里将取得在别处从不认为可能得到的成果；其方式也是十分壮观的。美国人民的天性都是完美的，势必产生英雄人物。在这方面很少有人能了解美国。

所有流行的对文学的滋养品都在应用。我不知道在美国有多少作家和编辑，但有数以千计的人在各自建立自己的阶梯去登攀巨人们将要达到的巅顶。世界上现有的二十四台用蒸汽开动的有两个、三个、四个滚筒的巨型印刷机中，美国占有二十一台。那出售书报的一万二千家大大小小的商店和同样数目的公共图书馆，任何一家都有足够的读物来培养一个能读美国书报的男人或女人——那三千种报纸，其中即使是不怎么好的也同样给人以营养——那各种各样充满强烈传奇色彩和广泛流传的故事小报——那些一分两分一张的日报——那些政治性的东西，无论属于哪一派的——农村里的周刊——体育报和画报——每月出版的杂志，包括大量舶来品——那些印数极大的伤感小说——廉价而花哨的故事、惊险小说和传记——一切都带有预示性；一切都在迅速地向前漂流。我看见它们由于某些原因在膨胀、扩大。我并不为它们的趋势感到不安，反而极为高兴。我看到那窜来窜去的机梭，还有无数活跃一时旋即消失的书本，在为一代男人和一代女人织着衣服，而他们并没有感觉到。在五十年里，那些通俗读物和作品有了多大的发展啊！今后五十年还将有多大的发展啊！让我们所固有的文学如蒸汽机、钢铁、玉米、牛肉、鱼类那样普遍而现实地成为美国的一个主要部分，这已经是时候了，应当产生第一流的美国人才。到那时候，我们用来制造新鲜的思想、历史、诗歌、音乐、讲演、宗教、朗诵、娱乐的持续不断的材料，就会像那些长年存在的田地、矿山、河流、海洋一样不再被忽视了。有些东西已经完成，那是不可移易的；在那些东西中千万年的历史得到了证实。那些孕育了现代世纪的母亲们和父亲们并非白白生存过了；他们那时也有思想和感情。当然，在一切国家和一切时代，整个文学都有共同的显著特点，正如我们各个时代的人都有共同的人类特性一样。美国将保持粗犷而开阔。目前应当做的是从祖先摆脱开来，走向男人和女人——同样也走向联邦性质的美国；因为美国各个州的联盟对于它们的生命的重要性并不亚于身体各个部分的结合对于这些部分本身的重要性。

一个深思的人了解人民比他们了解自己更容易一些。在普通人大军的灵魂之中常常蕴藏着一种素质，那是比任何可能表现在他们的统率者身上的东西更宝贵的。那是起决定作用的。在美国的任何一个部门，一个人如果只同一个小圈子或少数经过挑选的人交往，或者同伪造者、背信弃义者、奴隶主，或者同那些对于一个男人的身体感到羞耻的人，或者同那些对于一个女人的身体感到羞耻的人，或者同任何一个不是最勇敢最坦率的人交往，那他就是在消亡的斜坡上往下滑。同我们的天才比起来，一切外国文学的天才都是经过修剪和截短了的，并且基本上不尊重我们的习惯和美国的组织契约。那些在它们本国原是庄严而正当的旧的形式和旧的诗篇，到了这个国家就成为流亡者了；而这里的空气是非常强健的。许多东西在欧洲一些王国、帝国和类似的国家中，其狭小的规模显得恰到好处，并且拥有一小块足够的地盘，但到了这里就显得憔悴、矮小而滑稽可笑，或者找不到那样一个小得合适的天地来供它栖息了。那些输入到美国来的权威、诗篇、标本、法规、名称，今天对于美国的用处就在于将它们摧毁，从而毫无羁绊地向伟大的作品和时代前进。

在我国或任何国家，只要没有革命者起来，在人民的支持下扫除那许许多多墨守成规的代表、当权的官吏、编书人、教员、牧师、政客，只要是这样，我觉得，那些掌权者就能名正言顺地代表那个国家,就仍然起作用,也许还起很大的作用。要取代他们,如果美国高兴这样做的话,条件已充分具备;而且,我认为果断地运用这些条件的时机已经到了。在这里,军队的灵魂也已经不仅把官员们的灵魂接管过来,而且越过他们前进,并把官员们的灵魂留在后面老远老远看不见的地方了;而军队的灵魂如今在没有军官的情况下集体前进。这里也有公式、俗套、空白表格和烦琐事务在堵塞代言人的喉咙,快把他闷死了。凡是人们最想听的东西,一定是那些说得最少的。连一本世界历史也没有。没有一本美国的,或者一本合众国组织契约的,或者华盛顿、杰斐逊的历史,也没有语言史或任何英语词典,没有伟大的作家;每个作家都自甘沦落,成为循规蹈矩的庸人了。诗歌中没有男子气和生殖机能,倒有些更像是阉割了的平庸的东西。我们的文学将被打扮成一个漂亮的绅士,不合我们生来的口味,不是我国土生土长的。它无论走到哪里都要摇头晃脑。它的服装和贵重的饰物说明他对自然多么无知。它的肌肤是柔软的;这越发表明他身上没有什么与自然相似之处。除了在宗教会议和学校里经过了修剪的自然之外,还有什么呢?哪里能找到一个原始的、生机充沛的人呢?哪里还有一个监督者?在生活里,在诗歌里,在法典里,在国会里,在讲堂、戏院、对话和辩论中,没有一个人公然抬起头来证明他是他们的导师,使他们听命于他,并准备随时考试他们的上级。没有人相信这个合众国,大胆地把它体现在自己身上。没有人以严峻的否定神态环顾旁人,拒绝在任何条件下被收买去放弃自己的见解,或者背离自己的灵魂,或背弃友谊,或卑视自己的身体,或脱离乡土与海洋。对于经典、文学、艺术、陆军、海军、行政部门,没有人提议让生活去救治,但是却有人提议由病人和垂死者去医治病人和垂死者。教堂就是一个巨大的骗局。人民并不相信它,它也不相信自己;牧师们在不断地说那些他们自己很不以为然的东西，却回避那些他们明知属实的事情。这光景是很可怜的。我想在那欢乐的世界上再也不会如最近在合众国这样，有更多极不相称的人物在蓄意攫取政府机关的首要职位——让这样一些瞎眼僵尸去当法官——让这样一个无赖和盗贼当总统。

直到目前，大大助长了这种情况的是，人民还像一群大孩子，没有确定的鉴赏力，很少意识到他们自己的伟大，他们的命运，以及他们的巨大的步伐——他们仍贪婪地接受小说、历史、报刊、诗歌、学校、讲演中所介绍给他们的一切。通过这些以及其他的方式，它们的发展眼看就要形成一种足以自立的力量，然后以既定风格的面目出现。青年人会明白他们所需要的是什么，并将得到它。他们只会追随那种在精神与他们自己契合并能引导他们的人。任何一个这样的人都会像五月的鲜花那样受到欢迎。别的人则只会被不客气地拒之门外。就合众国的青年来说，那一群对于打仗、做工、射击、骑马、跑路、指挥等一无所能的花花公子中，究竟有什么可取的呢？——这些人有的还虔诚，有的精神不正常，有的则等于被阉割了——全都是第二手、第三手、第四手、第五手的旧货——由仆人服侍着，不是把这个国家摆在首位，而常常是把别的国家摆在首位，空谈艺术，为了怕人家说自己可笑而做出一些滑稽可笑的事来，一路傻笑着、蹦跳着，不断地脱帽行礼——没有一个是出于天性和自己的男子风度而行动、穿衣、写作、说话和恋爱的，可谁都谨慎地瞧着别人怎样行动、穿衣、写作、说话和恋爱——将死的书本紧扣在自己和他们国家的身上，不喜欢这里的诗人、哲学家、学者，而像叭儿狗似的紧跟在敌对国家的诗人、哲学家、学者的屁股后面——喜欢这个合众国的绅士太太们的思想表达方式、标本和社会习俗，偷偷地与这个合众国的大众基层相对抗并从这一对抗中成长起来。当然，就曼哈顿岛、布鲁克林、波士顿、伍斯特、哈特福德、波特兰、蒙特利尔、底特律、布法罗、克利夫兰、密沃基、圣路易斯、印第安纳波利斯、芝加哥、辛辛那提、衣阿华城、费城、巴尔的摩、罗利、萨凡纳、查尔斯顿、莫比尔、新奥尔良、加尔维斯顿、布朗斯维尔、旧金山、哈瓦那,以及千百个现有和未来的相等的城市来说,他们和他们的同类永远也不会为美国新兴的诗歌辩护。当然,对他们的供养并不会停止,而且这些供养由于能增强男性和女性的身体会受到欢迎。当然,他们及其同类的被用来为别人效劳的那些东西行将告尽,到时候,他们会统统被抛弃,谁也不再有人谈起了。

美国就像它所正当向往的那样生育了自己的后嗣来从事所需要的手艺。对于自由,对于实力,对于诗歌,对于个人的伟大来说,是从来没有休息的权利的,几十年或几年都不行。要是成熟到不能进一步发展了,这就意味着快要灭亡。合众国的建筑师们给它打好了基础,然后向新的领域转移。他们所奠定的是一个完成了的工程;还有同样多的工作留下来没有做。如今需要别的建筑师,他们的任务同样艰巨,也许更艰巨一些。每个时代都总是需要建筑师的。美国还没有建成,也许永远不会建成;如今美国还是一张神圣而真实的草图。有三十二个打好了草图的州——三千万人口。几年以内就会增加到五十个州。再过几年将达到一百个州,人口达到几亿,全是最新式最自由的人。当然,这样的人将完全坚持最新式最自由的表达方式。

这里的诗人、这里的文学家将采用不同于别国的组织原则;不会有什么阶级给撇在一旁,让他们只在自己的圈子里游转,谦虚而体面地拼命搜刮韵脚,与白纸一样苍白、闭塞,只知道人类的古老图片和传统,而没有意识到他们周围的现实的人群——并不在彼此间进行同种繁殖,使得大家都长上瘰疬。整体的国土,整体的诗人!美国诗人和文学家正从旧的传统中自由地走出来,就像我们的政治已经走出来那样,他们不承认背后有任何东西比今天他们的东西更优越——只乐于承认合众国的男人们和女人们的茁壮的活生生的体态、性的神圣、女性与男性完全相适应的情况、整个合众国、自由与平等、真实的物品、各种职业、机械、曼哈顿的年轻小伙子们、习惯、本能、行话、威斯康星、佐治亚、高贵的南部心脏、热血、完全当家做主的精神、煽动叛乱的精神、西部人、土生土长的观念、用以观物的眼睛、各种成品的完美标本、自由的狂暴劲头、加利福尼亚、金钱、电报、自由贸易、铁和铁矿、毫不犹豫地承认那些美妙的不可抵抗的黑人诗歌、滨海各州的轮船,以及其他不可抵抗的美妙诗歌、后面拖着一列列车厢走遍内地各州的火车头。

还要说一句话,那是有个人曾经说过的,但没有得到承认,反而为文学界所排斥,从此默无声息,其后果又十分明显。由于不能坦率地、名正言顺地、泰然自若地谈论性的发展(这也是唯一的拯救办法),以及讲演和写文章的人都虚伪地装作看不见每个人都知道在起作用的东西,结果就出现了现代书籍、艺术、讲演等作品中那种无个性和模糊不清的状况;在男人们和女人们日常可见的生活中,过去一个时期以来他们大多像是中性的人;同样刺眼的是在今天这个正统社会中,如果将服装换一下,男人要充当女人,女人充当男人,都是很便当不过的。

背信的邪说以虚伪的面目蛊惑着大多数人;其余的人中在流行着关于性的邪说。学者、诗人、历史家、传记家,以及别的人,长期以来在自己的写作中或者沉默或者顺从,与这条肮脏的法规同谋共事,以致书籍被俘虏过去了,那构成一个男人身份的东西,即性的东西,女人身份、母性、欲望、强烈的兴奋、性器官、性行为,这些都不能提了,都是可耻的了,都被赶了出来,只好偷偷地在文学领域之外发挥它们的作用了。这条肮脏的法规必须撤销。它阻碍伟大的改革。在这方面女人的权利也如男人一样，她们不应当有关于性的异端邪说，而应当有完全的信仰。妇女在美国已到了与男人实质地完全平等的时候，没有这种平等，我看男人中间也就不可能有实质的平等。到那时，丈夫气这个空碟子里才会装上一点东西了。目前这种不冷不热的情况，这种冲淡了的服从的爱，像在诗歌、小说等中所表现的，是足以使一个男人作呕的；至于在美国到处可见的那种男人的友爱，出版物中连一点影儿也没有。我说男人和女人的身体这个主要的东西至今还没有在诗中得到表现；但身体是一定要表现的，性也是这样。对于美国诗人来说，如果要提出问题的话，那就是他们会不会在诗中歌颂自然即万物之母的爱欲的永恒的正当性，或者他们会不会继续胡说性爱生来就是淫猥的，并且充当一个懦弱而抱怨地自甘贬损的时髦诗人。这个问题在诗歌中是很重要的，因为一个国家的所有其余的表现只不过是它的伟大诗篇的边饰而已。所以我认为，任何理论，不管怎样，如果不能公开接受并以明确的措辞当众说出一切现存的、精神的、实感的、合乎礼仪的、健康的、值得为之生存的、关于女人和男人的、美的、纯正的、可爱的、友好的、强有力的、有生命的和不朽的事物所赖以存在的东西来，它就会生机停滞，变得虚弱而陈腐。在今后一两年内，那种坚持对性的信仰并耻于让步的人将被证明其灵魂是真正勇敢的。

　　对于诗人和文学家——对于每个女人和男人，无论今天或任何时候，当前的环境，贫困、危险、偏见等，就是我们亲身所处的环境，也只能从这个环境出发去毫不含混地说明未来。合众国，作为历史和外国精华的接受者，正着手草拟一个将提供千百倍报偿的计划。它请来了新旧世界所等待的美国大师们，这些大师所接受的既有好的也有坏的，既有博学也有无知，有白人的也有黑人的，有本地的也有外国产的材料，什么也不拒绝，将彼此不一致的东西强行合在一起,全部囊括起来,将它们集中在现时代和现今的地方,显示其适用于每个人和任何人的身体与灵魂,并指出那些先例的实际用途。美国将永远是激动而骚乱的。今天它正在形成,正在不是缓和而是愈益激烈地、任性地按照本国的原则在那么辽阔的地区之内形成!至于我,我是喜爱叫喊的、搏斗的、沸腾的日子的。

当然,我们将有一个全民族的性格,一个个性。到时候,只要时候一到,它就会出现。那个性格,连同许多别的东西,将照顾它自己;它是一种结果,并且还将引起一些更大的结果。由俄亥俄、伊利诺斯、密苏里、俄勒冈,由墨西哥海周围的各个州,由那些从欧洲、亚洲和非洲来的受到热情欢迎的移民,由康涅狄格、佛蒙特、新罕布什尔、罗得岛,由所有各种不同的利益、事实、信念、政党、起源——由所有这些合在一起并且正在熔铸为一个坚强的性格,它适宜于为已经完成或将要完成的、一无例外的美国各州的自由女人和自由男人所广泛应用——他们每一个都真正是自由的,每一个都是独特的,堪称为活生生的州和人,但是每一个都依附于一种政治、习俗、言谈和个人风格的共同形态,犹如种族的丰富多样依附于一个共同的形体那样。这样的性格对于包括文学和诗歌在内的一切来说,都处于头脑和脊梁的地位。这样的性格,强壮,柔韧,公正,直爽,属于美国血统,满怀豪情,毫无拘束,热情友好,能够始终不渝地站立在个性至上的广大基础上——这就是新的精神的美洲大陆,如果没有它,我看物质的大陆就不是完全的了,也许只是一具尸体,一个浮肿病人而已——这就是那个面对面地与合众国、与永远令人满意、永远无法测量的海洋和陆地相适应的更新的美利坚。

你发现了那些海岸。我说你在领导美国,在领导我。我说,谁也没有做出过,也不能做出比你所做的更大的贡献。别的人可以画出草图、建设城市、开采矿山、垦殖农场；你的工作则是作为一个最先出航的船长，忠实、直觉、坚决，提出头一个报告，但你自己将主要不是由任何的报告，而是由你过去多年以后的千百个海湾的航海者在他们到达或离开一个航站时才来加以说明的。

亲爱的老师，请接受我的这些陈述和信念，为了所有的青年人，为了一个在你之前我们并不知道、而有了你以后就变得最好了的保证；同时我们要求将你的名字置于我们的保管之下，我们懂得你所指出的东西，并且找到了在我们身上也指出了的同样的东西，我们将坚守它，并通过合众国来加以发扬。

沃尔特·惠特曼

附：爱默生致惠特曼

(1855 年 7 月 21 日于康科德)

亲爱的先生：——我并非看不见《草叶集》这个令人惊叹的礼品的价值。我发现它是美国迄今做出的最不平凡的一个机智而明睿的贡献。我十分高兴地读着它，因为伟大的才能总是令人高兴的。它满足了我经常对那个看似贫瘠而吝啬的大自然提出的要求，这个大自然仿佛由于过多的劳作，或者由于它的气质中的过多水分，使得我们西方的智慧变得迟钝而鄙吝了。我十分赞赏你那自由而勇敢的思想。我极为喜欢它。我发现了一些写得无比精彩的无与伦比的东西，它们真是恰到好处。我看到了那种论述上的勇气，它是那样地使我们感到愉快，并且是只有巨大的洞察力才能激发出来的。

我祝贺你在开始一桩伟大的事业，它无疑是从一个长远的背景出发的。我擦了擦眼睛，想看看清楚这道阳光是不是一个幻觉；但白纸黑字的书摆在我面前，它是千真万确的呢。它有最大的优点，那就是能够加强信念和鼓舞人们。

直到昨夜我从一张报纸上看到这本书的广告，才确信你的姓名是真的，可以据此给作者写信。

我希望见见我的惠赠者，并且很想放下手头的工作去纽约一行，以表示我对你的敬意。

拉·华·爱默生

《像一只自由飞翔的大鸟》[1]序
(1872)

  过去若干年促使我歌唱新世界和写一部民主史诗的渴望和想法，如今已经如愿以偿地在《草叶集》中实现了，因此现在以及将来我的任何作品都只不过是上述诗集以后的剩余品或者它的尾波而已。我在那部诗集中实现了一个固执的信念以及我的天性的绝对而不可抗拒的指令，就像那些促使海水流动或地球旋转的指令一样。然而，对于手头这个补充的集子，我却承认自己不完全持那种看法。既然我从成年后不久就放弃了对于我这时代和国家中通常事业和理想的追求，一直心甘情愿地委身于上述渴望和那些想法的实现，那么在没有必要再说什么的时候又来写作，就只能是习惯势力在支配我了。可是从长远的效果看，生活要不是一种实验又是什么呢？道德不就是一种训练吗？我的诗也必然是这样。如果这里不完整，那里多余，也无关紧要——这认真的试验和持久的探索至少是我自己的，而别的不成功之处也就等于成功了。反正我更关心的是要启发式地唱出奋发的精神和豪迈的进取心，为各种在户外活动的健儿提供一点什么，而不是要制造完美的韵律或在客厅里压倒别人。我从一开始就大胆走自己的路，不

---

[1] 此题在永久版中改为《母亲，你同你那一群平等的儿女》。

惜冒险——并且决心继续冒险走下去。

因此，我不想在任何认识或不认识但对此事感兴趣的人面前掩饰我的态度，即我还有雄心再从事几年诗歌创作。伟大的现时代啊！要在诗中吸收并表达它的一切——它的世界——美国——各个州和各个城市的一切——我们十九世纪的岁月和事件——迅速的发展——光明与阴暗、希望与恐惧的强烈对照和变化——由科学引起的诗歌技法上的全盘革命——这些伟大新颖的基本事实和在到处突击与传播的新思想；——真正是个伟大时代呀！仿佛在一出如古代那样在露天太阳下重新上演的宏伟戏剧中，我们时代的各个国家，以及所有的文明特征，都似乎在匆匆地迈步跨过，从一边到另一边，聚集着，向一个长期准备好的十分惊人的结局靠近。不是要结束人类的生活、劳苦、幸福和悲伤的无限场景，但或许要将那些最古老、最腐朽的障碍和堆积物从舞台上清除，让人类在更愉快而自由的赞助下重新开始那永恒的演出。在我看来，合众国之所以重要，是由于它在这出宏伟的戏剧中无疑被指派为今后许多世纪扮演主要的角色。仿佛历史和人类要努力在它身上达到自己的顶点似的。甚至今天我们的广阔领域里也在忙于上演阴谋、爱情、私利以及悬而不决的难题，与此相比，欧洲过去的奸计、历代的战争、国王与王国的活动范围，乃至各个民族迄今的发展，其规模都是狭窄而平凡的了。在我们的这些领域里，也像在舞台上一样，迟早会引申出像解释欧洲和亚洲全部历史文明的那种东西来的。

关于主角。不是要我们在这里再来扮演和竭力仿效那个自古以来最重要的角色——不是要成为一个征服者民族，或仅仅赢得军事上、外交上或贸易上优胜的荣誉——而是要成为一个产生更高尚的男人和女人——产生愉快、健康、宽容和自由的众多子孙的伟大国家——要成为最友爱的国家,(真正是合众国)——由全体组成的、给全体以发展机会并欢迎一切移民的、紧密团结的现代国家;——接受我们自己内部发展的成果,以便满足未来许多世纪的需要;——是首要的和平国家,但也并非不懂或不能承担作为一个首要战争国家的使命;——不仅是男人的国家,而且是女人的国家——一个拥有出色的母亲、女儿、姐妹、妻子的国家。

我把我们今天的美国在许多方面看作仅仅是一大堆生机蓬勃的物资,它比以前所看到的更丰富、更好(也更坏)——可用于一劳永逸地建设并带动未来的伟大理想的民族,即包括身体与灵魂的民族向其最高阶段发展*——这里有无限的土地、便利条件、机会、矿山、产品、需求、供应等;——有着已经超过可能的估计而永久完成了的国家的、州的和市的政治组织——但是至今还没有可以与我们的政治相协调或与我们相适应的社会、文学、宗教或美学的组织——那样的组织要到一定时候才能通过伟大的政治思想和宗教——通过那如今正像上升的旭日一样开始照耀一切的科学——通过我们自己所生育的诗人和文学家,才能产生出来。(最近有一本写得不错的关于文明的书,其寓意似乎是说,一种真实而全面的文明的地基和墙脚——这在以后也是必要的条件——只能是对每个人衣食住行所需产品的适用而可靠的无限制的供应——即物质和家庭生活用品的不断的来源,连同相互交流和民法上与宗教上的自由——只有这样,美学与精神方面的工作才可以不受约束。是的,美国已经建立起这个基础,而且其规模能够与大自然的广阔、多样、活泼与耐久相媲美;现在需要的是在这个基础上进而建筑一座大厦。我说这座大厦只有新的文学,特别是诗歌才能合适地建成。我说,为了熔合和表达现代政治与科学上的创造,一种新的制造意象的创作是必不可少的——那时就有一个完整的三位一体了。）

　　我多年以前着手制订我的诗歌计划，继续反复考虑那个计划，并在心中修改了许多年（从二十八岁到三十五岁），进行大量的试验，无数次地写了又丢——那时候，一个最根本的目的，并且一直在坚持和执行的目的，就是宗教的目的。尽管经历过多次变动才形成了一种在形态上完全不同于最初设想的程式，但这一根本目的在我诗歌创作中从来没有背离过。当然不能以旧的方法来显示它自己，像着眼于教堂听众来写圣歌或赞美诗那样，也不能表达传统的虔诚或信徒们病态的渴望，而是要以新的方式，针对人类最广大的底层和深处，并且与海洋和大陆的新鲜空气相适应。我要看看，（我对自己这样说，）为了我作为一个诗人的目的，在普通人类中，至少是在合众国的现代发展中，在强壮的共同素质和天生的渴望与要素中，是否就没有一种宗教，一种健全的宗教胚芽，它比所有一般的教派和教会更深更广，并能提供更有益的回报；它像大自然本身那样无限、欢乐而生机饱满——而这种胚芽无人鼓励，无人歌唱，也几乎无人知道，已经为时太久了。就科学来说，东方的学说经过长期受宠之后显然在开始衰亡和消失。但是（我认为），科学——也许它的主要应用将证明是这样的——也显然准备让路给一种更加无比伟大的科学——时间的幼小而完美的儿女——新的神学——西方的继承人——强壮而钟情，惊人地美丽。对于美国，对于今天，像对于任何一天那样，最高最终的科学是关于上帝的科学——我们称之为科学的仅仅是它的副手而已——正如民主也是或必须是它的副手那样。而一个美国诗人（我说过）必须满怀这样的思想，并从这些思想出发来唱出他的最好的歌。由于这些无论好坏都是《草叶集》的信念和目的，故它们也同样是这个集子的用意。因为在我看来，如果没有宗教的根本因素在浸染其他因素,(如化学中的热,它本身虽然无形,但却是一切有形生命的生命,)就不可能有明智而完整的个性,也不可能有伟大而富有感染力的民族性;同样,如果没有潜藏于一切事物背后的那种因素,诗也就不配称为诗了。现在已经的确到时候了,在美国应当开始让宗教观念摆脱一般的教会主义、礼拜日和教堂以及进教堂的活动,把它指派到最主要、最必需、最令人振奋的总的岗位上去,而整个人类性格、教育和日常事务中的其他方面都要以它为标准加以调整。美国人民,尤其是青年男女必须开始认识,宗教(像诗那样)远不是他们所设想的那种东西。它对于新世界的力量和永久性是太重要了,因此再也不能把它交给旧的或新的天主教的或耶稣教的教会——交给这个圣徒或那个圣徒。从今以后必须把它全部委托给民主,给文学。它必须进入民族诗歌中。它必须建造民族。

　　四年战争已经过去——在今天以及将来的和平、强大、令人振奋的新形势下,那场古怪而悲惨的战争会很快甚至现在已经被人们忘却。军营,训练,警戒线,监狱,医院(啊!那些医院!)——全都消失了——全都像一个梦似的。一个新的种族,年轻而强壮的一代人,已经像海潮般席卷而来,要将战争和它的创伤,它的隆起的坟墓,以及关于仇恨、冲突和死亡的一切记忆,统统冲洗掉。就让它这样给冲洗掉吧。我说现今和将来的生活向我们每个人,南部、北部、东部、西部所有的人,提出了不容拒绝的要求。要帮助合众国各个州(哪怕仅仅还是想象中的)手携手地围成一个牢固的圆圈同声歌唱——要唤起它们去担当它们将要扮演的史无前例的光荣角色——去考虑它们的伟大前途以及与之相适应的姿态——尤其是它们在美学、道德、科学方面的伟大的未来(对于这个未来,它们的物质和政治的简陋现状仅仅是由一支管弦乐队演奏的序曲而已)。这些,对我来说,一如既往地仍在我的希望和雄心之列。

已经出版的《草叶集》,就其用意来说,乃是一个伟大的不分男性女性的混合式的民主个人的歌曲。在继续追求和扩大这个目的时,我设想自己心目中有一个弦音贯穿于这个集子(如果得以完成的话)的诗篇里,这个弦音或多或少可以听见,它属于一个集合的、不可分的、史无前例的、巨大、紧密而激动的民主的民族个性。

那么,为了在未来若干年不断地进一步写好下面这个集子(除非遇到阻碍了),我想在此结束这篇为它的头一部分写的序言,它是我五十三岁生日那天在户外用铅笔写的;我(从新鲜的草香、午前微风快意的清凉、在四周悄悄地轻摆和游戏着的树枝的明暗以及作为低音伴奏的猫头鹰叫声之中,)向你,亲爱的读者,无论你是谁,遥寄忠诚的祝愿和友爱之情。

沃·惠特曼
1872 年 5 月 31 日于美国首都华盛顿

关于通过未来第一流的民族歌唱家、演讲家、艺术家以及其他人等将取得的这个最高阶段的成就——关于在文学中创造一个想象的新世界,作为当前科学与政治的各个新世界的联络者和对应物——关于那个也许遥远但仍然愉快的前景(为了我们的孩子,如果不能在我们这一代达到的话),即把美国及世界各地的基督教国家从传统诗歌的奄奄待毙、淡而无味但却惊人地广泛的可厌废物中解放出来,并以某种真正有生命和实在的东西来取代它——总之,关于这些问题,我已经在以前的《民主展望》一文中予以处理并论述过了。

建国百周年版序言[1]
(1876)

十一点钟的时候,在严重的病情中,我将不久前我的第一个主要集子《草叶集》出版后剩下的散文和诗歌搜集起来,其中有新作也有旧作——它们差不多全都作于过去完全健康的情况下(尽管有许多是忧郁的,使得这个集子几乎像是临终之作)——并在前面冠以最近收集的作品,即小小的《双溪集》,现在以这种混合的形式印出来,一方面作为我的一种献礼和衷情来庆祝这个庄严的时刻——我们新世界建国一百周年;一方面也作为乳糜和营养献给这个精神上坚不可摧的、平等地代表一切的联邦,未来许多个百年的慈母。

即使只作为我们美国的旺盛的证据——同样或者尤其是作为一种纪念品,我还是在最大骄傲和喜悦的心情下将我的那些关于死亡与不朽的诗歌*保留下来,给现今与过去的一切加上一道彩饰。它们本来是作为一切的终结和协调而写的;它们的最终的作用也必然是这样。

为了某种理由——我自己心里也说不明白,但暗暗为之高兴而满意——我毫不犹疑地在这个集子中体现并贯穿着两条完全清

---

[1] 这个纪念美国建国一百周年的版本包括两卷,即《草叶集》和《双溪集》。

晰的脉络——一条是政治，另一条是关于不朽的沉思。同样，这本书也有了散文与诗歌的双重形式。于是这个集子在那些小小插曲之后大致分为这两个乍看起来在题目和处理上很不一样的部分。我尤其珍视并始终以多种方式反复地要读者看到以下三点：第一，新世界民主主义的真正的生长特征将在卓越的文学、艺术和宗教表达中大放光辉，远远超过在它的各种共和形态、普选权和频繁选举中所表达的（尽管这些也极为重要）。第二，合众国的根本政治使命是实际解决和调停两套权力的问题——使各个州的特权相结合，趋于完全一致和彼此连接起来，具有必要的集中和统一，成为全国一体的权威，即无情的、包括一切和高于一切的、在这方面丝毫不让的最高联邦。第三，在今天普遍的乌烟瘴气之中，难道我们没有清楚地看到未来的带有最高象征性而坚不可摧的两个希望的支柱吗？——一个是，美国政治和社会上到处存在的病态只不过是暂时现象，是我们的无限生机的副产品和过分肥沃的土地上一年一度长出的杂草罢了，而不是主要的、持久的、多年生的东西。另一个是，美国过去一百年以来的全部经历仅仅是一种准备，是它的青春期；只有从今以后（即从内战以后）这个联邦才开始它正式的民主生涯。——这些，难道我们没有看到吗？

对于这个集子里的全部诗歌和散文（根本没注意时间先后，只是让原来的日子以及在当时的激情和感想中提到的东西胡乱塞在里面，没有改动），我的前一部书《草叶集》里的诗篇仍然是必不可少的土壤和基础，只有从那里才能生发出这后一本集子所更加明确地显示的根子和主干来。（如果说前者只显示生理学方面，那么后者尽管来源基本相同，却更加切实无疑地显示着病理学，而这是相当可靠地由前者派生出来的。）

前一部主要作品是在我身强力壮的时候,即三十岁到五十岁写作的,我在其中长久地思索着出生和生活,把我的想法用形象、斗争和我们时代的事件表现出来,给它们以明确的地位和个性,把它们浸透在争取自由的豪迈而无畏的激情中,这自由,为了把尚未诞生的美国精神从层层束缚、迷信以及过去亚洲和欧洲所有悠久、固执而令人窒息的反民主的权威中解放出来,是必不可少的。——我总的意图就是要超越于一切人为法规和助力之上去表达自我的永恒、具体、复合、累积和自然的性格**。

鉴于美国迄今和今后一定时期内尚在形成之中,我将我的诗作和文章作为营养和影响遗留下来,使之有助于真正消化和加强,尤其是提供某些为美国各州所亟需而我认为在文学中还远未供应的东西,让它们、或开始让它们清楚地看到它们自身,以及它们的使命。因为尽管一切时代和民族的主要特点就是其相似之点,甚至在承认进化的情况下也基本上是这样,但是这个共和国就其成员或作为一个组合起来了的国家来说,有某些至关紧要的东西显得特别突出,已臻于现代人性的境地。而这些东西恰恰是它在道德和精神上还很少认识到的。(虽然,看来很奇怪,它却同时在忠实地按照它们行动。)

我如此绝对肯定地指望着合众国的未来——它虽然基于过去,但不同于过去——当我准备或正在歌唱的时候,我经常召唤这个未来,并投身其中。自古如此,一切都有助于后来者——美国也是一个预言。什么事物,哪怕最好最成功的事物,可以单凭它本身、它眼前的或物质的外观就能证明其正确呢? 就人或国家而言,他们很少有了解自己能够给未来留下多少影响的。只有那种像高峰般耸峙着的人或国家,才能将它的主要意义留给你我今天所做的一切。缺了它,无论国土或诗歌都没有多少意思了——人类生活也就没有多大意味了。一切时代,一切民族和国家,都是这样的预言。然而，像我们的时代，我们的国土——如西部那些国土——拥有如此广大、如此清楚的预言的时代、民族和国家，从前哪里有过呢？

我虽不是科学家，但充分采用了我们时代和过去一百年的伟大学者们和实验家们的结论，而就长远效果来说它们从内部影响了我的全部诗作的基本养料。当今追随现代精神并一直在巩固和向未来伸展的真正诗歌，必须唱出唯科学主义所赋予人类和宇宙的宏伟、壮丽和真实性，（这全叫创造）并且从今以后要使人类进入符合于（旧的诗歌所不曾认识的）那种宏伟、壮丽和真实性的新轨道，像新的宇宙体系那样平稳地、比星球更巧妙地在无限的空间旋转。诗，自古以来乃至今天仍大致与儿童故事、与平凡的爱情、室内装潢和浅薄的韵律结伴的诗，将有必要接受而不是拒绝过去或过去的主题，将会因这种惊人的创新和宇宙精神而复活，而后者在我心目中必然从此成为一切第一流诗歌的多少可以看得见的背景和基本动力。

不过，（对我来说，至少是在我所有的散文和诗中，）在高兴地接受现代科学、毫不犹豫地忠实追随它的时候，还有一个始终被承认的更高的境界，一种更高的实际，即人类（以及其余一切的）不朽的灵魂，那精神的、宗教的东西——而把它从寓言、浅陋和迷信中解放出来，并使之进入新生的信念和百倍宽广的领域，我认为这正是唯科学主义的、同时也是诗歌的最高职责。对于我来说，宗教性的、神圣观念的和理想的领域尽管是潜在的，但在人性和宇宙内也正如化学领域或客观世界中的一切那样，是确实无疑的。对我来说，

先知与诗人，

一定还会保持自己——在更高的境界上，
　　一定会向现代、向民主调停——还向它们解释
　　上帝和幻象。

　　对我来说，博学多闻的王冠将意味着必定为一种更美好的神学、更丰富更神圣的圣歌开辟道路。这不是几年或几百年所能解决的。在现实的背后潜伏着现实的一个方面，这就是它所全力争取的那个方面。在人类的才智中也有一种裁判，一个受理上诉的法庭，它到时候，那遥远前景中的某个时候，会来解决这个问题的。

　　在这列阶梯中的某些部分，由于想要描绘或暗示它们，我从不害怕人家指责我这两卷书中有晦涩难懂之处——因为人的思想、诗或歌曲，必然会留下一些朦胧的逃避处和出口，必然会有某种与空间本身相近似的流动和缥缈的特征，这对于那些很少或没有想象力的人就是晦涩难懂的了，而对于那些最高的旨趣却是必不可少的。诗的风格在它面对灵魂说话时，是一种不大明确的形态、素描、雕刻；它更适合于远景、音乐、中间色调，甚至还不到中间色调。的确，它可能是建筑；不过它还是像原始森林或它在曙光中给人的印象，迎风摇摆着的栎树、雪松的印象，以及缥缈无着的香味。

　　最后，由于我是生活在新奇而尚未成熟的国土上，在一个为未来奠基的革命时代，我早已觉得应当把这个时代、这些土地的特点体现在我的诗中，并且完全用我自己的风格。因此，我的诗歌形式是严格地从我的意向和现实中产生出来的，并且与它们相适应。在我这一生，合众国从云海迷蒙和犹疑不定中浮现出来，达到了圆满（尽管有变化）的定局；完成并取得了

相当于十个世纪的事业和胜利,并且今后要开始它的真正的历史——如今(即从南北战争结束以来)正在清除途中的严重障碍物,而我们周围与前方的自由领域已经不同于过去,完全明确了——(过去的那个世纪不过是轮船驶入海洋之前的准备、试航和实验而已。)

  要评价我的著作,必须首先深刻地评价世界当代的潮流和事业,以及它们的精神。从刚刚结束的那一百年里(1776—1876),连同那些不可避免的任性事件的发生,新的实验和引进,以及许多前所未有的战争与和平的事物(也许要再过一百年之后才会更好地认识或才能认识);从这段时间中,尤其是从刚刚过去的二十五年(1850—1875),连同它们所有的迅速变化、创新和大胆的运动,并且带着身上那些不可避免的主观任性的胎记——我的诗歌实验也找到了起源。

沃·惠特曼

---

* 指《向印度航行》——像一些古代传奇剧那样,为了结束故事情节和英雄人物的生涯,常在船的甲板上或岸上举行告别集会,同时解开大缆和系船的绳索,将船帆迎风展开,出发到陌生的海洋上去,谁也不知道将到哪里停止,也不再回来;然后幕落了,一切都宣告结束——我也这样保留了那首诗及其一组,来结束并充分说明那些缺了它们就说不明白的东西,并且向它们以前的一切告别,然后永远离开。(那么,《向印度航行》及其组诗,只不过是那个自始至终或多或少地在我的作品中、在每一页每一行到处潜伏着的东西的比较自由的出路和比较充分的表现而已。)

  我唯一相信的是,人类或诗歌最终的全面升华是它对死亡的想法。当其余的一切、哪怕是最庄严的东西都已经被领会和说过了之后——在那些对于最伟大的民族性或最美妙的歌或最好的无分男女的个人人性至上的贡献都从现实生活的丰富多彩的主题中被收集并充分接受和加以歌颂之后,在可见的生存中的普遍实际连同它所移交的任务都被归拢和明明完成了之后,还必须使另一种普遍而不可见的实际充塞于整体及个别之中,这种实际是生活中那么大的一个部分(难道不是最大的部分吗?)并与其余的部分相结合，为个人或国家赋予一切乃至最卑微的生活以唯一永恒而完整的与宇宙尊严在时间中相一致的意义——只有这样，事情才真正完成了。正如从对这种思想的适应中，以及对这一实际的愉快的征服中，显现出了灵魂的最先的明显证据，对于我（我仅仅稍微引申了一点）也是这样，最终的民主宗旨，那些微妙而神圣的宗旨，也集中于此，并像固定的星辰那样向周围闪耀。因为我觉得，就是这个高于一切别的观念的不朽观念将成为新世界的民主的一部分，并使之具有生气，给它以至高无上的宗教标志。

我本来打算在唱了《草叶集》中那些关于身体与生存的歌之后，再写一本同样必需的作品，它将建立在包罗一切先例并使无形的灵魂最终取得绝对统治的永恒与不灭的信念之上。我的意思是，在继续从前歌唱的那些主题时要变换镜头，展示那同一个热诚而充分确立了的个性的问题及其矛盾，后者正进入精神法则的不可抗拒的引力范围之内，以愉快的表情估量着死亡，一点也不认为那是生存的终止，而是如我所感觉的那样是生存的最伟大部分的开端，是生命至少像为它自身那样而为之存在的某种东西。但是这样一部作品的整个工程是我的能力所承担不了的，因此只得留待将来的某个诗人去做了。物质上与感官享乐上的东西，无论就其本身或影响来说，都还在继续支配着我，我想它们是从来没有放松过的；我对这种支配不但没有拒绝过，而且也不大愿意削弱它。

同时，我以关于死亡、不朽以及自由地进入精神世界的思想或这种想法的反映来结束这两卷集，这完全不是忽视我原先的计划，也不是为了实现它，更重要的是为了避免其中的一大疏漏。在任何一种程度上，我是在这些想法中从我以前的诗和现代科学所需要的观点出发，开始向那个伟大主题迈步的。我也力求在这些想法中为我那长存的民主拱门安置顶石。现在我将它们重加整理，准备出版，以部分地利用和补偿我所不习惯的病中岁月和极为沉重的遭罹母丧的痛苦；而当我意识到将把这些作为超越其余一切的"某种令人纪念的东西"遗留给你，未来的素昧平生的读者啊，我感到何等的高兴！记得当年在完全健康的情况下写这些东西时，我可并没想到它们对我会有今天这样的意义。

〔我在1875年5月31日写这段序言，这又是初夏时节——又是我的生日——如今我五十六岁了。在户外的美景和新鲜空气中，在欢乐季节的阳光和煦和草木葱茏中，我校订这个集子，这时的精神环境与当年《草叶集》成长和出现时周围那种快活气氛比起来，是多么不同了啊！我让自己专心来安排这些诗篇出版，但精神上仍沉浸于两年以来丧失慈母的哀思中——（我的亲爱的母亲，一个具有最完美和令人敬爱的性格，将实践、道德和精神上的优秀品质集于一身的人，我所见过的最少自私之心的人，我最深深地爱着的人啊！）——并且在一种受瘫痪症袭击的长期疾苦中，这种顽固病症缠绵不已地拖住我，使我的身体很难活动也很不舒服。〕

因此，在这样的处境下，我仍想保留《向印度航行》作为这部即使是百年纪念的热烈颂歌的结束语。不是像古代在埃及最崇高的节日送到展览会上给欢宴者欣赏的可厌的死人骷髅，作为那种欢乐而明朗的场合的佳趣和陪衬——而是像在埃利斯的标准希腊人的大理石雕像那样，以美丽而完整的青年人形态来暗示死亡，它闭着眼睛，倚靠在一个颠倒的火炬上——这象征行动后的休憩和向往，象征着一切生命和诗必然会联系到的山巅和顶点，即我们本体的这一阶段的正当而高尚的终结，以及向另一阶段出发的准备。

** 那就是一种最充分地显示那些共同的标准因素的性格。对于这种性格的上层结构，不仅旧世界所积累的宝贵学问和经验以及在建设中已经解决的社会与地方的需要和当前的要求仍然会可靠地做出贡献，而且它在自己的基础上并经过提高后从民主精神取得动力，从各种民主制度接受它各方面的规格，一定会被大自然第一手的长年影响以及大自然的古老坚强的耐力，草原和山岳的宏伟气魄，海水的冲击——那些最富潜力而强烈的感情、勇气、旺盛、色欲和巨大自豪感的防腐剂——再一次被直接赋予活泼的生机。因此，一点也不能丢失人为的进展和文明，而要恢复那些最古老又常青的田野为西部所占有并从它们收获到为一个强壮国家所不可缺少的原始而爽健的营养品，如果没有这种营养就势必愈来愈糟，这对于今天我们新世界的文学是一个最严重的缺陷。

我希望，纵使《草叶集》的肌体最终看来到处都精神化了，但是就那些主题来说，其直接给人的印象仍理所当然地是一种血肉生命之感，一种肉体上的冲动，以及善欲主义。尽管集子里有旁的主题以及大量抽象的思想和诗篇——尽管我在其中写下了我在那场国家与奴隶制政权之间的伟大斗争（1861—1865）全面展开时对于它的残酷血腥的面貌的短暂、迅速而实际的观察，因而全书的确是环绕那场四年战争在旋转（这场战争由于我置身其中而成为《桴鼓集》中的主轴）——而且这里那里、或前或后地有不少的情节和沉思——但是，要为活着的、积极的、现实的和健康的个性提供一幅标准的肖像，让它是既客观又主观的，欢乐而有力的，现代而自由的，显然能为合众国长远未来的男女人民所用的——我说这确实是我的总的意图。（也许所有这些不同的诗篇，以及这两卷集中我的全部文字，的确只稍稍采用了某种变调来发出感叹：一个人，无论他自己或她自己，是多么巨大，多么适宜，多么欢欣，多么真实啊！）

虽然当初并没有明确的计划，但如今看来我是在不自觉地努力，既直接也间接地表现合众国的忙乱、迅速成长和紧张状态，十九世纪的普遍趋势和重大事件，以及整个当代世界、我的时代的总的精神；因为我觉得我分享了那种精神，由于我深深地关心着所有那些事件，那些延续了很久的时代的结束，那些体现在合众国历史中的更伟大时代的开端。（例如林肯总统之死就适当地、历史性地结束了封建主义文明中的许多旧的影响——突然之间，好像一幅巨大而阴暗的分隔之幕降落在它们身上。）

由于我病了（1873—1874—1875年），尽管在通常情况下并不怎么严重，还有大量的时间，并往往有兴趣来鉴定自己的诗歌，（它们从来不是以商业观点创作的，也不是为了名誉或金钱，）我也曾不止一次地感到暂时的沮丧，恐怕对《草叶集》中那些道德的部分没有充分加以阐明。但是在我最清醒最冷静的时刻，我认识到由于那些"叶子"，无论从整体或个别来看，都是为道德开路，使道德成为必要，而且与道德相适应的，正如大自然所做的那样，因此它们符合我的计划，恰好是它们所必须或理应成为的那种东西。（从某种意义上说，当道德成为整个自然的宗旨和最高理智时，自然的作物或法则或表现中就绝对没有任何道德的东西了。那些东西仅仅不可避免地在导向它——创建它，并使之成为必要而已。）

于是我将业已出版的《草叶集》看作是一般个性的诗，（你的，凡是在读这篇东西的读者的。）一个人并非就像战争中的胜利者或发明家、探险家那样伟大，甚至也不是科学上或个人的才智或技艺上以及某种慈善行为上的模范人物。从最高的民主观点来看，人是由于在日常实际生活中或在碰巧成为普通农民、航海者、机械工、文书、工人或驾驶员的身份中干得很好而最受欢迎的——在这个作为中心基础和支撑点的岗位上，并从它出发，在完成其必要劳动以及他作为人民、儿子、丈夫、父亲和受雇者的职责的同时，他保持他的体魄，上进，使自己向别的领域发展和施展才能——尤其是在那样的地方和时候（这是其中最伟大的，并且比任何领域中最骄傲的天才和达官名人都更高贵），当他充分了解了良心、精神和神圣的职能，具备了很好的修养，并体现在终生的言行中——向一个比荷马和莎士比亚更高的阶段飞跃——比一切诗歌和经典都更加宏伟广大——那就是自然本身的以及置身其中的你自己的包括身体与灵魂在内的个性。（一切都为之服务，予以帮助——但是你自己在自然法则之下处于一切的中心，作为一切的男主人或女主人，吸收着一切，按照你的目的赋予一切以意义和生机。）要与神圣的宇宙法则相一致地歌唱那个一般个性的法则，也歌唱你自己，这就是那些"叶子"的一个主要意图。

还可以再谈一点——因为我既然提到了，就应当做出完满的交代。我让《草叶集》问世，去唤起男男女女、老老少少的心中那不绝的生命之流，并使之高涨，永远激荡着他们的爱和友情直接向我奔来。对于这个强烈而不可抑制的渴望（它无疑或多或少地潜伏在大多数人类灵魂的深处）——这种从未满足过的对于同情的欲望，以及给别人以同情的无边胸怀——这种普遍的民主的伙伴之爱——这种古老、永恒而又常新的适当地象征着美国的爱的交流——我想在那部诗集中已毫无掩饰地、公然地给予了表达。此外，《草叶集》中的组诗《芦笛集》尽管作为对于人性的激动的表现在我的宗旨中是重要的，但其特殊意义（或多或少贯穿在全集中，并在《桴鼓集》中显露出来）主要是在政治方面。据我的看法，就是要以伙伴之爱的一种炽烈而公认的发展，一种潜伏在东南西北所有年轻小伙子心中的男人对男人的美好而明智的爱慕之情——我说就是凭的这个，以及直接间接与它相联属的东西，未来的合众国（我不怕经常重复这一点）才能最有效地紧密团结、熔铸和锻炼成一个充满生气的联盟。

然后，总括起来说，特别而且经常要记住的是，整部《草叶集》不能被认为主要是一种智慧的或学术性的作品或诗歌，而要更多地看作出自感情和体魄的激烈的叫喊——一种经过调整或生来就适合于民主与现代的叫喊——它完全出于本性而无视于旧的习俗，并且是在伟大的法则下只凭自己的意向行事的。

美国今天的诗歌——莎士比亚——未来
(1881)

看来似乎奇怪,一个民族的最高检验竟是自己所生产的诗歌。有没有这种诗歌,都是有来由的。像盛开的玫瑰或百合花,像树上成熟了的果实如苹果、桃子,不管树干有多壮,枝叶有多繁茂,这些终归是必不可少的。对于任何一个国家其中包括美国来说,只有当它把自己所代表的一切体现在创造性的诗歌中,它的完整性与伟大成就的标志才显示出来。而模仿是没有用的。

尽管在人们脑子里好像还没有明确什么是能够与新世界的现状或未来的必然情况相称的美学,我却很明白,只要美国在最高艺术领域中没有这样明确的本国文艺作品,它仅有的政治、地理、财源甚至智力方面无论有多么惊人和突出的优越性,都只能构成一个愈来愈发达和完善的身体,或者还有脑子,可是很少或者没有灵魂。虽然我们能将严酷的真理包上糖衣,并凭表面的花言巧语、否认和辩解逃避到国家精神的内部感觉中去,但这个空白还是明摆着的。存在着一片不毛之地。因为这个合众国的宗旨和比较成熟的目的不是建设一个只有政治和千百万人的物质舒适的新世界,而更加坚定的是要与科学、与现代化相并行建设一个社会民主和文学发达的新世界。如果合众国没有完成后者使之成为它唯一持久的纽带和支撑点,那么即使名列前茅也是枉然的。

与第一流国家的诗歌密切相联的,如经纬交织在一起那样,是它的各种类型的个人性格和特殊的本地个性，它自己的男人和女人的面貌，以及在一切形态、一切习俗、一切时代的永恒法则下被充分认可了的它自己的形式、状态和习俗。现在美国的民主主义已经有必要从两个特殊方面，即本民族诗歌和个性方面去确立自己，这两者生来是其自身精神的唯一表达者，能够不仅在艺术中而且在实际和日常生活中，在雇主同工人的交易中，职业与工资中，尤其是陆军和海军中，以微妙的方式焕发这种精神，并且将上述一切加以彻底的改革。我在哪里也没有找到那样一个条件，它深刻、强烈和真实到足以使集体或个人充分发展。在美国，一种能够很好地填补那个大空白、达到上述目的并激发其整体及各个方面的诗歌，其思想和个性应当包含着整个国家、整个民族的现实与精神两方面的本质和主要的事实。重要的交感神经系统对于骨骼、关节、心脏、血液、神经和生命力的功用，在于构成一个人——当然，是个不朽的灵魂——并使之进入时间和空间，这样的功用也就是诗歌对于单个的个性或一个国家的功用。

今天我们有了三十八个州，这些都是祖先的儿女，而且虽然年轻却是一宗古老财产的继承人。在那无数的情况中，有一两点是我们必须考虑的。那就是由莎士比亚以及他的合法追随者沃尔特·司各特和阿尔弗雷德·丁尼生描述的英国封建主义，连同它的专制、迷信、邪恶，有着十分卓越而强大的渗透一切的血脉、诗歌和习俗；乃至它的谬误也是很迷人的。看起来几乎好像只有欧洲那种封建主义，有如我国南部的奴隶制，才能产生最高大最可贵的个人性格——比别处的人有更强的力量、信念和爱，有战无不胜的、支撑一切的勇气、雅量和抱负。这是莎士比亚及我所列举的另一些人对我们美国有着不可估量的宝贵裨益的地方。政治、文学以及其他一切，都最后居于完美的全体人员的中心，（犹如民主与旁的事物处于同样的情况；）在这里封建主义是无匹的——这就是它遗留给我们的丰富而最为突出的教益——一堆外国营养品，有待我们加以检查、普及和扩大，并且重新呈现在我们自己的产品中。

不过还有许多严重而令人担心的缺陷、危险和恐惧。让我们稍稍站远一点来思考思考问题，但是仍要从一个中心思想出发，然后又回到那里。可能会发掘出两三个奇怪的结果来，像在天文学的法则中似的，那种看来很僵硬、很带破坏性的势力原来却暗中保存着最长远最巨大的未来的起源和生命。我们还要专门从西方观点粗略地考察一下上述各个作家。可能我们要利用英国文学中的太阳，以及属于他那个体系的当代最光辉的文坛明星，主要是作为木钉挂上一些标本供我们对国内情况进行考察。

莎士比亚作为一个描写各种强烈激情的戏剧家，尽管地位很高（其跨度够广的了），可还是有几个可以与之匹敌的人，而且比不上那些最好的古希腊作家（如埃斯库罗斯）。但是在描写中世纪欧洲领主和贵族的那种对人类内心如此可贵的傲慢举止方面（骄傲！骄傲！也许一切中最可贵的东西，它也最深切地感动着美国的我们——比爱还深切），他却允称独步，而且我毫不奇怪他那样使世界为之倾倒。

沃尔特·司各特和丁尼生也像莎士比亚那样自始至终散发着等级社会的气味，而这正是我们美国人生来要加以消灭的。杰斐逊对于"威弗利"小说[1]的判决就是它们把耀眼而虚假的光辉和魅力对准和凝聚在欧洲的领主、贵妇人和贵族集团以及他们全

---

[1] 指司各特以"威弗利作者"为名发表的一系列历史小说。

部数也数不清的丑事上,而把受苦的被践踏的大多数人民弃置于湮没无闻之中。我不想在此回答这种锋芒逼人的批评,也不报答我和每个美国人从那位有史以来最高贵、最健全、最鼓舞人的传奇作家共同受到的好处,我要进而谈谈丁尼生和他的作品。

这是那样一种达到了很高(也许最高)水平的诗歌,它的言语悦耳动听,干净利落,纯正,而且常常像晚香玉一样芬芳,极为可爱——有时不然,但仍是暖房中的一朵山茶而从来不是普通的花朵——这就是一种有着强大生命力和内在美的诗,并在其高度的雅致中保持一种野外和野外生活者的风味。在这里古代诺曼底人的领主身份也与现在最优秀的英国种族的来源撒克逊人的气质交揉在一起——成为一种首先是在骑士、骑士风度和豪侠行为的传说中滋生的诗歌。英国最高层社会生活的习气——一种抑郁的、情深的、很有男子气但也很文雅的风度——像一种无形的气味渗透在每一页作品中;那种安逸,那些传说,那些旧习,那种堂皇的懒懒神态;那些织锦缎;那些古老的住宅和家具——坚实的橡木,不只表面镶着薄板而已——无处不有的发霉的奥秘之物;青葱的草木,墙上的常青藤,城堡周围的壕沟,外面的英国式风光,太阳光中在窗户内嗡嗡叫的苍蝇。从未见过谈民主的作品;不,一行也没有,一个字也没有;从未见过自由而天真的诗,只有累赘的、苦苦雕琢的、十分矫揉造作的东西——即使有时候主题是那样简单或者朴实(一只贝壳,一片薰衣草,少男少女之间一种最平凡的爱慕),在韵律的安排上也要显示出旧式绅士的文雅来;也显示出身为国王扈从的桂冠诗人的最高卓越性;整部作品中的最好内容莫过于卷首"献给女王"以及《国王的牧歌》之前的题词"谨以这些作为对他的纪念"(对阿尔伯特王子的纪念)了。

这就是对于这三位巨头随意做出的一个概括的评价,而他们被美国经过人口普查的五千万人中的男人、妇女和青年人所阅读,读者比其他所有作家的读者总和还要多。

我们听说,丁尼生和另一位描写大不列颠王国的当代文坛显要卡莱尔——有如法国的维克多·雨果——他们两人中没有哪一位在个人态度上是对美国友好或表示赞赏的;真的,是完全相反的态度。这不要紧。这就是说,他们(以及更多好心的人)不能跨越那个被美国安置在若干世纪之上的巨大革命拱门,那个奠基于现实、伸向无尽的未来的拱门;这就是说,他们至今不能消化那种影响到所有我们诗歌界和上流社会阶层的尚处于地下室阶段的高度生命力——伟大激进的共和国的无限剧烈性,连同它的胡乱的提名和选举;它的大喊大叫、根本不讲究语法的声音;它的斗争、错误、打嗝、厌恶、不诚实、鲁莽;那些可怕而多变的持续很久的风暴和紧张时期,(这在那些从正规大学教育出来的人看来是多么讨厌,)以及从中与自然、历史和时间一起形成的比过去更强大并起而推翻过去、奋勇前进的民族;——所有这些他们都无法理解和洞察,我说这值得大惊小怪吗?幸喜我们这三十八个独立王国(还有许多要来参加的)以地球那样宏大而绝对的速度与规模在沿着它的路线前进,并且像地球本身那样根本不理会什么伟大诗人和思想家。不过,我们是不能忘怀于他们的。

对于封建主义及其城堡、宫廷、礼仪、人物,也是这样的看法:无论它们或者它们在空中飞翔的幽灵怎样在一定距离之外如堪萨斯或肯塔基的流行生活和礼节中横眉怒目地注视着,但后者还无法拒绝或抛开前者。即使它干了那么些坏事,我们此时此地还是能从它几乎无法估价的往昔中获得许多好处来予以抵销。

那么,我是否满足于这样的情况,即我们共和国一般的内部基本养料全靠外国和上述敌对的来源供应呢?让我简单地回答这个问题吧：

多年以前我就认为美国人应当努力奋斗，建设自己的最高水平的文学。现在我仍然持这种看法，并且比过去任何时候都更加明确了。不过那些信念如今已被另外一些想法所调和。（这也许是年纪大了的结果，或者是长期病残的反映。）据我看，这个西方世界作为全世界的一部分，是同东方、同整个永远年轻可又很古老很古老的人类不可分割地熔合在一起的，就像时间一样——"继续同一个话题"，有如我们祖先的小说中一些章回的标题所使用的。如果我们不热心接受并完成古代文明所开创的东西，并且将它们的小小规模扩充到最广最大的地步，那么我们生在世上究竟是干什么的呢？

当前美国的实际状况，我们生活中那些幼稚、粗糙而纷乱的实情，以及它们所有的日常经验，恰恰需要那个完全不同的幻想世界以其令人镇静的、形成对照的，甚至封建主义与反共和的诗歌和传奇故事来加以冲击和熏染。对于我们这些解放了的个性的巨大副产品，以及人性的粗鲁专断，大可以来一点这种合情合理的雅致的影响。我们首先要求个人和团体必须是自由的；接着，到一定时候，就必然需要提出：它们也不能太自由了。为了将来达到这一目的，虽然我们主要是寻求一种由我们自己生产的伟大诗歌，但在那以前这些输入品还必须照样接受，不过谢天谢地，它们也并不很坏。当前人们内心深处的精神状态很奇怪地在反对和阻止它们被迫趋向于民主以及为民主所吸收，其明显的手法是倾向过去，在诗歌、故事、歌剧和小说中怀念过去，回到遥远的、背向的、僵死了的世界，好像他们害怕今天这些浩大、粗野、能吞没一切的潮流似的。那么，五十个世纪一直在成长、引进并被当作我们的花冠和巅顶接受下来的那些东西，就不能很快摧垮和抛弃了。

或许现在我们应当直接对那可尊敬的一方，即这些序论的真正对象表示我们的敬意了。不过我们必须再稍稍进一步做些探索。要了解那些友好的外国专家的好奇心和兴趣*，以及他们对于我们的局面的看法，这在我们的课题中并非不重要的部分。伦敦《泰晤士报》**说："美国诗歌是聪明的小学生的诗歌，可是它苦于始终致命地缺乏活泼性。布赖恩特作为诗人被朗费罗教授远远超过了；不过在朗费罗身上尽管有学者的优美而温柔的感情，其缺点倒比布赖恩特身上的更为明显。洛威尔先生在其诗情受到政治的鼓舞时是会充满美国式的幽默的；但是在纯诗歌领域中他并不比一个纽底格特奖金[1]获得者更有美国特色。约昆·密勒的诗是流利、悠扬而和谐的，但从思想来看，他的那些写山岭的歌可能也能在荷兰写出来。"

除非在某种微不足道的偶然情况下，《泰晤士报》说："美国诗从最早的阶段直到最近时期，好像是一种外来植物，它开着十分繁密而秾丽的花朵，但没有繁殖的性能。这就是它的先天缺陷的特征和检验。凡是大诗人都苦于他们的珍贵花朵被收集粘贴在标本选集上而受折磨和损害。美国诗人则在选集中比在他们自己的作品集子中显得要好一些。像他们的读者那样，他们已经抵不住英国文学的巨大势力范围的吸引。他们可以谈论原始森林，但是一般地说人们很难从其内在的征象来检验他们究竟是在哈德逊河畔还是在泰晤士河畔写作……事实上他们不过是太忠实地抓住了英国人的调子、神态和情绪，因而很容易为那些教养浮浅的英国知识界所接受，仿佛那是英国产品似的。美国人自己也颇为失

---

[1] 牛津大学的一种英国诗歌奖，设立于1805年。

望地承认，一种那样普及（如在美国）的文学好奇心和理解力并没有像美国已经接受英国文学那样地吸收英国文学并以一种独立自主的力量将它加以推进和发展。而诗人与读者一个样，两者都表现出获得了一笔非自己挣来之钱的影响。读者们作为一个民族已经要求它的诗人们有一种可以与古老的大不列颠文学相匹敌的也是诗人们自己的用词风格和形式上的对称美。而粗鲁，无论怎样新鲜活泼，总是那些阅读拜伦和丁尼生的读者群（无论其文化修养怎样肤浅）所不能容忍的。"

那位英国批评家尽管是上等人和学者，并且是友好的，但显然并不感到十分满足（也许他有点嫉妒），于是这样结束他的评论："对于英国语言来说，如果能够为一种不是英国的而是美国的诗歌所丰富，那倒是一宗不可估量的财宝。"对于这篇既有激励也有抨击的评论，我们将进而发表更加明确、当然也更加直率的意见。

过去五十年到八十年大为流行并在目前达到了顶点的诗歌，无视于古代杰作或一切来自中世纪的东西，已经成为并仍然是一种（像音乐一样的）表面好听的词句，它范围较窄，但公平地说也完全是悦耳的、逗人喜爱的、流畅而轻松的，在艺术技巧上取得了较高的成就。最重要的一点是，它零碎不全，是经过挑选的。它厌恶而胆小地不敢涉足刚健、普遍、民主的领域。

未来的诗歌，（一个容易引起尖锐批评的用语，我自己也不怎么满意，但意义深长，所以我要使用）——未来诗歌的目的在于自由地表达激情（其意义远远超过一眼就能看到的外表），而且主要是唤醒和激发它，而不止于解释或加以修饰。像一切现代倾向那样，它直接间接地不断牵连续者，关系到你我以及每一事物的中心本质，即强大的自我。（拜伦的自我是一种带有高度迫切性的民主政治的冲刺,但它尽管有那么大的吸引力,却是苍白而内省的;根本不是适合一个强大、安全、自由、开朗的民族的历久不衰的诗歌。)同样,它更接近于外界生活的风景(主要是回到往古的感情),现实的阳光和微风,以及树木和海岸——接近于自然力本身——不是安闲地坐在客厅或图书馆里,听一个关于它们的讲得很有韵味的好故事。性格,一个比风格或优美还重要得多的特征,一个始终存在但如今才排到前列的特征——乃是进步诗歌的主要标志。它的同胞姐妹音乐已经在对同样的影响做出反应了。"当今的音乐,瓦格纳的、古诺的,甚至后期威尔第的,都倾向于自由地表达诗的激情,并且要求一种与罗西尼壮丽的急弦或贝里尼柔和的旋律所需要的完全不同的发声艺术。"

难道时至今日还没有发生变化,还没有与大师们告别吗?尽管老的作品在其同类中是那么可敬而无法超越,而作为研究科目又总是那样难以形容地珍贵(对于美国人比对别的民族更是这样),难道因此就不应当说由于现代思想结构的变化,第一流诗歌的基本理论也已经改变了吗?"早先,在所谓古典时期,"圣·佩韦说,"那时文学为一些公认的准则所支配,凡是创作出最完美的作品,最美的诗篇,最明白易懂、最令人爱读以及在各方面都最完全的——如《埃涅阿斯纪》[1],悲剧《耶路撒冷》[2]——这样的作家就被认为是最好的诗人。而今天,需要有所不同了。对于我们来说,最大的诗人应能在他的作品中最大地激发读者的想象和思索,最大地鼓动他们自己去抒发诗情。最大的诗人并不是写得最好的人,而是给人启发最大的人;不是其意思可以一目了然的人,而是给你留下很大的余地去渴望、去抒发、去研究,留

---

[1] 古罗马诗人维吉尔的著名史诗。
[2] 即意大利诗人塔索(1544—1595)的叙事长诗《被解放的耶路撒冷》。

下很多的东西由你自己去完成的人。"

使我们美国诗人为之苦恼的致命缺点,是精神上的从属性,缺乏具体的真正的爱国主义思想,却有过多的现代美学的感染,那是我的一位古怪朋友称之为"美病"的东西。波德莱尔说:"对美和艺术的过分感受导致人们进入畸形的沉湎之中。在那些沉溺于对美的事物的疯狂贪婪的人的心目中,所有真理与正义的平衡作用都消失了。只有一种欲望,一种艺术官能病,它像癌症一样把伦理道德全吃掉了。"

当然,我们多产的诗作者们也做出了大量的某种贡献。我们也无须到远处去寻找例证。我们看见,在每个风雅集团中有一批很有修养的、性情很好的人物(事实上缺了他们"社会"就不能前进),他们对某些问题、每种时势和某些职责是足以胜任的——能调制鸡蛋酒,能修理眼镜,能决定究竟是先上炖鳗鱼还是先来雪利酒,能靠修道士、犹太人、情人、帕克、普罗斯帕罗、加里班或其他什么人来扩大某某夫人的客厅场面,并且能在那些方面广泛地献出和巧妙地施展他们的灵活手腕与才能,来为世界服务。然而,对于现实的危机,重大的需要和艰巨的事业,无论是精神上还是物质上的,他们则可能像没有出生似的一无用处。

或许诗人这个公认的概念会显得像是一种男性宫娥,他歌咏或弹唱着一种加了香料的思想,如陈旧的怀古之情,或在弥漫着时髦气息的场所、在深宵招待会上供人取乐。我想我已经十来年没看到一首新发表的健康、爽朗而淳朴的抒情诗了。不久以前,每隔三个月都有来自显要诗人笔下的作品出现,其中每一首的中心主题(完全是严肃的)都是某位已到结婚年龄的少女未能找到富有的丈夫,而找到了一个穷光蛋!

未来的诗歌,除了它那刚健的、露天的、能够消除上述情形的体质以外，将在一个更加重要的方面具有特性。科学，在根除了古老的陈腐之谈和迷信以后，正在为诗歌、为一切艺术，甚至为传奇故事开拓出一片百倍宽敞而奇妙的蕴藏着新的性能的园地。共和制正在普及到全世界。自由，连同支持她的法制，有一天会处于至高无上的地位——无论如何会成为中心思想。只有到那时——尽管从前已有了那么多壮丽的事物，或今天还有这么多优美的东西——只有到那时才会出现真正的诗人，以及真正的诗歌。不是今天的杜松子酒和广藿香，不是对过去的屠杀和战争的颂扬，也不是以神为一方、以别的什么为另一方的争战——不是弥尔顿乃至莎士比亚的戏剧，尽管它们那么壮丽。一些完全不同和迄今未见过的只在想象丰富的文学中被热切召唤着的人群一定会出现。那自古以来所最缺少的，也许正好是最确实地预示着未来的。民主已被无边的潮流和强风推广到整个时代，像地球的旋转那样势不可当，也像它那样行程远大而迅速。但是在艺术的最高阶层中，在地球上任何地方，它至今还没有一个与它相称的代表。

对于一个真正的诗人来说，一种最值得以崇高的热情和天才来从事的任务莫过于为美国这些州所已经提出的主题而胜任地歌唱了。它们的起源、华盛顿、一七七六年、旧时代的形形色色、一八一二年的战争和海战；社会运动的难以置信的速度和领域的宽广——将南方与北方、东部与西部融合和团结起来以显示本国的状态、形势、景象，从蒙托克到加利福尼亚，从萨昆奈到里约格兰德——如此规模宏大的设计，以如此迅速而巨大的改变面貌和处理人类与自由的重大问题的手段——这超过那些现成的构思、琢磨、爱情故事或纯粹为野心所驱使的战争有多远啊！我们的历史是那样地充满着突出的、现代的、新生的主题——它高于一切。古代伊利昂的围攻[1]以及赫克托[2]和阿加门农[3]的战士们的威力对于古希腊文学艺术和迄今所有文学艺术的影响,可能就是一八六一至一八六五年的阴谋分裂之战对于美国将来的美学、戏剧、传奇故事和诗歌的影响的一个佐证。

实用本身所能给今后两代将居住在这些刚刚命名的地域内的亿万人民做出的实际有效的贡献,莫过于让他们得到一种明智的、珍贵的本民族诗歌的陶冶——我有必要说明这是一种尚未出现的诗歌吗?不过我充分相信,到时候它会像大自然的风火水土那样大量供应的。(我们美国人被认为是最实用主义和最会赚钱的人。在承认这一点的同时,我自己的看法是:我们也是最富感情、最有主观精神和热爱诗歌的人民。)

在今天以及未来的美国太空中等待着发射的新的天体的特质是无限的。近来我在思索,我们这个三十八州的集体的最终意义是否并不仅仅在于它们本身之间实际的友爱——那唯一真实的联合(比外表上更加接近于完成)——而且也是为了全世界的友爱——这个多少世代以来那么令人眩惑和深思的美梦!真的,我已经或希望看到,我们国家的特殊光荣不在于它的地理或共和体制的伟大,也不在于财富或产品,或陆军与海军的力量,或各个部门中可以与外国同类部门的显要人物媲美或犹有过之的显著人物——而愈来愈在于一种更为巨大、明智和广泛的把不仅美国人而且全世界各个民族和全人类团结得日益紧密的伙伴之爱。那么,诗人们,难道这不是一个值得吟咏、值得为之奋斗的主题吗?为什么不从此把你们的诗情倾注给这个圆圆的地球、这整个人类呢?也许就这样,当代世界最光辉的顶点将被证明是那些欢乐而

[1]即古希腊人对特洛伊城的围攻。
[2]上述战争中特洛伊军队中的勇士。
[3]上述战争中希腊人军队的元帅。

更崇高的彼此亲爱的诗人们的成长,他们在灵魂上属于一个共同的整体,不过是由每个民族按照自己的特点贡献出来的罢了。让我们大胆地干起来吧。让那些外交官仍像以前那样去周密计划,寻求有利条件,搞出政府之间的协议,并把它们综合起来形成文件吧。但我所追求的不是这样,也更为简单。我要从美国开始为这个目的而创造新的程式——国际诗歌。我已经感觉到,深藏于人性之中并使得人性最为可贵的诗歌,其无形的根源就是友谊。我已经感觉到,在爱国主义与诗歌(即使在它们过去的最壮丽的表现中)这两方面,我们囿于狭小的范围已经太久,现在是拥抱全世界的时候了。

不仅我们在西方建立的这个人类与人为的世界已根本背离迄今所熟悉的一切——不仅人们和政治以及与之有关的一切——而且大自然本身,就其主要意义而言即它的创造,也不同了。当然,是同一套旧的铅字,但要排出一种从未排印和出版过的文章来。因为大自然不仅客观地存在于它本身,而且至少同样存在于注视着它、吸引着它和置身于它之中的人、灵性和时代的主观反映中——它将时代和个人的独特的信念忠实地送回——它摄取而又很快献出任何民族或文学的特征,犹如一幅宽广而柔软的轻纱落在一张脸上,或者如浇塑的灰泥泼在一个塑像上那样。

大自然是什么?风雨雷电,大自然的无形的背景和幻象,对于荷马的英雄人物、航海者和诸神有什么意义呢?对于维吉尔的埃涅阿斯[1]的漫游所经历的一切有什么意义呢?然后,对于莎士比亚的人物——哈姆雷特、李尔、英格兰—诺曼底人的国王们、

---

[1] 史诗《埃涅阿斯纪》中的主要人物。

罗马人又有什么意义呢？大自然对于卢梭、对于伏尔泰、对于在小小古典式宫廷花园中的德国人歌德有什么意义呢？在丁尼生身上的那些预感中（请看《国王叙事诗》，摹写得多么豪华、芬芳，如金缕银绣般的大自然，它胜过一切，适宜于王子、骑士和无与伦比的贵妇人——愤怒或温和的都一样——正在古怪地调情的维维恩和墨林[1]，或者是厄棱[2]的死筏，或者格伦特[3]和他那受辱的厄尼德[4]与他自己在森林中的长途旅行，以及那位整天赶着马匹的妻子。）像所有进口的从卢克莱修[5]以来的伟大艺术作品、故事、制度中那样，经常有某种偷偷地不时渗透着的东西，那将有必要予以根除，因为这不仅不适合而且有辱于美国的现代民主与科学，并且已为后者所否定了。***

虽然，诗的法则和领域将永远不是外部的而是内在的；不是宏观世界而是微观世界；不是自然而是人。我还没有谈到将来特别需要一种大智大勇的诗人在国家和民族面前高举永恒不朽的典范，并且无所畏惧地对抗贪婪、不义等各种各样永远不会绝迹的狡猾和专横——（我的意思是在其余一切都前进了之后，这仍是第一流诗人的责任；如同当年希伯来抒情诗人、古罗马的朱维纳尔[6]，无疑还有印度歌者，以及英国古时的德洛伊僧侣那样）——抵制已经在美国开始露头的最大危机——政治上的腐败——我们称之为宗教而其实不过是蜡制或绣花的假面具的东西；——总的

---

[1] 亚瑟王传奇中的情妇和情夫。
[2] 上述故事中的一个女子。
[3] 上述故事中的圆桌骑士之一。
[4] 上述骑士之妻。
[5] 卢克莱修（约公元前98—公元前55），古罗马诗人、哲学家。
[6] 朱维纳尔（60—130），古罗马讽刺诗人。

说来就是世界上最糜烂的、令人作呕的现象——一个巨大而多样的集合体,繁荣而充塞着金钱、物产和冒险生意——也富有平庸的才智——可是除了世上一切金钱和平庸才智之外,却没有一点正常的、旺盛的道德与美学的健康活动了。

那么,如果我说将来在东西南北到处会悄悄地但是确定地出现这样一类形式多样而精神一致的诗人——也不仅仅是最好的诗人,而且是更新更伟大的预言家——比犹太的预言家更伟大,也更热情——来对付和揭露那些灾难,像光线穿透黑暗那样,难道这仅仅是我的梦想吗?

我写这篇文章时,十九世纪的最后五分之一已经开始,而且很快就会消逝下去。如今以及将来一个长时期内,合众国为了使它的前所未有的物质财富、工业产品、死记硬背的教育、十分稠密的人口和智力活动具有自己的意义、明确性和存在的理由,它所最需要的,就是这样一群民主的、土生土长的教师、艺术家、文学家的主要的中心现实(或者甚至是这一现实的观念),他们容忍和接受外来文化,但是已完全适应于西方、我们自己以及我们的时代、组织、差别和优越性。真的,我喜欢这样想:共和国的一整套实际的和政治上的成就主要是为几个未来的诗人和理想人物提供了基地和条件,这些人不仅关系到某一个阶级,而且关系到四五百万平方英里国土内的全体人民。

一种民族性格的发展是需要很长的过程的。只有通过凝神专注的想象才能从那些已知的东西中预见到未来。****民主政治,尽管迄今只注意现实,但并非只与现实有关,而是一种最大的理想——要以它来为现代辩护,要不仅能比得过而且能超越于过去之上。周密地总结一下美国的发展过程和迄今的情况,联系到它们的将来及必不可少的过渡,透过表面现象并深挖下去,我的看法是:一个重要的民族性格的基础和前提在于首先要不惜一切取得自由,要有最丰富多样的物质财富和产品,要有普及的教育和交通,而且总的说来要能闯过像我们在美国已经非正式地正在闯过的那些阶段和幼稚粗鲁的东西。

然后,也许作为整个事业以及未来主要成就的最重大的因素,还必须明确肯定,全合众国的本国中产阶级的人口——各地的普通农民和机械工——真正的、尽管默无声息的多数美国城乡人民,贡献着世界上前所未有的大量宝贵的物资。就是这些还没有在文学艺术上得到表现的物资在各方面保证共和国的未来。内战时期我同军队在一起,接触到北方和南方的士兵群众,对他们研究了四年之久。从那以后,我对于国家的基本前途始终毫不怀疑。

同时,我们所能做的也许最好莫过于让自己多多接受那些培育了我们的历史和各个国家的美学标本和供应品的熏陶,并且继续暂时模仿一下。那些惊人的宝库,回忆录,像洪水一般的文化之流啊!让它们继续流下去吧,自由地流到这里来吧。并且让来源更加扩大,不仅包括英国产的作品,像现在这样,也包括庄严虔敬的西班牙,文质彬彬的法兰西,精深的德意志,有丈夫气概的斯堪的纳维亚各国,意大利的艺术风格,以及永远神秘的东方。要记住,在目前以及无疑还比较遥远的将来,一定程度的谦卑对我们还是很适宜的。那贯穿着整个最高文明时代的行程,不是期待我们对其诗歌、典籍、第一流建筑和不朽之作的宇宙列车做出头一次的贡献吗?这隐隐约约的一列从埃及、巴勒斯坦和印度到希腊、罗马和中世纪欧洲,然后继续向前;它并不是无足轻重的,其标准也不低。我们同类中的佼佼者好像已经把道路踩出来了。啊,美国永远也不可忘记她应当感激和尊敬这样的范本和宝库——那些在她整个的辽阔领域中今天、天天、永远每时每刻地被利用着的别人的生命之血、灵感、阳光呀！

一切为我们的新世界服务，甚至那些挫折、逆风、逆流也是如此。经过多次的扰乱、动荡，大量的支援和补充，总的说来航船在正确无误地向目的地前进。这中间，莎士比亚跟任何人比起来都可能提供了和正在提供最大的帮助。

最后，顺便想到并对比一下那位我认为是今天所有用英语写作的民族中延续并代表莎士比亚的威望的人——即丁尼生，以及他的诗。我发现，在我品味他那些珍美的诗行时，要想不闻到那位伟大英国戏剧家在封建社会中期和晚期的全部光辉中所描写的它的风味、信念、熟透的顶点以及最后凋谢（我不敢说是腐烂）时的甜蜜，那是不可能的。而他们至今还怎样被人们歌颂着啊——这两位诗人！那些国王和贵族多么高兴这样被唱着讲着呀！走他们的路——让他们的事迹和形象永远不变颜色——这就是夕阳西下时的辉煌夺目的美景！

同时，民主在等待着它的歌唱者到来，在宁静的微光中——但那是黎明前的曙色了。

---

* 几年前我见过这样一个题目："美国产生了什么伟大诗歌吗？"这是北欧某大学公布的一次有奖征文的题目。我从一张外国报纸上看到这条消息，并做了一条笔记；但由于身子瘫痪并长期卧床不起，这件事就放过了，而从那以后一直未能得到一篇应征的论文或有关讨论的报道，也不很清楚究竟有没有什么论文或讨论会，甚至连地点都记不起来了。那可能是在奥普沙拉，或者是赫德尔堡。也许某位德国人或斯堪的纳维亚人能提供详情，我想那是在1872年。

** 那是布莱恩特去世时该报发表的著名长篇社论。

*** 不管对于那少数的主要诗篇或其最佳部分该怎样评价，最大量的业已为人类性格所吸收的诗作肯定是起着闭塞、压抑、拘束和虚假的不可避免的作用——很少或从来不是开阔的大自然用以毫无例外地影响每个人的那种解放、扩大而欢乐的作品。

**** 难道没有像美国历史与政治哲学这样一种东西吗？如果有，那又是什么呢？聪明人说，对于民族和个人都有两套目的——一套是从可以理解的动机，从学说、智力、判断、环境、怪想、竞赛、贪欲等来行动和起作用的；而另一套则可能深深荫蔽着，无人想到，但常常比第一套更加有力，不容争辩，仿佛是从深渊中冒出来，不可抗拒地迫使人们和团体连自己也不知不觉地去说话和行动——迫使诗人去运用最火热的言语——迫使人类去追求最崇高的理想。真的，一个民族的生存和立身之道中的古怪现象，连同它所有惊人的矛盾，大概只能以这两套目的来加以解释，它们有时是相互冲突的，各自在自己的领域内起作用，但同时结合在民族和个人身上，产生最奇怪的效果。

让我们希望美国的一般民族性和立身之道中也贯穿着（真的,这难道还有疑问吗？）这种伟大的无意识的深不可测的第二目的。让我们希望，在当前所有的危机和缺陷当中，在自觉意图的全过程中，唯独它是永久的支配力量，注定要推动新世界去完成它未来的使命——去一代又一代地坚决执行那些使命；建立远远超过以前想象的现代理论；造就和培养作为共同典型的前所未有的高尚而强健的男人和女人；逐步而坚定地将来自所有各个州的多样性结合起来成为一种友爱的、愉快的、有信仰的民族性———种不但是有史以来最丰富、最有创造性和生产力以及唯物精神的，而且是结合得密不可分的民族性,从这种民族性的丰饶而坚实的主体之中，为了使之有明确目的的更加完整，良心、道德和一切精神属性必将像大厦顶部的尖塔那样升起，它们牢牢地立足于大地，但巍然高入云霄。

虽然它们这么伟大，并且将来还会伟大得多，但美国也仅仅是创造性思想的永恒进程中的一列台阶而已。而我认为这就是它的最终而带永久性的价值。在这个崇高的进程中，在普遍法则中——而且最重要的是在道德法则中——总有某种东西会使一切战争的胜利和平的获益以及历史上和当今所有民族（包括我们民族）所引为骄傲的世俗荣耀都显得不能令人满足甚至空虚可鄙，除非我们从它们全部的无论怎样吃力、盲目或蹩脚的实际经历中经常看到历来所有各个民族都企图沿着其发展趋势奋力前进、不断前进，去实现它们的愈来愈高级的理想。

据我看来，合众国的光荣在于它诞生在现代和科学的光辉之中，并且牢牢地扎根于历史，因此它能如意地安排自己，而它的政治今后将按照那些普遍的法则产生，并且体现它们，实行它们，服务于它们。正如一个人只有深知自己尽管在一定意义上自我完整但仍不过是那个神圣而永恒的组合的一部分，并且他自己的生命和法则必须与自然的普遍法则，特别是那深于一切高于一切并作为人民与国家最根本活力的道德法则相配合而融洽地运行——这样的人才是伟大的人；同样，美国也只有深深懂得它与整个人类和历史的融洽关系及其在过去、现今和将来整个时间中因神的创造思想而提高了的全部法则和进程，它才能变得最伟大也最持久。这样，它将向其使命的辽阔领域发展，并成为宇宙以及文明的例证和臻于顶点的部分。

既然不再把美国的出现看作一桩或一系列无论怎样伟大也无关紧要的事件，好像是在历史进程中偶然发生并被一些意外事变所形成的，或仅仅是先于别的国家和时代的现代改良的粗俗而侥幸的结果，因此我要最终把这些思想或探索像种子一样播下在我们共和国的成长中——那就是说，这里也像宇宙所有的部分那样，正常的法则（迟缓而可靠地栽种、迟缓而可靠地成熟）已经取得支配和统治地位，并且还要支配和统治下去；同时这些法则，就像寒来暑往或昼尽夜至的法则那样，再也不能为某种机会或任何运气或反抗势力所阻挠、回避或败坏了。

将1861至1865年道德上和军事上的可怕纷扰及其后果——当然还有我国过去一百年的全部实验，从它初期的运动一直到今天（1780—1881）——总括起来看，就是如今它们全都在发动合众国顺利地前进，同整个文明与人类相一致，并在主要方面作为它们的代表，作为领头的先锋，率领着现代和民主的船队，在未来的海洋航程中前进。

而合众国的真正历史——那次伟大的、浑身痉挛的、以胜利告终并且南方也最后得胜的统一斗争即内战以来的历史——就得再过数百年也许一千年以后才能写出来了。

过去历程的回顾
（《十一月的树枝》[1] 序言，1888）

凡是听到过的歌曲，或一切（经历过的）忠诚的爱，或最美的生活插曲，或水手们、士兵们在海洋或陆地上遭遇过的艰险场面，其中最好者也许是它们的梗概，或其中任何能在事后许久重温的那些已经过去并丧失了原有刺激性的实际经历的东西。灵魂是多么喜爱在这样的回忆中漂浮啊！

所以我如今在老年的黄昏时刻——我和我的书——坐下来闲谈——回顾一下我们所走过的道路。仿佛是走完了旅程——（一种历时多年的各式各样和时断时续的旅途游览——或某种漫长的航海旅行，其中不止一次好像到了最后的时刻，好像我肯定要下沉了——可是我们穿过一切险阻，终于胜任地到达了港口）——在完成了我的诗篇之后，我非常想按照它们（在当时是无意识或多半无意识）的意图再来看看它们，并对它们所致力体现的那三十年岁月做某些说明。因此，这篇序言可能要把最初的目的和想法同后来常常引起奇怪结果的经历像经纬一般交织起来谈谈。

在经历了七八个阶段和不断的斗争，为时几达三十年之后，（如今我已年近七旬，主要是在回忆中生活，）我把这部殚精竭虑

---

[1] 这是一本一百余页的集子，其中包括那组题为《七十生涯》的诗。

得以完成的《草叶集》当作我自己的认证的名片，留给新世界未来的世世代代，如果我可以贸然这样说的话。至于我没有赢得我所在的这个时代的承认，却退而转向对于未来的心爱的梦想——预期——（"雷格纳死了，但歌曲还活着"[1]）——至于从世俗的商业观点来看，《草叶集》还不只是失败而已——公众对于这部书和我这个作者的批评首先是流露了明显的恼怒和轻蔑——（"我发现到处有你的敌人"——1884年5月28日一封由波士顿的W.S.K.写来的信中说）——而且单单为了出版这本书我就成了两三次相当严厉的官方特别打击的对象——所有这些也许并没有超出我应该有的预料。我一开始就做了这个抉择。我既不要求悦耳的颂扬，巨额的酬金，也不要求现在各种学派和组织的赞许。如已经实现或部分实现了的，整个事业给我的最大安慰（通过少数世所罕有的最亲爱的朋友和支持者——由于为数这么少就更加显得忠实而不屈不挠——这个小小的方阵哟！）就是我没有为自身灵魂之外的任何势力所阻止和歪曲，完全凭我自己的意愿说了我要说的话，并且把它无误地记录了下来——至于其中的价值就只有让时间去评断了。

　　对于这个评断的估计，威廉·奥康纳和勃克博士[2]比我自己要有把握得多。不管怎么说，我把《草叶集》和它的理论看作试验性的——就如在最深的意义上我对我们美利坚共和政体本身及其理论的看法一样。（我想我至少有足够的哲学知识而不会对什么事物或结局绝对地确信无疑。）其次，一本书就是一次出

---

[1] 引自英国诗人约翰·斯特林（1806—1841）的长篇歌谣《弹竖琴的阿尔弗烈德》。九世纪末丹麦人侵扰英国海岸，将英国守卫者雷格纳杀死。后来英格兰国王阿尔弗烈德扮作弹竖琴者在丹麦人宴会上歌唱雷格纳，并终于打败了丹麦人。

[2] 惠特曼的两位好友。勃克博士写的《惠特曼传》于1883年出版。

击——是否能获胜并在目标、退路和工事等方面制服对手,这得由今后至少一百年的时间来提供圆满的答案。我着重考虑的一点是我已经确实赢得了自己的听众,这足以弥补一切别的缺陷和阻难而有余了。实质上,这是一开始就有了并且坚持下来了的主要目标。现在好像这个目标已经达到,我确实已心满意足地不再考虑那些本来十分重要的缺陷,因为现在显得不重要了。公正而冷静地回顾我的全部意图,我觉得它们那时都是可信的——无论有什么后果我都接受。

以坚持不渝的个人雄心和努力奋斗,作为一个年轻小伙子与旁人一道进入争取奖赏和政治、文学等方面效益的竞赛——参加伟大的混战,既为荣誉本身也为了做出一些贡献——为那些理想而追求和斗争多年之后,我发现自己在三十一岁到三十三岁时仍然醉心于一个特别的热望和信念。或者,十分确切地说,那个一直在我从前的生活中飞掠着或者在两旁翱翔的始终不很明确的热望已经坚定地进入前列,确定了它自己,并且最后统治了其余的一切。这就是想要发愤以文学或诗歌的形式将我的身体的、情感的、道德的、智力的和美学的个性坚定不移地、清楚地说出并忠实地表现出来,表现在它所处时代和当今美国的根本精神和事实之中并与之保持一致——并且在一种远比迄今所有诗歌和著作更坦率而丰富的意义上开拓这个与时间地点相吻合的个性。

简单地说,也许这就是或者意味着我所努力要做的一切。时当十九世纪,地处美利坚合众国,以及它们所提供的领域和观点,《草叶集》本来只是或力求成为纯属一个忠实无讹而固执己见的记录。它在一切之中提供一个作家个人的本性、热情、观察、信念,以及思想,这些都几乎毫未受到任何来自别的信念或别的本性的固定色彩的渲染的。人们唱过大量的歌曲,美丽无比的歌曲,不适合这里而适合别的属于另一种精神和历史阶段的国家的歌曲;

但是我只根据美国和今天的情况来歌唱,并进行取舍。现代科学和民主好像在向诗歌挑战,要它在表现中把它们置于与过去的歌曲和神话相对照的地位。据我现在看来(也许太晚了),我曾无意中接受了这个挑战并企图做这样的表现——这是今天我肯定不会做的,因为更加懂得它的含义了。

为了给《草叶集》这部诗作提供基础,我抛弃了旧世界诗歌中的传统主题,使之在作品中没有出现:没有那种陈腐的装饰和关于爱情或战争的精彩情节,或者旧世界赞歌中的高大突出的人物;我可以说没有任何为艺术而艺术的东西——没有传说或神话,或传奇故事,没有婉词雅语,也没有脚韵。只有在今天日趋成熟的十九世纪,特别是在今天美国的无数的事例和实际职业中的最广大的普通人和人的个性。

与过去的诗相比较,我的诗每一页背后的思想所构成的一个主要对照是它们对上帝、对客观世界的不同态度,更多的是那个正在歌唱和谈论着的自我(通过反省、坦白、假定等)对他自己及其同类的起了很大变化的态度。现在肯定是美国首先在诗歌的范围和基本观点上开始进行这种调整的时候了;因为别的每个方面都已经改变。我写这篇文章时,就从一本流行的英国杂志上看到一篇关于华兹华斯的论文,其中有这样的话:"几个星期前一位法国批评家说,由于明显地倾向于科学及其囊括一切的威力的趋势,诗在五十年之后就会没有人读了。"但是我的看法恰恰相反。一个更加坚定、更加大大开阔、更加新颖的领域才刚刚开始出现——不,应当说已经形成——而这个领域是天才的诗人必须迁入的。不管过去多年的情况怎样,现代世界的想象功能的真实用途是给事实、给科学、给普通人类以最终的生动表现,赋予它们以属于每一真实事物和仅仅属于那些真实事物的光辉、荣誉和最高的显赫形象。没有那种唯独诗人和别的艺术家才能给予的最终的生动表现，现实就会显得不完整，而科学、民主以及生活本身也会终于落空的。

很少有人欣赏我们时代的道德革命，而这种革命比起物质的、发明创造的和战争所引起的革命来要深刻得多。如今十九世纪行将结束（前两个世纪的种子正在结出果实来*）——各国人民大众的兴起和疆界线的变迁——美国的历史性的和其他突出的事实——蓄意脱离联邦的战争——那些状若星云的部队的暴风雨般的冲击和突袭——这样的激动和骚扰将来再也看不到了——不可能有整个军事战线上、整个文明世界中更加全面的变化了。因为所有这些新的和进化的事实、意义、目的，新的诗歌信息、新的形式和表达，都是不可避免的。

我的书和我自己——我们硬是跨越了一个什么样的时期啊！从一八五〇年到一八八〇年整整三十年——以及这些年的美国！我们大概真正会是骄傲而又骄傲的，如果我们按照那个时期的精神从它采集了够多的东西来将它的一些些生气吹入未来的话！

就允许我为了我自己的目的或任何别的目的不敢在此或任何地方试图提出诗的定义，或解答什么叫诗这样的问题吧。像宗教、爱和自然一样，既然这些字眼是不可缺少的，我们就都给它们各自一个充分准确的含义，但是我觉得没有哪个现成的定义能够充分概括"诗"这个词的含义；也没有任何规律和惯例能够这样绝对地通行，总有某些重大的例外会起而蔑视和推翻它。

还必须认真记住，第一流的文学并不是单凭它本身的光辉发光；诗歌也不是。它们是在客观环境中成长，是在演变的。那真正的生命之光常常很奇怪地来自别处——出于不可解说的来源，故充其量也只是像月光似的和相对的。我知道，有一些仿佛永远适宜于诗人的带支配性的主题——如过去的战争，《圣经》里的宗教狂热和崇拜，经常是爱、美、巧妙的故事情节或沉思的激情，等等。但是，初听之下觉得奇怪的是，我想说还有某种远比这些主题扎得更深、耸得更高的东西能作为现代诗歌的最佳因素。

　　一切旧的富于想象力的作品按其性质都有赖于一系列先决条件，这些条件往往自己不加说明而为作品提供重要的基础，因而对作品的存在是不可或缺的。《草叶集》也是这样，在它诞生之前就预先确定了某些不同于任何别的作品的东西，并且事实上就是这种先决条件的产物。的确，我应当说，如果不能首先使这一预备的背景和心理特性相印证的话，要想读懂这本书将是徒劳的。想想今天的美国——这合为一体的三十八个或四十个独立帝国的事实——六七千万彼此平等而有其自己的生活、感情和未来的人民——这些数不清的现代的、美国的、在我周围沸腾着的大众，而我们就是其中不可分离的部分！再比较起来想想过去或现今欧洲诗人们的小小的环境和局促的领域，无论他们有多大的天才。想想至今为止在一切情况下都缺少或没有认识到的像今天此地所有的群众性、活力和空前的激动人心的事物。看来仿佛是，一种带有适合于人类灵魂的伟大性和无限性的宇宙与动力特征的诗在过去是从来不可能的。肯定地说，一种能为民主群众所用的具有绝对信心和平等的诗歌是从来没有过的。

　　在评价第一流诗歌时，一种充分的民族性，或者从另一方面说，否定或缺乏民族性（在我看来如某些时候歌德的情况），往往（如果并非常常的话）是第一个要素。只要你有一点点洞察力就能在一定的距离外看到他们国家或环境的实际情况，连同当代人类精神状态及其暗淡或光明前景的色彩，这些都躲在每个诗人背后，并构成他们的特征。我深深知道，我的《草叶集》是不可能从任何别的时代、别的国家，而只能从十九世纪后半叶，从民主的美国，以及从全国联邦武装的绝对胜利中产生、形成和完整起来。

不论我的朋友们是否同意这样的看法,反正我自己知道得很清楚,在描绘的才能上,在戏剧性的安排上,特别是在语言的旋律以及所有传统的诗歌技巧上,不仅那些今天居于世界读物前列的天才作品,而且还有许多别的作品都超过了(其中有些是不可估量地超过了)我已经或能够达到的全部成就。不过,在我看来,像自然诸物一样,美学的主题以及所有思想与灵魂的特殊开拓,都不仅与它们自己固有的品质有关,而且与它们的观点^{**}的同样重要的性质有关;现在是时候了,应当将一切主题和事物按照美国和民主的出现所显示的情形来加以反映——以一个不仅仅是过去的感恩而虔诚的继承人而且是伴随新世界诞生的孩子的声调来歌唱这些主题——通过今天的创始和合奏来描绘一切,而且这样的描绘和合奏是美国前景中富于想象的文学所首先要求的。不是要以一种大家都赞许的风格来表达某些精选的幸运或悲惨的故事情节,或者幻想,或者美好的想法,或者事变,或者礼仪——所有这些都已经大量而精致地写过,大概再也不能超越了——但是以这种美学形式表现的物象、感情、故事情节、思想等,尽管我们的国家和时代并不需要,而且恐怕永远也不再需要比它们已经从历史遗产中获得的更好的东西了,可是还得说明,就在对待这些东西上也有一种主观的和当代的观点,唯独这种观点适合我们自己以及我们的不同于以往一切的新的天才和环境;同时,这样一种关于现今和过去生活与艺术的观念,对于我们来说是它们的与西方世界相适应的唯一同化手段。

的确,而且不管怎样,用一个特别的说法,难道时候还没到来(如果有必要直说,即使不为别的也是为了民主美国的缘故),还不十分需要对诗歌的全部理论和性质来一次重新调整吗?问题是重要的,我可以把我的论点翻过来重说一遍:难道我们时代和共和国的最好思想没有在孕育一种超越古今的诗歌的诞生和精神吗？有效地加强并在道德上巩固我们的国家（就物资建设而言已经是有史以来最伟大的因素，并且由于它们所要引起和促成的一切，以及到了将来，还要更加伟大得多）——与科学所提供的宇宙学说和具体现实相一致，并以它们为基础，为今后包括诗歌在内的一切的唯一无法驳倒的基础——将二者的影响都植根于现代情感与想象活动之中，并支配一切先于它们和反对它们的东西——难道这不是一个急剧的发展和向前迈进的一步，或者是最好诗歌的一根不可缺少的新的脊柱吗？

　　新世界高兴地接受古代诗歌，连同欧洲封建时代的丰富的史诗、戏剧、民谣——一点也不想让那些声音从我们耳边和生活中消失，或者取代它们——而是将它们真正当作不可缺少的研究对象和影响、记录与比较。但是，尽管那些诗歌对于今天的我们有着文学黎明时期曙光的意义——尽管今天旧世界或新世界各个国家、社会集团或任何男人和女人的个性的最好部分也许都来自它们——尽管，如果有人叫我举出当前美国文明从各个历史时期继承的最宝贵遗产，我说不定只会举出那些从东方和西方输入的古老或不那么古老的诗歌——但是还有些严肃的话和账目保留在这里；有些尖锐的看法必须讲一讲。那些从外国或历史上接收过来并且今天包围和渗透着美国的伟大诗歌中，有哪一种同这个合众国相一致或基本上能为它今天或将来所应用呢？有哪一种诗歌不是以对民主的否定和侮辱为立足的基点呢？对于我们这个拥有科学昌明和历史新生的文学新纪元，它所做的竟是这样一个评论，说我们主要的宗教和诗歌作品并不是我们自己的，也不是与我们的情形相适合的，而是由遥远的历史时期从它们的落后和黑暗处或者至多是朦胧的微光中提供给我们的！那些作品中究竟有什么东西这样专横而轻蔑地统治着我们全部的进步文明和文化呢？

　　即使莎士比亚，像他那样普遍影响着当代文学艺术（它们的确在很大程度上是从他那里来的），也主要是属于被埋葬的过去了。不过他占有着从那个过去的某些重要方面说来值得骄傲的显著地位，成了人类历史上至今出现过的最崇高的歌手。不管怎样，（莎士比亚笔下的）一切都关系到并且有赖于环境、标准、政治、社会学和种种信念，而这些是从东半球完全消失了并且在西半球从来没有过的。它们作为诗歌的权威类型，在美国也只如它们所描写的人物和习俗那样还有某种意义。的确可以说，人类的感情、道德和美学在本性上并没有发生根本的变化——在这些方面，旧的诗歌，无论其产生年代，仍适用于我们的时代和一切时代；它们作为过去的写照仍有不可估量的价值。我愿意最大限度地承认这些看法，然后在这里把一些严肃的乃至极为重要的观点说出来。

  我的确在别的场合表示过我对于那些永远不可胜过的诗歌遗产的尊敬和颂扬，把它们那些难以形容的珍贵之处看作美国的传家宝。现在必须坦率地谈谈另外一点。要是我不曾在那些诗歌面前表示过敬意，充分明白它们从形式到思想的伟大壮丽之处，我就不可能写出《草叶集》来。我在书中阐明的那些判断和结论，是通过这些古老作品的陶冶和教诲如通过任何旁的东西那样而得出来的。犹如美国被充分而公正地看作过去的合法成果和进化的收获那样，我也敢于这样看待我的诗。无须停下来加以证实，可以断言旧世界创造了神话式的诗歌、小说、封建主义、征战、等级制、改朝换代的战争，以及一些美妙非凡的人物和事件，而这些都是伟大的了；可是新世界需要更加伟大的吟咏现实和科学、吟咏民主的平常而根本的平等原则的诗歌。在这一切的核心，作为一切的对象的，是人，他那崇高的精神发展就是旧世界或新世界的诗歌和其他一切所直接间接地倾向之处。

  继续这个题目，如朋友们不止一次建议的——或许是我上了年纪喜欢啰唆——进一步谈谈《草叶集》孕育的过程,尤其是我怎样开始写作。勃克博士已经在他的书[1]中详细而公允地描绘了我在诗歌领域的准备工作,包括特殊和一般的耕耘、栽培、播种以及占领场地,直到一切都充实了,扎根了,并准备好不顾成败着手自己的职业。直到这以后我才认真探索诗歌艺术。我从十六岁那年开始就拥有一个结实的写了满满一千页的八开本笔记簿(至今还在),里面是沃尔特·司各特的全部诗作——一座取之不尽的诗歌矿山和宝库(尤其是那些丰富无边的笔记)——五十年来它对我一直是这样,至今还是如此。***

后来,每隔些时候,夏天和秋天,我常常外出,有时长达一个星期,深入乡村,或者到长岛海滨——在那儿面对野外的风光,我从头通读《旧约全书》和《新约全书》,并专心钻研(这或许比在图书馆或室内读书对我更有利——读书因地点不同而大有区别)莎士比亚、莪相[2],凡能得到的荷马、埃斯库罗斯、索福克勒斯、古老的德国英雄史诗《尼伯龙根之歌》、古代印度诗歌以及另一两种包括但丁作品在内的最好译本。碰巧,后几种书我当时是在一片古老的森林中阅读的。我头一次通读《伊利昂纪》(勃克莱的散文译本)是在长岛东北端的"东方"半岛上,在一个两边是海的荫蔽着的沙石凹地里。(我一直觉得奇怪为什么我居然没有为那些声威赫赫的大师们所吓倒。可能因为我是在大自然面前,在太阳底下,面对辽阔的风光和远景或滚滚涌来的大海在读它们的。)

到最后,连同许多别的作品,我读了爱伦·坡的诗——但我

[1] 指勃克博士所写的《惠特曼传》,出版于 1883 年。
[2] 据说是公元三世纪苏格兰的一位说唱诗人;但《莪相作品集》实际上是苏格兰作家麦克菲森(1763—1796)所译述的关于盖尔英雄莪相的传说。

并非这些诗的赞赏者，尽管我常常看到在那狭窄的旋律领域之外（那旋律像一种永恒的和谐悦耳的铃声，从降 b 调上升到 g 调），它们是些表现人类某些病态的优美动听得也许无人超过的词句。（诗歌领域是非常宽广的——它容得下一切——拥有那么多的大厦啊！）但是我从坡的散文中作为回报得到了这样一个想法（至少就我们的情况、我们的时代而言）：不能有长诗这样的东西。同样的想法我以前一直在琢磨，但是坡的论点，尽管很短，却为我提供了总结和证据。

另一个问题早已得到了解决，大大清除了场地。在我的事业和探索积极形成的时候（我怎样才能最好地表现我自己的特殊的时代和环境、美国、民主呢？）我就看到，那个提供答案并让一切事物无论走失多远都得回到它那里去的主干和中心，必然是一个彼此同一的身体与灵魂，一个个性——这个个性，我经过多次考虑和沉思以后审慎地断定应当是我自己——的确，不能是任何别的一个。我还强烈地感到（无论我是否说明过），为了充分而真实地估价现在，过去和将来两者都是必须着重考虑的。

可是，这些以及许多别的想法都可能终归落空（几乎一定会落空），如果不是一个突如其来的、巨大而可怕的、直接与间接的刺激促使了我进而面向全国发言的话。确实，我说，尽管我早先已经开始，但只有从南北战争的爆发，以及它像闪电般地让我看到的一切，连同它所探测和唤起的内心震动（当然，我指的不仅仅是我自己的内心，我也从别人以及千百万人身上明显地看到了同样的情况）——我是说只有看到战争的情景和场面那种强烈的火焰和刺激之后，一种原始而热烈的诗歌的合理必要性才明确地显露出来了。

我深入弗吉尼亚战场（一八六二年底），以后即住在军营里，眼见过一些大的战役及以后的日日夜夜——分享过所有的动摇，失利，绝望，重新燃起的希望，鼓起的勇气——随时准备着舍生冒死——这也是事业——这样痛苦可怖的岁月延续了几年，从一八六三到一八六五年，那个从此才真正统一的联邦的实际分娩的岁月（有甚于一七七六——一七八三那几年）。要是没有那三四年以及它们给我的经验，《草叶集》如今也不会存在了。

然而，我也是有意要指出或者暗示某些尖端特征的，这些我后来看出（尽管当初并没有看见，至少是没有明确看见）从一开始就是《草叶集》中那些作品的基础和冲动的对象。我自己原先用以描绘如今在终于确立了的这些特征的字眼就是"暗示性"这个词。我很少做过什么整饰和最后加工的事，即使有一点的话；而且按照我的计划也不能这样做。读者总要发挥自己的作用，就像我发挥了我的作用那样。我并不怎样力求说明和展示自己的主题或思想，而主要是引导你读者进入那个主题或思想的气氛中——让你去自己飞翔。另一个动力性的词是"伙伴之爱"，它适用于所有的国家，并且比以往的用法带有更加庄重而肯定的意思。其他带暗号性的词要算"鼓舞""满意"和"期望"了。[1]

任何某一位诗人的主要特征永远是他所赋予对人类和自然的观察的精神——即他琢磨他的对象时所居的心境。这些东西传达一种什么样的心情和多大的信念呢？这诗歌给带到了多新近的年代呢？歌唱者具备有哪样的资质和特殊风味——他的风格的特色是什么呢？古今艺术家——如希腊美学家、莎士比亚——或者我们当代的丁尼生、雨果、卡莱尔、爱默生——肯定与这样的问题有关。我说诗歌或任何别的文学作品能够为读者做出的最有深

---

[1] 这几个词的原文是 Good Cheer、Content、Hope。

远意义的事不是仅仅满足其智力的需要或提供一些精美有趣的东西,甚至也不是描绘伟大的激情或者人物和事件,而是给他注满刚强而高尚的男子气概和虔诚,把一副好心肠作为一宗基本财产和习惯传给他。那个有教养的世界长期以来在变得愈来愈厌烦无聊,并在把这笔财产全部留给我们这个时代。幸喜人类身上总是有一种原始的取之不尽的快活精神,我们永远可以求助于它,依靠于它。

至于本地的美国个性,尽管一定会到来,而且会是大规模的,但鲜明而理想的西方性格典型(与十九世纪美国人情的实用政治乃至赚钱的特点相符合,就像标准的骑士、绅士和战士是欧洲封建时代的理想人物那样)至今还没有出现。我自始至终让我的诗歌着重表现美国的个性并加以扶持——这不仅因为那是大自然所有普遍化的法则中一门伟大的功课,而且是作为与民主的平均倾向相抗衡的力量——还有别的理由。我蔑视那些冒名文学的和其他的常规,公然讴歌"人类自身的巨大骄傲",并容许它或多或少成为我的几乎全部诗歌的一个主题。我想这份骄傲对于一个美国人是必不可少的。我想这并非与服从、谦卑、尊敬和反省等品质不一致。

民主已经被那些有权有势的大人物阻挠和坑害到这种地步,以致它的最初的本性快要去拥抱、适应和产生落伍者了,从而把一切贬低到一条僵死的水平线上。我的诗歌的雄心勃勃的理想是要帮助形成一个伟大的集合体国家,也许那只有首先形成无数充分发展的全面的个人方能做到。尽管平等博爱的原则和普及教育很受欢迎,但我们也看到了一种与它们相伴而来的不良倾向。人类身上,他的灵魂深处,有某种影响着一切并以其特殊成就最后完成他的尊严的根本的内在因素——一种为封建主义的古代诗歌和民谣所不断涉及和达到并且常常成为它们的基础的东西——而现代科学和民主却好像正在威胁着它，也许要根除它。不过那只是一种表面现象，其实际完全不同。从整体上说，新的势力的确在为前所未有的伟大个性开辟道路。今天在这里完全一样，个人力量是一切事物的决定因素。包括从《伊利昂纪》到莎士比亚的那些时代和描写，好在再也不能实现了——但是那些勇敢而高尚的人性因素并没有改变。

劳动的男人和劳动的女人始终寸步不让地存在于我的每一页作品中。我要用古希腊和封建时代的诗人们所赋予他们笔下的神一般的或贵族出身的人物的英雄气概和崇高境界，来赋予美国普通的民主个人——的确，他们要比那些古人更骄傲，更有现实基础，也更加丰满。我是要说明，我们今天在这里是有资格达到最高最好的地步的——比历史上任何时代都更具备这样的资格。我还要使我的言辞（在开始之前我就这样对自己说）在精神上成为富有朝气的诗篇。（它们主要是在我生命中阳光灿烂的早晨和午前奠基和写出的。）我要使它们完全像属于男人那样也属于女人。我愿意不带任何私好和偏颇地把美国整个地写进我的诗中。今后，如果这些诗还在流传（并有人阅读），那一定要既在北方也在南方，既在大西洋沿岸也在太平洋沿岸——在密西西比流域，在加拿大，在上缅因州，在得克萨斯，以及在普格特海峡的两岸。

从另一个观点看，《草叶集》公开承认是写性和色欲，甚至是写兽性的——尽管那些意思并没有在字面上出现而是隐藏在背后，要到适当的时候才会冒出来；并且一切都被力求提高到一种不同的光景和气氛之中。至于这个特征之所以在少数诗行中给故意写得露骨一些，我只想说明，那是因为这些诗行只有这样才能给我的整个计划增添生活气息，如果加以省略就会使大部分作品都等于白写了。虽然会有困难，但我看还是迫切需要让高等的男人和女人在思想上和实际上改变一下对于性感的思想和行为的态度,因为性感是作为性格、个性、激情的一个因素以及文学中的一个主题而存在的。我不想对问题本身进行辩论;它不是孤立的。它的活力完全在于它的种种关联、地位和重要意义——像一部交响乐中的谱号那样。从根本上说,我上面所指的那些诗行,以及用以谈论它们的那种精神,是渗透于全部《草叶集》的,作品必然与它们共命运,犹如人的身体和灵魂必然作为一个整体存在一样。

尽管社会与个人的某些事实和征候永远是普遍的,但在现代习惯和诗歌中对它们的正常承认却极为罕见。文学在经常请医生进来诊察和听取病情,同时又常常在应当"大胆裸露"的地方加以回避和设法隐瞒,而这种裸露是对严重病情做出认真诊断的基础。关于今后《草叶集》的版本(如果还应当出的话),我趁此机会以三十年来所确定的信念和审慎的修订肯定那些诗行,并为此尽我的言语之所能禁止对它们作任何的删削。

还有最后一个目的,那是包罗一切和有关全局的。自从那个可以称之为思想或思想萌芽的东西在我年轻的心中正式开始时,我就有了一个渴望,想为那个奠定美国道德基础的完整信仰和认可(用弥尔顿那一著名的夸耀的话说,是"认可上帝对人类的做法")做一个很好的记录。我那时在青年时代就像如今老年时一样对这一点感到十分必要:要创作一首诗,其每个思想或事实都直接间接地等同于默认一个明确的信念,即相信每种程序、每个具体对象、每一个人或别的存在物的智慧、健康、奥秘和美,不仅从整体而且从个别观点来看都是如此。

虽然我不能理解或加以澄清,但我仍然充分相信自然界的整体或个别中的一个暗示和目的:我相信,无形的精神成果恰如有形之物那样真实而明确,会通过时间最终归于一切实际生活和完全的唯物主义。我的书理应充分正当地散发欢愉和喜悦,因为它是从这些因素中成长起来的,并且从最初开始时就成了我生活中的一种慰藉。

《草叶集》的一个原始动机是我确信(至今仍如当初那样坚定)美国的登峰造极的成长是神圣而壮丽的。要帮助推动和爱护这种成长——或者唤起人们对它或其必要性的注意——这就是这些诗篇初始、中期和最后的目的。(事实上,当你认真计算并统计到最后时,会发现只有忠诚地翻耕人性的绵亘无边的普通休闲地——而不止于一般意义上的"好政府"——才是这个合众国成立的理由和主要目的。)

据我看,任何地位、文化或财产——过去诗歌的直接或间接的脉络——的孤立的优势对于共和主义的天才都是可厌的,也不能为他的适宜的诗作提供基础。我明白,凡是已被确认的诗歌都在歌颂过去的光荣业绩和为人们所缅怀的往事上有其突出的优越性。然而我的诗集是一个未来的候选人。不管怎样,如泰纳[1]说的,"一切独创性的艺术都是自我调整的,没有任何独创性艺术能够从外部加以调整;它自己带有平衡力,不必向别处去要——它靠自己的血液生存"。——这对我经常遇到的挫伤和郁郁不得志的自负之心是一个安慰。

既然现在主要是企图作个人的陈述或论证,我不妨从我年轻时精读的《古代画家纪事》中借用下述逸事作进一步的说明:佛兰德斯画家鲁本斯[2]有一次在古修道院画廊闲逛,遇到一幅出色的画。他沉思地看了好一会儿,并且听了跟随他的那批学生的评论,然后回答学生们的问题(这幅作品属于或接近什么流派),说道:"我想这位无名的也许已经不在人世了的画家,虽然给世界留下了这份遗产,但不见得属于哪个流派,甚至可能除了这一

---

[1] 泰纳(1828—1893),法国哲学家、文学评论家。
[2] 鲁本斯(1577—1640),巴洛克画派早期的代表人物。

幅之外没有画过别的东西,而这是一件个人创作——一个人的毕生之作。"

《草叶集》当真(我不妨经常重申)主要是我自己的激情和其他个人本性的流露——自始至终是一种尝试,想把一个人、一个个人(十九世纪下半叶在美国的我自己),坦白地、完满地、真实地记录下来。在当代文学中我找不到类似这样使我满足的个人纪录。但是我并非想把《草叶集》特别当作文学或这方面的一个标本来详加讨论,或提出这样的要求。如果有人坚持要把它看成文学作品,或看成是试图写这样的作品,或者是志在艺术或唯美主义,那他是不会了解我的诗的。

我说,历史上从没有哪个国家或民族或环境如此需要一种与众不同的完全属于它们自己的诗人和诗歌,像我们美国这个国家和民族及其环境今天和未来需要这样的诗人和诗歌似的。再说,只要美国继续吸收旧世界的诗歌并受它支配,又得不到本国诗歌来表达、描写、渲染和解释它的政治上的成功并给它以特别帮助,它就不能发展为第一流的国家,并仍然残缺不全。

在我此生悠闲的黄昏时刻,我向你读者做了如上的一番啰唆、思索和回忆,

懒懒地随着退潮向下流荡,
这样的微波,略带梗塞的声音,从岸上引起回响。

作为结束,这里向正在应时兴起的西方艺术天才指出两点:——第一,赫尔德[1]给青年歌德的教导说,真正伟大的诗

---

[1] 赫尔德(1744—1803),德国文艺理论家,"狂飙运动"理论倡导者,与狄德罗、歌德、莱辛等均有交往。

歌永远（有如荷马或《圣经》的赞美诗）是一种民族精神的产物，而不是少数有教养的卓越人物的特权；第二，最强有力和最美妙的诗歌还有待人们去吟唱。

* 就连当今美国的酝酿期和萌芽期，也可以追溯到——我认为是主要奠基于——英国历史上的伊丽莎白时代，即弗兰西斯·培根和莎士比亚的时代。说实在的，如果我们认真追溯，还有什么发展或成就不能往后归根，直到消失于——或许它的最令人迷惑的线索消失于——历史的渺茫的地平线呢？

** 依照康德的意见，是唯一的根本实体使得其余的实体得以形成并具有意义。

*** 司各特爵士的《诗歌全集》;特别包括《边地歌谣集》，其次是《特里斯特雷姆爵士》《末代歌者之歌》《来自日耳曼人的民谣》《玛密恩》《湖上美人》《罗德里克先生的梦幻》《岛屿的领主》《罗克比》《特里尔曼的婚宴》《滑铁卢战场》《无畏的哈罗尔德》，全部的戏剧；种种导言，大量有趣的笔记，以及有关诗歌和传奇故事的小文章，等等。

洛卡特的1833（或1834）年的版本，包括司各特晚年的丰富的校订和注解。所有的诗歌我都通通读过，其中的民谣和《边地歌谣集》反复读了多遍。

沃尔特·惠特曼年表[1]

1819　五月三十一日诞生于长岛亨廷顿区的西山村，父亲是建筑木工。

1823　举家迁到布鲁克林，最初住在渡口附近的前街。

1825　曾经志愿参加过美国独立战争的法国将军拉法埃特访问布鲁克林，七月四日在一公共场合偶尔抱了惠特曼，这使诗人终生难忘。

1825—1830　在布鲁克林公立学校上学。家庭住址在市内不断迁移。

1830—1831　先后在律师事务所和医生诊所当勤杂工。

1831—1832　在印刷所工作，开始学印刷技术；有个时期在《长岛爱国者》报社当印刷工学徒。

1832　夏天，在沃辛顿印刷公司工作；秋天开始至一八三三年五月，在《长岛之星》报当排字工。

1833　惠特曼一家迁回乡下，但沃尔特继续留在《长岛之星》报社。

1835　五月至翌年五月，在纽约一些印刷所工作。

1836—1838　在长岛一些学校教书；参加辩论团体。

[1] 此表主要依据盖·威·艾伦《惠特曼手册》中的年表，略有补充。

1838　春天至翌年春天，在亨廷顿办《长岛人报》。

1839—1840　一度在贾梅卡《长岛民主党人报》当排字工，在该报发表了一些诗歌和散文，这是现存的最早期作品。后来又在长岛当教员。

1840　秋天，参加为民主党人范布伦竞选总统的活动。

1841　五月，回到纽约，当《新世界》的排字工。

1842　先后在《曙光》和《哓舌者》当编辑，为时数月。

1843　春天，编《政治家》。

1844　夏天，编《纽约民主党人》。十月，到《纽约镜报》工作。

1841—1848　向一些著名的纽约报刊投稿，其中包括《民主评论》《百老汇报》《美国评论》《纽约太阳报》《哥伦比亚杂志》。

1846—1847　编布鲁克林《鹰报》。

1848　一月，放弃（或被解雇）《鹰报》编务。二月十一日与弟弟杰夫动身赴新奥尔良就任《新月》编辑之职。《新月》第一期于三月五日出版，上有惠特曼的诗《午夜在密西西比河航行》。五月二十四日辞职，二十七日动身乘船经圣路易斯回布鲁克林，六月十五日抵达。后担任《布鲁克林自由人》编辑，该报第一期于九月九日出版。

1849　《自由人》在春季改为日报。四月，惠特曼同时在默特尔路开办一家印刷厂和一家书店（一八五一年仍列在《布鲁克林指南》中）。九月十一日辞去《自由人》编辑职务。

1851—1854　在布鲁克林从事木工建筑业务和劳动，确切情况不大清楚。

　　　一八五一年三月三十一日在布鲁克林美术馆发表讲演。曾是纽约《晚邮报》的投稿人或通讯员。

1855　七月四日左右，《草叶集》第一版由作者自己出版，以代理商福勒和韦尔斯的名义发行。七月十一日左右诗人的父亲去世。七月二十一日收到爱默生祝贺诗集出版的信。九月十七日英国记者蒙·康韦初次来访。十二月十一日爱默生来访。

1856 《草叶集》第二版于八月十六日至九月十二日之间出版；仍由福勒和韦尔斯担任代理商。十一月，梭罗与阿尔科特来访。

1857—1859 编布鲁克林《时代报》；一八五九年夏天失业。常去浦发夫餐馆——一些波希米亚式的文人聚会的地方。

1860 《草叶集》第三版由青年出版商塞耶与埃尔厥奇在波士顿出版；三月诗人去波士顿看清样，在那里与爱默生进行了一次关于性诗的著名讨论。

1861 塞耶与埃尔厥奇的出版业受挫，《草叶集》印版落入一个不诚实的出版商手中，他在几年之内不断偷印和盗卖。

四月十八日南部军队炮击萨姆特要塞，南北战争爆发，惠特曼立即在日记中写下一篇锻炼身心的献辞，并逐渐脱离与浦发夫餐馆的联系。

1862 十二月十四日在受伤人员名单中看到弟弟乔治的名字，立即赴弗吉尼亚前线寻找。开始访问纽约医院的伤兵。

1863—1864 在战地和陆军医院当义务护理员。开始与奥康诺和布罗斯建立友谊。一八六四年夏天健康崩溃，回到在布鲁克林的母亲那里住了六个月。

1865—1866 一八六五年一月被任命为内政部印第安局的职员，至六月三十日被部长詹·哈兰解雇，但七月间又成为司法部长办公室职员。一八六五年《桴鼓集》发排，至翌年与附辑《桴鼓集续编》一起出版，续编中包括《当紫丁香最近在庭园中开放的时候》等悼念林肯的诗作。

惠特曼被内政部长解雇后，威·奥康诺开始写他的"辩护"，后题为《鬓发苍苍的好诗人》于一八六六年出版。

1867 《草叶集》第四版出版。英国诗人威廉·罗塞蒂发表评论。约·布罗斯写的第一本传记《略论作为诗人与人的惠特曼》出版。

1868 罗塞蒂从《草叶集》选编的《惠特曼诗选》在英国受到欢迎。奥康诺出版《木匠》，书中隐隐地把惠特曼写成现代基督。

1869 英国女作家安·吉尔克利斯特夫人读到惠特曼的诗。

1870 吉尔克利斯特夫人在波士顿《急进评论》上发表《一个英国女人对沃·惠特曼的评价》。

　　《民主展望》初版出书，这是一八六七——八六八年间发表在《银河》上的两篇文章合并而成的。

1871 《草叶集》第五版问世。

　　在纽约"美国学会"成立会上发表献诗《毕竟不只是要创造》（后改称《展览会之歌》）。

　　英国诗人史文朋在《日出前的歌》中向惠特曼致敬。英国桂冠诗人丁尼生写信向惠特曼致意。《民主展望》被译为丹麦文出版。

　　吉尔克利斯特夫人写信向惠特曼求婚，惠特曼在十一月三日的复信中委婉地表示谢绝。

1872 在达特默斯学院的毕业典礼上发表献诗《像一只自由飞翔的大鸟》（1882年版改题为《母亲，你同你那一群平等的儿女》）。在黑人选举权问题上与奥康诺发生争吵。

1873 在经历了一年多的眩晕等先期症状之后，本年二月间得偏瘫症。

　　五月二十三日丧母。

　　结识青年作家霍·特罗贝尔，这是诗人晚年最忠诚的朋友之一。

1874　在塔夫脱学院毕业典礼上发表献诗《宇宙之歌》，由旁人代为朗诵。

　　夏天被解除在华盛顿政府机关的职务，这从一八七三年二月以来一直由诗人自己请人代理。

　　三月间发表最后一篇杰作《哥伦布的祈祷》，通过诗中那位"遭难受苦的老人"（哥伦布）抒写了诗人自己晚年的遭遇。

1875　在斯塔福农场的廷伯川度过夏天。到十一月间健康情况好转时，与布罗斯访问华盛顿，曾在巴尔的摩参加爱伦·坡的公葬仪式。

1876　一月二十六日《新泽西新闻》发表的一篇文章引起关于惠特曼在美国被忽视的争论；罗·布坎南在三月十三日伦敦《每日新闻》引述了这篇文章。

　　春天到秋天住在廷伯川。

　　《草叶集》出第六版即建国百周年纪念版，分为两卷，一是《草叶集》，一是《双溪集》，后者包括《向印度航行》及各种散文作品。

　　九月，吉尔克利斯特夫人一家到达美国，在费城租房住下，惠特曼常去访问。

1877　一月，在费城托马斯·潘恩逝世纪念会上发表讲话。

　　二月，纽约的朋友们为诗人举行隆重招待会。诗人赴哈德逊河畔访问布罗斯。

　　五月，爱·卡彭特从英国来美。新任安大略伦敦救济院院长的瑞·莫·勃克大夫前来访问，成为好友。

1878　健康状况好转。再一次沿哈德逊河上游旅行。

1879　四月十四日在纽约发表纪念林肯的讲演（接连十三年每年都讲）。

六月七日吉尔克利斯特夫人回英国，行前与惠特曼会谈了一次。

夏天，朗费罗来访。

九月十日动身做西部之游，访问圣路易斯（弟弟杰夫在此）、托皮卡、洛基斯、丹佛、犹他、内华达。

1880　一月，从西部旅行回来。

四月，在波士顿发表纪念林肯的讲演。六月，赴加拿大访问勃克博士。坐船往圣劳伦斯岛旅游。

1881　七月，在勃克博士陪同下重返故乡亨廷顿，看了自己家及外祖家的墓地。

八月间在波士顿看《草叶集》清样；曾到康科德访问，受到爱默生夫妇款待。

十一月，《草叶集》第七版，即波士顿版的第二版，由奥斯古德出版发行（扉页上标为"1881—1882"）。

1882　一月十九日，奥·王尔德来访，很得惠特曼的欢心。二月，"坏书查禁协会"宣布奥斯古德版《草叶集》"有伤风化"。五月十七日奥斯古德停止出书，将印版交给作者，由惠特曼自己在坎登出"作家版"；后来又在费城找到一家出版商印了三千册，在一天之内全部售完。《草叶集》至此大功告成，以后两版基本是重印。

与费城大玻璃商皮尔索尔·斯密斯结识。

散文集《典型日子》于本年秋天出版。

1883　三四月间朗费罗与爱默生相继去世，惠特曼著文悼念。

勃克博士在惠特曼本人的赞许和监督下出版诗人的传记。

1884　《草叶集》费城版的收入供惠特曼在新泽西州坎登镇密克尔大街买了一所住宅，这是诗人头一次有了自己的家。

三月二十六日去世，三十日安葬于坎登哈雷墓地由诗人自己经营好的茔穴里。

1898　诗人的散文全集在波士顿出版。

1902　《惠特曼全集》十卷在遗著负责人监督下在纽约和伦敦出版。

1921　《惠特曼编余诗文》两卷由埃·哈罗威等编辑出版。

六月，爱·卡彭特第二次来访。

新交好友哈内德、塔尔科特·威廉斯、唐纳森、英格索尔等，过从颇密。

1885　一月，英国批评家埃·戈斯来访。

七月中暑。因行走困难，朋友们给诗人买了一匹小马和一辆四轮敞篷马车。十一月二十九日，吉尔克利斯特夫人在英国去世。惠特曼给她儿子回信说："现在……只剩下一个珍贵而丰富的记忆——在整个时代、整个生命和全世界中，没有比这更美的了。"

1886　收入减少。英国《蓓尔美尔报》赞助募集了一笔八百英镑的新年赠礼。波士顿的朋友们也凑了八百美元，建议惠特曼在廷伯川盖一座小屋（但结果没有盖）。

1887　在麦迪逊广场剧院发表林肯纪念讲演，名流多人出席，收入六百美元。

艺术家摩尔斯为诗人做雕塑，赫·吉尔克利斯特和托·伊金斯为诗人画像。

1888　六月初，偏瘫症又发作一次。

继续写完《十一月的树枝》。《草叶集》第八版问世。

1889　不再出门。六月奥康诺去世，诗人为其文学评论集作序。九月，英国埃·阿诺德公爵来访。

1890　十月，在费城做最后一次纪念林肯的讲演。

1891　在密克尔大街家中举行最后一次生日晚会。

十二月十七日感冒，得肺炎；二十四日，立最后遗嘱。

《草叶集》第九版即"临终版"问世,同时出版《再见吧，我的幻想》。

1892　准备《草叶集》第十版,授权遗著负责人(特罗贝尔、哈内德、勃克）继续进行。

Leaves of Grass